Modern & Contemporary Writers I

近現代作家集 I

池澤夏樹＝個人編集

日本文学全集 26

河出書房新社

目次

近現代作家集　I

はじめに

池澤夏樹

この巻以下三巻には明治から現代までの作家たちの名品を収める。

選ぶに用いた物差しはぼくの中にあるのだが、これを明文化して説明することは難しい。なるべくたくさんをリスト・アップして、読み比べながら捨てると拾うを繰り返した結果と言うしかない。まあそれはこの全集ぜんたいの方針と同じということだが。

少し工夫をしたのは並べる順序で、これは作者の生年の順とか、作品の発表の順ではなく、その作品が扱っている時代の順にしてみた。作者にとっての現代ないし同時代を書いたものは発表年を基準にする。エッセーの類も同じ。

こうすれば、始めから順を追って読み進めることで明治維新から三・一一に至る日本人の歴史が辿《たど》れるはずである。『無月《むげつ》物語』と『雪の宿り』は歴史小説なので、はるか遠く平安時代末期と応仁の乱の時期。

時を追って社会の雰囲気の変化を辿れるようにしたけれども、それを理由に作品を選ぶことはしなかった。つまり、歴史的効果のために三島由紀夫の『鹿鳴館《ろくめいかん》』や火野葦平《ひのあしへい》の『麦と兵隊』を採ることはせず、あくまでも作品そのものの価値を基準にした。

収録した作品の多くは短篇小説や完結した随筆だが、長篇の一部を抜きだしたものもある。

これをきっかけに全部を読んでほしいと思うものばかりだから、作者には申し訳ないが許して頂きたい。

なお、各作品のはじめに簡単なコメントを付けた。

久生十蘭《ひさおじゅうらん》

無月《むげつ》物語

文芸評論家の勝又浩《かつまたひろし》がこの人のことを「たとえば、ポーとリラダンとワイルドを足して、しかし四か五で割ったような人物だと言ったらよいであろうか」と評している。仕掛けと奇想と企《たくら》みの作家で、読み手を楽しませるという目標が明確にある。ぐだぐだと自分の話などしないで、読者をはるか遠くに連れてゆく。

『無月物語』は平安時代の末に設定された虐待と復讐《ふくしゅう》の物語で、結末ははじめに明かされ、なぜ彼女たちがそんなことをしたかがゆるゆると語られる。この「日本文学全集」で言えば第九巻『平家物語』と時代が重なっている。

この作における作者の仕掛けは、これがスタンダールの『チェンチ一族』という作品を下敷きにしているという点だ。もとはルネサンス期のイタリアの話をそれより四百年ほど前の日本に移す。『無月物語』は一個の作品として充分におもしろいが、スタンダールと読み比べるという楽しみもある。

無月物語

久生十蘭

後白河法皇《ごしらかわほうおう》の院政中、京の賀茂磧《かもがわら》でめずらしい死罪が行われた。

大宝律《たいほうりつ》には、笞《ち》、杖《じょう》、徒《ず》、流《る》、死《し》と五刑が規定されているが、聖武《しょうむ》天皇以来、代々の天皇はみな熱心な仏教の帰依者《きえしゃ》で、仏法尊信のあまり刑をすこしでも軽くしてやることをこのうえもない功徳《くどく》だとし、とりわけ死んだものは二度と生かされぬというご趣意から、大赦《たいしゃ》とか、常赦とか、さまざまな恩典をつくって特赦を行うのが例であった。死罪は別勅によって一等を減じ、例外なくみな流罪に落着く。したがってそのほかの罪も、流罪は徒罪、徒罪は杖刑というふうになってしまう。

一例をあげると、布十五反《たん》以上を盗んだものは、律では絞首、格では十五年の使役という擬文律があるが、それでは叡慮《えいりょ》にそわないから、死罪はないことにし、盗んだ布も十五反以内に適宜に格下げして、徒役が軽くすむように骨を折ってやる。また強盗が人を殺して物を奪うと、偸盗《ちゅうとう》の事実だけを対象にして刑を科し、殺したほうの罪は主罪に包摂させてしまう。法文は法文として、この時代には実際において死刑というものは存在しなかったのである。

文治《ぶんじ》二年に北条時政《ほうじょうときまさ》が京の名物ともいうべき群盗を追捕《ついぶ》し、使庁へわたさずに勝手に斬ってしまった。これは時政の英断なので、緩怠に堕した格律に目ざましをくれたつもりだったが、朝廷ではいたく激怒して、時政を鎌倉へ追いかえすのどうのというさわぎになった。そういう時世だから、死刑そのものがめずらしいばかりでなく、死刑される当の人は中納言藤原泰文《ちゅうなごんふじわらのやすぶみ》の妻の公子《きんこ》と泰文の末娘の花世姫《はなよ》、公子のほうは三十五、花世のほうは十六、どちらも後々《のちのち》の語草《かたりぐさ》になるような美しい女性だったので、人の心に忘れられぬ思い出を残したのである。

公子と花世姫の真影は光長の弟子の光実《みつざね》が写している。光実には性信親王《しょうしんしんのう》や藤原宗子などのあまりうまくもない肖像画があるが、この二人の真影こそは生涯における傑作の一つだといっていい。刑台に据えられた花世の着ている浮線織《ふせんおり》赤色唐衣《からぎぬ》は、最後の日のためにわざわざ織らせたのだというが、舞いたつような色目《いろめ》のなかにも、十六歳の少女の心の乱れが、迫るような実感でまざまざと描きこめられている。

長い垂れ髪は匂うばかりの若々しさで、顔の輪廓《りんかく》もまだ子供らしい固い線を見せているが、眼差《まなざし》はやさしく、眼はパッチリと大きく、熱い涙を流して泣いているうちに、ふいになにかに驚ろかされたというような霊性をおびた単純ないい表情をしている。公子のほうは、平安季世《きせい》の自信と自尊心を身につけた藤原一門の才女の典型で、膚《はだ》の色は深く沈んで黛《まゆずみ》が黒々と際立ち、眼は淀《よど》まぬ色をたたえて従容《しょうよう》と見ひらかれている。肥《ふと》り肉《じし》の豊満な肉体で、花世の仏画的な感じと一種の対照をなしている。

いまの言葉でいえば、二人の罪は尊族殺《さつ》の共同正犯というところで、直接に手こそ下さなかったが、野盗あがりの雑武士《ぞうざむらい》を使嗾《しそう》して、花世にとっては親殺し、公子にとっては夫殺しの大業をなしとげたのである。当時の律でも尊族殺は死罪ときめられていたが、比類のない無残な境遇におかれていたこの不幸な娘が死刑にされるなどと、誰一人思ってもいなかった。

寛典に甘やかされた考えからではなく、妻と娘に殺された父にして夫なる当の泰文は、かねて放《ほう》埒無頼《らつぶらい》の行いが多く、極悪人といわざるも、不信心と不徳によって定評のある奇矯な人物で、名を聞くだけでも眉を顰《ひそ》めるものが少くなかった。のみならず、その妻と娘に、現在の父、そうして夫である男を殺させるようにしたのには、徹頭徹尾、泰文のほうに非があるのであって、二人の女性は無理矢理におしつけられ、やむにやまれず非常の手段をとったものである。公平な立場に立てば公子と花世に罪があるかどうかかたやすく判定しかねる性質のものだったから、当然、寺預けか贖銅《しょくどう》（罰金刑）ぐらいですむはずだと安心していたのである。

泰文は悪霊民部卿《あくりょうみんぶきょう》という通名《とおりな》で知られた忠文《ただぶみ》の孫で、弁官、内蔵頭《くらのかみ》を経て大蔵卿《おおくらきょう》に任ぜられ、安《あん》元《げん》二年、従三位《じゅさんみ》に進んで中納言になった。比叡の権僧正《ごんのそうじょう》である弟を除くと、兄弟親族はほとんどみな兵部《ひょうぶ》関係の官位についていたが、泰文だけは例外で、若いころから数理にすぐれ、追々《おいおい》、大学寮の算博士《さんはかせ》も及ばぬ算道の才をあらわすようになり、大蔵卿に就任するやいなや、見捨てられていた荘園《しょうえん》の恢復《かいふく》にかかり、瞬《また》く間に宮廷の収入を倍にするという目ざましい手腕を見せた。もっともその間に抜目《ぬけめ》なく私財も積み、深草《ふかくさ》の長者太秦《うずまさ》王の次女の朝霞子《あかこ》を豊饒《ほうじょう》な山城十二ヶ荘の持参金つきで内室に入れるなど、三十になったばかりで藤原一門でも指折りの物持になり、白川のほとりなる方一町の地幅に、その頃まだ京になかった二階屋の大邸をかまえ、及ぶものなき威勢をしめした。

そのかみ忠文は将門《まさかど》追討の命を受けて武蔵国《むさしのくに》へ馳せ下《くだ》ったが、途中で道草を食っているうちに将門が討ちしずめられ、なんのこともなく漫然と京へ帰還した。忠文としては、それはそれなりに一応の働きをしたつもりだったので、大納言実頼《だいなごんさねより》の差出口《さしでぐち》で恩賞が沙汰《さた》やみになったことを遺恨に思い、臨終の床で、

「おのれ、実頼」

などと言わでもの怨《うら》みをいう、あきらめの悪い死にかたをしたが、忠文が死ぬとすぐ、実頼の息子や娘がつぎつぎに変死するという怪事がおこった。

平安時代は、龍や、狐狸《こり》の妖異や、鳥の面をした異形《いぎよう》の鬼魅《きみ》、外法頭《げほうあたま》とか、青女《あおおんな》とか、怪物《あやしもの》が横行闊歩《おうこうかつぽ》する天狗魔道界《てんぐまどうかい》の全盛時代で、極端に冥罰や佐異《かいい》を恐れたので、それやこそ、忠文の死霊の祟《たた》りだということになった。以来、忠文を悪霊とか悪霊民部卿とかと呼び、忠文の血族を天狗魔道の一味のように気味悪がり、泰文の異常な数理の才を天狗の助けかのように評判した。

泰文はこれも面白いと思ったのか、どこかの家で慶事があると、かならず出掛けて行って中門口《ちゆうもん》に立ちはだかり、

「悪霊民部卿、参上」

と無類の大音声で見参《けんざん》する。稚気をおびた嫌がらせにすぎないが、輿入《こしい》れや息子の袴着《はかまぎ》祝などにやられると災難で、大祓《おおはらい》ぐらいでは追いつかないことになる。

泰文は中古の藤原氏の勇武をいまに示すかのような豪宕《ごうとう》な風貌をもち、声の大きいので音声《おんじよう》大蔵といわれていたが、全体の印象は薄気味悪いもので、逢魔《おうま》ヶ時《とき》のさびしい辻《つじ》などでは逢《あ》いたくないなにともつかぬ鬼気を身につけていた。たそがれどき、大入道で手足が草の茎のように痩せた、外

法頭という化物が、通りすがりに血走った大眼玉《おおめだま》でグィと睨《にら》みつけて行く。それがしの中将などはそれで驚死したということだが、つまりはそういった感じである。いつも眠《ね》むそうに眼を伏せているが、時折、瞼《まぶた》をひきあげて、ぞっとするような冷《つめた》い眼附《めつき》で相手を見る。武芸のある手練者《てだれもの》も、泰文の冷笑的な眼附でジロリとやられると、勝手がちがうような気がして手も足も出なくなってしまう。当代、泰文ほど人に憎まれた男もすくないが、思うさま放埓な振舞《ふるま》いをしながら、ただの一度も刀杖《とうじょう》の厄を受けずにすんだのは、ひとえに異風の庇護《ひご》によることであった。

一般の庶民は別にして、公家堂上家《くげどうじょうけ》の生活は、風流韻事に耽《ふ》けるか、仏教の信仰にうちこむか、いずれはスタイルが万事を支配する形式主義の時代にいながら、泰文は、詩にも和歌にも、文学じみたことは一切嫌い、琵琶や笛の管絃《かんげん》の楽しみも馬鹿にして相手にせぬばかりか、かつて自分の手で拍手《かしわで》を打ったことも、自分の足を、寺内へ踏みこませたこともないという、徹底した無信心でおしとおしていたが、そのくせ侮辱にたいしてはおそろしく敏感で、馬鹿にされたと感じると、その日のうちに刺客をやってかならず相手を殺すか傷つけるかした。

そのほかにも人の意表に出るような行動が多かった。泰文の身体のなかには、陳腐な習俗に耐えられないムズムズする生物《いきもの》のようなものがいて、新奇で不安な感覚を与えてくれるような事柄にたえず直面していないと、生きた気がしないといったように、野性のままの熱情をむきだしにして、奔放自在にあばれまわった。

衒勇《げんゆう》をふるうことも趣味の一つであった。当時、粟田口《あわたぐち》や逢坂越《おうさかごえ》に兇悪無慙《きょうあくむざん》な剽盗《ひょうとう》が屯《たむろ》していて、昼でも一人旅はなりかねる時世だったが、泰文は蝦夷拵《えぞごしら》え柄曲《えまげ》の一尺ばかりの腰刀を差し、伴も連れずに馬で膳所《ぜぜ》の遊女宿へ通った。遠江《とおとうみ》の橋本宿は吾妻鏡《あずまかがみ》にも見える遊女の本場だが、気がむけば

そのまま遠江まで足をのばすという寛闊《かんかつ》さで、馬が疲れると、行きあう馬をひったくり、群盗の野《の》館《だち》のあるところは、

「中納言大蔵卿藤原ノ泰文」

と名乗りをあげて通って行く。声の大きなことは非常なもので、賊どもは気を呑《の》まれて茫然《ぼうぜん》と見送ってしまうというふうだった。

また泰文は破廉恥《はれんち》な愛欲に特別な嗜好《しこう》をもっていた。醍醐《だいご》の花見や加茂《かも》の葵祭《あおいまつり》、勧学院の曲水《きょくすい》の宴、仙院の五節舞《ごせちのまい》、そういうありきたりな風流にはなじめない。すまし顔の女院《にょいん》や上臈《じょうろう》は面白くない。すべて遊興は下司張《げすば》った刺戟《しげき》の強いほうが好ましい。宿場の遊女を単騎で征伐に行くのはもっとも好むところだが、そのほか毎夜のように邸を抜けだして安衆坊の散所《さんじょ》へ出かけ、乞食《こじき》どもと滓《かす》湯酒《ゆざけ》を飲みわけたり、八条猪熊《いのくま》で辻君《つじぎみ》を漁《あさ》ったり、あげくのはて、鉢叩《はちたたき》や歩《ある》き白拍子《しらびょうし》を邸《やしき》へ連れこんで乱痴気騒ぎをやらかす。恋の相手もまともな女どもでは気勢があがらない。大臣参議の思いものや夫婦仲のいい判官府生《ほうがんふせい》の北ノ方、得度《とくど》したばかりの尼君など、むずかしければむずかしいほどいいので、いちど見こまれたら、尼寺の築泥《ついじ》も女院の安主《あんじゅ》も食いとめることができない。奇怪な手段でかならず成功した。

朝霞が泰文のところへ輿入れしたのは十六歳の春で、十年のあいだに六人の子供を生んだ。泰文には文雄、国吉《くによし》、泰博《やすひろ》、光麻呂の四人の息子と、葛木、花世という二人の娘があるわけだったが、頸居《くびすえ》（七夜）の祝儀に立合っただけで、どの子もみな朝霞のいる別棟の寮へ追いやってしまった。泰文にとっては、子供というものはわけのわからない、手のかかる、人に迷惑をかけることを特権

と心得ているようなうるさいやつめらで、男の子は、学資をかけて大学寮を卒業させなければ七位ノ允《じょう》にもなれず、女の子は女の子で、莫大《ばくだい》な嫁資をつけなければ呉《く》れてやることもできぬ不経済きわまる代物だくらいにしか思っていず、それに自分のことが忙しすぎるので、子供のことなどは考えるひまがなかった。

朝霞はどういう顔だちの婦人だったかわかっていないが、朝鮮から移ってきた秦氏《はたし》の血をうけ、外来民特有のねばり強い気質をもっていたようである。泰文が朝霞を妻に迎えたのは、もともと功利的な打算から出たことで、女体そのものにはなんの興味もなかった。朝霞のほうもそれを当然の事と諒承《りょうしょう》し、毎夜のように母屋《もや》のどこかで演じられる猥《ろう》がわしい馬鹿さわぎを怨みもせず、内坪《うちつぼ》の北の隅にある別棟の曹司《ぞうし》で六人の子供を育てながら、庭の花のうつりかわりを見て、時がすぎていくという感覚をおぼろげに感じる、植物さながらの閑寂な日日を送っていたのである。

吝嗇《りんしょく》というのではないが泰文は徹底した自己主義者で、金銭に関しては、前例のないほどキッパリした割り切りかたをし、子供の一代に金をかけることなどに、なんの意義も感じていなかった。あるだけの金は自分ひとりのもので、子供らに使われるのはこのうえもない損だというふうに、そのほうの費《つい》えには青銭一枚出さなかった。朝霞は父や兄から泰文の評判をきき、おおよそそんなことだろうと見こみ、嫁資のほかに自分の身につくものをこっそり持ってきたので、子供たちの養育費はみなその土地のあがりから出していた。そのほうはよかったが、おいおい子供たちが大きくなり、上の三人を大学寮へ送らなければならぬ齢がすぎているのに泰文はなにも言いださない。今年は今年はと待っていたが辛抱しかね、ある日おそるおそる切りだしてみた。

泰文は羅の直衣《ひとえのうし》を素肌に着、冠もなしで広床《ひろゆか》の円座にあぐらをかいていたが、

「お前のいう子供とは、いったい誰の子供のことか」
と欠伸《あくび》まじりに聞きかえし、それが自分の子供のことだと聞かされると、雷にでもうたれたような顔をした。そういえばこの家にも子供が何人かいたようだと、ようやく思いだしたらしかったが、その折、またなにか忙しい思いつきがあったのだとみえ、いいようにしたらよかろうであっさりと話をうちきってしまった。

翌年、長男の文雄が省試の試験に及第し、秀才の位をとったという話を泰文はよそで聞いたが、ふとその学資はどこから出ているのかと疑問をおこした。朝霞が家計のなかからひねりだしているのならそれこそゆるしがたいことなので、帰るなり北ノ坪へ行って問いつめると、朝霞はやむなく身附きの自領の上《あが》りから払っていたことを白状した。泰文は無気味な冷笑をうかべ、それはもともと嫁資の一部をなしているはずのものだから、そうと聞いたからには、さっそくこちらの領分へとりこむ、金のかかる三人のやつめらは、今日かぎり勘当するが、なお、あるだけの隠し田をさらけださなければ、二人の女童《めわらべ》のほうも家から追いだしてしまうと脅しつけた。

そのころ泰文は東山の八坂《やさか》の中腹に三昧堂《さんまいどう》のようなものを建てた。招かれたある男が、あなたほどの無信心者がどういう気で持仏堂など建てたのかとおかしがると、泰文はその男を縁端まで連れて行って眼の下の墓地を指さし、
「あれはうちの墓地だが、童めらが一人残らずあそこへ入ったら、おれはここに坐ってゆっくり見物してやるのだ、そのための堂よ」
と笑いもせずにいった。

泰文は自分の子供らの墓を縁から見おろしてやるというだけの奇怪な欲望から、そういう堂を建

てたことをその男は了解し、呆気《あつけ》にとられてひき退《さが》ったが、あわれをとどめたのは勘当された三人の息子であった。長男の文雄は方略の論文を書いてかすかす試験に及第し、河内《かわち》の国府《こくふ》の允《じよう》になって任地へ発つ運びになったが、二男の国吉は燈心売りになり、三男の泰博は二条院の雑色《ぞうしき》になって乞食のような暮しをしていた。泰文のやりかたがあまりひどいので、親戚のものも見るに見かね、関白基房《かんぱくもとふさ》を通じて法皇のご沙汰をねがった。法皇も呆《あき》れて、子供らを家に入れるようにと注意したので、泰文は渋々勘当をゆるしたが、基房の差出口が癇《かん》にさわったとみえ、間もなくひどいしっぺいがえしをした。

三条高倉宮の東南に後白河法皇の寵姫《ちようき》が隠れていた。江口の遊女で亀遊《きゆう》といい、南殿で桜花の宴があったとき、喜春楽を舞って御感《ぎよかん》にあずかったという悧口者《りこうもの》で、世間では高倉女御《たかくらのによようご》と呼んでいたが、毎月、月始めの三日、清水寺《きよみずでら》の籠堂《ろうどう》でお籠りをすることを聞きつけると、走水《はしりみず》の黒鉄《くろがね》という鉢叩きに烏面《からすめん》をかぶせ、天狗の現形《げんぎよう》で籠堂の闇に忍ばせて通じさせたうえ、基房の伽羅《きやら》の珠数《じゆず》を落してこさせた。亀遊は基房の珠数を知っていたので、むずかしいことになりかけたが、走水の黒鉄が捕まったので、泰文の仕業だったことがわかった。黒鉄は磔木《はたもの》に掛けられて打たれたが、泰文の後《うしろ》楯《だて》があると思うのか、

「ほとほとに（女洞に掛けた言葉）舟は渚《なぎさ》に揺るるなり、あしの下ねの夢ぞよしあし」

などと空うそぶいてみだらな和歌を詠み、面憎《つらにく》いようすだった。

後白河法皇の院政中は、口を拭っておとなしくさえしていれば、なにをしてもゆるされた寛大な時代だったが、泰文の放埒は度をこえているので、法皇も弱りきり、しばらく都離れのしたところで潮風に吹かれてくるがよかろうと、思いついて敦賀《つるが》ノ荘《しよう》へ流すことにした。

あばれだすかと案じられた泰文は、意外にも素直に勅を受け、二十騎ばかりの伴を連れて加茂川でひとしきり水馬《すいば》をやってから、一糸纏《いっしまと》わぬすッ裸で裸馬に乗り、京の大路小路を練りまわしたうえ、悠然と敦賀へ下《くだ》って行った。

泰文が京にいなくなると、魔党畜類が姿を消したような晴々しさになった。長男の文雄も仮寧《けにょう》し、一家団欒《だんらん》して夢のように楽しい日を送っていたが、ある日、長女の葛木姫が、

「父君がいなかったら、なんとまあ毎日が楽しいことでしょう」

と思いつめたように、つぶやいた。

それはみなの心にあって、口に出さずにいたことだったが、こういう日日が永久につづけばいいというのは、誰しもが願うところだったので、文雄が、

「父帝《ちちみかど》（後白河法皇）へお願いしてみよう」

といい、泰文が家名に傷をつけぬよう、京に帰さず、このうえとも長く敦賀へとめおかれるようにという願文をつくり、兄弟三人の連名で上書《じょうしょ》した。

泰文のほうは、いちどは素直に勅を受けたものの、もともとこんな潮くさいところに居着く気はない。関白基房は基道《もとみち》の伯父で、基実が死んだとき基道が小さかったので摂政《せっしょう》になったが、基道の義母は清盛の女《むすめ》の盛子《もりこ》で、平氏と親戚関係になっていることから、基道にたいする清盛のひいきが強く、基房はあるかなしかの扱いを受けていた。泰文はその辺の機微をのみこんでいるので、五位ノ侍従だった基道の筋に途方もない金を撒《ま》き、公然と流罪赦免の運動をした。清盛は些細な罪で有能な官吏を流罪にするのは当をえた政治ではないなどと妙な理窟をこね、基道を突っついてしつっこく法皇にせっつかせた。気の弱い法皇はうるさいのでまいってしまい、いいなりに赦免状を出し

たので、泰文はろくろく敦賀の景色も見ないうちに京に呼びかえされることになった。

泰文は外法頭そっくりの異形な真額に冠をのせ、逢坂あたりまで出迎えた鉢叩き、傀儡師《かいらいし》、素麺《そうめん》売《うり》などという連中に直衣《のうし》を着せ、形容のしようもない異様な行列をしたがえて入洛《じゅらく》するなり、早乗りをして白川の邸に馳せ戻った。倅《せがれ》どもが連名し、法皇に不届《ふとどき》な上書したことを聞いていたので、すごい形相で中門から走りこむと、長い渡廊から廊ノ間、対ノ屋、母屋《もや》の塗籠《ぬりごめ》のなかまで、邸じゅうを馳けまわって倅どもを探したが、国吉と泰博は下司の知らせで逸早《いちはや》く邸から逃げだし、きわどい瀬戸で助かった。

二人はまた食うあてがなくなり、以前よりいっそうみじめな境涯に堕落し、安主房の散所で人にいえぬようななりわいをして命をつないでいたが、その冬、国吉は馬宿《うまかた》と喧嘩《けんか》して殺され、泰博は翌年の春、応天門《おうてんもん》の外でこれも何者かに斬られて死に、二男と三男は泰文の望みどおりにはやばやと持仏堂下の墓に入った。

泰博が殺されたとき、さる府生《ふせい》が役所で悼《くや》みをいうと泰文は、

「やっと二人だけだ、祝辞を述べてもらうにはまだ早い」

と毒々しい口をきいたということである。

泰文ほど上手に刺客を使う男も少ないので、国吉と泰博は泰文が人をやって殺させたのだという風説が立った。「京草子《きょうぞうし》」の作者もそれらしいことをにおわせているが、これは信じにくい。泰文は時流に適さない異相のせいで、ことさら残酷なことを好む変質者のように言伝《いいつた》えられているが、人をやって自分の子供を殺させるようなことまではしなかったろう。粗暴な振舞いや、思いきった悖徳《はいとく》異端の言動が多く、妻や子供らに酷薄な所業をしたが、それは考えるような悪質なものではな

く、実のところは、なにか変ったことをしでかして、同時代の人間をあっといわせたいという要求から出ていると見る向きもある。残忍も無慈悲も、おのれを見せびらかし、自分というものを世間にしっかり印象づけたいという欲求によることなのであるから、風説どおりに人をやって子供たちを殺させたのなら、泰文がそれを吹聴もせずにおくわけはないからである。

国吉と泰博が陋巷《ろうこう》で変死したとき、葛木は十八、花世は十一、四男の光麻呂はまだ六歳でしかなかったが、上書の件以来、泰文は猜疑心《さいぎしん》が強くなり、子供らをいっしょにおくと、ろくなことをしないというので、葛木と光麻呂を朝霞からひき離し、南ノ坪の曹司で寝起きさせるようにした。それほどの無慈悲なあしらいを受けても、朝霞は世をはかなむこともせず、出世間《しゅつせけん》の欲もださず、いつかまた葛木や光麻呂に逢える日のあることを信じ、泰文の遠縁にあたる白女《しらめ》という側女《にょうぼう》を相手に一日中、蔀《しとみ》もあげずに写経《しゃきょう》ばかりして暮していた。

そういうわびしい明け暮れに、泰文の従弟の保平《やすひら》が、保嗣《やすつぐ》という十八になる息子を連れて安房《あわ》の北条から出てきた。

保平はもと山城《やましろ》の大掾《だいじょう》をつとめ、太秦王などとも親しく、朝霞との間にもなにがしかの想いがあったもののようである。保平が自分から安房へ引込んだのは、朝霞が泰文のところへ輿入れした直後だったことなどを思い合わせても、保平の側に相当な遺憾があったのではないかといわれ、泰文も聞いて知っていたが、安房から出た砂金やら鹿毛やら、少からぬ土産があったので、保平の親子を泉殿《いずみどの》に居らせ、下にもおかぬような歓待をした。白女も母屋へ出てとりもちをしていたが、そのうちに、どこか野趣をおびた、保嗣のたくましい公達《きんだち》ぶりに思いをかけるようになった。これでもれっきとした藤原一門の女だから、朝霞さえ後楯になってくれれば、この恋はものにならないでもない。それにはまず朝霞の心を摑《つか》んでおくにかぎる。それで、側見するところ、口にこそ出さないが、保平はいまだに朝霞のことを忘れかねて悩んでいるらしい、というようなことをいって朝霞の気持をそそりたてた。

白女に言われるまでもなく、保平は朝霞にとって幼《おさ》な馴染《なじ》みのなつかしい人間で、心のやさしいことも、身に沁《し》みて知っており、ひょっとしたら、泰文にでなく保平に嫁いでいたかもしれないという微妙な思いもあるので、釣りこまれたわけでもあるまいが、つい白女に本心をもらしてしまった。白女はこれで朝霞の退引《のっぴ》きならぬ弱身《よわみ》を摑んだと思い、正面切って保嗣に働きかけたが、保嗣は冷静な賢い青年だったので、ここでなにかしでかしたら、泰文の腰刀の一《ひ》と突《つ》きを食うだけだと、浪花《なにわ》の国府に任官したのをさいわい、事のおきぬうちにと、だしぬけに淀《よど》から舟に乗って浪花へ発《た》って行ってしまった。

白女の落胆はたいへんなもので、朝霞をつかまえては嘆きに嘆いた。朝霞もはじめのうちはなぐさめるくらいにしていたが、いつまでもおなじ繰言《くりごと》をまきかえすのにうんざりし、ついつい素《そ》ッ気《け》ないことをいうと、白女は朝霞の態度から急に曲ったほうへ解釈した。保嗣が急に浪花へ下ったのは、朝霞が細工して追いだしたのだと一図《いちず》に思いつめ、うらめしさのあまり、月のない夜、保平が朝霞の曹司へ忍んでくるとか、朝霞が夜の明けるまで保平を離さないとか、あることないことをしつっこく泰文に告げ口した。

泰文のほうはそのころ新《あら》な恋の悦楽にはまりこんでいた。相手は敦賀の国府にいた貧乏儒家《じゅか》、藤原経成《つねなり》の娘の公子という女歌人で、父について敦賀に下っていたが、急に京へ帰ることになり、敦賀ノ庄を出た日から泰文の道連れになった。

公子は天平《てんぴよう》時代の直流のような肉置《ししお》きのいい豊満な肉体をもった、情操のゆたかな聡明な女で、当代のえせ才女のように些細な知識を鼻にかけて男をへこます軽薄な風もなく、面白ければ笑い、腹をたてれば怒るといった淀みのない性質だった。泰文は一人の女だけに深くかかりあうような無意味な所為をしない男だが、公子にはすっかりうちこんでしまい、参殿の行き帰りに、なにかと口実をつくって公子の家の前で車をとめた。そういう事情から泰文の気持が浮きあがっているので、薹《とう》のたった古女房などはどうでもよく、白女のいうことなどは、身にしみて聞いてもいなかった。しかし白女としては、朝霞に復讐《ふくしゆう》することだけが生甲斐《いきがい》になっていたので、泰文の冷淡なあしらいにあうと今度は外へ出てあれこれと触れまわった。閨房《けいぼう》のみだれは上流一般の風で、めずらしいことはなにもなかったが、それが泰文の身辺にはじまったところに面白味があった。泰文にしてやられた女房連や、泰文に怨を含んでいた亭主どもは、いずれもみな痛快がり、このときとばかりにはやしたてたので、洛中洛外《らくちゆうらくがい》にこの話を知らないものはないほどになった。

ここに奇怪なのは泰文の態度だった。湧きたつような醜聞を平然と聞流しにしているばかりか、自分からほうぼうへ出かけて行って、毎日どんな情けない目にあっているかというようなことを披露してあるき、おのれの話のあわれさにつまされて泣きだしたりした。この間、泰文という男はなにを考えていたのか、他人にはうかがい知られぬことである。奇妙なのはそれだけではない。保平をそのまま邸に置きながら、保平の家従《かじゆう》や僕を車舎の梁《はり》に吊《つる》し、保平と朝霞の間にどんなことがあったのか白状しろと迫った。このへんの心理はまったく不可解である。

最初にやられたのは天羽《あまば》透司《とうじ》という家従で、保平の打明け話の相手だと思われている男であった。

泰文は手なずけていたあぶれ者をやって、天羽を車舎にひきこむと、いつの間にそんなものを作ったのか、十字にぶっちがえた磔木《はたもの》に縛りつけ、まず鞭《むち》で精一杯に撲《なぐ》りつけた。

「本当のことをいってもらいたい。保平が朝霞のところでなにをしていたか、あなたは知っているはずだ」

「この二十日ばかり、保平殿は私を疎外し、打明けたことをいってくれないからなにも知らない」

泰文は天羽の手首を括《くく》って縄の端を梁の環に通し、あぶれ者にその綱を引かせた。天羽は床から指四本のところまで吊りあげられ、十五分ばかりは頑張っていたが、腕が抜けそうになったところで呻《うめ》きだした。

「おろしてください、知っているだけのことを言います」

天羽をおろすと、あぶれ者どもを車舎から追いだし、二人だけになったところで、いかめしく促した。

「さあ言え」

「保平殿の供をして、北ノ坪へ三度ばかり行ったが、それ以上のことはなにも知らない。と申すのは、明け方まで泉のそばで待っているのが例だからです」

あぶれ者が呼びこまれ、天羽はまた梁に吊りあげられた。こんどはすぐ降参した。

「本当のことをいいます。保平殿が北《きた》ノ方《かた》とねんごろにしていることは、夙《と》くから気がついていた。北ノ方は毎日のように白女に文を持たしておよこしになり、また見事な手箱を保平殿へおつかわしになりました」

「もうたくさんだ」

泰文は天羽を括って下屋《げや》の奥へ放りこむと、こんどは保平の僕を吊しあげた。

「保平と朝霞のことは、お前が見てよく知っているはずだと天羽がいった。お前はいったいなにをしてくれた、夜の明けるまで二人の傍にいて」

僕は知らぬ存ぜぬといっていたが、腕の関節が脱臼しかけたので、しどろもどろに叫びだした。

「なるほど、そういう不都合な時刻に北ノ坪へ入りました。けれども、お二人の傍にいたわけではありません。じつはとなりの曹司で、白女と遊んで居《お》りました」

「言わぬなら、もう一度吊しあげるだけのことだ」

僕は震えだした。

「もうお吊しになるには及びません、なにもかも申します」

それで白女が呼びこまれた。

「お前がねんごろにした女房がここにいる。この女の前で、あったことをみな言ってみろ」

「申します。私はお二人の前で、さる実景を演じる役をひきうけました。ここにいるこのひとが、そうするように強請したからです。最初に保平さまが下着をとられ、それから奥方が下紐《したひも》を解かれました」

「よくわかった。お前の言ったことをこの紙に書くがいい」

「かしこまりました」

僕は助かりたいばかりにすぐ筆をとったが、肩を痛めているので、はかばかしくいかなかった。しかしともかく書きあげた。泰文は誓紙をひったくると、腰刀を抜いて三度僕の胸に突きとおし、立ったままで、死にゆくさまを冷淡に見おろしていたが、僕が布直衣の胸を血に染めてこときれると、白女のほうへ向いていった。

「こんどは、お前の番だろうな」

白女が狂乱して叫んだ。

「どうぞ、命だけは」

「いやいや、そういうわけにはいくまいよ。とんだところを見せものにして、主人の淫慾《いんよく》をそそるとは出来すぎたやつだ。この俺だって、そこまでのことはしない」

そういうと、白女の垂れ髪を手首に巻きつけ、腰刀で咽喉を抉《えぐ》った。白女はむやみに血を出して死んだ。

泰文は二つの死骸を芥捨場《ごみすてば》へ投げだし、裏門から野犬を呼びこんで残りなく食わしてしまった。そうしておいて、保平のところへ行って陽気に酒盛をはじめた。

すさまじい絶叫や叱咤《しった》の声で、保平は事の成行《なりゆき》を察していたので、どうされることかと生きた空もなかったが、泰文は徹底的な上機嫌で、なにがあったかというような顔をしている。保平はいよいよ薄気味悪くなり、翌日、なにやかやと言いまわして、泰文の邸から逃げだした。京にいる間、刺客を恐れてたえずビクビクしていたが、格別なんのこともなく、その秋、命恙《つつが》なく安房に帰り着いた。

朝霞のほうにも、恐れるようなことはなにも起きなかった。それどころか、泰文はかつてないようなうちとけかたで、北ノ坪へやってきては世間話をするようになった。朝霞は泰文の気持をはかりかねて悩んでいたが、そういうことも度重なるとつい心をゆるし、どんなに責められても言わなかった隠し田のありかを白状してしまった。

「これは光麻呂と娘たちの分なのですから、そこのところは、どうぞ」

「わかっている。悪いようにはしない」

泰文は素ッ気なくうなずいてみせたが、つまりはそれが目的だったのだとみえ、それからはぷっつりと来なくなった。


朝霞と保平のいきさつはこれで無事に落着《らくちゃく》するはずだったが、事件は意外なところからあらたに掻《か》きおこされることになった。

朝霞の兄弟も泰文の弟の権僧正光覚《ごんのそうじょうこうかく》も、いずれも融通のきかない凡骨ぞろいで、事件のおさまりをあきたらなく思っていた。朝霞は亭主を裏切ったばかりでなく、一族兄弟の顔に泥を塗ったものであるから、こんないい加減なことですまされては、自分らの立つ瀬がないというのである。

光覚は壇下《だんか》に尊崇をあつめている教壇師だったが、「はやく処置をつけてくれないと、講莚《こうえん》にも説教にも出ることができない。朝霞の始末はどうしてくれるのだろうか」と手紙や使いでうるさくいって来る。朝霞の兄弟は兄弟で、「こう延び延びにされては、拷問にかけられるより辛い。一家の名誉が要求することに応じてくれなければ、われわれは衛門を辞するほかはない」などときびしく詰め寄る。

その頃の北ノ方というものは、奥深いところで垂れこめているうちに、いつ死んだかわからないような死にかたをすることが多く、葬いも深夜こっそりとすましてしまうというふうで、世間的にはとるにも足らぬ存在だった。殊《こと》に泰文などときたら、いまあってもう無い自然現象のようなものだとしか思っていないのだから、朝霞と保平の一件などは、事実だろうと否だろうと、なんの痛痒《つうよう》も感じない。保平の僕と白女を殺したのは、そういったもののはずみでそうなったまでのことで、立腹したのでもどうしたのでもなかった。弟や義兄たちの抗議も、ただうるさいと思うばかりだったが、際限なくせっついてくるので癇をたて、そんなに邪魔なら、尼寺へやるなり、殺すなり、いいようにしたらよかろうといってやると、では勝手ながらこちらで埒を明けるから、悪《あ》しからずという返し文が届いた。

それから三日ばかり後の夜、泰文の留守の間に、朝霞の兄の清成《きよなり》と清経《きよつね》が五人ばかりの青侍《あおさぶらい》を連れてやってきて、すぐ朝霞のいる北ノ坪へ行った。朝霞は褥《しとね》に入っていたが、縁を踏んでくる足音におどろいて起きあがると、長兄の清成が六尺ばかりの綱を、次兄の清経が三尺ほどの棒を持って入って来るのを見た。

「この夜更《よふ》けに、なにをしにいらしたんです」

「気の毒だが、お前を始末しにきた。なにしろ、こんな因縁になってしまって」

「それは泰文の言いつけですか」

「そうだ」

清経がうなずきながらいった。

「したいことがあるならしなさい、待っているから」

「なにといって、べつに……どうせ、こんなことになるのだろうと思っていました」

「いい覚悟だ。花世はとなりに寝ているのだろう。むこうへやっておくほうがよくはないか」

「そうですね、どうかそうしてください」

清成が几帳《きちょう》の蔭《かげ》から花世を抱きあげて出て行ったが、すぐ戻ってきた。

「では、やるから」

「いまさらのようですが、保平とはなにもなかったのです」

「そうだろう。しかしこういう評判が立ったのだから、あきらめてもらうほかはない」

「わかっています」

「怖くないように帛で眼隠《めかく》しをしてやる。どのみち、すぐすんでしまう」

「どうなりと、よろしいように」

清成が几帳の平絹《ひらぎぬ》をとって朝霞の顔にかけると、清経が綱を持って朝霞のうしろにまわった。綱の塩梅《あんばい》をし、棒を枷《かせ》にして締《し》めだしたが、うまくいかないので、べつな綱をとりに行こうとした。その足音を聞いて朝霞が顔から帛をとった。

「いったいまあ、なにをしているんです」

清経がふりかえりながらいった。

「この綱はよく滑らないから、べつなのを探してくる」

そういって出て行った。間もなく車舎から簾《すだれ》の吊紐をとって帰ってきて、眼隠しをするところからやりなおしたが、その紐もぐあいが悪いかしてやめてしまった。

「どうしたんです」

「これもぐあいがわるい」

また綱を探しに行き、こんどは棕梠《しゅろ》の縄をもってきて、それに切燈台《きりとうだい》の燈油をとって塗った。

「こんどこそ、うまくいきそうだ」

綱は棒にうまく絡《から》んだ。兄弟が力をあわせて一《ひ》とひねり二《ふ》たひねりするうちに、事はわけなく終った。

朝霞の亡骸《なきがら》は用意してきた柩《ひつぎ》におさめ、青侍どもに担がせてその夜のうちに深草へ持って行き、七日おいて、泰文のところへ、朝霞が時疫《じやみ》で急に死んだと、あらためて挨拶があった。

「時疫とは、いったいどのような」

「脚気《かつけ》が腹中《ふくちゆう》に入って、みまかられました」

泰文は薄眼になって聞いていたが、

「かわいそうな、さぞ痛い脚気だったろう」

と人の悪いことをいった。

朝霞が死んだのは承安《じようあん》三年の十月のことだったが、それから二年ほどはなにごともなくすぎた。

泰文は相変らず公子のところに通い、子供らは母のいない北ノ坪でしょんぼりと暮らしていた。すさまじい扼殺《やくさつ》が行われた夜、葛木と光麻呂は遠く離れた曹司に居り、花世はまだ十一で、眠っていたところを清成に抱きだされたのだったから、三人の子供らは、母がそんな死にかたをしたことは露ほども知らなかった。召使どものいうとおり、深草の実家で病死したと信じていたので、心の奥底にある母の影像は、さほど無残なようすはしていず、母に死なれた悲しみも、月日の経つにつれてすこしずつ薄れ、誰もあまりそのことをいいださぬようになった。

二年後のおなじ月に新しい母がきた。前母《まえのはは》は口数をきかない冷い感じのひとだったが、こんどの母は明るい顔だちのよく笑うひとで、前母よりとしをとっているくせに、子供らといっしょになって扇引《おうぎひき》や貝掩《かいあわせ》をやり、先にたって蛍を追ったり、草合せのしかたをおしえたり、一日中、にぎやかにしている。母がちがえばこんなに面白く暮らせるのかと、子供心にも不審をおこしたくなるくらいだったが、とりわけ敏感な花世は、急に新しい世界がひらけたような思いで、公子こそは自分を生んだ実の母ではなかったかと、うつらうつらするようなこともあった。

泰文は公子が子供らに馴れすぎるのを面白くなく思っていたが、さすがにそうはいいかね、子供らにあたりちらしてわけもなく鞭で打ったりした。泰文の不機嫌の真の原因は、上の娘がそろそろ嫁資をつけて嫁にやらなければならない年頃になっていることで、そのことが頭にひっかかると、むしゃくしゃしてつい苛立《いらだ》ってしまうのである。泰文としては、どう考えてもそういう無意味な風習と折合をつける気にならないので、いっそのこと邸を尼寺にしてしまえとでも思ったのか、北ノ坪の入口に築泥《ついじ》の高塀をつくり、善世という頑《かたく》なな召次《めしつぎ》のほか、男と名のつくものは一切奥へ入れぬようにしたが、間もなく姉娘の葛木姫が、泰文の眼をぬすんで法皇に嘆願の文を上げたので、泰文のたくみは尻ぬけになってしまった。父は娘を家から出すことを嫌い、北ノ坪におしこめて手紙の行来さえとめ、事ごとに鞭や杖で打つので辛くてたまらない、嫁入るなり尼寺へつかわされるなり、この苦界《くがい》からぬけださせるようにしていただきたいと書き、

さく花は千種《ちぐさ》ながらに梢《うれ》を重み、本腐《もとくだ》ちゆくわが盛かな

という和歌を添えてつくづくにねがいあげた。法皇はあわれに思い、東宮博士《とうぐうはかせ》大学頭《だいがくのかみ》範雄の三男の範兼《のりかね》を葛木の婿にえらび、一千貫の嫁資をつけ嫁入らすようにとつよいご沙汰をくだした。

一説には、葛木の上書は公子が文案し、和歌も公子が詠んだものだといわれているが、たぶんそれは事実だったろう。おのれを持することの高い公子のような悧口な女が、どういうつもりで泰文のところへ後添《のちぞ》いに来る気になったかと、いろいろに取沙汰されたものだが、国吉や泰博のはかない終りや、常ならぬ虐待を受けている三人の子供たちをあわれに思い、朝霞にかわって、泰文ので

たらめな暴虐から護ってやろうと思ったのではなかろうか。葛木を泰文の邸から出したのはすべて公子の才覚だったとすれば、進んで後添いにきた公子の意外な行動も、それでいくぶん説明がつくのである。

そういう状況のうちに、この物語の本筋の事件の起きた治承《じしよう》元年になり、花世は十五、光麻呂は十一の春を迎えた。

花世と光麻呂はよく似た姉弟で、光麻呂が下げ髪にしているときなどは姉とそっくりだった。花世の美容については、「かたちたぐひなく美しう御座まして、後のために似せ絵などとどめおかましう思ひける」とか「カカル美容(ミメ)ナシ」とかいったような記述が残っている。不幸だった花世の身のすえに同情するあまり、いくぶん誇張した向きもあるのだろうが、光実の肖像画で見るくらいの美しさはたしかにあったのだろう。泰文は天下りに捥《も》ぎとられた一千貫の怨みが忘れられず、毎日、大酒を飲んで激発していたが、日に日に女らしくなってくる花世のなりかたちを見ると、後から追いかけられるような気がして、またしても落着かなくなった。いろいろと思いあわせるところ、葛木を家から出したのは公子の仕業だったような気がするが、それはともかく、花世の美しさはなんとしても物騒である。放っておくと、姉とおなじようなことをやり出すかもしれない。このうえまた一千貫では精がきれる。そばからつまらぬ智慧《ちえ》をつけられぬようにと、花世を殿舎《でんしや》の二階に追いあげ、食事も自分で運んで行くくらいに用心していたが、思春の情はなにものの力でもさえぎることのできない人性の必然であって、そのほうを始末するのでなければ、完全におさえつけたという満足はえられないわけだと、放蕩者だけあっていみじくもそこに気がついた。足りないものをみたし、性の満足さえ与えておけば、嫁に行きたいなどという出過ぎた考えを起さず、いつまでも手元に落着いているのだろうが、ほしいものを宛《あ》てがえばいいといっても、そこらあたりの青侍や下司をおしつけて孕《はら》まれでもしては事面倒である。どうしようかと首をひねったすえ、そんならば、父親の自分が娘の恋人の役を勤めたらよろしかろう、これ以上安上《やすあが》りなことはなく、手軽でもあり安心でもあると考えきわめ、花世を呼んで、こんな罰あたりなことをいって丸《ま》ろめこみにかかった。

「お前も、いずれは子をひりだす洞穴を持っているわけだが、おなじ生むなら、聖人になるような立派な子を生むがいい。父が自分の娘を知ると、生れて来る子供はかならず阿闍梨《あじやり》になる。聖人はみなそのようにして生れでたもので、母方の祖父こそ、じつは聖人の父親なのだ」

泰文の卑しい眼差《まなざし》にあうなり、花世は父がいまどんな浅間《あさま》しいことを考えているか、すぐ感じとってしまった。

「なにをなさろうというのです」

「だから、おれがその骨の折れる仕事をしてやるというのだ」

「そんなことは嫌でございます」

「欲のないやつだ。父のおれがこういうのだから、否応《いやおう》はいわせない」

途方もない話だが、信じられないような奇怪な交渉が、夏のはじめまでつづけられた。抵抗すれば息の根がとまるほど折檻《せつかん》されるので、気の毒な娘は、そういう情けない生活を泣く泣くつづけていくほかはなかったのである。

泰文はでたらめな箴言《しんげん》に勿体《もつたい》をつけるつもりか、拍手《かしわで》をうって花世の女陰《ほと》を拝んだり、御幣《ごへい》で腹を撫でたり、たわけのかぎりをつくしていたが、おいおい夏がかかってくると、素ッ裸で邸じゅうを横行し、泉水で水を浴びてはすぐ二階へ上って行ったりした。泰文はよほどの善根をほどこしている気でいるらしく、いつもニコニコと上機嫌だったが、だんだん図に乗って、たぶん邪悪な興味から、裸の花世を北ノ坪へ連れて行き、菊燈台の灯をかきたてて、自分と娘のすることを現在の継母にちくいち見物させるようなことまでした。

花世と公子は地獄にいるような思いがしたことだったろう。こんな畜生道の穢《けがれ》にまみれるくらいなら、いっそ死んだほうがましだと思い、露見した場合の泰文の仕置も覚悟で、白川の邸で行われている浅間しい行態《ぎょうたい》を日記にして上訴したが、そういうこともあろうかと泰文は抜け目なく手をうっておいたので、上書は三度とも念入りに泰文の手元へ送りかえされた。泰文が花世と公子をどんなむごい目にあわせたか想像するに難《かた》くないが、不幸な二人の女は、このうえ一日もこういう生活をつづけてゆくことに耐えられなくなり、泰文が死にでもするほか、この地獄からぬけだす方法がないと承知すると、二人で話しあって、ついに非常手段に及ぶ決心をしたのである。

北ノ坪で召次をしている犬養《いぬかい》ノ善世という下部《しもべ》は、卯《う》ノ花《はな》の汗袗《かざみ》を着てとぼけているが、首筋に深く斬れこんだ太刀傷《たちきず》があり、手足も並々ならず筋張っていて、素姓《すじょう》を洗いだせば、思いがけない経歴がとびだしそうな曰《いわ》くありげな漢《おとこ》だった。暴れだせばむやみに狂暴になる泰文が相手では、どのみち女だけの腕で仕終《しお》おせるのぞみはないから、公子は善世を手なずけてみようと思いついた。

善世は眼の色を沈ませていつもむっつりと黙りこみ、なにを考えているのかわからないような陰気な男で、うちつけにそういう大事を洩らすのはいかがかと思われたが、ほかに助けとてもないのであるから、ある日、ままよと切りだしてみると、意外なことに、すぐ同腹してくれた。

犬養ノ善世はもとは鬼冠者《おにかじゃ》といい、伊吹山《いぶきやま》にいた群盗の一味で、首の傷こそは、五年ほど前、山《やま》曲《たわ》の暗闇で泰文とやりあい、腰刀をうちこまれたものだということだった。こうして沓石《くついし》同然の下司の役に甘んじているのは、いつかは怨みをはらしてやろうという鬱懐《うつかい》によることである。あなたさまがたにたいする大蔵卿の仕打ちは、かねがね私めも腹にすえかねていた。そういう存念があられるなら、どのようにもお手助けすると、キッパリとした返事であった。

近々、泰文は八坂の持仏堂へ行くはずだから、仲間を集めてその途中で事をしたらと善世はいったが、公子は考えて、べつの意見を述べた。これまでの例では、泰文は危難にそなえて大勢の伴を連れて行くから、かならず仕終《しお》おせるとは思えない。油断のない泰文のことだから、こんどの八坂行には、われわれ二人も伴って目のとどくところへおくつもりにちがいない。奔放自在な泰文に立ちむかうには、緻密に考えた計画はむしろ邪魔なので、その場の情況に応じて、咄嗟《とっさ》に断行するといった、伸縮性のある方法のほうが、成功の公算が多いのではあるまいか。われわれはいつも泰文のそばにいるのだから、抜目なくかまえていれば、かならずいい折を発見することが出来るかと思う。お前はいつなんどき合図があっても、すぐに行動ができるよう、近いところで気をつけていてもらいたい。善世は、ご尤《もっと》もなお考えであるといい、それで相談がまとまった。

七夕と虫払いがすむと、泰文は急に八坂へ行くといいだした。十四日の盆供《ぼんく》に倅どもの墓を賑やかに飾りたて、谷の上の細殿《ほそどの》からゆっくり見おろしてやろうという目的らしかったが、予期されたように公子と花世もいっしょに行くことになり、檳榔庇《びろうひさし》の車に乗って、まだ露のあるうちに邸の門を出た。犬養ノ善世は狩衣《かりぎぬ》すがたで車のわきにつき、ときどき汗を拭きながらむっつりと歩いているのが、窓格子《まどごうし》の隙間から見えた。

八坂の第に着くと、泰文は谷と谷との間に架けた長い橋廊をわたって細殿に行き、はるか下の墓を見おろしながら酒盛をはじめた。いいぐあいに酔いが発しないらしく、折敷《おりしき》の下物を手づかみで食い、夜の更けるまで調子をはずした妙な飲みかたをしていたが、夜半近く、杯を投げだすと、そこへ酔い倒れてすさまじい鼾《いびき》をかきだした。

公子と花世は蒼《あお》くなって眼を見あわせ、今こそと、たがいの思いを通じあった。いずれこういう折があるものと期待していたが、それにしてもあまりに早すぎた。着いたばかりでは、善世も手が出まい。どうしたらよかろうという苛立ちと当惑の色が、たがいの眼差のなかにあった。公子が心をきめかねているうちに、花世はつと立って細殿から出て行ったが、間もなく戻ってきて、橋廊のきわから公子を手招きした。公子が足音を忍ばせながら花世のそばに行くと、花世は公子の耳に口をあてて、

「だいじょうぶ。いま善世が来ます」とささやいた。

しばらくすると、善世が夏草をかきわけながら谷のなぞえを這いあがってきた。ながいあいだ階《はし》隠《がくし》の下にうずくまっていたが、そのうちにすらすらと細殿に上りこむと、ふところから大きな犬釘をだし、あおのけに倒れている泰文の眉間にまっすぐにおっ立て、頃合《ころあい》をはかって、

「鯰《なまず》め」と一気に金槌《かなづち》で打ちこんだ。

泰文はものすごい呻き声をあげ、それこそ、化けそこねた大鯰のように手足を尾鰭《おひれ》にしてバタバタとのたうちまわっていたが、つづいてもう一本、咽喉もとにうちこまれた犬釘で、すっかりおとなしくなってしまった。

星屑《ほしくず》ひとつない暗い夜で、どこを見ても深い闇だった。八坂の山中に、光といえばこの燈台の灯だけであろうが、その灯は風にあおられながら、泰文の異形な外法頭をしみじみと照していた。

久生十蘭《ひさおじゅうらん》（一九〇二〜一九五七）

函館生まれ。函館中学校（現在の函館中部高校）、東京の聖《せい》学院中学校を中退、「函館新聞」、岸田國士《くにお》の「悲劇喜劇」の編集を経て渡仏、パリ高等物理学校でレンズ工学、国立パリ技芸学校で演劇を学んだとされるが、詳細は不明。帰国後、新築地劇団や築地座で舞台監督を務め、またフランスの読み物の翻訳を発表。一九三四年に連作短篇（歿後『ノンシャラン道中記』としてまとめられる）で小説に進出。明治大学文芸科と文学座研究所で演劇を講じ、演出家としても活躍。三九年、連載中の『キャラコさん』で第一回新青年賞、五二年、「鈴木主水《もんど》」で第二六回直木賞、五五年、吉田健一英訳「母子像」で第二回「ニューヨーク・ヘラルド・トリビューン」国際短篇小説コンクール第一席。敗戦をユーモラスに描いた『だいこん』『愛情会議』、従軍経験を題材とした『内地へよろしく』、探偵小説『魔都』、サスペンス小説『十字街』、時代小説『顎十郎捕物帳《あごじゅうろうとりものちょう》』、冒険小説『地底獣国』や伝奇小説・歴史もの・実話読物でスピーディーな展開を得意とするいっぽう、技巧的な短篇の名手としても知られる。

略歴作成／千野帽子（文筆家）＊以下同

神西清《じんざいきよし》　雪の宿り

世間にはまずもって翻訳家として知られた人である。ロシア語やフランス語を素材に見事な日本語を紡ぎ出した。この人がいなければチェーホフやバルザックは今ほど我々のものにはなっていなかった。

その一方でこの作に見るような小説の達人でもあった。盟友だった堀辰雄と比べれば、神西は才能の八割を翻訳に注ぎ、堀は九割を創作に費やしたと言える。惜しむ声に対して神西は「きみは子孫に美田《びでん》を買う、ということを知らないのか」と抗弁したという。家族思いだったのだ。また堀の死後に全集の編纂《へんさん》などに最も力を尽くしたのも彼である。

文章に凝る。いつになっても完成原稿に至らない。その彫琢《ちょうたく》の跡をこの作品にも読み取ることができる。

応仁の乱は日本史の節目である。歴史小説はその時代の雰囲気を再現することを目的にする。騒乱と下剋上《げこくじょう》、大量の書物の焼失、苦難の日々が静かな雪の夜に語られる。

雪の宿り

文明《ぶんめい》元年の二月なかばである。朝がたからちらつきだした粉雪は、いつの間にか水気の多い牡丹《ぼたん》雪《ゆき》に変って、午《ひる》をまわる頃には奈良の町を、ふかぶかとうずめつくした。興福寺《こうふくじ》の七堂伽藍《しちどうがらん》も、東大寺の仏殿楼塔《ぶつでんろうとう》も、早くからものの音をひそめて、しんしんと眠り入っているようである。人気《ひとけ》はない。そういえば鐘の音さえも、今朝からずっととだえているような気がする。この中を、仮に南都の衆徒三千が物の具に身をかためて、町なかを奈良坂へ押し出したとしても、その足音に気のつく者はおそらくあるまい。

申《さる》の刻になっても一向に衰えを見せぬ雪は、まんべんなく緩やかな渦を描いてあとからあとから舞い下りるが、中ぞらには西風が吹いているらしい。塔という塔の綿帽子が、言い合わせたように西へかしいでいるのでそれが分る。西向きの飛簷垂木《ひえんたるき》は、まるで伎楽《ぎがく》の面のようなおどけた丸い鼻さきを、ぶらりと宙に垂れている。

うっかり転害門《てがいもん》を見過ごしそうになって、連歌師《れんがし》貞阿《ていあ》ははたと足をとめた。別にほかのことを考えていたのでもない。ただ、たそがれかけた空までも一面の雪に罩《こ》められているので、ちょっとこの門の見わけがつかなかったのである。入込んだ妻飾りのあたりが黒々と残っているだけである。少しでも早い道をと歌姫越えをして、思わぬ深い雪にかえって手間どった貞阿は、単調な長い佐保《さほ》路《じ》をいそぎながら、この門をくぐろうか、くぐらずに右へ折れようかと、道々決し兼ねていたのである。

ここまで来れば興福寺の宿坊《しゆくぼう》はつい鼻の先だが、応仁の乱れに近ごろの山内《さんない》は、まるで京を縮めて移して来たような有様で、連歌師風情《ふぜい》にはゆるゆる腰をのばす片隅もない。いややはり、このまま真すぐ東大寺へはいって、連歌友達の玄浴主《よくす》のところで一夜の宿を頼もうと、この門の形を雪のなかに見わけた途端に貞阿は心をきめた。

玄浴主は深井《じんじ》坊《ぼう》という塔頭《たつちゆう》に住んでいる。いわゆる堂衆の一人である。堂衆といえば南都では学匠のことだが、それを浴主などというのは可笑《おか》しい。浴主は特に禅刹《ぜんさつ》で入浴のことを掌《つかさど》る役目だからである。しかし由玄はこの通り名で、大華厳寺八宗兼学《だいけごんじはつしゆうけんがく》の学侶《がくりよ》のあいだに親しまれている。それほどにこの人は風呂好きである。したがって寝酒も嫌いな方ではない。貞阿のひそかに期するところも、実はこの二つにあったのである。

その夜、客あしらいのよい由玄の介抱で、久方ぶりの風呂にも漬《つか》り、固粥《かたかゆ》の振舞いにまで預ったところで、実は貞阿として目算《もくさん》に入れてなかった事が持上った。雪はまだ止む様子もない。風さえ加わって、庫裡《くり》の杉戸の隙間から時折り雪が舞い入らせる。そのたびに灯の穂が低くなびく。板敷の間《ま》の囲炉裏《いろり》をかこんで、問わず語りの雑談がしばらく続いた。

　貞阿は主人の使で、このあいだ兵庫の福原へ行って来た。主人というのは関白一条兼良《かんぱくいちじょうかねら》で、去年の十一月に本領安堵《あんど》がてら落してやった孫房家《ふさいえ》の安否を尋ねに、貞阿を使に出したのである。兵庫のあたりはまだ安穏な時分なので、須磨《すま》の浦もその足で一見して来た。貞阿はそこの話をした。それから話は自然、いま家族を挙げて興福寺の成就院《じょうじゅいん》に難を避けて来ている関白のことに移って、太《た》閤《こう》もめっきり老《ふ》けられましたな、などと玄浴主が言う。とって六十八にもなる兼良のことを、今さら老けたとは妙な言草《いいぐさ》だが、事実この矍鑠《かくしゃく》たる老人は、近年めだって年をとった。それは五年ほど前に腹ちがいの兄、東福寺の雲章一慶《うんしょういっけい》が入寂《にゅうじゃく》し、引続いて同じ年に、やはり腹ちがいの弟の東岳徴《とうがくちょう》昕《きん》が遷化《せんげ》して以来のことである。肉身の兄弟でもあり、学問の上の知己でもあったこの二人の禅僧を喪《うしな》って、兼良生来の勝気な性分もめっきり折れて来た。あの勧修念仏記《かんじゅねんぶつき》を著したのはその年の秋のことである。そこへ今度の大乱である。貞阿はそんな話をして、序《つい》でに一応和尚の自若《じじゃく》たる大往生ぶりを披露した。示寂《じじゃく》の前夜、侍僧に紙を求めて、筆を持ち添えさせながら、「即心即仏、非心非仏、不渉一途、阿弥陀仏」と大書したと云うのである。玄浴主は、いかさま禅浄一如《ぜんじょういちにょ》の至極境《しごくきょう》、と合槌《あいづち》を打つ。

　客は湯冷めのせぬうちに、せめてもう一献《いっこん》の振舞いに預って、ゆるゆる寝床に手足を伸ばしたいのだが、主人の意は案外の遠いところにあるらしい。それがこの辺から段々に分って来た。尤《もっと》も最初からそれに気が附かなかったのは、貞阿の方にも見落しがある。第一ほとんど二年近くも彼は玄浴主に顔を見せずにいた。応仁の乱れが始まって以来の東奔西走で、古い馴染《なじみ》を訪ねる暇もなかったのである。自分としては戦乱にはもう厭々《あきあき》している。しかし主人の身になってみれば、紛々たる巷説《こうせつ》の入りみだれる中で、つい最近まで戦火の渦中に身を曝《さら》していたこの連歌師の口から、その眼で見て来た確かな京の有様を聞きたいのは、無理もない次第に違いない。しかも戦乱の時代に連歌師の役目は繁忙《はんぼう》を極めている。差当っては明日にも、恐らく斎藤妙椿《さいとうみょうちん》のところへであろう、主命で美濃《みの》へ立たなければならぬと云うではないか。今宵《こよい》をのがして又いつ再会が期し得られよう。……そんな気構えがありありと玄浴主の眼の色に読みとれる。

それにもう一つ、貞阿にとって全くの闇中の飛礫《ひれき》であったのは、去年の夏この土地の法華寺《ほっけじ》に尼公として入られた鶴姫のことが、いたく主人の好奇心を惹《ひ》いているらしいことであった。世の取沙汰《とりざた》ほどに早いものはない。貞阿もこの冬はじめて奈良にしばらく腰を落着けて、鶴姫の噂《うわさ》が色々とあらぬ尾鰭《おひれ》をつけて人の口の端に上っているのに一驚《いっきょう》を喫したが、工合《ぐあい》の悪いことには今夜の話相手は、自分が一条家に仕えるようになったのは、そもそも母親が鶴姫誕生の折り乳母に上《あが》って以来のことであるぐらいの経歴なら、とうの昔に知り抜いている。……

主人の口占《くちうら》から、あらまし以上のような推察がついた今となっては、客も無下《むげ》に情を強《こわ》くしている訳にも行かない。実際このような慌しい乱世に、しかも諸国を渉り歩かねばならぬ連歌師の身であってみれば、今宵の話が明日は遺言とならぬものでもあるまい。それに自分としても、語り伝えて置きたい人の上のないこともない。……そう肚《はら》を据えると、銅提《ひさげ》が新たに榾火《ほたび》から取下ろされて、赤膚焼《あかはだやき》の大湯呑《ゆのみ》にとろりとした液体が満たされたのを片手に扣《ひか》えて、折からどうと杉戸をゆるがせた吹雪の音を虚空に聴き澄ましながら、客はおもむろに次のような物語の口を切った。

＊

御承知のとおり、わたくしは幼少の頃より、十六の歳でお屋敷に上りますまで、東福寺の喝食《かつしき》を致しておりました。ちょうどその時分、やはり俗体のままのお稚児《ちご》で、奥向きのお給仕を勤めておられた衆のなかに、松王丸《まつおうまる》という方がございました。わたくしより六つほどもお年下でございましたろうか、御利発なお人なつこい稚児様で、ついお懐《なつ》きくださるままに、わたくしも及ばずながら色々とお世話を申上げたことでございました。これが思えば不思議な御縁のはじまりで、松王様とはつい昨年の八月に猛火《みようか》のなかで遽《あわただ》しいお別れを致すまで、ものの十八年ほどの長い年月を、陰になり日向《ひなた》になり断えずお看《み》とり申上げるような廻《めぐ》り合せになったのでございます。あの方のお声やお姿が、今なおこの眼の底に焼きついております。わたくしが今宵の物語をいたす気になりましたのも、余事はともあれ実を申せば、この松王様のおん身の上を、あなた様に聞いて頂きたいからなのでございます。

その頃は、先刻もお話の出ました雲章一慶さまも、お歳こそ七十ぢかいとは申せまだまだお壮《さか》んな頃で、かねがね五山《ござん》の学衆の、あるいは風流韻事《ふうりゆういんじ》にながれあるいは俗事政柄《ぞくじせいへい》にはしって、学道をおろそかにする風のあるのを痛くお嘆き遊ばされて、日ごろ百丈清規《ひやくじようしんき》を衆徒に御講釈になっておられました。その厳しいお躾《しつ》けを学衆の中には迷惑がる者もおりまして、今義堂《いまぎどう》などと嘲弄《ちようろう》まじりに端《はし》たない陰口を利く衆もありましたが、御自身を律せられますことも洵《まこと》にお厳しく、十七年のあいだかつてお脇を席《むしろ》におつけ遊ばした事がなかったと申します。この御警策の賜物《たまもの》でございましょう、わたくし風情の眼にも、東福寺の学風は京の中でも一段と立勝《たちまさ》って見えたのでございます。されば他の諸山からも、心ある学僧の一慶様の講莚《こうえん》に列《つら》なるものが多々ございました。その中には相国寺《しょうこくじ》の桃源瑞仙《とうげんずいせん》さまの、まだお若い姿も見えましたが、この方は程朱《ていしゅ》の学問とやらの方では、一慶さま一のお弟子であったと伺っております。

このお二方はよく御同道で、一条室町の桃花坊《とうかぼう》(兼良邸)へ参られました。そのお伴にはかならず松王様をお連れ遊ばすのが例で、御利発な上に学問御熱心なこのお稚児を、お二方ともよくよくの御鍾愛《しょうあい》のようにお見受け致しました。わたくしが桃花坊へ上りました後々も、一慶さまや瑞仙さまが奥書院に通られて、太閤殿と何やら高声で論判をされるのが、表の方までもよく響いて参ったものでございます。そういうお席で、お伴について来られた松王様が、傍らにきちんと膝を正されて、易《えき》だの朱子《しゅし》だのと申すむずかしいお話に耳を澄ましておられるお姿を、わたくしどももよく垣間《かいま》見《み》にお見かけしたものでございました。

この松王様のことは、くだくだしく申上げるまでもなく、かねてお聞及《ききおよ》びもございましょう。右兵衛佐殿《うひょうえのすけどの》(斯波義敏《しばよしとし》)の御曹子《おんぞうし》で、そののち長禄《ちょうろく》の三年に、義政公の御輔導役伊勢殿《ほどういせどの》(貞親《さだちか》)の、奥方《おくがた》の縁故に惹かされての邪曲《よこしま》なお計らいが因で父君が廃黜《はいちゅつ》の憂き目にお遇いなされた折り、一時は武衛家《ぶえいけ》の家督を嗣《つ》がれた方でございます。それも長くは続きませず、二年あまりにて同じ伊勢殿のお指金《さしがね》でむざんにも家督を追われ、つむりを円《まる》められて、人もあろうにあの蔭凉軒《おんりょうけん》の真蘂西堂《しんずいせいどう》のもとに、お弟子に入られたのでございました。このお痛わしいお弟子入りについては、色々とこみ入った事情もございますが、掻撮《かいつま》んで申せばこれは、父君右兵衛佐殿の調略《ちょうりゃく》の牲《にえ》になられたのでございました。松王様が家督をおすべり遊ばした後は、やはり伊勢殿のお差図《さしず》で、いま西の陣一方の旗がしら、左兵衛佐殿《さひょうえのすけどの》(斯波義兼《よしかね》)が渋川家より入って嗣がれましたが、右兵衛さまとしてみれば御家督に未練もあり意地もおありのことは理の当然、幸いお妾《てかけ》の妹君が、そのころ新造さまと申して伊勢殿の寵愛無双《ちょうあいむそう》のお妾であられたのを頼って、御家督におん直りのこと様々に伊勢殿へ懇望《こんぼう》せられました事の序《つい》で、これまた黒衣の宰相《さいしょう》などと囃《はや》されて悪名天下にかくれない真蘂西堂にも取入って、そのお口添えを以て公方《くぼう》様をも動かさんものとの御たくらみから、松王様を蔭凉軒に附けられたものでございます。いやはや何と申してよいやら、浅ましいのは人の世の名利《みょうり》争いではございますまいか。これが畠山殿の御相続争いと一つになって、この応仁の乱れの口火となりましたのを思えば、その陰にしいたげられて、うしろ暗い企《たく》らみ事の只《ただ》のお道具に使われておいでの松王様のお身の上は、なかなかお痛わしいの何のと申す段のことではございません。

このたびの大乱の起るに先だちましては、まだそのほかに瑞祥《ずいしょう》と申しますか妖兆と申しますか、色々と厭《いや》らしい不思議がございました。まず寛正《かんしょう》の六年秋には、忘れも致しません九月十三日の夜亥《い》の刻ごろ、その大いさ七八尺もあろうかと見える赤い光り物が、坤方《ひつじさる》より艮方《うしとら》へ、風雷のように飛び渡って、虚空は鳴動、地軸も揺るがんばかりの凄まじさでございました。たちまちにして消え去った後は白雲に化したと申します。そのとき安部殿（在貞）などの奉られた勘文《かんもん》では、これは飢荒、疾疫群死、兵火起、あるいは人民流散、流血積骨の凶兆であった趣でございます。当時、何ぴとの構えた戯《ざ》れ事《ごと》でございましょうか、天狗《てんぐ》の落文《おとしぶみ》などいう札を持歩く者もありまして、その中には「徹書記《てつしょき》、宗砌《そうぜい》、音阿弥《おんあみ》、禅竺、近日此方へ来《きた》ル可《べ》シ」など記してあったと申します。前《さき》のお二人はわたくしの思い違えでなくば、これより先に亡くなっておられますが、観世《かんぜ》殿が一昨年、金春《こんぱる》殿が昨年と続いて身罷《みまか》られましたのも不思議でございます。それにしましても世の乱れにとって、歌よみ、連歌師、猿楽師《さるがくし》など申すものに何の罪科がございましょう。思えばひょんな風狂人もあったものでございます。

わたくし風情《ふぜい》が今更めいて天下の御政道をかれこれ申す筋ではございません。それは心得ておりますが、何としてもこの近年の御公儀のなされ方は、わたくし共の目に余ることのみでございました。天狗星の流れます年の春には花頂若王子《かちようにやくおうじ》のお花御覧、この時の御前相伴衆《ごぜんしようばんしゆう》の箸は黄金をもって展《の》べ、御供衆《おともしゆう》のは沈香《ちんこう》を削って同じく黄金の鍔口《つばぐち》をかけたものと申します。その前の年は観世の河原猿楽御覧、更には、これは貴方《あなた》さまよく御存じの公方さま春日社御参詣、また文正《ぶんしよう》の初めには花の御幸《ごこう》。……いやいやそんな段ではございません、その公方さま花の御所の御造営には甍《いらか》に珠玉を飾り金銀をちりばめ、その費《つい》え六十万緡《さし》と申し伝えておりますし、また義政公御母君御台所《みだいどころ》の住まいなされる高倉の御所の腰障子《こししようじ》は、一間の値い二万銭とやら申します。上《かみ》このようなされ方ゆえ、したがっては公家武家の末々までひたすらに驕侈《きようし》にふけり、天下は破れば破れよ、世間は滅びば滅びよ、人はともあれ我身さえ富貴《ふうき》ならば、他より一段栄耀《えよう》に振舞わんと、このような気風になりましたのも物の勢いと申しましょうか。

その一方に民の艱難《かんなん》は申すまでもございません。例の流れ星騒動の年には、大嘗会《だいじようえ》のありました十一月に九ヶ度、十二月には八ヶ度の土倉役《どそうやく》がかかります。徳政とやら申すいまわしい沙汰も義政公御治世に十三度まで行われて、倉方《くらかた》も地下《じげ》方もことごとく絶え果てるばかりでございます。かてて加えて寛正はじめの年は未聞の大凶作、翌《あく》る年には疫病《えやみ》さえもはやり、京の人死《ひとじに》は日に幾百と数しれず、四条五条の橋の下に穴をうがって屍《しかばね》を埋める始末となりました。一穴ごとに千人二千人と投げ入れますので、橋の上に立って見わたしますと流れ出す屍も数しれず、石ころのようにごろごろと転《まろ》んで参ります。そのため賀茂《かも》の流れも塞《ふさ》がらんばかり、いやその異様な臭気と申したら、お話にも何にもなるものではございません。いま思いだしても、ついこの頬のあたりに漂って参ります。人の噂ではこの冬の京の人死は締《し》めて八万二千とやら申します。

願阿弥陀仏と申されるお聖《ひじり》は、この浅ましさを見るに見兼ねられて、義政公にお許しを願って六角堂の前に仮屋を立て、施行《せぎよう》をおこなわれましたが、このとき公方様より下された御喜捨はなんと只の百貫文と申すではございませんか。また、五山の衆徒に申し下されて、四条五条の橋の上にて大施餓鬼《せがき》を執行せしめられましたところ、公儀よりは一紙半銭の御喜捨もなく、費《つい》えはことごとく僧徒衆の肩にかかり、相国寺のみにても二百貫文を背負い込んだとやら。花の御所の御栄耀に引きくらべて、わたくし風情の胸の中までも煮えたつ思いが致したことでございます。

このような天災地妖がたび重なっては、御政道は暗し、何ごとか起らずにいるものではございません。応仁元年正月の初めより、京の人ごころは何かしら異様な物を待つ心地で、あやしい胸さわぎを覚えておりましたところ、果せるかなその月の十八日の夜、洛北《らくほく》の御霊林《ごりようばやし》に火の手は上ったのでございます。

尤《もつと》もわたくしは二三日前より御用で近江《おうみ》へ参っておりまして、その夜のことは何も存じません。御用もそこそこに飛ぶように帰って参りますと、騒ぎは既に収まって、案外に京の町は落着いております。とは申せその底には容易ならぬ気配も動いておりますし、桃花坊はその夜の合戦の場より隔たっておりませんので、すぐさま御家財御衣裳の御引移しが始まります。太平記と申す御本を拝見いたしますと、去《さ》んぬる正平《しようへい》の昔、武蔵守《むさしのかみ》殿（高師直《こうのもろなお》）が雲霞《うんか》の兵を引具《ひきぐ》して将軍（尊氏《たかうじ》）御所を打囲《うちかこ》まれた折節《おりふし》、兵火の余烟《よえん》を遁《のが》れんものとその近辺の卿相雲客《けいしようううんかく》、あるいは六条の長講堂《ちようこうどう》、あるいは土御門《つちみかど》の三宝院《さんぽういん》へ資財を持運ばれた由が、載せてございますが、いざそれが吾身のことになって見ますれば、そぞろに昔のことも思い出でられて洵《まこと》に感無量でございます。この度の戦乱の模様では、京の町なかは危いとのことで、どこのお公卿《くげ》様も主に愛宕《あたご》の南禅寺へお運びになります。一条家でも、御縁由《ゆかり》の殊更《ことさら》に深い東山《ひがしやま》の光明峰寺《こうみようぶじ》をはじめとし、東福、南禅などにそれぞれ分けてお納めになりました。京じゅうの土倉《どそう》、酒屋など物持ちは言わずもがな、四条坊門、五条油小路《あぶらこうじ》あたりの町屋の末々に至るまで、それぞれに目ざす縁故をたどって運び出すのでございましょう、その三四ヶ月と申すものは、京の大路小路は東へ西への手車小車に埋めつくされ、足の踏《ふ》んどころもない有様。中にはいたいけな童児が手押車を押し悩んでいるのもございます。わたくしも、その絡繹《らくえき》たる車の流れをかいくぐるように、御家財を積んだ牛車《ぎつしや》を宰領《さいりよう》して、幾たび賀茂の流れを渡りましたやら。その都度、六年前の丁度この時節に、この河原に充ち満ちておりました数万の屍のことも自ずと思い出でられ、ああこれが乱世のすがたなのだ、これが戦乱の実相なのだと、覚えず暗い涙に咽《むせ》んだことでございました。

　室町のお屋敷には、桃華文庫と申す大切なお文倉《ふみくら》がございます。これも文和《ぶんな》の昔、後芬陀利花院《ふだらくいん》さま（一条経通《つねみち》）御在世の砌《みぎり》、折からの西風に煽《あお》られてお屋敷の寝殿《しんでん》二棟が炎上の折にも、幸いこの御秘蔵の文庫のみは恙《つつが》なく残りました。瓦を葺《ふ》き土を塗り固めたお倉でございますので、まあ此度も大事《だいじ》はあるまいと、太閤さまもこれにはいっさい手をお触れにならず、わざわざこのわたくしを召出されて、文庫のことはくれぐれも頼むと仰せがございました。お屋敷に仕える青侍《あおさぶらい》の数も少いことではございませんが、殊更わたくしにお申含《もうしふく》めになったについては、少々訳がらもございます。それは太閤さまが心血をそそがれました新玉集《しんぎよくしゆう》と申す連歌の撰集二十巻が、このお文倉に納めてありまして、わたくしもその御纂輯《ごさんしゆう》の折ふしには、お紙折りの手伝いなどさせて頂いたものでございます。ゆくゆくは奏覧にも供え、また二条摂政《せつしょう》さま（良基《よしもと》）の菟玖波集《つくばしゅう》の後を承《う》けて勅撰《ちょくせん》の御《お》沙汰《さた》も拝したいものと私《ひそ》かに思定《おもいさだ》めておいでの模様で、いたくこの集のことをお心に掛けてございました。尤もこれは、なまじえせ連歌など弄ぶわたくしの思い過しもございましょう。お文倉には和漢の稀《き》籍《せき》群書およそ七百余合、巻かずにして三万五千余巻が納めてありましたとのことで、中には月輪殿《つきのわ》（九条兼実《くじょうかねざね》）の玉葉《ぎょくよう》八合、光明峯寺殿《こうみょうぶじ》（同道家《みちいえ》）の玉蘂《ぎょくずい》七合などをはじめ、お家累代《るいだい》の御記録の類も数少いことではございませんでした。

そうこう致すうち一月の末には、太閤は宇治の随心院へ奥方様とお二人で御座を移されました。御老体のほどを気づかわれたお子様がたのお勧めに従われたものでございましょう。さあそうなりますと、身に余る大役をお請けした上に、大樹とも頼む太閤はおいでにならず、東の御方《おかた》様はじめお若い方々のみ残られました桃花坊で、わたくしは茫然《ぼうぜん》と致してしまいました。見渡すところ青侍の中には腕の立ちそうな者はおりませず、夜ふけて風の吹き募ります折りなどは、今にも兵《つわもの》どもの矢たけびが聞えて来はしまいか、どこぞの空が兵火に焼けていはしまいかと落々《おちおち》瞼《まぶた》を合わす暇さえなく、蔀《しとみ》をもたげては闇夜の空をふり仰ぎふり仰ぎ夜を明かしたものでございました。

さいわい五月の末ごろまでは何事もなく過ぎました。とは申せ安からぬ物の気配は日一日と濃くなるばかり。東西両陣の合戦の用意が日ごとに進んで参る有様が手にとるように窺われます。その中を、わたくしにとってただ一つの心頼みは、あの松王丸様なのでございました。いやそうではございません。すでに御家督をおすべりになって、蔭涼軒にて御祝髪《しゅくはつ》ののちの、見違えるような素円さまなのでございます。お歳ははや二十四、ああ世が世ならばと、御立派に御成人のお姿を見るたびに、わたくしは覚えず愚痴の涙も出るのでございました。……実は先刻から申しそびれておりましたが、この松王さまが（やはり呼び慣れたお名で呼ばせて頂きましょう――）、いつの間にやら鶴姫さまと、深いおん言交《いいかわ》しの御仲であったのでございます。母親にたずねてみますれば色々その間のいきさつも分明《ぶんめい》いたしましょうが、そのような物好き心が何の役にたちましょう。ただ、武衛家の御家督に立たれました頃おい、太閤様にじきじきの御申入れがあったとやら無かったとやら、素《もと》より陪臣のお家柄であってみれば、そのような望みの叶えられよう道理もございません。それ以来松王さまのお足も自然表むきには遠のいたのでございます。

わたくしとしましてはただそのお心根がいじらしく、おん痛わしく、お頼みにまかせて文使いの役目を勤めておったのでございます。お目にかかる折々には、打融《うちと》けられた磊落《らいらく》なお口つきで、「室町が火になったら、俺が真すぐ駈けつけてやるぞ。屈強な学僧づれを頼んで、文庫も燃させることではないぞ」などと、仰せになったものでございます。この御言葉だけでも、わたくしにはどれほど心づよく思われましたことか。のみならず夕暮どきなど、裏庭の築山《つきやま》のあたりからこっそり忍んで参られることもございました。そのような折節には、母親のひそかな計らいで、片時の御対面もあったようでございました。また時によっては、「文庫を燃させなんだらその褒美《ほうび》に、姫をさらって行くからそう思え」などと御冗談もございました。実を申せばわたくしは内心に、どれほどそうなれかしと望んだことで御座いましょう。渦を巻く猛火《みようか》のなかを、白い被衣《かつぎ》をかずかれた姫君が、鼠《ねずみ》色の僧衣の逞《たくま》しいお肩に乗せられて、御泉水のめぐりをめぐって彼方《かなた》の闇にみるみるうちに消えてゆく、そのような夢ともつかぬ絵姿を心に描いては、風の吹き荒れる晩など樹立《こだち》のざわめくお庭先の暗がりに、よく眺め入ったものでございました。悲しいことに、それもこれも現《うつつ》とはなりませんでした。尤もわたくしの眼《まなこ》の中にえがいた火の色と白と鼠の取り合わせは、後日まったく思いもかけぬ相《すがた》で現われるには現われましたが、それはまだ先の話でございます。

忘れも致しません、五月二十六日の朝まだき、おっつけ寅《とら》の刻でもありましたろうか、北の方角に当って時ならぬ太鼓の磨り打ちの音が起りました。つづいてそれがどっと雪崩《なだれ》を打つ鬨《とき》の声に変ります。わたくしはほとんどもう寝間着姿で、寝殿のお屋敷に攀《よ》じ登ったのでございます。しばらくは何の見分けもつきませんでしたが、やがて乾方に当って火の手が上ります。その火が次第に西へ西へと移ると見るまに、夜もほのぼのと明けて参りました。見れば前《さき》の関白様（兼良男教房《のりふさ》）をはじめ、御一統《ごいっとう》には悉皆《しっかい》お身仕度を調えて、お廂《ひさし》の間にお出ましになっておられます。東の御方（兼良側室）はじめ姫君、侍女がたは、いずれも甲斐々々《かいがいい》しいお壺装束《つぼそうぞく》。わたくしも、こう成りましては腹巻の一つも巻かなくてはと考えましたが、万が一にも雑兵《ぞうひょう》乱入の砌《みぎり》などにはかえって僧形《そうぎょう》の方が御一統がたの介抱を申上げるにも好都合かと思い返し、慣れぬ手に薙刀《なぎなた》をとるだけのことに致しました。何せこの歳まで、本物の戦さと申すものは人の話に聞くばかり、今になって顧みますと可笑《おか》しくなりますが、小半時《こはんとき》ほどは胴の顫《ふる》えがとまりません。いやはやとんだ初陣《ういじん》ぶりでございました。

そのうちに物見《ものみ》に出ました青侍もぼつぼつ戻って参ります。その注進によりますと、今日の戦《いく》さの中心は洛北とのことで、それも次第に西へ向って、南一条大宮のあたりに集まってゆくらしいと申すのでございましたが、時刻が移りますにつれどうしてそんな事ではなく、やがて東のかた百万遍《ひゃくまんべん》、革堂《こうどう》（行願寺《ぎょうがんじ》）のあたりにも火の手が上ります。これはやや艮方《うしとら》へ寄っておりますので、折からの東風に黒々とした火煙は西へ西へと流れるばかり、幸い桃花坊のあたりは火の粉もかぶらずにおりますが、もし風の向きでも変ったなら、炎の中をどうして御一統をお落し申そうかと、ただもう胸を衝かれるばかりでございます。頼みの綱は兼々《かねがね》お約束の松王さまばかり、それも室町のあたりは火にはかからぬと思召《おぼしめ》してか、あるいはまた相国寺の西にも東にも火の手の上っております有様では、無下《むげ》にその中を抜け出しておいで遊ばすわけにも参らぬものか、一向に姿をお見せになりません。やがてその日も暮れました。夜に入って風は南に変ったとみえ、百万遍、雲文寺のかたの火焰《かえん》も廬山寺《ろざんじ》あたりの猛火も、次第に南へ延びて参ります。渦巻きあがる炎の末はことごとく白い煙と化して棚《たな》びき、その白雲の照返しでお庭先は、夜どおしさながら明方《あけがた》のような妙に蒼《あお》ざめた明るさでございます。ことに凄まじいのは真夜中ごろの西のかたの火勢で、北は船岡山《ふなおかやま》から南は二条のあたりまで、一面の火の海となっておりました。

　ようようにその夜も無事にすぎて、翌《あく》る二十七日には、朝の間のどうやら鬨の声も小止《おや》みになったらしい隙を見計らい、東の御方は鶴姫さまと御一緒に中御門《なかみかど》へ、若君姫君は九条へと、青侍の御警固で早々にお落し申上げました。やれ一安心と思ったが最後、気疲れが一ときに出まして、合戦の勢がまた盛返したとの注進も洞《うつ》ろ心に聞きながし、わたくしは薙刀を杖に北の御階《みはし》にどうと腰を据えたなり、夕刻まではそのまま動けずにおりました。この日の戦も酉《とり》の終までには片づきまして、その夜は打って変ってさながら狐につままれたような静けさ。物見の者の持寄りました注進を編み合わせてみますと、この両日に炎上の仏刹《ぶっさつ》邸宅は、革堂、百万遍、雲文寺をはじめ、浄菩提寺、仏心寺、窪の寺、水落の寺、安居院《あぐい》の花の坊、あるいは洞院殿《とういんでん》、冷泉中納言《れいぜいちゅうなごん》、猪熊殿《いのくま》など、夥《おびただ》しいことでございましたが、民の迷惑も一方《ひとかた》ならず、一条大宮裏向いの酒屋、土倉、小家、民屋はあまさず焼亡いたし、また村雲の橋の北と西とが悉皆《しっかい》焼け滅んだとのことでございます。

　さりながらこれはほんの序の口でございました。住むに家なく、口に糊《こ》する糧《かて》もない難民は大路小路に溢《あふ》れております。物とり強盗は日ましに繁《しげ》くなって参ります。かてて加えて諸国より続々と上ってまいる東西両陣の足軽《あしがる》と申せば、昼は合戦、夜は押込みを習いとする輩《やから》ばかり、その荒々しい人相といい下賤《げせん》な言葉つきと云い、目にし耳にするだに身の毛がよだつ思いでございました。そうなりますともはや戦さなどと申すきれい事ではございません。昼日なかの大路を、大刀《たち》を振りかざし掛声も猛に、どこやらの邸《やしき》から持ち出したものでございましょう、重たげな長櫃《ながびつ》を四五人連れで舁《か》いて渡る足軽の姿などは、一々目にとめている暇もなくなります。築地《ついじ》の崩れの陰などでは、抜身《ぬきみ》を片手に女どもをなぐさんでおります浅ましい有様が、ちょっと使に出ましても二つや三つは目につきます。夜は夜で近辺のお屋敷の戸蔀《しとみ》を蹴《け》破《やぶ》る物音の、けたたましい叫びと入りまじって聞えて参ることも、室町あたりでさえ珍らしくはございません。まことにこの世ながらの畜生道、阿《あ》鼻大城《びたいじょう》とはこの事でございましょう。

そのような怖ろしいことが来る日も来る夜も打続《うちつづ》いておりますうち、六月八日には、遂《つい》に一大事となってしまいました。その午《うま》の刻ばかりに、中御門猪熊の一色《いっしき》殿のお館に、乱妨《らんぼう》人が火をかけたのでございます。それのみではございません、近衛《このえ》の町の吉田神主の宅にも物取りどもが火を放ったとやら、たちまち九ヶ所より火の手をあげ、折からの南の大風に煽られて、上京《かみぎょう》の半ばが程はみるみる紅蓮《ぐれん》地獄となり果てました。火焔の近いことは五月の折りの段ではなく、吹きまく風に一時は桃花坊のあたりも煙をかぶる仕儀となりまして、わたくしはもはやお庭を去らず、お文庫の瓦屋根にじっと見入りながら、最後の覚悟をきめたほどでございました。屋根をみつめておりますと、その上を這《は》う薄い黒煙のなかに太閤様のお顔が自然にかさなって見えて参ります。あの名高い江家《ごうけ》文庫が、仁平《にんぴょう》の昔に焼亡して、闔《とびら》を開く暇もなく万巻の群書片時に灰となったと申すのも、やはり午《うま》の刻の火であったことまでが思い合わされ、不吉な予感に生きた心地もございませんでした。幸いこの火も室町小路にて止まりました。そうそう、松王様はその夕刻、おっつけ戌《いぬ》の刻ほどにひょっくりお見えになり、わたくしがお怨《うら》みを申すと、

「なに、ついそこの武者の小路で見張っておったよ」と、事もなげに仰せられました。

その日の焼亡はまことに前代未聞の沙汰で、下《しも》は二条より上《かみ》は御霊《ごりょう》の辻まで、西は大舎人《おおとねり》より東は室町小路を界《さかい》におおよそ百町あまり、公家《くげ》武家《ぶけ》の邸はじめ合せて三万余宇が、小半日の間《ま》に灰となり果てたのでございます。そうなりますと町なかで焼け残っている場所とては数えるほどしかございません。お次はそこが火の海と決まっておりますので、桃花坊も中御門のお宿ももはやこれまでと思い切りその翌る日には前《さき》の関白様は随心院へ、また東の御方様は鶴姫様ともども光明峰寺へ、それぞれお移し申し上げました。

越えて八月の半ばには等持《とうじ》、誓願《せいがん》の両寺も炎上、いずれも夜火でございます。その十八日には洛中の盗賊どもこぞって終《つい》に南禅寺に火をかけて、かねてより月卿雲客《げっけいうんかく》の移し納めて置かれました七珍財宝をことごとく掠《かす》め取ってしまいます。これも夜火でございましたが、粟田口《あわたぐち》の花頂青蓮院《しょうれんいん》、北は岡崎の元応寺《がんおうじ》までも延焼いたし、丈余の火柱が赤々と東山の空を焦がす有様は凄まじくも美麗な眺めでございました。

……ああ、由玄どの、今あなたは眉をお顰《ひそ》めなされましたな。いえ、よく分っております、美麗だなどと大それた物の言いよう、さぞやお耳に障りましょう。神罰もくだりましょう、仏罰も当りましょう、それもよく心得ております。けれどこの貞阿は実に感じたままをお話しするまででございます。まことに人間の心ほど不思議なものはありませぬ。火をくぐり、血しぶきを見、腐れた屍

に胆《きも》を冷やし、人間のする鬼畜の業を眼《まなこ》にするうち、度胸もついて参ります。捨鉢《すてばち》な荒《すさ》びごころも出て参ります、それとともに、今日は人の身、明日はわが上と、日ごと夜ごとに一身の行末《ゆくすえ》を思いわび、あるいは儚《はかな》い夢を空だのみにし、あるいは善きにつけ悪しきにつけ瑞祥《ずいしょう》に胸とどろかせるような、片時の落居《らくきょ》のいとまとてない怪しい心のみだれが、いつしかに太い筋綱に縒《よ》り合わさって、いやいや吾が身ひとの身なんどは夢幻の池の面《も》にうかぶ束のまの泡沫《うたかた》にしか過ぎぬ、この怖ろしい乱壊転変《らんえてんぺん》の相《すがた》こそ何かしら新しいものの息吹《いぶ》き、すがすがしい朝を前触れる浄《きよ》めの嵐なのではあるまいかと、わたくしごとの境涯を離れて広々と世を見はるかす健気な覚悟も湧いて参ります。旧《ふる》き代の富貴、栄耀《えよう》の日ごとに毀《こぼ》たれ焼かれて参るのを見るにつけ、一掬哀惜《いっきくあいせき》の涙を禁《とど》めえぬそのひまには、おのずからこの無慚《むざん》な乱れを統《す》べる底の力が見きわめたい、せめて命のある間にその見知らぬ力の実相をこの眼で見たい、その力のはたらきから新しい美のいのちを汲《く》みとりたい……このような大それた身の程しらずの野心も、むくむくと頭をもたげて参ります。一身の浮き沈みを放下《ほうげ》して、そのような眼であらためて世の様を眺めわたしますと、何かこう暗い塗籠《ぬりごめ》から表へ出た時のように眼が冴《さ》え冴《ざ》えとして、あの建武《けんむ》の昔二条河原の落書《らくしょ》とやらに申す下剋上《げこくじょう》する成出者《なりでもの》の姿も、その心根の賤《いや》しさをもって一概に見どころなき者と貶《おと》しめなみする心持にもなれなくなります。今まではただおぞましい怖しいとのみ思っておりました足軽衆の乱波《らっぱ》も、土一揆《つちいっき》衆の乱妨も檀林巨刹《だんりんきょさつ》の炎上も、おのずと別の眼で眺めるようになって参ります。まことに吾ながら呆れるような心の移り変りでございました。……

　その間にも戦さの成行きは日に細川方が振わず、勢《いきおい》を得た山名《やまな》方は九月朔日ついに土御門万里《まで》の小路《こうじ》の三宝院に火をかけて、ここの陣所を奪いとり、いよいよ戦火は内裏《だいり》にも室町殿にも及ぼう勢となりました。その十三日には浄華院の戦さ、守る京極勢《きょうごくぜい》は一たまりもなく責め落され、この日の兵火に三宝院の西は近衛殿より鷹司殿《たかつかさ》、浄華院、日野殿、東は花山院殿《かざんいん》、広橋殿、西園寺殿《さいおんじ》、転法輪《てんぼうりん》、三条殿をはじめ、公家のお屋敷三十七、武家には奉行衆《ぶぎょう》のお舎《やど》八十ヶ所が一片の烟《けむり》と焼けのぼりました。もはやこうなりましては、次の火に桃花坊の炎上は逃れぬところでございます。お屋敷の方はともあれかし、この世の乱れの収まったのち、たとえ天下はどのように変ろうとも、かならず学問の飢《かつ》えが来る、古《いにし》えの鏡をたずねる時がかならず来る。あのお文倉だけは、この身は八つ裂きになろうとも守り通さずには措《お》かぬと、わたくしはいよいよ覚悟をさだめ、水を打ったようなしいんとした諦めのなかで、深く思いきったことでございました。さりながら、思えば人間の心当てほど儚《はかな》いものもございません。わたくしがそのように念じ抜きました桃華文庫も、まったく思いもかけぬ事故《ことゆえ》から烏有《うゆう》に帰したのでございます。……

貞阿はほっと口をつぐんだ。流石《さすが》に疲れが出たのであろう。傍らの冷えた大湯呑をとり上げると、その七八分目まで一思いに煽って、そのまま座を立った。風はいつの間にかやんでいる。厠の縁《かわや》に立って眺めると、雪もやがて霽《は》れるとみえ、中空には仄《ほの》かな光さえ射している。ああ静かだと貞阿は思う。今しがたまで自分の語り耽《ひた》っていた修羅黒縄《しゅらこくじょう》の世界と、この薄《うす》ら氷《ひ》のようにすき透った光の世界との間には、どういう関わりがあるのかと思ってみる。これは修羅の世を抜けいでて寂光《じゃっこう》の土にいたるという何ものかの秘《ひそ》やかな啓《あか》しなのでもあろうか。それでは自分も一応は浄火の界《さかい》を過ぎて、いま涼道蓮台の門さきまで辿《たど》りついたとでも云うのか。いや何のそのような生易《なまやさ》しいことが、と貞阿はわれとわが心を叱る。京の滅びなどこの眼で見て来たことは、恐らくはこの度の大転変の現われの九牛《きゅうぎゅう》の一毛にしか過ぎまい。兵乱はようやく京を離れて、分国諸領に波及しようとする兆しが見える。この先十年あるいは二十年百年、旧《ふる》いものの崩れきるまで新しいものの生れきるまでは、この動乱は瞬時もやまずに続くであろう。人間のたかが一世や二世で見きわめのつくような事ではあるまい。してみればいま眼前のこの静寂は、仮の宿りにほかならぬ。今宵の雪の宿りもまた、所詮はわが一生の間にたまさかに恵まれる仮の宿りに過ぎないのだ。……貞阿はそう思い定めると、しばらくじっと瞑目《めいもく》した。雪が早くも解けるのであろう、どこかで樋をつたう水の音がする。……

やがて座に戻った連歌師は、玄浴主の新たに温めてすすめる心づくしの酒に唇をうるおしながら、物語の先をつづげた。

それは九月の十九日でございました。明け方から凄まじい南の風が吹き荒れておりましたが、その朝の巳《み》の刻なかばに、お屋敷のすぐ南、武者の小路の上《かみ》の方に火の手があがったのでございます。つづいてその下《しも》にも上《かみ》にも二つ三つと炎があがります。火の手はたちまちに土御門の大路を越えて、あっと申す間もなく正親町《おおぎまち》を嘗めつくし、桃花坊は寝殿といわずお庭先といわず、黒煙りに包まれてしまいました。折からの強風にかてて加えて、火勢の呼び起すつむじ風もすさまじいことで、御泉水あたりの巨樹大木も一様にさながら箒《ほうき》を振るように鳴りざわめき、その中を燃えさかったままの棟木《むなぎ》の端や生木《なまぎ》の大枝が、雨あられと落ちかかって参ります。やがて寝殿の檜皮《ひわだ》葺きのお屋根が、赤黒い火焰をあげはじめます。お軒先《のきさき》をめぐって火の蛇がのたうち廻ると見るひまに、轟《ごう》と音をたてて蔀《しとみ》が五六間ばかりも一ときに吹き上げられ、御殿の中からは猛火《みょうか》の大柱が横ざまに吐き出されます。それでもう最後でございます。わたくしは、居残っております十人ほどの青侍や仕丁《しちょう》の者らと、兼ねてより打合せてありました御泉水の北ほとりに集まり、その北に離れておりますお文倉をそびらに庇《かば》うように身構えながら、程なく寝殿やお対屋《たいのや》の崩れ落ちる有様を、あれよあれよとただ打ち守るばかり。さあ、寝殿の焼け落ちましたのは、やがて午《うま》の一つ頃でもございましたろうか、もうその時分には火の手は一条大路を北へ越して、今出川《いまでがわ》の方《かた》もまた西の方《かた》小川のあたりも、一面の火の海になっておりました。

その中を、どこをどう廻って来られたものか、松王さまは学僧衆三四人と連れ立たれて走《は》せつけて下さいました。わたくしは忝《かたじ》けなさと心づよさに、お手をじっと握りしめた儘《まま》、しばしは物も申せなかったことでございました。お文倉にも火の粉や余燼《もえさし》が落下いたしましたが、それは難なく消しとめ、やがて薄らぎそめた余煙の中で、松王さまもわたくしどもも御文庫の無事を喜び合ったことでございます。松王さまは小半時ほど、焼跡の検分などをお手伝い下さいましたが、もはや大事《だいじ》もあるまいとの事で、間もなく引揚げておいでになりました。

その未《ひつじ》の刻もおっつけ終る頃でございましたろうか。わたくしどもは、兼ねて用意の糒《ほしい》などで腹をこしらえ、お文庫の残った上はその壁にせめて小屋なりと差掛け、警固いたさねばなりませんので、寄り寄りその手筈《てはず》を調えておりました所、表の御門から雑兵《ぞうひょう》およそ三四十人ばかり、どっとばかり押し入って参ったのでございます。そのしばらく前に二三人の足軽らしい者が、お庭先へ入っては参りましたが、青侍の制止におとなしく引き退《さが》りましたので、そのまま気にも留めずにいたのでございます。その同勢三四十人の形《なり》の凄まじさと申したら、悪鬼羅刹《あっきらせつ》とはこのことでございましょうか、裸身の上に申訳ばかりの胴丸《どうまる》、臑当《すねあて》を着けた者は半数もありますことか、その余の者は思い思いの半裸のすがた、抜身の大刀を肩にした数人の者を先登に、あとは一抱えもあろうかと思われるばかりの檜《ひのき》の丸太を四五人して舁《かつ》いで参る者もあり、空手《からて》で踊りつつ来る者もあり、あっと申す暇もなくわたくしどもは、お文倉との間を隔てられてしまったのでございます。刀の鞘《さや》を払って走せ向った血気の青侍二三名は、たちまちその大丸太の一薙《ひとな》ぎに遇い、脳漿《のうしよう》散乱し仆《たお》れ伏します。その間にもはや別の丸太を引っ背負って、南面の大扉にえいおうの掛声も猛に打ち当っておる者もございます。これは到底ちからで歯向っても甲斐はあるまい。この倉の中味を説き聴かせ、宥《なだ》めて帰すほかはあるまいとわたくしは心づきまして、一手の者の背後に離れてお築山のほとりにおりました大将株とも見える髯男《ひげおとこ》の傍へ歩み寄りますと、口を開く間もあらばこそたちまちばらばらと駈け寄った数人の者に軽々と担ぎ上げられ、そのまま築山の谷へ投げ込まれたなり、気を失ってしまったのでございます。足が地を離れます瞬間に、何者かが顔をすり寄せたのでございましょう、むかつくような酒気が鼻をついたのを覚えているだけでございます。……

やがて夕暮の涼気にふと気がつきますと、はやあたりは薄暗くなっております。風は先刻よりは余程ないで来た様子ながら、まだひょうひょうと中空に鳴っております。倒れるときお庭石にでも打ちつけたものか、脳天がずきりずきりと痛《や》んでおります。わたくしはその谷間をようよう這い上りますと、ああ今おもい出しても総身《そうみ》が粟《あわ》だつことでございます。あの宏大もないお庭先一めんに、書籍冊巻のあるいは引きちぎれ、あるいは綴《つづ》りをはなれた大小の白い紙片が、折りからの薄闇のなかに数しれず怪しげに立ち迷っているではございませんか。そこここに散乱したお文櫃《ふみびつ》の中から、白蛇のようにうねり出ている経巻《きようかん》の類いも見えます。それもやがて吹き巻く風にちぎられて、行方も知らず鼠色の中空へ立ち昇って参ります。寝殿のお焼跡のそこここにまだめらめらと炎の舌を上げているのは、そのあたりへ飛び散った書冊が新たな薪となったものでもございましょう。燃えながらに宙へ吹き上げられて、お築地《ついじ》の彼方へ舞ってゆく紙帖もございます。わたくしはもうそのまま身動きもできず、この世の人の心地もいたさず、その炎と白と鼠いろの妖しい地獄絵巻から、いつまでもじいっと瞳を放てずにいたのでございます。口おしいことながら今こうしてお話し申しても、口不調法《ぶちょうほう》のわたくしには、あの怖ろしさ、あの不気味さの万分の一もお伝えすることが出来ませぬ。あの有様は未だにこの眼の底に焼きついております。いいえ、一生涯この眼から消え失せる期《ご》のあろうことではございますまい。

　ようやくに気をとり直してお文倉に入ってみますと、さしもうず高く積まれてありましたお文櫃は、いずくへ持ち去ったものやら、そこの隅かしこの隅に少しずつ小さな山を黒ずませているだけでございます。青侍どもはみな逃亡いたして姿を見せません。顫《ふる》えながらも居残っておりました仕丁両三名を励ましつつ、お倉の中を検分にかかりますと、そこの山の隅かしこの山の陰から、ちょろちょろと小鼠のように逃げ走る人影がちらつきます。難民の小倅《こせがれ》どもがまだ諦めきれずに金帛《きんぱく》の類を求めているのでございましょう。……こうしてさしもの桃華文庫もあわれ儚く滅尽《めつじん》いたしたのでございます。残りましたお文櫃はそれでも百余合ほどございましたが、これは光明峰寺へ移し納め、わたくしもそれに附いてそちらへ引き移りました。わたくしは取るものも取敢えずその夜のうちに随心院へ参り、雑兵劫掠《ぞうひょうごうりゃく》の顚末《てんまつ》を深夜のことゆえお取次を以て言上いたしましたところ、太閤にはお声をあげて御痛哭《つうこく》あそばしました由、それを伺ってわたくしはしんから身を切られる思いを致したことでございました。光明峰寺へ移されましたお櫃の中には新玉集の御稿本は終《つい》に一帖も見当らなかったのでございます。

　いやもう一つ、わたくしが気を失って倒れておりました間に、つい近所の町筋では無慚《むざん》な出来事が起ったのでございました。翌日になって人から聞かされました事ゆえ、くわしいお話は致し兼ねますが、兼ねて下京《しもぎょう》を追出されておりました細川方の郎党衆、一条小川より東は今出川まで一条の大路に小屋を掛けて住居しておりましたのが、この桃花坊の火、また小笠原殿の余火に懸《かか》って片端より焼け上り、妻子の手を引き財物を背に負うて、行方も知らず右往左往いたした有様、哀れと言うも愚かであったと人の語ったことでございました。かようにして内裏の東西とも一望の焼野原となりました上は、細川方はもはや相国寺を最後の陣所と頼んで、立籠《たてこも》るばかりでございます。

けれども程なく十月の三日には、その相国寺の大伽藍《だいがらん》も夥しい塔頭《たっちゅう》諸院ともども、一日にして悉皆炎上いたしたのでございます。山名方の悪僧が敵に語らわれて懸けた火だと申します。この日の戦さの凄まじさは後日人の口より色々と聞き及びましたが、ともあれ黄昏《たそがれ》に至って両軍相引きに引く中を、山名方は打首《うちくび》を車八輛《りょう》に積んで西陣《にしじん》へ引上げたとも申し、白雲の門より東今出川までの堀を埋むる屍幾千と数知れなかったとも申しております。

さあこの報せが光明峰寺にとどきますと、鶴姫様の御心配は筆舌の及ぶところではございません。早々にお見舞いの御消息がわたくしに托《たく》せられます。それを懐にわたくしは相国寺の焼跡に立ったのは、翌る日のかれこれ巽《たつみ》の刻でもございましたろうか。さしも京洛第一の輪奐《りんかん》の美を謳《うた》われました万年山相国の巨刹《きょさつ》もことごとく焼け落ち、残るは七重の塔が一基さびしく焼野原に聳《そび》え立っているのみでございます。そこここに死骸を収める西方らしい雑兵どもが急しげに往来するばかり、功徳《く》《どく》池と申す蓮池には敵味方の屍がまだ累々と浮いておりますし、鹿苑院《ろくおんいん》、蔭凉軒の跡と思《おぼ》しきあたりも激しい戦の跡を偲《しの》ばせて、焼け焦げた兵どもの屍が十歩に三つ四つは転《まろ》んでいる始末でございます。物を問おうにも学僧衆はおろか、承仕法師《じょうじほうし》の姿さえ一人として見当りません。もしや何か目じるしの札でもと存じ灰塵瓦礫《かいじんがれき》の中を掘るようにして探《たず》ねましたが、思えば剣戟《けんげき》猛火のあいだ、そのようなものの残っていよう道理もございません。わたくしは途方に暮れて佇《たたず》んでしまいました。

その日は空しく立戻り、次の日もまた次の日も、わたくしは御文を懐にしつつあるいは功徳池のほとりに立ち暮らし、あるいは心当てもなく焼け残った巷々《ちまた》を探ね廻りましたが、松王様に似たお姿だに見掛けることではございません。そのうちに日数はたって参ります。相国寺合戦の日の色々と哀れな物語も自然と耳にはいって参ります。中でも一入《ひとしお》の涙を誘われましたのは、細川殿の御曹子、六郎殿のおん痛わしい御最後でございました。当年十六歳の六郎殿は、この日東の総大将として馬廻りの者わずか五百騎ばかりを以て、天界橋より攻め入る大敵を引受け、さんざんに戦われましたのち、大将はじめ一騎のこらず討死《うちじに》せられたのでございますが、戦さ果てても御遺骸を収める人もなく、犬狗《いぬえのこ》のように草叢《くさむら》に打棄《うちす》ててありましたのを、ようやく御生前に懇意になされた禅僧のゆくりなくも通りすがった者がありまして、泣く泣くおん亡骸《なきがら》を取収め、陣屋の傍に卓《つくえ》を立て、形ばかりの中陰《ちゅういん》の儀式をしつらえたのでございます。ところがある日のこと、ふとその禅僧が心づきますと、硯箱《すずりばこ》の蓋に上絵《うわえ》の短冊が入れてありまして、それには、

さめやらぬ夢とぞ思ふ憂きひとの烟となりしその夕べより

と、哀れな歌がしたためてあったと申すことでございます。人の噂では、これはさる公卿の御息女とこの六郎殿と御契りがありまして、常々文を通わせられておられましたが、その方の御歌とか申しました。この物語を耳にしましたとき、あまりの事の似通いにわたくしは胸をつかれ、こればか

りは姫のお耳に入れることではない、この心一つに収めて置こうと思い定めましたが、なおも日数を経て何ひとつお土産話もない申訳なさに、ある夕まぐれついこのお話を申上げましたところ、もはや夕闇にまぎれて御几帳《きちょう》のあたりは朧《おぼ》ろに沈んでおりますなかで、忍び音《ね》に泣き折れられました御様子に、わたくしも母親も共々に覚えず衣の袖を絞ったことでございました。

そのような不吉な兆しに心を暗くしながらも、なおもお跡を尋ねてその日その日を過ごしておりますうち、やがて十一月の声を聞いて二三日がほどを経ました頃でございます。わたくしは今出川の大路を東へ、橋を越して尚《なお》もさ迷って参りますうち、地獄谷への坂道にやがて掛ろうというあたりで、のそりのそりと前を歩んで参る僧形の肩つきが、なんと松王様に生き写しではございませんか。もしやとお声をかけてみますと、振向かれたお顔にやはり間違いはございませんでした。やれ嬉しやとわたくしは走り寄りまして、お怨みも御執着《ごしゅうちゃく》も涙のうちでございます。「いや許せ許せ。俺が悪かったよ」と相変らずの御豁達《ごかったつ》なお口振りで、「俺はあれからこっち、この谷奥の庵に住んでいる。真蘂《しんずい》和尚と一緒だよ。地獄谷に真蘂とは、これは差向き落首《らくしゅ》の種になりそうな。あの狸《たぬき》和尚、一思いに火の中へとは考えたが、やっぱり肩に背負って逃げだして、あとから瑞仙殿に散々に笑われたわい。まあこの辺が俺のよい所かも知れん」などと早速の御冗談が出ます。まあ少し歩きながら話そうとの仰せで、わたくしの差上げました御消息《しょうそこ》ぶみ七八通を、片はしより披《ひら》かれてお眼を走らせながら、坂を足早に登って行かれます。池田のあたりから右へ切れて、小高い丘に出たところで、さっさとその辺の石に腰をおかけになります。「まあそなたも坐《すわ》れ。ここからは京の焼跡がよう見えるぞ」とのお言葉に、わたくしも有合う石に腰をおろしました。

わたくしは更《あら》めて一望の焼野原をつくづくと眺めました。本式の戦さが始まってより、まだ半年にもならぬ間に、まったくよくも焼けたものでございます。ちょうど真向いに見えております辺りには、内裏、室町殿、それに相国寺の塔が一基のこっておりますだけ、その余は上京下京《かみぎょうしもぎょう》おしなべて、そこここに黒々と民家の塊りがちらほらしておりますばかり、甍を上げる大屋高楼は一つとして見当りません。眺めておりますうちに、くさぐさの思いが胸に迫り、覚えずほろほろと涙があふれそうになって参ります。松王様も押黙られたまま、姫の御消息を打ち返し打ち返し読んでおられます。沈黙《しじま》のうちに小半時もたちましたでしょうか。……

と、松王様はゆきなりお文を一くるみに荒々しく押し揉まれて、そのまま懐ふかく押し込まれると、つとこちらを振り向かれて、「どうだ、よう焼けおったなあ。相国《てら》も焼けた、桃花文庫《ふみぐら》も滅んだ、姫もさらいそこねた、はははは」と激しい息遣いで吐きだすようにお話しかけになりました。例になく上ずったお声音に、わたくしは初めのうちわが耳を疑ったほどでございます。わたくしが何と申上げる言葉もないままでおりますと、松王様は尚もつづけて、お口疾《くちど》にあとからあとから溢れるように、さながら憑物《つきもの》のついた人のようにお話しかけになります。それが後では、もうわたくしなどのいることなどてんでお忘れの模様で、まるで吾とわが心に高声で言い聴かすといった御様子でございました。わたくしは何か不気味な胸さわぎを覚えながら、じっと耳を澄まして伺っておりました。いろいろと難しい言葉も出て参りますので一々はっきりとは覚えませんけれど、大よそはまず次のようなお話なのでございました。

「この焼野原を眺めて、そなたはさぞや感無量であろうな。俺も感無量と言いたいところだが、実を云えば頭の中は空っぽうになりおった。今日は珍しく京のどこにも兵火の見えぬのがかえって物足らぬぐらいだ。俺は事に餓えておる。事がなくては一日半時も生きてはゆけぬと思うほどだ。それを紛らわそうと、そなたはよもや知るまいが、俺は夜闇にまぎれて毘沙門谷《びしやもんだに》のあたりを両三度も徘徊してみたぞ。姫があの寺へ移られたことはじきに耳に入ったからな。そしてあの小径この谷陰と、姫をさらう手立《てだて》をさまざまに考えた。どういう積りかは知らぬが、仰山《ぎようさん》に薙刀までも抱えておった。いや飛んだ僧兵だわい。その三晩目に、姫を寝所から引っさらうことは、案外に赤子の首をひねるよりた易いことが分った。手順は立派に調った。そなたなんどは高鼾《たかいびき》のうちに手際よくやってのけられる。そこで俺は馬鹿々々しくなってやめてしまった。よくよく考えてみたところ、俺の欲しいのは姫ではなくして事であった。それが生憎《あいにく》『事』ほどの事で無いのが分ったまでだ。姫のうえは気の毒に思う。だが所詮、俺が引っさらって見たところであの姫の救いにはならぬ、この俺の救にもならぬ。……

「それ以来、俺は毎日この丘へ登って、焼跡を見て暮した。何か事を見附けだそうとしてだ。どこぞで火煙の立つ日は心が紛れた。それのない日は屈託した。さて、恋が事でなかったとすればお次は何だ。俺はまず政治というものを考えてみた。今度の大乱の禍因をなしたのは誰だ、それを考えてみようとした。それで少しは心が慰さもうかと思ったのだ。世間では伊勢殿が悪いという。成程あの男は奸物《かんぶつ》だ、淫乱だ、私心もある、猿智恵もある。それに俺としても家督を追われた怨みがある、親の仇などと旧弊な言掛りも附けようと思えば附けられよう。だがこの男も結局は俺の心を掻き立ててはくれぬ。小さいのだ、下らぬのだ。あれほどの野心家なら、どこの城どこの寺の隅にも一人や二人は巣喰っておる。それでは蔭涼軒はどうだ。世間ではあの老人が義政公を風流讌楽《えんらく》に唆《そその》かし、その隙にまぎれて甘い毒汁を公の耳へ注ぎ込んだ張本人のように言う。赤入道（山名宗全《そうぜん》）なんぞは、とり分けて蔭涼の生涯失わるべしなどと、わざわざ公方に念を押しおる。それほどに憎らしいか、それほどに怖ろしいか。俺はあの老人とこれで丸六年のあいだ一緒に暮して来たが、ただの詩の好きな小心翼々たる坊主だ。もそっと詩の上手なあの手合《てあい》は五山の間にごろごろしておる。あれを奸悪《かんあく》だなど言うのは、奸悪の牙を磨く機縁に恵まれぬ輩の所詮は繰り言にしか過ぎん。ではそんな詰らん老人をなぜ背負って火の中を逃げた。孟子《もうし》は何とやらの情と言ったではないか。俺の知った事ではない。……

「とするとこの両名の言うなりになった公方《くぼう》が悪いということになる。成程あまり感服のできる将軍ではない。畏《かしこ》くも主上は満城紅緑為誰肥《まんじようのこうろくたがためにこゆる》と諷諫《ふうかん》せられた。それも三日坊主で聞き流した。横《おう》川景三《せんけいさん》殿の弟子分《ぶん》の細川殿も早く享徳《きようとく》の頃から『君慎』とかいう書を公方に上《たてまつ》って、『君行跡悪《あ》しければ民順《したが》わず』などと口を酸くした。それもどこ吹く風と聞き流した。俺は相国寺の焼ける時ちょっと驚いたのだが、あの乱戦と猛火が塀一つ向うで熾《おこ》っている中を、せっかくはじめた酒宴を邪魔するなと云って遂に杯を離さず坐り通したそうだ。あれは生易しいことで救える男ではない。政治なんぞで成仏できる男ではない。まだまだ命のある限り馬鹿の限りを尽すだろうが、ひょっとするとこの世で一番長もちのするものが、あの男の乱行沙汰の中から生れ出るかも知れん。……

「そこで近頃はやりの下剋上はどうだ。これこそ腐れた政治を清める大妙薬だ。俺もしんからそう思う。自由だ、元気だ、潑剌《はつらつ》としておる。障子を明け放して風を入れるような爽かさだ。俺は近ごろ足軽というものの髯づらを眺めていて恍惚《こうこつ》とすることがある。あの無智な力の美しさはどうだ。宗湛《そうたん》もよい蛇足《じやそく》もよい。だが足軽の顔を御所の襖絵《ふすまえ》に描く絵師の一人や二人は出てもよかろう。まあこれはよい方の面だ。けれど悪い面もある。人心の荒廃がある。世道の乱壊がある。第一、力は果して無智を必須の条件とするか、それが大いに疑問だ。一時は俺も髪の毛をのばして、箒を槍に持ち替えようかと本気で考えてみたが、それを思ってやめてしまった。……

「ではその荒廃乱壊を救うものは何か。差当っては坊主だ。俺は東福で育って管領《かんれい》に成り損ねて相国に逆戻りした男だ。五山の仏法はよい加減厭《あ》きの来るほど眺めて来た。そこで俺の見たものは何か。驚くべき頽廃堕落《たいはいだらく》だ。でなければ見事きわまる賢哲保身だ。それを粉飾せんが為の高踏回避と、それを糊塗《こと》せんが為の詩禅一致だ。済世の気魄《きはく》など薬にしたくもない。俺は夢厳和尚の痛罵《つうば》を思いだす。『五山ノ称ハ古《いにしえ》ニ無クシテ今ニアリ。今ニアルハ何ゾ。寺ヲ貴ンデ人ヲ貴バザルナリ。古ニ無キハ何ゾ、人ヲ貴ンデ寺ヲ貴バザルナリ。』またこうも言われた。『法隆将《まさ》ニ季ナラントシ、妄庸ノ徒声利ニ垂涎《すいぜん》シ、粉焉沓然、風ヲ成シ俗ヲ成ス。』人は惜しむらくは罵詈《ばり》にすぎぬという。しかし克《よ》く罵詈をなす者すら五山八千の衆徒の中に一人もないではないか。いや一人はいる。宗純《そうじゅん》和尚(一休《いっきゅう》)がそれだ。あの人の風狂には、何か胸にわだかまっているものが迸出《ほうしゅつ》を求めて身悶《みもだ》えしているといった趣がある。気の毒な老人だ。だがその一面、狂詩にしろ奇行にしろ、どうもその陰に韜晦《とうかい》する傾きのあるのは見逃せない。俺にはとてもついて行けない。……

「そこで山外の仏法はどうか。これは俺の知らぬ世界だから余り当てにはならぬが、どうやら人物がいるらしい。『祖師の言句をなみし経教《きょうぎょう》をなみする破木杓、脱底桶《つう》のともがら』を言葉するどく破せられた道元和尚の法灯は、今なお永平寺に消えずにいるという。それも俺は見たい。応永《おうえい》のころ一条戻橋《もどりばし》に立って迅烈な折伏《しゃくぶく》を事とせられたあの日親《にっしん》という御僧――、義教《よしのり》公の怒にふれて、舌を切られ火鍋を冠《かぶ》らされながら遂に称名念仏を口にせなんだあの無双《むそう》の悪比丘《あくびく》は、今どこにどうしておられる。それも知りたい。叡山《えいざん》の徒に虐げられて田舎廻りをしている一向の蓮如《れんにょ》、あの人の消息も知りたい。新しい世の救いは案外その辺から来るのかも知れん。だがこれも今のところ俺には少しばかり遠い世界だ。……

「方々見廻しては見たが、まあ現在の俺には、諦めて元の古巣へ帰るほかに途はなさそうだ。それそれそなたの主人、一条のおやじ様の書かれた本にもあるではないか。『理ハ寂然不動、即《すなわ》チ心ノ体、気ハ感ジテ遂ニ通ズ、即チ心ノ用』……あの世界だ。あのおやじ様は道理にも明るく経綸《けいりん》もあるよい人だ。ただ惜しいかな名利が棄てられぬ。信頼《のぶより》や信西《しんぜい》ほどの実行の力も気概もない。そして関白争いなどと云うおかしな真似をしでかしては風流学問に身をかわす。惜しい人物だ。それにつけても兄様《あにさま》の一慶《いっけい》和尚は立派なお人であったぞ。いまだに覚えている、『儒教デモ善ト云フモ悪ニ対スルホドニ善ト悪トナイゾ、中庸《ちゅうよう》ノ性ト云フタゾ』などと、幼な心に何の事とも分らず聞いておったあの咄々《とつとつ》とした御音声《ごおんじょう》が、いまだに耳の中で聞えている。そもそも俺のような下品下生《げぼんげしょう》の男が、実理を覚《さと》る手数を厭《いと》うて空理を会《え》そうなどともがき廻るから間違いが起る。そうだ、帰るのだ、やっと分ったよ。虎関《こかん》、夢窓《むそう》、中巌《ちゅうがん》、義堂《ぎどう》、そして一慶さま……あの懐しい師匠たちの棲まう伝統へ、宋の学問へ、俺は帰るのだ。」

そこでようやく言葉を切られますと、そのまま石からお腰を上げて、こちらは見向きもなさらず丘を下りて行かれます。わたくしは呆《あき》れて追いすがり、「ではこの先どこへおいで遊ばす」と伺いますと、「明日にも近江へ往く、あの瑞仙和尚がおられるのだ。何か言伝《ことづ》てでもあるかな」とのお答え。

「姫君へお返りごとは」と重ねて伺いますと、「いま喋ったことが返事だ。覚えているだけお伝えするがいい。」そうお言い棄てになるなり、風のように丘を下りて行かれたのでございます。

近江へ往くとは仰《おっ》しゃいましたが、わたくしには実《まこと》とは思われませんでした。なぜかしらそんな気が致したのでございます。ひょっとしたらあのまま東の陣にでもお入りになって、斬《き》り死になさるお積りではあるまいかとも疑ってみました。これもそのような気がふと致しただけでございます。いずれに致せ、その日以来と申すもの、松王様の御消息は皆目わからずなってしまいました。地獄谷の庵室と仰しゃったのを心当てに尋ねてみましたが、これはどうやら例のお人の悪い御嘲弄であったらしく、真蘂西堂は前の年の九月に伊勢殿と御一緒にあさましい姿で都落ちをされたなりであったのでございます。ちょっと潜《ひそ》かに上洛されたような噂もありましたので、それを種に人をお担《かつ》ぎになったのでございましょう。鶴姫様の御悲歎は申すまでもございません。南禅相国両大寺の炎上ののちは、数千人の五山の僧衆、長老以下東堂西堂あるいは老若の沙弥《しゃみ》喝食《かっしき》の末々まで、多くは坂下《さかもと》、山上《やまのうえ》の有縁《うえん》を辿って難を避けておられる模様でございましたので、その御在所御在所も随分と探ねてまわりました。瑞仙様が景三、周麟《しゅうりん》の両和尚と御一緒に往っておられます近江の永源寺、あるいは集九《しゅうく》様のおられる近江の草野、または近いところでは北岩倉の周鳳《しゅうほう》様のお宿、それに念のため薪《たきぎ》の酬恩庵《しゅうおんあん》にお籠りの一休様のところまでも探ねてみましたが、お行方は遂に分らず、その年も暮れ、やがて応仁二年の春も過ぎてしまいました。

そのうち毘沙門の谷には、お移りになりまして二度目の青葉が濃くなって参ります。明けても暮れても谷の中は喧《かしま》しい蟬時雨《せみしぐれ》ばかり。その頃になりますと、この半年ほど櫓《やぐら》を築いたり塹《ほり》を掘ったりして睨《にら》み合いの態《てい》でおりました東西両陣は、京のぐるりでそろそろ動き出す気配を見せはじめます。七月の初には山名方が吉田に攻め寄せ、月ずえには細川方は山科《やましな》に陣をとります。八月になりますとようやく藤ノ森や深草のあたりに戦の気配が熟してまいり、さてこそいよいよ東山にも嵯峨《さが》にも火のかかる時がめぐって来たと、わたくしどもも私《ひそ》かに心の用意を致しておりますうち、その十三日のまだ宵の口でございました。遽《にわ》かに裏山のあたりでただならず喚《わめ》き罵る声が起ったかと思ううち、たちまち庫裡《くり》のあたりから火があがりました。かねて覚悟の前でもあり、幸い御方様も姫君も山門のほとりの寿光院にお宿をとっておいででしたから、東福寺の方角にはまだ何事もないらしい様子を見澄まし、折からの闇にまぎれて、すばやく偃月橋《えんげつきょう》よりお二方ともお落し申上げました。

残りました手の者たちとわたくしは、百余合のお文櫃の納めてあります北の山ぎわの経蔵のほとりに佇んで、成行きをじっと窺っております。当夜は風もなく、更にはまた谷間のことでもあり、火の廻りはもどかしい程に遅く感ぜられます。そのうちに食堂《じきどう》、つづいて講堂も焼け落ちたらしく、火の手が次第に仏殿に迫って参ります頃には、そこらにちらほら雑兵どもの姿も赤黒く照らし出されて参ります。どうやら西方の大内《おおうち》勢らしく、聞き馴れぬ言葉訛《なま》りが耳につきます。そのような細かしい事にまで気がつくようになりましたのも、度重なる兵火をくぐって参りました功徳《くどく》でもございましょうか。やがて仏殿にも廻廊づたいにとうとう燃え移ります。それとともに、大して広からぬ境内のことゆえ、鐘楼《しゆろう》も浴室も、南麓《なんろく》の寿光院も、一ときに明るく照らし出されます。こちら側の経蔵もやはり同じことであったのでございましょう、松明《たいまつ》を振りかざした四五人の雑兵が一散に馳せ寄って参りました。その出合いがしらに、思いもかけぬ経蔵の裏の闇から、僧形の人の姿が現われて、妙に鷹揚《おうよう》な太刀づかいで先登の者を斬って棄てました。その横顔を、ああ松王様だとわたくしが見てとりましたとき、こちらを向いてにっこりお笑いになりました。残兵どもはいったん引きました。その隙に「姫は」とお尋ねになります。「お落し申しました。」「やあ、また仕損じたか」と、まるで人ごとのような平気な仰しゃりようをなさいます。つづけて、「細川の手の者が隣の羅刹谷に忍んでいる。ここは間もなく戦場になるぞ。そなたも早く落ちたがよい。俺も今度こそは安心して近江へ往く。これを取って置け」と小柄《こづか》をわたくしの掌に押しつけられたなり、そこへ迫って参りました新手の雑兵数人には眼もくれず、のそりと経蔵のかげへ消えてゆかれました。それなりわたくしはあの方にはお目にかからないのでございます。いいえ、今度こそは近江へ行かれたに違いございません。これもわたくしのほんの虫の知らせではありますけれど、これがまた奇妙に当るのでございますよ。

　そののちのことはもはや申上げるほどの事もございますまい。その月の十九日には、関白さまは東の御方、鶴姫さまともども、奈良にお下りになりました。そして月の変りますと早々、これもあなた様よく御存じのとおり、姫君はおん齢十七を以て御落飾《らくしょく》、法華寺の尼公にお直り遊ばしたのでございます。……ああ、あの文庫のことをお尋ねでございますか。あの夜ほどなく経蔵にも火はかかったのでございますが、幸い兵どもが早く引上げて行ってくれましたため、百余合のうち六十二合は無事に助け出すことが叶いました。それは只今当地の大乗院にお移ししてございます。先日もそのお目録のお手伝いを致したところでございますが、もとの七百余合のうち残りましたのは十の一にも満ちませぬとは申せ、前に申上げました玉葉、玉蘂をはじめ、お家累代の御記録としましては、後光明峰寺殿（一条家経《いえつね》）の愚暦五合、後芬陀利《ふだらく》花院の玉英《ぎょくえい》一合、成恩寺《じょうおんじ》殿（同経嗣《つねつぐ》）の荒暦《こうりゃく》六合、そのほか江次第《ごうしだい》二合、延喜式《えんぎしき》、日本紀《にほんぎ》、文徳実録《もんとくじつろく》、寛平御記《かんぴょうぎょき》各一合、小右記《しょうゆうき》六合などの恙《つつが》なかったことは、不幸中の幸いとも申せるでございましょう。それに致しましても此度《こたび》の兵乱にて、洛中洛外の諸家諸院の御文書御群書の類いの焼亡いたしましたことは、夥しいことでございましたろう。それを思いますと、あらためてまた桃花坊のあの口惜しい日のことも思いいでられ、この胸はただもう張りさけるばかりでございます。人伝《ひとづ》てに聞及びました所では、昨年の暮ちかく上皇《じょうこう》様には、太政官《だじょうかん》の図籍の類を諸寺に移させられました由でございますが、これも今では少々後の祭のような気もいたすことでございます。

ああ、どうぞして一日も早く、このような戦乱はやんで貰いたいものでございます。さりながら京の様子を窺いますと、わたくしのまだ居残っておりました九月の初には嵯峨の仁和《にんな》、天龍《てんりゅう》の両巨刹も兵火に滅びましたし、船岡山では大合戦があったと申します。十月には伊勢殿の御勘気も解けて、上洛御免のお沙汰がありましたとやら、またそのうち嘸《さぞ》かし色々と怪しげな物ごとが出来《しゅったい》いたすことでございましょう。そう申せば早速にも今出川殿（足利義視《あしかがよしみ》）は、霜月の夜さむざむと降りしきる雨のなかを、比叡へお上りになされたとの事、いやそれのみか、遂には西の陣へお奔《はし》りになったとやら。この師走《しわす》の初め頃、今出川殿討滅御祈禱《きとう》の勅命が興福寺に下りました折ふしは、いや賑《にぎ》やかなことでございましたな。さてもこの世の嵐はいつ収まることやら目当てもつきませぬ。お互いにあまりくよくよするのは身の毒でございましょう。はや夜もだいぶん更けました様子。どれお名残りにこれだけ頂戴いたしして、あす知らぬ身の旅の仮の宿、お障子にうつる月かげなど賞しながら、お隣でゆるりと腰をのさせていただきましょう。……

神西清《じんざいきよし》（一九〇三～一九五七）
東京生まれ。幼少年期に父の転勤などで一時香川、長野、島根、台北、山口に住んだ。東京外国語学校（現・東京外国語大学）露西亜語学科を卒業。一九二〇年代には詩人として活躍し、二六年、堀辰雄、竹山道雄らと「箒」を創刊する。北海道大学図書館嘱託、東京電気日報社、ソ連通商部に勤める。ロシア文学（プーシキン「スペードの女王」、トゥルゲーネフ『はつ恋』）・フランス文学（バルザック『おどけ草紙』抄、ジッド『田園交響楽』）の翻訳家として活躍し、三八年第三回池谷信三郎賞、五二年チェーホフ『ワーニャ伯父さん』の訳で第二回芸術選奨文部大臣賞。鎌倉に住み、岸田國士《くにお》とともに文学座などの演劇活動に参加した。小説では応仁の乱の時代を物語る歴史小説でありながら結果的に自身の戦争経験も反映されている「雪の宿り」や幻想的な「死児変相」をはじめ、「恢復期」「青いポアン」「母たち」「灰色の眼の女」などのハイブラウな文章による中短篇小説がある。他に戯曲『鉄の門』『人魚』、批評「チェーホフ序説」「散文の運命」「描写について」など。

芥川龍之介

お富の貞操

この作家はよい短篇を書こうとさまざまな試みをした。

自分の身辺に題材を取ることを潔しとせず、『今昔物語《こんじやく》』から「芋粥《いもがゆ》」や「鼻」や「藪《やぶ》の中」や「羅生門《らしようもん》」を近代的な短篇に仕立てなおし、南蛮文化の到来を素材に『奉教人の死』や『きりしとほろ上人伝《しようにん》』や『煙草《たばこ》と悪魔』などを書いた。その他、見事な短篇を無数に生んで、日本文学の一時代を画した。

才気に任せてできるかぎりのことをしたという印象。書き続けることに必死の人生だったように思えるのは、自死という最期を知っている我々後世の偏見だろうか。

『お富の貞操』は短篇小説のお手本のような佳品。明治初年、官軍による江戸攻撃の直前という緊迫の日に、猫を媒介にして若い女の貞操の危機という別の緊迫を重ねる。二十二年後のおおらかな場面が心地よい読後感に導く。

チェーホフではないとしても、モーパッサンとならば並べることができる。

お富の貞操

一

明治元年五月十四日の午過《ひる》ぎだった。「官軍は明日夜《よ》の明け次第、東叡山彰義隊《とうえいざんしょうぎたい》を攻撃する。上野界隈《かいわい》の町家のものは匆々《そうそう》どこへでも立《た》ち退《の》いてしまえ。」——そう云《い》う達しのあった午過ぎだった。下谷町《したやまち》二丁目の小間物《こまもの》店、古河屋政兵衛《こがやまさべえ》の立ち退いた跡には、台所の隅の蚫貝《あわびがい》の前に大きい牡《おす》の三毛猫が一匹静かに香箱《こうばこ》をつくっていた。

戸をしめ切った家の中は勿論《もちろん》午過ぎでもまっ暗だった。人音も全然聞えなかった。ただ耳にはいるものは連日の雨の音ばかりだった。雨は見えない屋根の上へ時々急に降り注いでは、いつか又中空へ遠のいて行った。猫はその音の高まる度に、琥珀色《こはくいろ》の眼をまん円《まる》にした。竈《かまど》さえわからない台所にも、この時だけは無気味な燐光《りんこう》が見えた。が、ざあっと云う雨音以外に何も変化のない事を知ると、猫はやはり身動きもせずもう一度眼を糸のようにした。

そんな事が何度か繰り返される内に、猫はとうとう眠ったのか、眼を明ける事もしなくなった。しかし雨は相不変《あいかわらず》急になったり静まったりした。八《や》つ、八つ半、——時はこの雨音の中にだんだん日の暮へ移って行った。

すると七つに迫った時、猫は何かに驚いたように突然眼を大きくした。同時に耳も立てたらしかった。が、雨は今までよりも遥《はる》かに小降りになっていた。往来を馳《は》せ過ぎる駕籠《かご》舁きの声、——その外には何も聞えなかった。しかし数秒の沈黙の後、まっ暗だった台所はいつの間にかぼんやり明るみ始めた。狭い板の間を塞いだ竃、蓋のない水瓶《みずがめ》の水光り、荒神《こうじん》の松、引き窓の綱、——そんな物も順々に見えるようになった。猫はいよいよ不安そうに、戸を明いた水口を睨《にら》みながら、のそりと大きい体を起した。

この時この水口の戸を開いたのは、——いや戸を開いたばかりではない、腰障子《こししょうじ》もしまいに明けたのは、濡《ぬ》れ鼠《ねずみ》になった乞食《こじき》だった。彼は古い手拭《てぬぐい》をかぶった首だけ前へ伸ばしたなり、しばらくは静かな家のけはいにじっと耳を澄ませていた。が、人音のないのを見定めると、これだけは真新しい酒筵《さけむしろ》に鮮かな濡れ色を見せた儘《まま》、そっと台所へ上って来た。猫は耳を平《ひら》めながら、二足三足跡ずさりをした。しかし乞食は驚きもせず後手《うしろで》に障子をしめてから、おもむろに顔の手拭をとった。顔は髭《ひげ》に埋まった上、膏薬《こうやく》も二三個所貼ってあった。しかし垢《あか》にはまみれていても、眼鼻立ちはむしろ尋常だった。

「三毛。三毛。」

乞食は髪の水を切ったり、顔の滴《しずく》を拭ったりしながら、小声に猫の名前を呼んだ。猫はその声に聞き覚えがあるのか、平めていた耳をもとに戻した。が、まだそこに佇《たたず》んだなり、時々はじろじろ彼の顔へ疑深《うたがいぶか》い眼を注いでいた。その間に酒筵を脱いだ乞食は脛《すね》の色も見えない泥足の儘、猫の前へどっかりあぐらをかいた。

「三毛公。どうした？——誰もいない所を見ると、貴様だけ置き去りを食わされたな。」

乞食は独り笑いながら、大きい手に猫の頭を撫《な》でた。猫はちょいと逃げ腰になった。が、それぎり飛び退きもせず、かえってそこへ坐《すわ》ったなり、だんだん眼さえ細め出した。乞食は猫を撫でやめると、今度は古湯帷子《ふるゆかた》の懐から、油光りのする短銃を出した。そうして覚束《おぼつか》ない薄明りの中に、引き金の具合を検《しら》べ出《だ》した。「いくさ」の空気の漂った、人気のない家の台所に短銃をいじっている一人の乞食——それは確かに小説じみた、物珍らしい光景に違いなかった。しかし薄眼になった猫はやはり背中を円くした儘、一切の秘密を知っているように、冷然と坐っているばかりだった。

「明日になるとな、三毛公、この界隈へも雨のように鉄砲の玉が降って来るぞ。そいつに中《あた》ると死んじまうから、明日はどんな騒ぎがあっても、一日縁の下に隠れていろよ。……」

乞食は短銃を検べながら、時々猫に話しかけた。

「お前とも永い御馴染《おなじみ》だな。が、今日が御別れだぞ、明日はお前にも大厄日《だいやくび》だ。おれも明日は死ぬかも知れない。よし又死なずにすんだ所が、この先二度とお前といっしょに掃溜《はきだ》めあさりはしないつもりだ。そうすればお前は大喜びだろう。」

その内に雨は又ひときり、騒がしい音を立て始めた。雲も棟瓦《むねがわら》を煙らせる程、近々と屋根に押し迫ったのであろう。台所に漂った薄明りは、前よりも一層かすかになった。が、乞食は顔も挙げず、やっと検べ終った短銃へ、丹念に弾薬を装塡《そうてん》していた。

「それとも名残りだけは惜しんでくれるか？　いや、猫と云うやつは三年の恩も忘れると云うから、お前も当てにはならなそうだな。――が、まあ、そんな事はどうでも好《い》いや。ただおれもいないとすると、――」

乞食は急に口を噤《つぐ》んだ。途端に誰か水口の外へ歩み寄ったらしいけはいがした。短銃をしまうのと振り返るのと、乞食にはそれが同時だった。いや、その外《ほか》に水口の障子ががらりと明けられたのも同時だった。乞食は咄嗟《とっさ》に身控《みびか》えながら、まともに闖入者《ちんにゅうしゃ》と眼を合せた。

すると障子を明けた誰かは乞食の姿を見るが早いか、かえって不意を打《う》たれたように、「あっ」とかすかな叫び声を洩《も》らした。それは素裸足《すはだし》に大黒傘《だいこくがさ》を下げた、まだ年の若い女だった。彼女はほとんど衝動的に、もと来た雨の中へ飛び出そうとした。が、最初の驚きから、やっと勇気を恢復《かいふく》すると、台所の薄明りに透かしながら、じっと乞食の顔を覗《のぞ》きこんだ。

乞食は呆気《あっけ》にとられたのか、古湯帷子の片膝を立てた儘、まじまじ相手を見守っていた。もうその眼にもさっきのように、油断のない気色《けしき》は見えなかった。二人は黙然としばらくの間、互に眼と眼を見合せていた。

「何だい、お前は新公《しんこう》じゃないか？」

彼女は少し落ち着いたように、こう乞食へ声をかけた。乞食はにやにや笑いながら、二三度彼女へ頭を下げた。

「どうも相済《あいす》みません。あんまり降りが強いもんだから、つい御留守へはいこみましたがね、――何、格別明《あ》き巣狙《す》いに宗旨を変えた訳でもないんです。」

「驚かせるよ、ほんとうに、——いくら明き巣狙いじゃないと云ったって、図々しいにも程があるじゃないか？」

彼女は傘の滴を切り切り、腹立たしそうにつけ加えた。

「さあ、こっちへ出ておくれよ。わたしは家《うち》へはいるんだから。」

「へえ、出ます。出ろと仰有《おつしや》らないでも出ますがね。姐《ねえ》さんはまだ立ち退かなかったんですかい？」

「立ち退いたのさ。立ち退いたんだけれども、——そんな事はどうでも好いじゃないか？」

「すると何か忘れ物でもしたんですね。——まあ、こっちへおはいんなさい。そこでは雨がかかりますぜ。」

彼女はまだ業腹《ごうばら》そうに、乞食の言葉には返事もせず、水口の板の間へ腰を下した。それから流しへ泥足を伸ばすと、ざあざあ水をかけ始めた。平然とあぐらをかいた乞食は髭だらけの顋《あご》をさすりながら、じろじろその姿を眺めていた。彼女は色の浅黒い、鼻のあたりに雀斑《そばかす》のある、田舎者らしい小女《こおんな》だった。なりも召使いに相応な手織《てお》木綿の一重物《ひとえもの》に、小倉《こくら》の帯しかしていなかった。が、活《い》き活《い》きした眼鼻立ちや、堅肥《かたぶと》りの体つきには、どこか新しい桃や梨《なし》を聯想《れんそう》させる美しさがあった。

「この騒ぎの中を取りに返るのじゃ、何か大事の物を忘れたんですね。何です、その忘れ物は？え、姐さん。——お富さん。」

新公は又尋ね続けた。

「何だって好いじゃないか？それよりさっさと出て行っておくれよ。」

お富の返事は突慳貪《つっけんどん》だった。が、ふと何か思いついたように、新公の顔を見上げると、真面目にこんな事を尋ね出した。

「新公、お前、家《うち》の三毛を知らないかい?」

「三毛? 三毛は今ここに、——おや、どこへ行きやがったろう?」

乞食はあたりを見廻《みまわ》した。すると猫はいつの間にか、棚の擂鉢《すりばち》や鉄鍋の間に、ちゃんと香箱をつくっていた。その姿は新公と同時に、たちまちお富にも見つかったのであろう。彼女は柄杓《ひしゃく》を捨てるが早いか、乞食の存在も忘れたように、板の間の上に立ち上った。そうして晴《は》れ晴《ば》れと微笑しながら、棚の上の猫を呼ぶようにした。

新公は薄暗い棚の上の猫から、不思議そうにお富へ眼を移した。

「猫ですかい、姐さん、忘れ物と云うのは?」

「猫じゃ悪いのかい? ——三毛、三毛、さあ、下りて御出《おい》で。」

新公は突然笑い出した。その声は雨音の鳴り渡る中にほとんど気味の悪い反響を起した。と、お富はもう一度、腹立たしさに頬を火照《ほて》らせながら、いきなり新公に怒鳴りつけた。

「何が可笑《おか》しんだい? 家のお上《かみ》さんは三毛を忘れて来たって、気違いの様になっているんじゃないか? 三毛が殺されたらどうしようって、泣き通しに泣いているんじゃないか? わたしもそれが可哀《かあい》そうだから、雨の中をわざわざ帰って来たんじゃないか? ——」

「ようござんすよ、もう笑いはしませんよ。」

新公はそれでも笑い笑い、お富の言葉を遮《さえぎ》った。

「もう笑いはしませんがね。まあ、考えて御覧《ごらん》なさい。明日にも「いくさ」が始まろうと云うのに、たかが猫の一匹や二匹——これはどう考えたって、可笑しいのに違いありませんや。お前さんの前だけれども、一体ここのお上さん位《ぐらい》、わからずやのしみったれはありませんぜ、第一あの三毛公を探しに、……」

「お黙りよ！　お上さんの讒訴《ざんそ》なぞは聞きたくないよ！」

お富はほとんどじだんだを踏んだ。が、乞食は思いの外《ほか》彼女の権幕には驚かなかった。のみならずしげしげ彼女の姿に無遠慮な視線を注いでいた。実際その時の彼女の姿は野蛮な美しさそのものだった。雨に濡れた着物や湯巻《ゆまき》、――それらはどこを眺めても、ぴったり肌についているだけ、露《あら》わに肉体を語っていた。しかも一目に処女を感ずる、若々しい肉体を語っていた。新公は彼女に目を据えたなり、やはり笑い声に話し続けた。

「第一あの三毛公を探しに、お前さんをよこすのでもわかっていますさあ。ねえ、そうじゃありませんか？　今じゃもう上野界隈、立ち退かない家はありませんや。して見れば町家は並んでいても、人のいない町原と同じ事だ。まさか狼《おおかみ》も出まいけれども、どんな危い目に遇《あ》うかも知れない。――と、まず云ったものじゃありませんか？」

「そんな余計な心配をするより、さっさと猫をとっておくれよ。――これが「いくさ」でも始まりやしまいし、何が危い事があるものかね。」

「冗談云っちゃいけません。若い女の一人歩きが、こう云う時に危くなけりゃ、危いと云う事はありませんや。早い話がここにいるのは、お前さんとわたしと二人っきりだ。万一わたしが妙な気でも出したら、姐さん、お前さんはどうしなさるね？」

新公はだんだん冗談だか、真面目だか、わからない口調になった。しかし澄んだお富の目には、恐怖らしい影さえ見えなかった。ただその頰には、さっきよりも、一層血の色がさしたらしかった。

「何だい、新公、――お前はわたしを嚇《おど》かそうって云うのかい？」

お富は彼女自身嚇かすように、一足《ひとあし》新公の側《そば》へ寄った。

「嚇かすえ？　嚇かすだけならば好いじゃありませんか？　肩に金切《きんぎ》れなんぞくつけていたって、風《ふう》の悪いやつらも多い世の中だ。ましてわたしは乞食ですぜ。嚇かすばかりとは限りませんや。もしほんとうに妙な気を出したら、……」

新公は残らず云わない内に、したたか頭を打ちのめされた。お富はいつか彼の前に、大黒傘をふり上げていたのだった。

「生意気な事をお云いでない。」

お富は又新公の頭へ、力いっぱい傘を打《う》ち下《おろ》した。新公は咄嗟に身を躱《かわ》そうとした。が、傘はその途端に、古湯帷子の肩を打ち据えていた。この騒ぎに驚いた猫は、鉄鍋を一つ蹴落《けおと》しながら、荒神の棚へ飛び移った。と同時に荒神の松や油光りのする燈明皿《とうみょうざら》も、新公の上へ転げ落ちた。新公はやっと飛び起きる前に、まだ何度もお富の傘に、打ちのめされずにはすまなかった。

「こん畜生！　こん畜生！」

お富は傘を揮《ふる》い続《つづ》けた。が、新公は打たれながらも、とうとう傘を引ったくった。のみならず傘を投げ出すが早いか猛然とお富に飛びかかった。二人は狭い板の間の上に、しばらくの間摑《つか》み合《あ》った。この立ち廻りの最中に、雨は又台所の屋根へ、凄《すさ》まじい音を蓁《あつ》め出《だ》した。光も雨音の高まるのといっしょに、見る見る薄暗さを加えて行った。新公は打たれても、引《ひ》っ掻《か》かれても、遮二無二《しゃにむに》お富を扭《ね》じ伏《ふ》せようとした。しかし何度か仕損じた後、やっと彼女に組み付いたと思うと、突然又弾《はじ》かれたように、水口の方へ飛びすさった。

「この阿魔《あま》あ！……………」

新公は障子を後ろにしたなり、じっとお富を睨みつけた。いつか髪も壊れたお富は、べったり板の間に坐りながら、帯の間に挟んで来たらしい剃刀《かみそり》を逆手《さかて》に握っていた。それは殺気を帯びてもいれば、同時に又妙に艶《なま》めかしい、いわば荒神の棚の上に、背を高めた猫と似たものだった。二人はちょいと無言の儘、相手の目の中を窺《うかが》い合《あ》った。が、新公は一瞬の後、わざとらしい冷笑を見せると、懐からさっきの短銃を出した。

「さあ、いくらでもじたばたして見ろ。」

短銃の先はおもむろに、お富の胸のあたりへ向った。それでも彼女は口惜《くや》しそうに、新公の顔を見つめたきり、何とも口を開かなかった。新公は彼女が騒がないのを見ると、今度は何か思いついたように、短銃の先を上に向けた。その先には薄暗い中に、琥珀色の猫の目が仄《ほの》めいていた。

「好いかい？　お富さん。——」

新公は相手をじらすように、笑いを含んだ声を出した。

「この短銃がどんと云《い》うと、あの猫が逆様《さかさま》に転げ落ちるんだ。お前さんにしても同じ事だぜ、そら好いかい？」

引き金はすんでに落ちようとした。

「新公！」

突然お富は声を立てた。

「いけないよ。打っちゃいけない。」

新公はお富へ目を移した。しかしまだ短銃の先は、三毛猫に狙いを定めていた。

「いけないのは知れた事だ。」

「打っちゃ可哀そうだよ。三毛だけは助けてやっておくれ。」

お富は今までとは打って変った、心配そうな目つきをしながら、心もち震える唇の間に、細かい歯並みを覗かせていた。新公は半ば嘲るように、又半ば訝《いぶか》るように、彼女の顔を眺めたなり、やっと短銃の先を下げた。と同時にお富の顔には、ほっとした色が浮んで来た。

「じゃ猫は助けてやろう。その代り。――」

新公は横柄《おうへい》に云い放った。

「その代りお前さんの体を借りるぜ。」

お富はちょいと目を外《そ》らせた。一瞬間彼女の心の中《うち》には、憎しみ、怒り、嫌悪、悲哀、その外《ほか》いろいろの感情がごったに燃え立って来たらしかった。新公はそう云う彼女の変化に注意深い目を配りながら、横歩きに彼女の後ろへ廻ると茶の間の障子を明け放った。茶の間は台所に比べれば、勿論一層薄暗かった。が、立ち退いた跡と云う条、取り残した茶箪笥《ちゃだんす》や長火鉢は、その中にもはっきり見る事が出来た。新公はそこに佇んだ儘、かすかに汗ばんでいるらしい、お富の襟もとへ目を落した。するとそれを感じたのか、お富は体を捻《ねじ》るように、後ろにいる新公の顔を見上げた。彼女の顔にはもういつの間にか、さっきと少しも変らない、活き活きした色が返っていた。しかし新公は狼狽《ろうばい》したように、妙な瞬《またた》きを一つしながら、いきなり又猫へ短銃を向けた。

「いけないよ。いけないってば。――」

お富は彼を止めると同時に、手の中の剃刀を板の間へ落した。

「いけなけりゃあすこへお行きなさいな。」

新公は薄笑いを浮べていた。

「いけ好かない！」

お富は忌々《いまいま》しそうに呟《つぶや》いた。が、突然立ち上ると、ふて腐れた女のするように、さっさと茶の間へはいって行った。新公は彼女の諦めの好いのに、多少驚いた容子《ようす》だった。雨はもうその時には、ずっと音をかすめていた。おまけに雲の間には、夕日の光でもさし出したのか、薄暗かった台所も、だんだん明るさを加えて行った。新公はその中に佇みながら、茶の間のけはいに聞き入っていた。小倉の帯の解かれる音、畳の上へ寝たらしい音。――それぎり茶の間はしんとしてしまった。

新公はちょいとためらった後、薄明るい茶の間へ足を入れた。茶の間のまん中にはお富が一人、袖に顔を蔽《おお》った儘、じっと仰向けに横たわっていた。（四十一字欠）新公はその姿を見るが早いか、逃げるように台所へ引き返した。彼の顔には形容の出来ない、妙な表情が漲《みなぎ》っていた。それは嫌悪のようにも見えれば、恥じたようにも見える色だった。彼は板の間へ出たと思うと、まだ茶の間へ背を向けたなり、突然苦しそうに笑い出した。

「冗談だ。お富さん。冗談だよ。もうこっちへ出て来ておくんなさい。……」

――何分かの後、懐に猫を入れたお富は、もう傘を片手にしながら、破《やぶ》れ筵《むしろ》を敷いた新公と、気軽に何か話していた。

「姐さん。わたしは少しお前さんに、訊《き》きたい事があるんですがね。――」

新公はまだ間が悪そうに、お富の顔を見ないようにしていた。

「何をさ！」

「何をって事もないんですがね。――まあ肌身を任せると云えば、女の一生じゃ大変な事だ。それをお富さん、お前さんは、その猫の命と懸け替《かがえ》に、――こいつはどうもお前さんにしちゃ、乱暴すぎるじゃありませんか？」

新公はちょいと口を噤んだ。がお富は頬笑《ほほえ》んだぎり、懐の猫を劬《いたわ》っていた。

「そんなにその猫が可愛いんですかい？」

「そりゃ三毛も可愛いしね。――」

お富は煮え切らない返事をした。

「それとも又お前さんは、近所でも評判の主人思いだ。三毛が殺されたとなった日にゃ、この家の上さんに申し訳がない。――と云う心配でもあったんですかい？」

「ああ、三毛も可愛いしね。お上さんも大事にゃ違いないいんだよ。けれどもただわたしはね。――」

お富は小首を傾けながら、遠い所でも見るような目をした。

「何と云えば好いんだろう？　ただあの時はああしないと、何だかすまない気がしたのさ。」

――更に又何分かの後《のち》、一人になった新公は、古湯帷子の膝を抱いた儘、ぼんやり台所に坐っていた。暮色は疎《まば》らな雨の音の中に、だんだんここへも迫って来た。引き窓の綱、流し元の水瓶、――そんな物も一つずつ見えなくなった。と思うと上野の鐘が、一杵《いっしょ》ずつ雨雲にこもりながら、重苦しい音を拡《ひろ》げ始《はじ》めた。新公はその音に驚いたように、ひっそりしたあたりを見廻した。それから手さぐりに流し元へ下りると、柄杓になみなみと水を酌んだ。

「村上新三郎源《むらかみしんざぶろうみなもと》の繁光《しげみつ》、今日だけは一本やられたな。」

彼はそう呟きざま、うまそうに黄昏《たそがれ》の水を飲んだ。……………………

＊

明治二十三年三月二十六日、お富は夫や三人の子供と、上野の広小路を歩いていた。

その日は丁度《ちょうど》竹の台に、第三回内国博覧会の開会式が催される当日だった。おまけに桜も黒門のあたりは、もう大抵《たいてい》開いていた。だから広小路の人通りは、ほとんど押し返さないばかりだった。そこへ上野の方からは、開会式の帰りらしい馬車や人力車の行列が、しっきりなしに流れて来た。前田正名《まえだまさな》、田口卯吉《たぐちうきち》、渋沢栄一《しぶさわえいいち》、辻新次《つじしんじ》、岡倉覚三《おかくらかくぞう》、下条正雄《しもじょうまさお》――その馬車や人力車の客には、そう云う人々も交っていた。

五つになる次男を抱いた夫は、袂《たもと》に長男を縋《すが》らせた儘、目まぐるしい往来の人通りをよけよけ、時々ちょいと心配そうに、後ろのお富を振り返った。お富は長女の手をひきながら、その度に晴れやかな微笑《ほほえみ》を見せた。勿論二十年の歳月は、彼女にも老を齎《もたら》していた。しかし目の中に冴《さ》えた光は昔と余り変らなかった。彼女は明治四五年頃に、古河屋政兵衛の甥《おい》に当る、今の夫と結婚した。夫はその頃は横浜に、今は銀座の何丁目かに、小さい時計屋の店を出していた。…………

お富はふと目を挙げた。その時丁度さしかかった、二頭立ちの馬車の中には、新公が悠々《ゆうゆう》と坐っていた。新公が、――尤《もっと》も今の新公の体は、駝鳥《だちょう》の羽根の前立《まえだて》だの、厳《いか》めしい金モオルの飾緒《しょくしょ》だの、大小幾つかの勲章だの、いろいろの名誉の標章に埋まっているようなものだった。しかし半白《はんぱく》の髯《ひげ》の間に、こちらを見ている赭《あか》ら顔《がお》は、往年の乞食に違いなかった。お富は思わず足を緩めた。が、不思議にも驚かなかった。新公はただの乞食ではない。――そんな事はなぜかわかっていた。顔のせいか、言葉のせいか、それとも持っていた短銃のせいか、とにかくわかってはいたのだった。お富は眉も動かさずに、じっと新公の顔を眺めた。新公も故意か偶然か、彼女の顔を見守っていた。二十年以前の雨の日の記憶は、この瞬間お富の心に、切ない程はっきり浮んで来た。彼女はあの日無分別にも、一匹の猫を救う為に、新公に体を任そうとした。その動機は何だったか、——彼女はそれを知らなかった。新公はまたそう云う羽目にも、彼女が投げ出した体には、指さえ触れる事を肯《がえん》じなかった。その動機は何だったか、——それも彼女は知らなかった。が、知らないのにも関らず、それらは皆お富には、当然すぎる程当然だった。彼女は馬車とすれ違いながら、何か心の伸びるような気がした。

新公の馬車の通り過ぎた時、夫は人ごみの間から、又お富を振り返った。彼女はやはりその顔を見ると、何事もないように頬笑んで見せた。活き活きと、嬉《うれ》しそうに。…………

芥川《あくたがわ》　龍之介《りゅうのすけ》（一八九二～一九二七）
東京生まれ。我鬼、澄江堂《ちょうこうどう》主人と号した。東京帝国大学英文科在学中の一九一四年、菊池寛らと第三次「新思潮」を創刊、「老年」を発表する。翌年「羅生門」を発表し、夏目漱石の門人となる。一六年、「鼻」が漱石に激賞される。卒業後、「芋粥」で注目される。横須賀の海軍機関学校嘱託教官となり、以後「戯作三昧」「地獄変」などを書く。一九年から大阪毎日新聞社社員となる。和漢の古典再話「杜子春《とししゅん》」「藪の中」、叙情的短篇「トロッコ」、アフォリズム集「侏儒《しゅじゅ》の言葉」などの理知的な作風で知られたが、晩年には自らの立脚点を疑うかのように「大導寺信輔の半生」などで実体験にもとづく作風を模索。長篇小説の試みは中断により頓挫している。ストレスから精神的に追い詰められた二七年にはユートピア小説「河童」を発表。また評論「文芸的な、余りに文芸的な」ではプロットが小説中に果たす役割をめぐって谷崎潤一郎と論争になる。同年、睡眠薬のオーバードーズで自殺。歿後、幻覚小説「歯車」、自伝的な「或阿呆《あるあほう》の一生」が発表される。三五年、菊池寛によって芥川賞が創設された。

泉鏡花

陽炎座《かげろうざ》

浄瑠璃《じょうるり》か歌舞伎を見に行く時のように、数時間はこの世界に浸りきるつもりで読み始めるのがいい。それくらい仕掛けに凝った話である。泉鏡花は江戸文化の資産を継承した近代小説の巧緻な職人であった。

大正初年の作品。プロットをどこまで明かしていいか。枠組みを少し見せたくらいで魅力が減るような話ではない。『仮名手本忠臣蔵《かなでほんちゅうしんぐら》』が仇討《あだう》ちの話だと知っていても人は劇場に赴くのだ。

序として、お稲《いな》という娘を巡る悲劇が春狐《しゅんこ》こと松崎という男とその妻、この部外者二人の間で語られる。お稲は長唄《ながうた》の師匠のところでさる法学士と見知り、惚《ほ》れ込まれて結納の直前まで話が進む。しかしここで彼女の兄が別の縁談を持ち込み、法学士の方は……。

これに対して本筋は、本所《ほんじょ》の子供芝居の場面。その見物衆の中に青年紳士と美女の二人連れが紛れ込む。筋立てはどうやらお稲の身の上らしいのだが、その舞台は見物人を巻き込んで、次第にメタシアターになってゆく……。

紳士と美女は誰なのか?

陽炎座

一

「私もね、今はじめて聞いて吃驚《びっくり》した。」

松崎の女房《にょうぼう》、二階へばたばたと駆上《かけあが》り、御注進と云《い》う処《ところ》を、鎧《よろい》が縞《しま》の半纏《はんてん》で、草摺短《くさずりみじか》な格子《こうし》の前《まえ》掛《かけ》、ト手《て》は飜《ひるがえ》さず、乃《すなわ》ち尋常に黒繻子《くろじゅす》の襟を合わせて、火鉢《ひばち》の向うへ中腰で細くなる……髪も櫛巻《くしまき》、透切《すきぎ》れのした繻子の帯、この段何とも致方《いたしかた》がない、亭主、狂言作者で、号が春狐《しゅんこ》であるから、名だけは蘭菊《らんぎく》とでも奢《おご》っておけ。

春狐は小机《こづくえ》を横に、座蒲団《ざぶとん》から斜《ななめ》になって、

「へーい、ちっとも知らなかった。」

「私もさ……今ね、内の出窓の前に、お隣家《となり》の女房《かみ》さんが立って、通《とおり》の方を見ながらしくしく泣いていなさるから、どうしたんですって聞いたんです。可哀想《かわいそう》に……お稲《いな》ちゃんのお葬式《ともらい》が出る処だって、他家《よそ》の娘《こ》でも最惜《いとし》くって為《し》ようがないって云うんでしょう。――そう云えば成程、何だわね、この節じゃ多日《しばらく》姿を見なかったわね。よくお前さん、それ、あの娘《こ》が通ると云うと御飯の時でも箸《はし》を置いて、出窓からお覗《のぞ》きだっけ。」

春狐子《しゅんこし》苦笑《にがわらい》して、

「余計な事を言いなさんな、……しかし惜《お》しいね、ちょっとないぜ、ここいらにはあのくらいな一枚絵は。」

「うっかり下町にだってあるもんですか。」

「などと云うがね、お前もお長屋《ながや》月並《つきなみ》だ。……生きてるうちは、そうまでは讃《ほ》めない奴《やつ》さ。顔がちっと強《きつ》すぎる、何《なん》のってな。」

「ええ、それは廂髪《ひさしがみ》でお茶の水へ通《かよ》ってた時ですわ。もう去年の春から娘になって、島田に結ってからと云ったら、……そりゃ、くいつきたいようだったの。――髪のいい事なんて、最も盛《さかり》だけれども。」

「幾歳《いくつ》だ。」

「十九……明けてですよ。」

「ああ。」と思わず煙管《きせる》を落して、

「勿論《もちろん》、お婿さんは知らずらしいね。」

「ええ、そのお婿さんの事で、まあ亡くなったんですよ。」

「や、自殺でもしたのか。」

「おお吃驚した、慌てるわねえ、お前さんは。否《いいえ》、自殺じゃないけれども、私の考えだと、やっぱり同一《おんなじ》だわ、自殺をしたのも。」

「じゃどうしたんだよ。」

「それがだわね。」

「焦《じれ》ったい女《ひと》だな。」

「ですから静にお聞きなさいなね、稲ちゃんの内じゃ、なりたけ内証《ないしょ》にしていたんだそうですけれど、あの娘《こ》はね、去年の夏ごろから――その事で――狂気《きちがい》になったんですって、」

「あの、綺麗《きれい》な娘《こ》が。」

「真個《まったく》ねえ。」と俯向《うつむ》いて、また半纏の襟を合わせる。

二

「妙齢《としごろ》で、あの容色《きりよう》ですからね、もう前《ぜん》にから、いろいろ縁談もあったそうですけれど、お極《きま》りの長し短しでいた処、お稲ちゃんが二三年前まで上《あが》っていなすった……でも年二季の大温習《おおざらい》には高台へ出たんだそうです……長唄《ながうた》のお師匠さんの橋渡しでね。家《うち》は千駄木《せんだぎ》辺で、お父さんは陸軍の大佐だか少将だか、それは非職《ひい》てるの。その息子さんが、新しい法学士なんですって、そこからね、是非、お嫁さんに欲《ほし》いって言ったんですとさ。

途中で、時々顔を見合って、もう見合いなんか済んでるの。男の方《ほう》は大変な惚方《ほれかた》なのよ、もっとも家《うち》同士、知合いと云うんでも何でもないんですから、口を利いたことなんて、そりゃ無かったんでしょうけれど、ほんに思えば思わるるとやらだわね。」

半纏着の蘭菊は指のさきで、火鉢の縁《ふち》へちょいと当って、

「お稲ちゃんの方でも、嬉《うれ》しくない事はなかったんでしょう。……でね、内々《ないない》その気だったんだって、お師匠さんは云うんですとさ、――隣家《となり》の女房《かみ》さんの、これは談話《はなし》よ。――まだ卒業前ですから、お取極《とりき》めは、いずれ学校が済んでからッて事で、のびのびになっていたんだそうですがね。

去年の春、お茶の水の試験が済むと、さあ、その翌日《あくるひ》にでも結納を取替わせる勢で、男の方から急込《せきこ》んで来たんでしょう。けれどもこっちじゃ煮切《にえき》らないと、云うのがね――あの娘《こ》にはお母《つか》さんがありません、お父さんと云うのは病身で、滅多に戸外《そと》へも出なさらない、何でも中気《ちゅうき》か何からしいんです――後家さんでその妹さん、お稲ちゃんには叔母に当る、お婆《ばあ》さんのハイカラが取締って、あの娘《こ》の兄さん夫婦が、すっかり内の事を遣《や》っているんだわね。その兄さんと云うのが、何とか云う、朝鮮、満洲《まんしゅう》とか、台湾にも出店《でみせ》のある、大《おおき》な株式会社に、才子で勤めているんです。……その何ですとさ、会社の重役の、放蕩息子《どらむすこ》が、ダイヤの指輪で、春の歌留多《かるた》に、ニチャリと、お稲ちゃんの手を圧《おさ》えて……おお可厭《いや》だ。」

と払う真似して、

「それで、落第、もう沢山。」

「どうだか。」

「真個《ほんとう》ですとも。それからそのニチャリが、」

「右のな。」と、春狐は歎息《たんそく》する。

「ええ、ぞっこんとなって、お稲ちゃんを断《た》ってと云うの、これには嫂《あによめ》が一《いち》はながけに乗ったでしょう。」

「極りでいやあがる。」

「大分《だいぶ》、お芝居になって来たわね。」

「余計な事を言わないで……それから、」

「兄さんの才子も、やっぱりその気だもんですからね、いよいよと云う談話《はなし》の時、法学士さんの方を、きっぱり兄さんから断《ことわ》ってしまったんですって——無い御縁とおあきらめ下さい、か何かでさ。」

「その法学士の方をだな、——無い御縁が凄《すさ》まじいや。てめえが勝手に人の縁を。頤《あご》にしゃぼん玉の泡沫《あぶく》を塗って、鼻の下を伸ばしながら横撫《よこな》でに粧《めけ》やあがる西洋剃刀《かみそり》で切ったようなもんじゃないか。」

「ねえ……鬱《ふさ》いでいましたとさ、お稲ちゃんは、初心《うぶ》だし、世間見ずだから、口へ出しては何にも言わなかったそうだけれど……段々、御飯が少くなってね、好《すき》なものもちっとも食べない。その癖、身じまいをする事ッたら、髪も朝に夕に撫でつけて、鬢《びん》の毛一筋こぼしていた事はない。肌着も毎日のように取替えて、欠かさずお湯に入《い》って、綺麗にお化粧をして、寝る時は屹《きっ》と寝《ね》白粉《おしろい》をしたんですって。皓歯《しらは》に紅《べに》よ、凄いようじゃない事、夜《よ》が更《ふ》けた、色艶は。——そして二三度見つかりましたとさ。起返って、帯をお太鼓にきちんと締めるのを——お稲や、何をおしだって、叔母さんが咎《とが》めた時……（私はお母《つか》さんの許《もと》へ行くの。）——そう云ってね、枕許へちゃんと坐《すわ》って、ぱっちり目を開けて天井を見ているから、起きてるのかと思うと、現《うつつ》で正体がないんですとさ。……思詰めたものだわねえ。」

「まだね、危いッてないの。聞いても、ひやひやするのはね、夜中に密《そっ》と簞笥《たんす》の抽斗《ひきだし》を開《あ》けたんですよ。」

三

「法学士の見合いの写真かい。……」

「否《いいえ》、それなら可《い》いけれど、短刀を密《そっ》と持ったの、お母さんの守護刀《まもりがたな》だそうですよ……そんな身だしなみのあったお母《つか》さんの娘なんだから、お稲ちゃんの、あの、きりりとして……幼齢《としごろ》で可愛《かあい》い中にも品の可《よ》かった事を御覧なさい。」

「余り言うのはよせ、何だか気を受けて、それ、床《とこ》の間《ま》の花が、」

「あれ、」と見向くと、朱鷺色《ときいろ》に白の透《すか》しの乙女椿《おとめつばき》がほつりと一輪。……熟《じっ》と視《み》たが、狭い座敷で袖が届く、女房は、くの字に身を開いて、色のうつるように掌《てのひら》に据えて俯向《うつむ》いた。……隙間もる冷《つめた》い風。

「ああ、四辻《よつかど》がざわざわする。お葬式《ともらい》が行くんですよ。」と前掛の片膝、障子《しょうじ》へ片手。

「二階の欄干《てすり》から見る奴があるものか、見送るなら門《かど》へお出《で》な。」

「止《よ》しましょう、おもいの種だから……」と胸を抱いて、

「この一輪は蔭《かげ》ながら、お手向《たむ》けになったわね。」と、鼻紙へ密《そっ》と置くと、冷い風に淡い紅《くれない》……女心はかくやらむ。——窓の障子に薄日が映《さ》す。

「じゃ死のうと云う短刀で怪我でもして、病院へ入ったのかい。」

「否《いいえ》、それはもう、家中《うちじゅう》で要害が厳重よ、寝る時分には、切れものと云う切れものはそっくり一つ所へ蔵《しま》って、鎖《じょう》をおろして、兄さんがその鍵を握って寝たんだって言うんですもの。」

「ははあ、重役の倅《せがれ》に奉《たてまつ》って、手繰《たぐ》りつく出世の蔓《つる》、お大事なもんですからな。……会社でも鍵を預る男だろう、あの娘の兄と云えば。まだ若かろうに何の真似だい。」

「お稲ちゃんは、又そんなでいて、しくしく泣き暮らしてでも、お在《いで》だったのかと思うと、そうじゃないの……精々裁縫《せっせおしごと》をするんですって。自分のものは、肌のものから、足袋《たび》まで綺麗に片づけて、火熨斗《ひのし》を掛けて、ちゃんと蔵《しま》って、それなり手を通さないでも、ものの十日も経つと、又出して見て洗い直すまでにして、頼まれたものは、兄さんの嬰児《あかんぼ》のおしめさえ折りめの着くほど洗濯をしてさ。」

「おやおや、兄の嬰児《あかんぼ》の洗濯かね。」

「嫂と云うのが、ぞろりとして何にもしやしませんわ。またちょっとふめるんだわ、そりゃお稲ちゃんの傍へは寄着《よっつ》けもしませんけれども。それでもね、妹が美しいから、負けないようにって、――どう云う了見ですかね、兄さんが容色《きりよう》望みで娶《と》ったって云うんですから……小児《こども》は二人あるし、家《うち》は大勢だし、小体《こてい》に暮していて、別に女中《じょちゅう》ってもいないんですもの、お守《も》りから何から、皆《みんな》、お稲ちゃんがしたんだわ。」

「ははあ、その児《こ》だ……」

ともすると――それは夕暮が多かった――嬰児《あかんぼ》を背負《おぶ》って、別にあやすでもなく結いたての島田で、夕化粧したのが、顔をまっすぐに、清《すずし》い目を睜《みは》って、蝙蝠《こうもり》や柳も無しに、何を見るともなく、熟《じつ》と暮れかかる向側の屋根を視《なが》めて、其家《そこ》の門口《かどぐち》に彳《たたず》んだ姿を、春狐は両三度、通りがかりに見た事がある。

出窓の硝子越《ガラスごし》に、娘の方が往《ゆき》かえりの節などは、一体傍目《わきめ》も触らないで、竹をこぼるる露の如《ごと》く、すいすいと歩行《ある》く振《ふり》、打水にも褄《つま》のなずまぬ、はで姿、と思うばかりで、それはよく目に留まらなかった。

四

女房は語《かたり》続けて……

「お稲ちゃんが、そんなに美しく身のまわりの始末をしたのも、あとで人に見られて恥《はず》かしくないように躾《たしな》んでいたんだわね——そして隙さえあれば、すぐに死ぬ気でいたんでしょう、寝しなにお化粧をするのなんか。

ですから、病院へ入ったあとで、針箱の抽斗《ひきだし》にも、畳紙《たとうがみ》の中にも、皺《しわ》になった千代紙一枚もなく、……油染《あぶらじ》みた手柄《てがら》一掛《かけ》もなかったんですって。綺麗にしておいたんだわ……友達から来た手紙なんか、中には焼いたのもあるんですって、……心掛けたじゃありませんか。惜まれる娘《こ》は違うわね。

ぐっと取詰《とりつ》めて、気が違った日は、晩方、髪結さんが来て、鏡台に向っていた時ですって。夏の事でね、庭に紫陽花《あじさい》が咲いていた所為《せい》か知らないけれど、その姿見の蒼《あお》さったら、月もささなかったって云うんですがね。——そして、お稲ちゃんのその時の顔ぐらい、色の白いって事は覚えないんですとさ——髪結さんが、隣家《となり》の女房《かみさん》へ談話《はなし》なんです。同一《おなじ》のが廻《まわ》りますからね。——

隣家《となり》と、お稲ちゃん許《とこ》と、同一《おなじ》のは、そりゃ可《い》いけれど、まあ、飛んでもない事……その法学士さんの家《うち》が、一つ髪結さんだったんでしょう。だもんだから、つい、その頃、法学士さんに、余所《よそ》からお嫁さんが来て、……箱根へ新婚旅行をして帰った日に、頼まれて行って、初結いをしたって事を……可《よ》ござんすか……お稲ちゃんの島田を結いながら、髪結さんが話したんです。」

「ああ、悪い。」と春狐は聞きながら、眉を顰《ひそ》めた。

同じように、打顰《うちひそ》んで、蘭菊は、つげの櫛で鬢の毛を、ぐいと撫でて、

「……気を着《つ》けないと、何でも髪結さんが、得意先の女の髪を一条《すじ》ずつ取って来て、内証で人のと人のと結び合わせて蔵《しま》っておいて御覧なさい。……世間はすぐに戦争《いくさ》よりは余計乱れると、私、思うんですよ。

お稲さんは黙って俯向《うつむ》いていたんですって。左挿《ひだりざ》しに、毛筋を通して銀の平打《ひらうち》を挿込《さしこ》んだ時、先が突刺《つっさ》りやしないかと思った。はっと髪結さんが抜戻した発奮《はずみ》で、飛石《とびいし》へカチリと落ちました。

……

――口惜《くや》しい――とお稲ちゃんが言ったんですって。根揃《ねぞろ》え自慢で締《し》めたばかりの元結《もっとい》が、プッツリ切れ、背中へ音がして颯《さっ》と乱れたから、髪結さんは尻餅をつきましたって。

でも、髪結さんは、あの娘《こ》の髪の事ばかり言って惜がってるそうですよ。あんな美しい、柔軟《やわらか》な、艶の可《よ》い髪は見た事がないってね、――死骸を病院から引取る時も、こう横に抱いて、看護婦が二人で担架へ移そうとすると、背中から、ずっとかかって、裙《すそ》よりか長うござんしたって……真個《ほんとう》に丈にも余ると云うんだわね。」

「ああ……聞いても惜い……何のために、髪までそんなに美しく世の中へ生れて来たんだ。」

春狐は思わず、詰《なじ》るが如《ごと》く急込《せきこ》んで火鉢を敲《たた》いた。

「ねえ、私にだって分りませんわ。」

「で、どうしたんだい。」

「お稲ちゃんは、髪を結った、その時切《きり》、夢中なの。別に駆出すの、手が掛るのって事はなかったんだそうですけれど、たださえ細った食が、もうまるッ切《きり》通りますまい。賺《すか》しても、叱っても。……しょうがないから、病院へ入れたんです。お医師さんも初《はじめ》から首をお傾《ま》げだったそうですよ。まあね、それでも出来るだけ手当をしたにはしたそうだけれど、やっぱり、……ねえ、……おとむらいになってしまって――」と薄《うつす》りした目のふちが颯《さつ》とさめると、ほろりとする。

五

春狐は肩を聳《そびや》かした。

「なったんじゃない……葬式《ともらい》にされたんだ。殺されたんだよ。だから言わない事じゃない、不埒《ふらち》です。妹を餌に、鯔《どじょう》が瀧登りをしようなんて。」

「ええ、そうよ……ですからね、兄って人もお稲ちゃんが病院へ入って、もう不可《いけな》いって云う時分から、酷《ひど》く何かを気にしてさ。嬰児《あかんぼ》が先に死ぬし、それに、この葬式《ともらい》の中だ、と云うのに、嫂《あによめ》だわね、御自慢の細君が、又どっと病気で寝ているもんだから、ああ稲がとりに来た。とりに来たって、蔭《かげ》ではそう云っていますとさ。」

「待っていた、そうだろう。その何だ、ハイカラな叔母なんぞを血祭りに、家中鏖殺《うちじゆうみなごろし》に願いたい。

序《ついで》にお父《とつ》さんの中気だけ治してな。」と妙に笑った。

「まあ、串戯《じようだん》じゃないわ、人の気も知らないで。」

「無論《いいえ》、串戯ではないがね、女言濫《じよげんみだ》りに信ずべからず、半分は嘘《うそ》だろう。」

「否！」

「まあさ、お前の前だがね、隣の女房《かみさん》と云うのが、又、とかく大袈裟なんですからな。」

「勝手になさいよ、人に散々饒舌《しやべ》らしといて、嘘じゃないわ。ねえ、お稲ちゃん、女は女同士だわね。」

と乙女椿に頬摺《ほおず》りして、鼻紙に据えて立つ……

実はそれさえ身に染《し》みた。床の間にも残ったが、と見ると、莟《つぼみ》の堅いのと、幽《かすか》に開いた二輪あり。

「ちょっと、お待ち。」

「何、」と襖《ふすま》に手を掛ける。

「でも、少し気になるよ、肝心、焦《こが》れ死《じに》をされた、法学士の方は、別に聞いた沙汰なしかい。」

「先方《さき》でもね、お稲ちゃんがその容体《ようだい》だってのを聞いて、それはそれは気の毒がってね――法学士さんと云うのが、その若い奥さんに、真《しん》になって言ったんだって――（お前は二度目だ。後妻だと思ってくれ。お稲さんとは、確《たしか》に結婚したつもりだって。）……」

春狐はふと黙って、それには答えず……

「ああ、その椿は、なりたけ川へ。」

「流しましょうね、ちょっと拝んで、」と二階を下りる、……その一輪の朱鷺色さえ、消えた娘の面影《おもかげ》に立った。

が、幻ならず、最も目に刻んで忘れないのは、あの、夕暮を、門《かど》に立って、恍惚《うっとり》空を視《なが》めた、凡《およ》そ宇宙の極まる処は、その一点の秘密であろうと思う娘の双《そう》の瞳であった。艶やかにかつ黒き葬式の出たあとでも、お稲はその身の亡骸《なきがら》の白い柩《ひつぎ》で行く状《ありさま》を、あの門《もん》に立って、しかもうっとりと見送っているらしかった。

六

帽子《あたま》も靴も艶々《てらてら》と光る、三十ばかりの、然《しか》るべき会社か銀行で当時若手の利《き》けものと云った風采。容子《ようす》は一ツ似つかわしく外国語で行こう、ヤングゼントルマン。その同伴《つれ》の、――すらりとして派手に鮮麗《あざやか》な中に、扱帯《しごき》の結んだ端、羽織の裏、褄《つま》はずれ、目立たないで、ちらちらと春風にちらめく処々《ところどころ》に、薄《うっす》りと蔭がさす、何か、もの思《おもい》か、悩《なやみ》が身にありそうな、ぱっと咲いて浅く重《かさな》る花片《はなびら》に、曇のある趣に似たが、風情は勝る、花の香《か》はその隈《くま》から、幽《かすか》に、行違《ゆきちが》う人を誘うて時《とき》めく。薫を籠《こ》めて、藤菖蒲《ふじあやめ》、色の調《ととの》う一枚小袖《こそで》、長襦袢《ながじゆばん》。そのいずれも彩糸《いろいと》は使わないで、ひとえに浅みどりの柳の葉を、針で運んで縫ったように、姿を通して涼しさの靡《なび》くと同時に、袖にも褄にもすらすらと寂しの添った、痩せぎすな美しい女に、――

「ここだ、ここだ。この音なんだよ。」……と言った。

さて、春狐は、男女、その二人の道づれでも何でもない。この日ただ一人で、亀井戸《かめいど》へ詣でた帰途《かえり》であった。彼の住居《すまい》は本郷である。

江東橋《こうとうばし》から電車に乗ろうと、水のぬるんだ、草萌《くさもえ》の川通りを陽炎《かげろう》に縺《もつ》れて来て、長崎橋を入江《いりえ》町《ちょう》に掛る頃から、どこともなく、遠くで鳴物《なりもの》の音が聞こえはじめた。松崎は、橋の上に、欄干《らんかん》に凭《もた》れて、しばらく彳《たたず》んで聞入ったほどである。

ちゃんちきちき囃《はや》すかと思うと、急に修羅太鼓を摺鉦《すりがねまじ》交り、どどんじゃじゃんと鳴らす。亀井戸寄りの町中《まちなか》で、屋台に山形の段々染《だんだらぞめ》、錣頭巾《しころずきん》で、いろはを揃えた、義士が打入りの石板絵《せきばんえ》を張廻《はりま》わして、よぼよぼの飴屋《あめや》の爺様《じいさま》が、皺《しわ》くたのまくり手《で》で、人寄せにその鉦太鼓《かねたいこ》を敲《たた》いていたのを、ちっと前《さき》に見た身にも、珍らしく響いて、気をそそられ、胸が騒ぐ。ばったり又激しいのが静まると、ツンツンテンレン、ツンツンテンレン、悠々とした糸が聞こえて、……本所《ほんじょ》駅へ、がたくた引込《ひっこ》む、石炭を積んだ大八車《だいはちぐるま》の通るのさえ、馬士《まご》は喞煙管《くわえぎせる》で、しゃんしゃんと轡《くつわ》が揺れそうな合方《あいかた》となる。絶えず続いて、音色《ねいろ》は替っても、囃子《はやし》は留まらず、行交《ゆきか》う船脚《ふなあし》は水に流れ、蜘蛛手《くもで》に、角《つの》ぐむ蘆《あし》の根を潜《くぐ》って、消えるかとすれば、ふわふわと浮く。浮けば蝶《ちょう》の羽の上になり下になり、陽炎に乗って揺れながら近づいて、日当《ひあたり》の橋の暖い袂《たもと》にまつわって、ちゃんちき、などと浮かれながら、人の背《せなか》を、トンと一つ軽く叩いて、すいと退《の》いて、——おいで、おいで——と招いていそうな、手に取れそうな近い音。

で、手を出すほどの心になると、橋むこうの、屋根を、ひょいひょいと手踊り雀《すずめ》、電信柱に下向きの傾《かたが》り燕《つばめ》、一羽気まぐれに浮いた鴎《かもめ》が、どこかの手飼いの鶯《うぐいすまじ》交りに、音《おと》を捕ゆる人心《ひとごころ》を、はッと同音に笑いでもする気勢《けはい》である。

春たけて、日遅く、本所は塵《ちり》の上に、水に浮んだ島かとばかり、都を離れて静かであった。屋根の埃《ほこり》も紫雲英《げんげ》の紅《くれない》、朧《おぼろ》のような汽車が過ぎる。

七

春狐は、――汽車の轟《とどろ》きの下にも埋れず、何等《なんら》か妨《さまた》げ遮《さえぎ》るものがあれば、音となく響きとなく、翩然《ひらり》と軽く体《たい》を躱《か》わす、形のない、思いのままに勝手な音《ね》の湧出《わきい》ずる、空を舞繞《まいめぐ》る鼓に翼あるものらしい、その打囃《うちはや》す鳴物が、――向って、斜違《すじかい》の角を広々と黒塀で取廻《とりま》わした片隅に、低い樹立《こだち》の松を洩《も》れて、朱塗《しゅぬり》の堂の屋根が見える、稲荷様《いなりさま》と聞いた、境内に、何か催しがある……その音《おと》であろうと思った。

けれども、欄干に乗出して、も一つ橋越しに透かして見ると、門《もん》は寐静《ねしずま》ったように鎖《とざ》してあった。

いつの間にか、トチトチトン、のんきらしい響に乗って、駅と書いた本所停車場《ステーション》の建札《たてふだ》も、駅《うまや》と読んで、白日、菜の花を視《なが》むる心地。真赤な達磨《だるま》が逆斛斗《さかとんぼ》を打った、忙がしい世の麵麭《ぱん》屋の看板さえ、遠い鎮守《ちんじゅ》の鳥居めく、田畝道《たんぼみち》でも通る思いで、江東橋の停留所に着く。

空《あ》いた電車が五台ばかり、燕が行抜《ゆきぬ》けそうにがらんとしていた。

乗るわ、降りるわ、混合う人数《にんず》の崩るる如き、火水《ひみず》の戦場往来の兵《つわもの》には、余り透いて、相撲最中の回向院《えこういん》が野原にでもなったような電車の体《てい》に、聊《いささ》か拍子抜けの形で、お望み次第のどれにしようと、大分歩行《ある》き廻った草臥《くたびれ》も交って、トボンと立つ。

例の音《おと》は地《じ》の底から、草の蒸さるる如く、色に出《い》で萌えて留《や》まぬ。

「狸囃子《たぬきばやし》と云うんだよ、昔から本所の名物さ。」

「あら、嘘ばっかり。」

丁度《ちょうど》そこに、美しい女《ひと》と、その少紳士《わかしんし》が居合わせて、こう言《ことば》を交わしたのを松崎は聞取《ききと》った。さては自分の空耳ではないらしい。

紳士が言った狸囃子は、例の、おいてけ堀《ぼり》、片葉《かたは》の蘆《あし》、足洗い屋敷、埋蔵《うめぐら》の溝《どぶ》、小豆婆《あずきばば》、送り挑燈《ちょうちん》とともに、土地の七不思議に数えられた、幻の音曲《おんぎょく》である。言った方も戯《たわむれ》に、聞く女《ひと》も串戯《じょうだん》らしく打消したが、春狐は、かえって、うっかりしていた伝説《いいつたえ》を、夢のように思出した。興ある事かな。日は永し。今宮辺の堂宮《どうみや》の絵馬を見て暮したと云う、隙《ひま》な医師《いしゃ》と一般、仕事に悩んで持余《もてあま》した身体なり、電車はいつでも乗れる。となると、家へ帰るには未《ま》だ早い。……どうやら、橋の上で聞いたよりはここへ来ると、同じ的《まと》の無い中《うち》にも、囃子の音《おと》が、間近に、判然《はっきり》したらしく思われる。一つは、その声の響くのは、自分ばかりでない事を確《たしか》めた所為《せい》であろう。その上、世を避けた仙人が碁を打つ響きでもなく、薄隠《すすきがく》れの女郎花《おみなえし》に露の音信《おとず》るる声でもない……音色こそ違うが、見世物の囃子と同じく、気をそそって人を寄せる鳴《なり》ものらしく思うから、傾く耳の誘わるる、寂しい横町《よこちょう》、――電車を離れた。

向って日南《ひなた》の、背後《うしろ》は水で、思いがけず一本の菖蒲《あやめ》が町に咲いた、と見た。……その美しい女《ひと》の影は、分《わ》れた背中にひやひやと染《し》む……と、チャンチキ、チャンチキ、嘲けるが如くに囃《はや》す。……がらがらと鳴って、電車が出る。突如として、どどん、じゃんじゃん。――ぶらぶら歩行《ある》き出すと、ツンツンテンレン、ツンツンテンレン。

八

片側はどす黒い、水の淀んだ川に添い、がたがたと物置が並んで、米俵やら、莚《むしろ》やら、炭やら、薪《まき》やら、その中を蛇が這《は》うように、ちょろちょろと鼠《ねずみ》が縫い行《ゆ》く。あの鼠が太鼓をたたいて、鼬《いたち》が笛を吹くのかと思った。……人通り全然《まるで》なし。

片側は、右のその物置に、ただ戸障子を繋合《つなぎあ》わせた小家継《こいえつづ》き。で、一二軒、八百屋、駄菓子屋の店は見えたが、鴉《からす》もいなければ、犬もおらぬ。縄暖簾《なわのれん》の居酒屋めく米屋の店に、コトンと音をさせて、鶏が一羽歩行《ある》いていた。が、通りかかった春狐を見ると、高らかに一声鳴いた。太陽《ひ》は闌《たけなわ》に白い。

真蒼《まつさお》に目に映った、物置の中の竹屋の竹さえ、茂った山吹の葉に見えた。

町はそこから曲る。と追分《おいわけ》で路が替って、木曾街道《きそかいどう》へ差掛《さしかか》る……左右戸毎の軒行燈《のきあんどん》。ここにも、そこにも、ふらふらと、春の日を中《うち》へ取って、白く点《ひとも》したらしく、真昼浮出《うきで》て朦《もう》と明るい。いずれも御泊り、木賃宿《きちんやど》。で、どの家も、軒より、屋根より、これが身上《しんしよう》、その昼行燈ばかりが目に着《つ》く。中《うち》には、廂先《ひさしさき》へ高々と燈籠《とうろう》の如くに釣って、白看板の首を擡《もた》げて、屋台骨は地《つち》の上の獣の如く這ったのさえある。

吉野、高橋、清川《きよかわ》、槙葉《まきは》。寝物語や、美濃《みの》、近江《おうみ》。ここにあわれを留めたのは屋号にされた遊女《おいらん》達。……ちょっと柳が一本《ひともと》あれば滅びた白昼の廓《くるわ》に斉《ひと》しい。が、夜寒《よさむ》の代《しろ》に焼尽《やきつく》して、塚のしるしの小松もあらず……荒寥《こうりよう》として砂に人なき光景《ありさま》は、祭礼《まつり》の夜《よ》に地震して、土の下に埋れた町の、壁の肉も、柱の血も、そのまま一落《いちらく》の白髑髏《しゃれこうべ》と化し果てた趣あり。……絶壁の躑躅《つつじ》と見たは、崩れた壁に、ずたずたの襁褓《おむつ》のみ、猿曳《さるひき》が猿に着せるであろう。

生命《いのち》を掴《から》む桟橋《かけはし》から、危《あやう》く傾いた二階の廊下に、日も見ず、背後《うしろ》むきに鼠の布子《ぬのこ》の脊《せな》を曲げた、首の色の蒼《あお》い男を、フト一人見着《みつ》けたが、軒《のき》に掛けた蜘蛛の囲《い》の、ブトリと膨れた蜘蛛の腹より、人間は痩せていた。

ここに照る月、輝く日は、兀《は》げた金銀の雲に乗った、土御門家《つちみかどけ》一流易道《えきどう》、と真赤に目立った看板の路次から躍出《せりだ》した、そればかり。空を見るさえ覗《のぞ》くよう、軒行燈の白いにつけ、両側の屋根は薄《うす》暗《くら》い。

この春の日向の道さえ、寂《さ》びれた町の形さえ、行燈に似て、しかもその白《しら》けた明《あかり》に映る……表に、御泊りとかいた字の、その影法師《かげぼうし》のように、町巾《まちはば》の真《ま》ただ中とも思う処に、曳棄《ひきす》てたらしい荷車《にぐるま》が一台、屋台を乗せてガタリとある。

近《ちか》づいて見ると、否《いや》、荷の蔭に人がいた。

と、見た体《てい》は、褪《あ》せた尾切《しりきり》の茶の筒袖《つつっぽ》を着て、袖を合わせて、手を拱《こまぬ》き、紺の脚絆穿《きゃはんばき》、草鞋掛《わらじがけ》の細い脚を、車の裏へ、蹈揃《ふみそろ》えて、衝《つ》と伸ばした、抜衣《ぬきえ》紋《もん》に手拭《てぬぐい》を巻いたので、襟も隠れて見分けは着かぬ。編笠《あみがさ》、ひたりと折合わせて、紐を深く被《かぶ》ったなりで、がっくりと俯向《うつむ》いたは、どうやら坐《い》眠《ねむ》りをしていそう。

城の縄張りをした体《てい》に、車の轅《え》の中へ、きちんと入って、腰は床几《しょうぎ》に落している。

飴屋か、豆屋か、団子を売るか、いずれにも荷が勝った……おでんを売るには乾いている、その看板がおもしろい……

九

屋台の正面を横に見せた、両方の柱を白木綿で巻立てたは寂しいが、左右へ渡して紅金巾《べにかなきん》をひらりと釣った、下に横長な掛行燈《かけあんどん》。

一……………坂東よせ鍋
一……………尾上《おのえ》天麩羅《てんぷら》
一……………大谷おそば
一……………市川玉子《たまご》焼《やき》
一……………片　岡　椀《わん》盛《もり》
一……………嵐　　お萩《はぎ》
一……………坂東あべ川《かわ》
一……………市村しる粉《こ》
一……………沢村さしみ
一……………中　村　洋　食

初日出揃い役者役人車輪に相勤《あいつと》め申　候《もうしそうろう》

名の上へ、藤の花を末濃《すそご》の紫。口上あと余白の処に、赤い福面女《おかめ》に、黄色な瓢箪男《ひょっとこ》、青般若《あおはんにゃ》の可恐《こわ》い面、黒の松茸《まつだけ》、浅黄《あさぎ》の蛤《はまぐり》、ちょっと蝶々もあしらって、霞《かすみ》を薄くぼかしてある。

引寄せられて慕って来た、囃子の音《おと》には、これだけ気の合ったものは無い。が、松崎は読返して見て苦笑いした。坂東あべ川、沢村しるこ、渠《かれ》は名を春狐と号して、福面女《おかめ》に、瓢簞男《ひょっとこ》、般若《はんにゃ》の面、……二十五座の座《ざ》着《つ》きで駆出しの狂言方《きょうげんかた》。

「串戯《じょうだん》じゃないぜ。」……思わず、声に出した独言《ひとりごと》。

「親仁《おとつ》さん、おう、親仁さん。」

なぞのものぞ、ここに木賃の国、行燈の町に、壁を抜出た楽《らく》がきの如く、陽炎に顕《あら》われて、我《われ》を諷《ふう》するが如き浅黄の頭巾《ずきん》は？……屋台の様子が、小児《こども》を対手《あいて》に、新粉細工《しんこざいく》を売るらしい。片岡牛鍋、尾上天麩羅、そこへ並べさせて見よう了見で、

「おい、お爺《じ》い。」と、閑《ひま》なあまりの言葉がたき、故《わざ》と中《ちゅう》ッ腹《ぱら》に呼んで見たが、寂寞《じゃくまく》たる事かな。繰《あやつり》の糸の切れたが如く、手足を突張りながら、ぐたりと眠る……俗には船を漕ぐとこそ言え、これは筏《いかだ》を流す体《てい》。それに対して、そのまま春狐の分《わか》った袂《たもと》は、我ながら蝶が羽繕《はづくろ》いをする心地であった。

まだ十歩と離れぬ。

その物売の、布子《ぬのこ》の円い背中なぞへ、同じ木賃宿のそこが曲《ゆが》みなりの角から、町巾《まちはば》を、一息《ひといき》、苗代形《しろがた》に巾の広くなった処があって、思いがけず甍《いらか》の堆《うずたか》い屋形《やかた》が一軒、斜に中空《なかぞら》をさして鯉《こい》の鱗《うろこ》の背を見るよう、電信柱に棟《むね》の霞んで聳《そび》えたのがある。空屋か、知らず、窓も、門《かど》も、皮をめくった、面に斉《ひと》しく、大《おお》きな節穴が、二ツずつ、がッくり窪《くぼ》んだ眼《まなこ》を揃えて、骸骨を重ねたような。が、月には尾花《おばな》か、日向《ひなた》の若草、廂《ひさし》に伸びたも春めいて、町から中へ引込《ひきこ》んだだけ、生ぬるいほどほかほかする。

四辺《あたり》に似ない大構《おおがま》えの空屋に、――二間《けん》ばかりの船板塀《ふないたべい》が、水のぬるんだ堰《いせき》に見えて、その前に、

お玉杓子《たまじやくし》の推鏡《おしくら》で群《むらが》る状《さま》に、大勢小児《こども》が集《たか》っていて、おけらの虫は、もじゃもじゃもじゃと皆動揺《どよ》めく。

その癖静まって声を立てぬ。

じきその物売の前に立ちながら、この小さな群集の混合ったのに気が着《つ》かなかったも道理こそ、春狐は身に染みた狂言最中、見物《けんぶつ》のひっそりした桟敷うらを来たも同《おなじ》だと思った。

役者は舞台で飛んだり、刎《は》ねたり、子供芝居が、ばたばたばた。

十

大当り、尺的《しゃくまと》に矢の刺《ささ》っただけは新粉屋《しんこや》の看板より念入《ねんいり》なり。一面藤の花に、蝶々まで同じ絵を彩った一張《いっちょう》の紙幕《かみまく》を、船板塀の木戸口に渡して掛けた。正面前の処へ、破莚《やれむしろ》を三枚ばかり、じとじとしたのを敷込《しきこ》んだが、日に乾くか、怪《あやし》い陽炎となって、むらむらと立つ、それが舞台。取巻いた小児《こども》の上を、鮒《ふな》、鯰《なまず》、黒い頭、緋鯉《ひごい》と見たのは赤い切《きれ》の結綿仮髪《ゆいわたかつら》で、幕の藤の花の末《すそ》を煽《あお》って、泳ぐように視《なが》められた。が、近着《ちかづ》いて見ると、坂東、沢村、市川、中村、尾上、片岡、役者の連名も如件《くだんのごとし》。おそば、お汁粉、牛鍋なんど、紫の房の下に筆ぶとに記してあった……

松崎が、立寄った時、カイカイカイと、ちょうど塀の内で木が入って、紺の衣服《きもの》に、黒い帯した、円い臀《しり》が、蹠《かかと》をひょい、と上げて、頭からその幕へ潜ったのを見た。——莚舞台《むしろぶたい》は行儀わるく、両方へ曲《ゆが》んだが、半月形に、ほかほかとのぼせた顔して、取廻《とりま》わした、小さな見物、わやわやと又一《ひと》動揺《どよめき》。

中に、目の鋭い屑屋《くずや》が一人、箸と籠を両方に下げて、挟んで食えそうな首は無しか、とじろじろと睨廻《ねめみま》わす。もう一人、袷《あわせ》の引解《ひっと》きらしい、汚れた縞《しま》の単衣《ひとえ》ものに、綟《よ》れよれの三尺で、頬被《ほほかむ》りした、ずんぐり肥《ふと》った赤ら顔の兄哥《あにい》が一人、のっそり腕組をして交る……二人ばかり。十二三四五ぐらいな、子守の娘が、横ちょ、と猪首《いくび》に小児《こども》を背負《しょ》って、唄も唄わず、肩、背を揺《ゆす》る。他《た》は皆、茄子《なすび》の蔓《つる》に、蛙《かえる》の子。

楽屋――その塀の中《うち》で、又カチカチと鳴った。

処へ、通《とおり》から、ばらばらと駆けて来た。別に二三人の小児を先に、奴を振らせた趣で、呀《や》！前刻《さっき》の、あの美しい女《ひと》と、中折《なかおれ》の下に眉の濃い、少《わか》い紳士と並んで来たのは、浮世の底へ霞を引いて、天降《あまくだ》ったように見えたのである。

――（ここだ、この音《おと》だ。）――と云った、その紳士の言《ことば》を聞いた、春狐はやっぱり渠等《かれら》も囃子《はやし》の音《おと》に誘われて、男女《なんにょ》のどちらが言出したか、それは知らぬが、連立って、前刻《さっき》の電車の終点から、ともに引寄せられて来たものだと思った。

時に、その二人も、松崎も、大方この芝居の鳴物が、遠くまで聞こえたのであろうと頷《うなず》く……囃子は、その癖、ここに尋ね当った現下《いま》は何も聞こえぬ。……

絵の藤の幕間《まくあい》で、木は入ったが舞台は空しい。

「幕が長いぜ、開《あ》けろい。遣《や》らねえか、遣らねえか。」とずんぐり者の頬被《ほおかぶり》は肩を揺《ゆす》った。が、閉ったばかり、聊《いささか》も長い幕間でない事が、自分にも可笑《おか》しいか、鼻先《はなつさき》の手拭の結目《むすびめ》を、ひこひこと遣って笑う。

様子が、思いも掛けず、こんな場所、子供芝居の見物の群に来た、美しい女《ひと》に対して亢奮《こうふん》したものらしい。……実際、雲の青い山の奥から、淡彩《うすいろどり》の友染《ゆうぜん》とも見る、名も知れない一輪の花が、細谷《ほそたに》川《がわ》を里近く流れ出でて、淵の藍《あい》に影を留めて人目に触れた風情あり。石斑魚《うぐい》が飛んでも松葉が散っても、そのまますぐに、すらすらと行衛《ゆくえ》も知れず流れよう。それをしばらくでも引留《ひきと》めるのは、ただちっとも早く幕を開ける外《ほか》はない、と此方《こなた》の目にも見て取られた。

「頼むぜ頭取。」と、頬被が又喚《わめ》く。

十一

その時、役者の名の余白に描いた、福面女《おかめ》、瓢簞男《ひょっとこ》の端をばさりと捲《まく》ると、月代《さかやき》茶色に、半白《ごましろ》のちょん髷仮髪《まげかつら》で、眉毛の下《さが》った十《と》ウばかりの男の児《こ》が、渋団扇《しぶうちわ》の柄《え》を引摑《ひっつか》んで、ひょこりと登場。

（「待ってました。」と頬被が声を掛けた。）

奴《やっこ》は、とぼけた目をきょろんと遣ったが、

「ちぇ、小道具め、為《し》ようがねえ。」

と高慢な口を利いて、尻端折《しりはしょ》りの肢《あし》を刎《は》ねるが如く、二《ふた》つ三《み》つ、舞台をくるくると廻《まわ》るや否や、背後《うしろ》向きに、ちょっきり結びの紺兵子《こんへこ》の出尻《でっちり》で、頭から半身また幕へ潜《くぐ》った。が、すぐに摺抜《すりぬ》けて出直したのを見れば、うどん、当り屋、とのたくらせた穴だらけの古行燈《ふるあんどん》を提《さ》げて来て、莚の上へ、ちょんと直すと、奴はその蔭で、膝を折って、膝開《ひざはだ》けに踏張《ふんば》りながら、件《くだん》の渋団扇で、ばたばたと煽いで、――台辞《せりふ》――

「米が高値《たか》いから不景気だ。嬶々《かかあ》めに又叱られべいな。」

でも、ちょっと含羞《はにか》んだか、日に焼けた顔を真赤に俯向《うつむ》く。同じ色した渋団扇、ばさばさばさ、と遣った処は巧致《うま》いもの也《なり》。

「いよ、牛鍋。」と頬被が言った。

片岡牛鍋と云うのであろう、が、役は饂飩屋《うどんや》の親仁《おやじ》である。

チャーン、チャーン……幕の中《うち》で鉦《かね》を鳴らす。

(――迷児《まいご》の、迷児の、迷児やあ――)

呼ばわり連れると、ひょいひょいと三人出た……団栗《どんぐり》ほどな背丈を揃えて、紋羽《もんは》の襟巻を頸《くび》に巻いた大屋様《おおやさま》。月代が真青で、鬢《びん》の膨れた色身《いろみ》な手代《てだい》、うんざり鬢の俠《いさみ》が一人、これが前《さき》へ立って、コトン、コトンと棒を突く。

「や、これ、太吉《たきち》さん、」と差配様《おおやさま》声を掛ける。

青月代が、提灯《ちょうちん》を持交《もちか》えて、

「はい、はい。」と返事をした。が、界隈の荒れた卵塔場《らんとうば》から、葬礼《ともらい》あとを、引攫《ひっさら》って来たらしい、その提灯は白張《しらはり》である。

大屋は、カーンと一つ鉦を叩いて、

「大分夜《よ》が更《ふ》けました。」

「亥刻《いのこく》過ぎでございましょう、ねえ、頭《かしら》。」

「そうよね。」と棒をコツン、で、くすくすと笑う。

(「笑うな、真面目に真面目に。」と頬被が又声を掛ける。)

舞台の差配様《おおやさま》が小首を傾け、

「時に、もし、迷児、迷児、と呼んで歩行《ある》きますが、誰某《だれそれ》と名を申して呼びませいでも、分りますものでござりましょうかね。」

「私もさ、思ってるんで。……どうもね、ただこう、迷子と呼んだんじゃ、前方《さき》で誰の事だか見当が着くめえてね、迷児と呼ばれて、はい、手前でござい、と顔を出す奴もねえもんでさ。」とうんざり鬌が引取って言う。

「まずさね……それで闇《くら》がりから顔を出せば、飛《とん》だ妖怪《ばけもの》でござりますよ。」

青月代の白男《しろおとこ》が、袖を開いて、両方を掌《て》で圧《おさ》え、

「御道理《ごもっとも》でございますとも、それがでございますよ。はい、こうして鉦太鼓で探捜《さがし》に出ます騒動ではございますが、捜されます御当人の家《うち》へ、声が聞こえますような近い所で、名を呼びましては、表向の事でも極《きまり》が悪うございましょう。それも小児《こども》や爺婆《じじばば》ならまだしも、取って十九と云う妙齢《としごろ》の娘の事でございますから。」と考え考え、切れ切れに台辞《せりふ》を運ぶ。

その内も手を休めず、ばっぱっと赤い団扇、火が散るばかり、これは鮮明《あざやか》。

十二

青月代は辿々《たどたど》しく、

「で、ございますから、遠慮をしまして、名は呼びません、でございましたが、おっしゃる通り、ただ迷児迷児と喚《わめ》きました処でこれが分るものではございません。もう大分町も離れました、徐々《そろそろ》娘の名を呼びましょう。」

「成程成程、御心着《おこころづき》至極の儀。そんなら、ここから一つ名を呼んで捜す事にいたしましょう。頭《かしら》、音頭を願おうかね。」

「迷児の音頭は遣りつけねえがね、ままよ。……差配《おおや》さん、合方《あいかた》だ。」

チャーンと鉦の音《おと》。

「お稲《いな》さんやあ、――トこの調子かね。」

「結構でございますね、差配《おおや》さん。」

差配《おおや》はも一つ真顔で、チャーン。

「さて、呼声に名が入りますと、どうやら遠い処で、幽《かすか》に、……はアい……」と可哀《あわれ》な声する。

「変な声だあ。」と、頭は棒を揺《ゆ》って震える真似する。

「この方《ほう》、総入歯で、若い娘の仮声《こわいろ》だてね。いえさ、したが何となく、はアい、と返事をしそうで、大《おおき》に張合が着《つ》きましたよ。」

「その気で一つ伸《の》しましょうよ。」

三人この処で、声を揃えた。チャーン――

「――迷児の、迷児の、お稲さんやあ……」

と一列《ひとなら》び、莚の上を六尺ばかり、ぐるりと廻る。手足も小さく仇《あど》ない顔して、目立つは仮髪《かつら》の髷ばかり。麦藁細工《むぎわらざいく》が化けたようで、黄色い声で長《ま》せた事、ものを言う笛を吹くか、と希有《けう》に聞こえる。

美しい女《ひと》は、すっと薄色の洋傘《パラソル》を閉めた……ベールを脱いだように濃い浅黄の影が消える、と露の垂りそうな清《すず》しい目で、同伴《つれ》の男に、ト瞳を注《そそ》ぎながら舞台を見返す……その様子が、しばらく立停ろうと云うらしかった。

「鍋焼饂飩！」と高らかに、舞台で目を眠るまで俯向《うつむ》いて呼んだ。

「……ああ、腹が空いた、饂飩屋。」

「へいへい、頭、難有《ありがと》うございます。」

うんざり鬢は額《ひたい》を叩いて、

「おっと、礼はまだ早かろう。これから相談だ。ねえ、太吉さん、差配《おおや》さん、ちょっぴり暖まって行こうじゃねえかね。」

(「賛成。」と見物の頬被りは、反《そり》を打って大《おおい》に笑う。)

仕種《しぐさ》を待構えていた、饂飩屋小僧は、これから、割前《わりまえ》の相談でもありそうな処を、もどかしがって、

「へい、お待遠様《まちどおさま》で、」と急いで、渋団扇で三人へ皆配る。

「早いんだい、まだだよ。」と差配《おおや》になったのが地声で勘走《かんばし》った。が、それでも、ぞろぞろぞろぞろと口で言い言い、三人、搔込《かっこ》む仕形《しかた》。

「頭、……御町内様も御苦労様でございます。お捜しなさいますのは、お子供衆で？」

「小児《こども》なものかね、妙齢《としごろ》でございますよ。」

と青月代が、襟を扱《しご》いて、ちょっと色身で応答《あしら》う。

「へい、お妙齢、殿方でござりますか、それともお娘御《むすめご》で。」

「妙齢の野郎と云う奴があるもんか、初厄《はつやく》の別嬪《べっぴん》さ。」と、頭は口で、ぞろりぞろり。

「ああ、さて、走《はし》り人《びと》でござりますの。」

「はしり人《びと》と云うのじゃないね、同じようでも、いずれ行方《ゆきかた》は知れんのだが。」と差配《おおや》は、チンと洟《はな》をかむ。

見物のその美しい女《ひと》の唇に微笑《ほほえみ》が見えた……

「いつの事、どこから、そのお姿が見えなくなりました。」と饂飩屋は、渋団扇を莚に支《し》いて、ト中腰になって訊《き》く。

十三

差配《おおや》は溜息と共に気取って頷《うなず》き、

「いつ、どこでと云ってね、お前《めえ》、縁日の宵の口や、顔見世《かおみせ》の夜明から見えなくなったと云うのじゃない。その娘はね、長い間煩《わず》らって、寐《ね》ていたんだ。それから行衛《ゆくえ》が知れなくなったよ。」

子供芝居の取留《とりと》めのない台辞《せりふ》でも、ちっと変な事を言う。

「へい。」

舞台の饂飩屋も異な顔で、

「それでは、御病気を苦になさって、死ぬ気で駆出したのでござりますかね。」

「寿命だよ。ふん、」と、も一つかんで、差配《おおや》は鼻紙を袂《たもと》へ落す。

「御寿命、へい、何にいたせ、それは御心配な事で。お怪我《けが》がなければ可《よ》うござります。」

「賽《さい》の河原は礫原《こいしわら》、石があるから躓《つまず》いて怪我をする事もあろうかね。」と差配《おおや》は陰気。

「何を言わっしゃります。」

「否《いや》さ、饂飩屋さん、合点《がてん》の悪い。その娘はもう亡くなったんでございますよ。」と青月代が傍から言った。

「お前様も。死んだ迷児と云う事が、世の中にござりますかい。」

「六道《ろくどう》の闇に迷えば、はて、迷児ではあるまいか。」

「や、そんなら、お前様方は、亡者《もうじや》をお捜しなさりますのか。」

「そのための、この白張提灯《しらはりちようちん》。」と青月代が、白粉《おしろい》の白《しろ》けた顔の前《ま》え、ぶらりと提げる。

「捜いて、捜いて、暗《やみ》から暗へ行く路じゃ。」

「ても……気味の悪い事を言いなさる。」

「饂飩屋、どうだ一緒に来るか。」と頭は鬼の如く棒を突出す。

饂飩屋は、あッと尻持《しりもち》。

引被《ひつかぶ》せて、青月代が、

「ともに冥途《めいど》へ連行《つれゆ》かん。」

「来《きた》れや、来れ。」と差配《おおや》は異変な声繕《こわづくろい》。

一堪《ひとたま》りもなく、饂飩屋はのめり伏した。渋団扇で、頭を叩くと、ちょん髷仮髪《かつら》が、がさがさと鳴る。

「締《し》めたぞ。」

「喰遁《くいに》げ。」と囁《ささや》き合《あ》うと、三人の児《こ》は、ひょいと躍って、蛙のようにポンポン飛込む、と幕の蔭に声ばかり。

（――迷児の、迷児の、お稲さんやあ――）

描ける藤は、どんよりと重く匂って、おなじ色に、閃々《きらきら》と金糸《きんし》のきらめく、美しい女《ひと》の半襟が、陽炎に影を通わす、居周囲《いまわり》は時に寂寞《ひっそり》した。楽屋の人数《にんず》を、狭い処に包んだ行為《せい》か、比羅幕《びらまく》が中ほどから、見物に向いて、風を孕《はら》んだか、と膨れて見えた。……この影が覆蔽《かぶさ》るであろう、破莚《やれむしろ》は鼠色に濃くなって、蹲込《しゃがみこ》んだ児等《こども》の胸へ持上って、蟻《あり》が四五疋《ひき》、うようよと這《は》った。……が、何故《なぜ》か、物の本の古びた表面《おもて》へ、——来れや、来れ……と仮名でかきちらす形がある。

と見つつ見物が思うまで、（来れや、来れ……）と言った差配《おおや》の言葉は、怪しいまで陰に響いて、幕の膨らんだにつけても、誰か、大人がいて、陰で声を助《す》けたらしく聞こえたのであった。

また見物の児等《こども》は、神妙に、黙って控えた。頰被《ほおかぶり》のずんぐり者は、腕を組んで立ったなり、こくりこくりと居眠りし出す。

舞台で饂飩屋が、ぼやんとした顔を上げた。……蟻は隠れたのである。

十四

「狐か、狸か、今のは何じゃい、どえらい目に逢わせくさった。」と饂飩屋は板塀はずれに、空屋の大屋根から空を仰いで、茫然《ぼんやり》する。

美しい女《ひと》と若い紳士の、並んで立った姿が動いて、両方木賃宿の羽目板の方を見向いたのを。——舞台が寂しくなったため、もう帰るのであろうと見れば。

いや、そこへ小さな縁台を据えて、二人の中に、ちょんぼりとした円髷《まるまげ》を俯向《うつむ》けに揉手《もみて》でお叩頭《じぎ》をする古女房が一人いた。

「さあ、どうぞ、旦那様、奥様、これへお掛け遊ばして。いえ、もう汚いのでございますが、お立ちなすっていらっしゃいますより、ちっとは増《まし》でございます。」と手拭で、ごしごし拭いを掛けつつ云った。その手で――一所《いつしよ》に持って出たらしい、踏台が一つに乗せてあるのを下へおろした。

「否《いや》、俺たちは、」

若い紳士は、手首白いのを挙げて、払い退《の》けそうにした。が、美しい女《ひと》が、意を得たと云う晴《はれ》やかな顔して、黙ってそのまま腰を掛けたので。

「難有《ありがと》う。」

渠《かれ》も斉《ひと》しく並んだのである。

「はい、失礼を。はいはい、はい、どうも。」と古女房は、まくし掛けて、早口に饒舌《しやべ》りながら、踏台を提《さ》げて、小児《こども》たちの背後《うしろ》を、ちょこちょこ走り。で、春狐の背後《うしろ》へ廻る。

「貴方様《あなたさま》は、どうぞこれへ。はい、はい、はい。」

「恐縮ですな。」

かねて期したるものの如く猶予《ため》らわず腰を落着けた、……彼は、美しい女《ひと》とその連《つれ》とが、去る去らないに係わらず、――舞台の三人が鉦《かね》をチャーンで、迷児の名を呼んだ時から、子供芝居は、とにかくこの一幕を見果てないうちは、足を返すまいと思っていた。

声々に、可哀《あわれ》に、寂しく、遠方《おちかた》を幽《かすみ》に、……そして幽冥の境を暗から闇《やみ》へ捜廻《さがしまわ》ると言った、厄年《やくどし》十九の娘の名は、（お稲。）と云ったのを鋭く聞いた――忘れられぬ人の名なのであるから――

「おかみさん、この芝居はどう云う筋だい。」

「はいはい、否《いいえ》、貴下《あなた》、子供が出たらめに致しますので、取留《とりと》めはございませんよ。何の事でございますか、私どもには一向に分りません。それでも稽古だの何のと申して、それは騒ぎでございましてね、はい、はい、はい、はい。」——で手を揉み手を揉み、正面《まとも》には顔も上げずに、ひょこひょこして言う。この古女房は、くたびれた藍色の半纏《はんてん》に、茶の着もので、紺足袋で雪駄穿《せったばき》でいたのである。

「馬鹿にしやがれ。ヘッ、」と唐突《だしぬけ》に毒を吐いたは、立睡《たちねむ》りでいた頬被《ほおかぶ》りで、矢蔵《やぞう》の肱《ひじ》を、ぐいぐいと懐中《ふところ》から、八ツ当りに突掛《つっか》けながら、

「人《ひと》、面白くもねえ、貴方様お掛け遊ばせが聞いて呆《あき》れら。おはいはい、襟元に着きやがって、ヘッ。俺の方が初手《しょて》ッから立ってるんだ。衣類《きるい》に脚が生えやしめえし……草臥《くたび》れるんなら、こっちが前《さき》だい。服装《みなり》で価値《ねだん》づけをしやがって、畜生め、ああ、人間下《さが》りたくはねえもんだ。」

古女房は聞かない振で、ちょこちょこと走って退《の》いた。一体、縁台・踏台まで持添えて、どこから出て来たのか、それは知らない。そうして引返《ひっかえ》したのは町の方で。

そこに、前刻《さっき》の編笠《あみがさ》目深《ぶか》な新粉《しんこ》細工《ざいく》が、出岬《でさき》に霞んだ捨小《すてお》舟《ぶね》と云う形《かた》ちで、寂寞《じゃくまく》としてまだ一人いる。その方へ、ひょこひょこ行く。

頬被りは、じろりと見遣《みや》って、

「状《ざま》あ見ろ、巫女《いちこ》の宰取《さいとり》。活《い》きた兄哥《あにい》の魂が分るかい。ヘッ、」と肩をしゃくりながら、ぶらりと見物の群を離れた。——序《ついで》に言おう、人間を挟みそうに、籠と竹箸を構えた薄気味の悪い、黙然《だんまり》の屑屋《くずや》は、古女房が、そっち側《かわ》の二人に、縁台を進めた時、ギロリと踏台の横穴を覗いたが、其切《それき》りフイといなくなった。——

いま、腰を掛けた踏台の中には、春狐が見ても一枚の屑も無い。

十五

「おい、出て来ねえな、おお、大入道《おおにゅうどう》、出じゃねえか。遅いなあ。」

少々舞台に間《ま》が明《あ》いて、魅《つ》まれたなりの饂飩小僧は、てれた顔で、……幕越しに楽屋を呼んだ。

幕の端から、以前の青月代《あおさかやき》が、黒坊《くろんぼ》の気か、俯向《うつむ》けに仮髪《かつら》ばかりを覗かせた。が、そこの絵の、狐の面が抜出したとも見えるし、古綿《ふるわた》の黒雲《くろくも》から、新粉細工の三日月が覗くとも視《なが》められる。

「未《ま》だじゃねえか、まだお前、その行燈が姿見《かがみ》にならねえよ、科《しぐさ》が抜けてるぜ、早く演《や》んねえな。」

と云って、すぼりと引込《ひっこ》む。——はてな、行燈が、かがみに化ける……と松崎は地の凸凹《でこぼこ》する蹈台《ふみだい》の腰を乗出す。

同じ思いか、面影に映しそうに、美しい女《ひと》は凝《じっ》と視《み》た。ひとり紳士は気の無い顔して、反身《そりみ》ながらぐったりと凭掛《よりかか》った杖《ステッキ》の柄《え》を手袋の尖《さき》で突《つつ》いたもの。

饂飩屋は、行燈に向直ると、誰もいないのに、一人で、へたへたと挨拶する。——台辞《せりふ》——

「光来《おいで》なさいまし。……すぐと暖めて差上《さしあ》げます。今、もし、飛《とん》だお前さん、馬鹿な目に逢いましてね、火も台なしでござります、へい、辻の橋の玄徳稲荷様《げんとくいなりさま》は、御身分柄《ごみぶんがら》、こんな悪戯《いたずら》はなさりません。狸か獺《かわうそ》でござりましょう、——迷児の、迷児の、——と鉦《かね》を敲《たた》いて来やがって、饂飩を八杯攫《さ》らいました、お前さん。」と滑稽《おどけ》た眉毛を、寄せたり、離したり目をくしゃくしゃと饒舌《しゃべ》ったが、

「や、一言《いちごん》も、お返事なしだね、黙然坊様《だんまりぼうさま》。鼻だの、口だの、びこびこと動いてばかり。……あれ、誰か客人だと思ったら——私《わし》の顔だ——道理で、兄弟分だと頼母《たのも》しかった。……宙に流れる川はな

し、七夕様でもないものを、銀河《あまのかわ》には映るまい、星も隠れた、真暗《まっくら》。」

　と、仰向けに、空を視る、と仕掛けがあった。……頭の上の、その板塀越、幕の内から潜《くぐ》らして、両方を竹で張った、真黒な布を一帳《ひとはり》、莚の上へふわり、と投げて、颯《さっ》と拡げた。

　と見て、知りつつ春狐は、俄然《がぜん》として雲が湧いたか、と愕乎《ぎょっ》とした、——電車はあっても——本郷から遠路《とおみち》を掛けた当日、麗《うららか》さも長閑《のどか》さも、余り積って身に染《し》むばかり暖かさが過ぎたので、思いがけない俄雨《にわかあめ》を憂慮《きづかわ》ぬではなかった処、むこうの新粉屋が、ものの遠いように霞むにつけても、家路遥かな思いがある。

　また、余所《よそ》は知らず、目の前の雑《ざつ》と劇場ほどなその空屋の裡《うち》には、本所の空一面に漲《みなぎ》らす黒雲を畳込んで余りあるが如くに見えた。

　暗い舞台、饂飩屋は、おっかな、吃驚《びっくり》、わなわな大袈裟に震えながら、

「何に映る、私《わし》が顔だ、——行燈か、まさかとは思うが、行燈か、行燈か？　……返事をせまいぞ。この上手前に口を利かれては叶わねえ。何分頼むよ。……面《つら》の皮は、雨風にめくれたあとを、幾度《いくたび》も貼替えたが、火事には他前《ひとさき》に持って遁《に》げる何十年以来《このかた》の古馴染《ふるなじみ》だ。——馴染がいに口を利くなよ、私《わし》が呼んでも口を利くなよ。はて、何に映る顔だ知らん。……口を利くな、利くな。」

　……と背の低いのが、滅入込《めりこ》みそうに、大《おおき》な仮髪《かつら》の頸《うなじ》を窘《すく》め、ひっつりそうな拳を二つ、耳の処へ威《おど》すが如く、張肱《はりひじ》に、確乎《しっか》と握って、腰をくなくなと、抜足差足《ぬきあしさしあし》。で、目を据え、眉を張って、行燈に擦寄《すりよ》り擦寄り、

「はて、何に映った顔だ知らん、行燈か、行燈か、……口を利くなよ、行燈か。」と熟《じっ》と覗《のぞ》く。

　途端に、沈んだが、通る声で、

「行燈ですよ。」

「わい、」と叫んで、饂飩屋は舞台を飛退《とびの》く。

十六

この古行燈《ふるあんどん》が、仇《あだ》も情《なさけ》も、赤くこぼれた丁子《ちようじ》の如く、煤《すす》の中に色を籠めて消えずにいて、それが、針の穴を通して、不意に口を利いたような女の声には、春狐もぎょっとした。

饂飩屋は吃驚《びっくり》の呼吸《いき》を引いて、きょとんとしたが、

「俺《おいら》あ可厭《いや》だぜ。」と、押殺した低声《こごえ》で独言《ひとりごと》を云ったと思うと、ぼさりと幕摺《まくず》れに、ふらついて、隅から蹌踉《よろ》け込《こ》んで見えなくなった。

時に（――行燈ですよ、）――と云ったのは美しい女《ひと》である事に、やがて春狐も心着《こころづ》いて、――驚いて楽屋へ遁《に》げた小児《こども》の状《さま》の可笑《おかし》さに、莞爾《にっこり》、笑《えみ》を含んだ燃ゆるが如きその女《ひと》の唇を見た。

「つい言ッ了《ちま》ったのよ。」と、美しい女《ひと》は紳士を見向く。

「困った人だね、」と杖《ステッキ》を取って、立構《たちかま》えをしながら、

「さあ、行こうか。」

「可《いい》わ、もうちっと……」

「恐怖《こわ》いよう。」と子守の袂《たもと》にぶら下った小さな児《こ》が、袖を引張って言う。

「こわいものかね、行燈じゃないわ、……綺麗な奥さんが言ったんだわ。」

と見物のその子守は背《せなか》の子を揺《ゆす》り上げた。

舞台を取巻いた大勢が、わやわやとざわついて、同音に、声を揚げて皆《みんな》笑った。小さいのが二側《ふたかわ》三側《みかわ》、ぐるりと黒く塊《かたま》ったのが、変にここまで間《ま》を措《お》いて、思出したように、遁込《にげこ》んだ饂飩屋の滑稽な図を笑ったので、どっと云うのが、一つ、町を越した空屋の裏あたりに響いて、壁を隔てて聞くようにぼやけて寂しい。

「東西《とうざい》、東西。」

青月代《あおさかやき》が、例の色身に白い、膨《ふっく》りした童顔《わらわがお》を真正面《まっしょうめん》に舞台に出て、猫が耳を撫でるト云った風で、手を挙げて、見物を制しながら、おでんと書いた角行燈《かくあんどん》をひょいと廻《ま》わし、ト立直して裏を見せると、かねて用意がしてあった、その一小間《ひとこま》が藍を濃く真青《まつさお》に塗ってあった。行燈が化けると云った。これが、姿見《かがみ》のつもりでもあろう、が、上を蔽《お》うた黒布の下に、色が沈んで、際立って、ちょうど、間近な縁台の、美しい女《ひと》と向合わせに据えたので、雪なす面《おもて》に影を投げて、媚《なまめ》かしくも凄くも見える。

青月代は飄然《ひらり》と退場。

それまでは、どれもこれも、吹矢に当って、バッタリと細工ものが顕われる形に、幕へ出入りのひょっこらさ加減、絵に描いた、小松茸《こまつだけ》、大きな蛤《はまぐり》十ウばかり一所《いっしょ》に転げて出そうであったが。

舞台に姿見《すがたみ》の蒼い時――

はじめて、白玉の如き姿を顕《あら》わす……いで、一人《いちにん》の立女形《たておやま》。撫肩《なでがた》しなりと脛《はぎ》をしめつつ褄《つま》を取った状《さま》に、内端《うちは》に可愛《かあい》らしい足を運んで出た。糸も掛けない素の白身《はくしん》、雪の錬糸《ねりいと》を操《く》るように、しなやかなものである。背丈恰好《せだけかっこう》それも、年十一二なのが、文金高髷《ぶんきんたかまげ》の仮髪《かつら》して、含羞《はにかん》だか、それとも芝居の筋の襯染《しなじめ》の為か、胸を啣《くわ》える俯向《うつむ》き加減、前髪の冷たさが、身に染《し》む風情にすべすべと、白い肩をすくめて、乳を隠す嬌態《しな》らしい、片手柔《やわらか》い肱《ひじ》を外に、指を反らして、ひたりと着《つ》けた、その頤《おとがい》のあたりを蔽《おお》い、額《ひたい》も見せないで、なよなよと莚《むしろ》に雪の踵《かかと》を散らして、静に、行燈の紙の青い前。

十七

綿《わた》かと思う柔な背《せな》を見物へ背後《うしろ》むきに、その擬《なぞら》えたる姿見に向って、莚に坐《すわ》ると、しなった、細い線を、左の白脛《しらはぎ》に引いて片膝を立てた。この膝は、春狐の方へ向く、右の掻込《かいこ》んで、その腰を据えた方に、美しい女《ひと》と紳士の椽台《えんだい》がある。

まだ顔を見せないで、打向《うちむか》った青行燈の抽斗《ひきだし》を抜くとそこに小道具の支度があった、白粉刷毛《おしろいはけ》の、夢の覚際《さめぎわ》の合歓《ねむ》の花、ほんのりとあるのを取って、媚《なまめ》かしく化粧を為出《しだ》す。……軒朶《みみたぼ》に黒子《ほくろ》も見えぬ、滑《なめら》かな美しさ。春狐は、むざと集《たか》って血を吸うのが傷《いたま》しさに、踏台の蚊を頻《しきり》に気にした。

踏台の蚊は、おかしいけれども、はじめ腰掛けた時から、間《ま》を措《お》いてはぶんと一つ、ぶんと又一つ、穴から唸《うな》って出る。……足と足を摺合わせたり、頭を掉《ふ》ったり避《よ》けつ払いつしていたが、日脚《ひあし》の加減か、この折からぶくぶくと溝《どぶ》から泡の噴く体《てい》に数を増した。何故《なぜ》か、莚の上のその皓体《こうたい》に集《たか》らせたくないので、背後《うしろ》へ、町へ、両の袂を叩いて払った。

そして、この血に餓えて呻《うめ》く虫の、次第に勢を加えたにつけても、天気模様の憂慮《きづかわ》しさに、いながら見渡されるだけの空を覗《のぞ》いたが、どこのか煙筒の煙の、一方に雪崩《なだ》れたらしい隈《くま》はあったが、黒しと怪《あやし》む雲はなかった。ただ、町の静《しず》かさ。板の間の乾《から》びた、人なき、広い湯殿《ゆどの》のようで、暖い霞《かすみ》の輝いて淀んで、漾《ただよ》いかつ漲《みなぎ》る中に、蚊を思うと、その形、むらむら波を泳ぐ海月《くらげ》に似て、塑《はこ》を横《よこた》えて、餓えたる虎の唄を唄うて刎《は》ねる……

この影がさしたら、四ツ目あたりに咲き掛けた紅白の牡丹《ぼたん》も曇ろう。……嘴《はし》を鳴らして、ひらりひらりと縦横無尽に躍る。が現《うつつ》なの光景《ありさま》は、長閑《のどか》な日中《ひなか》の、それが極度であった。——

（やがて、蚊ばかりではない。舞台で狐やら狸やら、太鼓を敲《たた》き笛を吹く……本所名代《ほんじょなだい》の楽器に合わせて、猫が三疋《びき》。小夜具《こよぎ》を被《かぶ》って、仁王立《におうだち》、一斗樽《いっとだる》の三ツ目入道、裸の小児《こども》と一所になって、さす手の扇、ひく手の手拭、揃って人も無げに踊出《おどりいだ》した頃は、俄雨《にわかあめ》を運ぶ機関車の如き黒雲《くろぐも》が音もしないで、浮世の破《やぶれ》めを切張《きりばり》の、木賃宿の数の行燈、薄暗いまで屋根を圧して、むくむくと、両国橋から本所の空を渡ったのである。）

次第は前後した。

これより前《さき》、姿見に向った裸の児《こ》が、濃い化粧で、襟白粉《えりおしろい》を襟長く、くッきりと粧《よそお》うと、カタンと言わして、刷毛と一所に、白粉を行燈の抽斗に蔵《しま》った時、しなりとした、立膝のままで、見物へ、ひょいと顔を見せたと思え?!

島田ばかりが房々《ふさふさ》と、呀《やあ》、目も鼻も無い、のっぺらぽう。唇ばかり、埋め果てぬ、雪の紅梅、蕋《しべ》白《しろ》く莞爾《にっこり》した。

はっと美しい女《ひと》は身を引いて、肩を辷《すべ》った羽織の手先を白々と紳士の膝へ。

額も頬も一分《ぶ》、三分、小鼻も隠れたまで、いや塗ったとこそ言え、白粉で消した顔と思うが、春狐さえ一目見ると変な気がした。

そこへ、件《くだん》の三ツ目入道、どろどろどろどろと顕われけり。

十八

張子《はりこ》で、鼠色《ねずみいろ》の大入道、金銀張分《はりわ》けの大の眼《まなこ》を、行燈見越《みこし》に立《たち》はだかる、と縄からげの貧乏徳利《びんぼうとつくり》をぬいと突出す。

「丑満《うしみつ》の鐘を待兼《まちか》ねたやい。……わりゃ雪女。」

とドス声。……この大入道の前に、月からこぼれた白い兎《うさぎ》、天人《てんにん》の落《おと》し児《ご》と云った風情の、一束《ひとつか》ねの、雪の膚《はだ》は、さては化夥間《ばけなかま》の雪女であった。

「これい、化粧が出来たら酌をしろええ。」と、どか胡座《あぐら》、で、着ものの裾が堆《うずたか》い。

その地響きが膚《はだ》に応えて、震える状《さま》に、脇の下を窄《すぼ》めながら、雪女は横坐《よこずわ》りに、

「ああい、」と、手を支《つ》く。

「そりゃ、」と徳利を突出した。入道は懐から、鮑貝《あわびがい》を摑取《つかみと》って、胸を広く、腕へ引着《ひきつ》け、雁《がん》の首を捻《ね》じるが如く白丁《はくちょう》の口から注《つ》がせて、

「わりゃ、わなわなと震えるが、素膚《すはだ》に寒《かん》じるか、いやさ、寒いか。」とじろじろと視《なが》めて寛々たり。

雪女細い声。

「あい……冷とうござんすわいな。」

「ふん、それはな、三途河《そうずか》の奪衣婆《だつえば》に衣《きもの》を剝《は》がれて、まだ間《ま》が無《の》うて馴れぬからだ。ひくひくせずと堪《こら》えくされ。雪女が寒いと吐《ぬか》すと、火が火を熱い、水が水を冷《つめた》い、貧乏人が空腹《ひだる》いと云うような

ものだ。汝《うぬ》が勝手の我ままだ。」

「情《なさけ》ない事おっしゃいます、私《わたし》ゃ辛《つろ》うてならんわいな。」とやっぱり戦《わな》なく。その姿、あわれに寂しく、生々《なまなま》とした白魚《しらうお》の亡者《もうじゃ》に似ている。

「最《もっと》な、わりゃ……」

言い掛けた時であった。この見越入道《みこしにゅうどう》、ふと絶句で、大《おおき》な樽の面《つら》を振って、三つ目を六つに晃々《ぎらぎら》ときょろつかす。

幕の蔭と思う絵の裏で、誰とも知らず、静まった藤の房に、生温《なまぬる》い風の染《し》む気勢《けはい》で、

「……紅蓮《ぐれん》、大紅蓮《だいぐれん》、紅蓮、大紅蓮……」と後見《うしろ》をつけたものがある。

「紅蓮、大紅蓮の地獄に来《きた》って、」

と、大入道は樽の首を揺据《ゆりす》えて、

「わりゃ雪女となりおった。が、魔界の酌取《しゃくとり》、枕添《まくらぞい》、芸妓《げいしゃ》、遊女《おいらん》のかえ名と云うのだ。娑婆《しゃば》、人間の処女《きむすめ》で……」

又絶句して、うむと一つ、樽に呼吸《いき》を詰めて支《つか》えると、ポカンとした叩頭《おじぎ》をして、

「何だっけね、」と可愛《かあい》い声。

「お稲《いな》、」と雪女が小さく言った。

春狐は耳を澄ます。

と同時であった。

「……お稲、お稲さんですって、……」と目のふちに、薄く、行燈の青い影が射《さ》した、美しい女《ひと》は、ふと紳士を見た。

「お稲荷《いなり》、稲荷さんと云うんだね、白狐《しろぎつね》の化けた処なんだろう。」

わけもなくそう云って、紳士は、ぱっと巻莨《まきたばこ》に火を点ずる。

その火が狐火のように見えた。

「ああそうなのね。」

美しい女《ひと》は頷《うなず》いたのである。

春狐も、聞いて、成程そうらしくも見て取った。

「むむ、そのお稲でいた時の身の上話、酒の肴《さかな》に聞かさんかい。や、ただわなわなと震えくさる、まだ間《ま》がのうて馴れぬからだ。こりゃ、」

と肩へ無手《むず》と手を掛けると、ひれ伏して、雪女は溶けるように潸然《さめざめ》と泣く。

十九

「陰気だ陰気だ、こいつ滅入《めい》って気が浮かん。こりゃ、汝等《わいら》出て燥《はしや》げやい。」

三ツ目入道、懐手《ふところで》の袖を刎《は》ねて、鰒貝《あわびつかい》の杯《さかずき》を、大《でか》く觝《こ》を描いて楽屋を招く。

これを合図に、相馬《そうま》内裏《だいり》古御所《ふるごしょ》の管絃《かんげん》めいた、笛、太鼓に鉦《かね》を合わせて、トッピキ、ひゃら、ひゃら、テケレンどん、幕を煽《あお》って、どやどやと異類異形《いぎょう》が、踊って出た。

狐が笛吹く、狸が太鼓。猫が三疋、赤手拭《あかてぬぐい》、すッとこ被り、吉原被《よしわらかぶり》、ちょっと吹流《ふきなが》し、と気取るも交って、猫じゃ猫じゃの拍子を合わせトコトンと莚《むしろ》を踏むと、塵埃立交《ちりほこりたちまじ》る、舞台に赤黒い渦を巻いて、吹流しが腰をしゃなりと流すと、すッとこ被りが、ひょいと刎《は》ねる、と吉原被りは、ト招《まね》ぎの手附《てつき》。狸の面と狐の面は、差配の禿《はげ》と、青月代の仮髪《かつら》のまま、饂飩屋の半白頭《ごましおあたま》は、どっち着かず、鼬《いたち》のような面を着て、これが鉦で。

時々、きちきちきちきちと言う。狐はお定《さだま》りのコンと啼《な》く。狸はあやふやに、モウと唸って、膝にのせた、腹鼓。

囃子《はやし》に合わせて、猫が三疋、踊る、踊る、いや踊る事。

青い行燈とその前に突伏した、雪女の島田のまわりを、ぐるりぐるりと廻るうちに、三ツ目入道も、ぬいと立ってのしのしと踊出す。

続いて囃方惣踊《そうおど》り。フト合方《あいかた》が、がらりと替って、楽屋で三味線《さみせん》の音《ね》を入れた。

——必ずこの事、この事必ず、丹波《たんば》の太郎に沙汰《さた》するな、この事、必ず丹波の太郎に沙汰するな

と揃って、異口同音《くちぐち》に呼ばわりながら、水車《みずぐるま》の舞込む如く、次第びきにぐるぐるる。……幕へ衝《つ》と消えるのが、何ものかいて、操《あやつ》りの糸を引手繰《ひったぐ》るように颯《さっ》と隠れた。

——

莚舞台に残ったのは、青行燈とただ雪女。悄《しお》れて、一人、ただうなだれている。

上なる黒い布は、ひらひらと重くなった。空は化物どもが惣踊りに踊る頃から、次第に黒くなったのである。

美しい女《ひと》は、はずして、膝の上に手首に掛けた、薄色の襟掛を取って、撫肩《なでがた》の頸《うなじ》に掛けて身繕《みづくろ》い。

此方《こなた》に春狐ももう立とうとした。

青月代が、ひょいと覗いた、幕の破目《やれめ》へ頤《あご》を乗せて、

「誰か、おい、前掛を貸してくんな。」と見物を左右に呼んだ。

「前掛を貸しておくれよ、……よう、誰でも。」

美しい女《ひと》から、七八人小児《こども》を離れて、二人並んでいた子守の娘が、これを聞くと真前《まつさき》にあとじさりをした。言訳だけも赤い紐《ひも》の前掛をしていたのは、その二人ぐらいなもので。……他《た》は皆、横撫での袖と、くいこぼしの膝、光るのはただ垢《あか》ばかり。

傍《かたわら》から、また饂飩屋が出て舞台へ立った。

「これから女形《おんながた》が演処《しどころ》なんだぜ。居処《いどころ》がわりになるんだけれど、今度は亡者じゃねえよ、活《い》きてる娘の役だもの。裸では不可《いけね》えや、前垂《まえだれ》を貸しとくれよ、誰か。」

「後生《ごしよう》だってば。」と青月代も口を添える。

子守の娘は又退《しさ》った。

幼い達《たち》は妙にてれて、舞台の前で、土をいじッて俯向《うつむ》いたのもあるし、ちょろちょろ町の方へ立つのもあった。

「吝《しみたれ》だなあ。」と、饂飩屋がチョッ、舌打する。

「貸してくれってんだぜ、……きっと返すッてえに。……可哀相じゃないか、雪女になったなりで裸でいら。この、お稲さんに着せるんだよ。」と青月代も前へ出て、雪女の背筋のあたりを冷たそうに、ひたりと叩いた……

「前掛でなくては。不可《いけな》いの?」

美しい女《ひと》はすッと立った。

紳士は仰向いて、妙な顔色《かおつき》。

うっかり帰られなくなったのは言うまでもなかろう。

二十

「兄さん、他のものじゃ間に合わない？」

あきれ顔な舞台の二人に、美しい女《ひと》は親しげにそう云った。

「他の物って。」と青月代は、ちょんぼり眉で目をぱちくる。

「羽織では。」と美しい女《ひと》は華奢《きやしや》な手を衣紋《えもん》に当てた。

「羽織なら、ねえ、おい。」

「ああ、そんな旨《うめ》え事はねえんだけれど、前掛でさえ、しみったれているんだもの、貸すもんか。それだしね、羽織なんて誰も持ってやしませんぜ。」

と、饂飩屋は吐出《はきだ》すように云う。成程、羽織を着たものは、ものの欠片《かけら》も見えぬ。

「可《よ》ければ、私のを貸してあげるよ。」

美しい女《ひと》は、言《ことば》の下に羽織を脱いだ。手のしないは、白魚《しらうお》が柳を潜《くぐ》って、裏は篝火《かがりび》がちらめいた、雁《かり》がねむすびの紋と見る。

「品子《しなこ》さん。」

紳士は留めようとして、ずっと立つ。

「可《いい》のよ、貴方《あなた》。」

と見返りもしないで、

「帯が無いじゃないか。さあ、これが可《いい》わ。」と一所《いっしょ》に肩を辷《すべ》った。その白と、薄紫と、山が霞んだような派手な羅《うすもの》の襟掛を落して遣《や》る……

雪女は、早く心得て、ふわりとその羽織を着た、黒縮緬《くろちりめん》の紋附《もんつき》に緋《ひ》を襲《かさ》ねて、霞を腰に、前へすらりと結んだ姿は、あだかも可、小児《こども》の丈に裾を曳いて、振袖長《ふりそでなが》し、影も三尺、左右に水が垂《たれ》るばかり、その不思議な媚《なまめか》しさは、貸小袖《かしこそで》に魂が入って立ったとも見えるし、行燈の灯《ともし》を覆うた裲襠《かけ》の袂に、蝴蝶《ちようちよう》が宿って、夢が彷徨《さまよう》とも見える。

「難有《ありがと》う。」

「奥さん難有う。」

互に、青月代と饂飩屋が、仮髪《かつら》を叩いて喜び顔。

雪女の、その……擬《なぞら》えた……姿見に向って立つ後姿を、美しい女《ひと》は、と視《なが》めて、

「島田も可《い》いこと、それなりで角《つの》かくしをさしたいようだわ……ああ、でも扱帯《しごき》を前帯じゃどう。遊女《おいらん》のようではなくって。」

「構わないの、お稲《いな》さんが寝巻《ねま》の処だから。」

「ああ、ちょっと。」

と美しい女《ひと》が留める間《ま》に、聞かれた饂飩屋はツイと引込む。

「あら、やはりお稲さん、お稲さんですわ、貴方。」と言う――。紳士を顧みた美しい女《ひと》の睫《まつげ》が動いて、目瞼《まぶた》が屹《きつ》と引締った。

「何、稲荷だよ、おい、稲荷だろう。」

紳士も並んで、見物の小児《こども》の上から、舞台へ中折《なかおれ》を覗かせた。

「ねえ、この人の名は？……」

黒縮緬の雪女は、さすが一座に立女形の見識を取ったか、島田の一《いち》さえ、端然《きちん》と済まして口を利こうとしないので、美しい女《ひと》は又青月代に、そう訊《き》いた。

「嵐《あらし》お萩《はぎ》ってえの……東西東西。」と飜然《ひらり》と隠れる。

「それではない。役の娘の名を聞かしておくれ、何て云うの、よ。」と美しい女《ひと》は、やや急込《せきこ》んで言って、病身らしく胸を圧《おさ》えた。脱いだ羽織の肩寒そうな一枚小袖の嬌娜姿《やさすがた》、雲を出でたる月かと視《み》れば、離れた雲は、雪女に影を宿して、墨絵に艶ある青柳の枝。

春の月の凄きまで、蒼青な、姿見の前に、立直って、

「お稲です。」と云って、ふと見向いた顔は、目鼻だち、水に朧《おぼろ》なものではなかった。——早《は》や白《おし》粉《ろい》を拭取《ぬぐいと》って。

二十一

春狐は見て悚然《ぞっと》した……

名さえ（お稲です。）——

消《に》たとは迂哉《おろか》。今年如月《きさらぎ》、紅梅の花に太陽の白き朝、松崎と同じ町内、御殿町《ごてんまち》あたりのある家の門《かど》を、内端《うちは》な、しめやかな葬式《ともらい》になって出た。……その日の霜は消えずして、居周囲《いまわり》の細君たち女《にょう》房連《ぼうれん》が、湯屋でも髪結《かみゆい》でも、まだ風説《うわさ》を絶《た》やさぬ、……そのお稲と云った評判娘に肖如《にたり》なのであった。

（——お稲です——）

と云って、いま振向いた、舞台の顔。剰《あまつさ》え、凝《なぞら》えたにせよ、（向って姿見の真蒼だったと云う）

行燈さえあろうではないか。

その時、美しい女《ひと》は屹《きっ》と紳士を振向いた。

「貴方。」

若い紳士は、杖《ステッキ》を小脇に、細い洋袴《ずぼん》で、伸掛《のしかか》って覗いて、

「稲荷だろう、おい、狐が化けた処なんだろう。」と中折の廂《ひさし》で圧《おさ》えつけるように言う。

羽織に、襟掛を前結び、又それが人形に着せたように、しっくりと姿に合って、真向《まんむき》に、直《すわ》った舞台の児《こ》の顔を見よ。

「否《いいえ》、私はお稲です。」

紳士は射られたように椽台《えんだい》に下《さが》った。

美しい女《ひと》の褄《つま》は、真菰《まこも》がくれの花菖蒲《はなしょうぶ》、ですらりと莚《むしろ》の端に掛り、

「あ、お稲さん、」

と、あだかもその人の如く呼びかけて、

「そう、そして、演劇《しばい》はどうなるの。」

お稲は黙って顔を上げた。

「止《よ》せよ、品子さん。」

「可《いい》わ。」

「見っともないよ。」

「私は、構わないの。」

二十二

「ねえ、お稲さん、どうするの。」と、又優しく聞いた。

「どうするって、何、小母《おば》さん。」

役者は、ために羽織を脱いだ御贔負《ごひいき》に対して、舞台ながらもおとなしかった。

「あのね、この芝居はどう云う脚色《しぐみ》なの、それが聞きたいの。」

「小母さん、見ていらっしゃい。」と云った。

その間《うち》も、椽台に掛けたり、立ったり、若い紳士は気が気では無さそうであった。

「おい、もう帰ろうよ、暗くなった。」

雲にも、人にも、春狐は胸が轟《とどろ》く。

「待ってて下さい。」

と見返りもしないで、

「見ますよ、見るけれどもね。……ちょっと聞かして下さいな、ね、いい児《こ》だから。」

「だって、言ったって、芝居だって、同一《おなじ》なんですもの、見ていらっしゃい。」

「急ぐから、先へ聞きたいの、ええ、不可《いけな》い。」

お稲は黙って頭《かぶり》を掉《ふ》る。

「まあ、強情だわねえ。」

「強情ではござりませぬ。」

と、思いがけず、幕の中から、皺がれた声を掛けた。美しい女《ひと》は瞳を注《そそ》いだ。春狐は衝《つ》と踏台を離れて立った。——その声は見越入道が絶句した時、——紅蓮大紅蓮《ぐれんだいぐれん》とつけて教えた、目に見えぬものと同一《おなじ》であった。

「役者は役をしますのじゃ。何も知りませぬ。貴方がお急ぎであらばの、衣装をお返し申すが可《い》い。」と半《なかば》は舞台に指揮《さしず》をする。

「否《いいえ》、羽織なんか、どうでも可《い》いの。ただ私、気になるんです。役者が知らないなら、誰でも構いません。差支えなかったら聞かして下さい。一体、ここはどこなんです。」

「六道の辻の小屋がけ芝居じゃ。」と幕が動くように向うで言った。

春狐は、思わず紳士と目を見合った。小児《こども》なぞは眼中にない。男は二人のみだったから。

美しい女《ひと》は、かえって恐《おそ》れ気《げ》もなくこう言った。

「ああ、分りました、そしてお前さんは？」

「いろいろの魂を瓶《かめ》に入れて持っている狂言方じゃ。断《た》って望みならば聞かせようかの。」

「ええ、どうぞ。」と少々《わかわか》しいのが、あわれに聞こえた。

「舞台のそこへ……この芝居では……髪結が一人出るわいの。」

春狐は骨の硬《かた》くなるを知ったのである。

「それが、そのお稲の髪を結うわいの。髪結の口からの、若い男と、よその美しい女と、祝言して仲の睦《むつま》じい話をするのじゃ。

その男と云うのはの、聞かっしゃれ。お稲の恋じゃわいの、命じゃわいの。

もうもう今までとてもな、腹の汚い、慾《よく》に眼《まなこ》の眩《くら》んだ、兄御《あにご》のために妨《さまた》げられて、双方で思い思うた、繋がる縁が繋がれぬ、その切なさで、あわれや、かぼそい、白い女が、紅蓮、大紅蓮……」

ああ、可厭《いや》な声だ。

「阿鼻焦熱《あびしようねつ》の苦悩《くるしみ》から、手足ばかり、肉《み》を切《きり》こまざいた血の池の中で、悶《もだ》え苦《くるし》んで、半ば活き、半ば死んで、生きもやらねば死にも遣《や》らず、生きも遣らねば死にも遣らず、呻き悩んでいた所じゃ。まだ万に一つもと、果敢《はかな》い、細い、蓮《はす》の糸を頼んだ縁は、その話で、鼠《ねずみ》の牙にフッツリと食切られた。が。……ドンと落ちた穴の底は、狂気《きちがい》の病院入じゃ。――この段替ればいの、狂乱の所作じゃぞや。」

と言う、風が添ったか、紙の幕が、煽《あお》つ――煽つ。お稲は言《ことば》につれて、すべき科《しぐさ》を思ったか、振が、手にうっかり乗って、恍惚《うっとり》と目を瞬《みは》った……

二十三

「どうするの、それから。」

細い、が透る、力ある音調である。美しい女《ひと》のその声に、この折から、背後《うしろ》のみ見返られて、雲のひた染《にじ》みに蔽《おお》いかかる、桟敷裏《さじきうち》とも思う町を、影法師の如くようやく人脚《ひとあし》の繁《しげ》くなるのに気を取られていた、春狐は、又目を舞台に引着けられた。

舞台を見返す瞬間に、むこうから、前刻《さつき》の編笠を被った鴉《からす》のような新粉細工《しんこざいく》が、ふと身を起こして、うそうそと出て来るのを認めた。かつそれが、古綿のようにむくむくと、雲の白さが一団《ひとかたまり》残って、底に幽《かすか》に蒼空の見える……遥かに遠い処から、たとえば、ものの一里《り》も離れた前途《さき》から、黒雲を背後《うしろ》に曳《ひ》いて襲い来る如く見て取られた。

それ、もうそこに、――編笠を深く、舞台を覗く。

いつの間にか帰って来て、三人に床几《しょうぎ》を貸した古女房も交って立つ。

彼処《かしこ》に置捨てた屋台車が、主《ぬし》を追うて自《みず》から軋《きし》るかと、轡が地を畝《うね》って、轟々《ごろごろ》と雷《らい》の音、絵の藤も颯《さつ》に颯と黒い。その幕の彼方《あなた》から、紅蓮、大紅蓮のその声、舌も赤う、ひらめくと覚えて、めらめらと饒舌《しゃべ》る……

「まだ後が聞きとうござりますか。お稲は狂死《くるいじに》に死ぬるのじゃ。や、じゃが、家眷親属《うからやから》の他所《よそ》で見る眼《まなこ》には、鼻筋の透った、柳の眉毛、目を糸のように、睫毛《まつげ》を黒う塞《ふさ》いで、の、長煩《ながわずら》いの死ぬ身には塵も据《すわ》らず、色が抜けるほど白いばかり。さまで痩せもせず、苦艱《くげん》も無しに、息絶ゆるとは見たれども、の、心の裡《うち》の苦痛《くるしみ》はよな、人の知らぬ苦痛はよな。その段を芝居で見せるのじゃ。」

「そして、後は、」と美しい女《ひと》は、白い両手で、確《しか》と紫の襟を圧えた。

「死骸になっての、空蟬《うつせみ》の藻脱《もぬ》けた膚《はだ》は、人間の手を離れて牛頭馬頭《ごずめず》の腕に上下《うえした》から摑まれる。や、そこを見せたい。その娘の仮髪《かつら》じゃ。お稲の髪には念を入れた。……島田が乱れて、糸も切もからぬ膚《はだ》を黒く輝く、吾《わ》が天女の後光のように包むを見なさい。末は踵《かかと》に余って曳くぞの。

鼓草《たんぽぽ》の花の散るように、娘の身体は幻に消えても、その黒髪は、金輪奈落《こんりんならく》、長く深く残って朽ちぬ。百年《ももとせ》、千歳《ちとせ》、失せず、枯れず、次第に伸びて艶を増す。その髪千筋一筋《ちすじひとすじ》ずつ、獣が食えば野の草から、鳥が啄《は》めば峯《みね》の花から、同じお稲の、同じ姿容《すがたかたち》となって、一人ずつ世に生れて、又同《おなじ》一年、同一月日《おなじつきひ》に、親兄弟、家眷親属《うからやから》、己《おの》が身勝手な利慾《りよく》のために、恋をせかれ、情《なさけ》を破られ、縁を断《き》られて、同一《おなじ》思いで、狂死《くるいじに》するわいの。あの、戸年の十九を見《みな》され、五人、三人一時《とき》に亡《う》せるじゃろうがの。死ねば思いが黒髪に残って、その一筋が又同じ女と生れる、生きかわるわいの、死にかわるわいの。

その誰《たれ》もが皆揃うて、親兄弟を恨む、家眷親属《うからやから》を恨む、人を恨む、世を怨む、人間五常の道乱れて、黒白《あやめ》も分かず、日を蔽い、月を塗る……魔道の呪詛《のろい》じゃ、何と！　魔の呪詛を見せますのじゃ、そこをよう見さっしゃるが可《よ》い。

お稲の長い黒髪の、乱れて靡《なび》く処を、のう。」

「死んだお稲さんの髪が乱れて……」

と美しい女《ひと》は、衝《つ》と鬢《びん》に手を遣《や》ったが、ほつれ毛よりも指が揺《ゆら》いで、

「そして、それからはえ？」と屹《きっ》と言う。

「こなた、親があらば叱らさりょう。よう、それからと聞きたがるの。根問《ねど》いをするのは、愛嬌《あいきょう》が無《の》うてようないぞ。女子《おなご》は分《わ》けて、うら問《ど》い葉問《はどい》をせぬものじゃ。」

雲の暗さが増すと、あたりに黒く艶が映《さ》す。

その中に、美しい女《ひと》は、声も清《すず》しく際立って、

「否《いいえ》、聞きたい。」

二十四

「たって聞きたくばの、こうさしゃれ。」

幕の蔭で、間《ま》を置いて、落着いて、

「お稲の芝居は、死骸の黒髪の長いまでじゃ。ここでは知らぬによって、後は去《い》んで、二度添《にどぞい》どのに聞かっしゃれ、――二度添いの女子に聞かっしゃれ。」

「二度添とは？　何です、二度添とは。」

扱帯《しごき》を手繰《たぐ》るように繰返して問返す。

「か、知らぬか、のう。二度添とはの、二度目の妻の事じゃ。男に取替えられた玩弄《おもちゃ》の女子じゃ。古い手に摘まれた、新しい花の事いの。後妻《うわなり》じゃ、後妻《ごさい》と申しますものじゃわいのう。」

ト一度引《ひっ》かかったように見えたが、ちらりと莚《むしろ》の端を、雲の影に踏んで、美しい女《ひと》の雪なす足袋《たび》は、友染《ゆうぜん》凄く舞台に乗った。

瞳を涼く凝《じっ》と視て、

「その後妻《ごさい》とは、二度添とは誰れ、そこにいる人。」と肩を斜《ななめ》、手を、錆《さ》びたが楯《たて》の如く、行燈に確《しか》と置く。

「おおおお、誰や知らぬ、その二度添と云うのはの、……お稲が望が遂げなんだ、縁の切れた男に、後で枕添《まくらぞえ》となった女子の事いの。……娑婆《しゃば》はめでたや、虫の可《い》い、その男はの、我が手で水を向けて、娘の心を誘うておいて、弓でも矢でも貫こう心はなく、先方《さき》の兄者に、ただ断り言われただけで指を啣《くわ》えて退《すさ》ったいの、その上にの。

我勝手《われがって》や。娘がこがれ死《じに》をしたと聞けば、おのれが顔をかがみで見るまで、自惚《うぬぼ》れての。何と、早《は》や懐中《ふところ》に抱いた気で、（お稲はその身の前妻じゃ。――）

との、まだお稲が死なぬ前に、ちゃッと祝言した、二度添の後妻のその、花嫁御寮に向うての、――（お主は後妻じゃ、二度目じゃと思うておくれい。）――との。何と虫が可《よ》かろうが。その芋虫に又早や、臺《うてな》も蕋《しべ》も嘗《な》められる、二度添どのもあるわいの。」

と言うかと思う、声の下で、

「はははは。」

と蒲公英《たんぽぽ》がほうげて、散って舞うよと声も白やかに笑った。

ああ、膚《はだ》が透《す》く、心が映る、美しい女《ひと》の身の震う影が隈《くま》なく衣《きぬ》の柳条《しま》に搦《から》んで揺れた。

「帰ろう、品子、何をしとる。」

紳士はずかずかと寄って、

「詰《つま》らん、さあ、帰るんだ、帰るんです。」

と、せり着くように云ったが、身動きもしないのを見て、堪《たま》りかねた体《てい》で、ぐいと美しい女《ひと》の肩を取った。

「帰らんですか、おい、帰らんのか。」

その手は、衝《つ》と袖で払われた。

「貴方は何です。女の身体に、勝手に手を触って可《いい》んですか。他人の癖に……」

「何だ、他人とは。」

憤気《むき》になると、……

「舞台へ、靴で、誰、お前は。」

前刻《さつき》から、ただ柳が枝垂《しだ》れたように行燈に凭《もた》れていた、黒紋着《くろもんつき》のその雪女が、りんとなって、両手で紳士の胸を圧《お》した。

トはっとした体《てい》で、よろよろと退《しさ》ったが、腰も据《すわ》らず、ひょろついて来て、縋《すが》るように寄ったと思うと、春狐は、不意にギクト手首を持たれた。

「貴方を、侶伴《つれ》、侶伴と思います。あ、あ、あの、楽屋の中が、探険……」

紳士は探険と言った。

「た、た、探険したい。手を貸して下さい。御、御助力が願いたい。」

「そはよくない。不可《いけ》ません。見物は、みだりに芝居の楽屋へ入《い》るものではないのです。」

「そ、そんなら、妻《さい》を――人の見る前、夫が力ずくでは見っともない。貴方、連出して下さい。引張出して下さい。願います。私を、他人なんて私を。……妻は発狂しました。」

二十五

「否《いいえ》、御心配には及びません。」

美しい女《ひと》は、淵《ふち》の測り知るべからざる水底《みなそこ》の深き瞳を、鋭く紳士の面《おもて》に流して、

「私は確《たしか》です、発狂するなら貴方がなさい、御令妹《おいもとご》のお稲さんのために。」

と爽《さわや》かに言った。少《わか》い紳士はさてはお稲の兄であった。

「私とは、他人なんです。」

「他人、何だ、何だ。」

と喘《あえ》いで言う。

「ですが、私に考えがあって、ちょっと知己《ちかづき》になっていたばかりなんです。」

美しい女《ひと》は、そんなものは、と打棄《うっちゃ》る風情で、屹《きっ》と又幕に向《むかっ》て立直った。

「そこにいる人……お前さんは不思議に、よく何か知っておいでだね。地獄、魔界の事まで御存じだね。豪《えら》いのね。でも悪魔、変化《へんげ》ばかりではない。人間にも神通《じんつう》があります。――私が問うたら、お前さんは、――去《い》って聞けと言いましたね。

私は即座に、その二度添、そのうわなり、その後妻に、今ここで聞きました。……

お稲さんが亡くなってから、あとのその後妻の芝居を、お前さんに聞かせましょうか。聞かせましょうか。それともお前さんは御存じかい。」

幕の内で、

「朧気《おぼろげ》じゃ、冥途の霧で朧気じゃ。はっきりした事を聞きたいのう。」

「ええ、聞かしてあげましょう。――男に取替えられた玩弄《おもちゃ》は、古い手に摘まれた新しい花は、はじめは何《な》にも知らなかったんです。清い、美《うつく》しい朝露に、旭《あさひ》に向って咲いたのだと人なみに思っていました。ですが、蝶《ちょう》が来て、一所に遊ぶ間もなかったんです。

お稲さんの事を聞かされました。玩弄は取替えられたんです、花は古い手に摘《つま》れたんです。……男は、潔い白い花を、後妻になれと言いました。

贅沢《ぜいたく》です、生意気です、行過《ゆきす》ぎています。思った恋を為遂《しと》げないで、引込んだら断念《あきら》めれば可《い》い。そのために恋人が、そうまでにして、生命《いのち》を棄《す》てたと思ったら、自分も死ねば可《い》いんです。死なれなければ、死んだ気になって、お念仏を唱えていれば可《い》いんです。

男に力が足りないで、殺させた女を前妻だ、と一人極《ひとりぎ》めにして、その上に、新妻を後妻になれ、後妻にする、後妻の気でおれ、といけ洒亜洒亜《しゃあしゃあ》として、髪を光らしながら、鮨鬚《どじょうひげ》の生えた口で言うのは何事でしょうね。」

「いよいよ発狂だ、人の前で見っともない。」

紳士は肩で息をした、その手は春狐に縋《すが》っている……

「ええ、人の前で、見っともないと云って、ここには幾人《いくたり》います。指を折って数えるほどもない。夫が私を後妻にしたのは、大勢の前、世間の前、何千人、何万人の前だか知れません。私の夫も夫だし、お稲さんの恋を破った。そこにおいでの他人も他人、皆《みんな》、女の仇《かたき》です。幕の中の人、お聞きなさい。

二度添にされた後妻はね……それから自分の大の言《ことば》に、故《わざ》と喜んで従いましたよ。涙を流して同情して、（一層、後妻と云うんなら、お稲さんの妹分になって、お稲さんにあやかりましょう。そのうまれ代わりになりましょう。）と云って、表向き次手《つて》を求めて、お稲さんの実家に行って、そして私を——その後妻を——兄さんの妹分にして下さい。と言ったんです。そこにいる……お稲さんの兄は、涙を流して喜びました。もっとも、そこにいるようなハイカラは、少《わか》い女が、（兄さん。）とさえ云って遣《や》れば、何でも彼《か》でも涙を流すに極《きま》っています。私は精々《せっせ》と——お稲さんのその家に、出入《ではい》りしました。先方《さき》からも毎日のように私の許《とこ》へ遊びに来ます。そして、（兄さん、兄さん。）と、云ううちには、屹《きっ》と袖を引くに極っているんです。しかも奥さんは永々《ながなが》の病気の処、私はそれが望みでした。」

電《いなびかり》が、南辻橋《みなみつじばし》、北の辻橋、菊川橋、撞木橋《しゅもくばし》、川を射て、橋に輝くか、と衝《つ》と町を徹《とお》った。

二十六

「その望みが叶ったんです。

そして、今日も、夫婦のような顔をして、二人づれで、お稲さんの墓参りに来たんです。――夫は、……内に留守をしながら、私がお稲さんの兄とこうするのを、お稲さんの霊魂《たましい》が乗り憑《うつ》たんだと云って、無性に喜んでいるんです。

殺した妹の墓の土もまだ乾かないのに、その兄は、私と一所に、お稲さんの墓参りをして、……御覧なさい、裁下《たちお》ろしの洋服の襟に、乙女椿《おとめつばき》の花を挿《さ》して、お稲は、こう云う娘だった、と平気で言います。

その気ですからね、」

紳士の身体は靴を刻んで、揺上《ゆりあ》がるようだったが、ト春狐が留めたにも係わらず、かっと握拳《にぎりこぶし》で耳を圧《おさ》えて、横なぐれに倒れそうになって、たちまち射るが如く町を飛んだ。その状《さま》は、人の見る目に可笑《おかし》くあるまい、礫《つぶて》の如き大粒の雨。

雨の音で、寂寞《ひっそり》する、と雲にむせるように息が詰った。

「幕の中の人、」

美しい女《ひと》は、吐息して、更《あらた》めて呼掛けて、

「お前さんが言った、その二度添いの談話《はなし》は分ったんですか。」

「それから、」

と雨に濡れたような声して言う。

「これが知れたら、男二人はどうなります。その親兄弟は？　その家族はどうなると思います。それが幕なのです。」

「さて、その後はどうなるのじゃ。」

「あら……」

もどかしや。

「お前さんも、根問《ねどい》をするのね。それで可《い》いではありませんか。」

「いや、可《よ》うないわいの、まだ肝心な事が残ったぞ。」

「肝心な事って何です。」

「はて、此方《こなた》も、」

雨に、つと口を寄せた気勢《けはい》で、

「知れた事じゃ……肝心のその二度添どのはどうなるいの。」

聞くにも堪《た》えじ、と美しい女《ひと》の眦《まなじり》が上《あが》った。

「ええ、廻りくどい！　その二度添は私ですよ。」

と激した状《さま》で、衝《つ》と行燈を離れて、横ざまに幕の出入口に寄った。流るるような舞台の姿は、斜めに電《いなびかり》に颯《さつ》と送られた。……

「分っているがの。」

と鷹揚に言って、

「さてじゃ、此方《こなた》の身は、果《はて》はどうなるのじゃ。」

「………」

ふと黙って、美しい女《ひと》は、行燈に、悄乎《しょんぼり》と残ったお稲の姿にその眦を返しながら、

「お前さんの方の芝居は？　この女はどうなる幕です。」

「おいの、……や、紛れて声を掛けなんだじゃで、お稲は殊勝《けなげ》な気《げ》に舞台じゃった。――雨に濡りように……せっかくの御見物じゃ、幕切れだけ、ものを見ましょうな。」

と言うかと思うと、唐突《だしぬけ》にどろどろと太鼓が鳴った。音を綯交《なえま》ぜに波打つ雷《らい》鳴る。

猫が一疋と鼬《いたち》が出た。

ト無惨や、行燈の前に、仰向けに、一個《ひとつ》が頭《つぶり》を、一個《ひとつ》が白脛《しらはぎ》を取って宙に釣ると、綰《わが》ねの緩んだ扱帯《しごき》が抜けて、紅裏《こううら》が肩を辷《すべ》った……雪女は細《ほっそ》りとあからさまになったと思うと、すらりと落した、肩なぞえの手を枕に、がっくりと頸《うなじ》が下って、目を眠った。その面影に颯と影する黒髪が丈に乱れて、舞台より長く敷いたのを、凶悪異変な面《つら》二つ、ただ面《めん》の如く行燈より高い処を、ずるずると引いて、美しい女《ひと》の前を通る。

幕に、それが消えた時、風が擲《なげう》つが如く、虚空から、――雨交りに、電光の青き中を、朱鷺色《ときいろ》が八重に縫う、乙女椿の花一輪。はたと幕に当って崩れもせず……雪女の玉なす胸に留まって、たちまち隠れた。美しい女《ひと》は莚《むしろ》に爪立《つまだ》って身悶えしつつ、

「お稲さんは、お稲さんは、これからどうなるんです、どうなるんです。」

「むむ、くどいの、あとは魔界のものじゃ。雪女となっての、三つ目入道、大入道の、酌なと伽《とぎ》なとしょうぞいの。わはは、」

と笑った。

美しい女《ひと》は、額《ひたい》を当てて、幕を摑んで、

「生意気な事お言いでない。幕の中の人、悪魔。私も女だよ。十九だよ……お稲さんと同じ死体《しがい》になるんだけれど、誰《たれ》が、誰が、酌なんか。……可哀相《かあいそう》にお稲さんを――女はね、女はね、そんな弱

いものじゃない、私を御覧。」と言う。

はたた神《がみ》、はたた神。

電光に幕あるのみ。――美しい女《ひと》は幕の中へ衝《つ》と入った、

「あれえ。」と聞こえた。

瞬間、春狐は猶予《ためら》ったが、棄て置かれぬのは、続いて、編笠《あみがさ》した烏《からす》と古女房が、衝《つ》と幕を揚げて追込《おいこ》んだ事である。

手を掛けると、触るものなく、篠《しの》つく雨の簾《すだれ》が落ちた。

と見ると、声のしたものは何も見えない。三つ目入道、狐、狸、猫も鼬もごちゃごちゃと小さく固まっていたが、彼の殺進《さっしん》したのに気を打たれたか、ばらばらと奥へ遁《に》げる。と果《はて》しもなく野原の如く広い中に、塚を崩した空洞《うつろ》と思う、穴がぼかぼかと大《おお》く窪《くぼ》んで、蜂の巣を拡げたようなその穴の中へ、すぼん、と一個《ひとつ》ずつ飛込んで、ト貝鮹《かいだこ》と云うものめく……頭だけ出して、ケラケラと笑って、そしてたちまち失せた。

何等《なんら》の魔性ぞ、這奴等《しゃつら》が群《むらが》りいた土間の雨に、引拗《ひきむし》られた衣《きぬ》の綾を、驚破《すわ》や、蹂躙《ふみにじ》られた美しい女《ひと》かと見ると、帯ばかり、扱帯《しごき》ばかり、花片《はなびら》ばかり、葉ばかりぞ乱れたる。

途端に海のような、真昼を見た。

広場は荒廃して日《ひ》久《ひさ》しき染物屋らしい。縦横に並んだのは。いずれも絵の具の大瓶《おおがめ》である。あわれ、その、せめて紫の瓶《かめ》なれかし、鉄のひびわれた如き、遠くの壁際の瓶の穴に、美しい女《ひと》の姿があった。頭《つむり》を編笠が抱えた、手も胸も、面影も、しろしろと、あの、舞台のお稲そのままに見えたが、ただ既に穴洞《うつろ》へ入って、底から足を曳くものがあろう、美しい女《ひと》は、半身を上に曲げて、

腰のあたりは隠れたのである。

雪のような胸には、同じ朱鷺色の椿がある。

叫んで、走り懸《かか》ると、瓶の区劃《しきり》に躓《つまず》いて倒れた手に、はっと留南奇《とめき》して、ひやひやと、氷の如く触ったのは、まさしく、面影を、垂れた腕《かいな》にのせながら、土間を敷いて長くそこまで靡《なび》くのを認めた美しい女《ひと》の黒髪の末なのであった。

この黒髪は、二筋三筋、指にかかって手に残った。

海に沈んだか、と目に何も見えぬ。

四ツの壁は、流るる電《いなびかり》と輝く雨である。とどろどろと鳴るかみは、大灘の波の唸《うな》りである。

「おでんや――おでん。」

戸外《おもて》を行《ゆ》く、しかも女の声。

我に返って這《は》うように明家《あきや》の木戸を出ると、雨上りの星が晃々《きらきら》。

後で伝え聞くと、同一《おなじ》時、同一《おなじ》処から、その法学士の新夫人の、行衛《ゆくえ》の知れなくなったのは事実とか。……春狐は実は、うら少《わか》い娘の余り果敢《はか》なさに、亀井戸詣《もうで》の帰途《かえるさ》、その界隈に、名誉の巫女《いちこ》を尋ねて、そのくちよせを聞いたのであった。……霊の来《きた》った状《さま》は秘密だから言うまい。魂《たま》の上《あが》る時、巫女《いちこ》は、空を探って、何もない処から、弦《ゆんづる》にかかった三筋ばかりの、長い黒髪を、お稲の紀念《かたみ》ぞとて授けたのを、とやせむとばかりで迷《まよい》の巷《ちまた》。

泉《いずみ》 鏡花《きょうか》（一八七三〜一九三九）

金沢生まれ。北陸英和学校（のちの北陸学院）中退後、尾崎紅葉の書生となり、一八九三年「冠弥左衛門」を連載。以後「義血俠血《ぎけつきょうけつ》」（新派劇『滝の白糸』原作）「夜行巡査」「外科室」で「観念小説」作家として活躍。童心と母性渇仰の念に溢れた九六年の『照葉《てりは》狂言』「龍潭譚《りゅうたんだん》」、九七年の「化鳥《けちょう》」以降、日本近代文学を代表するロマン派作家となり、人気を集める。花柳界の女を描いた『湯島詣』「辰巳巷談《たつみこうだん》」『日本橋』をはじめ、「高野聖《こうやひじり》」「春昼《しゅんちゅう》」『草迷宮』「眉かくしの霊」などの幻想文学、『風流線』『婦系図《おんなけいず》』「歌行燈《うたあんどん》」『芍薬の歌』『由縁《ゆかり》の女』「薄紅梅」に代表される耽美的なロマンスにおいて、装飾的美文の枠を超えた華麗で魔術的な文体を駆使し、明治・大正・昭和にわたって自然主義などの文壇主流から距離を取り続けた。大正期には『海神別荘』『夜叉ヶ池』『天守物語』といった幻想的な戯曲を発表。一九三七年芸術院会員。

永井荷風

松葉巴《まつばどもえ》

明治十二年に生まれて昭和三十四年に亡くなったこの作家は、近現代の日本に身を置きながら心は別の二つの国に移して生きた。その一方は外遊中に十か月を過ごしたフランスであり、もう一つは江戸期の日本である。

つまり荷風は同時代の日本が嫌いだったのだ。だから自分の住む家に「断腸亭」とか「偏奇館《へんきかん》」とか、世を拗《す》ねたような名を付けた。ちなみに荷風の「荷」は荷物の「に」ではなく、植物の「はす」である（若い時に入院した先で恋心を抱いた看護婦の名が「お蓮《れん》さん」だったとか）。

大正初年。銀行員を主人公とするこの話は、作者と同じように近代の日本を嫌って江戸に亡命した男の話として読むことができる。嫌われた方は「眼鏡をかけた色の白い肥《ふと》った大きな令嬢」である妻すなわち開化の日本であり、添えなかった芸者の小玉《こたま》が江戸文化を象徴する哥沢《うたざわ》になった。

私事ながらぼくはこの短篇を、諦念が芸に昇華する例として父・福永武彦に教えられた。そういう方法で乗り切るべき時が人生にはある、と。では、今もって無芸のまま生きているのは幸運なことか。

松葉巴

一

勇吉《ゆうきち》は今年でもう十幾年とつづけて哥沢節《うたざわぶし》をやっている。本名の勇の字にちなんで師匠から哥沢芝葉勇《しばゆう》という名前さえ貰《もら》ったが、なおこれから先死ぬまでも哥沢は止《や》められない。もし死んだ時にはお経の代りに哥沢でお通夜をしてもらおうと思っているほど、哥沢節は勇吉の生涯からはどうしても引き離すことの出来ない深い関係を持っているのだ。

勇吉はある専門学校を卒業するとそのまま二年ほどはその学校の嘱託講師をしていたけれど将来教員で果《はて》てしまうよりはと思返《おもいかえ》してある保険会社に転じた処《ところ》不幸にして会社が解散されてしまったので、しばらくの間浪人していた後《のち》、遂《つい》に今日《こんにち》の銀行に口を求め、やがて妻子も出来て年と共に行《こう》内《ない》ではちょっと顔の売れた地位に進むまで、その境遇にはそれ相当の変化があったけれど、哥沢のお稽古ばかりに至っては実に十年一日の如《ごと》く何の変りもないのである。

そもそも勇吉が初めて本式に師匠を取って哥沢節を稽古しようと思い立ったのは、丁度《ちょうど》浪人時代から銀行の口にありついた時分の事で、勇吉はその当時誰《だ》れにも話す事のできない心の悲しみをば、何とかして自分から慰め忘れさせるため清元《きよもと》なり長唄《ながうた》なり何か一つ芸事の稽古をして見ようと思立って哥沢を択《えら》んだのであった。勇吉の身分はその時分浪人していても、まだ独身なので書生時代と同じよう両親の家《うち》にごろごろしてさえいればよかったのである。また西洋で新刊される経済学書類の翻訳でもすれば時には保険会社の月給よりも多額な原稿料が取れる事もあった位なので、若い身空の気随気儘《きずいきまま》な境遇は会社に就職している時よりはかえって遊ぶには便利であった。何しろ年頃は二十七、八の独身といえば若い中《うち》にもどこか分別らしいところも出来、男らしい強みも備わって頼もしそうにも見える処から女には一番惚《ほ》れられやすい時代であろう。それに一晩や二晩家《うち》をあけたからとて、両親始め誰も学生時代のように干渉はしないしまた自分の力だけで多少は金の才覚もできるというのだから、勇吉は足らずがちに遊びながらも時々は世の中に自分ほど気楽なものはあるまいと窃《ひそか》に思い返す事もあった。全くこの浪人時代の面白い月日は勇吉に取って生涯忘れられない懐しい追憶の種になったのである。

世のありさまもまた今日《こんにち》に比すればまだまだその時分は暢気《のんき》なものであった。市区改正という事がほんの図面の上のみに描き出されたその頃の東京は、既に電信や電話や、赤馬車《あかばしゃ》や鉄道馬車なぞに徐々たる進歩は示していたが、まださほど今日の如くに、鉄と電気と煤煙《ばいえん》との恐怖すべき近世的都市たる怪力《かいりよく》を現さずにいた。隅田川《すみだがわ》には長蛇の如き木製の橋が幾筋も横たわっていたし、市中の堀割には昔の猪牙《ちよき》に等しい早船があり、自動車の馳《はし》り廻《まわ》らぬ往来は必ずしも左側を行かざるべからずとも定められていなかった。菊は団子《だんご》坂《ざか》、朝顔は入谷《いりや》というように、市民の娯楽は昔からなる年中行事を繰返すに過ぎなかったので、自然青楼妓家《せいろうぎか》の噂《うわさ》も厳格な道徳上の問題とはならず、浄瑠璃《じようるり》にある通りな他愛《たわい》もない詩情の泉となるばかりであった。

勇吉は湯島《ゆしま》に住《すま》っていた処から、丁度夏も真盛《まつさか》りの昼過ぎを暮しかねる折々、浪六紅葉《なみろくこうよう》などの小説本を手にして神田明神《かんだみようじん》の境内の崖上に並んでいる休茶屋《やすみぢやや》へ涼みに行ったり、また雨でも降る日には白梅亭《はくばいてい》の昼席へ「国定忠次《くにさだちゆうじ》」の講釈などを聞きに行ったりしていたが、忙しい世の中から全く隠れたこういう処には昔ながらの緩漫な習慣に従って昔ながらの暢気な月日を送っている連中がまだ大分《だいぶ》生残っていた。勇吉はいつともなくそういう気楽な人たちの中でも、殊《こと》に気楽そうな多町《たちよう》の隠居と、また一人は明神社内の待合千代香《まちあいちよか》の親方だとかいう老人《としより》と懇意になった。多町の隠居はもう大分頭が禿《は》げていたけれど、漫《そぞ》ろ昔の偲《しの》ばれる皮膚の綺麗《きれい》な面長の下ぶくれ、いつも少し抜衣紋《ぬきえもん》に着なした着物の懐中《ふところ》を大きく膨《ふく》ませ本博多《ほんはかた》の献上に、渋い好みの煙草入《たばこいれ》をば毎日のように差替えて来ると、待合千代香の親方の方もその身分相応に「幡随院長兵衛《ばんずいいんちようべえ》」の講釈で聞くような銀鎖《ぎんぐさり》の提煙草入《さげたばこいれ》を腰低くぶら下げ、手拭浴衣《てぬぐいゆかた》の平袖《ひらそで》から国芳風《くによしふう》の刺青《ほりもの》を隠見《ほのみ》せながら、この二人は毎日欠《か》かさず葭簀《よしず》張《ばり》の休茶屋に落合っては閑静な境内の涼風を称美し、吉原《よしわら》や堀の旧遊を談じて笑い興じながら終日飽きずに将棋をさすのである。次第に顔馴染《かおなじみ》になった勇吉は折々将棋の仲間入りもした。またこういう昔の人の口から話される回旧談には小説や講釈と同じような興味を覚えるので、時にはこっちから進んで御維新前《ごいつしんまえ》の世の中の事はいうに及ばず年々の神田祭に関する逸話、多町の花車《だし》人形《にんぎようしようき》鍾馗の由来、また開化の御代《みよ》の目鏡橋《めがねばし》、筋違御門跡《すじかいごもんあと》の見世物場の賑《にぎわ》いなぞ、あれやこれやと質問すると、元々極《ご》く人の好《い》い老人《としより》たちは百年の知己を得たるが如くに喜び、お若いのに似合わず感心な方だと賞《ほ》めちぎって、遂にある日の夕方多町の隠居は是非に一杯と勇吉をばわざわざ妻恋坂《つまごいざか》の己《おの》れが妾宅《しょうたく》へ招待するに至った。

二

お妾《めかけ》はもう三十近く、もとは講武所《こうぶしょ》で名を売った芸者というだけに酒肴《さけさかな》の用意も極めて手早く手《て》綺麗《ぎれい》に、そして初対面の、殊に年の若い勇吉には万事気心のおけぬよう、気軽に心安くしながら、また決して礼儀を失わぬ誠にほどのよい物馴れた態度を示すのであった。

一、二杯熱いのを取遣《とりやり》すると、旦那はもう独りで悦に入《い》って茶の間の三味線《しゃみせん》を取り寄せさせる。お妾は軽く笑って勇吉を見返り、「大変でございますよ、親類中で二段聞く方《ほう》の連中《れんじゅう》なんでございますからね。」

勇吉はただ笑ってその場を紛らしていると旦那は急に思い出したように、

「今夜見たような時に、お玉《たま》が遊びに来ればいいんだのに。お前見たようなお婆《ばあ》さんのお酌じゃ、お慰みにならないやな。」

「ほんとに。」とお妾は始終微笑《ほほえ》みながら、「暑い中《うち》は大して忙しくもないんでしょうから、呼びにやって見ましょうか。」

近所の仕出屋《しだしや》から二品《ふたしなみ》三品《しな》料理が来る時分、使《つかい》にやった女中と一緒に連立《つれだ》って、荒い浴衣掛《ゆかたが》けの若い綺麗な女が甲高《かんだか》い陽気な声で格子戸《こうしど》を開けて這入《はい》って来た。小玉《こたま》といって、ほとんど毎日のように昼間この妾宅へ遊びに来ては三味線など浚《さら》って行く当時講武所で売出しの芸者である。

「お敷きなさい。」とお妾は皮蒲団《かわぶとん》を薦め真身《しんみ》の妹に対するような極く親しい調子で、「いい塩梅《あんばい》に家《うち》にいたね。」

「丁度いい処だったわ。お座敷から帰って来てお湯《ぶう》に行ったところだったのよ。いつまでも暑いわね。私《わたし》今日なんぞはほんとに死ぬかと思ってよ。」遠慮なしに団扇《うちわ》をつかいながら、

「旦那、久しぶりだわね。お後《あと》で一段伺わして頂戴《ちょうだい》な。」

「たった一段でいいのか。」

「夏向《なつむき》の事ですからね、何なら半段にして頂くかも知れませんよ。」

「こいつ、年寄だと思って人を馬鹿にしやがる。今夜は「源氏」十二段すっかり浚って見せるぜ。夜が明けるかも知れないよ。」

「いい事よ。旦那につかまったらもうその覚悟だわ。神妙だと思って、どうぞお手柔かに……。」

ここで小玉とお妾さんとの連弾《つれびき》で隠居が自慢の一中節《いっちゅうぶし》を半段ばかり。やがてまた冗談に時を移す中《うち》、戸外《おもて》を通る新内《しんない》の流しを聞きつけて隠居は石燈籠《いしどうろう》の灯影《ほかげ》涼しき庭先へ呼入れ「蘭蝶《らんちょう》」一段を語らせながら杯の数を重ねる。勇吉はその時分まだ小唄一つ覚えてはいなかったけれど、かつて学生時代には俳句に凝ったり義太夫《ぎだゆう》が好きだったりした性質とて、われながら怪しむほどな感動をさえ覚え、何となく残り惜しいような気がしながらも、その夜《よ》は十時過に辞して帰った。

これが縁となってその後《ご》勇吉は度々《たびたび》妾宅へ招かれる。その折々、お詣《まい》りの行掛《ゆきがけ》だとかお稽古の帰りだとかいってはお妾さんの処へ遊びに来ている芸者の小玉とも話をするようになる。毎日遊ぶ事ばかりしか考えていない贅沢三昧《ぜいたくざんまい》の隠居は物見遊山《ものみゆさん》や芝居見物なぞの折にはお妾をはじめ馴染の芸

者や待合千代香の親方と共に、必ず勇吉を誘って行った。勇吉はそれやこれやで日に増し若い芸者の小玉とは近しくなるばかり、遂には顔を見ぬ日は何となく物淋《ものさび》しく、それが昂《こう》じては、われ知らず胸を焦《こが》すようになって、吉原の仁和賀《にわか》を見にと夕方から一同仲《なか》の町《ちょう》へ繰り込んだ帰り道、その場の都合で偶然にも勇吉は小玉と合乗車《あいばこ》へ乗り合わした事があった。左衛門河岸《さえもんがし》の船宿《ふなやど》から船を仕立てて向島《むこうじま》へ月見に出かけた折には、大方《おおかた》舟の揺れたせいか悪酔《わるえい》の酒に悩む小玉をば勇吉は心のかぎり介抱してやる事が出来た。ある夜いつものように妾宅から帰る時、どっちがいい出すともなく、道づれになって、お茶《ちゃ》の水《みず》から橋を渡って、わざわざ駿河台《するがだい》の真暗《まっくら》な淋しいところを通って、勇吉は小玉を講武所の路地口《ろじぐち》まで送って行った事もあった。互《たがい》の心は互によくそれを察し合う事が出来るだけに少し懇意になり過ぎた二人はかえっていい出しそびれて、まるで初生《うぶ》な男と生娘《きむすめ》との初恋のよう、お互にどっちからか先に口をきってくれればと気まりのわるい事をお互になすりつけ合っているような間柄になった。夏の八月はいつか過ぎて残暑の九月も早や彼岸《ひがん》に近く、夜ごと澄み渡る秋の空には銀河の影気味悪いほど鮮かに、風は折々高い木の梢《こずえ》に雨のような響《ひびき》を立てる。勇吉はまたもやある夜小玉と二人夜道を連れ立って歩く機会を得た。今夜こそはと勇吉はいよいよ決心の臍《ほぞ》をかためたが、実はそんな心配も何もかももう無用であった。二人は芸者家《げいしゃや》の戸口まで来て見ると思いの外《ほか》に夜がふけていたと見え二声三声呼びながら叩いて見ても、表を閉めてしまった家内《かない》はなかなか起きる様子がない。

「おやおや閉め出しだよ。あんまりお座敷をなまけて歩くもんだから……馬鹿にしないねえ。」と小玉は舌打《したうち》をした。

御成街道《おなりかいどう》の大時計《おおどけい》がいかにも夜の更《ふ》けたらしい響を立てた。見れば近所の家々も戸をしめている。

勇吉は振り捨てて自分ばかり帰れもせず心配そうに路傍《みちばた》に突立《つった》っていた。

「あなた。」と小玉は振向いて、「いよいよ閉出しだわ。どこか宿《とま》るところを捜して頂戴な。」

「困ったねえ。」

二人は横町《よこちょう》の導くがままにどこへ行くという的《あて》もなく河岸通《かしどお》りへ出る。筋違《すじかい》の空地は寂《しん》として夜風にもまれる葉柳《はやなぎ》の影暗く、人通りの絶えた目鏡橋の上には吉原へ行くらしい車が幾台となく提灯《ちょうちん》を振りながら威勢よく走って行く。夏のままなる浴衣の肌には夜更けた初秋《はつあき》の露の寒さがしみじみと感じられ、見上《みあげ》ると落ちて来そうな銀河の色の淋しさと、見渡せば屋根のみ静かなる大通の小暗《おぐら》さに、人の足音を聞き付けて気味わるく集って来る野良犬の三四四四。勇吉と小玉は駈落《かけおち》する人のように互に身を摺寄《すりよ》せ浴衣の袖口から互に手を差入れて握合《にぎりあ》いつつ、今宵の宿はいずこぞと思案しながら歩いた。明神の境内は静だけれど同じ土地は人の口がうるさい。さりとて知らぬ土地のお茶屋では、この夜深《よふけ》に戸を叩いても起きてはくれまい。女連《おんなづれ》の泊客に都合のよい宿屋といえば、まず根岸《ねぎし》の志保原《しおばら》か、入谷の松源《まつげん》か、根津《ねづ》の紫明館《しめいかん》か、さらずば遠く向島の水神《すいじん》あたりかと考えた末、丁度合乗《あいのり》の車を見付けて相談は入谷という事になった。田圃《たんぼ》の多い場末の夜を徹して夕立の降灑《ふりそそ》ぐように啼《なき》しきる虫の音《ね》と、太郎稲荷の森を彼方《かなた》に遠くもあらぬ遊廓《くるわ》の騒ぎは覚めても覚めやらぬ二人が夢の思出となったが、さて改めて、ついどうもこういう訳合《わけあい》になりましてと、問われもせぬのに、妻恋坂のお妾や隠居に向っておのろけらしく一伍一什《いちぶしじゅう》を打明けもならず、といってこのまま知らぬ顔をしているのも何となく気がすまず何とか先方で体《てい》よく粋《すい》をきかしてくれればと、やがてそうなるまでの間、これからしばらく勇吉と小玉は人目を忍んで、晴れて逢《あ》われれぬ恋仲に、かえって後々《あとあと》までも忘れられぬ嬉《うれ》しい心遣《こころづか》いや気苦労の嬉しさを味《あじわ》った。

三

その年も暮れて、次の年の春も梅の散る頃、勇吉は兼ねてから就職口をたのんで置いた人の世話で、信用のある某銀行へ勤める事になった。小玉との間柄はもう隠居にもお妾さんにもよく知られていた後《のち》の事とて、その夜、隠居は勇《ゆう》さんが出世のお祝いにと一同を明神社内の待合千代香へ呼んで酒宴を開いた。無論これはいつも暇で仕様のない隠居が、何かというとそれを口実に、人を集めて遊ぼうという思付《おもいつき》である事はいわずと分っているのであるが、しかし勇吉は何となく人の情《なさけ》の身にしみじみと嬉しく思われるにつけ、自分と小玉との行末は果してどうなるのであろうとただ訳もなく悲しいような心持になるのであった。その夜《よ》隠居がさびた咽喉で何の気もなく歌った端唄《はうた》の──人とちぎるなら浅くちぎりて末《すゑ》までとげよ。もみぢ葉を見よ。薄きが散るか、濃きがまず散るもので候《さうらふ》。という節廻《ふしまわ》しが勇吉の胸にはいうばかりもなく凄艶幽哀《せいえんゆうあい》の情趣を伝えるように思われた。

実際勇吉はこの一、二ケ月、小玉との間柄がいよいよ深くいよいよ離れがたくなるにつけ、嬉しいとか面白いとかいう浮いた気よりも、悲しい果敢《はかな》い思いに迫《せ》められる事の方が多くなったのである。小玉はこの夏いっぱいで年季を勤め上げるので、そうしたならば何も厚面《あつかま》しく奥様にとはいわぬから、末長く見捨てずに、せめてお妾さんにでもと逢う度ごとに口説《くど》き訴え、同じ着物や半襟《はんえり》を買うにしても、堅気になってから役に立つようなのをと、いつも縞柄《しまがら》や色合の見立《みたて》を勇吉に相談する位である。しかし勇吉は今年六十近くなるまで芝居一ツ見た事がないという頑固一点張《いってんばり》の親爺《おやじ》を持つ身としては、いわずともそんな自由勝手の出来ようはずもないのでいっそ早く衝突して家《うち》を出てしまい、浮世の義理のない里へ行って好いた女と手鍋下《さ》げての睦《むつま》じい暮しをして見ようかと思いながら、さてまた能《よ》く考えて見ると自分にはとてもそれだけの勇気と熱情がなさそうである。いっそ頑固一点張りの男親ばかりなら、かえって都合がよいかも知れぬが、これまでも度々仲に立って、近頃の自分の品行を父に知らせまいと苦心している極く気の弱い哀れな母親の事を思って見ると、さすがに勇吉は気の毒になって申訳のないような心持になる。勇吉はたとえどれほど深く離れがたく自分と小玉とが思い合ったにした処で到底末長く添いとげられるものではない、二人して轢死《れきし》か入水《じゆすい》でもする位な無分別を起さない限りには、二人の間はいつか必ず絶え果ててしまうであろう。何故《なぜ》かという理由は簡単である。勇吉は多町《たちよう》の隠居のように芸者を煙草入と同じように愛玩《あいがん》し得るほどの結構な身分でもなければ、また待合千代香の親方のように、思想から迷信から凡《すべ》て芸者と境遇を同じくする階級の人でもないからである。いつも妻恋坂の妾宅から湯島の我家に帰って来る時彼方《かなた》では夜の十時といえばまだ宵の口、たった今方《いまがた》夕飯が済んだ位という処を、此方《こなた》の我家ではもう燈火《あかり》が消えてしまって、下女の鼾《いびき》に鼠《ねずみ》が天井を荒れ廻る真の夜中である。これだけの相違を見比べるにつけても、勇吉は厳格な道義的反省を俟《ま》つに及ばず、自分はつまりあの人たちが何の差触《さしさわ》りもなく平気でする事をもなかなか容易には為《な》し得る境遇ではないという事を感ずるより外《ほか》はない。

いよいよ銀行へ出勤して月給五十円という目出度《めでた》さは直様《すぐさま》つづいて、勇吉がこの日頃の煩悶《はんもん》を一挙にして解決さすべき大事件を呼起《よびおこ》した。勇吉の両親は我子《わがこ》の身分がきまったとなるとたちまち結婚の相談に取りかかる。同時に小玉の方でも勇吉の身分を末頼もしく思えば思うほどいよいよ堅く契って離れまいと迫って来る。いつの世にも変りなき「人情」は、ここにおいて、また同じように変りなき「義理」と出会って衝突する。芝居にも小説にもよくある通りな涙の幾幕が演じられた後《のち》小玉と勇吉は逢わぬ昔のような他人となってしまった。そして、眼鏡をかけた色の白い肥《ふと》った大きな令嬢が勇吉の新夫人として活潑《かっぱつ》に現われ出た。やがては必ず華族にもなるべき陸軍将官の令嬢とやら、和歌をよくし書をよくし文章をよくし、英語をよくする上に学校時代には薙刀《なぎなた》を習った事もあるとかいうので健全なる思想の宿るべき体格もまたこの上なく立派なのである。勇吉の両親は我が子の嫁には過ぎたものとして嬉《よろこ》んだが、しかし勇吉は一度小玉と別れてからは、ほとんど何という訳もなくあれが我一生の若い美しい夢の見納《みおさめ》であった。かかる楽しさ面白さは二度と再び繰返されるものではない。また繰返そうという勇気も力も全く消失《きえう》せてしまったような気がしたので、家庭の万事は自分の趣味に合うと否との論なく、一切挙げてこれを怜悧《れいり》な新夫人の手に一任して、自分はただ機械の如く夫たる義務を尽くしているより仕様がなくなった。

新夫人は相当の持参金もある身分なので、まず舅《しゅうと》や姑《しゅうとめ》と別居しようとて自ら進んで青山辺《へん》の門《もん》構《がまえ》ある二階建の借家《しゃくや》へ新家庭を移し、今日は歌の会、明日はお茶の会、その次の日は校友会の談話会、そのまた次の日は米国婦人ミス何々を訪問という具合に毎日毎日勝手次第に出て歩く。そして時たま家《うち》にいるかと思えば、それはロングフェローかテニソンのような英詩を校友会雑誌へ掲載するため字引《じびき》と首引《くびつぴき》しているのである。夫人は無論赤十字社を始めとしてその他名誉ある婦人団体の会員になっていて、その総会などには欠さず出席する。

しかし勇吉は最初から、覚悟して深く諦めをつけてしまった後《あと》の事とて、いかほど自分の性情や趣味に一致しない事が家庭の中《うち》に起っても、更にこれを意とせず、いつとなく覚えた皮肉な冷笑の興味を以て自分の生涯までを他人のもののように客観するのであった。されば気位の高い新夫人から、折々はその和歌や文章を読み聞かされても、あるいはまた、米国婦人の茶話会で公爵や伯爵の夫人令嬢なぞに面会したなぞという自慢話を聞かされても、一向《いっこう》平気でただうむうむと頷《うなず》いているばかり、別に深く感服したという様子も見せない。いつもいつも気の抜けたように茫然《ぼんやり》している良人《おっと》の態度に、新夫人は甚だ慊《あきた》らず、銀行なんぞに勤める月給取なんていうものはこんな平凡なつまらない人間か知らと、さながら駿馬痴漢《しゅんめちかん》を乗せて走るが如き身の薄命を嘆じたもののとにかく何をしても一切気任《きまか》せに干渉しない亭主馬鹿の人の好《よ》さに、夫人は結句《けっく》これをいい事にますます我儘《わがまま》勝手を増長させるのであった。

四

勇吉が内々《ないない》で哥沢の稽古所へ通い出したのはこの時分からの事である。ある日の暮方《くれがた》銀行の帰りの道づれに、哥沢に凝っている同僚の一人が頻《しき》りと誘うままに、勇吉は何の気もなく西仲通《にしなかどおり》の静かな横町《よこちょう》に松葉巴《まつばどもえ》の燈《あかり》を出した細い格子戸の中に這入って見た。

何たる別天地。何たる懐しい思出の里であったろう。ただに過ぎし日のしのばれる三味線の音色《ねいろ》のみではない。極めて手狭な処をば不思議なほど小ぎれいに、小ざっぱりと取片付けて住んでいる。こうした町中《まちなか》の小家《こいえ》の様子一体が、かの妻恋坂の妾宅と全く同じよう。そして、その年頃さえあさばけ切ったお世辞のよいお妾さんと、かれこれ同じ位かと思われるお師匠さんは、全く違った顔立身体付きにもかかわらず、その着物の着こなしや物のいいようまでやはり同じ時代の同じ階級の人である事を示していた。すでに三、四人詰め掛けているお弟子の中には身分の上下身代《しんだい》の大小に無論相違はあろうけれど、やはり多町の御隠居や待合千代香の親方なぞと、同じ類型に入れて差支《さしつかえ》なさそうな人が見受けられ、かつて明神の涼茶屋《すずみぢやや》で将棋をさしながらかの老人《としより》たちが笑い興じていたのと、同じような時代おくれの洒落《しやれ》や冗談さえ聞かれるのであった。

勇吉は去って返らぬ昔が突然に立ち戻って来た嬉しさ懐しさ。覚えず深い空想に引き入れられる折から、師匠の絃《いと》につれて歌い出される稽古の唄。

〽初秋《はつあき》や名も文月《ふみづき》の恋の謎、銀河まつりのたはむれに、いつか女夫《めをと》の約束は……。

勇吉は初めて小玉を連れて入谷へ泊りに行った時の深更《よふけ》の空。二人して車の上から見上げた銀河の色の淋しさを思い出さずにはいられなかった。ああ、それからというもの、自分と小玉との間は、

〽ほんに思へば昨日今日《きのふけふ》、月日たつのも上《うけ》の空、人のそしりも世の義理も、

思はぬ恋のみちせ川

しかしその憎らしいほどかわゆかった恋中《こいなか》も、遂には義理という字の是非もなく、あわれ、ただ淡雪の消ゆる思い、口説の床の涙雨に、夜もすがらしんに啼く蛙《かわず》を聴いた睦《むつま》じさも、また、奥の座敷の爪弾きに中直《なかなお》りする、思わせぶりな空寝入の可笑《おか》しさも、一度《ひとた》び別れては早やただ折節《おりふし》の月夜鴉にふと眼をさまされ、逢いたさ見たさの苦しさも、酒でしのぐよすがさえなき身は、いっそ一日半時《はんとき》も早く命という苦の世界を候かしくと思詰《おもいつ》めた事もある位。勇吉は入代《いりかわ》り立代《たちかわ》りお弟子が稽古する唄をば、耳傾けて聴けば聴くほど、今までは人にも話されず、口にも出されず、ただ一人胸の底に蟠《わだか》まらして置いた深い深い心の苦しさ、切なさ、遣瀬《やるせ》なさは、ほとんど余すところなく、哥沢の歌謡と節廻《ふしまわ》しとによって何ともいえないほど幽婉《ゆうえん》に唄い尽されている事を知った。その一刹那《いっせつな》、勇吉には哥沢節と称する音曲《おんぎょく》は自分の心を慰めてくれるために安政《あんせい》の起原《おこり》から明治の今日《こんにち》までも滅びずに残っていたもののように思われたのだ。いい換《かえ》れば勇吉は堪えがたい己《おの》れが過去の夢を託す

べき理想的形式の芸術を捜し当てたのである。

最初は同僚の友に誘われるまま、何の気もなく来たのであるが、勇吉はもう明日《あす》とは待たれず、その夜《よ》すぐさま月謝を納めた。

五

毎日のように勇吉の帰宅時間が後《おく》れる処から、秘密の稽古屋這入《けいこやばい》りはたちまち露見となって、夫人から厳しい攻撃を受けた。けれども今まで何一つ反対しない勇吉は、今度に限って一歩も譲らぬ意外なる強硬な態度に、夫人も少しく面喰《めんくら》って退いてしまった。勇吉は家庭の事のみならず、銀行内の職務上に関しても、何か不平らしいこと、耳にしたくないような事でもあれば、ただちに覚えにくいむずかしい節廻しの事を考え出して、その方に心を転じてしまう。どこの会社や銀行にもよくある通り、高商出身、慶応出身、帝大出身というような下らない学閥の軋轢《あつれき》と奉公人根性の浅間《あさま》しさから、勇吉は一時《いちじ》重役の親戚だとかいう、虎の威を借《か》る若い学士さんのために、大分意地のわるい事をされたけれど、哥沢のおかげで衝突もせず無事にその難関を切抜け得たばかりか、後《のち》にはそのためにかえって広く銀行内の同情を得た。忘年会だの送別会だのという宴会の折には、同僚のものがしばしば勇吉を誘惑した事があったけれど、何《なん》に限らず一度《ひとた》び専門の音曲を専門に修業したものには、若い芸者のお座敷芸ほど、あぶなっかしく、かつ気の毒に感じられるものはないので、それを聞くがいやさに、勇吉はいつも体《てい》よく逃げてしまう処から、見かけによらない堅人《かたじん》だという信用さえ得るに至った。

歳月は流るる如くに過ぎて行く。年と共に大都《だいと》の生活はその騒《さわが》しい外観の示すが如くに、些《いささ》かの余裕をも許さず市民の心を責め立てる。名利《めいり》に飢えた狼《おおかみ》の群《むれ》は白昼にも隊をなして到《いた》る処に横行し、正直と謙遜の頸輪《くびわ》をつけた羊の子を斃《たお》す。思えば幾年か前、小玉と二人してよく見馴れたあの目鏡橋の空地に、柳がなびく景色はどこへ行ってしまったのであろう。勇吉は年と共に銀行員としての地位が進めば進むに従い職務上の心配と共に生活の労苦も次第に重く身に積《つも》るにつけ、夢のつぶやきかとも思われるような果敢《はかな》い哥沢の一節《ひとふし》をば、浮世にあらん限りの慰藉《なぐさめ》と頼んだ。年ほど恐しいものはない。一時は米国式の女丈夫《じょじょうふ》にでもなりはせまいかと思われた刎返《はねかえ》りの細君も、男の子が二人、そして三度目の産後に病みついた大病からは、めっきり元気を失《なく》してしまって、夫が晩酌の折なぞには、どうかすると、「私も若い時分三味線でも習って置けばようございましたね。」という事さえあるようになった。意外なその優しい言葉を聞くのも、勇吉の身にはかえっていい知れぬ悲しさの種である。まださほどに白髪《しらが》は目立たぬけれど、勇吉の額にはえぐったような深い皺《しわ》が彫《きざ》み込《こ》まれたこの頃、いよいよ沈痛な調子を帯びて来たその声柄《こえがら》、いよいよ凄惨な錆《さ》びと渋味を添え出したその節廻しには、折々の温習会《おさらい》など へ行って聞く人たち、一人として覚えず嘆賞の声を発せぬものはない。

「実にうまいもんですな。さすがは名取《なと》りの芸です。」

そういわれると、その時ばかり勇吉はまるで子供のように心から嬉しそうな顔をするのである。その時ばかり、深い額の皺を拭《ぬぐ》ったように消してしまうのであった。

永井《ながい》荷風《かふう》（一八七九〜一九五九）
東京生まれ。別号に断腸亭主人、金阜山人《きんぷさんじん》。東京外国語学校（現・東京外国語大学）清語学科中退。広津柳浪《ひろつりゆうろう》に師事し小説家を志しつつ歌舞伎座の座付作者となる。暁星《ぎようせい》学校の夜学でフランス語を学び、また落語家・三遊亭夢之助として活躍。一九〇二年にゾラの影響を受けた「地獄の花」で注目されるが、翌年渡米。以後ミシガン州カラマズー・カレッジ聴講生を経てワシントン日本公使館、正金銀行ニューヨーク支店勤務。〇七年に渡仏し同銀行リヨン支店で働く。〇八年に帰国後、『あめりか物語』『ふらんす物語』（発禁）『すみだ川』「冷笑」を発表、一〇年から一六年まで慶應義塾大学文科教授として反自然主義雑誌「三田文学」を編集。近代日本の文化・政治への反感から戯作者的自己演出を貫いた。『新橋夜話《しんきようやわ》』『腕くらべ』『おかめ笹』で花柳界や下町を美的に取り上げ、『つゆのあとさき』「ひかげの花」で震災後のモダン風俗を描き、『濹東綺譚《ぼくとうきだん》』ではジッドを意識した実験的構成を試みた。他に訳詩集『珊瑚集』、随筆『日和下駄』、日記『断腸亭日乗』など。晩年は千葉県市川に住んだ。五二年文化勲章受章、五四年芸術院会員。

宮本百合子

風に乗って来るコロポックル

作者が十九歳の時の作品で、発表されないまま残され、死後に発見された。天才少女であった。父母共に名門の出で、その娘が文才があると評判になり、最初の作『貧しき人々の群』が出たのが十八歳だった。大正六年のこと。

その後で北海道に旅して、アイヌの教化に当たっていた宣教師ジョン・バチェラーのもとを訪れた。その時に聞いた話をもとにしたのがこの作品らしい。構成が少しぎくしゃくしているし、どうやら未完だが、しかしぐんぐん溢《あふ》れ出るものがある。

彼女は長じてはプロレタリア文学を率いる女性作家になり、日本共産党の幹部（後の委員長）宮本顕治《けんじ》の妻になり、執筆禁止などの弾圧に耐えて、戦後は大いに活躍した。

この作について言えば、主人公イレンカトムのところに押し寄せるコロポックルたちの賑《にぎ》やかさがいかにも十九歳。

風に乗って来るコロポックル

一

彼の名は、イレンカトム、という。

公平な裁きてという意味で、昔から部落でも相当に権威ある者の子に付けられる種類の名である。

従って、彼はこの名を貰《もら》うと同時に、世襲の少なからぬ財産も遺《のこ》された。

そして、彼の努力によって僅《わず》かでも殖《ふ》やしたそれ等の財産を、次の代の者達に間違いなく伝えることが、彼の責任であった。

混りっけのない純粋なアイヌであるイレンカトムは、祖先以来の習慣に対して、何の不調和も感じる事はない。

彼は自分に負わされた責任に対して、従順以外の何物をも持たなかったのである。

けれども、不仕合《ふしあ》わせに、イレンカトムには一人も子供がなかった。

心配しながら家婦《カツケマツト》も死んで、たった独りで、相当な年に成った彼は、そろそろ気が揉《も》め出《だ》した。

祖先から伝わった財産《たからもの》を、自分の代でめちゃめちゃにでもしようものなら、詫《わ》びる言葉もない不面目《ふめんぼく》である。

自分がいざ死のうというときに、曾祖父、祖父、父と、護《まも》りに護って来た財物を譲るべき手がないという考えがイレンカトムを、一年一年と苦しめ始めた。

そこで彼はいろいろと考えた。

そして考えた末、誰でもがする通り、手蔓《てづる》を手頼《たよ》って、ある内地人の男の子を貰った。

何でも祖父の代までは由緒ある武士であったという話と、頭こそクサだらけだが、なかなか丈夫そうな体付きと素速《すば》しこい眼付きが、イレンカトムの心を引いた。

その時、ようよう六つばかりだったその子は、お粥鍋《かゆなべ》を裏返しに被《かぶ》ったような頭の下に、これかりは見事な眼を光らせて、涙もこぼさずに、ひどく年を取った新らしい父親に連れられて来た。

今まで、話相手もなくて、大きな炉辺《ろばた》にポツネンと、昼も夜もたった一匹の黒犬の顔ばかり見ていなければならなかったイレンカトムにとって、この小さい一員は、完《まった》くの光明《こうみよう》である。

彼は、もう一生、自分の傍で自分のために生存してくれるはずの一人の子供を、しっかりと「俺がな童《わらし》」にした事によって、すっかり希望が出来たように見えた。

火に掛けた小鍋で、黄棟樹《ニガキ》の皮を煎じては、その豊坊《とよぼう》のクサをたててやりながら、昔譚《むかしばなし》をしたり、古謡を唱って聞《きか》せたりする。

大きな根っこから、ユラユラと立ち上る焰《ほのお》に、顔の半面を赤く輝やかせながら、笑ったり、唱ったりする大小の影が、ちょうど後の荒壁に、入道坊主《にゅうどうぼうず》のように写る。

それを見付けた黒が、唸《うな》る。

すると、豊坊がワイワイ云《い》いながら、火の付いた枝を黒の鼻先へ押付ける。と、キャン！と叫んで横飛びに逃げた様子がおかしいと云って、豊坊が転《ころ》げ廻《まわ》って笑う。

何がそんなにおかしいか、馬鹿奴《ばかめ》、と云いながらイレンカトムの笑いも、ハッハハッとこぼれ出す。

夜でも昼でも、年寄りの傍には、きっと小さい豊が馳《か》けずり廻《まわ》っていないことはない。

広い畑に出ているときでも、その附近にはきっと子供と黒がお供をしている。

日が出て、日が沈んで、日が出て日が沈んで、豊坊の身丈《みたけ》はだんだんと延びて行った。

大きくなるに連れて、クサもなおり、艶のいい髪の毛と、大きな美くしい眼と、健康な銅色《あかがねいろ》の皮膚を持った豊坊に対して、イレンカトムは、完《まった》く目がなかった。

自分の淋しかった生活の反動と、生れ付きの子煩悩《こぼんのう》とで、女よりももっと女らしい可愛がりかたをするイレンカトムは、豊に対してはほとんど絶対服従である。

強情なのも、意気地ないよりは頼もしいし、口の達者なのも、暴れなのも、何となく、普《なみ》の一生を送る者ではないように思われて楽しい。

彼がそう思っている事を、いつの間にか、本能的に覚《さと》っている豊は、イレンカトムに対しては何の憚《はばか》る処《ところ》もない。

一年一年と、感情の育って来る彼は、あるときは無意識に、あるときは故意に、思い切ったいたずらをしては、その結果はより一層深い、イレンカトムの愛情を煽《あお》るようなことを遣《や》った。生れ付きの向う見ずな大胆さと、幾分かの狡猾《こうかつ》さが、彼の活々《いきいき》とした顔付と響き渡る声と共に、イレンカトムに働きかけるとき、そこには彼の心を動かさずにはおかない一種の魅力があった。知らないうちに蒔《ま》かれていた種は、肉体の発育と同じ速力で芽をふいて来たのである。

畑の手伝いでもさせようとすると、

「お父《と》、俺《お》ら百姓なんかんなるもんか！

うんだとも。俺あ、もっともっと偉《え》れえもんになるだ！」

と云いながら、泥まびれになっている親父の顔を、馬鹿にしたような横目でジロリと見る。すると

イレンカトムは、曖昧な微笑を浮べて、

「ふんだら、何《あん》になるだ？」

と訊《き》く。豊は、大人のようにニヤリとする。

そして、

「成って見ねえうちから、何《あん》が分るだ？　馬鹿だむなあ、お父《と》おめえは！」

という捨台辞《すてぜりふ》をなげつけて、せっかく立てた畔《あぜ》も何も蹴散らしながらどこへか飛んで行ってしまう。

「すかんぼう」を振り廻しながら、蝗《いなご》のように、だんだん小さくなって彼方《かなた》の丘の雑木林へ消えて行く豊坊の姿を、イレンカトムは、自慢の遠目で見える限り見つづける。

そして、失望と希望の半分ずつごっちゃになった心持で、またコツコツと土を掘り続けるのである。

二

野も山も差別なく馳け廻っては馬を追い、鳥を追いして育った豊は、まるで野の精のように慓悍《ひょうかん》な息子になった。

偉い者になるなるとは云いながら、小学の三年を終るまでに、四五年も掛った彼は、業を煮やして翌年の春から、もう学校へ行くことは止めてしまった。

そして、彼の意見に従えば、出世の近路である馬車追いが、十三の彼の職業として選ばれたのである。

イレンカトムは、単純に、息子が早く一人前の稼ぎ人になれることを喜んで、むしろ進んで賛成した。

豊坊も、とうとう今度は立派な青年《ウペンクル》に成るのだ、馬車追いになるのだというような事を、彼一流の控え目がちな調子で触れ廻りながら、イレンカトムは、ほくほくしずにはいられなかった。いくら強情だとか、腕白《わんぱく》だとか云っても、貴方達の十三の息子に、馬車追いの技《うで》がありますかというような、誇らしい心持《こころもち》にもなる。彼は嬉《うれ》しまぎれに、空前の三円と云う大金を小遣《こづかい》に遣って、部落から三里ほど西の、町の馬車屋に棲《す》み込《こ》ませた。

豊は馬車屋に寝起きして、日に一度ずつその町から、イレンカトムの部落を通って、もう一つ彼方の町まで、客を乗せて往復するはずなのである。

毎朝毎朝、眼を覚《さま》すや否や、飯もそこそこにして、豊坊の雄姿を楽しみに、往還へ出え出えしていた彼は、ある朝、彼方の山を廻って来る馬車が、いつもとは違う御者《ぎよしや》を乗せているのを発見した。

イレンカトムは、幾年振りかで強く鼓動する胸の上に腕を組みながら、ジッと瞳を定めて見ると、確かに！　御者は紛《まが》うかたも無い、豊坊である。

いかにも気取った風で、鞣皮《なめしがわ》の鞭《むち》を右の手で大きく廻しながら横を向いて、傍の客と何か話している彼の洋服姿は、愛すべきイレンカトムの心に、いかほどの感動を与えたことだろう。

笑う毎《ごと》にキラキラする白い歯、丸い小さい帽子の下で敏捷《すばし》こく働く目の素晴らしさ。

見ているうちに馬車はだんだん近づく。

そして、彼の立っている処《ところ》からは、一二町の距離ほかなくなった。

すると、今まで傍を向きっきりだった豊は、迅速に顔を向けなおすやいな、いきなり体を浮かすようにして、
ホーレ！

と一声叫ぶと、思い切った勢で馬の背を叩きつけた。

不意を喰った馬は堪《たま》らない。土を掻《か》いて飛び上ると、死物狂いになって馳け始めた。

小石だらけの往還を、弾みながら転がって行く車輪の響《ひびき》。馬具のガチャガチャいう音。

火花の散るような蹄《ひづめ》の音と、巻き上る塵《ちり》の渦巻の上に飛んで行く騒音の集団の真中に、豊坊は得意の絶頂で飛んで来る。来る！　来る！　来る!!　そして一瞬の間にイレンカトムの目前を通ってしまった。

咽《む》せそうな塵埃《じんあい》の雲を透して、なおも飛んで行く豊坊の、小さい帽子に向って、イレンカトムは思わず、

「ウッウッーッ！」

と声を出しながら拳を握って四股《しこ》を踏んだ。それから、溶けそうな眼をして、ソロソロと長い髭《ひげ》を撫《な》で下《おろ》した。

かようにして、当分の間はイレンカトムも、仕合わせな年寄《エカシ》であった。

僅かの間に、豊坊の身なりはめきめきと奇麗になって来るし、馬の扱いは益々《ますます》手に入って来る。体もぐんぐん大きくなって、どことなく大人らしく成熟《ませ》た豊は、離れて暮さなければならないイレンカトムの心に、唯一の偶像であった。

実際、大胆で無智《むち》で、野生のままの少年は、その容貌なり態度なりに、一種の魅力を持っている。確かに醜くはない。

澄み渡った声で悪口を云いながら、ちょっと左の方へ歪《ゆが》める意地悪そうな真赤な唇。いつも皆を鼻で遇《あしら》うようにジロリと横目を使う大きな眼。それ等は色彩の濃い、田舎のハイカラ洋服ときっちり調和して、狭い御者台の上にパッと光っていたのである。

馬の扱いが巧者になるにつれて、豊は煙草《たばこ》の持ちかたも、酒の飲みかたも覚えた。

いつの間にかは、馬車賃をちょろまかすことも平気になって、イレンカトムが黒を相手に、ポッポッと種を蒔き、種を刈入れている間に、豊の生活は彼の想像も及ばないように変って行った。

昨日までの子供であった豊の目前に、急に展開せられた種々雑多の世界に対しても、彼はやはり、「すかんぼう」を振り廻して飛んで行った息子である。

行かれる処へ大胆に、陽気に侵入して行く彼の勇気を傷《きずつ》けるものは何もない。

自分の行為を判断する道徳も、臆病も、持ち合わせない彼にとって、煽動《おだて》の御輿《みこし》に王様然と倚《よりかか》りながら、担ぎ廻られることは決して詰《つま》らないことではない。

ただでは云わないお世辞で、自分の容貌、技《うで》等に法外の自信を持った十七の彼は、借金も自分の代りに償ってくれる者を控えている心強さから、存分の放埒《ほうらつ》をした。

豊は、時々主人の処へ行って、二三十円立替えてくれと云う。主人の方も、イレンカトムがいるから、雑作《ぞうさ》なく貸してやる。

すると、その金で早速、金の彫刻のついた指環《ゆびわ》を買って来て、獲った者にはそれを遣ろうと、女達の真中に投げ込む。

そして、キャアキャア云いながら、引掻《ひっか》いたり、転《ころが》し合って奪い合う様子を、例の横目で眺めながら、

「何たら態《ざま》だ！　馬鹿野郎、そんなに欲しいか、ハハハハハハ」

と、さも心持よさそうに哄笑《こうしょう》する。

これが彼である。もう黄棟樹《ニガキ》で頭をたててもらった豊坊ではない。気前が好くて、道楽者の、稲田屋の豊さんに成《な》り終《おお》せたのである。

いくら三里離れているといっても、まさかこのことがイレンカトムに知れないことはない。

豊に対するあらゆる非難は、皆彼の処へ集まっていたのである。

けれども、イレンカトムは、かつて豊が悪い奴だと云ったこともなければ、勿論《もちろん》思ったこともない。彼はただ、困ったものだ、早く目が覚めてくれれば好いと云うだけである。

また、実際イレンカトムは、他の人々が驚くほど楽観していた。

高慢で、馬鹿ではない豊のことだから、遠からずそんな駄々羅《だだら》遊《あそ》びには飽きるだろう、そしたら、

気に入った女房でも貰ってやれば、少《すこし》ばかりの借金くらいは働いて戻すにきまっている。これがイレンカトムの考えであった。

彼はそうなるにきまっていると思っていたのである。

けれども、その年の末、豊の借金のために七頭も土産馬《どさんば》を手放さなければならなくなったときは、さすがのイレンカトムも、心を痛めずにはいられなかった。が、彼は、

「ええ加減に止めるべし、な、豊坊。俺あ困るで……」

と云っただけであった。

三

近所の者は皆、年寄《エカシ》は偉い者を背負い込んだものだと云う。悪魔《ニツネカムイ》に取っつかれたように仕様《しよ》むねえ若者《ウペンクル》だと云う者もある。

完《まった》く、豊が、賞《ほ》むべき若者でないことは、イレンカトムも知っている。仕様むねえとも思うし、困った者だとも思う。が、彼にはどうしてもそれ以上思えないのである。

いくらなんと云われても、何をしても可愛いには毫《ごう》も変りがない。どこがどう可愛いのかは分らないが、十人が十人口を揃《そろ》えて悪く云うときでも、俺だけは余計に可愛いような心持がして来る。

真実血統があるでもない、この「やくざな若者」が、どうしてあんなにも可愛いかと云うことが、傍《はた》の者の一不思議であるとともに、イレンカトム自身にとっても、確かに一つの神秘であった。

ときどき、彼は自分と豊との間に繫《つな》がっている、不思議な因縁を考えずにはいられない。

心配と損失ばかりに報われながら、それでも消すことの出来ない、不思議な愛情について、思案せずにはいられない。

何してこげえに、豊坊が可愛《めん》げえか……？

彼は考え始める。

けれども、彼の思索は決して理論的なものでもなければ、科学的なものでもない。祖先からの遺物であるファンタスティックな空想が、豊と自分とを二つの中心にして、驚くべき力で活動し始めるのである。

豊という名を思う毎に、イレンカトムの心にはきっと、もう一つの名が浮んで来る。それは早く没《な》くなった妻のペケレマット（照り輝く女という意味）である。死ぬときまで、子供のないことを歎《なげ》きながら死んだペケレマット……彼は何だか彼女と豊との間には、きっと何か自分の力で知ることの出来ない関係があるように思われて来る。

もしかすると、豊は彼女から生れるはずであったのを早く死んだばかりで、他の女の腹を借りて自分の処へ来るように成ったのではあるまいか。

彼にはどうしても、ペケレマットの臨終の願望によって、豊は自分に来たらしく思われる。そして、生きている自分と、霊に成ったペケレマットとの愛情が、ただ彼の上にのみ注ぎ合って、豊はあんなに美くしく生れ出た。逞《たくま》しい子孫を与えるために、神様が下《くだ》すった者ではあるまいか、きっとそうに違いない。

が、そうして見ると、神様は何故《なぜ》あんな道楽者になすったか？

イレンカトムも、これには困ってしまう。けれども、神の仕事をいつも邪魔するニツネカムイ

――悪魔がいたずらをどうしてしないと云えるだろう。

何にしろ、神が天地を創るときにさえ、太陽を呑《の》んで邪魔しようとしたほどの悪魔だもの、自分に来る子が、余り美くしく、余り立派なのを見て妬まないことがあろう？

そして、考えれば考えるほど可愛い者は、豊だ、ということに落付くのである。

こうして見ると、彼の豊に対する愛情は、亡き妻に対し、見えない神に対し、また豊の陰にいれこになっている未見の子孫達に対する愛情とすっかり混り合っているのである。

自分の不幸な部分は皆悪魔のせいにして、諦めて行こうとする心持も入っている。が、彼はここまでは考えて来ない。万事を、神《カムイ》と悪魔《ニツネカムイ》との間に纏《まと》めるのである。

こういう心持を持っているイレンカトムは、豊について、真面目に苦しみ、案じている、その苦痛、その愛情を謡わずにはいられない心持をも、また持っていた。

たった一人で、広い耕地に働いているようなとき……。

四辺《あたり》には、何の音もしない。ヒッソリとしたうちに、サクッサクッと土を掘り返す音、微《かす》かに泥の崩れる音、鍬《くわ》の調子に連れて出る息の音等が、動くに従って彼の体の囲りに小さく響くばかりである。

静かなもんじゃなあ、と彼は思う。

そして、何とはなし、物懐かしいような心持になって首をあげ、あちらこちらを見廻しながら額を拭く。

拭きながら見上げると、高い高い空は、ちょうど真中頃に飾物のように美くしい太陽《チュプ》を転《ころが》しながら、まるで瑠璃《るり》色の硝子《ビンドロ》のように澄んでいる。眼をシパシパさせながら、なお見ると、ようやく眼の届くような処に鳶《とんび》が三羽飛んでいる。

紙か何かで拵《こしら》えた玩具《おもちゃ》の鳶を、天の奥に住んでいる神様の子供が振り廻してでもいるように、クールリクルリと舞っている。

際《きわ》どい処で擦違《すれちが》ったり、追い越したりしながら、円《まあ》るくまあるく飛んでいる。

上ったり……下ったり……右へ行ったり……左へ行ったり……

面白いものだなあと思っているうちに、二つの瞳から入った律動が、だんだんと彼の胸を、想いを揺り動かして来る。

そして、知らないうちに囁《ささや》きは呟《つぶやき》になり、呟は謡となってイレンカトムの唇には、燃え出した霊の華が、絢爛《けんらん》と咲き始めるのである。

抑えられない感興の波に乗り、眼を瞑《つぶ》り手を拍《う》って我も人もなく大気の下に謡うとき、イレンカトムよ！　卿《おんみ》の額は何という光りで輝き渡る事だろう。

彼は、その太陽を謡う。その蒼空《そうくう》を讃美する。

この蒼穹《そうきゆう》のように麗わしく、雲のように巧《たくみ》な繍手《ぬいとりて》であったペケレマットよ！

今巣立ちした、鳥の王なる若鷹のように雄々しい我が息子よ！

我が父も、そのまた父も耕したこの地に立って、お前方に呼び掛ける、この年老いた父の言葉を、
我妻よ！　我子よ！　どうぞ聞いてくれ！

母音の多い一言一言が、短かい綴《つづ》りとなって古風な旋律のままにはるばると謡い出されるとき、彼というものは、その華麗な古語のうちに溶け込んでしまうのが常であった。

彼は野へ行っても、山へ行っても、興さえ湧けば処かまわず謡い出す。

悲しいとき、嬉《うれ》しいとき、昔の思出の堪え難いとき、彼はただ謡うことだけを知っていたのである。

こうして春と夏とが過ぎて行った。

四

秋になると、しばらくの間顔も見せなかった豊が、フラリとやって来て、東京へ行って商売をしたいから、金を呉《く》れと、云い出した。

「何？　どこさ行《え》ぐ？　どこさ行くだ？」

と、幾度も、幾度も訊きなおして、東京ということが自分の空耳でないのを知ると、イレンカトムは、ほんとにまごついてしまった。

あんなに遠い所、あんなに可恐《おかね》え処、もう生きては戻るまいというようなことを一時に思いながら、彼は、息を殺したような声で、

「豊坊、お前《めえ》、東京たあ如何《あじょ》な処だか知ってるかあ」

と、息子の顔を覗いた。

「如何《あじょ》な処って、お父《と》。東京だって人間の住《し》んでる処さな」

「戯談《おどけ》るでねえ！」

そう云った限《き》り、イレンカトムは黙り込んでしまった。

胡坐《あぐら》を搔いた細い両脛《りょうすね》の間に、体全体を落したように力のない様子をして、枝切れで燻《くすぶ》る炉を

折々弄《いじく》っていた彼は、ややしばらく経つと、フイと俯《うつむ》いていた首を上げて、

「やめるべし、な豊」

と云った。

肱枕《ひじまくら》で寝転びながら、プカプカ煙草を烟《ふか》していた豊は、思わず吐きかけの煙を止めて父親の顔を見たほど、それほどイレンカトムの声は哀《あわれ》っぽかった。まるで半分泣いているような調子である。これには、さすがの豊もちょっと、哀を催したような眼付きをしたが、一つ身動きをすると、もうすっかりそんな陰気な心持を振り落して、前よりも一層陽気な、我儘《わがまま》な言調で、

「俺ら、止めねえよ、もうきめたむん！」

と云い放した。

「東京さ行って、何仕《あにし》るだ？」

「商売《しょうべえ》よ」

「商売《しょうべえ》だて、数多《あまた》あるむん、何仕《あにし》るだ？」

「俺ら、知らねえよ。出来るものう仕《し》るだろうさ！　何《あに》しろ俺あ行ぐときめただから」

「……」

「……」

「俺あ、金あねえ」

「無《ね》えっことあるもんで、お父《と》。僅《ちっ》とばっかし大豆なんか生《お》やしとくよら、この周囲《ぐるわ》の畑売《う》っ払《ぱら》ったら、好《え》えでねえけえ、無えなんてこと、あるもんで！」

豊は、炉の中に自暴《やけ》のように唾をはいた。

「売っ払うだてお父《と》のこったむん、また、父親《ミチ》にすまねすまねで、オ、アラ、エホッ、コバン、だから（心底から売りたくない）俺は売ってくれべえ。

ふんだら、祖父《エカシ》だてお父《と》を引叱《ひっしか》らしねえ。

な、よろしと、そうすべえと！」

息子の大胆な宣言に、動顚《どうてん》したイレンカトムが可《い》いとも悪いとも云う間をあらせず、豊は外へ飛び出した。

口ばかりでなく、彼はもうほんとに今、父親の手で耕している家の周囲、二町半ばかりの畑地を売る決心をしてしまっていた。

彼はもう三月も前から、その畑を売れば八九百円の金は黙っていても入るから、それを持ってある女と一緒にT港に行って、暮してやろうという目算を立てていたのである。

東京へ行くつもりでも何でもない。けれども、それだけの畑地を、握ってはなさない親父の手から捥《も》ぎ取る理由に、僅かの強味を加えるために、ただちょっと距離を遠くしたというだけのことなのである。

豊の心持で見れば、T港へ行った処で、どうせ永いことそこで辛棒《しんぼう》して身を堅めようというのでもない。

もうかなり永い間同じ狭苦しい町で、同じような人間の顔ばかり見て、同じような道楽をして見たところで始まらない。

処が変れば、また違った面白い目にも会うだろう。

彼の行こうとする第一の動機はただこれ一つなのである。けれども、彼の心持は、単純にそれだけのことを遂行したのでは満足出来ない。

自分の大掛りな快楽を裏付けする何等《ら》かの苦痛、何等かの犠牲が捧げられなければ、気がすまない。

気の小さい仲間の者達の、羨望《せんぼう》や嫉妬の真只中《まつただなか》を、泣き付く父親を片手で振り払い、振り払い、片手に女を引立てて、畑地と引換えに引《ひ》っ攫《さら》って来た金を鳴らしながら、悠然と闊歩《かつぽ》してこそ、彼の生甲斐《いきがい》はある。

つまり、彼がイレンカトムの処へ行ったのは、相談ではない。宣告を下しに行ったようなものなのである。彼は、毎日愉快な美くしい顔をして、鼻歌を歌いながら、土地の買いてを探していた。それは勿論、イレンカトムの持っている土地全部から見れば、二町の畑はそんなに大した部分ではない。

彼はもう年も取って、自分で耕作することはむしろ苦痛なのだから、人に貸すことなら、承知もしただろう。

けれども永久に手離してしまうことは堪《たま》らなかった。地の中から生え抜きになっている彼は、何よりも「地」が大切である。が仕方がない。「可愛《めんご》い豊」のためになら、彼はそれも忍んだろう。しかし！　彼が東京等へ行くことだけは、そりゃあ決してならぬ！　決してならぬ！

自分は、もうこんなに年を取っている。いつ死ぬか解らない。その死目《しにめ》にでも会えないで、彼に譲るべき物を、あらいざらい、どこの馬の骨だか解らない和人《シサム》達にごちゃまかされたら、一体どうしようというのだ。東京へだけは行ってくれるな！

豊が、こんなにして、生きているうちから、彼の土地を売ろうと云っているにもかかわらず、自分が死ぬとき、彼に財産の譲れないことを恐れているのである。

自分が死ぬとき、財産を譲れないことになりはしまいかという心配に到達すると、イレンカトムの頭は、豊の性格を考えているだけの余裕はない。

彼がどんなに、無雑作な陽気な顔付で、有り限りの土地を売り払うかということは考えない。豊の心にとって、年中黙りこくり、真黒けで世話を焼かなければ藷《いも》一つ出さないような地面より、金色や銀色にピカピカと光り、チャラチャラとなり、陽気で賑《にぎ》やかで、その上強い権力を持っている者の方が、どんなに魅力があるかとは考えないのである。

イレンカトムは、泥棒だの人殺しの巣のような処に思える東京へ息子を遣るくらいなら、もっと早いうちに自分が死んででもいた方が、どんなに仕合わせであったろうとさえ思う。

彼は夜もおちおちとは眠らずに、家の守神を始め天地の神々に禱《いの》りを捧げ、新らしいイナオ（木幣）を捧げて、息子の霊に乗り移った悪魔があったら、追い出して下さることを願ったのである。

五

けれども、豊はとうとうイレンカトムを負かし、あるいは悪戯者の悪魔が禱りに勝って、彼は総《すべ》ての点において成功してしまった。

地所も売り、その代金全部を自分の懐に入れ、それを鳴らしながら、彼の理想通りの出立をしたのである。

イレンカトムは、涙をこぼしながら、息子が行ける処まで行って見ようと云って出掛けた報知を受取ると、すぐ、昔から親切に家畜や地所のことで世話をしてもらっている山本さんという家へ出かけた。

そして、S山の方へ引込みたいから、どうぞそのように取計《とりはから》って下さいと云った。

S山と云うのは、ずうっと海岸に近い処で、彼はそこにも土地を持っていたのである。

山本さんの息子や、宿っている学校の先生等は、ただでさえ淋しいのにあんな処へ独りぼっちで引籠っては良くないと云って止めるにもかかわらず、イレンカトムは、是非そうして下さいと云って聞かない。

そこで終《つい》に、今までの家は貸家にして、S山に新らしい小屋を建てることになったのである。

すっかり昔のアイヌ振りで拵《こしら》えた小屋の、北と東は雑木の山続きで、東側は十六七丁先《さ》きの方で、美くしく海に突き出たY岬になり、西には人家へ降る小山やまた、他の遠い山々の裾に連《つらな》っていた。

そして、南側には彼の飲料水を供給する澄んだ小流れが、ササササ、ササササと走っている。その他には何もない。この寂寞《せきばく》のうちに、四方を茅《かや》で囲った新らしい小屋が、いかにも可愛い巣のように、イレンカトムと、二代目の黒とを迎え入れたのである。

彼は、思い付く毎に小屋の戸口に立っては、足跡で踏み堅めた小道の方を眺める。またあるときは、彼方の小山に昇って、遠く下を通っている往還を眺める。

沢山の荷馬が通ることもある。

勢のいい自転車が、キラキラと車輪を光らせながら小燕《こつばめ》のように走《か》けるときもある。

または、四五年前に豊がしたように、鞭を廻し廻し馬車を追って行く子供もある。

人が通り、車が通り、犬が馳ける……。けれども彼の待っている物は見えない。まったく、イレンカトムは、昼でも夜中でも、西側の小山の路へ、ヒョイとせり出しのように現われて来る唯一の、若い、美くしい頭を待ちに待っていたのである。

「飛んで来い」はいつも、きっと元の場所まで戻って来るときまっているだろうか？　けれども、イレンカトムは待っていた。そして、出た者は必ず戻って来ることを信じている。いつ戻って来るか？　それは解らない。それだから、彼は絶えず、待ち、望んでいたのである。

T港で、豊の姿を見掛けたという噂《うわさ》だけを聞いて、イレンカトムの小屋は、雪に降り埋められる時候となった。

平常でさえあまり楽でない路を、雪に閉《とざ》されてはどうすることも出来ない。全く人間界から隔離されてしまった彼は、二十日に一度、一月に一度と、味噌《みそ》や塩の買出しに降りるときだけ、僅《わず》かに人間の声を聞いて来るのである。

その一冬は、彼にとって、どんなに淋しいものであったろう。ほんとうの独りぽっちで、気の紛れがないから、考えは始終同じ問題にこびり付いていなければならない。

考えれば、考えるほど、心はさか落《おと》しに滅入って来て、どうにもこうにもならなくなる。そこで、仕方がないから、ちょっとばかりの酒でも飲んで炉辺《ろばた》でごろ寝をするような癖の付いたイレンカトムは、従って人の眠る夜になると、否《いや》でも応でも眼を覚していなければならなく成ってしまった。

窓の隙間から蒼白くホーッと差し込む雪明りに照らされる陰気な小屋のうちで、彼は死んだような厳《いか》めしい静寂と、次第に募って来る身の置処《おきどころ》のない苦しさに圧迫され、強迫されて、頭はだんだ

ん と理由《わけ》の解らない興奮状態に陥って来る。

小屋の中じゅう、どこへ行っても、何ものかが満《み》ち蔓《はびこ》っていて、自分を拒絶したり、抵抗したりするような心持のするイレンカトムは、じっと一つ処に落付いてはいられない。

知らず知らず、ブツブツと口小言を云いながら、あちらこちらと歩き廻る。

そして歩き廻りながら、眠りもしないで、こんなことをしている自分は普通でないなと思って来る。

一体どうしてこうなのだろう？

彼は、炉の火を掻き起して、明るくしたり、パタパタと何かを払うように耳を叩《たた》いて見たりする。けれども、益々、心持は落付かない。どうもおかしい。このとき、彼の心には、明かに、「夜」に対する伝説的恐怖が目覚めて来るのである。

怪鳥が人間の魂を狙って飛び廻るとき、死人が蘇返《よみがえ》って動き出すとき、悪霊、死霊が跳梁《ちょうりょう》するとき、それが、彼の子供のときから頭に滲《し》み込《こ》んでいる夜の観念である。

暗い夜に外を歩くと、化物に出会って、逃げる間もなく殺されるぞと云われ云われした彼は、今もなお、囲い一重《ひとえ》外の夜、闇に対して、深い恐怖と神秘とを抱いている。

その遺伝的な恐怖が湧き上ると、彼は居堪《いたたま》れないように成って、神々に禱《いの》りをあげる。

一生懸命に謡を歌う。犬にふざける。そして、暁の薄明りが差し始めると、ようよう疲れ切った眠りに入るのである。

かように、S山で余り寂しすぎる一冬を送った彼は、すっかり頭を悪くした。体も悪くなった。けれども、イレンカトムは、自分の転居が失敗だったとは思わない。彼は一言も洩《もら》さなかったけれども、自分がもし万一病気にでも成れば、部落ではすぐ近所の者が知っていろいろな物を盗もうとするかもしれない。がここにいれば、人に知らせず、山本さんだけに万事委《まか》せることが出来るから、よほど安心だ、と思っていたのである。

ただ一人の彼が臥《ふせ》たら、誰が山本さんまでの使をするだろう? けれども、彼はそこまでは考えたことがなかった。

追々《おいおい》、雪が薄くなって、木の芽が膨《ふく》らむような時候になると、彼は、小屋の東側に僅かの地面を耕してそこに、馬鈴薯《ばれいしょ》と豌豆《えんどう》を蒔いた。

誰かは訪ねて来る人も出来、気を変える仕事も出来て来て、イレンカトムは草木とともにようよう生気が出たように見えたのである。

六

ところが、その春はたださえ霧っぽい附近の海から、例年にないほどの濃霧《ガス》が、毎日毎日流れ始めた。

ずうっと沖合いから押し寄せて来るガスは、海岸へ来ると二手に分れる。

一方は、そのままY岬へ登って馳け、他の一方はずうっと迂回《うかい》して、Y岬とは向い合ったL崎の端《はな》から動き出す。

そして、その二流はちょうどS山の上で落ち合って、ずうっと奥へ流れ去る。これは、平地を抱えて海まで延びている山の地勢の、当然な結果ではあるのだけれども、その潮路に当るところは堪らない。

下の部落にそんなにひどくないときでも、山々を流れて行く霧は、灰色に濃くかたまって音のしそうな勢に見える。

それ故《ゆえ》、せっかく春になるとすぐイレンカトムの小屋は、日の目も見えないほど、霧に攻められなければならなかった。

今日も霧、明日も霧。

潮気を含んで、重く湿っぽいガスは、特有のにおいを満たしながら、茅葺《かやぶ》き小屋のしんまで透して、湿らせる。

ちょうど、梅雨期のような不愉快さ、不健康さを弱り目に受けて、イレンカトムは、始終頭痛がしていた。寝ても覚めても、耳の中で、虫が巣くいでもしたような、ジージー、ブーンブンと云う音がする。

体中から、精、根が抜け切ってしまったように思う彼は、過敏になって、自分の飼犬の姿にさえザワザワとすることがある。

ときどき、ひどい癇癪《かんしゃく》を起して、訳なしにあんなにも大切にする黒を蹴ったりするようなこともある。山本さんの家の者は、年寄《エカシ》はこの頃少し痩せたようだね、と云うくらいのことで、別に注意もしないし、彼自身は勿論自分の神経について考えるような男ではない。そうしてそのまま日が経って行った。

ある夕方。久し振りで晴れ渡った空が見えるように天気の好い暮方である。

畑で、草毟《くさむし》りをしていたイレンカトムは、何だか、妙に頭がグラグラするような心持なので、炉《ろ》辺《ばた》に引込んで、煙草を烟《の》んでいた。

するると、戸口の傍で人声がする。何か小さい声で相談でもするように、ボソボソと云っている。まだ若そうな女の声が、一言二言何か云うと、元気のあるのをようよう小声にしているような若い男の声が、それに答える。声の響きで見ると、アイヌ語を使っている。

何を喋《しゃべ》っていることやら……

イレンカトムは、今に入口の垂れを持ちあげて訪ねて来る二人の若い者を待っていた。待って待って、待ちくたびれるほど、待っても入って来ない。

そこで彼は自分から立ち上って、迎に出た。たぶん極《きま》りを悪がってでもいるのだろうと思ったのである。

出て見ると、小屋の隅に、頭を垂れた若い女が案の定立っていて、少しはなれたところに腕組みの男がいる。

誰だか知らないが、来た者はお入り、と云うアイヌ振りの挨拶をして、中に入って待つ。未だ来ない。入りもしないで、相変らず喋っている。喋ること、喋ること、声の高さは変らないが、素敵な早口で、男が喋る。女が喋る。そして、終《しま》いには、両方がごっちゃになって何か云う。

余り人を馬鹿にしていると思ったイレンカトムが、少し腹を立てて、

「お入りと云ったら、どうして入らないのか?」

と、アイヌ語で云いながら、もう一遍《いっぺん》戸口に出て見ると……これはどうしたことだ、今の今まで声のした二人は、もうどこへか隠れて、後影も見えはしない。

はて! これはどういうことだ?

彼も少なからず不審に思った。

いろいろ考えて見ても、どうしても、若い男と女とを見たのは確かである。女が紫色の小帯をしめて、重ねた上の方のどの指かに、白い指環のあったのさえ見たのだから……

その日は、それなり、妙なこともあるものだですんでしまった。

ところが、それはその日だけでは済《す》まなかった。翌日もその翌日も、彼は声を聞く。あるときは四五人の者が来たようであり、あるときは十人以上が群れているように聞えるときもある。

アイヌ語や日本語で、だんだんはっきりと意味の聞きとれる言葉を喋る。

それも、決して、行儀よく話すのではない。どこかずうっとY岬の先の方から、風と一緒に喋りながら、やって来る。そして、小屋の周囲を馳け廻ったり、小屋の中を跳び廻ったりしながら、イレンカトムの「胆《きも》の焼ける」ようなことを、罵《ののし》ったり、揶揄《からか》ったり、茶化《ちゃか》したりするのである。

魚を焼いていると、魚が食べたいとねだる。米を煮ると、それを呉《く》れと云う。

そして、始めには、夕方だけ来たものが、追々朝から付きまとって、夜眠ろうとでもすると、寝させまいとして、途方もないいたずらをする。喉を〆《しめ》に掛ったり、息もつけないように口を閉《ふさ》いだりして、叱りつければちょっと遠のいて、また始める。

そんなにされながらも、イレンカトムは、ただ声と、気合《けはい》いだけを相手にして、怒ったり、怒鳴ったりするだけなのである。

理窟を云って追い払おうとすれば、なかなか負けずにやり返す。

こうなっては、彼もどうかしないではいられない。一生懸命になって、聞いただけの昔話の中から、声ばかりの化物についていってあるのを漁《あさ》り始めたのである。

考えて考えた末、彼はとうとう、子供の時分父親から聞かされた、コロポックルという小人の話を思い出した。

七

イレンカトムが、父親から聞いた話と思い合わせて見ると、自分に掛るものは、どうしてもコロポックルという、小人らしい。

何故なら、その小人はいろいろな術を知っていて、姿を隠した声ばかりで、人《アイヌ》のところへ訪ねて行ったりしたということも同じだし、自分の父親の友達だった者の名や、役人の名等を覚えて、それについていう処を見れば、どうしても古いときからいる者だということが分る。

それに、ああやって風に乗って飛んで来るようなことは、決して体の大きな者共に出来る芸当ではない。

まして、Y岬の近所に、元コロポックルが棲《す》んでいたという穴居の跡が在るのを知っているイレンカトムは、自分のその判断が、決して理由のないことではなく思われる。

きっと、コロポックルに違いない、とその次から注意すると、ちゃあんとその声は、自分達は背丈の短かいコロポックルだと云い始める。

彼はもう、すっかりコロポックルにきめて、山本さんにもそのことを話した。

どうも何にしろ、男や女の沢山の声が、あっちこっち暴れながら、絶間《たえま》なく喋るのだから煩《うるさ》くて堪らない。一体、私の親父の時代のコロポックルも、あんなに手に負えないものだったろうか、など云うイレンカトムの話を聞いた人達は、始めのうち誰も本気にしなかった。

けれども、だんだん彼がその声を相手に大論判をしている処へ行《いき》あったりして、彼の云うことは信じられると共に、頭の調子の狂ってしまったのも認められない訳には行かぬ。部落では、イレンカトムという名の代りに、皆コロポックルの親父と云うように成った。

勿論、頭が悪いのは事実である。

けれども、彼は自分にコロポックルが現われる——訳の分らない声を聞き、言葉を聞くということは——決して普通なこととは思っていなかった。どうかして、そんなものから逃れたいと思わないことはない。

それだから、医者にも通い、薬も飲んだ。彼の心持は、死んだって、気が狂ったって俺のことはかまわないが、どうぞ豊に会って、渡す物を渡してからでありたかったのである。

豊とちょっとでも知己《ちかづき》の者に会う毎に豊からの便りはないかと訊く。どこにいるか知らないかと云う。

そして、日に一度ずつは、頭の上に附いて歩いて喋るコロポックルを叱りながら、彼方の小山に登って、遥《はる》かな往還を眺めた。

毎日毎日同じように馬車が馳け、犬が吼《ほ》え、自転車がキラキラところがって行く。

イレンカトムは、その他の何物をも見出すことは出来なかったのである。

ところが、ある朝早く、彼が炉で麦を炊いていると、例の通り、遠くの遠くの方から、シュッ、シュワー、シュッ、シュワーというような響と共に、

コロポックル、コロポックル

コロポックル、アナクネ、トゥママ、タックネップネ
と唱いながら、ひどく沢山のコロポックルが風に乗って飛んで来た。

(コロポックル云々《うんぬん》というのは、コロポックルという者は腰が短かい、という意味であるそうだ。)

そして、いつも通り男や女の声が、煩《うるさ》く喋り始めた。が平常のように、悪口や口真似ではなくて、
今、Y岬へ義経《よしつね》の船が沢山攻めて来たから、早く出掛けて攻め返してやれ、と云うのである。

義経が攻めて来た?

そんなことが有るものか! と彼が云い返す。

すると、コロポックルは、それなら、論より証拠《しょうこ》だから、海岸まで出て見たら、好いじゃあないかと云う。

そこで成程と思ったイレンカトムは、しまって置いた弓矢を持って、ドシドシとY岬へ馳け付けた。

道もないような林や叢《くさむら》を、息せき切って馳けるイレンカトムの頭の上では、勿論コロポックルが、しきりに何とかかとか云い続けているのである。

Y岬まで出て見ると、成程、ほんとにそれらしい物が見える。

薄すりと靄《もや》の掛った海の磯近くに、五六艘《そう》の船がズラリと並んで、人の立ち騒ぐ様子さえ見えるのだからイレンカトムも、これはそうに違いないと思い定めた。

そして、飛鳥のように岬の端の端の、もう一足で海へ陥りそうな処まで出ると、弦を鳴らしながら、大声を張り上げて、呪《のろい》を浴《あび》せ掛《か》け始めた。

自分達の昔の祖先の宝庫から、書物や書く物を盗み去ったばかりか、また来て何か悪業をしよう

というのか！　神の戦士の六つの弓、六つの矢にかけてただでは決して逃すまいぞ！　というようなことを叫びながら、手を振り躍り上って戦いを挑んだ。

けれども、義経の軍勢は一向に注意を向けようともしないで、さっさと沖合へ漕ぎ出して行く。自分の挑戦が侮辱されたと思ったから、イレンカトムはすっかり腹を立てた。

白髪を振り乱し、自分の胸を撃ちながら荒れ廻っている……と、熱くなった彼の耳にフト、

「豊やーい、豊やーい、豊坊が……」

何とか云う声が聞えた。彼が忘れたくても忘られない名にハッと注意を引かれて、傍を見ると、二人の知己《しりあい》が自分の帯際をしっかりと捕えて、足を踏張りながら、後へ後へと引っぱっているではないか。

イレンカトムはびっくりして、一体どうしたのだと訊くと、どうしたどころではない、お前はもう少しで海に溺れる処だったのだと、通りすがりの彼等が、暴れる彼をようように押えつけた始末を話して聞せた。

その訳を聞いたとき、イレンカトムは、涙を流さんばかりにして、コロポックル奴《め》に騙《だま》されたのを口惜しがった。

昔は、屈強な若者で、自分の手から逃げる獣はないとまで云われた自分が、小人風情《ふぜい》に侮られて、惨めな態《ざま》を見られなければならないことは、彼にとっていかほどの苦痛であったか分らない。

二人に送られて家に帰ったイレンカトムは、神聖なイナオ（木幣）の祭場所に永い祈念を捧げた。

こんなことさえあったので、イレンカトムのコロポックルは誰知らぬ者のないほど有名になってしまった。

なかには、親切に、魔祓いのお守《まもり》やら、草の根、樹の皮などを持って来てくれる者もある。何鳥の骸骨がいいそうだと云って、故意《わざわざ》獲って来てくれる人もある。

皆が心配して、いろいろとして自分に近寄ってくれることは決して厭《いや》ではない。が、何かがその後に隠れていそうで、イレンカトムは心が穏やかでなかった。

ちょうど、豊のいないときに、こんなに成ったのを好い幸に、何か狙っているのではあるまいかと思う。

また実際、十人が十人まで真心からの親切だけであるかどうかは疑問なのだから、彼の心配も決して根のないことではなかったのである。

特に、一番近所に住んでいるある和人《シサム》の態度に対して、彼は非常な不安と警戒とを感じる必要があった。

一日に幾度かの見舞いと、慰めの言葉の代償として、彼の土地を貸して欲しいということを、山本さんに云って行ったのを知ったイレンカトムは、つくづく浅間《あさま》しい心持がした。

自分も他人も疎《うと》ましい。何《な》にもかにもが、彼には重荷になって来た。

けれども……。どんなことが起ろうとも、手から手へ遺して行くべき祖先代々の財物《たからもの》を、豊が帰るまでは守っていなければならない、というそれだけが、彼を生かしていた。

彼の父、父親の父、祖父の父というような、遠い昔の人々が命懸けで獲った熊の皮等と交換に、ようよう一つ二つと溜《た》めて行った蒔絵《まきえ》の器具、太刀《たち》の鞘《さや》、塗膳等という宝物《イコロ》は、土地家畜等と同様な、あるときにおいてはより以上の価値を有《も》っていたものである。そして、今もなお、他の由緒ある家系のアイヌがそうである通り、彼もそういう物に偉大な尊敬を払って、それを失い穢《けが》すことを畏れているのである。

完《まつた》く、イレンカトムは、譲るべき財物と共に、豊の帰る日まで、彼の手に渡る日までさえ確《たしか》に生きていれば好かったのである。

けれども、追々には、コロポックルまでが、宝物を強請するように成って来たとき、イレンカトムの心は、どんなに乱されたことであろう。

コロポックルは、赤い膳をくれろの、彫りのある鞘を寄来《よこ》せのと云う。そして遣《や》られないと叱り付ければ、いろいろな罵詈《ばり》雑言《ぞうごん》を吐いて、彼を辱しめる。

吝嗇坊《けちんぼう》だと云って、人は皆嘲笑《あざわら》っているぞと云ったり、自分独りで沢山の宝物《イコロ》を隠しているから、見ろ、部落中の者がお前を憎んでいるのを知らないか、と云ったりする。

豊が来るまで。

どうぞ、豊に手渡ししてしまうまで！

宝物を奪われないため、人に詐《だま》されないため、執念深いコロポックルに負けたくなかった。

どうぞ、ほんとうにどうぞあの豊坊の帰って来る日まで！

ただ、それだけである。ただそれだけのために、イレンカトムは泣くようにして、山本さんにコロポックルを追払うに好い方法を教えて下さいと願って行ったのである。

山本さんも困った。どうしたら好いか分らない。まして彼に好意を持っている自分が、唯一の頼りある者として願われて見ると、なおさら困る。それだからといって、勿論、放って置くには忍びない。山本さんも考えずにはいられなかった。

イレンカトムは、まるで幾代か伝わって来た伝説の断面のような男であるのは山本さんも知っている。

　難かしい理窟で、自分の頭を支配する種類の人間ではない。いろいろな人にも聞き、考えもして、とうとう山本さんは、ある坊主が実験して成功したという一つの方法を思い出した。そこで、イレンカトムを呼ぶと、山本さんは厳格な態度で、一包みの豆を彼の前に置いた。そして、次のようなことを話した。

「この紙包みの中には、豆が入っている。いいかね、豆が入っているんだよ。ところで、今日お前が家へ帰ってコロポックルが来たら、まずこれを見せて大きな声で、『これは何だか知ってるか?』と、訊いて見るんだ。そうすると、コロポックルの奴、きっと、『豆だ!』と云うに違いない。いいかね。そうしたら今度は『そんなら幾つ入ってる?』と訊くんだ。忘れちゃあいけないよ。

幾つ入ってるかと、また大きな声で訊いてやるんだね。

そうすると、ホラこの通り紙でちゃんと包んであるから、コロポックルに中の数は分りゃあしない。だからきっと黙っているだろうさ。そこで、うんと今度も力を入れて、

『数が云えなけりゃあ引込め!』

と怒鳴り付けてやるんだ。いいかね。

そうすれば、きっとコロポックルの奴も降参するにきまっている。数を訊くのを忘れちゃあ駄目だぞ。それから、お前自分でも、決して豆の数を勘定したり、中を見たりしちゃあいけないぞ。いいかね。

大切なお禁厭《まじない》なんだからな。腹へうんと力を入れて、やって遣るんだぞ。きっとコロポックルだって降参するんだからな、よしか!」

これを聞いて、イレンカトムは、どのくらい心強く感じたことだろう。

彼は今までかつてこれほど、自信のあるらしい、禁厭《まじない》を教わったことはない。また、聞いたこともない。これでこそコロポックルに勝てるぞ！

それだけでも彼は、もう勝ったような心持がする。

コロポックルにさえ勝てば、もう他に何が来ても、この俺を詐《だま》すようなことが出来るものか。

イレンカトムは、深い感謝の言葉を述べながら、双手《もろて》を捧げて、篤《あつ》いアイヌ振りの礼をした。けれども。長い髭を撫で下した彼の手が、その先を離れるか離れないに、彼の心には、もう一種の恐れが湧き上った。

何にでも、素早いコロポックルが、もう禁厭の豆を知って、どこかそこいらの隅から、今にも飛び掛りそうな心持がする。

ハッと思う間に、引攫《ひっさら》われてしまいそうで堪らない。

イレンカトムは、大急ぎで豆の包みを懐へ捻《ね》じ込《こ》むと、その上を両手でしっかりと押えつけながら、黒を急《せ》き立《た》て、帰途に就いた。

コロポックルを撒《ま》くために、故意《わざ》と道のない灌木《かんぼく》の茂みを、バリバリとこいで行くイレンカトムの踵《かかと》に、鼻を擦《こす》り付けるよう頭を下げた黒がトボトボと後から蹤《つ》いて行った。

宮本百合子《みやもとゆりこ》（一八九九〜一九五一）

東京生まれ。日本女子大学校（現・日本女子大学）英文科予科在学中の一九一六年、中条《ちゅうじょう》百合子の名で中篇小説『貧しき人々の群』で注目され、中退後もメッセージ性の強い人道主義的な作品をあいついで発表、天才少女と呼ばれた。一八年に渡米、コロンビア大学聴講生となる。ペルシア語学者・荒木茂と結婚するが二四年に離婚。ロシア文学者・湯浅芳子と生活をともにし、結婚生活の破綻を題材とした自伝的長篇小説『伸子』を刊行。湯浅とともに約三年間、ソ連・ヨーロッパで生活した。ソ連滞在中に共産主義に傾倒、プロレタリア文学に転じ、帰国後日本共産党に入党。批評家・宮本顕治（のち同党書記長）と結婚、評論「冬を越す蕾」などを発表する。毎年のように検挙され、長期勾留・執筆禁止をたびたび経験、治安維持法違反で懲役二年執行猶予四年の判決を受ける。戦後は民主主義文学、婦人運動の旗手として小説『播州平野』『風知草《ふうちそう》』『二つの庭』、評論「歌声よ、おこれ」を立て続けに発表。歿後、宮本顕治との往復書簡や湯浅との往復書簡が刊行された。

金子光晴　どくろ杯（抄）

この人はまずもって詩人である。この全集の第二十九巻『近現代詩歌』には彼の詩が二篇収められている。

そして詩人であるのと同じくらい優れた散文家であって、詩では言葉を惜しまなければいけないのに散文ならばいくら長く書いてもいいとわかって欣喜雀躍《きんきじやくやく》したかのように言葉が湧いて出る。名作として知られる『マレー蘭印紀行』にはまだ詩人の節度が残っていたが、この『どくろ杯』とそれに続く『ねむれ巴里《パリ》』、『西ひがし』はもう何の制約もない言葉の奔流。

自分と森三千代《みちよ》の絡み合った人生の話だが、これがとんでもない、破天荒な、行き当たりばったりの日々だった。この三部作は関東大震災の後、日本を出て上海《シャンハイ》から東南アジア、ヨーロッパを経巡《へめぐ》る放浪の話である。老いて振り返って、あの数年のことが文学的資源だと気づいたとたん、筆が止まらなくなったのか。

出会いからほぼ半世紀、光晴と三千代は彼が死ぬまで夫婦として暮らした。その二年後に三千代も亡くなった。

どくろ杯（抄）

発端

みすみすろくな結果にはならないとわかっていても強行しなければならないなりゆきもあり、またなんの足しにもならないことに憂身《うきみ》をやつすのが生甲斐《いきがい》である人生にもときには遭遇する。七年間も費して、めあても金もなしに、海外をほっつきまわるような、ゆきあたりばったりな旅ができたのは、できたとおもうのがおもいあがりで、大正も終りに近い日本の、どこか箍《たが》の弛《ゆる》んだ、そのかわりあまりやかましいことを言わないゆとりのある世間であったればこそできたことだとおもう。あの頃、日本から飛び出したいという気持は私だけではなく、若い者一般の口癖だったがそれも当時は老人優先で青二才にとって決してくらしよい世の中ではなかったこともあり、また海外雄飛とか、「狭い日本にゃ住み倦《あ》きた」とかいう、明治末年人の感傷がようやく身に遠いものになり、大正っ子はお国のためなどよりも、じぶんたちのことしか考えられなかった。

日本からいちばん手軽に、パスポートもなしでゆけるところと言えば、満州と上海《シャンハイ》だった。いずれ食いつめものの行く先であったにしても、それぞれニュアンスがちがって、満州は妻子を引きつれて松杉を植えにゆくところであり、上海はひとりものが人前から姿を消して、一年二年ほとぼりをさましにゆくところだった。私の年長の友人の前野孝雄のように、袴羽織《はかまはおり》で満蒙《まんもう》へ出かけて行った浪人たちは、しきりに日本の捨石になる覚悟を広言したが、上海組は行ったり来たりをくり返して、用あり気な顔をしながら、なにもせず半生を送る人間が多かった。上海の泥水が身に沁《し》みこむと、日本へかえってきても窮屈で落付かないのだ。そんなわけで私も、前年妻同伴で、上海から蘇《そ》、杭《こう》、南京《なんきん》と江南《こうなん》を二ヶ月ほど廻《まわ》りあるいて帰ってきた気らくな味（きたないことが平気になれば、物価がやすく、くらしの上でうるさい世間がないことが魅力であった）が忘れられず、その歳《とし》の春は、友人夫婦をそそのかすようにして、東道役《あんない》を買って上海にわたったが、端《はし》なくもそのことが原因をつくって、おなじ年の臘月《としのくれ》にまた、止《や》むに止まれぬ事情で、幼い子供を長崎の妻の実家にあずけて、妻とふたりで、三度目に滬《フ》の土地を踏むような仕儀となった。そして、その旅がそのまま延びて、爪哇《ジャワ》（現在のインドネシア）馬来《マレイ》を半歳、三月と泊りをかさね、パリ、ロンドン、ブルッセルと、七年にわたる長旅になってしまったのだが、方《かた》がふさがっていると承知しながら敢《あえ》て出発する決意をしたのは春申の故地が招くのにまずこころがうごいたからであった。さて、この旅を俎《まないた》にのせて料理をするとなると、どこから庖丁《ほうちょう》を入れて、どうおろしたらいいものか、さっぱりわからない。四十年以上もむかしのことで、記憶は磨滅し、風物が霞《かす》むばかりか、話の脈絡も切れ切れで、おぼつかないことが多いが、それだけにまた、じぶんの人前に出せない所行を他人のことのように、照れかくしなくさらりと語れるという利得もないではない。

大正十二年九月一日（一九二三年）関東地方に大地震があり、東京、横浜に大火災が起り、燃えふすぼった瓦礫《がれき》のあいだに、十万人の焼死者が、松の木杭《ぼくい》のように赤屑《あかくず》になってごろごろころがっていた。震動の恐怖はそれ程のことはないがぶちまけられた災害の地獄図の一つ一つのデタイユがたくまずして精緻巧妙を極めて人をして慄然たらしめるものがあった。対岸の火事で本所深川《ほんじよふかがわ》べりの大川の水は湯になり大川べりはトビロで引きあげた屍体《したい》の山となった。そんな場合にも、人間の欲望だけは積極的で、性別もわからなくなって膨脹した屍体の指から指環を取る盗人が裁物鋏《たちものばさみ》で指を切って合財袋《がっさいぶくろ》に一ぱいあつめた金銀宝石といっしょに捕われた話もある。火災による死者は十万と言われ、旋風による頭大の大石小石が、焼トタンといっしょに逃げ場を失った男女の上から落ちてきて眼前で全身が裂かれ、脳漿《のうしょう》がとびちる惨状を目のあたりせねばならなかった。十日のあいだ、どこかで火はいぶりつづけ、榾火《ほたび》のように下火になっては燃えあがり、魔法つかいのお婆《ばあ》さんが指図でもするように、黄いろに、朱《あか》に、蛍《ほたる》いろに、ネオン紫に、並んでみたり、跳び越したりして、狐火《きつねび》のようにゆれるありさまは、みているだけならうつくしくさえあった。ふりかえってみると、あの時が峠で、日本の運勢が、旺《おう》から墓《ぼ》に移りはじめたらしく、眼にはみえないが人のこころに、しめっぽい零落の風がそっとしのび入り、地震があるまでの日本と、地震があってからあとの日本とが、空気の味までまったくちがったものになってしまったことを、誰もが感じ、暗黙にうなずきあうようであった。乗っている大地が信じられなくなったために、その不信がその他諸事万端にまで及んだ、というよりも、地震が警告して、身の廻りの前々からの崩れが重《かさな》って大きな虚落になっていることに気づかせられたといったところである。この瞬間以来、明治政府がせっかく築きあげて、万代ゆるぎないつもりの国家権力のもとで、心をあずけて江都以来の習性になったあなたまかせで安堵《あんど》していた国民が、必ずしもゆるぎのない地盤のうえにいるのではなかったということを、おぼろげながらも気が付きはじめたようにみえた。国民といっても、ごく一部の、それも、個人の心の片すみで、不安定に、たえず打ち消されそうになりながらのわずかな違和感や、小さな不安が、大きな心落しや流離とどこかでつながっていることを知らさせる機《しお》が多くなった。とりわけ人々に激しい衝撃を与えたことと言えば、天災地異のどさくさにまぎれて、一人の青年将校とその部下の上等兵とが、著名な社会主義者夫妻を拘禁し、甥《おい》に当る六歳の子供といっしょに扼殺《やくさつ》した事件であった。大正のリベラリズムの息を吸った人民への、不人気の底にいた軍のいやがらせともとれた。世論の追究にもかかわらず、博徒《ばくと》が身内を庇《かば》うように、うやむやのうちに犯人たちの身柄を法治外の半植民地の満州にかくし関東軍の泥沼へドロで太らせた彼らを、中日戦争のはじまるまでひそかに庇《かば》い通してきた。三文キネマの悪代官や泥顔役を彷彿《ほうふつ》させる。私の不器用な旅のきっかけは、遡って、あの地震のころにはじまったということができる。

その歳の七月に私の詩集『こがね蟲《むし》』が出て、先輩詩人福士幸次郎《ふくしこうじろう》の肝煎《きもい》りでその月のうちに銀座尾張町《おわりちょう》のレストランの二階で出版記念会があった。それから一ヶ月あまりたって九月一日に、これからの私の希望や、計画を土崩瓦解《どほうがかい》させるためのように、平等に大地がのたうちそのうえのものの評価を御破算にかえした。賛否の批評をのせて出る筈《はず》の雑誌出版社は焼け、文学者詩人の行衛《ゆくえ》もわからなくなって、文壇はふたたび元通り立直らないのではないかというのが我人の実感であったが、若さとは怖れをしらないもので、一時はこころの張りも失われたようにみせかけながら、焼土の焼瓦にのせた玄米のにぎりめしと水トンばかりのゆすぎ水のような胃の腑《ふ》で、私たち三流詩人は、三里の道をあるいて仲間をたずね、この不時の季節からえた危険なことばについて語りあった。私から『水の都市』(アンリ・ド・レニエ)が消え、ルネ・ギルとある無名なシルクハットとバラの詩人が胸をそらして登場した。これは、戦争のあとで、猿ぐつわをとって出てきた一ダース、二ダースの今日の戦後派の詩人たちと条件がよく似ているが、私の世代では、肩をくむあいてがいなかったことがちがっている。私の風態がわるくて、警戒され、泥棒の仲間入りをさせられるのではないかと思ったのかもしれない。

そんなことはともかく、あの秋は暑さがひどく、十月になってもじりじりと油照りの旱天《かんてん》がつづき、その上、時々強い余震が人をおびやかした。しかし、この天災は、後になって考えると私のしまりのない性格からくるいい気な日常にきまりをつけるための気付薬《きつけぐすり》でもあった。あのトビロにかけて人夫が片付けている焼死体をみたことだけでも無常を感じさせるに足りたが、もとより私達は菩提心《ぼだいしん》から遠い。

しばらくたつと、焼けのこった牛込赤城元町《うしごめあかぎもとまち》の崖下の小家の玄関わきの三畳間の私の部屋に、尾羽《おは》うち枯《か》らしたような姿で、焼け出された人たちがやってきては、裏の出入り口からのぞきこんだ。深川で一家が川のなかに首までつかって命びろいをしたといって、福士幸次郎がまず顔をみせると、鳥追い女のように裾端折《すそはしょ》りして、くくり草履《ぞうり》の百田宗治《ももたそうじ》のもとの妻のしをり女史のいたいたしくもなまめかしい姿が、しなしなとあらわれた。浅草山の宿に住んでいた肉親たちの生死も、十日ぐらいは不明だった。一ヶ月もたってから、ようやくいろいろな人たちの消息がわかりはじめた。下町に縁つづきの多い金子の亡父のひっかかりの人たちのなかには、とりわけ悲惨なことが多かった。亡父が勤めていた建築業「清水組」のしょかたの老夫婦が被服廠《ひふくしょう》に避難して何万人といっしょに蒸焼きになった。親戚の古着商の番頭筋で、反物《たんもの》のせりをやっていた男は、両腕の手首から先を失って、訪ねてきた。大火による気温の変動でおこる突風に出あって、日暮里《にっぽり》駅の引込み線の線路を両手でつかんだまま、砂礫《されき》に眼もあけられずじっとつくばっていると、風に押された荷物列車が音もなく線路を、辷《すべ》ってきて手のうえを通ったのを、そのときは、なにかたいへんなことが起ったとおもっただけで、痛さも感じなかったとかたった。そんな残酷物語をならべたら、はてしがない。帰省して学生たちがかえっていなかったことは、彼らにとってさいわいであった。

　詩人になろうとして、私の三畳部屋にあつまってくる少年たちも、ほとんど東京にいなかった。小日向水道《こひなたすいどう》町の三等郵便局の息子の、声色《こわいろ》の上手な宮島貞丈までが、埼玉に行っていた。小松信太郎も、福島に帰っていた。まっ赤な絵具をべたべた塗る画家の卵の牧野勝彦（のちの牧野吉晴）も、名古屋の親の家にかえっていた。身辺索漠《さくばく》なうえに、しごとの出鼻を折られて、つづける意欲もなくなり、東京にいても満目蕭々《まんもくしょうしょう》といたましいだけで、ぼやぼやしているうちに、売喰《うりく》いの品物もなく、質草《しちぐさ》もなくなっていた私は、全く生計のめども立たなくなり、風待ちをする舟のように、ただ、あてのない運命のうごき出し、偶然の誘いのあるのを待つだけであった。

　オイデマツ、と名古屋の牧野からの一本の電報をいのち綱のようにその日のうちに片道の旅費を借りあつめて、夜行列車で東京をあとにしたのも、この機を外すのを懼《おそ》れるあまりであった。牧野の家は、市の場末の清水町というところにあって、へいつくばったような低い平家《ひらや》ばかりの、むだなあき地の多い家つづきの一軒であった。牧野の父は退職の陸軍騎兵大佐で、いかめしい軍人髯《ぐんじんひげ》を生やしていたが、無口で、好人物であった。瘦せて骨張った父親とくらべて、肥《ふと》りすぎで、いつも息をせいせいいわせている母親は、世話好きで人を信じやすく、裏切られてもさまで気にも止めないようななつっこい人柄だった。勝彦を惣領《そうりょう》に、満彦、泰彦などの男の子と、正子、つが子、八重子などの女の子たちもあって、男の子たちは、別棟の亜鉛《あえん》屋根の小屋に起居して、寝るときは一枚の掛布団を二人三人でひっぱりあいながら寝た。その布団は着古したきもので、絣《かすり》や、紋付《もんつき》までもはぎ合せてあったし、古綿《ふるわた》が寄ってごろごろしたあいだにきればかりになったところもあった。子供たちといっしょを申し出て、餓鬼大将になってくらしたが、敗竄《はいざん》の末、東京を脱出した私には、そこの生活程、野心や執着を忘れ、こころのいたみを消し、悲しみから遠ざかるためにかっこうな場所はないとおもわれたので、できるなら、いつまでもその場をうごきたくなかった。当時の勝彦は、ものに憑《つ》かれたように私に傾倒し、私の言動には、理非なくくっついてきた。そうした人間関係は、ふかいほど大きな危険を伴い、あいてが成長して、じぶんのつくした誠実がばからしいと気付いたとき、さっぱりと離れてゆくだけではすまず、反逆で返しを取ろうとすることも、ままありがちなことである。たとえ、そのとき私が充分そのことを承知していたにしろ、すすんで道化をつとめる彼となれあって、わがさびしさをなぐさめることで救われるよりほかに、方策もなかった。裏木戸を出ると、すがれた原っぱにつづく道があって、その道の片側にもとびとびに屋根の低い家があった。その一軒には、昼もうすぐらい部屋のなかに、まるい頭がいくつかみえて、老若の尼さんたちが住んでいた。尼たちは、神妙に勤行《ごんぎょう》をしているときもあるが、からかって通る若い衆たちに、名古屋弁のみだらなことばで、応酬していることもあった。尼という存在には、人生のいちばん低い溝河をながれる水のような、ひそやかないのちのながれがききとれた。さすらいのはじめにきいたそれが最初の人間内奥の極秘の潺湲《せんかん》であった。煎餅《せんべい》の紙袋をおくり届けることをおもいついて、勝彦とつれ立ってゆき、私が入り口に待っていると勝彦は私の手前、つけ元気をして入っていった。入り口の小庭につわぶきと、蕾《つぼみ》のふくらみかけた茶の木があり、底つめたい十一月の風が陽のささない家のまわりをさわ立てて通りぬけていた。私のこころを推測して勝彦は、若い尼を一人つれ出してきた。顔立ちはととのっていたがその尼は顔いろがわるく、特別な病気でももっているようなしずんだいろをして、人間の体臭とはちがった、饐《す》えたような臭いを身辺にただよわせていた。誘うとどこまでもついてきた。名古屋城のみえる街道のふきさらしの、車屋台のどて焼《やき》店につれてゆくと、彼女は、濃厚な名古屋味噌《みそ》で煮込んだ芋や、コンニャクを、猫舌らしくさめるのを待っては、がつがつとむさぼり食った。勝彦と私は、顔を見あわせては、尼の側頭骨の張った坊主頭と、こめかみのいそがしくうごくのを眺めていた。この旅の第一の宿場、名古屋での一ヶ月の逗《とう》留《りゅう》は、なにごともないということにつきていたが、旅のもたらす解放感までも、東京での悲惨が尾を曳《ひ》く憂愁のおもいでおしつぶされていた。なにごともない名古屋ぐらしのあいだにあった、ほんの瑣細《ささい》なショッキングなできごとといえばこの尼のことと、勝彦が、私に会いたいということでつれてきた井口蕉花《いぐちしょうか》という男のことである。小柄なうえに猫背で、追いつめられた小獣のような哀《かな》しい表情で、からだに合わない大きな二重廻しの外套《がいとう》を着たまま、畳のうえにべたりと坐《すわ》った彼は、どんなことを牧野に吹きこまれてきたのか、なにか私が、彼のために労をとって、してやれる能力でもあるかのように、ぶつぶつとなにごとかをたのみこむのであった。井口はむかし、本間《ほんま》五丈原《ごじょうげん》という名で『秀才文壇』に詩や、短文を投書していたことがあるという。本間五丈原なら私もその名をよく知っていたが、どうしてもこの男とは結びつかないので再三たしかめるようにたずね返した。しかし、こうした一見みじめそうな男の内部でゆらいでいる焰《ほのお》が、時にはきらびやかであったりするものらしく、彼がみてくれともってきた詩をみて、私は、意外なおもいをした。勝彦につれられて私は、彼の仕事部屋をたずねた。彼は、瀬戸の陶磁器の下絵をかくのがしごとで、そのときも、紅茶茶碗の受け皿のこまかいつなぎ模様の絵を、紙に眼をくっつけるようにして描いていた。そのとき彼は、名古屋の詩人のため私にいつまでも止まってほしいと言ったが、私は、「それはむずかしい、牧野の家でよくしてくれても、そういつまでも世話は掛けられないし、この土地で生計を立ててゆく途もない。それに名古屋の詩人の面倒をみるなら高木君のような適当な人もいる」とさとすように言った。高木君というのは、佐藤惣之助《そうのすけ》の弟子の高木ひさ雄のことで、陶磁器の釉《うわぐすり》の問屋の倅《せがれ》で、家が裕福だった。井口は、淋しそうにしばらく私の顔をみていたが、なにをおもったものか、ながい紐《ひも》のついた汚い巾着《きんちゃく》をふところからひき出し、古だたみのうえに逆さにふって、なかの銀貨をぶちまけ、それをまた、一枚ずつひろって積みあげた。五十銭銀貨ばかりで、二十枚ほどの高さで三つほど積んだ。そばの勝彦もしんとなってそれを眺めていた。どういうつもりのふる舞《まい》なのか、私にはよくわからなかったが、金のことなら心配するなということか、これだけ儲《もう》けるしごとがあるということか、そうして見せなければ、口では表現できない、さしせまったわけでもあったのか、そのときはっきり聞けなかった私の弱気が、あとまでも、心情のゆきとどかなさとなって、こころにのこったものだった。若さというものは、未熟なものだ。念の足りなさや、つまらぬプライドや、ゆきがかりで、ことの軽重を見失ったり、こころとはうらはらなことをしたり、言ったりした。若い毎日は、いくら悧口《りこう》ぶってみても、偏見と無惨の多いもののようだ。井口の家からのかえり路《みち》、勝彦は「あれは、あなたに使ってくれという気持で、気が弱くってそれが言えないんですよ」と、彼なりの解釈をしたが、その解釈は、心がひどく痛みやすくなっている私には、私の物欲しさを知って私のために代言してくれたことばのようにおもえて、かなしかった。勝彦は、なんとかして私のこころを引立て、私のためにゆく先を切り開いてくれようとするのだったが、弱年の彼を世間があいてにしてくれなかった。彼は、私の不遇を憤り、私に代って憤懣《ふんまん》を抱き、あちらこちらにいって、東京の詩人文士を嘲罵《ちょうば》した。私は、それを制止する気の張りあいもなく、呆然とながめているばかりか、その幼い身内びいきの心情にかえってこころなぐさめられさえした。清水町には、うかれ節《ぶし》や、旅芝居のかかるふるい小屋があって、私と勝彦は、夜になるとさむざむとしたその小屋で時間をすごした。地元のうかれ節語りの原嘉六《はらかろく》や、港家儀蝶《みなとやぎちょう》、大阪から中川伊勢吉や海老蔵《えびぞう》、藤川友春（癩《らい》で、御簾《みす》をかけたなかで語った）などの大物までがきて二夜さぐらいつづけてうってゆくこともあった。ふしにかかると勝彦は、釣られてひょこひょこと尻をうごかした。正月には素《す》袍大紋《おうだいもん》姿の本式な御前万歳《ごぜんまんざい》をみることができた。この小屋の木組は、またすばらしく、日本人の智慧《ちえ》の組木の粋をあつめたような細工だったが、空襲を待たず、類焼してしまったという話だ。黒土が干いて白っぽけた師走《しわす》近い名古屋は、道に霜枯れた大根の葉などが落ちているいなかくさい、佗《わび》しい町で、どこの家のくらしも、もの哀しそうだった。うかれ節の義理人情をききにくる人たちは、それでも年輩の人ばかりで、二十九歳（かぞえ歳）の私と、十八歳の勝彦は若い客だった。勝彦の父は、恩給ぐらしですることもなく、薄氷の張りはじめたお城の外濠《そとぼり》へ、魚を釣りにいったりして日を送っていた。鯰《なまず》が釣れたりすると蒲焼《かばやき》をつくって、本屋《おもや》から、女学校に通っている娘の正子を使いに私をよびに来た。晩酌をやりながら彼は、日露の役《えき》で、乃木《のぎ》大将の部下の中尉で聯隊《れんたい》旗手に抜擢《ばってき》されたが、南山《なんざん》の大激戦のとき、大酔して正体なく、聯隊旗を敵にとられたが、大将の寛大なはからいで事なきをえた話を、短いことばでぽつぽつと語った。息子の師匠というので、若輩の私に改まった言葉づかいをしたが、酒が終る頃になると居ずまいを直《ただ》し、軽はずみで、心課《こころさわ》がしい倅が、詩人となって将来成功する見込みがあるだろうかと、訥々《とつとつ》と口ごもりながら、人もあろうに本人がまだ駆出しで、海とも山ともわからないうえに、この頃では、半分は詩など捨ててしまおうとおもっている私にたずねるのであった。勝彦には天才的降神状態があるから、詩か絵で、非凡なしごとをするようになるかもしれないなどと、私以上にゆく先の吉凶のわからない勝彦について、気をもたせるようなことを無理して言わねばならなかった。

私をはじめ勝彦や、弟たちも、誰がその発頭人かしれないが、いんきんたむしという、陰部のヒフ病にかかっていっしょに生活しているのでみんなに伝染した。誰もが見られないようにして胯間《こかん》に手をさし入れてポリポリ搔《か》いていたが、搔くほどにひろがるばかりなので、一同を車座に坐らせ、私が、くすり瓶についた房楊子《ふさようじ》のようなちいさな刷毛《はけ》で一人一人くすりを塗って廻った。たしか、ヨージ水という名のくすりで、つけるなり、硫酸《りゅうさん》でもぶっかけられたような熱さで、睾丸《こうがん》がちぢくれあがるのであった。「強いぞ。強いぞ」と言って、私は一人一人を団扇《うちわ》であおいだ。歯を喰いしばってものも言えず坊主共が結跏趺坐《けっかふざ》しているところへ、のぞき込むようなかっこうで、井口蕉花がはいってきた。気をのまれたようにその光景をじっとながめていた井口は、やがて二重廻しの裾をひらき、黙って皺《しわ》くれた前のものをつまみ出して人の輪のあいだのあいた場所に胡坐《あぐら》をかいて坐った。仲間入りの儀式とでもおもったらしい。笑い話とするには、こころが切なくなるような話である。私のふるさとに近いこの都会は、日本の中心部にありながら、風景はさむざむとして旅のこころを愁殺し、東海の遊俠気質《ゆうきょうかたぎ》がのこっていて、ふれる人のこころがいじらしい。そもそも日本人というものが一人ずつにするとみんな泣虫で、その泣虫をじっとこらえて意地張り、弱味をみせまいと力みかえって生きている。そしてみせかけだけの強さは、権力とか、偶像とか、義理情誼《じょうぎ》のしがらみとか、すがりつくものがなければ、手もなくがさりとくずれてしまう。あの頃の名古屋の庶民のなかに生きているのは、天野屋利兵衛《あまのやりへえ》や、紀国屋文左エ門《きのくにやぶんざえもん》、それから野狐三次《のぎつねさんじ》など、うかれ節、祭文《さいもん》の素朴なモラルであった。名古屋ばかりではない、それは、日本の津々浦々まで、酒樽《さかだる》といっしょについて廻る、万人共通の陶酔のメロディで人々の心に煮〆《にし》めた醤油《しょうゆ》の味のように滲《し》み入《い》り、明治、大正、昭和と倦かれもせずに受けつがれて、今日猶《なお》、テレビやラジオでそのままながされ通用している。名古屋は、そんな鈍色《にびいろ》がかった、泥くさい、万金膏《まんきんこう》のようにべったりと心に張りついてくるところのように、始終、感傷的だった私には感じられた。

　同郷の津島生れの先輩の野口米次郎《よねじろう》先生の文芸講演会が名古屋市の公会堂のような場所で開催され、私はその前座をつとめることになった。牧野のお父つぁんの袴を借りて、生れて始めて大勢の前でおしゃべりをするので婿入りでもするような騒ぎで、出かけていった。野口先生の話は、会場の照明を消して、テーブルの上に二つの燭台《しょくだい》を立て、蠟燭《ろうそく》のあかりだけで、幽玄神秘な雰囲気のなかで講演に劇的効果を出そうという趣向だった。そうした先生の舞台効果も、野次馬学生の半畳《はんじょう》のためにめちゃめちゃになった。私の話は論外で、箱河豚《はこふぐ》のようにコンコチになってしゃべったことの前後もそろわぬままに途中で引込んだが、講演の謝礼や、そのほかに工面したわずかな金を旅費にしてともかく名古屋を発つことができた。川崎の佐藤惣之助から「東京はどんどん復興しているのに、牛込のボードレールがいなくては、かたちがつかない」と便りをくれた。牛込のボードレールは、百田宗治がつけた私の綽名《あだな》で、私が百田の綽名を八角時計とつけたお返しだった。惣之助はシューマイ、室生《むろお》はコチとそれぞれ綽名をつけあった。アドレスを誰にもしらせないのに便りが来たのは、高木ひさ雄が知らせてやったものにちがいなかった。惣之助の慫慂《しょうよう》にもかかわらず私はまだ、東京にかえる気にはなれず、勝彦をつれて西にむかった。年はかわって、大正十三年春正月の末であった。京都から伏見《ふしみ》、木津と泊りを重ねたが、九月終りに東京を発《た》ってきたので、名古屋を発ち際《ぎわ》に、牧野の母が見かねて、父の袷衣《あわせ》を餞《はなむけ》してくれた下に、牧野の妹が編んでくれた毛糸を着てはいたが、猶うす着で、京の底冷えが膚《はだ》からこころまで沁《し》み通った。商人宿は三人四人の合宿で、その寒さというのに蚤《のみ》がいて、浅い夢しかむすべなかった。しかし、この太夫《たゆう》さんと才造のような、呼吸の合った二人旅は、貧寒ながらあとまでおもいだすことの多い、たのしい旅でもあった。みわたす限り枯れ芦《あし》の満々とした巨椋池《おぐらがいけ》の満水のけしきは、いまはもう跡形もないだけに、眼に灼付《やきつ》いて、いつまでものこっている。独身者の男ふたりの友情は、どちらかが女房役で水ももらさない弥次さん喜多さんであったが、それだけに、ひとりの方に女の関係でもできれば、それでおしまいであとまでうらみがましい気持がのこりがちだ。

　勝彦の手相占いで、旅の方向や、明日の天気までがきまる。彼の手相術は神がかりで、人のてのひらをじっとみつめているうちに、からだがしびれたようになって雑念が遠ざかり、耳のそばでなにものかの声がきこえて、その教えてくれることが、ひとりでに口に出るというのである。が、元より本人だってそんなことを本気で信じているわけではあるまいが二人の馴合《なれあ》いのムードをつくるためには随分役に立った。「汽車に乗るな」というのも、そのアノンシアシオンであった。徒歩で十日以上もかかって、兵庫県東南部西の宮に辿《たど》りついた。西の宮戎《えびす》の社のあるところだ。

　そこがその旅の終着駅となったのは、私の実妹が、結婚して、関西大学を教えることになった夫の河野密と二人で、そこで小さな家庭をもっていたからである。妹の捨子はまだ、女学校を出たばかりの娘っ子だった。若夫婦の狭い家の二階に私と牧野が一ヶ月程滞在した。河野とは夜しか顔を合せなかったが、勝彦の活動弁士の声色や、うかれ節をおもしろそうにききながら、彼は抱えきれないほど大きな籠で買ってくる蜜柑《みかん》を、たちまち、五つ、十と食べて、皮の山をつくっていった。それも一つの芸当であった。私は、戎社や、和船ばかりが帆柱の林をつくっている港のほうをひとりでほっつきあるき、『水の流浪』にのせたような、うらぶれた詩をつくりためた。「新造船」「古靴店」のような詩は、そのときの収穫である。帝塚山《てづかやま》の佐藤紅緑《こうろく》先生の邸にも、しばしば訪ねた。先生とは、牛込の姿見弓道場で、中村武羅夫《むらお》や新潮社の中根駒十郎《なかねこまじゅうろう》番頭、青年社員の加藤武雄など（他に狩猟官の花弓岡崎子爵や富久娘という酒造の坊やもいた）並んで弓をひいたなかであり、また福士幸次郎の恩師でもあった。サトウ・ハチロー少年は、その長男で、独歩《どっぽ》の息子の国木《くにき》田《だ》虎《とら》雄《お》と、中日戦争の頃天津《てんしん》でいつのまにか『京津日々新聞』の社長になって納《おさ》っていた永瀬三吾と三人が揃いの赤ジャケツ組で、神楽坂へんを押しあるいていたが、私の三畳部屋へもしげしげ現われた。三人は、福士の門下で、私が編集した福士の雑誌『楽園』のチビッコ同人だった。紅緑先生は、文壇の一方の老大家で芸術の大衆化をはじめて提唱し、浅草の観音劇場に立てこもって、自作を公演しつづけた。神経質な文壇とは肌が合わず、関西に移って、新聞の小説を書いていた。牛肉屋のような三階建ての大きな先生の家には芝居者らしい居候や、書生たちがごろごろしていた。親分肌の先生は、あまり人間の好嫌いなどに頓着しないふうで、それぞれの青年達を愛した。孟嘗君《もうしょうくん》や、信陵君《しんりょうくん》の流れをくむ東洋気質であろう。私は、唐子《からこ》という綽名をつけられた。東京に帰りたい気持を私がもらすと、その心を汲《く》んで、すぐ、旅費には多すぎる金を紙に包んでくれた。おもいがけない援《たす》けをえて、私は、勝彦といっしょに、半年ぶりで東京に帰ってきた。

男同士の友垣が、一人の女性の出現でばらばらになるという理窟は、嫉妬の本能とばかりは片付けられない、力学的不均衡という物理関係もあることである。宮島と牧野はまだ、童貞であったし、私は、私で一九一九年、最初にヨーロッパにゆく前に、過去のややこしい関係をうち切って、表面は、悟りすました坊主のようにくらしていた。牧野は、女など寄せつけぬという顔をしていたが、宮島は、世俗にくだけて、女欲しさを口にし、吉原《よしわら》までゆきながら遂《つい》に登楼《とうろう》の勇気のなかったことや、夢精や、手淫《しゆいん》のことまで、一々大事件のように報告にきた。父親が元刑事で、押収した笑い画や、裸写真などを盗み出してもって来て見せた。春画は、日露戦争当時、兵隊に持たせてやるために大量に刷ったらしい粗雑なものであった。「それそれ、旅順《りよじゆん》は陥落するぞ」などと、看護婦を抱きながら髯の将軍が叫んでいることば書きがあったりした。宮島とは、平野威馬雄《ひらのいまお》の家で会ったのがはじめてであったが、赤城元町と小日向水道町で家が近いので、局のしごとが終ると、たいてい毎晩のように、三畳部屋にあそびに来ていた。いろものの寄席が好きで、落語家の物真似なども上手で、洒落《しやれ》、軽口が口をついて出て人をわらわせた。勝彦は、三畳部屋に住みついて、私の寝る足したに横になって、二人がT字形になって寝た。年少のこうした連中をあいてにして、ゆく先なんの成算もなく、日々の賄《まかな》いもさし迫っていながら、呆けたようにうかうかと、左次郎気取りで老成ぶって、二十代も終りに近い、青春のたそがれを、みすみすむなしくやりすごすことに私は、ようやくもどかしさと焦りをおぼえはじめていた。私のこうした韜晦《とうかい》とも、天《あま》の邪鬼《じやく》ともみえる生きかたは、詩の仲間たちからは奇っ怪なものにみられた。それでもまだ私は、『こがね蟲』の矜恃《きんじ》と、ダンディズムを見捨てていたわけではなかった。『こがね蟲』の評価で、詩人の友人たちは、私の前途を刮目《かつもく》していたし、つきつめて見れば、私の周囲にあつまるチビたちも、そうした紫気彤雲《しきとううん》に魅《ひ》かれてきているのだった。日常をともにし、身近いだけに、牧野は、私が現状にゆきづまって苛立《いらだ》っているのを敏感に感じとっていたが、さて、それならばじぶんに何ができるかわからなかったのは当然である。

牧野の口から、城《じょう》しづかや、蒲生千代《がもうちよ》、森三千代《もりみちよ》の三人組の女性の名が出るようになったのは、その頃だった。大阪の方に中心のあるある文学グループにつながりのある連中で、城しづかだけは『令女界』に少女小説を書いてその方面で知られていた。夢二《ゆめじ》に肖像を画かれたとかいう話で、夢二ごのみの少女であると言うことだった。蒲生千代は和歌をやっていて、いまは東京に出てきて大森辺に兄と家を借り、兄はまだ学校に通っていた。森三千代は詩が志望で、現に、お茶の水の女子高等師範の生徒で寮生活をしているが、校舎が焼けて茗荷谷《みょうがだに》の仮校舎にいたのを、このごろ新校舎が建って戻ったとかいう。熱をこめた勝彦の話しかたも手つだって、狭い三畳の湿《し》っ気《け》た空間に、お垂髪《さげがみ》のリボンや、振り袖の友禅もようや、曙染《あけぼのぞ》めがゆらゆらして、吉井勇《よしいいさむ》がうたう瀟南《しょうなん》のおとめたちに抱くような、遠いあこがれの感傷がこころを搾木《しめき》にかけ、詩をつくることなどにかまけて失った幾年が、ほとんど無意味なことだったように私にはおもわれるのだった。花々だけが人生で、みのりや葉の繁りが絶望的な煩わしさとしか考えられない耽美《たんび》主義から、ぬけ出しきれないじぶんが、まともな世のなかと折合ってゆけない生れそこないのようにおもえた。恋人と会って、手をふれあうのがせいぜいの気の弱いデートをしながら、別れての帰りに私娼窟《ししょうくつ》に立寄って、恋人で掻き立てられたセックスを処理し、ほっとするという男の話のように、私たちの時代の少年は、なにごとにつけて、今日の人たちのように逞《たくま》しく割切ることができないで、プラトニッククラブをえがきながら、娼家の軒先をつたいあるくことは似ていて、ただその霊肉二面の矛盾に苦しんだり悩んだりしたものだ。そのことは、ややこしいことにはちがいなかったがそれを教えたあいては古来文学さんで、文学の手ごとが入らなければもっと簡単に男女のことは成就したにちがいない。大正末期は、さすがに琴、尺八の合奏ではなく、マンドリンで心を通わせる時代で、萩原のぬけぬけとした女体摸索の情緒の美しさにも、田舎の小都市の小金持の息子のマンドリンの音色が秘められている。突然、牧野を通じて森三千代が、ある悩みごとで私に会いたいと申し込んできた。実際は、牧野が彼女にすすめて会いにくるように、取りはからったものにちがいない。そんなことになると彼は、すばしこく目はしの利くところがあった。彼女が訪ねてくる日取りは、大正十三年三月十八日と決った。勝彦、貞丈、実弟の大鹿卓《おおしかたく》があつまってきて、その当日の手筈《てはず》を決める相談をした。めずらしい女客を迎えるというのでみんな興奮していた。三畳の部屋はむさ苦しく、その上奥の一畳の上が夜具戸棚になって下だけしか使えず「自働車部屋」と名がついていたので、始めての女客を顰蹙《ひんしゅく》させることにちがいないということになり、そこから三四丁の道のりの、私の義母のいる新小川町の小家の二階を借りることにした。当日は、弟の卓が三畳部屋に待っていて、訪ねてきた彼女を案内して新小川町につれてくるという打合せになっていたが、時間がおそいので、勝彦が二軒の家のあいだを二度も様子をみるために走って往復した。陽のいろはうららかで春めいていたが、ふく風は仇寒いうえに、ほこりっぽかった。私は一間しかない二階の八畳部屋に、簞笥《たんす》を背に、置炬燵《おきごたつ》をして、坊主頭で陣取っていたが、心は駆けあるいている勝彦とおなじおもいでいた。そのおちつかない雰囲気をほぐそうとして、しきりに宮島が軽口をたたいた。「清盛《きよもり》公は火のやまいの態《てい》」とか

「今日は、お日柄もよく、お見合いの吉日ですから、いつもの臭いやつは謹んでくださいね。破談ものですよ。おこたのなかでじんわり蒸されて腰がつよくなります。それこそ、屁《へ》をひる光晴《こうせい》（フランスのロマンチック派の詩人テオフィル・ゴーチエのもじり）ですよ」とか言いつづけるのでうるさくてならなかった。下の格子戸《こうしど》が開く音がして、下駄《げた》で駆上りそうな見幕で、注進の勝彦が、「来た。来た。来た。来た」と言いながら、安普請《やすぶしん》の階段を乱暴に、どたどたとあがってきた。つづいて、鼻ばかりが並外れて高いので「たかさん」と呼ばれている弟の卓のうしろから、束髪《そくはつ》に結った和服姿の、オリーブいろの袴の紐を胸高に結んで、女高師の桜のバッチをした三千代があらわれた。私をまんなかに、三人の若者が居ながれて、行儀よく坐った。私は、大詩人の貫禄《かんろく》を示さねばならない羽目なので、つとめて融然と応対した。彼女はこたつには入らず、土産にもってきた小さい洋菓子の箱を置いて私の正面に坐り、顔をあげた。それが彼女とのはじめての対面であったが、中高で目のぱっちりとした丸顔の勝誇ったような顔立ちの娘だった。この娘ともつれあって、七年の長旅をすることとなろうとは、そのときは知る術《すべ》もなかった。

恋愛と輪あそび

窓から飛び込んできた迷い鳥のようなその女の子を、四人がそれぞれ心のなかで、逃してやりたいとおもう気持は一つであった。とりわけ、彼女が目当てにしてきて、もじもじしながらなにかたずねることに、うわずった調子で、いつになく勿体《もったい》ぶった受け答えしている私を、あとの三人がそばから、固唾《かたず》をのんでながめている窮屈さをここが辛抱と私は耐えぬかねばならなかった。勝彦からいろいろ話を聞かされていたので、私にはあらかじめえがいていた彼女の映像があったが、実物はもっと野生的だった。彼女が帰っていったあとでは、姿容《すがたかたち》をはっきり再現させることができなかった。彼女が帰ったあとでのこった四人は、いずれもいつものように話がはずまず、とりわけ彼女のことについては、はばかりでもあるように誰もふれようとせず、座をひき立てようと宮島が軽口を言っても、笑うものがなかった。しらけたような顔でしばらく向いあったあとでばらばらに帰っていったが、このとき、男たちの友情を結んでいた綱の結び目がほどけ、私たちのあいだに貫入《かんにゅう》が入った手ごたえを、互いにはっきり感じとったためのしらけぶりであったことが、あとからおもいあわされた。みんなが帰ったあとで私は、彼女がのんだ紅茶茶碗の唇のふれたところをさがして、そこから、底にのこった冷えたのみのこしをすすった。

私がいればそれをいいことにして、親戚廻りをして留守がちになる義母の家で、近いうちにもう一度来ると言った彼女を毎日、ひそかに心待ちにしていた。三月二十五日の午後に、格子戸の外が明るくなり、彼女の姿があらわれた。私の仕かけたかすみ網に、彼女はじぶんからかかりに来た。その日は、私は階下の部屋で炬燵にはいって、落付きのない春の風が戸障子をがたがたさせるのをききながら、化膿《かのう》して熱ばんだような気分で、なにごとにも手がつかず、ひらいた本のうえに頬をつけてうとうととしていた。彼女に寄せるおもいは、ここ何年か味わなかった恋愛感情だけに、昔日の幼稚さと異った切実さがあった。天災の後のもの侘《わび》しさに培《つちか》いそだてられたためかもしれなかった。すでに春というのに炬燵にもぐり込んで、逆上したような顔をした蛸坊主《たこぼうず》のような私を見て、彼女は吃驚《びっくり》し、上ろうか、どうしようかと、ためらっているようすであった。私が熱心にあがれとすすめるので彼女はやっと決心して、にじりあがって来たが、炬燵へは入らず、炬燵ぶとんのむこうに逃げ腰のまま坐った。私と彼女の距離は、大袈裟《おおげさ》に言えば百里の行程に感じられた。勝彦の佞《ねい》弁《べん》が私をよほどうり込んであったのでなければ、彼女は、ただならぬ気配を察してそのまま、逃げかえったにちがいない。文学や、詩について彼女は、私に質問した。詩や小説を書く目的でお茶の水の国文科に入学したが、所をまちがえたことにすぐ気づいた。校規を無視して自由奔放にふるまって、しばしば問題になりながらも、四年の学業を終り、秋には卒業を控えているということを勝彦からきいていたが、彼女があこがれる現代文学については、おもしろいほどなにもしらなかった。もちろんそんなことは私にとってどうでもよかった。彼女と文学を語ることよりも、彼女をふんづかまえることの可能性の方が問題だった。その時の私には、文学を囮《おとり》にして彼女をじんわりひき寄せるような心のゆとりがなかった。それにもし、彼女が文学の事情に通じていたら、私じしんが不勉強なことをすぐさま見抜いて、呆《あき》れて離れていったかもしれないが、その点では五十歩百歩のよいあいてだったようだ。恋愛か、芸術かをいずれ菖蒲《あやめ》かひきもわずらうといったゆとりのあった大正初期の駘蕩《たいとう》の名残《なご》りをひいた文学精神のなかで私も、彼女も生きているという点では、同類だった筈だが、ただ、私が、震災以来、不遇に終った『こがね蟲』とうらぶれをともにし、『水の流浪』のはてがゆきどころなく、根をおろすべき生活を見いだすこともできないで、いたずらに哀傷にひたっていたのにくらべて、お茶の水の校舎の焼原に、仮普請の校舎や、寮が建って引移ったばかりの彼女は、帰省中、手廻りの品を震災で焼いたほかに、なに一つ失ったものはなく、文学への夢も、のぞみも、もどかしさも、彼女が障壁とおもい込んで乗越えたがっている校舎の長い塀が、皮肉にも荒々しい外界から、そっくりまもっていてくれていたわけである。しかし、私じしんがじぶんを見放そうとしている程、親しい先輩や、友人達はまだ私を見棄《みす》ててはいなかったようだ。それどころか、神々のたそがれを感じている一列の人たちは、若い時代の旗持ちとしての私をどこかでたよりにしているらしいことをあれこれの機会に感知することが多かったことは私の生涯にかけられた罠《わな》として性質《たち》のわるいものの最も大きな一つであったようだ。あのとき、私がもうすこししっかりしていて、そのうえ強情でありえたら、少くとも私は、もっとしあわせに私の恋愛を享受することができたろう。だが、それではあの恋愛の、成立つ動機が薄弱だったかもしれない。炬燵やぐらを前にして私の演じたコメディは、それをうしろめたいと感じさせない、時代感情がうしろにあって、私はそれをおのが情熱とおもい、彼女もおそらくそうおもいこんでいただろうが、じつは、情熱のようにかき立てる性質のものではなく、萎靡《いび》がちなこころを答《むち》うつためのうそ寒いエゴイズムで、それなればこそ、私は涙をながす潮刻《しおどき》までちゃんとこころえていたのだ。

「君がもしいやと言うなら、それはせんかたのないことだが、私には活路が見つからない。むろん詩などを書きつづける気力はない」と言うと、ノートにペンでこまかく書いた詩集『水の流浪』の草稿を破りにかかった。真中から引破ると、彼女はおどろいて、私の手首をおさえ、「やめてください」とおろおろ声で言った。破りかけたノートにもつしみったれた惜しみを見すかされまいと私は、その惜しみとたたかって破る手に力を入れたが、それは歌舞伎のさあ、さあ、さあであいての出方を見通しての芝居に類するものでうしろぐらい仕業であった。焼けたばかりのビスケットのように熱くて、甘ったるいにおいのする彼女の顔が、眺めているときの距離の限界を越えてこちら側に来ていたので、運命はそこから出発するよりしかたがなかった。彼女にとっては、気弱さがまちがいのもとであった。後にお互いの精根をすりへらした長旅の道づれとなる、その踏出しが、この時代がかった瞬間にあったとも考えられる。唇でふれる唇ほどやわらかなものはない。寮の門限を気にして、あわてて彼女が帰っていったあと、風は落ちて、表障子にさすまっ正面の夕日が、玄関の格子戸の影を映して、百梃《ちょう》の蠟燭を立ててその焔が、一ゆらぎもしない瞬間のようにみえた。動顚していた私のこころも、こっとりと納《おさま》っていた。彼女を抱きよせたときに辷《すべ》り落《お》ちた灰銀いろのゴム製の束髪櫛《そくはつぐし》が、炬燵布団の裾にあるのを私はひろいあげ、胸の肌にじかにあてていると、それはすぐ人肌になった。なにかがはじまる前にまず、大きなことが終ったように、私は、頭だけさえざえとなりながら、からだは懈《だる》くて、なにも考えず、簞笥にもたれ、小家のうちや外がくらくなったのも気づかずに、四大の運行のそとにいるおもいであった。二階の高窓からのぞいた夜空がこんなに奥ふかく、星々がこんなに、ふれんばかりに近々とまた匂やかにまたたいたのをみたことがなかった。しかし、その昇天感情もわずか一日のことで、もとの下界に逆戻りしなければならなかった。翌日、彼女は、泣きじゃくりながら表から入ってきて、彼女に恋人がいて、その人がじぶんの故郷へかえっているので、幾度か手紙を出したが梨《なし》の礫《つぶて》だ、その人が東京にいるときは、前からの別の恋人の家があり、そこを根城《ねじろ》としている。かたがたこころもとないことだが、その人とのあいだが片付いてないうえに、断ちきれない気持ものこっている。きのうはあんな仕儀になってしまったが、その恋人の友人が私だと知ったので、相談に乗ってもらいたい下心でそもそも訪ねたのだ。昨夜、寝もやらず考えた末、これをつづけてゆけば、結局、私を苦しめ、じぶんも立つ瀬がなくなると気付いて詫《わ》びに来たという次第を、ハンカチーフを嚙《か》みやぶりながら述べ立てた。なる程、その恋人を私はよく知っていたが、互いに私行に立入った交際はなかった。しかし、彼女からそんなふうに言われてみると、落胆しながらも、あきらめるほかはなかった。彼女は、明日にでも、郷里の伊勢《いせ》から弟が上京してくるので、その弟をつれて大島にゆくつもりだとも言った。大島からかえってからは、新しい学期がはじまるまで、大森馬込《まごめ》の蒲生千代の家に泊るから、手紙はそこへくれとのことだった。一日に二三通ずつの手紙を書いた。新聞のはしをちぎって、一言書いて封筒に入れて出した。彼女がこなごなに破いて屑籠に捨てたのを、蒲生の兄がピンセットで、暇にまかせてつぎあわせ、額に入れて彼女の眼の前に置き、柏手《かしわで》をうってからかったりした。私が関西に発ったのは、四月の四日で、途中、名古屋に立寄り、私より先に三月のうちに帰っていた勝彦に会って、彼女との一部始終を語ると彼は、「大丈夫、それはうまくゆきますよ。私はここにいて、ピインと霊感が来てわかっていました。手を見せてごらんなさい」と、私の手をひらかせて、じっと睨《にら》んだ。そして、「五月には、彼女の心がはっきり、金子さんの方へ傾きます。間違いっこありません」と、いく度も念を入れて保証した。そんな言葉に力づけられながら私は、彼女によって火をつけられた手榴弾《しゅりゅうだん》のような情念をふすぼらせながら、京都、西の宮、帝塚山と泊ってあるき、五月はじめに東京に戻ってきた。五月はじめまでは、寄宿舎へは帰らず、大森にいるとわかっていたので、夜行列車で朝早く着いた大森駅で下車すると、朝霧にけぶって、藁塚《わらづか》などのあるいなか路を踏んで、彼女の寝ごみをおそった。不意打ちのことで、家のなかはしばらくざわめいていたが、やがて彼女が現われた。ふたりは馬込村の青麦の畑のなかを一時間ほどつれ立ってあるいた。「冷却時間を置いてみるつもりの旅だったが、結果は、振出しにかえっただけだった」と、私は正直にその通りを言ったが、彼女は、しっかりした返事をしなかった。しかし、ふたりのあいだの感情には、こなれたものが感じられ、問答も、掛けあいめいていた。二日後に牛込を彼女が訪ねると約束をつがえて、その日は別れた。そのへんは後に室生が移りすんだあたりだった。

赤城元町の部屋に帰ると私は、すぐ舎弟をよびつけ、一緒に部屋さがしをして、肴町《さかなまち》の芸術クラブ（島村抱月《ほうげつ》の劇団の事務所）のすぐ前の下宿屋の、階段下の一つも窓のない、畳五畳半を敷いた三角形《なり》のふしぎな部屋を借りることにした。立テーブルを弟にかつがせ、私は背なかに寝具を背負い、籐椅子《とういす》と、風呂敷包みを手にもって、人通りの多い町をふらふらしながらあるいた。彼女とそこで会うためであった。三畳の部屋が不体裁という外見《みえ》ばかりではなく、仲間のチビや、詩人づきあいが出入するので、かんじんな話ができないばかりか、ことがこじれる心配があったからだ。彼女が訪ねてきた始めの日は、四つ木《よぎ》の「吉野園」につれていった。大輪のチューリップと鉢牡丹《はちぼたん》が盛りだったが、ほとんど入場者がいなかった。低地で雨水がたまってできたような池があった。池の畔《ほと》りの草叢《くさむら》に二人が足を投出すと、足もとから蛇が逃げていった。「そこに」と指さしながら私は、蛇を指さすと指さした指が腐ると言われたことをおもいだし、指の腐るのを彼女にみせてやりたいとおもった。恋情よりも、心の苦しみを彼女に知らせようとしゃべっていたらしいが、なにをそんなにしゃべるたねがあったのか。いまも猶、しきりにしゃべりつづけている人生、しゃべり棄てたことばの量はながさにして、地球を何百回巻くことだろう。しかし、しゃべるにつれて、じぶんの値がさがってゆきそうで私は、その都度《つど》じぶんがみじめだった。五月は、重苦しい季節だ。娘《むすめ》道成寺《どうじようじ》の手《て》鞠唄《まりうた》に「都育ちは蓮葉《はすは》なものじゃえ」とある通り、私は軽佻浮薄《けいちようふはく》なのが素地であったが、師範から高等師範と、寮の生活ばかりで、世間を知らない、小都市の優等生気質の彼女は、どんなに勝気で、すれっからしぶってみせても、重厚で、生真面目にしか結局生きられないもようであった。そして、それは、彼女のその後の生涯においてもずっと変らず、人がはらはらしてみている前で、正面の壁へ、もろにぶつかるまで、身を交すということをしらない。少年のころから奸智《かんち》に長《た》け油断がならない人間のようにおもわれていた私も、そのじつなにを犠牲にしても、じぶんの好きなようにしか生きられない強引なところが似たり寄ったりであったが、ともかくも私が舵《かじ》をとって、いく度となく彼女は危い目にあいながら、難所難所を越えることになる。うるところの少い、死に場所でもさがしにゆくような長旅の道づれになって、いっしょにうろつき廻るようなことになる宿命は、その瞬間瞬間に根を固めていたわけである。そのときの彼女と私との話は、恋愛についての押問答であった。彼女が恋愛のモラルを、私が弱肉強食を主張したが、どっちも本心というよりもことばのあそびであった。自己嫌悪に陥りながら私は、彼女とお茶の水駅で別れた。その翌日は、彼女を連れて、葉桜の小金井《こがねい》を訪れた。吉祥寺《きちじようじ》、小金井とまってゆく甲府《こうふ》行の汽車に、新宿駅で乗りかえてゆくのだった。なかば散ってしまった八重桜は酔っぱらった年増女《としまおんな》のようにしどけない姿で川岸によろめきかかった。牛込に戻ると神楽坂の尾沢という薬屋がひらいているレストランでランチを食べた。はじめて三角部屋に彼女をつれていった。まっくらな筈の部屋のなかが、あっちこっち隙間が多いので、うすらあかりがさしこんで、テーブルと椅子のあり場所がおぼろげにわかった。裸電球を手でさぐってスイッチをひねった。物を言うのはもうたくさんになって、彼女は椅子にぐったりともたれ、私は、テーブルのうえに乗って、ながいあいだ、じっと黙っていた。彼女が立ちあがったので私は、帰るのかとおもった。門限の時間がいまでなければまにあわなかったからだ。彼女を抱いた。彼女がそばへよってきた。熟したものが墜《お》ちるのを待ち受けるように、きわめて自然に私は、彼女は、ここに泊っていってもいいと言った。私は、彼女を藁店亭《わらだなてい》へつれていった。女学生のかっこうでは眼に立つので袴をぬがせ、風呂敷を巻いて帯と見せ、うしろはつめものをしたうえを羽織にかくして、連立《つれだ》ってあるいた。彼女は寄席《よせ》などうまれてはじめてであった。とりは、名人の小《こ》さんだった。小さんの名は、彼女もきき知っていたが、口重《くちおも》に、不平そうな顔でむっつりと、しゃべるというよりつぶやいているようなその噺家《はなしか》の芸が、なにが可笑《おか》しくて客が笑うのかわからない様子であった。神楽坂の通りは、夜店が出て、十一時をすぎても猶、逍遥《しょうよう》する人々の群でにぎわっていた（そのころ、人はまだ、あてもなく逍遥するたのしみをもっていた）。三角部屋に帰ると、重ねてあった敷布団を一枚ずつ敷いて、私と彼女は離れて寝た。部屋の入口は鍵がないので、しんばり棒のかわりに、奈良の安親《やすちか》のてっせんのもようの赤銅鍔《しゃくどうつば》のはまった青江《あおえ》下坂《しもさか》の細身の大刀《たち》をかいものにした。この大小と、伊藤　若冲《じゃくちゅう》のおしどりと若竹の二幅対《つい》、広重《ひろしげ》の肉筆絹本の堀《ほり》切《きり》の菖蒲《しょうぶ》の極彩色とが、最後に手放すものとして猶、のこっていたが、それぞれにおもったよりも早々と私からはなれてゆくこととなった。

　廊下の柱時計が四つ打った。下宿のなかではまだ、起き出しているものはなかった。一晩じゅう眠れなかった私は、隣にいる彼女も眠らないのを知って、「眠れなかった？」とたずねると、彼女はからだをもぞもぞとうごかした。彼女の手をさがすと、彼女もその手に指と指をからませてきた。それをたぐりながら私は、唇をさがした。かるく押すだけで、彼女のからだの奥にどこまでも入ってゆけるのを知って私の触覚がまず、彼女のあらゆるものをさぐった。三月以来、私は、おのれの存念のために、彼女のからだをじりじり待たせていたらしかった。彼女は身をもみながら私の遠慮がちな手ぬるいふれかたに、それでは足りないと叫んで私を狼狽《ろうばい》させた。

「伊豆の大島は、はじめの日だけで、あとは大嵐で、波浮《はぶ》の宿屋で三日も閉じこめられて帰ってきたのよ。あのときあなたがいっしょにゆくと言ったら、弟を帰してあなたと行ったのに……」

　と、彼女は、言った。

恋愛感情には、「死」を伴う。私の場合、それは、過去の抹殺ということであった。しかし、実際には、ふりすてなければならない程のよごれ傷ついた過去があったわけではなく、震災このかたのうらぶれた気持をまぎらすために、宮島や、牧野をあいてに、その日をごまかす年寄くさい生活に、少し倦んでいたにすぎない。しかし、それ以前のすべてのおもい出までを切捨てようとするような若々しい恋情は、私の生涯ではもう二度と来ないそれが最後のものになるであろうとおもうのだったが、それがその後いつの場合もおなじで、性懲《しようこ》りもない気持のくり返しであった。

彼女を抱いてから、周囲の表情は一変した。私の身辺のすべてが生色を取りもどした。彼女の前の恋人がすでに郷里から上京して、彼の別の恋人の家におさまっていることをたしかめたので、彼女をつれて、了解をつけに出かけていった。あいてをひどく迷惑がらせたらしいうえに、こちらの意向が届いたかどうかも疑わしかったが、おもい立つとすぐやらなければすまない私の、我儘《わがまま》な性質がさせたことであった。婉曲《えんきよく》にできるかもしれないことを、ずばずばとやってのけることで、新しい生活に弾みをつけようとする危い跳躍であった。恋愛をつづけるための必要経費の捻出にも、張合いが出た。三畳でのあつまりも、いつも私が不在なので、ひとりでに解散のかたちになった。訪ねる人も少くなったので私は、三角部屋をひきはらって、またもとの三畳に戻った。一日おき、二日おきには、必ず彼女があらわれた。出入り口のすり硝子《ガラス》に派手な色彩《いろどり》がうつって彼女はそこからあがってきた。三畳一杯に万年床が敷いてあった。階下の人は、俗にコマ鼠《ねずみ》とよぶ映画館の撮影技師とその娘で、二人とも一日じゅう家にいなかったし、いる時があっても、台所と便所廊下をへだてているので、彼女の来ていることすら、ながいあいだ知られなかった。そして、五月もすぎた。門限に彼女が帰ってゆくのを、私は、いつも、水道橋辺か、時には、本郷元町の停留場まで、坂をあがって送っていった。学校が近付くと彼女は、顔までひきしまって、傍目《わきめ》もふらずあるいて去った。少年のように血色のいい豊頬で、眉が秀でて、整った顔容の上に成熟した欲情の焔が揺れていた。この恋愛の特徴と言えば、「明日をも知らず」というところにあった。会っているときだけしか保証のない、燃えている瞬間にしか値打をもたない、それだけに激しく燃える、そのときどきに賭けるような、まるで夫や妻の目をしのぶような危機感にみちた出あいであった。それは、彼女が言い出して、私が納得したのだとおもうが、どちらかが熱のさめたとき、あいてがさめきらないうちでも自由に離れていっても、あと追いしないことを誓約した。それは、十年前の私が考えていたこととも符合した。人間のこころの底をまだついたこともなし、酸《す》い甘《あま》いを味《あじわ》いくらべてみたこともない若いあいだの、あいてにも、じぶんにも負わせる残忍なおもいつきと言う他はない。門限に帰るのも忘れて、二匹の蛇《ながむし》のようにまつわりついていることもあった。壁のうえの高窓から、六月の蒸々《むしむし》する西日がさしたり、一日じゅうびしょびしょと雨がふっていたりした。梅雨にはいったらしい。それから七月になったある朝、私がまだ寝ているうちに彼女は、ガラス戸を開けてあがってきて、私の頭のうえからかぶさりかかり、私の耳に唇をあてて、子供ができたらしいと告げ、その子供を産んでみたいと言った。ありうる結果ではあったが、子供が生れてくるには、どう考えてもむずかしい情況であった。彼女はまだ学生だし、それも戒律のように厳しい学則のある学校の寮生で、卒業を間近にひかえている。事がはっきりわかれば、放校ですむかどうか、四年間の授業料や寮費の弁償はどちらにしても免れることはできないだろう。郷里への影響は、更に大きい。私じしんは子供というものの実感がなかったが、大変なことぐらいはわかっている。わがままな坊やのぬけない私は、なにごとも、じぶんの都合のいい方にしか考えたがらない。「子供かどうか、嘔吐《はきけ》ぐじぶんもそうおもい込もうとした。四五日たつと、事態がまぎらかしようのないものとわかってきて、次第に真剣に考えずにはすまなくなった。私は、じぶんが妊娠したような重たい気分になった。妻が産気づくと夫もいっしょに苦を頒《わか》って、うめいたり、さけんだりする種族の話をおもいだした。ふたりのあいだの異人種のようなはだはだなものが――そして、そのはだはだなものは、あいてが全く没個性でないかぎり、ごまかしきれないものである――ふたりが破滅をいっしょにすることでしか、その解決の手がないのではないか、多くの男、女たちは、生活苦や、日常のむなしさのなかで、かえって結び目をかためてゆくようだが、経験の浅い私には、その破滅のあつかいようが皆目わからなかった。そして、いずれにせよ、ふたりの絆《きずな》をほどけないものにする絶好の機会となればいいとおもうだけで、なんらの手をうつこともなく、また、良策を案出する方途もつかず、時限爆弾でも待つような気持で、危険な事態に近づくのを、他人事のように、「時間」まかせにしておいた。牧野が、名古屋から帰ってきたので、私は、二階の部屋借り人に八畳をあけてもらって、そこに移った。私が留守がちなので、牧野は、三畳で、いつもひとりぽつねんとしていた。私の留守に食事もできないで、撮影技師のおじさんのところで食べたり、私の義母のところへいってたべさせてもらったりしていたらしい。そのときから彼との離反がはじまった。勝彦にしてみれば、彼女を私に嵌《は》めこむことで、私との結びつきを一層かたくしようとしたのが、せっかく帰ってきても歓迎されるでもなし、ろくにかまいつけてもらえず、倉皇《そうこう》として、顔を合せる機《おり》もないこの私に失望するとともに、裏切られたような気がして、しだいに怨嗟《えんさ》を抱くようになったとしても、無理のないことだったとおもう。私たちの悩みごとを知る由もない彼としては、私の仕打ちを、故意の疎外と解釈したようだがそれもしかたのないことだった。事情を説明して了解させるだけの心ゆとりがあってもよかった筈だ。他人がじぶんの都合のいいように存在してでもいるような、おもいあがりと、念の足りなさが、おもいがけないしっぺいがえしとなって、やっとそのことに気付く、そんな縮尻《しくじり》を私は、これまでも、二度、三度とくりかえしている。ただ彼がかえってきた時期がわるかったことをしらせれば、それで事は足りた筈だ。未熟や、思慮の足りなさだけではない。そういう失敗は、私の猿悧巧と、もって生れたエゴイズムによるもののようだ。かてて加えて、事をむずかしくしたのは、勝彦の穏《おだ》かならない感情にはじめて気付いて、舎弟や、宮島を呼びつけて、事情があって当分、あつまりをとり止《や》める旨を言い渡したことであった。作品をみるとき私が故意に、牧野たちに叮嚀《ていねい》に、舎弟や三千代にぞんざいにして、へだてをつくったと言って、彼らだけになってからいきり立った始終を、仲に立って困った舎弟が、あとから報告に来た。彼らがふれあるいている先から、彼らの不平不満が、私のところへ届けられた。「彼らも若いんだよ。未熟な嫉妬が言わせる囈言《たわごと》だよ」と、なぐさめめかして言うものもあった。私のこころには、少しずつ毒の苦さが蓄積されていった。勝彦は、すでに三畳から姿を消していた。本格の梅雨にはいって、大きな蟾蜍《ひきがえる》が縁のしたから這《は》い出《だ》した。蛹《さなぎ》が毒蛾に孵《か》える季節だ。そして、新しい産卵があって、青虫や毛虫が葉うらに密集して青葉の原にふりまかれるときだ。人間のこころも腐って、黴《かび》だらけになって、邪念が蘇《よみが》えり、懊悩《おうのう》が齲歯《むしば》とともにうずきだす時だ。些細《ささい》なことから、ふたりは口諍《いさか》いをした。彼女の胎内で育ってゆく子供のことについては、そのむずかしい問題にふれるのをおそれて互いに口をつぐんだ。争いのあったあとは、激しい情慾《じょうよく》に身をまかせた。小柄で、ひきしまった彼女の小麦色の体は、均整がとれていたが、彼女の精神もノルマルで、欲望は激しいがまっ正面であった。それにくらべて私

日本文学全集26　月報［二〇一七・三］

近現代作家集 I

河出書房新社

名作の表情

荒川洋治

『近現代作家集』は、作品のなかに描かれた時代順で構成。名作のアンソロジーとしては、これまでにない新しい趣向だと思う。本巻は、平安期が舞台の久生《ひさお》十蘭《じゅうらん》「無《む》月《げつ》物語」から、太平洋戦争前夜の作品まで。いずれも興味をかきたてる。

文学全集の一冊で、芥川龍之介の「羅生門」や「鼻」を読んだのは、中学のとき。古代・中世の説話をもとにした一連の歴史小説に魅せられたぼくは、受験参考書の文庫で今昔物語集、宇治拾遺物語などを買い求めて、これはこれ、あれはこれかなと、照合を楽しんだりした。

芥川龍之介「お富の貞操」は、明治元年から明治二三年までの話。お富と新公のやりとりも見どころだが、「何か心の伸びるような気がした」という、お富の最後のことばがいい。しっかり意味をつかめていないかもしれないのに、ぼくもまた「心の伸びる」思いがする。十分に理解できないとしても、ここがたいせつだと思われて、胸にとどまることがあるものだ。

多くの読者は、芥川龍之介の作品から、文学と出会う。文学特有の文章がいきいきと活動し、目のさめるような初々しいことがらも登場する。舞台となるのは古代から現代。それぞれの時世の面白味を引き立てるので、無縁と感じていた時代への興味も色づく。文学そのものも好きになる。

そのあとに、新たな出会いを体験させてくれるのは「文学の神様」横光《よこみつ》利一《いち》だ。少なくとも、ある世代まではそうであると思う。芥川龍之介が近代なら、横光利一の小説には現代文学の謎めいた楽しさがある。

これも中学のときだと思う。NHKのテレビドラマで「紋章」(雁金《かりがね》という男が出たから、多分)をみた。図形のような部屋に光がさし、人が現れて暗くなり、また光がさす。白黒の画面だ。そのあと読んだ作品も、斬新だ。「南北」は農村の兄弟の相剋。その参考資料みたいにして死ぬ男。その遺体の描写に迫力がある。「日輪」は卑弥呼の時代を、神気漂う文体でつづる。

「蠅」は、人と馬と昆虫の、絶妙な関係。「春は馬車に乗って」は柔らかな詩情にみたされ、「夜の靴」も他の作品と異なる魅力をもつ。一作ごとに、新たな作者が生まれる空気がある。それは読む人のなかで新しい読者が生まれることだ。そんな多彩な作品を横光利一は書いた。なんにも興味のない人でも、作品のどれかにすいよせられるという仕組みである。

　横光利一の代表作「機械」は、ネームプレート製造所の職人話。塩化鉄、ビスムチル、クロム酸加里《カリ》、アモアピカル、珪酸《けいさん》ジルコニウム……。金属と薬品と機械で、ものをつくる。人間関係も、機械以上に精密で、その精密さがひとりひとりに圧を加える。誰もがかかわる職場という現場。さまざまなおとなたちの、仕事上の工夫や内部の苦しみ。労働についての要点が先見的に描き出されているという点でも重要な作品だ。

　「機械」は、都会の書斎で書かれたものではない。昭和五年の夏、横光利一は山形・由良海岸の民宿に一か月滞在し「機械」を書いた。それから六五年後の平成七年に、ぼくはその民宿の建物を見にいった。当時の民宿の主、和田牛之助の子息・伊三郎さん（九〇歳）がたまたまいて話をしてくれた。横光利一がいた二階の部屋からは、白山島という、海岸と朱塗りの橋でつながる小さな島が見える。この少し奇怪な形の島を間近に見ながら、横光利一は「機械」を書いたことになる。部屋からは、島が、やや不思議な形をみせる。その奇妙な形が、目のなかで払い落とされるころに「機械」を書き終えたのだろうか。自然の景色を通して、人間への視線が定まる。そんなこともあったかもしれないと想像する。

　芥川龍之介や横光利一の作品は多様なので、不安になることがある。もとより読書というのは心もとないもので、いい作品に出会うたび、その作品がどういうものか、この世界のどういう位置にあるのかと思う。一瞬見えにくいものに変わるのだ。読むことはその不安な気持ちを高めていくことであり、不安な思いとたたかっていくことなのだ。でもそれが楽しい、という気持ちに変わるときが訪れる。そこからはいっそう楽しい。

　岡本かの子「鮨」で、母親手製の鮨を、「いちいち大きさがちがう鮨を、少年が口に入れていく場面は、日本文学のもっとも印象的な場面のひとつだろう。実の母を前にしながら、まぼろしの母がちらりと出る。二人の母親は「一致して欲しいが、あまり一致したら恐ろしい気もする」。その子どもだけの夢。きれいだ。それだけで息をのむ。みんなでいる。そのなかのひとりが気にかかる、その人がいつのまにかいなくなる、また思ってみる。このようなことは、いまはないとはいわないけれど、人間らしいひととき、ふれあいのようすがとてもいい。私小説と思われるものも、一時期の人間の表情をしっかりとどめることで、すぐれた社会小説になっているのだ。

　時代が遠ざかると、小説の表情も、あらたまる。その変化を知る。味わう。それも読むことから生まれる、よろこびのひとつなのだと思う。

●あらかわ・ようじ／現代詩作家

鰌鬚《どじょうひげ》の生えた口で言うのは何事でしょうね。

中島京子

この日本文学全集の刊行は二〇一四年にスタートし、第Ⅰ期、第Ⅱ期を経て、とうとう最後の第Ⅲ期にたどり着き、二〇一八年に『源氏物語　下』をもって完結するようだ。刊行予定を見れば誰でもわかるようなことをなぜ改めて書いているかというと、先日、唐突に、二〇一八年は明治一五〇年だと気づいたからである。

それからまたこんなことにも思い当たった。二〇二〇年、予定では東京オリンピックが行われるはずの年は、太平洋戦争終結から七五年ということになる。つまり、戦後七五年は、明治一五二年というわけで、明治維新から終戦までの年月と、終戦から現在までの年月が、ほぼ同じだけ流れた、そういう時代を、わたしたちは生きているのだと気づいたわけである。

ちょんまげを切ってから、世界大戦での敗戦に至るまで。別の言い方をすると、大日本帝国時代。これが日本近現代史の前半で、後半は、新生、日本国の時代ということになる。そうして考えると、終戦から現在までも、もちろんいろいろあったけれど、前半のほうがやはり、密度が濃いような気がしてならない。

文学の世界に目を向けると、この前半期は、わたしたちがいま使っている日本語のモデル、近代日本語が作られる時代でもある。がつがつと西洋の原書を読み、和書漢籍の教養を武器に新しい言葉と文体を作っていった明治の作家たちの偉業なしには、いまを生きているわたしたちは、一行たりとも日本語が書けない。親指でケータイを操作することが書くという作業とイコールであるティーンエイジャーの言文一致体ですら、一五〇年前の作家の仕事と無縁ではないわけだ。

明治、大正、昭和初期くらいの日本語が好きで、ときどき無性に読みたくなる。現代では使わなくなってしまった語彙のイメージが豊かで、ときに時代がかった言い回しなども、それぞれにリズムがあって、内容以前に、頭の中で音にすると気持ちがいいので、いつまでも読んでいたくなるようなところがある。日本の近代小説をつくっていった時代の作品群は、一種、特別の熱を帯びている気がするのだ。

『近現代作家集　Ⅰ』には、おおむね、明治から戦前（太平洋戦争以前）の作品が収められている。と、書いてみたが、いろいろな意味で例外の多いアンソロジーなので、（例：髙村薫さんの作品が入っている、久生《ひさお》十蘭《じゅうらん》と神西清《じんざいきよし》の作品はそれぞれ歴史小説でずっと以前の時代を扱っているなどなど）あまり説得力はないかもしれない。

まさに明治元年五月の内戦、上野戦争前夜を切り取った芥川龍之介の「お富の貞操」と、堀田善衞《よしえ》の「若き日の詩人たちの肖像」から大学予科の試験を受けるために金沢から上京した中学生が二・二六事件に遭遇する逸話を抜粋し、さりげなく組み入れているあたりに、編者のゆるい括《くく》りを感じ取ることができる。また、金子光晴の「どくろ杯」からは、なぜその旅が始まったかの〈発端〉が抄出され、大正十二年九月一日の地震の様子が描写されている。「私の不器用な旅のきっかけは、遡って、あの地震のころにはじまったということができる」という一文に、自らの体験した震災の記憶を揺り起こされない読者は少ないように思われる。それぞれの作品を、いま、読むこと、読み直すことの意味を、考えさせられる読書になった。

とはいえ、アンソロジーの楽しみとは、編者の意図を推理すること（も、ちょっとおもしろいけれども）ではなく、ぜったいおいしいに決まっているごちそうが詰め込まれた重箱の蓋を開けることにある。

まず、女たちが魅力的だ。久生十蘭の「無月《むげつ》物語」は、なんとも残酷極まりない話で、鬼畜としか呼びようのない男に蹂躙される妻子が、最後の最後に復讐する。復讐のカタルシスだけで終わらないのが、まさに久生十蘭だけれども、この徹底して残酷な中に置かれた美しすぎる母娘の像がなんとも鮮烈で忘れがたい。芥川龍之介の「お富の貞操」は、明日世界が一変することだけがわかっている奇妙な午後に、誰もいない町に残されて出会う男と女と一匹の猫というシチュエーションだけでも鳥肌ものだが、この日、村上新三郎を思いとどまらせたのは、お富という一人の女のしなやかな強さに他ならない。そして、泉鏡花「陽炎座《かげろうざ》」の女が言う「男に力が足りないで、殺させた女を前妻だ、と一人極《ひとりぎ》めにして、その上に、新妻を後妻になれ、後妻にする、後妻の気でおれ、といけ酒亜《しやあ》酒亜《しやあ》として、髪を光らしながら、鰌鬚《どじようひげ》の生えた口で言うのは何事でしょうね。」というセリフは、日本近代文学史上もっともスカッとする名台詞の一つではないだろうか。

岡本かの子の「鮨」のように、多くのアンソロジーに編まれ愛された一編もあれば、宮本百合子の「風に乗って来るコロポックル」のような、アイヌ語が響き、幻想と心理が交錯する、ほとんど知られていないお宝的な名編も入った。

いずれにしても、収められた作品の日本語に、魅了されること必至のセレクションである。

●なかじま・きょうこ／小説家

次回配本27『近現代作家集 II』二〇一七年五月刊行予定

昭和初期、太平洋戦争の最中から戦後に至るまで。作家たちは何を描き、何を幻視していたのか。安岡章太郎、井上ひさし、安部公房、室生犀星、上野英信、大庭みな子らの作品、二十篇を収録。

のほうは、異常で、ねじくれていた。模範生とぐれた学生の取組であったが、悪貨は良貨を駆逐して、しだいに私は、邪悪なことを彼女に教えこむ結果になった。ぐうたらな世界の気安さは、彼女にとっては目新しく、鮮やかな魅力であった。私は、彼女をつれて、浅草界隈《かいわい》や、彼女がまだ、行ったことがないと言うので、曳船《ひきふね》や平井あたりの蘆荻《ろてき》のなかに河骨《かわほね》などが咲いている、水びたしの地域を引っぱり廻した。まばらに家が建っているが空地のほうが多く、その空地よりもこの季節には、沼沢が水かさ増して、染物の小工場から青いいろが流れこんでいたりした。鬱陶しいこの季節が終ると、烈火のような夏が、どでん返しでやってきた。彼女の学校も夏休みになったが、この夏は、故郷の三重に帰省しないで、私といっしょに奥羽《おうう》旅行をすることになった。弘前《ひろさき》に帰っている福士幸次郎から、是非来るようにとの誘いがあったからだ。『水の流浪』が詩人叢書の第二十巻として、新潮社から出ることになって、前金をもらったので、滞在の費用はまず潤沢であった。金らしいまとまった金が入ると、前後も考えず、無駄づかいをする癖がついているので心を締めなければならなかった。久しぶりで、東京を離れるというので心勇んで、彼女といっしょに日本橋のデパートに行ってオットマンの画展をみたついでに、荷物になるだけで不用な品物まで買いこんだ。発《はっ》汗淋漓《かんりんり》で帰ってくると私は、彼女を丸裸にして、下流《したなが》しのたたきにつれてゆき、頭から水道の水でたたかせた。人の迷惑も顧みない突飛な私のふるまいは、幼いときから私が「変り者」ということで大目にみられてきた我儘な感情の飛躍であった。いじり廻されたあいてが抗議できないことで益々《ますます》それは強《つの》る、弱いものいじめの意地わるさが、おもいがけないときに柵を越えておどり出てきて、抑制するまもなく勝手放題をはたらく。それは小胆者にだけありがちなことだ。勝彦がながい髪を伸ばしているのをみて、「坊主になれ」と言い出して、安全剃刀《かみそり》の刃でその髪をこそげ落した。

刃がすぐ切れなくなって、何枚もかえたが、彼の頭が血だらけになり、火照《ほて》って眠れないといって泣声を出すので、そのときも、水道口にしょぴいていって、ひりひりする頭を、水でたたいて冷《ひや》させた。そんなことも、怨恨《えんこん》の種となったろう。私の悪口を手土産がわりにして、新しい寄食先を渉りあるいたとしても、その結果として私の失ったものが大きかったにしても、私は、じぶんを弁護することはできなかった。

松島を見物し、平泉《ひらいずみ》に詣でて、朝、弘前の一つ先の碇《いかり》ヶ関《せき》に着いた。温泉場を流れる岩木川の支流平川の畔に、福士夫妻と幼い娘たちの住む小家があり、川をへだてたすじ向いの百姓たちの疲労休めにくる小宿の一室を借りて、私たちが住んだ。雨戸を開ければ、福士家の動静が見通しだった。足のふくらはぎまでしかない流れをわたって、福士は遊びに来たし、私も、彼女を背負ってその河をいったり、来たりして、百姓の湯治客《とうじきゃく》たちの眼をおどろかした。私たちの放埒《ほうらつ》なくらしぶりが話の種となってひろがり、碇ヶ関の温泉場へのゆききも、人々が立止り、あとふり返って見送った。それで、夜半の一時すぎた頃を見すまして、湯壺《ゆつぼ》にしのびこんだ。四六時、湯はあふれていた。湯のなかで、ふたりは、うとうととした。北海道への途中だと言って、富田砕花《さいか》の夫妻が立寄ったが、一日泊ってかえり際に、川をへだてた私たちに手をふり、「もちがきいてるぞう」とひやかしていった。福士幸次郎は、川路柳虹《かわじりゅうこう》、服部嘉香《かこう》らとともに詩壇の論客で、志賀直哉と嚙みあったりしていたが、四面壁立《へきりつ》の貧しさのうえに、その貧しさを気にも止めない鷹揚《おうよう》さと、考えごとにとらわれると、人生の諸事を忘却し、じぶんでも知らないで、常人の意表外な結果になっているという、質実ではあるが、ふしぎな風格をもった人物であった。私の貧弱な才能をはやくから買って、「金子に及ぶものはあるまい」などと売り込むので、かえって反感をかうぐらいだった。私が、四面楚歌《しめんそか》になったときも、最後まで心配してくれた人たちの筆頭《ふでがしら》であった。三千代が懐妊して、三ヶ月になっていることを、いっしょに湯壺のなかに入りながら私が打ちあけると、「うちの梅枝がちゃんと見ぬいているので、それはわかっていたよ。それで、どうする？」とたずねた。「なるようにならせるよりほかはないとおもいますよ」と私が答えた。ううんと呻《うな》って、手拭《てぬぐい》を頭にのせ、杓子《ひしやく》で湯を、一杯、二杯とかけて黙り込んでしまったが、忘れた頃になって、「そうだね。なるようにきっとなることはまちがいないよ」と、なんのことだったかと、私を、どぎまぎさせた。私たちが昼のしたくをしているとき縁先に、鉢巻《はちまき》をした彼が、飄然《ひようぜん》として姿をあらわした。バットを一箱買おうとおもうが、銅貨が五枚しかないから、二枚貸してほしいということであった。朝七時に、たしかに七枚手ににぎって出て、川をわたってくる途中、石につまずく拍子に、七枚とも銅貨を川に落した。落した場所に見当をつけ、川上に石を積んで堰《せき》をつくり、川の流を止めて、いままでかかってさがし、五枚は見つけたが、あとの二枚がどうしてもさがしあたらないのだという。彼だけの別《べつ》誂《あつら》えの長閑《のどか》な日月でもあるものかと私も、彼女も、呆然《ぼうぜん》として彼を眺めていた。

最初の上海行

ほぼ一ヶ月ほど、碇ヶ関に滞在して、私たち二人は、なにかを待ちあわせてでもいるかのようであった。遂に、待ちあわせたそのなにかに待ちぼうけでも食わされたような、索然とした形容で、十和田湖《とわだこ》をまわって、東京へかえってきたのは、八月も末のことであった。八月のうちというのに、十和田は、肌すずしく、秋なかばの気配で、卯木《うつぎ》の花が咲きみだれ、訪れる人もない湖べりは波に洗われて、青く澄んだ水の底に、松葉のような藻と、赤腹に、黒の斑《ぶち》のあるいもりが脚をもがいて逆さになって沈んでゆくのとがみえた。口にする内容がどんな悩みであっても、青春の会話は、どこかたのしげだ。みすみす接吻《せっぷん》で解消するような諍いは、諍いということができない。ひどくきりつめた旅ではあったが、うつくしい自然は、豪華な招待宴のようなゆたかなあと味を心にのこした。それもふたりなればこそのことである。私はまだ、彼女についてはわずかしか知らなかったし、私のことも、うわつらを取り繕ってしか彼女に知らせてなかった。それですら充分すぎるくらいで、すっかり知りあうよりもずっとしあわせでいることができた。東京にかえってみると、残暑のきびしさは、これからであった。半月ぐらいは食いつなげる金がまだのこっていたが、それから後の生活費を工面しなければならない。だが、それよりもっと、頭のいたいことがのこっていた。

学校ははじまったが、すでに人目に立つからだの彼女を、寮にもどすわけにはゆかなかった。赤城元町の家の二階の八畳で、ずるずるにふたりの生活がはじまったが、後のことはお先まっくらで、見通しらしいものはなにも立っていなかった。陣羽織《じんばおり》にした呉絽服連《ごろふくれん》というゴリゴリした布の切っぱしがのこっていたのを衿《えり》にして、彼女は、コールテンで、南蛮屏風《なんばんびょうぶ》のポルトガル人が着ているような吊鐘《つりがね》マントをつくって、出っぱった腹をわからないようにして、私とつれ立って、通寺町《かよいてらまち》の映画館「文明館」や、肴町《さかなまち》の「柳水亭」、それからうなぎの寝床のような「牛込亭」など、近間《ちかま》の寄席あるきなどしたり、毘沙門《びしゃもん》の縁日のかぐら坂の人ごみをあるいたりした。上野の絵の展覧会がはじまったので、学校関係の人にみつかる危険があったが、押して出かけ、ついでに動物園にも廻った。雨あがりの坂道で、彼女が辷《すべ》って尻もちをついたので人目があつまった。おなかの子供は大丈夫かしらと、彼女はかえりの路々《みちみち》、心配した。子供が腹にいるというだけで、女はもうその子をいとしめるのだ。出がけに気にかかったことが杞憂《きゆう》ではなくて、二三日立つと、彼女の級友の津田綾子が、突然、赤城の家に訪ねてきた。動物園で彼女を見かけた同級のものが、私たちのあとをつけてこの家を突きとめ、かえって舎監の先生に報告したとのことであった。同級生の動静を見張って報告する密偵《よこめ》の役がいることも知った。津田という娘が三千代と親しいので、舎監が実否をただしによこしたというわけである。果して事実だったら、明日にでも先生じしんが訪ねてくるという。その時丁度《ちょうど》、義母が階下にきていて、こんなときに忠義立てして点をとろうとでもおもったのか、舎監との会合の場所を、新小川町のじぶんの家にするようにしきりとすすめるので、拒《ことわ》りきれず、津田綾子にそのことをつたえた。本人が出るよりも、義母の情夫の西村に任せた方がうまくゆくと、義母は言い張った。西村は、株やあがりで、縮緬《ちりめん》の長襦袢《ながじゅばん》の裾をびらしゃらさせて、舌の短い、甘ったれたような口で、口弁の達者な、銀ながしとでもいったふうな男だった。私は、心許《こころもと》なくはおもったが、じぶんが矢おもてに立つのはまずいとおもって、ともかく任せてみることにした。義母の家の二階での、舎監と株屋との対決は、まったく珍妙なものであった。株屋は、抱妓《かかえこ》の不始末を抱主《かかえぬし》にとりなすような調子でしゃべり立て、「そりゃ誰だって若いころはみんなおぼえのあることで、あいしだって、先生だって……」などとやり出して、えへらえへらと笑うので、舎監は、ただもうおどろいて、煙に巻かれてかえっていった。株屋は、追っ払ったことで私の心証をよくしたとおもって得意そうであったが、その結果は容易に測り知るべからずであった。当然、学校から三千代の郷里の親の方へ通知があって、処置を迫ることになるだろうから、こちらからもあらかじめ先に郷里に連絡をとって善処するより他はないので、その晩のうち彼女が、父宛てに至急便を出した。

彼女の父親の森幹三郎について簡単に述べておこう。父親は、郷里の神宮皇学館《じんぐうこうがくかん》を出て、現に、土地の中学校の国語教師をしていた。三千代は惣領娘《そうりようむすめ》で、弟の義文と、はる、ふさ、ちえ三人の妹がいる。三千代という名は父が、橘《たちばな》三千代をあやかるようにとつけた名前だそうだ。三つ、四つのときから、父親に就《つ》いて『大学』の素読《そどく》を習い、全部を暗記していた。小学、中学を通して、首席を一度もくだらなかった。その免状をごっそり、私はいまも保存している。むずかしい女高師の入学試験も、優秀な成績でパスした。伊勢人は長袖風で悠長なうえに、八九分までいって最後の一分の踏み込みが足りないなどと言う人もあるが、その伊勢人の目をさますような存在として、大きな前途を期待されていた。森の娘を知らないものはないほどだった。父親は、一本の晩酌と、娘自慢を生甲斐に生きている。それだけに、こんどの事件は、彼女としては知らせるのが死ぬようにつらいことだったにちがいない。しかし、一面からりとした性格の彼女は、そばで私がおもうほど、そのことについて愚痴らしいことはなにも言わなかった。手紙をみて郷里では仰天したらしく、すぐさま父親が上京するという電報が入った。ともかく酒責めにして盛りつぶし、四の五の言ってるひまもないようにして帰してしまおうと、私たちは相談をきめた。電報の来た翌日、父親は姿をあらわした。すこし面長で、口髭《くちひげ》を伸ばし、眼鏡をかけた父親は、なかなかおしゃれらしく、黒く染めた髪をコスメチックで固め、一糸みだれず七三に分けていた。また、女高師に出かけて、舎監頭の勲一等勅任官の北見女史に会って話しあいをせねばならないので、モーニングなど着込んでいた。じぶんの夢、娘のかけがえのない前途をめちゃめちゃにした私への仇敵《きゆうてき》のおもいを覚悟して私は、からだをちぢめていたが、とにかく、顔を合せなければ埒《らち》のあかないことであった。初対面は、妙に双方とも遠慮がちで、まるで脛《すね》にきずもつ同士が、そのきずにふれられるのを怖れてでもいるような案配式で、下をむいたり、眼がぶつかるといそいでそらしたりしていた。彼女は、台所で酒のしたくをしていた。坂下にある総菜のえびの天ぷらを私が買ってきた。十銭に三個という、その当時でも人がびっくりする安価であったが、父親は「うまい。さすが東京はちがったものじゃ」と舌鼓をうった。いい加減で私が階下に引きさがったあとで、彼女が酒のあいてをしながら、こまかい事情を話すことに手筈がきまっていた。私は、三畳の古巣に戻って、ぼろ布団を引きかぶっていた。夜更けになって、階下のコマ鼠父娘が食事をすませ、床のなかへ入ってしまった頃に、みしみしと彼女は下りてきて、私の黴臭い布団にもぐり込み、私のうえから羽交《はが》いじめにしながら、「すっかり話したわ。黙ってうなずいていたけど、御小言《おこごと》は出なかったわ。そして、最後になって、金子さんとは添うつもりか、もし、みこみがないとおもったら、子供は心配ない。こちらで引きとって育てることにして、別れるように話してやるって。やっぱり、おやじね」と言って、熱い息の唇を私の顔に押付けてきた。「それで、なんと言って答えたの」「別れないと返事をしたわ。それでよかったの?」彼女は、興奮で声をうわずらせていた。あくる日、父親は、おしゃれにながい時間をかけ、玄関で咳払《せきばら》いをしながら、教壇へでもあがる心得でおちつき払って女高師へ出ていった。序《ついで》に立寄りたいところも別にないのか、三時間も立つと戻ってきて、「話は、これですんだ。明日もう一度行って手つづきをしたらそれでしまいや」と、事もなげに言った。難物とおもっていた北見先生が案外わかりが早く、病気退学のようにはからって、普通退学を申し出れば必ず負担となる四ヶ年間の月謝も免除となるようにしてくれた。森三千代の身柄は、国元に帰ったことにして、医者の診断書二通を送れば、万事は片付くということであった。「あの娘は、頭が切れるし、女としては傑物だが、教育家には向かない。奔放な情熱家だから、もっと他の天地で、充分に羽翼をのばさせてやりたい。何十年娘たちを教育してきたが、勝手放題なことをしておきながら少しも悪びれないで、堂々とじぶんのしたことの正当さを主張して引きさがらないあんたの娘のようなのは始めてだと、北見さんは、言うておられた。お前が居《お》らんようになって、苦労が減ってほっとしたという顔つきやったが、三千代、お前いったい、なにをそんなに困らせたんや」言いながらも、娘に甘い父親は、得意そうだった。私は、夕食に父親を、神楽坂の「レストラン・尾沢」につれていったが、翌日の昼は、じぶん一人で出かけていって、よほど気に入ったのか、おなじものを註文《ちゆうもん》して食べてきた。学校ののこりの手続きは簡単にすんで、彼は、その日の夜行列車に、三日二晩の酒びたしのふらふらしたからだをのせてかえっていった。

式も、披露もぬきでふたりは夫婦生活にはいったが、その当時の所謂《いわゆる》インテリ仲間ではむしろ普通のことで、結婚式は、見合い結婚につきものぐらいに考えていた。子供のことでもなかったら私たちも、結婚届など出さなかったことだろう。世をしのんでくらす必要もこれでなくなったので、私たちは、はじめてほっとしたものの、こんどは、悔いてもかえらない別の大きな苦しみが私たちふたりにのこった。それは、彼女の前途に約束されていた栄達が、到達寸前で崩れ去った暗澹《あんたん》としたおもいと、それがみな、私のはだてたことからである負債の重たさとであった。私たちふたりは、日のあたる人生からかくれ廻って、うさんくさい裏通りや、しめっぽい溝板をふんであるかなければならなくなった、それが発端であった。

妊婦は、よごれた蠟涙《ろうるい》のようにあぶら染《じみ》をひろげる。淫蕩《いんとう》な日常だけが、いたみをしびれさせ、苦しみを忘れさせてくれるものだ。私たちは、健康なからだと、尻のくさったくだもののような精神とをもっていた。ふたりは、崖下の陽のささない二階で、日《ひ》益《ま》しに寒さにむかう日々を、昼も夜のごとく、いじけたからだを、互いの体温で蒸れ返らせながら、寝床のなかでくらしていた。訪ねて来る人も稀であった。訪ねてくる人があっても、寝たふりをして二階から下りてゆかないこともあった。挨拶もなくあがってくるものも、ふたりのありさまをみて、辟易《へきえき》してかえっていった。そんなふうにしてあわただしく、その年もくれた。

子供が生れたのは、あくる年（大正十四年）の二月二十七日であったが、牛込区役所には、三月一日で届出た。佐藤紅緑先生に、乾《けん》という名をつけてもらった。周易《しゅうえき》のことばからの命名である。一貫目を越える大きなあかん坊であった。うまれた子を、産院にはじめて見にいった。妊婦ばかりが五六十人も寝台を並べているなかから、一々顔をのぞいて彼女をさがしていった。やっとさがしあてた彼女は、およそ素直なものだけになった顔付で、微笑した。あかん坊はまだ、猩々《しょうじょう》の子に近かった。手にもった、あかん坊のために買ってきた風船の糸を、寝台に結びつけると、となりの寝台の付添いの人が、「まあ、風船。お母さまのお土産《みや》ですか」といって笑った、この年は春がおそく、街には、さむざむとした風が吹いていた。母子が産院から出てきて、赤城の八畳間におちついたとき、それはまるでながい旅路の果ての、どこかしらないがさびしい町の小駅に辿りつき、人気のない、がらんとした構内の待合いの椅子に、親子三人がからだをこすりつけあって、ふるえているといった図であった。これが、果してながい旅の終りなのか、別の新しい旅のはじまりなのか、そのいずれかわからない。出発にしては、喪失感がふかく、ぐったりと疲れているし、終りにしては、ふたりともまだ若く、しなければならないことや、したいことが、底火となってふすぼりつづけ、そのために落付かなかった。生計を立てることの自信のなさも、対人関係の不手際さも、不況がつづいて社会的不安の昂《たか》まってきた時代の生きづらい情勢と相俟《あいま》って、いよいよ私を安直なニヒルに追い込む傾向になった。そればかりではない。『こがね蟲』を書いて、新進詩人の筆頭になったお蚕《かいこ》ぐるみの詩人は、ブルジョア詩人として、既成詩壇と没落をともにする運命にあるもようであった。先年物故した詩集『吾歳《わがとし》の春』の北村初雄は、この凋落《ちょうらく》にあわずに去《い》ったしあわせものであった。犬吠岬《いぬぼうみさき》で溺死した三富朽葉《みとみきゅうよう》もそうであった。そんな私については、修辞だけで、内容《なかみ》のない、空虚な詩しかつくらない詩人であるというふうに大体おもわれていたらしい。民衆詩も、出水の量《かさ》のように退潮《ひきしお》になって、ひっくるめた既成詩壇も、筵旗《むしろばた》で騒いでいる新興のアナルシスト詩人たちも、詩人は一様に、箸にも、棒にもかからないものとして、ジャーナリズムから締め出されることになってしまっていた。彼女も私といっしょにいるうちに、だんだんそのあいだのいきさつがわかってきたらしい。郷里の女学校時代にマグダやノラの解放思想に唆《そその》かされ、旧《ふる》い殻を蹴散らして東京へ出てきた彼女には、人間を不幸にする夢が多すぎた。貧乏さえも、彼女のあくがれの一つだった。都会の貧乏には、いなかの貧乏にはない、『ラ・ボエーム』のぼろの天国があると、彼女は本気でおもっていたらしい。なる程、彼女は、私たちの『ラ・ボエーム』のなかに飛びこんできたが、あいにくそれは、痴漢のたまり場にすぎなかった。恥部をかくすように私は、仲間の連中を追い払って、裏返した畳のうえに彼女を招じ入れたというわけだ。じぶんの身辺を刷新したいという衝動は、恋愛感情にはつきものである。しかし、よそゆきなものは、だんだん箔《はく》が剝《は》がされてゆく。恋愛の殉情だけではつぎはぎしきれない貧乏の惨憺たる苦味を、彼女もこれから存分に味わねばならないことになるだろう。だろうではなく、もうそのときにさしかかっていた。生れてきた子供のためにも私は、うかうかしているわけにはゆかなかった。しかし、それまで本当に困った味をしらない私には、実人生に処する才覚が乏しいらしかった。

「君は、むこうから来たチャンスを、みすみす逃がしてるじゃないか」

京都でくらした少年時代からの友人で、佐佐木常右衛門《ささきつねえもん》の倅の茂索《もさく》が、見ていられずに忠告した。私が詩の原稿や、随筆をもって、新聞社や、雑誌社を、無駄足をしながら歩きまわっている噂《うわさ》をきいたからである。親戚の佐立忠雄《さたちただお》は「君。詩なんか止《よ》して小説を書きたまえ。小説なら、三上於菟吉《おときち》や、菊池寛《かん》のような駆出しでも、会社の社長裸足《はだし》の大金をとっているじゃないか」と、歯がゆそうに言った。彼は紅葉《こうよう》の弟子の柳川春葉《やながわしゅんよう》の妹婿であった。詩もどん詰《づま》りに来て切りひらく方途もつかず、本心では、それほどの未練もなく放棄してもいいとおもっていたが、それには、月給をくれる働き口でもなければ話にならなかった。

歌人の松村英一氏のお宅に出入りしていたので、窮状を察して、松村さんが、「君、翻訳の下請仕事のようなものをする気があるなら、安いけど」というので、前田晁《あきら》という外国史学者で、今日でいうアルバイトの周旋の元締《もとじめ》をしている人のところへつれていってくれた。雑司《ぞうし》ヶ谷《や》の近辺で、その頃、この辺には、作家、詩人がたくさん住んでいた。そのへんは、大きな樹木が多く、紅殻《べんがら》に芽ぶいた高い枝が、すこしの風当りにも、ざわざわと鳴りさわいだ。前田という仁《ひと》は、お店の番頭のように腰のひくい人で、玄関のあがり框《かまち》にペタリと坐ったまま、客と応対した。客は立って見おろすような恰好《かっこう》であった。時々立寄ってくれれば、そのうちになにかあるだろうという話だった。松村さんは、別に、神田の紅玉堂という出版屋を世話してくれた。主人は、前歯が出て、凶悪犯人の顔写真のような顔をしていたが、果《は》せるかな、吝嗇《りんしょく》で、狡猾《こうかつ》で、手に負えない男だった。悪の看板を出した悪人はいないというから、泣所《なきどころ》がわかれば、あつかいかたがあったのかもしれない。紅玉堂の泣所の一つは、松村さんだった。松村さんの口利きで、紅玉堂は、ともかくも私のへたな翻訳詩集『仏蘭西《フランス》名詩選』と、アルセーヌ・ルパンのなかの『虎の牙』を、黒部建彦の名で翻訳して出した。黒部建彦は、暁星《ぎようせい》中学校の同級生の黒部武彦の名を咄嗟《とつさ》におもいついたもので、偽名は、大《たい》ていなにかのひっかかりのある名を使うものだ。そんなあいだに私たちは、五年越し住みついた赤城の家を引払って、大森の不入斗《いりやまず》というところに家を借り、新しい生活をはじめた。屋根が、石油鑵《かん》の鉱力《ぶりき》をあつめて張った、二室しかない長屋の一軒で、家賃も八円という安値であったが、鉄《てつ》葉《よう》一枚を焼く真夏の太陽の熱気がじかにこもって、炮烙《ほうろく》のうえにでもいるようであった。仕事どころか、汗でうだりあがって、早速その近くの瓦屋根一軒建ての借家を借りて、そこに移った。格子戸になった門構えで、部屋も三室あった。家のまわりは空地で、背の高くない雑草がはびこっていた。ここへ来てからは、赤城時代の交際は次第に遠ざかり、福士一党の誰彼とも、疎遠になっていったが、その代りに、佐藤惣之助を中心とする川崎の連中との出入りがしげくなった。惣之助は、私たちのくらしぶりをながめて、見兼ねたとでもいったように「子供がいたんでは、二人共活動ができない。ここでみっちり勉強したり、仕事をしたりするためには、手足まといのない自由なからだになることが第一だ。子供の将来を考えても、君たちがえらくなるか、ならないかでは、大きな影響のちがいがある。当座はつらくても、一時手離して、里子《さとご》にでもやったほうがいいとおもう」と、懸案した。遂にそれに随《したが》って、川崎在の百姓家へ、二ヶ年の期限つきであずけることに話がきまった。人の好さそうな百姓のおばさんに乾をわたしてから、惣之助と私たち夫婦とは、川崎の町外れの貸席の二階の往来にむいた部屋のてすりに倚《よ》って、しばらく事の落着を眺めようということになった。一時間もたたないうちに、先刻のおばさんが泣噦《なきじやく》る子供を抱いて戻ってきて、いくらすかしても騙《だま》しても泣き通して、母親をたずねて泣き止まない。とてもこの子はあずかりきれないと言って、彼女に渡すと、子供はしがみついて来て、泣き嘰りながらはたりと泣き止んだ。彼女は、かりそめにも、子供を手放そうとしたことを後悔した。

紅玉堂の本は出たが、支払いの日が来ても金を払わなかった。事務所の方では、何度足をはこんでも埒があかないので、住居の方へ出かけてみた。紅玉堂夫婦は、事務所風な建物の二階のがらんとした部屋のなかに、戸棚がないのか、寝具《ねどこ》を簞笥とならべて積上げた前に、長火鉢を置いて、坐っていた。一時間くらいの押問答がつづいた。そばできいていた細君のほうがみていられなくなって、「せっかく、若先生が遠方から、再三足を運んでみえるんだから、払ってあげたらどうなんですレ」と言われて、反っ歯《そっぱ》の顔を壁のほうへむけて、自嘲するように嘯《うそぶ》いてから、この細君になにか逆らえないことでもあるのか——それも、彼の泣所かもしれなかったが、しぶしぶ、大きな蟇口《がまぐち》を出して、五十銭銀貨ばかりで、三十円を畳のうえにならべた。駆けずり廻った末、わずかな雑文稼ぎの稿料をつかんで、生計のたしにして秋口までは、平穏な日がつづいた。金が入った当分はどてらのふところへ子供を入れて、前の草っ原や、神社の境内を散歩した。子供は、私のふところのなかでよく眠った。「かんがるう先生」という綽名がついた。家のなかには、乳のにおいのする靉気《あいき》と、甘哀しい感傷がながれていた。それだけは、世のしあわせな夫婦とかわりがなかった。十四歳から家を離れて、寮生活しかしらない彼女は、世間の家庭のくらしぶりと比べるすべもないので、いつひっくり返るかわからない破れ舟のうえに、いじらしいほど満足して、身を任せ、馴れない炊事や拭き掃除、子供の世話で明けくれていた。これがそのままつづいたらおそろしいようなことだ。それこそ葛天氏《かつてんし》の民である。

子供が母乳をのみたがらなくなって、むりにのませても吐いてしまい、みるまに痩せしなびていった。医者に診てもらうと、乳脚気《ちがっけ》と診断して、母乳を止めて、粉乳に切りかえるようにということであった。彼女が急に心許ながり出して、伊勢の中学から長崎の東山学院へはるばる勤め先をかえた父親の許にその由を知らせてやると、早速、初孫をつれてみんなで来い。子供はあずかるという返事が来て、渡りに舟と家財をあずけ、有り金をかき集めて、横浜から三人が船に乗った。

東洋汽船の欧州航路の船は、食事のメニューがリュックスなことで、世界で知られていた。二十四品位の料理の献立を順に平《たい》らげて、下から上へもう一度食べてもいいのだと、惣之助からきいていた。少年時代から私は、美食に圧《おさ》えきれない関心をもっていた。寮生活に馴れた彼女は、食べものなどはなんでもよかった。私のところへ来るまで、支那《しな》料理も知らなかった。この船の食事の豪華さがそんな彼女をおどろかせた。彼女がおどろくことで私は、すっかり満足した。それは、愛情や好意の一つのあらわれかたであるとともに、生きることの励ましのてだてでもあった。無理算段をしてやっとつくった金を、一刻の散財で空《くう》にするような、そんなやりかたを、衣食足りた連中は、苦々しいことにおもい、日頃の窮乏は身から出た錆《さび》と非難するにちがいないが、たまにしか金の入ってこない者が、金を手にしたときの意趣晴らしにも似た蕩尽《とうじん》の快味を知らないからこその咎《とが》め立《だ》てである。贅沢《ぜいたく》の味におぼえのあるものは、猶更《なおさら》その欲望を圧えることがむずかしい。

長崎は石段の多い町だった。そのながい石段をいくつかのぼったところに十人町の森の家があり、そこからまたいくつか石段をあがると、フランス・カトリックの東山学院中学があった。さらにその道をのぼり降りしてゆくと大浦の天主堂に出た。森の家では、親子三人を心から歓迎してくれた。女学校へ通っているはる、ふさ、と小学生のちえと三人の娘の手から手へ、幼い甥は下にも置かず抱きとられて、めんくらっているようだった。子供は、誰にでも愛敬がよく、船のなかでも、西洋人のおばさんに笑みかけ、そのおばさんはナイス・ボーイといっては頰をつついてあやした。私は、子供の元気になるまで、当分長崎にあずかってもらうことにして、二人をのこして東京に帰った。一つ一つ駅を止ってゆく鈍行の三等車で、二昼夜かかって東京に着いた。必死に金をつくって、母子に送り、ゆたかにくらさせてやりたいとおもいながら、一人になると張りつめた気が緩んだ。遊び仲間の悪童たちは、私が結婚したことをよろこんでいない模様であることが、一所不住で友人のもとをわたりあるいているうちに、わかった。「金子君は、結婚する人ではないよ」と決定的なことを口にする先輩もあった。私の結婚に否定的な人たちに対して私がうとうとしくするので、しだいに離れていった。先に離反した連中の中傷も利いて、どっちかというと人に親しまれていた私は、ゆく先々でうって変ったよそよそしい待遇をうけるようになった。私に失望した連中は、私の詩についても、いちゃもんをつけるようになった。『こがね蟲』の詩人はもう通用しない時代になったというような、いつの時代にも詩人が口にする先物買《さきものがい》のいかれた極めつけかたをした。私じしんも、『こがね蟲』のゆきかたができなくなっていたので、他人のことばがいたくひびいた。それがいたくひびかないためには、こちらから文学をお返し申すことがいちばん早道だった。なまじ文学などにかかずらわったばっかりに、人間までが打ちのめされねばならない仕儀になったのが腹立たしかった。文学の席から下りようとする気持がしきりなのに、文学をぬいたら私になにものこらないという矛盾が私を苦しめた。妻が世間しらずで、客あつかいをしらないということも非難の一条件になった。あいだに入って調停するよりも、妻子を庇《かば》ってあいてを敵にするほうが、私の若い日の性格にはまっていた。こんなふうにして私は敵をふやし、心で敵ときめたものからは疚《やま》しさなしに不義理な借金をして、平気になるように努力した。私の生涯での四面楚歌の時代であった。連絡先だけつくっておいて私は、浅草の「若松屋」とか、上野の「井筒屋」とか、布団の襟にべっとりと、他人の汗垢《あせあか》のしみこんだのをかぶって寝る、市内の旅館を泊りあるいた。のこっていた掛幅や、骨董《こっとう》も、この時期にほとんど手ばなして、すこしまとまった金が手に入ると、二昼夜の道程を長崎まで往復した。そして、また、その歳も暮れ、子供は、粉乳のラクトーゲンをのんで、すっかり丈夫になった。正月には、紅緑先生の代筆をして、『毎日新聞』に正月随筆を書き、百円というたいまいな金を手にした。その金で、親子三人が付近の温泉、嬉野《うれしの》でからだをやすめることにした。うらぶれていた温泉宿のようにおもえたが、あるいは、私たちの心がうらぶれていたからなのかもしれない。汚れ紋付の平家琵琶《へいけびわ》の門付《かどづけ》などが立って、物哀しい調子《しらべ》をかなでたりするからかもしれない。二人で上海へ遊ぼうとおもい立ったのもその宿であった。長崎から上海は、連絡船でわずか一晩の航路だった。百円を半分のこして、船賃とし、滞在の費用をつくるために私は、東京へ戻った。大正十五年（この年の十二月に昭和元年と改められた）、西暦一九二六年、私が三十一歳、三千代が二十六歳であった。すべてが都合よくはこんで、予定した通りの金があつまり、そのうえ、谷崎潤一郎から、田漢《でんかん》、郭沫若《かくまつじやく》、謝六逸《しやろくいつ》、欧陽予倩《おうようよせん》、『大毎』の特派員村田孜郎《しろう》、内山完造、宮崎議平など、七通の紹介状をもらって、心づよい気持で旅立つことができた。

この旅は、私たち二人の長旅の前奏であり、あとに来る大きな旅の道すじをつくった、私たちにとって意義ふかい旅となるのである。

長崎から上海への連絡船は、長崎丸と上海丸が、交代して、休みなく行ったり来たりしている。このときの上海ゆきは、また、私にとって、ふさがれていた前面の壁が崩れて、ぽっかりと穴があき、外の風がどっとふきこんできたような、すばらしい解放感であった。狭いところへ迷いこんで身うごきがならなくなっていた日本での生活を、一夜の行程でも離れた場所から眺めて反省する余裕《ゆとり》をもつことができたことは、それからの私の人生の、表情を変えるほど大きな出来事である。青かった海のいろが、朝眼をさまして、洪水の濁流のような、黄濁いろに変って水平線まで盛りあがっているのを見たとき、咄嗟に私は、「遁《のが》れる路がない」とおもった。舷《ふなばた》に走ってゆく水の、鈍い光にうすく透くのを見送りながら、一瞬、白い腹を出した私の屍体がうかびあがって沈むのを見たような気がした。凡胎を脱するとでもいったぐあいに、それを見送っている私があとにのこった。上海はわずか二ヶ月ほどの滞在だったが、私たちのあいだで通用するのとは全く別なモラルがあることをそこで知った。一九一九年、最初の欧州旅行のときにも、上海に船がかりして上陸した筈だが、どういうわけだか、そのときの記憶は鮮明でない。上海の滞在は、私たちにとっての小さな祭りだった。谷崎の紹介状が懇切をきわめていたので、いたるところでおもいがけない便宜をはかってもらえた。なんの見どころもない、そのうえ因縁の浅い私を、彼がなぜ、そんなに厚遇してくれたのか今も猶理由がわからない。郭沫若には上海にいなくて会えなかったが、他の人たちとは、皆、会うことができた。村田孜郎は着いた日、私たちを四馬路に案内し、天蟾《てんせん》舞台の京劇をみせてくれた。内山完造はすぐ前の余慶坊の住居を用意してくれ、始終こまかい世話をやいてくれた。田漢とは、胸襟をひらいて語りあい、湖南の友人たちのパーティに再三誘ってくれた。銀の宮崎議平や、石炭の高岩勘二郎が私たちを援助して、蘇州、杭州、南京（蔣介石《しょうかいせき》の首都となる前の荒廃したままの金陵の地）を、せっかく来た序《ついで》というので見物させてくれた。江南はまだ、革命後の軍閥の五省の督軍孫伝芳《そんでんほう》の治下にあった。陰謀と阿片《あへん》と、売春の上海は、蒜《にんにく》と油と、煎薬と腐敗物と、人間の消耗のにおいがまざりあった、なんとも言えない体臭でむせかえり、また、その臭気の忘れられない魅惑が、人をとらえて離さないところであった。私たちは、日本へ帰ってからも、しばらくその祭気分から抜けられなかった。しかし、現実はむごたらしい。歓楽去った後の哀傷のように、東京の生活ががらくた市のように待っている。幸いなことは、子供がすっかり丈夫になったことであった。私たちは、子供と、この春女学校を出たばかりの二女はる子をつれて上京することになった。

(『どくろ杯』より「発端」・「恋愛と輪あそび」・「最初の上海行」)

金子《かねこ》光晴《みつはる》（一八九五～一九七五）

愛知県越治《こしじ》村（現・津島市）生まれ。名古屋、京都、東京で育つ。早稲田大学高等予科文科、東京美術学校（現・東京藝術大学）日本画科、慶應義塾大学文学部予科をすべて中退後、一九一九年に詩集『赤土の家』を上梓し、渡欧。帰国後の二三年に『こがね蟲《むし》』を刊行し注目される。詩人・小説家である妻・森三千代《みちよ》との東南アジア・欧州放浪の旅では画家・行商人として生活費を捻出し、この外遊から紀行『マレー蘭印紀行』、晩年の回想記『どくろ杯』『ねむれ巴里《パリ》』『西ひがし』が生まれた。帰国後は化粧品会社に籍を置き、体制批判的な詩を発表して反骨の象徴詩人と見なされた。五四年『人間の悲劇』で第五回読売文学賞（詩歌俳句賞）、七二年に小説『風流尸解《しかい》記』で第二二回芸術選奨文部大臣賞。他に詩集『落下傘』『蛾』『女たちへのエレジー』『IL』『若葉のうた』『愛情69』、自伝『詩人』など。晩年は『絶望の精神史』『日本人の悲劇』で日本近代史を批判的に論じ、また『人よ、寛《ゆる》やかなれ』などの随筆でも活躍した。弟は詩人・小説家の大鹿卓《おおしかたく》。

佐藤春夫

女誡扇綺譚《じょかいせんきたん》

佐藤春夫はどれを読んでもおもしろい。

ずいぶん大雑把な言いかただが、こんな印象を残す理由の一つは彼が手がけた仕事のジャンルが広く、そのすべてにおいて優れていたことだろう。小説だけでなく詩の腕だって一流であったことは、この全集の第二十九巻『近現代詩歌』に収めた彼の作を見ればわかる。

しかし、愛すべき佳品が無数にあるのに突出した大傑作がない。それを承知してか、本人がどこかで「私はありあまる才能をあたら鐚銭《びたせん》で撒《ま》き散《ち》らしてしまった」と嘆いていた。だが、その鐚銭がどれもいいのだ。

この『女誡扇綺譚』、台湾を舞台にした怪談であり、廃墟《はいきょ》と化した大きな屋敷が登場するゴシック・ロマンスである。タイトルは女の生きかたを指南した「女誡」の一節を書いた一本の扇による。

語り手は日本人の新聞記者、時代は大正なかば、場所は台南のはずれの廃れた港。作者は台湾と福建省に長い旅をして、その五年後にこの話を発表した。

女誡扇綺譚

一　赤嵌城趾《シャカンシャし》

クットウカン——字でかけば禿頭港《クットウカン》。すべて禿頭《クットウ》というのは、面白い言葉だが物事の行きづまりを意味する俗語だから、禿頭港《クットウカン》とはやがて安平港《アンピンカン》の最も奥の港ということであるらしい。台南市の西端《はず》れで安平《アンピン》の廃港に接するあたりではあるが、そうして名前だけの説明を聞けばなるほどと思うかも知れないが、その場所を事実目前に見た人は、むしろかえってそんなところに港《カン》と名づけているのを訝《いぶか》しく感ずるに違いない。それはただ低い湿っぽい蘆荻《ろてき》の多い泥沼に沿うた貧民窟みたようなところで、しかも海からはほとんど一里も距《へだた》っている。沼を埋め立てた塵塚《ちりづか》の臭いが暑さに蒸せ返って鼻をつく厭《いや》な場末で、そんなところに土着の台湾人のせせこましい家が、不行儀に、それもぎっしりと立並んでいる。土人街のなかでもここらは最も用もない辺なのだが、私はその日、友人の世外民《せいがいみん》に誘われるがままに、安平港《アンピンカン》の廃市を見物に行ってのかえり路《みち》を、世外民が参考のために持って来た台湾府古図の導くがままに、ひょっくりこんなところへ来ていた。

＊

人はよく荒廃の美を説く。又その概念だけなら私にもある。しかし私はまだそれを痛切に実感した事はなかった。安平《アンピン》へ行ってみて私はやっとそれが判《わか》りかかったような気がした。そこにはさまで古くないとは言え、さまざまの歴史がある。この島の主要な歴史と言えば、蘭人の壮図、鄭成功《ていせいこう》の雄志、新しくはまた劉永福《りゆうえいふく》の野望の末路も皆この一港市に関聯《かんれん》していると言っても差支《さしつかえ》ないのだが、私はここでそれを説こうとも思わないし、また好古家でかつ詩人たる世外民なら知らないこと、私には出来そうもない。私が安平《アンピン》で荒廃の美に打たれたというのは、又必ずしもその史的知識の為《た》めではないのである。だから誰でもいい、何も知らずにでもいい。ただ一度そこへ足を踏み込んでみさえすれば、そこの衰頽《すいたい》した市街はすぐに目に映る。そうしてもし心ある人ならば、そのなかから悽然《せいぜん》たる美を感じそうなものだと思うのである。

台南から四十分ほどの間を、土か石かになったつもりでトロッコで運ばれなければならない。坦々《たんたん》たるほとんど一直線の道の両側は、安平魚《アンピンヒイ》の養魚場なのだが、見た目には、田圃《たんぼ》ともつかず沼ともつかぬ。海であったものが埋まってしまった――というより埋まりつつあるのだが、古図によるともともと遠浅であったものと見えて、名所図絵式のこの地図に水牛に曳《ひ》かせた車の輞《たが》が半分以上も水に漬《つか》っているのは、このあたりの方角であろう。しかし今はたとい田圃のようではあっても陸地には違いない。そうしてそこの、変化もとりとめもない道をトロッコが滑走して行く。熱国のいつも青々として草いきれのする場所でありながら、荒野のような印象のせいか、思い出すと、草が枯れていたような気持さえする。これが安平《アンピン》の情調の序曲である。

トロッコの着いたところから、むかし和蘭《オランダ》人が築いたという TECASTLE ZEELANDIA 所謂《いわゆる》土人の赤嵌城《シャカンシャ》を目あてに歩いて行く道では、目につく家という家はことごとく荒れ果てたままの無住である。あまりふるくない以前に外国人が経営していた製糖会社の社宅であるが、その会社が解散すると同時に空屋になってしまった。いずれも立派な煉瓦《れんが》づくりの相当な構えの洋館で、ちょっとした前栽《せんざい》さえ型ばかりは残っている。しかし砂ばかりの土には雑草もあまり蔓《はびこ》ってはいない。その並び立った空屋の窓という窓のガラスは、子供たちがいたずらに投げた石の為めででもあろうか、破れて穴があいてないものはなく、その軒には巣でもつくっているのか驚くほどたくさんな雀《すずめ》が、黒く集合して喋《しゃべ》りつづけている。

私たちは試みにその一軒のなかへ這入《はい》ってみた。内にはこなごなに散《ちら》ばって光っているガラスの破片と壊れた窓枠とが塵埃に埋っているよりほかは何もなかった。しかし二階で人の話声がするので上って行ってみると、そこのベランダに乞食《こじき》ではないかと思えるような装いをした老人が、これでも使えるのだろうかと疑われるぼろぼろになった漁網をつくろっている傍に、この爺の孫ででもあるか、五つ六つの男の子がしきりにひとり言を喋りながら、手であたりの埃を掻《か》き集《あつ》めて遊んでいたらしいのが、我々の足音に驚いて闖入者《ちんにゅうしゃ》を見上げた。老漁夫も我々を怖れているような目つきをした。彼等はどこか近所の者であろうが、暑さをこの廃屋の二階に避けていたのであろう。ともかくもこれほど立派な廃屋が軒を連ねて立っている市街は、私にとっては空想も出来なかった事実である。（この二三年後に台湾の行政制度が変って台南の官衙《かんが》でも急に増員する必要が生じた時、これらの安平《アンピン》の廃屋を一時、官舎にしたらよかろうという説があったが、尤《もっと》もなことである。）

赤嵌城址《シャカンシャし》に登って見た。ただ名ばかりが残っているので、コンクリートで築かれた古い礎《いしずえ》のあとがあるとはいうけれども、どれがどれだかさすがの世外民もそれを知らなかった。今は税関倶楽部《くらぶ》の一部分になっている小高い丘の上である。私の友、世外民はその丘の上で例の古図を取ひろげながら、所謂安平《アンピン》港外の七鯤身《こんしん》のあとを指さし、また古書に見えているという鬼工奇絶と評せられる赤嵌城《シャカンシャ》の建築などについて詳しく説明をしてくれたものであるが、私は生憎《あいにく》と皆忘れてしまった。そうして私の驚いたこととというのは、むかし安平《アンピン》の内港と称したところのものは今は、全く埋没してしまっているのだというだけの事であった——全くあまり単純すぎた話ではあるが。事実、私は歴史なんてものにはてんで興味がないほど若かった。そうしてもし世外民の影響がなかったならば、安平《アンピン》などという愚にもつかないところへ来てみるような心掛さえなかったろう。そういう程度の私だから、同じような若い身空で世外民がしきりと過去を述べ立てて咏嘆《えいたん》めいた口をきくのを、さすがは支那《しな》人の血をうけた詩人は違ったものだ位にしか思っていなかったのである。そのような私ではあり、またいくら蘭人壮図の址《あと》と言ったところで、その古《いにしえ》を偲《しの》ぶよすがになるようなものとても見当らないのだから一向仕方がなかったけれども、それでもその丘の眺望そのものは人の情感を唆《そそ》らずにはいないものであった。単に景色としてみても私はあれほど荒涼たる自然がそう沢山あろうとは思わない。私にもし、エドガア・アラン・ポオの筆力があったとしたら、私は恐らく、この景を描き出して、彼の「アッシャ家の崩壊」の冒頭に対抗することが出来るろうに。

私の目の前に展《ひろ》がったのは一面の泥の海であった。黄ばんだ褐色をして、それがしかもせせっこましい波の穂を無数にあとからあとからと飜《ひるがえ》して来る、十重二十重《とえはたえ》という言葉はあるが、あのように重ねがさねに打ち返す浪《なみ》を描く言葉は我々の語彙にはないであろう。その浪は水平線までつづいて、それがみな一様に我々の立っている方向へ押寄せて来るのである。昔は赤嵌城《シャカンシャ》の真下まで海であったというが、今はこの丘からまだ二三丁も海浜がある。その遠さの為めに浪の音も聞えない程である。それほどに安平《アンピン》の外港も埋まってしまったけれども、しかしその無限に重なりつづく濁浪は生温い風と極度の遠浅の砂とに煽《あお》られて、今にも丘の脚下まで押寄せて来るように感ぜられる。その濁り切った浪の面には、熱帯の正午に近い太陽さえ、その光を反射させることが出来ないと見える。光のないこの奇怪な海——というよりも水の枯野原の真中に、無辺際に重《かさな》りつづく浪と間断なく闘いながら一葉の舢舨《サンパン》が、何を目的にか、ひたすらに沖へ沖へと急いでいる。

白く灼《や》けた真昼の下。光を全く吸い込んでしまっている海。水平線まで重なり重なる小さな浪頭。洪水を思わせるその色。飜翻《へんぽん》と漂うている小舟。激しい活動的な景色のなかに闃《げき》として何の物音もひびかない。時折にマラリヤ患者の息吹のように蒸れたのろい微風が動いて来る。それらすべてが一種内面的な風景を形成して、象徴めいて、悪夢のような不気味さをさえ私に与えたのである。いや、形容だけではない、この景色に接してから後、私は乱酔の後の日などに、ここによく似た殺風景な海浜を悪夢に見て怯《おびや》かされたことが二三度もあった。——このような海を私がしばらく見入っている間、世外民もまた私と同じような感銘を持ったかも知れない、——このよく喋る男もとうとう押黙ってしまっていた。私は目を低く垂れて思わず溜息を洩《も》らした。もっとも、多少は感慨のせいであったかも知れないが、大部分は炎天の暑さに喘《あえ》いだのである。今更だが、こういう暑さは蝙蝠《こうもり》傘《がさ》などのかげで防げるものではない。

「ウ、ウ、ウ、ウ――」

不意に微《かす》かに、たとえばこの景色全体が呻《うめ》くような音が響き渡った、見ると、水平線の上に一隻の蒸気船が黒く小さく、その煙筒や檣《ほばしら》などが僅《わずか》に鮮《あざや》かに見える程の遠さに浮んでいた。沿岸航路の船らしい。そうしてさっきから浪に揺れている舢舨《サンパン》はそれの艀《はしけ》で、間もなく本船の来ることを予想して急いでいたものらしい。

「あの蒸気はどこへ着くのだい」

私が世外民に尋ねると、我々の案内について来たトロッコ運搬夫が代って答えをした――

「もう着いている。今の汽笛は着いた合図です」

「あそこへか。――あんな遠くへか」

「そうです。あれより内へは来ません」

私はもう一《いっ》ぺん沖の方を念の為めに見てから呟《つぶや》いた――

「フム、これが港か！」

「そうだ！」世外民は私の声に応じた、「港だ。昔は、昔は台湾第一の港だ！」

「昔は……」私も思わず無意味に繰返《くりかえ》した。それが多少感動的でいやだったと気がついた時、私は軽く虚無的に言い直した、「昔は……か」

丘を下りて我々の出たところは、もと来た路ではなかった。ここは比較的旧《ふる》い町筋であると見えて、一《いっ》たいが古びていた。あたりの支那風の家屋はみんな貧しい漁夫などのものと見えて、あのベランダのある二階建の堂々たる空屋にくらべるまでもなく、小さくて哀れであった。そうしてもともと所謂鯤身たる出島の一つであったと見えて、地質も自《おのず》から変っていた。砂ではなくもっと軽い、歩く度に足もとからひどい塵が舞い立つ白茶《しらちゃ》けた土であった。ただ、来たときと一向変らない事は、そのあたりで私は全く人間のかげを見かけなかった事である。通筋の家々は必ずしも皆空屋でもないであろうのに、どこの門口にも出入する人はなく、また話声さえ洩れなかった。私たちが町を一巡した間に逢《あ》った人間というのはただあの廃屋のベランダにいた老漁夫と小児とだけである。行人に出逢うようなことなどは一度もなかった。深夜の街とてもこれほどに人気が絶えていることはないと言いたい。しかも眩《まぶ》しい太陽が照りつけているのだから、さびしさは一種別様の深さを帯びていた。我々は黙々と歩いた。不意にあたりの家並のどこかから、日ざかりのつれづれを慰めようとでもいうのか、絃《ヒエン》と呼ばれている胡弓《こきゅう》をならし出した者があった。

「月下の吹笛《すいてき》よりも更に悲しい」

詩人世外民は、早くも耳にとめて私にそう言うのであった。月下の吹笛を聯想《れんそう》するところに彼の例のマンネリズムとセンチメンタリズムとがあるが、でも彼の感じ方には賛成していい。

私たちは再び養魚場の土堤《どて》の路をトロッコで帰ったが、それの帰り着いたところ、台南市の西郊が、私のこれから言おうとする禿頭港《クッツトウカン》なのである。安平《アンピン》見物を完《まっと》うするためにこのあたりをも一巡しようと世外民が言い出した時、時刻が過ぎてしまってひどく空腹を覚えていながらも私が別に、もう沢山だと言はなかったところを見ても、私がこの半日のうちに安平《アンピン》に対して多少の興味を持つようになっていたことは判るだろう。

しかしトロッコから下りて一町とは歩かないうちに、私は禿頭港《クッツトウカン》などは蛇足だったと、思い始めたのである。ただ水溜《みずたまり》の多い、不潔な入組《いりく》んだ場末というより外《ほか》には、一向《いっこう》何の奇もありそうには見えなかった。

二　禿頭港《クツトウカン》の廃屋

道を左に折れると私たちはまた泥水のあるところへ出た。片側町で、路に沿うたところには石垣があって、その垣の向うから大きな榕樹《ようじゅ》が枝を路まで突き出していた。私たちはその樹《こ》かげへぐったりして立ちどまった。上衣を脱いで煙草《たばこ》へ火をつけて、さて改めてあたりを見まわすと、今出て来たこの路は、今までのせせっこましい貧民区よりはよほど町らしかった。現に私たちが背を倚《よ》せている石垣も古くこそはなっているけれども相当な家でなければ、このあたりでこれほどの石垣を外囲いにしたのはあまり見かけない。そう思ってあたりを見渡すと、この一廓《いっかく》は非常にふんだんに石を用いている。みな古色を帯びてそれ故《ゆえ》目立たないけれども、このあたりが今まで歩いて来たすべての場所とその気持が全く違って、汚いながらにも妙に裕《ゆた》かに感ぜられるというのも、どうやら石が沢山に用いてあることがその理由であるらしい。

この町筋――と云っても一町足らずで尽きてしまうが、この片側町の私たちの立っている方は、それぞれに石囲いをした五六軒の住宅であるが、その別の側、即《すなわ》ち私たちが向って立った前方は例によって悪臭を発する泥水である。黒い土の上には少しばかりの水が漂うていて、浅いところには泥を捏《こね》り歩きながら豚が五六疋《ひき》遊んでいるし、やや深そうなところには油のようなどろどろの水に波紋を画きながら家鴨《あひる》が群れて浮んでいる。この水溜の普通のものと違うところは、これは濠《ほり》の底に涸《か》れ残ったものであることとである。大きな切石がこの泥池のぐるりを御叮寧《ごていねい》に取囲んでいる。しかも巾《はば》は七八間《けん》もあり、長さはと言えばこの町全体に沿うている。深さは少くも十尺はある。この濠の向うには汀《みぎわ》からすぐに立った高い石囲がある。長い石垣のちょうど中ほどがすっかり瓦解してしまっている。いやことごとく崩れたのではないらしい。もともとその部分がわざと石垣をしてなかったらしい。その角であった一角がくずれたのに違いない。落ち崩れた石が幾塊か乱れ重なって、埋め残された角々を泥の中から現している。その大きな石と言い巨溝と言い、あたかも小規模な古城の廃墟を見るような感じである。いや、事実、城なのかも知れないのだ――崩れた石垣の向うのはずれに遠く、一本の龍眼肉《ゲンゲン》の大樹が黒いまでにまるく、青空へ枝を茂らせていて、そのかげに灰白色の高い建物があるのは、ごく小型でこそはあれ、どうしたって銃楼でなければならない。円い建物でその平な屋根のふちには規則正しい凹凸《おうとつ》をした砦《とりで》があり、その下にはまた真四角な銃眼窓がある。

「君!」

私は、またしても古図をひらいている世外民の肩をゆすぶって彼の注意を呼ぶと同時に、今発見したものを指さした――

「ね、何だろう、あれは?」

そう言って私は歩き出した、その小さな櫓《やぐら》の砦の方へ。――屋敷のなかには、気がつくとほかにも屋根が見える。それの長さで家は大きな構だということがわかる。その屋敷を私は見たいと思った。石囲いの崩れたところからきっと見えると思った。何でもいい、少しは変ったものを見つけなければ、禿頭港《クツトウカン》はあまり忌々《いまいま》しすぎる。

石垣のとぎれた前まで来ると、それを通して案の定、家がしかも的面《まとも》に見えた。いや、偶然にそうだったのではない。この家はそう見るような意嚮《いこう》によって造られていたのである。また石囲いの中絶しているのはやはりただ崩れ果てたのではなく、もとからそこが特にあけてあった跡がある。水門としてであろう。何故かというのに濠はずっとこの屋敷の庭の中まで喰入《くいい》っていて、崩れた石囲いの彼方もまた、正しい長方形の小さい濠である。十艘《そう》の舢舨《サンパン》を並べて繋《つな》ぐだけの広さは確《たしか》にある。そうしてその汀に下りるために、そこには正面に石段が三級ある。しかもその水は涸《かわ》き切ってしまって、露《あら》わな底から石段まではどう見ても七尺以上の高さがある。――もしこの石段にすれすれになるほど水があったならば、今は豚と家鴨との遊び場所であるこの大きな空しい濠も一面に水になるであろう。それにしてもこれ程の濠を庭園の内と外とに築いた家は、その正面からの外観は、三つの棟によって凹字形をしている。凸字形の濠に対して、それに沿うて建てられている。正面に長く展《ひろ》がった軒は五間《けん》もあり、またその左右に翼をなして切妻《きりづま》を見せている出屋《だしや》の屋根は各四間はあろう。それが総二階なのである。――いったいが小造りな平家《ひらや》を幾つも並べて建てる習慣のある支那住宅の原則から見て、これは甚だ大きな住居と言えるであろう。私はくたびれた足を休める意味でしゃがんだ序《ついで》に、土の上へこの家の見取図をかき、それから目分量で測った間数によって、この建物は延坪百五十坪は悠にあると計算した。いったい私は必要な是非ともしなければならない事に対してはこの上なくずぼらなくせに、無用なことにかけては妙に熱中する性癖が、その頃最もひどかった。

「何をしているんだい?」

世外民の声がして、彼は私のうしろに突立《つった》っていた。私は何故かいたずらを見つけられた小児のようにばつの悪いのを感じたので、立って土の上の図線を足で踏みにじりながら、

「何でもない……。――大きな家だね」

「そう。やっぱり廃屋だね」

彼から言われるまでもなく私もそれは看《み》て取《と》っていた。理由は何もないが、誰の目に見てもあまりに荒れ果てている。沢山の窓は残らずしまっているが、そうでないものは戸そのものがもう朽《く》ちて、なくなってしまったに相違ない。

「全く豪華な家だな。二階の亜字欄《あじらん》を見給《みたま》え。実に細かな細工だ。またあの壁をごらん。あの家は裸の煉瓦造りではないのだ。美しい色ですっかり化粧している。一帯に淡い紅色の漆喰《しっくい》で塗ってある。そのぐるりはまたくっきりと空色のほそい輪郭だろう。色が褪《あ》せて白っちゃけてしまっているところが、かえって夢幻的ではないか。走馬楼《ツアウベロウ》の軒下の雨に打たれないあたりには、まだ色彩がほんのりと残っている」

私が延坪を考えている間に、同じ家について世外民には彼の観方があったのだ。彼の注意によって私はもう一ぺん仔細《しさい》に眺め出した。なるほど、二階の走馬楼《ツアウベロウ》――ベランダの奥の壁には、淡いながらに鮮かな色がしっとり、時代を帯びていた。事実この廃屋は見ているほど、その隅々から素晴らしい豪華が滾々《こんこん》と湧き出して来るのを感じた。たとえばその礎である。普通土間のなかに住んでいる支那人の家は、その礎は一般にごく低い。地面よりただ一足だけ高くつくられている。それだのに今我々の目の前にあるこの廃屋の礎は、高さ三尺ぐらいはあり、やはり見事に揃《そろ》った切石で積み畳んであった。もっと注意すると、水門の突当りにあたる場所には、その汀に三級の石段があることはもう知っているが、その奥の家の高い礎にもやはり二三級の石段がある。その間口二間ほどの石段の両側に、二本の円柱があって、それが二階の走馬楼《ツアウベロウ》を支えているのだが、この円柱は、……どうも少し遠すぎてはっきりとはわからないけれども、普通の外の柱よりも壮麗である。上の方には何やらごちゃごちゃと彫刻でもしてあるらしい。その根元にあたるあたり、地上にはやはり石の細工で出来た大きな水盤らしいのが、左右相対《シンメトリイ》をして据えつけてある。――これらの事物がこの正面を特別に堂々たるものにしているのが私の注意を惹《ひ》いた。私には、そこがこの家の玄関口ではないかと思われて来た。

そこで私は自分の疑問を世外民に話した――

「このうちは、君、ここが正面、――玄関だろうかね」

「そうだろうよ」

「濠の方に向いて？」

「濠？　――この港へ面してね」

世外民の「港」という一言が自分をハッと思わせた。そうして私は口のなかで禿頭港《クットウカン》と呼んでみた。私は禿頭港《クットウカン》を見に来ていながら、ここが港であったことは、いつの間にやらつい忘却していたのである。一つには私は、この目の前の数奇な廃屋に見とれていたのと、もう一つにはあたりの変遷にどこにも海のような、港のような名残を捜し出すことが出来なかったからである。この点においては世外民は、殊《こと》に私とは異っている。彼はこの港と興亡を共にした種族でこの土地にとっては私のような無関心者《ストレンジャア》ではなく、またそんな理窟よりも彼は今のさっき古図を披《ひら》いてしみじみと見入っているうちに、このあたりの往時の有様を脳裡《のうり》に描いていたのであろう。「港」の一語は私に対して一種霊感的なものであった。今まで死んでいたこの廃屋がやっと霊を得たのを私は感じた。泥水の濠ではないのだ。この廃渠《はいきよ》こそむかし、朝夕の満潮があの石段をひたひたと浸した。走馬楼《ツアウベロウ》はきらかに波の光る港に面して展かれてあった。そうして海を玄関にしてこの家は在ったのか。

――してみれば、何をする家だかは知らないけれども、この家こそ盛時の安平《アンピン》の絶好な片身《かたみ》ではなかったか。私この家の大きさと古さと美しさとだけを見て、その意味を今まで全く気づかずにいたのだ。

今まで気づかなかっただけに、私の興味と好奇とが相縺《あいもつ》れて一時に昂《たかま》った。

「這入《はい》ってみようじゃないか。――誰も住んではいないのだろう」私は息込んでそう言ったものの、濠を距てまた高い石囲いを繞《めぐら》しているこの屋敷へはどこから這入れるのだか、ちょっと見当がつかなかった――道ばたの廃屋なら、さっき安平《アンピン》でやったようについ、つかつかと入り込んでみたいのだが。後に考え合せた事だが、入口がすぐにわからないというこの同じ理由が、この廃屋を、その情趣の上でも事実の上でも、陰気な別天地として保存するのに有力であったのであろう。

その家のなかへ這入ってみたいという考えが、世外民に同感でない筈《はず》はない。世外民はきょろきょろとあたりを見廻していたが、我々が背をよせて立っていた石囲いの奥に、家の日かげに台湾人の老婆《ろうば》がひとり、棕櫚《しゅろ》の葉の団扇《うちわ》に風を求めて小さな木の椅子に腰かけているのを彼は見つけた。彼はすぐにそこへ歩いて行って、何か話をしていた。向側の廃屋を指ざしたりしている様子で、そのふたりの対話の題目はおのずと知れる。

世外民はすぐに私の方へ帰って来た。「わかったよ、君。あの道を行って」彼は言いながら濠のわきにある道を指さして「向うに裏門があるそうだ。少し入組んでいるようだが、行けば解《わか》るとさ。――やっぱり廃屋だ。もう永いこと誰も住んでいないそうだ。もとは沈という台湾南部では第一の富豪の邸だったのだそうだ。立派な筈さ」

話しながら私たちはその裏門を捜した。世外民が不確な聴き方をして来ていたので、私たちはちっとまごついた。こせこせした家の間へ入り込んでしまった。尋ねようにもあたりに人は見当らなかった。このあたりは割に繁華なところらしいのだが、人気《ひとけ》のないのは、今が午後二時頃の日盛りで、彼等の風習でこの時刻には大抵《たいてい》の人間が午睡《ごすい》を貪《むさぼ》っているのである。私たちは仕方なしにいい加減に歩いたが、もともと近いところまで来ていた事ではあり、また目ざす家は聳《そび》えていたから自《おのず》とわかった。ただ、その家はあの濠のあちらから見た時には、ただ一つの高楼であったが、裏へ来て見ると、その楼の後には低い屋根が二三重もつながっていた。所謂《いわゆる》五落の家というのはこんなのであろうが、大家族の住居だということが一層はっきりすると同時に、あの正面の二階建が主要な部屋だということは更に確かだ。私たちは他の場所よりも、あの走馬楼《ツアウベロウ》のある二階や円柱のあった玄関が第一に見たかった。それ故、私たちは裏門を入るとすぐに、低い建物はその外側を廻《まわ》って、表へ出た。

円柱はやはり石造りであった。遠くから、上部にごちゃごちゃあると見たものは果して彫刻で、二本の柱ともそこに纏《まつわ》っている龍を形取ったものであったが、一つは上に昇っていたし、一つは下に降りようとしていた。雨に打たれない部分の凹みのあたりには、それを彩った朱や金が黒みながらもくっきりと残っていた。割合から言って模様の部分が多すぎて、全体として柱が低く感ぜられたし、また家の他の部分にくらべて多少古風で荘重すぎるように私は感じた。しかし私と世外民とは、この二つの柱をてんでに撫《な》でて見ながら、この家が遠見よりも、ここに来て見れば近まさりして贅沢《ぜいたく》なのを知った、細部が自《おのず》と目についたからである。もっとも、もし私に真の美術的見識があったならば、たかが植民地の暴富者の似而非《えせ》趣味を嘲笑《あざわら》ったかも知れないが、それにしても、風雨に曝《さら》されて物毎にさびれている事が厭味と野卑とを救い、それにやっとその一部分だけが残されてあるということはかえって人に空想の自由をも与えたし、また哀れむべきさまざまな不調和を見出すより前にただその異国情緒をまず喜ぶということもあり得る。いわんや、私は美的鑑識にかけては単なるイカモノ喰いなことは自ら心得ている。

細長い石を網代《あじろ》に組み並べた床の縁は巾四尺ぐらい、その上が二階の走馬楼《ツアウベロウ》である。私たちはそこへ上ってみたいのだ。観音開きになった玄関の木扉は、一枚はもう毀《こわ》れて外れてしまっていた。残っている扉に手をかけて、私は部屋のなかを覗《のぞ》いた。——二階へ上る階段がどこにあるだろうかと思って。支那家屋に住み慣れている世外民には大たいの見当が判ると見えて、彼はすぐずかずかと二三歩広間のなかへ歩み込んだ。

「××××、××××！」

不意にその時、二階から声がした。低いが透きとおるような声であった。誰も居ないと思っていた折から、ことにそれが私のそこに這入ろうとする瞬間であっただけに、その呼吸が私をひどく不意打した。ことに私には判らない言葉で、だから鳥の叫ぶような声に思えたのは一層へんであった。思いがけなかったのは、しかし、私ひとりではない。世外民も踏み込んだ足をぴたと留めて、疑うように二階の方を見上げた。それから彼は答えるが如くまた、問うが如《ごと》く叫んだ——

「××⁉」

「××⁉」

——世外民の声は、広間のなかで反響して鳴った。世外民と私とは互に顔を見合せながら再び二階からの声を待ったけれども、声はそれっきり、もう何もなかった。世外民は足音を窃《ぬす》んで私のところへ出て来た。

「二階から何か言ったろう」

「うん」

「人が住んでいるんだね」

私たちは声をしのばせてこれだけの事を言うと、入ってくる時とは大へん変った歩調で——つまり遠慮がちに、黙って裏門から出た。しばらく沈黙したが出てしまってからやっと私は言った、

「女の声だったね。いったい何を言ったのだい？　はっきり聞えたのに何だかわからなかった」

「そうだろう。あれゃ泉州人《ツエンチャオナン》の言葉だものね」

普通に、この島で全く広く用いられるのは廈門《エイムン》の言葉で、それならば私も三年ここにいる間に多少覚えていた——もっとも今は大部分忘れたが。泉州《ツエンチャオ》の言葉は無論私に解ろう筈はなかったのである。

「で、何と言ったの——泉州言葉で」

「さ、僕にもはっきり解らないが。『どうしたの？　なぜもっと早くいらっしゃらない。……』——と、何だか……」

「へえ？　そんな事かい。で、君は何と言ったの」

「いや、わからないから、もう一度聞き返しただけだ」

私たちはきょとんとしたまま、疲労と不審と空腹とをごっちゃに感じながら、自然の筋道として再び先刻の濠に沿うた道に出て来た。ふと先方を見渡すと、自分たちが先刻そこから始めてあの廃屋を注視したその同じ場所に、老婆がひとり立って、じっと我々がしたと同じように濠を越してあの廃屋をもの珍しげに見入っているのであった。それが、近づくに従って、今のさっき世外民に裏

門への道を教えた同じ老婆だということが分った。

「お婆さん」その前まで来た時に世外民は無愛想に呼びかけた「噓《うそ》を教えてくれましたね」

「道はわかりませんでしたか」

「いいや。――でも、人が住んでいるじゃありませんか」

「人が？　へえ？　どんな人が？　見ましたか？」

この老婆は、我々も意外に思うほど熱心な目つきで私たちの返事を待つらしい。

「見やしませんよ。這入って行こうとしたら二階から声をかけられたのさ」

「どんな声？　女ですか？」

「女だよ」

「泉州言葉で？」

「そうだ！　どうして？」

「まあ！　何と言ったのです⁉」

「よくわからないのだが、『なぜもっと早く来ないのだ？』と言ったと思うのです」

「本当ですか？　本当ですか！　本当に、貴方《あなた》がた、お聞きになったのですか！　泉州言葉で、『なぜもっと早く来ないのだ』って⁉」

「おお！」

台湾人の古い人には男にも女にも、欧洲人などと同じく演劇的な誇張の巧みな表情術がある。その老婆は今それを見せているが、彼女のそれはただの身振りではなく真情が溢《あふ》れ出《で》ている。恐怖に似た目つきになり、気のせいか顔色まで青くなった。この突然な変化がむしろ私たちの方を不気味にした位である。彼女はその感動が少し鎮まるのを待ちでもするように沈黙して、しかし私たちに注いだ凝視をつづけながら、最後に言った――

「早く縁喜《えんぎ》直しをしておいでなさい。――貴方がたは、貴方がたは死霊の声を聞いたのです!」

三 戦慄

老婆は改めてやっと語り出した、初めはひとり言めいた口調で……

「……そういう噂《うわさ》は長いこと聞いてはいました。けれどもその声を本当に、自分が本当に聞いたという人を――貴方がたのような人を見るのは始めてです。若い男の人たちは、いったいそこへ近づいてはいけなかったのです。貴方がたは最初、私にその裏口をおききになった時に、私はほんとうはお留めしたいと思ったのですが、それには長い話がいるし、また昔ものが何をいうかとお笑いになると思ったものですから……。それに今はもう月日も経《た》ったことではあり、私もまさかそんなことがあろうと信じなかったものだから……。でも、私は何か悪い事が起らねばいいと気がかりになって、実は貴方がたの様子をこちらから見守っていたところです。――あれは昔から幽霊屋敷だというので、この辺では誰も近づく人のなかったところなのです。――ごらんなさい。あそこの大きな龍眼肉《ゲンゲン》の樹には見事な実が鈴生《すずな》りにみのるのですが、それだって採りに行く人もない程です……」

彼女は向うに見える大樹を指さし、自《おのず》とその下の銃楼が目についたのであろう――

「昔はあの家は、海賊が覘《ねら》って来るというので、あの櫓の上に毎晩鉄砲をもった不寝番が立った程の金持でした。北方の林に対抗して南方の沈と言えば、誰ひとり知らぬ人はなかったのです。いいえ、まだつい六十年になるかならぬかぐらいの事です。大きな戎克《ジャンク》船を五十艘《そう》も持って、泉州《ツエンチャオ》や漳《チン》州《チャオ》や福州《フウツアオ》はもとより広東《カントン》の方まで取引をしたという大商人で船問屋を兼ねていました。『安平港《アンピンカン》の沈か、沈の安平港《アンピンカン》か』とみんな唄ったものです。――御存じのとおりそのころの安平港《アンピンカン》はまだ立派な港で、そのなかでも禿頭港《クットウカン》と言えば安平《アンピン》と台南の市街とのつづくところで、港内でも第一の船着きでした。これほど賑《にぎ》やかなところは台南にもなかった程だといいます。――沈は本当に安平港《アンピンカン》の主《ぬし》だったと見える。――沈家が没落すると一緒に、安平港《アンピンカン》は急に火が消えたようになりました。沈のいない安平港《アンピンカン》へは用がないと言って来なくなった船が沢山あるそうです。それに海はだんだん浅くなるばかりで、しかもいつの間にか気がついた頃にはすっかり埋まっていたのですよ。この急な変り方までが、まるで沈家にそっくりだと、今もよくみんなして年寄りたちは話し合いますよ。……沈の家ですか？　それがまた不思議なほど急に、一度に、ただの一夏の、しかも只《ただ》の一晩のうちに急に没落したのです。百万長者が目を開けて見ると乞食になっていたのです。夢でもこうは急に変るまい。他人事ながら考えれば人間が味気なくなる――と、家の父は、この話が出るとよくそう言いました。何でも沈の家ではその時、盛りの絶頂だったのです。今の普請もついその三四年前に出来上ったばかりで、その普請がまた大したもので、石でも木でもみんな漳州《チンチャオ》や泉州《ツエンチャオ》から運んだので、五十艘の持船がみんな、その為めに二度ずつ、そればかりに通うたという程ですよ。それというのも沈家には、この子の為めなら、双親とも目がないという可愛い、ひとり娘があって、それの聟《むこ》取りの用意にこんな大がかりな普請をしたものだそうです。それに美しい娘だったそうです――私が見た時には、もう四十ぐらいになってもいたし、落《おち》ぶれてへんになってはいましたが、それでもそう聞けばなるほどと思うようなところはありました。……」

「そんなにまた、急に、どうして沈の家が没落したのです？」世外民は、性急に話の重大な点をとらえてたずねた。

「ごめんなさい。私は年寄で話が下手で」――聞いているうちに解って来たが、この老婆は上品な中流の老婦人であった「怖ろしい海の颶風《はやて》だったのです。陸でも崩れた家が沢山あったそうです。それはそうでしょう。――ごらんなさい、あの沈の家の水門の石垣でさえあの角が吹き崩されたのだそうです。そうしてそれを直すことさえもう出来なかったので、今もそのままに残っているのですが、夜が明けてみてその石垣――そのころはまだ築いたばかりの新しい石垣の、あんな大きな石が崩れ落ちているのを見て、沈の主人は心配そうにそれを見ていたそうです。運の悪い事に、その晩、宵のうちは静かな満月の夜でもあったそうだし、沈の五十艘の船はみんな海に出ていたのだそうです。沈の主人は――五十位の人だったそうですが、崩れた石垣を見るにつけても、海に出ていた持船が心配だったのでしょう。船の便りは容易に知れなかったそうですが、五日立っても十日立っても帰る船はなかったそうです。ただ人間だけが、それも船出した時の十分の一ぐらいの人数がぼつぼつと病《や》み呆《ほう》けて帰って来て、それぞれに難船の話を伝えただけでした。無事に帰った船は只の一艘もなかったそうです。もっとも、人の噂では、港にいて颶風に出会わなかった船も三艘や五艘はあったに相違ないが、友船が本当に難船したことから悪企《わるだく》みを思いついて、自分達の船も難船して自分は死んだような顔をして、船も荷物も横領したまま遠くへ行ってしまって帰って来なかったものも、どうやらあるらしいと言います。現にどことかの誰は広東《カントン》で、死んだ筈の何の某に逢《あ》ったの、名前と色どりとこそ変っていたが沈の船の『躑躅《てきちょく》』とそっくりのものを廈門《エイムン》で見かけたなどと、言う人もあったそうです。何にしても一杯に荷物を積み込んだ大船が五十艘帰って来なかったのです。その騒ぎはどんなだったか判るではありませんか。なかには沈自身の荷物ではないものも半分以上あって、荷主は、みんな沈の家へ申し合せて押《おし》かけて、その償いを持って帰ったそうです。普請や娘の支度《したく》などで金を費ったあとではあり、それに派手な人で商いも大きかっただけに、手許《てもと》には案外、金も銀も少かったと言います。人の心というものは怖ろしいもので、こうなってしまうと、取るものは残らず取立てても、払って貰《もら》えるべきものは何も取れない。それにばかりかほとんど日どりまで定っていた娘の養子は断って来たそうです。もともと金持の沈と縁組をする筈で貧乏人の沈と縁を結ぶつもりではなかったからでしょう。……おお、あそこに、いい日蔭《ひかげ》が出来ました。あそこへ行ってまあ腰でもお掛けなさい」

老婆は、ちょうど前栽に一本だけあった榕樹《ようじゅ》が、少し西に傾いた日ざしによってやや広い影を造ったのを見つけて、そう言いながら自分がさきに立って小さな足でよちよちと歩いた。今まで別に気がつかずにいたが、この老婆の家というのも大したことはないが一とおりの家で、昔の繁華の地に残っているだけの事はあった。

樹かげで老婆は更に話しつづけた。彼女はよほど話好きと見えて、また上手でもある。ただ小さい声で早口で、それが私にとっては外国語だけに聴きとりにくい場合や、判らない言葉などもある。私は後に世外民にも改めて聞き返したりしたが、更に老婆の説きつづけたことは次のようである

――

前述のような具合で沈の家が没落し出すと、それが緒《いとぐち》で主人の沈は病気になりそれが間もなく死ぬと同時に、縁談の破れたことを悲しんでいた娘は重なる新しい歎きのために鬱々としていた挙句《あげく》、

とうとう狂気してしまう。その娘を不憫《ふびん》に思っているうちにその母親も病気で死んでしまう。全く、作り話のように、不運は鎖になってつづいた。

いったいこの沈という家について世間ではいろいろなことを言う。

＊

その四代ほど前というのは、何でも泉州《ツエンチャオ》から台湾中部の胡蘆屯《コロトン》の附近へ来た人で、もともと多少の資産はあったそうだが、一代のうちにそれほどの大富豪になったについては、何かにつけて随分と非常なやり口があったらしい。虚構か事実かは知らないけれどもこんなことを言う——例えば、ある時の如き隣接した四辺の田畑の境界標を、その収穫が近づいたころを見計って、夜のうちに出来るだけ四方へ遠くまで動かして置く。その石標を抱いて手下の男が幾人も一晩のうちに建てなして置くのだ。次の日になると平気な顔をして、その他人の田畑を非常な多人数で一時に刈入れにかかった。所有者達が驚いて抗議をすると、その石標を楯に逆に公事《くじ》を起した。その前にはずっと以前から、その道の役人とは十分結託していたから、彼の公事は負《まけ》る筈はなかった。彼は悪い役人に扶《たす》けられまた扶けて、台湾の中部の広い土地は数年のうちに彼のものになり、そこのどの役人達だって彼の頤《おとがい》の動くままに動かなければならないようになった、悪い国を一つこしらえた程の勢であった。いったいこの頃、沈は兄弟でそんなことをしていたのだが、兄の方は鹿港《ロッカン》の役所で役人と口論の末に、役人を斬ろうとしてかえって殺されてしまった。これだっても、どうやら弟の沈が仕組んで兄を殺させたのだという噂さえある程で、兄弟のうちでも弟の方に一層悪声がある。実際、兄の方はいくらかはよかったらしい。ある時、彼等のいつもの策で、隣の畑へ犂《すき》を入れようとしたのだ。その時にはその畑に持主が這入っているのを眼の前に見ながら最も図太くやりだしたのだ。というのはその畑の持主というのは七十程の寡婦だった。だから、何の怖れることもなかったのだ。しかし第一の犂をその畑に入れようとすると、場にあったこの年とった女は、急に走って来て、その犂の前の地面へ小さな体を投げ出した。――

「助けて下さい。これは私の命なのです。私の夫と息子とがむかし汗を流した土地です。今は私がこうして少しばかりの自分の食い代を作り出す土地です。――この土地を取り上げる程なら、この老《おい》ぼれの命をとって下さい！」

沈の手下に働くだけに悪い者どもばかりではあったけれども、さすがに犂をとめたまま、土をさえ突こうとする者もなかった。男どもは帰ってこの事を兄の沈に話すと、彼は苦笑をして「仕方がない」と答えたそうだ。弟の沈はその時は何も知らなかった。しかし、その後二三日して畑を見廻りに来て、馬上から見渡すと彼等の畑のなかにひどく荒れているところがあるので作男どもを叱った。するとそれが例の寡婦の畑だと判って、始めてその事情を聞いた。なるほど、今もひとり老ぼれの婆さんがそこにいるのを見ると、彼は馬を進めた。そうして近くに働いていた自分の作男に、言った――

「犂を持って来い。」

主人の気質を知っているから作男は拒むことが出来なかった。主人は再び言った――

「ここの荒れている畑へ、犂を入れろ。こら！　いつもいう通り、おれは自分の地所の近所に手のとどかない畑があるのは、気に入らないのだ」

老寡婦はこの前と同じ方法を取って哀願した。作男が主人の命令とこの命懸けの懇願との板挟み

り動こうとはしなかった。

「婆さん。さあ退《の》いた。畑というものは荒して置くものじゃない」

そう言いながら、大きな犂を引いている水牛の尻に鞭《むち》をかざした。婆さんは沈の顔を見上げたきり動こうとはしなかった。

「本当に死にたいんだな。もう死んでもいい年だ」

言ったかと思うと、ふり上げていた鞭を強《したた》かに水牛の尻に当てた。水牛が急に歩き出した。無論、婆さんは轢殺《ひきころ》された。

「さあぐずぐずせずに、あとを早くやれ――。こんな老ぼれのために広い地面を遊ばして置いてなるものか」

いつもと大して変らない声でそう言いながら、この男は馬に乗って帰ってしまった。これほどの男だからこそ、その兄があんな死に方をした時にも、世間では弟の穽《わな》に落ちたのだと言って、でも自分の手に懸けないだけがまだしも兄弟の情だ、などと噂したそうである。何にしても、兄が死んでしまってから弟がその管理を一切ひとりでやった。その後、その家は一層栄えるし、彼は七十近くまで生きていて――悪い事をしても報いはないものかと思うような生涯を終る時に、彼は一つの遺言をしたのだ。その遺言は甚だ注意すべきものである。

「今から後、三十年経ったら我々の家族は、田地をすっかり売り払ってしまわなきゃならない。それから南部の安平《アンピン》へ行ってそこで船を持って本国の対岸地方と商売をするのだ」

その理由を尋ねようと思うともう昏睡《こんすい》してしまっていた。しかし子供はその遺言を守って、安平《アンピン》の禿頭港《クットウカン》へ出て来たのだと言う。――この遺言の話はやっぱり沈の一族からずっと後に洩れたというので皆知っていたが、あの一晩の颶風《はやて》が基で、それこそ颶風のように沈家に吹き寄せた不幸の折から、世間の人々は沈家の祖先の遺言から、またその祖先のした悪行をさまざまに思い出して、因果は応報でさすがに天上聖母は沈の持船を守らない。——あの遺言こそまるで子孫に今日の天罰を受けさせようと思って、老寡婦の死霊が臨終の仇敵に乗り移ったのだとか、あの颶風はその老寡婦が犂で殺されてから何十何年目の祥月命日《しょうつきめいにち》であるとか、人々は沈家の悲運を同情しながらもそんなことを噂した。何にしても、大きな不運の後であとからあとから一時に皆、死に絶えてしまって、遺った人というのは年若い娘ひとりで、それさえ気が狂って生きていた。

祖先にたといどんな噂があろうとも、こうして生きている繊弱《かよわ》い女をほって置くわけにはいかないというので、近隣の人々は、いつも食事くらいは運んでやった。それが永い間絶えなかったというのも、いわば金持の余徳とも言えよう。というのは食事を運んでやる人たちは、その都度《つど》何かしら、その家のそこらに飾ってある品物の手軽なものを、一つ二つずつこっそりと持って来る者があるらしかった。部屋にあったものは自《おのず》と少くなり、そうなると近隣でも相当な家の人達はもうそこへ行かなくなった——他人のものを少しずつ掠《かす》めてくるような人たちの一人と思われたくないと思って、自と控えるようになったのである。その代りにはまた、厚かましい人があって、当然のような顔をして品物を持って来てそれを売払ったりするような人も出て来た。下さいと言って頼むと気の違っている人は、極《ご》く大様《おおよう》にくれるということであった。——「さあ、お祝いに何なりと持っておいで」高価なものをそういう風に奪われて、やっぱりあの家では昔の年貢を今収めているのだよなどと、口さがない人々は言った。

どういう風に、娘は気が違っているのかというのに、娘は刻々に人の——恐らくは彼女の夫の、いつまでも若く美しかった！――我々が聞いたその声のように？

――つまり、我々が聞いたのと全く同じような言葉なのだ。彼女は姿こそ年とったがその声は、「どうしたのです。なぜもっと早く来て下さらない？」来るのを待っているらしかった。人の足音が来さえすれば叫ぶのだ――泉州言葉で、その声を聞いて、人々は深い哀れに打たれながら、その部屋へ這入《はい》って行くと、彼女は人々をまず凝視して、それからさめざめと泣くのだ。待っていた人でなかった事を怨《うら》むのだ。そこで人々は明日こそその当の人が来るだろうと言って慰める。彼女はまた新しい希望を湧き起す。彼女はいつも美しい着物を着て人を待つ用意をしていた。たしかに海を越えて来るその夫を待っているのだということは疑いなかった。そういう風にして彼女は二十年以上も生きていたのだろう――

「私が十七の年に、始めてこの家へ来たころには、その人はまだ生きていたものです」と、この長話を我々に語った禿頭港《クットウカン》の老婦人は言った。――この婦人ももう六十に近いであろうが四十年位前にこの家へ嫁に来たものと見える「私は近づいてその人を見た事はありませんけれども、天気の静な日などには、よく皆が『またお嬢さんが出ているよ』というものだから、見ると走馬楼《ツアウベロウ》の欄干によりかかって、ずっと遠い海の方を長いこと――半日も立って見ているらしいようなことがよくありました。夫を乗せた船の帆でも見えるように思ったものですかねえ。いずれやっぱりその海が見えるからでしょう、お嬢さんのいる部屋というのは、あの二階ばかりで外の部屋へは一足も出なかったそうです。皆はお嬢さん、お嬢さんと呼び慣わしてはいましたが、その頃はもうやがて四十ぐらいにはなっているだろうという事でした。それが、何日からかお嬢さんの姿をまるで見かけなくなったのです。病気ででもあろうかと思って人が行ってみると、お嬢さんはそこの寝牀《ねどこ》のなかでもう腐りかかろうとしていたそうです。金簪《きんかん》を飾って花嫁姿をしていたと言いますよ。――それが不思議な事に、それだのに、その人が二階へ上ろうとすると、やっぱりお嬢さんが生きていた時と同じように、涼しい声でいつもの言葉を呼びかけたそうです。ね！　貴方がたが聞いたのと少しも違わない言葉ですよ！　だから死んでいようなどとは露思《つゆおも》わなかっただけにその人は一層びっくりしたとの事です。それから後にも、その声をそこで聞いたという人は時々あったのです。――お嬢さんは病気というよりは、もしや飢えて死んだのではあるまいかと云う人もあります。というのはその家のなかには、昔そここにあった見事な様々の品物が、もう何一つ残っていなかったそうですから。そうして死骸に附いていた金簪は葬《とむらい》の費用になったと言います」

四　怪傑沈氏

この風変りな一日の終りに私と世外民とは酔仙閣《ツィツェンコ》にいた。――私たちのよく出かける旗亭である。これがもし私が入社した当時のような熱心な新聞記者だったら、趣味的ないい特種《とくだね》でも拾った気になって、早速「廃港ローマンス」とか何とか割註《わりちゅう》をして、さぞセンセィショナルな文字を羅列することを胸中に企てていただろうが、その頃は私はもう自分の新聞を上等にしてやろうなどという考えは毛頭なかった。毎日の出社さえ満足には勤めずにわが酒徒世外民とばかり飲み暮していた。諸君はさだめし私の文章のなかに、さまざまな蕪雑《ぶざつ》を発見することだろうと覚悟はしているが、それこそ私がそのころ飲んだ酒と書き飛ばした文字との覿面《てきめん》の酬《むく》いであろう……。

――で、私たちは酔仙閣《ツィツェンコ》で飲んでいた。

世外民は禿頭港《クットウカン》の廃屋に対して心から怪異の思いがしているらしい。そう言えばあの話はいかにも支那風に出来ている。廃屋や廃址に美女の霊が遺っているのは、支那文学の一つの定型である。それだけにこの民族にとってはよく共感できるらしい。しかし、私はというとどうもそうは行かない。私がそのうちで少しばかり気に入った点と言えば、その道具立が総《すべ》て大きくその色彩が悪くアクどい事にあった。もしこれを本当に表現することさえ出来れば、浮世絵師芳年《よしとし》の狂想などはアマイものにしてしまうことが出来るかも知れない。そのなかにある人物は根強く大陸的で、話柄《わへい》の美としてはそれが醜と同居しているところの野蛮のなかに近代的なところがある。幽霊話とすればそれが夜陰や月明ではなしに、明るさもこの上ない烈日のさなかなのが取柄《とりえ》だが、総じてこの話は怪異譚としては一番価値に乏しい。それだのに世外民などは専らそこに興味を繋いでいるらしい。いや、むしろ恐怖してさえいる。彼は自分が幽霊と対話したと思っているのかも知れない。

私は世外民の荒唐無稽好きを笑っている。——というのはそれに対しては私はもうとっくに思い当ったことがあるからだ。なぜ私はあの時すぐ引返して、あの廃屋の声のところへ入込んでいなかったろうか。そうすれば世外民に今こうは頑張らせはしないのだ。それをしなかったというのも世外民があまり厭がるのと、それよりも空腹であったのと、また億劫《おっくう》な思いをして行ってみるまでもなく解っていると信じたからだ。それもすぐに、そうと気がついたのならよかったのに、あんな判りきった事が、なぜ一時間も経ってからやっと気がついたというのだろう。多分、あまりに思いがけなく踏込もうとするその刹那であった為めと、二階から響いて来た言葉が外国語だったのと、それにつづいてあの老婦人の大袈裟な戦慄の身振りやら、ちょっと異様な話やらで、全くくやしい事だが私もしばらくの間は、多少驚かされたものと見える。本当に理智の働く余裕はなかったらしい。

——廃屋だと確めて置いた家の中から人声がしたのであってみれば、それはその家の住人でない誰かが、そこにいたのにきまっている。その人のために我々が這入《はい》って行くことを遠慮する理由は少しもなかった筈だ。現に安平《アンピン》の家のなかにだって網を繕っていた人間の声がしても我々は平気で闖入して行った程だ。何のために我々は躊躇したか。世外民が「人が住んでいるんだね」と言ったからだ。世外民は何故そんなことを言ったか。それはその時の彼の心理を考えなければならない。多分、声が我々の踏み込んだ瞬間にあたかもそれを咎《とが》めるがごとく響いた事が一つ——しかも、その言葉の意味は、あとで聞けば全く反対のものであるが。またあの廃屋は安平《アンピン》のものよりも数十倍も堂々としていて荒れながらにもなお犯しがたい権威を具《そな》えていた事。最後に一番重なる理由としてはそれが単に、女の若そうな玲瓏《れいろう》たる声であったが為めに、若い男である世外民も私も無意識のうちに妙にひるんでいたのである。そうして、その声については何の考えることをもせずに、ただびっくりして帰って来てしまったのである。

「何にしても這入って見さえすればよかったのになあ。馬鹿馬鹿しい、誰が幽霊の声などを聞くものか。生きて心臓のドキドキしている若い女——多分、若くて美しいだろうよ、そんな気がするな——それがそこにいただけの事さ。——生きていればこそものも言うのさ……」

「でも、むかしから伝わっているのと同じ言葉を、しかも泉州言葉を、それもそのたった一言を、その女が何故我々に向って言うのだ」世外民は抗議した。

「泉州言葉は幽霊の専用語ではあるまいぜ。泉州人なら生きた人間の方がどうも普通に使うらしいぜ。アハ、ハハ。それが偶然、幽霊が言い慣れた言葉と同じだったのは不思議と言えば不思議さね。——でもたったそれだけの事だ。君はあの言葉が我々に向って言われたと思い込むから、幽霊の正体がわからないのだよ。——外の人間に向って言った言葉が偶然我々に聞かれたのだ。いや、我々を外の人間と間違えて、その女が言いかけたのさ。そうと気がついたから、たった一言だけしか言わなかったのだ。君、何でもないよくある幽霊だぜ、ありゃ……」

「それじゃ、昔からその同じ言葉を聞いたというその人達はどうしたのだ」

「知らない」私は言った「そりゃ僕が聞いたのじゃないのだからね。——ただ、多分は君のような、幽霊好きが聞いたのだろうよ。だから僕は自分の関係しない昔のことは一切知らないのだ。ただ今日の声なら、あれは正しく生きてる若い女の声だよ！　世外民君、君はいったいあまり詩人過ぎる。旧《ふる》い伝統がしみ込んでいるのは結構ではあるが、月の光では、ものごとはぼんやりしか見えないぜ。美しいか汚いかは知らないが、ともかく太陽の光の方がはっきりと見えるからね」

「比喩などを言わずに、はっきり言ってくれ給え」一本気な世外民は少々憤《おこ》っているらしい。

「では言うがね、亡《ほろ》びたものの荒廃のなかにむかしの霊が生き残っているという美観は、——こりゃ支那の伝統的なものだが、僕に言わせると、……君、憤ってはいかんよ——どうも亡国的趣味だね。亡びたものがどうしていつまでもあるものか。無ければこそ亡びたというのじゃないか」

「君！」世外民は大きな声を出した「亡びたものと、荒廃とは違うだろう。——亡びたものはなるほど無くなったものかも知れない。しかし荒廃とは無くなろうとしつつある者のなかに、まだ生きた精神が残っているということじゃないか」

「なるほど。これは君のいうとおりであった。しかしともかくも荒廃は本当に生きていることとは違うね。だろう？　荒廃の解釈はまあ僕が間違ったとしてもいいが、そこにはいつまでもその霊が横溢《おういつ》しはしないのだ。むしろ、一つのものが廃《すた》れようとしているその影からは、もっと力のある潑《はつ》剌《らつ》とした生きたものがその廃朽《はいきゅう》を利用して生れるのだよ。ね、君！　くちた木にだってさまざまな茸が簇《むらが》るではないか。我々は荒廃の美に囚《とら》われて歎《なげ》くよりも、そこから新しく誕生するものを讃美しようじゃないか——なんて、柄にない事を言っていら。そういう人生観が、腹の底にちゃんとしまってある程なら、僕だって台湾三界でこんなだらしない酒飲みになれやしないだろうがね。だからさ、僕がそういう生き方をしているかどうかはまず二の次にしてさ」

「成程。——ところでそれが、禿頭港《クットウカン》の幽霊——でないというならば、その生きた女の声と何の関係があるんだろう？」

「下らない理窟を言ったが僕のいうのは簡単なことなのだ。ね、我々の聞いたあの声の言ったのは『どうしたの？　なぜもっと早くいらっしゃらない。……』云々というのだったそうだね。そりゃ無論誰が聞いても人を待っている言葉さ。で、あの場所の伝説のことは後にして、虚心に考えると、若い女が——生きた女がだよ、人に気づかれないような場所にたったひとりでいて、人の足音を聞きつけて、今の一言を言ったとすれば、これは男を待っているのじゃないだろうかという疑いは、誰にでも起る。あたりまえの順序だ。我々があの際、すぐそう感じなかったのがかえって不思議だ。あの際、僕があれを日本語で聞いたのだったら一瞬間にそう感附《かんづ》くよ。そこであの場所だが、気味の悪い噂があって人の絶対に立ち寄らない場所だ。しかも時刻はというと近所の人々がみな午睡をする頃だ。恋人たちが人に隠れて逢うには絶好の時と所ではないか。——それも互によほど愛しているいると僕が考えるのは、それはいずれあそこからそう遠いところに住んでいる人ではなかろうが、それならあの家に纏わる不気味千万な噂はもとより知っているのだろうから、迷信深い台湾人がその恐ろしさにめげずに、あの場所を択《えら》ぶというところに、その恋人たちの熱烈が現れている。それから、また僕は考えるね。そのふたりは大分以前から、あの時刻とあの場所とを利用することに慣れているのだ。でない位なら、そんないやな場所へ、女が先に来て待つ度胸も珍しいし、男だってそれじゃあまり不人情さ。——君が、あの声を聞いて咄嗟《とっさ》にそれをその住人のものと断定してしまったのも無理はないよ。彼等はそこをもう自分たちふたりの場所と信じ切っているほど、その場所に安心し慣れ切っているのだ。それならばこそ我々の足音を聞いただけで軽々しく、あんな声をかけたりしたのだ。——あそこへは全く近よる人もないと見えるね。そのくせあの家は、女ひとりで入って行っても何の怖ろしい事もないほど、異変のない場所なのさ。若い美しい女——芸者《ゲイトア》の玉葉仔《ゲフユア》のような奴《やつ》かな。いや、若い女でなくって——」

「声は若かったがな」

「さ、声は若くっても、事実は図太い年増女《としまおんな》かも知れないな。でなきゃ、やっぱり必ず若い熱烈なる少女か。——それはどうでもいい。判らない。しかしともかくもさ、今日のあの声は不埒《ふらち》かは知らないが不思議は何もない生きた女のもので、あそこが逢曳《あいびき》の場所に択ばれていたという事と、又それだから、あそこにはほんの噂だけで何の怪異もない事は、おのずと明瞭さ。僕は疑わない——ああ、這入って行って見りゃよかったのになあ」

「例によってそろそろと理窟っぽくなったぞ。——理窟には合っていそうだよ。ただね、それが僕の神経を鎮めるには何の役にも立たない」

「そうかい。困ったね」

世外民はやっぱり私に同感しようとはしない。私は少しばかり、ほんの少しだが、忌々しかった。私は酒を飲めば飲むほど、奇妙に理窟っぽくなる。人を説き伏せたくなる。そこでお喋りになるというごく好《よ》くない癖があった。自分では頭が冴えて来るような気がするんだが、それは酔っぱらいの己惚《うぬぼ》れで傍で聞いたらさぞおかしいのだろう。私はつづけた。

「仕方がない。君は何とでも思い給え。だが、今日の事実は怪異譚としてはまるで何の値打もないのだがなあ。禿頭港《クットウカン》で聞いた話にしたって、因縁話にはなっているものか。——そんな見方をすりゃ、せいぜい三面特種《とくだね》の値打だ。むしろ面白いのは、あんな荒っぽいいやな話のなかに案外、支那人というものの性格や生活が現れていることだ。……」

「夜中に境界標の石を四方へ拡《ひろ》げる話か。——ありゃ、君、台湾の大地主のことなら、みんなあんな風に言うんだ。あれこそ台湾共通の伝説だよ。——現に」と世外民は酒で蒼《あお》くなった顔を苦笑させて「僕の家のことだってもそう言ってらあ！」

「へえ？　これはなお面白い。いずれはどこかに本当の例が、事実あったのだろうがね。多分、あの沈家が本当だろう。それにしてもそいつをどこの大地主にも応用するところはえらい。実際、あの話はあらゆる富豪というものを簡単明瞭に説明するからね。ふむ、そうかね。だがそれよりも僕にもっと面白いのは犂でよぼよぼの老寡婦を突き殺す話だ。——僕はその沈の祖先というのは粗野な悪党でこそあるがなかなかの人傑だったような気がするのだ。ね、そうでなければ道理に合わない。いかに清朝《しんちょう》の末期に近い政府だって、また先が植民地の台湾だからと言って、そうそう腐敗した碌《ろく》でなしの役人ばかりをあとへあとへ派遣したわけではあるまい。それが皆丸められるのだ。単に金の力だけではあるまい。沈にはきっと役人たちよりもえらい経営の才があったのだ——まあ聞きたまえ、僕の幻想だから。胡蘆屯《コロトン》附近と言えば、君、この島でも最も好く開墾された農業地だろう。『……いつもいう通り、おれは自分の地所の近所に手のとどかない畑があるのは、気に入らないのだ。……婆さん。さあどいた。畑というものは荒して置くものじゃない。……本当に死にたいんだな。もう死んでもいい年だ』か。そう言ってひらりと馬を下りて自分の手で突き殺したと言ったね。僕には強い実行力のある男の横顔が見えるような気がするんだ。そういう男の手によってこそ、未開の山も野も開墾出来るのだ。草創時代の植民地はそういう人間を必要としたのだ。役人たちの目の利いたものは、彼の事業を、政府自身の為めに楽しみにしていたかも知れないのだ。その報酬に悪徳を見逃すばかりか、暗には奨励していたかも知れないのだ。その男はちゃんとそれを心得ていた。その遺言が更に面白いではないか。『三十年すれば』いかに植民地政治でもだんだん行届いて整って来た挙句には、彼がせっかく開拓した広大な土地を、今度は彼よりももっと大きい暴虐者が出て左右することを見抜いていたのだ。何と怖ろしい識見ではないか——彼は政治というものの根本義を、まるで社会学者みたいに知っていて、それを利用したのだ。人のものを掠奪《りゃくだつ》してそれへすっかり仕上げをかけて、やれ田だの畑だのと鍍金《めっき》をするさ、そいつを売払って金に代える。それから商売をするんだね。全く商売というものは世が開化した後の唯一の戦争だからね。しかも安全な戦争だ——元手の多い奴ほど勝つに決っている。彼は自分の子孫たちに必勝の戦術を伝授して置いたのさ。奴の仕事は何もかも生きる力に満ちている。万歳だ。ところでさ、そのような先見のある男でも、自然が不意に何をするかは知らなかったのが、人間の浅ましさだ。繁茂していた自然を永い間かかって斬り苛《さいな》んだ結果に贏《か》ち得《え》た富を、一晩の颶風《はやて》でやっぱりもとの自然に返上したというのだから好いな。態《ざま》を見やがれさ。——するとやっぱり因果応報ということになるのかな。僕はそんなことを説教するつもりではなかったっけな……」

私はいつの間にかひどく酔って来て、舌も縺《もつ》れては来るし、段々冴《さ》えて来ると己惚れていた頭がへんにとりとめがなくなり、ふと口走った——「花嫁の姿をして腐っていたって？　よくある奴さ。花嫁の姿をして死ぬ。それがだんだん腐ってくる、か。生きている奴で冷たくなって、だんだん腐ってくるのもある。金簪《きんかん》で飾ってさ、ウム」

世外民はこれもまたいつもの癖で、深淵《しんえん》のように沈黙したまま、私のおかしな言葉などは聞き咎めるどころか、てんで耳に入らぬらしく、老酒《ラオチユウ》の盃《さかずき》を持ち上げたままで中空を凝視していた。

「世外民、世外民。この男の盃を持っているところには少々魔気があるて」

＊

世外民という風変りな名を、私はこの話の当初から何の説明もなしに連発していることに気がついたが、これは私の台湾時代のほとんど唯一の友人である。この妙な名前はもとより匿名である。彼のペンネームである。彼の投稿したものを見て私はそれを新聞に採録した。私は彼の詩——無論、漢詩であるが、その文才を十分解したというわけではないが、むしろその反抗の気概を喜んだのである。しかし、その詩は一度採録したきりだった。当局から注意があって、私は呼び出されて統治上有害だと言うのでその非常識を咎められた。再度の投稿に対しては、私は正直にその旨を附記して返送した。すると、世外民は私を訪ねて遊びに来た。見かけは優雅な若者であったが案外な酒徒で、盃盤が私たちを深い友達にした。彼は台南から汽車で一時間行程の亀山《クウソアム》の麓の豪家の出であった。家は代々秀才を出したというので知られていた。その頃の私は、つまらない話だがある失恋事件によって自暴自棄に堕入って、世上のすべてのものを否定した態度で、だから世外民が友達になったのだ。この頃の私にいつも酒に不自由させなかったのがこの世外民だ。だが私が世外民の幇間《ほうかん》をつとめたと誰も思うまい。第一に世外民は友をこそ求めたが幇間などを必要とする男ではなかった。私はその点を敬していた。――この話として何の用もあることではないが、私の交友録を抄録したまでである。彼が私との袂別《べいべつ》を惜《おし》んで私に与えた一詩を私は覚えている。――あまり上手な詩でもないそうだが、私にはそんなことはどうでもいい。

登彼高岡空夕曛
天邊孤雁嘆離群
温盟何不必酒杯
君夢我時我夢君

五　女誡扇

私がいやがる世外民を無理に強《し》いて、禿頭港《クットウカン》の廃屋のなかへ、今度こそ這入《はい》って行ったのは、彼がその次に台南へ出て来た時であった。多分最初にあの家を発見してから五日とは経ていなかったろう――世外民は当時少くとも週に二度は私を訪れたものなのだから。

「さあ。今日こそ僕の想像の的確なことを見せる。運がよければ、君がそれほど気に病む幽霊の正体が見られるかも知れないよ」

私はこう宣言して、この前の機会と同じ時刻を択んだ。そこに幽霊のいないことを信じている私は、しかし、自分の事を、高い雕欄《ちょうらん》のいい窪《くぼ》みを見つけて巣を営んでいる双燕《そうえん》を驚愕《きょうがく》させる蛇ではないかと思って、最初は考えたのだが構わないと思った。というのはもしそこに一対の男女がいるようならば、自分はその時の相手の風態によっては、わざと気がつかないふりをして、彼等をその家の居住者のように扱って、自分達が無法にも闖入《ちんにゅう》したのを謝罪しようと用意したからである。私たちはそれだからごく普通の足音をさせて、あの石の円柱のある表からこの前の日のとおりに入口を這入った。その時、さすがに私もちょっと立止って聞き耳を立ててはみた。勿論《もちろん》どんな泉州言葉も聞かれはしなかった。それだのに困った事に、世外民は気味悪がって先に這入らないのだ。表の広間のなかはうす暗くて、またこんな家のどこに二階への階段があるか、私には見当がつきにくい。しかし世外民は口で案内して、表扉を這入って広間の奥の左あるいは右の小扉を開いてみたら、そこから上るようになっているだろう、というのである。その広間というのは二十畳以上はあるだろう。四つの閉めた窓の破れた隙間からの光で見ると、他には何一つないらしい。私は這入って行った。その時、思わず私が呻《うな》ったのは、例の声を聞いたからではないのだ。ただの閉め切った部屋の臭いである。どんな臭いとも言えない。ただ蒸れるようなやつで、それがしかし建物がいいから熱いのではない。割に冷たくっていて蒸れるとでもいうより外には言い方がない。この臭いを、世外民は案外平気らしかった。天井を見ると真白に粉がふいて黴《かび》がはえている。その黴の臭いだったかも知れない。私たちはまず右の扉を開けた。——果してすぐそこが階段であった。巾《はば》二尺位の細いのが一直線に少し急な傾斜で立っている。それが上からの光で割に明るい。何も怖気《おじけ》がさすようなものは一つもないが、また私は伝説をそう眼中におかないが、それでもやはりそう明るい心持にはなれないことは確だ。気味が悪いと言っては言いすぎるが、私はよく世外民をひっぱって来たと思った。私はひとりででも一度来てみる意志はあったのだが、もしもひとりだったらあまり落着いて見物はしにくいかと思う。それにしてもあんな伝説を迷信深く抱いている人々が、たといそれは二人連れであった事が確でも、第一日によくまあここへ来たものだと言える。いや、よくもここを択ぶ気になったものだ。私はこの細い階段を恋人たちが互に寄りそいながらおずおずして、のぼって行った時を想像してみた。

私は世外民を振り返って促しながら、階段を昇り出した。そこには私の想像を満足させることには、ごく稀《まれ》にではあるがこのごろでもそこを昇降する人間があることは疑えなかった。というのは、それは何も鮮かな足跡ではないのだが、むしろ譬《たと》えば冬原の草の上におのずと出来た小径《こみち》という具合に、そこだけは他の部分より黒くなって、白い塵埃のなかから、階段の板の色がぼんやり見えているのであった。二階には人のけはいはない。私は幽霊の正体はまず見られそうにもないと思った。二階へ出た。

案外にそこは明るかった。その代りどうしてだか急に暑くムッとした。人影のようなものは何もなかった。気が落着いて来たので私は何もかも注意して見ることが出来たが、床の上にもまた人の歩いたあとがあって、それがまた一筋の道になって残っている。L形になった部屋の壁のかげから、光が帯になって流れて来る。この部屋へ沢山の明るさを供給しているのは、その窓で、人の歩いたあともまたその窓の方へ行っている。壁のかげに誰かがピッタリと身をよせて隠れているような気もする。私はその窓の方へおのずと歩いて行った。我々の足元から立つ塵は、光の帯のなかで舞い立った。顔に珍しく風が当って、明るい窓というのが開いていること、その壁に沿うて一つの台があることが、一時に私の目についた。台というのはごく厚く黒檀《こくたん》で出来たもので、四方には五尺ほどの高さの細い柱が、その上にはやはり黒檀の屋根を支えている。その大きさから言って寝牀《ねどこ》のように思われた。

「寝牀だね」

「そうだ」

これが私と世外民とが、この家へ這入ってからやっと第一に取交した会話であった。寝牀には塵は積ってはいなかった――少くとも軽い塵より外には。そうして黒檀は落着いた調子で冷々と底光りがしていた。私は世外民を顧《かえり》みながら、その寝牀の上を指さした。私の指が黒檀の厚板の面へ白くうつった。

世外民は頷《うなず》いた。

その寝牀の外には家具と言えば、目立つものも目立たないものも文字通りに一つもなかった。話に聞いたあの金簪を飾った花嫁姿の狂女は、この寝牀の上で腐りつつあったのではないだろうか。それにしてはこれだけの立派な檀木の家具を、今だにここに遺してあるのは、憐憫《れんびん》によってではなく、やはり恐怖からであろう。

寝牀のうしろの壁の上には大小幾疋かの壁虎《やもり》が、時々のっそりと動く。もっともこれは珍しい事ではない。この地方では、どこの家の天井にだって多少は動いている。内地における蜘蛛《くも》ぐらいの資格である。ただこの壁の上には、広さの割合から言って少々多すぎるだけだ。六坪ほどの壁に三四十疋はいた。

世外民はどうだか知らないが、私はもう充分に自分の見たところのもので満足であった。帰ろうと思って、帰りがけにもう一度窓外の碧《あお》い天を見た。その他の場所はあまりに気を沈ませたからだ。帰ろうとして私はふと自分の足もとへ目を落すと、そこに、ちょうど寝牀のすぐ下に、扇子《せんす》見たようなものがある――骨が四五本開いたままで。私は身をかがめて拾った。そのままハンケチと一緒に自分のポケットのなかへ入れた。なぜかというのに世外民はいつの間にか帰るために、私に背を向けて四五歩も歩き出していたからだ。

世外民も私も下りる時には何だかひどく急いだ。表入口を出る時には今まで圧《おさ》えていた不気味が爆発したのを感じて、我々は無意識に早足で出た。そうして無言をつづけてその屋敷の裏門を出た。

「どうだい。世外民君。別に幽霊もいなかったね」

「うむ」世外民は不承不承に承認しはしたが「しかし、君、君はあの黒檀の寝台の上へ今出て来た大きな紅《あか》い蛾《が》を見なかったね。まるで掌《てのひら》ほどもあるのだ。それがどこからか出て来て、あの黒光りの板の上を這っているのを一目は美しいと思ったが、見ているうちに、僕はへんに気味が悪くなって、出たくなったのだ」

「へえ。そんなものが出て来たか。僕は知らなかった。僕はただ壁虎《やもり》を見ただけだ。君、君の詩ではないのか。幻想ではないのか」

――私は世外民があの寝牀の上で死んだ狂女のことをそう美化しているのだろうと思った。

「いいや、本当だとも。あんな大きな紅い蛾を、僕は始めてだ」

私は歩きながら、思い出してさっきの扇をとり出してみた。そうして予想外に立派なのに驚き、また困りもした。

その女持の扇子というのは親骨は象牙《ぞうげ》で、そこへもって来て水仙が薄肉で彫ってある。その花と蕾《つぼみ》との部分は透彫《すかしぼり》になっている。それだけでも立派な細工らしいのに、開けてみると甚だ凝《こ》ったものであった。表にはほとんど一面に紅白の蓮《はす》を描いている。裏は象牙の骨が見えて――表一枚だけしか紙を貼っていないので、裏からは骨があらわれるように出来ていたのだが、その象牙の骨の上には金泥《きんでい》で何か文章が書いてある。

「君、」私はもう一度表を見返しながら世外民に呼びかけた「王秋豊《おうしゅうほう》というのは名のある画家かね」

「王秋豊？　さ。聞かないがね。なぜ」

私は黙ってその扇子を渡した。世外民が訝《いぶか》しがったのは言うまでもない。私もちょっと何と言っていいかわからなかった――私は無頼児ではあったが、盗んで来たような気がしていけないのだ。私はそのままの話をすると、世外民は案外何でもないような顔をして、それよりも仔細にその扇をしらべながら歩いていた――

「王秋豊？　大した人の画ではないが職人でもないな。不蔓不枝《ふまんふし》」彼はその画賛を読んだのだ「愛蓮説のうちの一句だね。不蔓不枝。――だが女の扇にしちゃ不吉な言葉じゃないか。蔓せず枝せざるほど婦女にとって悲しい事はあるまいよ。どうしてまた富貴多子にでもしないのだろう――平凡すぎると思ったのかな」

「いったい幸福というのは平凡だね。で、その富貴多子とかいうのは何だい」

「牡丹《ぼたん》が富貴、拓榴《ざくろ》が多子さ」世外民は扇のうらを返して見て、口のなかで読みつづけながら「おや、これは曹大家の女誡の一節か。専心章だから、なるほど、不蔓不枝を択んだかな……」

扇は案外に世外民の興味をひいたと見える。それを吟味して彼がそんなことを言っている間に、私はまた私で同じ扇について全く別様のことを考えていた。

その扇はうち見たところ、少くとも現代の製作ではない。そうしてその凝った意匠は、その親が、愛する娘が人妻になろうとする時に与えるものに相当している。――恐らく沈家のものに相違ないであろう。昔、狂女がそれを手に持って死んでいなかったとも限らない。その扇だ。更に私は仮に、禿頭港《クットウカン》の細民区の奔放無智な娘をひとり空想する。彼女は本能の導くがままに悽惨《せいさん》な伝説の家をも怖れない。また昔、それの上でどんな人がどんな死をしたかを忘れ果ててあの豪華な寝牀の上に、その手には婦女の道徳について明記しまた暗示したこの扇をそれが何であるかを知らずにかつ弄《もてあそ》びかつ翻して、彼女の汗にまみれた情夫に涼風を贈っている……。彼女は生きた命の氾濫にまかせて一切を無視する。――私はその善悪を説くのではない。「善悪の彼岸」を言うのだ……

六　エピロオグ

あの廃屋はそういうわけで私の感興を多少惹いた。何ごとにもそう興味を見出さなかったその頃の私としては、ほんの当座だけにしろそんな気持になったのは珍しいのだが、それらすべての話をとおして、私は主として三個の人物を幻想した。市井の英雄児ともいうべき沈の祖先、狂念によって永遠に明日を見出している女、野性によって習俗を超えた少女、――とでもいう、ともかく、そんな人物が跳梁《ちようりよう》するのが私には愉快であった。そいつを活動のシネリオにでもしてみる気があって、私は「死の花嫁」だとか「紅《くれない》の蛾」などという題などを考えてみたりしたほどであった。しかしそう思ってみるだけで、やらないと言うかやれないと言うか、ともかく実行力のないのが私なので、その私が前述の三人物の空想をしたのだからおかしい。意味がそこにあるかも知れない。そうして私自身はというと、いかなる方法でも世の中を征服するどころか、世の力によって刻々に圧《お》しつぶされ、見放されつつあった。もっとも私は何の力もないくせに精一杯の我儘《わがまま》をふるまって、それでもある程度だけのことなら押し通してもいたのだ。それでは何によって私がやっとそれだけでも強かったか。自暴自棄。この哀れむべき強さが、他のものと違うところは、第一自分自身がそれによって決して愉快ではないということにある。私は事実、刻々を甚だ不愉快に送っていた。それというのも私は当然、早く忘れてしまうべきある女の面影を、私の眼底にいつまでも持っていすぎたからである。

私はまず第一に酒を飲むことをやめなければならない。何故かというのに私は自分に快適だから酒を飲むのではない。自分に快適でないことをしているのはよくない。無論、新聞社などは酒よりもさきにやめたい程だ。で、すると結局はあるいは生きることが快適でなくなるかも知れない惧《おそ》れがある。だが、もしそうならば生きることそのものをも、やめるのがむしろ正しいかも知れない。

……

柄になく、と思うかも知れないが、私は時折にそんなことをひどく考え込む事があった。その日もちょうどそうであった。折から世外民が訪れた。

「君」世外民はいきなり非常な興奮を以て叫んだ「君、知っている？　——禿頭港《クットウカン》の首くくりはね……」

「え？」私はごく軽くではあるが死について考えていた折からだったから少しへんな気がした「首くくり？　何の首くくりだ？」

「知らないのか？　新聞にも出ているのに」

「僕は新聞は読まない。それに今日で四日社を休んでいる」

「禿頭港《クットウカン》で首くくりがあったのだよ。——あの我々がいつか見た家さ。——誰も行かない家さ。あそこで若い男が縊死《いし》していたのだ。新聞にはもっとも十行ばかりしか出ない。僕は今、用があって行ったさきでその噂を聞いて来たのだからよく知っているが、あの黒檀の寝牀を足場にしてやったらしいのだ。美しい若い男だそうだよ、それがね、口元に微笑をふくんでいたというので、やっぱり例の声でおびき寄せられたのだ『花嫁もとうとう婿をとった』と言っているよ——皆は。それがさ、やっぱりもう腐敗して少しくさいぐらいになっていたのだそうだ。僕は聞いていてゾクッとした。我々が聞いたあの声やそれに紅い蛾なぞを思い出してね」

私もふっと死の悪臭が鼻をかすめるような気がした——あの黴くさい広間の空気を鼻に追想したのだろう。世外民はその家の怪異を又新しく言い出して、私がそこで拾った扇を気味悪がり私にそれを捨ててしまうように説くのであった。——この間はあんなに興味を持って、自分でも欲しいようなことを言った癖に。もっとも私がやろうと言った時にはやはり、今と同じく不気味がって、結局いらないとは言ったが。私としてはまた世外民にやろうと思った程だから、捨ててしまっても惜しいとも思わないが、私はその理由を認めなかった。またいざ捨てよと言われると、勿体《もったい》ないほど珍奇な細工にも思えた。私は世外民の迷信を笑った。

「大通りの真中で縊死人があってそれが腐るまで気がつかない、とでもいうのなら不思議はあるだろうが、人の行かないところで自殺したり逢曳《あいびき》したりするのは一向当り前じゃないか。——ただあんな淋しいところが市街のなかにあるのは、何かとよくないね」

私はその家の内部の記憶をはっきり目前に浮べてそう言った。

同時に私にはこの縊死の発見について一つの疑問が起った。というのは、あの部屋のなかで起った事は誰もそこに這入って行かない以上は、一切発見される筈がない。あそこには開いた窓が一つあるにはあったが、そこには青い天より外には何も見えない——つまり天以外からは覗けない。もし臭気が四辺にもれるにしては、あの家の周囲があまりに広すぎる。そう考えているうちに、私は大して興味のなかったこの話が又面白くなって来るのを感じながら言った。

「出鱈目《でたらめ》さね。いや、死人はあったろう。若い美しい男だなんて。もう美しいか醜いか年とったか若いかも見分けがつくものか」

「いや、でも皆そう言っている」

「それじゃ、誰がその死人を発見したのだ？　あそこならどこからも見えず、誰も偶然行ってみるわけはないがな」ふと、私は場所が同じだということから考えて、この縊死人――年若く美しいと伝えられる者と、いつか私が空想し独断したあの逢曳とがどうも関係ありそうに思えて来た。そこで私は世外民に言った「いつでもいいが今度序《ついで》に、その死人を発見したのはどんな人だか聞いてきてもらいたいものだ。それがもし泉州《ツエンチャオ》生れの若い女だったらもう何もかもわかるのだよ。――いつか我々が聞いたあの廃屋の声の主も。それから今度の縊死人の原因も。――本当に若い男だったというのなら、そりゃ失恋の結果だろう。――幽霊の声にまどわされて死ぬより失恋で死ぬ方がよくある事実だものね。もっとも二つとも自分から生んだ幻影だという点は同じだが」

私は大して興味はなかった。しかし世外民が大へん面白がった。罪を人に着せるのではない。これは本当だ。事実、世外民がまず興味をもちすぎた。そうしてそれが私に伝染したのだ。世外民は私の観察に同感すると早速、その場を立って発見者を調べるために出かけた程なのだ。近所へ行って聞けばわかるだろうというので。

間もなく、世外民は帰って来たが、その答を聞いて私は、台湾人というものの無邪気なのに、今更ながら驚いたのである。彼等の噂するところによると、それは黄という姓の穀物問屋の娘が、

――家は禿頭港《クットウカン》から少し遠いところにあるそうだが――彼女が偶然に夢で見たというその男がどうやら死んだ若者だし、それが這入って行った大きな不思議な家というのが、どうも禿頭港《クットウカン》のあの廃屋らしい。その暗示によって、なくなった男の行衛《ゆくえ》を捜していた人々はやっと発見することが出来たというのである。霊感を持った女だという風に人々が伝えていると言う。

私は無智な人々が他を信ずることの篤《あつ》いのに一驚すると同時に、そんな事を言ってうまうまと人をたぶらかすような少女ならば、いずれは図々しい奴だろうと思うと、何もかもあばいてやれという気になった。私はまだ年が若かったから人情を知らずに、思えば、若い女が智慧《ちえ》に余って吐いた馬鹿馬鹿しい嘘を、同情をもって見てやれなかったのだ。

「世外民君。来て一役持ってくれ給え」

私は例の扇をポケットに入れ、それから新聞記者の肩書のある名刺がまだ残っているかどうかを確めた上で外へ出た。無論、その穀物問屋へ行こうと思い立ったからである。そうして娘に逢えば扇を突きつけて詰問しさえすれば判るが、ただその親が新聞記者などに娘を会わせるかどうかはむつかしい。逢わせるにしてもその対話を監視するかもしれない。世外民がうまくその間で計らってくれる手筈ではあるが、それにしてもその娘が泉州《ツエンチャオ》の言葉しか知らなかったらそれっきりだがなどと思っているうちに、私はもうさっき勢い込んだことなどはどうでもよくなった。自分に何の役にも立たない事に興味を持った自分を、私は自分でおかしくなった。

「つまらない。もうよそう」

世外民はしかしせっかく来たのだからという。それに穀物問屋はすぐ二三軒さきの家だった。それから後の出来事はすべて私の考へどおりと言いたい所だが、事実は私の空想より少しは思いがけない。

まず第一にその穀屋というのは思ったより大問屋であった。又、主人というのはむしろ私の訪問を歓迎した位だ。その男は台湾人の相当な商人によくある奴で内地人とつきあうことが好きらしく、ことに今日は娘がそんな霊感を持っている噂が高まって、新聞記者の来るのがうれしいと言うのであった。そうして店からずっと奥の方へ通してくれた。

「汝《ニ》来《ライア》仔《チンツォ》請坐」

と叫んだのは娘ではなく、そこに、籠の中ではなくて裸の留木にいた白い鸚鵡《おうむ》である。

娘は、しかし、我々の訪れを見てびっくりしたらしく、私の名刺を受取った手がふるえ、顔は蒼《そう》白《はく》になった。それをつつみ匿《かく》すのは空しい努力であった。彼女は年は十八ぐらいで、美しくない事はない。私はまず彼女の態度を黙って見ていた。

「あ、よくいらっしゃいました」

思いがけなくも娘は日本語で、それも流麗な口調であった。椅子にかけながら私は言った――

「お嬢さん。あなたは泉州語をごぞんじですか?」

「いいえ!」

娘は不意に奇妙なことを問われたのを疑うように、私を見上げたが、その好もしい瞳のなかに嘘はなかった。私はポケットから扇をとり出した。それを半ばひろげて卓子の上に置きながら私はまた言った――

「この扇を御存じでしょう」

「まあ、」娘は手にとってみて「美しい扇ですこと」物珍しそうに扇の面を見つめていた。

「あなたはその扇を御存じない筈はないのです」私は試みに少しおこったように言ってみた。

「ケ、ケ、ケッ、ケ、ケ」

鸚鵡が私の言葉に反抗して一度に冠を立てた。

みんな黙っているなかに、不意に激しく啜泣《すすりな》く声がして、それは鸚鵡の背景をなす帳《とばり》の陰から聞えて来たのだ。涙をすすり上げる声とともに言葉が聞えてきた――

「みんなおっしゃって下さいまし、お嬢さま。もう構いませんわ。その代りにその扇は私にいただかしてくださいさい」

「……………」

誰も何と答えていいかわからなかった。世外民と私とは目を見合した。

姿の見えない女はむせび泣きながら更に言った「誰方《どなた》だか存じませんが、お嬢さまは少しも知らない事なのです。わたしの苦しみを見兼ねて下さっただけなのです。ただあなたが拾っておいでになったその扇――蓮の花の扇を私に下さい。その代りには何でもみんな申します」

「いいえ。それには及びません」私はその声に向って答えた。「私はもう何も聞きたくない。扇もお返ししますよ」

「私のでもありませんが」推測しがたい女は口ごもりながら「ただ私の思い出ではあります」

「さよなら」私たちは立ちあがった。私は卓上の扇を一度とり上げてから、置き直した。「この扇はあの奥にいる人にあげて下さい。どういう人かは知らないが、あなたからよく慰めておあげなさい。私は新聞などへは書きも何もしやしないのです」

「有難うございます。有難うございます」黄嬢の目には涙があふれ出た。

＊

幾日目かで社へ出てみると、同僚の一人が警察から採って来た種のなかに、穀商黄氏の下婢十七になる女が主人の世話した内地人に嫁することを嫌って、罌粟《けし》の実を多量に食って死んだというのがあった。彼女は幼くて孤児になり、この隣人に拾われて養育されていたのだという。この記事を書く男は、台湾人が内地人に嫁することを嫌ったというところに焦点を置いて、それが不都合であるかの如き口吻《こうふん》の記事を作っていた。——あの廃屋の逢曳《あいびき》の女、——不思議な因縁によって、私がその声だけは二度も聞きながら、姿は終《つい》に一瞥《いちべつ》することも出来なかったあの少女は、事実においては、自分の幻想の人物と大変違ったもののように私は今は感ずる。

佐藤春夫《さとうはるお》（一八九二〜一九六四）
和歌山県新宮《しんぐう》生まれ。中学時代より与謝野鉄幹・晶子の「明星《みょうじょう》」「スバル」に詩歌を発表。生《いく》田《た》長江《ちょうこう》に師事、鉄幹の新詩社に参加。慶應義塾大学文学部で永井荷風に学び、文筆活動に入る。現世逃避的な倦怠を基調とする「西班牙《スペイン》犬の家」『田園の憂鬱』「美しき町」『都会の憂鬱』などの小説と清新華麗な『殉情詩集』で、大正文壇内の非自然主義的傾向を代表する文学者となる。翻訳や批評の活動から「猟奇」という訳語を生む。谷崎潤一郎の妻・千代をめぐって谷崎と「小田原事件」「細君譲渡事件」と呼ばれる騒動を起こし、『この三つのもの』として小説化。一時期、報知新聞社客員、法政大学予科作文講師、文化学院文学部長を務める。他に小説『維納《ウィーン》の殺人容疑者』『小説 智恵子抄』『わんぱく時代』『小説 永井荷風伝』、訳詩集『車塵集』、詩論『美の世界』、コラム集『退屈読本』など。一九四八年芸術院会員、五三年に『定本佐藤春夫全詩集』で第四回読売文学賞（詩歌俳句賞）、五五年には『晶子曼陀羅』で第六回読売文学賞、六〇年文化勲章。

横光利一《よこみつりいち》

機械

昭和の初期、横光利一と川端康成は「新感覚派」の旗手であり、二人の名はいつも御《お》神酒《みき》徳利《どっくり》のように並べて書かれた。「新感覚派」とは、自然主義の私小説やプロレタリア文学に対抗していたモダニズムの文学の中の新しい潮流ということだろう。

横光は感覚から始めて心理に向かった。この『機械』という奇怪な作品は小さな町工場で働く男三人の駆け引き話なのだが、語り手の心理ならびに他の二人の心理の憶測がねじれにねじれ、お互い関節技で脱臼し、絡んで縺《もつ》れるさまをしつこく書く。「実は軽部ももう怒る気はそんなになくただ仕方がないので怒っているだけだ」とはどういうことか。読む者もメタ心理の網から逃げられなくなる。

宮沢章夫はこの短篇を十一年がかりで精読し、『時間のかかる読書』という本を書いた。「ひとつの冗談として」と本人は言うが、たぶん逃げられなかったのだ。

機械

初めの間は私は私の家の主人が狂人ではないのかとときどき思った。観察しているとまだ三つにもならない彼の子供が彼をいやがるからと云《い》って親父をいやがる法があるかと云って怒っている。畳の上をよちよち歩いているその子供がばったり倒れるといきなり自分の細君を殴りつけながらお前が番をしていて子供を倒すと云うことがあるかと云う。見ているとまるで喜劇だが本人がそれで正気だから反対にこれは狂人ではないのかと思うのだ。少し子供が泣きやむともうすぐ子供を抱きかかえて部屋の中を馳《か》け廻《まわ》っている四十男。この主人はそんなに子供のことばかりにかけてそうかと云うとそうではなく、凡《およ》そ何事にでもそれほどな無邪気さを持っているので自然に細君がこの家の中心になって来ているのだ。家の中の運転が細君を中心にして来ると細君系の人々がそれだけのびのびとなって来るのも尤《もっと》もなことなのだ。従ってどちらかと云うと主人の方に関係のある私はこの家の仕事のうちで一番人のいやがることばかりを引き受けねばならぬ結果になっていく。いやな仕事、それは全くいやな仕事でしかもそのいやな部分を誰か一人がいつもしていなければ家全体の生活が廻らぬと云う中心的な部分に私がいるので実は家の中心が細君にはなく私にあるのだがそんなことを云ったっていやな仕事をする奴《やつ》は使い道のない奴だからこそだとばかり思っている人間の集《あつま》りだから黙っているより仕方がないと思っていた。全く使い道のない人間と云うものは誰にも出来かねる箇所だけに不思議に使い道のあるもので、このネームプレート製造所でもいろいろな薬品を使用せねばならぬ仕事の中で私の仕事だけは特に劇薬ばかりで満ちていて、わざわざ使い道のない人間を落し込む穴のように出来上っているのである。この穴へ落ち込むと金属を腐蝕《ふしょく》させる塩化鉄で衣類や皮膚がだんだん役に立たなくなり、臭素《しゅうそ》の刺戟《しげき》で咽喉を破壊し夜の睡眠がとれなくなるばかりではなく頭脳の組織が変化して来て視力さえも薄れて来る。こんな危険な穴の中へは有用な人間が落ち込む筈《はず》がないのであるが、この家の主人も若いときに人の出来ないこの仕事を覚え込んだのも恐らく私のように使い道のない人間だったからにちがいないのだ。しかし、私とてもいつまでもここで片輪《かたわ》になるために愚図《ぐず》ついていたのでは勿論《もちろん》ない。実は私は九州の造船所から出て来たのだがふと途中の汽車の中で一人の婦人に逢《あ》ったのがこの生活の初めなのだ。婦人はもう五十歳あまりになっていて主人に死なれ家もなければ子供もないので東京の親戚の所でしばらく厄介になってから下宿屋でも初めるのだと云う。それなら私も職でも見つかればあなたの下宿へ厄介になりたいと冗談のつもりで云うと、それでは自分のこれから行く親戚へ自分といってそこの仕事を手伝わないかとすすめてくれた。私もまだどこへ勤めるあてとてもないときだしひとつはその婦人の上品な言葉や姿を信用する気になってそのままふらりと婦人と一緒にここの仕事場へ流れ込んで来たのである。すると、ここの仕事は初めは見た目は楽だがだんだん薬品が労働力を根柢《こんてい》から奪っていくと云うことに気がついた。それで明日は出よう今日は出ようと思っているうちにふと今まで辛抱したからにはそれではひとつここの仕事の急所を全部覚え込んでからにしようと云う気にもなって来て自分で危険な仕事の部分に近づくことに興味を持とうとつとめ出した。ところが私と一緒に働いているここの職人の軽部は私がこの家の仕事の秘密を盗みに這入《はい》って来たどこかの間者《かんじゃ》だと思い込んだのだ。彼は主人の細君の実家の隣家から来ている男なので何事にでも自由がきくだけにそれだけ主家が第一で、よくある忠実な下僕《げぼく》になりすましてみることが道楽なのだ。彼は私が棚の毒薬を手に取って眺めているともう眼を光らせて私を見詰めている。私が暗室の前をうろついているともうかたかたと音を立てて自分がここから見ているぞと知らせてくれる。全く私にとっては馬鹿馬鹿しい事だが、それでも軽部にしては真剣なんだから無気味である。彼にとっては活動写真が人生最高の教科書で従って探偵劇が彼には現実とどこも変らぬものに見えているので、このふらりと這入って来た私がそう云う彼にはまた好箇の探偵物の材料になって迫っているのも事実なのだ。殊《こと》に軽部は一生この家に勤める決心なばかりではない。ここの分家としてやがては一人でネームプレート製造所を起そうと思っているだけに自分よりさきに主人の考案した赤色プレート製法の秘密を私に奪われてしまうことは本望ではないにちがいない。しかし、私にしてみればただこの仕事を覚え込んでおくだけでそれで生涯の活計を立てようなどとは謀《たくら》んでいるのでは決してないのだが、そんなことを云ったって軽部には分るものでもなし、また私がこの仕事を覚え込んでしまったならあるいはひょっこりそれで生計を立てていかぬとも限らぬし、いずれにしても軽部なんかが何を思おうとただ彼をいらいらさせてみるのも彼に人間修養をさせてやるだけだとぐらいに思っておればそれで良ろしい、そう思った私はまるで軽部を眼中におかずにいると、その間に彼の私に対する敵意は急速な調子で進んでいてこの馬鹿がと思っていたのも実は馬鹿なればこそこれは案外馬鹿にはならぬと思わしめるようにまでなって来た。人間は敵でもないのに人から敵だと思われることはその期間相手を馬鹿にしていられるだけ何となく楽しみなものであるが、その楽しみが実はこちらの空隙になっていることにはなかなか気附かぬもので私が何の気もなく椅子を動かしたり断裁機を廻したりしかけると不意に金槌《かなづち》が頭の上から落《おつこ》って来たり、地金《じがね》の真鍮板《しんちゆうばん》が積《つ》み重《かさな》ったまま足もとへ崩れて来たり安全なニスとエーテルの混合液のザボンがいつの間にか危険な重クロムサンの酸液と入れ換えられていたりしているのが初めの間はこちらの過失だとばかり思っていたのにそれがことごとく軽部の為業《しわざ》だと気附いた時には考えれば考えるほどこれは油断をしていると生命まで狙われているのではないかと思われて来てひやりとさせられるようにまでなって来た。殊に軽部は馬鹿は馬鹿でも私よりも先輩で劇薬の調合にかけては腕があり、お茶に入れておいた重クロム酸アンモニアを相手が飲んで死んでも自殺になるぐらいのことは知っているのだ。私は御飯を食べる時でもそれから当分の間は黄色な物が眼につくとそれが重クロムサンではないかと思われて箸がその方へ動かなかったが、私のそんな警戒心もしばらくすると自分ながら滑稽になって来てそう手容《たやす》く殺されるものなら殺されてもみようと思うようにもなり自然に軽部の事などはまた私の頭から去っていった。

ある日私は仕事場で仕事をしていると主婦が来て主人が地金を買いにいくのだから私も一緒について行って主人の金銭を絶えず私が持っていてくれるようにと云う。それは主人は金銭を持つとほとんど必ず途中で落してしまうので主婦の気使いは主人に金銭を渡さぬことが第一であったのだ。いままでのこの家の悲劇の大部分も実にこの馬鹿げたことばかりなんだがそれにしてもどうしてこんなにここの主人は金銭を落すのか誰にも分らない。落してしまったものはいくら叱ったって嚇《おど》したって返って来るものでもなし、それだからって汗水たらして皆が働いたものを一人の神経の弛《ゆる》みのためにことごとく水の泡にされてしまってそのまま泣《な》き寝入《ねい》りに黙っているわけにもいかず、それが一度や二度ならともかく始終持ったら落すと云うことの方が確実だというのだからこの家の活動も自然に鍛錬のされ方が普通の家とはどこか違って生長して来ているにちがいないのだ。いったい私達は金銭を持ったら落すという四十男をそんなに想像することは出来ない。譬《たと》えば財布を細君が紐《ひも》でしっかり首から懐《ふところ》へ吊しておいてもそれでも中の金銭だけはちゃんといつも落してあると云うのであるが、それなら主人は金を財布から出すときか入れるときかに落すにちがいないとしてみてもそれにしても第一そう度々落す以上は今度は落すかもしれぬからと三度に一度は出すときや入れるときに気附く筈だ。それを気附けば事実はそんなにも落さないのではないかと思われて考えようによってはこれはあるいは金銭の支払いを延ばすための細君の手ではないかとも一度は思うが、しかし間もなくあまりにも変っている主人の挙動のために細君の宣伝もいつの間にか事実だと思ってしまわねばならぬほど、とにかく、主人は変っている。金を金とも思わぬと云う言葉は富者に対する形容だがここの主人の貧しさは五銭の白銅《はくどう》を握って銭湯の暖簾《のれん》をくぐる程度にかかわらず、困っているものには自分の家の地金を買う金銭まで遣《や》ってしまって忘れている。こういうのをこそ昔は仙人と云ったのであろう。しかし、仙人と一緒にいるものは絶えずはらはらして生きていかねばならぬのだ。家のことを何一つ任《ま》かしておけないばかりではない、一人で済ませる用事も二人がかりで出かけたりその一人のいるために周囲の者の労力がどれほど無駄に費されているか分らぬのだが、しかしそれはそうにちがいないとしてもこの主人のいるいないによって得意先のこの家に対する人気の相異は格段の変化を生じて来る。恐らくここの家は主人のために人から憎まれたことがないにちがいなく主人を縛る細君の締りがたとい悪評を立てたとしたところでそんなにも好人物の主人が細君に縛られて小さく忍んでいる様子というものはまた自然に滑稽な風味があって喜ばれがちなものでもあり、その細君の睨《にら》みの留守に脱兎《だつと》のごとく脱け出してはすっかり金銭を振《ふ》り撒《ま》いて帰って来る男と云うのもこれまた一層の人気を立てる材料になるばかりなのだ。

そんな風に考えるとこの家の中心はやはり細君にもなく私や軽部にもない自ら主人にあると云わねばならなくなって来て私の傭人《やといにん》根性が丸出しになり出すのだが、どこから見たって主人が私には好きなんだから仕様がない。実際私の家の主人はせいぜい五つになった男の子をそのまま四十に持って来た所を想像すると浮《うか》んで来る。私たちはそんな男を思うと全く馬鹿馬鹿しくて軽蔑したくなりそうなものにもかかわらずそれが見ていて軽蔑出来ぬと云うのも、つまりはあんまり自分のいつの間にか成長して来た年齢の醜さが逆に鮮《あざや》かに浮んで来てその自身の姿に打たれるからだ。こんな自分への反射は私に限らず軽部にだって常に同じ作用をしていたと見えて、後で気附いたことだが、軽部が私への反感も所詮はこの主人を守ろうとする軽部の善良な心の部分の働きからであったのだ。私がここの家から放れがたなく感じるのも主人のそのこの上もない善良さからであり、軽部が私の頭の上から金槌を落したりするのも主人のその善良さのためだとすると、善良なんて云うことは昔から案外良い働きをして来なかったにちがいない。

さてその日主人と私は地金を買いにいって戻って来るとその途中主人は私に今日はこう云う話があったと云って云うには自分の家の赤色プレートの製法を五万円で売ってくれと云うのだが売って良いものかどうだろうかと訊《き》くので、私もそれには答えられずに黙っていると赤色プレートもいつまでも誰《だ》れにも考案されないものならともかくもう仲間達が必死にこっそり研究しているので製法を売るなら今の中《うち》だと云う。それもそうだろうと思っても主人の長い苦心の結果の研究を私がとやかくいう権利もなしそうかと云って主人ひとりに任しておいては主人はいつの間にか細君の云うままになりそうだし、細君と云うものはまた目さきのことだけより考えないに決っているのを思うと私もどうかして主人のためになるようにとそればかりがそれからの不思議に私の興味の中心になって来た。家にいても家の中の動きや物品がことごとく私の整理を待たねばならぬかのように映り出して来て軽部までがまるで私の家来のように見えて来たのは良いとしても、暇さえあれば覚えて来た弁士の声色《こわいろ》ばかり唸《うな》っている彼の様子までがうるさくなった。しかし、それから間もなく反対に軽部の眼がまた激しく私の動作に敏感になって来て仕事場にいるときはほとんど私から眼を放さなくなったのを感じ出した。思うに軽部は主人の仕事の最近の経過や赤色プレートの特許権に関する話を主婦から聞かされたにちがいないのだが、主婦まで軽部に私を監視せよと云いつけたのかどうかは私には分らなかった。しかし、私までが主婦や軽部がいまにもしかするとこっそり主人の仕事の秘密を盗み出して売るのではないかと思われて幾分の監視さえする気持ちになったところから見てさえも、主婦や軽部が私を同様に疑う気持ちはそんなに誤魔化《ごまか》していられるものではない。そこで私もそれらの疑いを抱く視線に見られると不快は不快でも何となく面白くひとつどうすることか図々《ずうずう》しくこちらも逆に監視を続けてやろうと云う気になって来て困り出した。丁度《ちょうど》そう云うときまた主人は私に主人の続けている新しい研究の話をして云うには、自分は地金を塩化鉄で腐蝕させずにそのまま黒色を出す方法を長らく研究しているのだがいまだに思わしくいかないのでお前も暇なとき自分と一緒にやってみてくれないかと云うのである。私はいかに主人がお人好しだからと云ってそんな重大なことを他人に洩《もら》して良いものであろうかどうかと思いながらも、全く私が根から信用されたこのことに対しては感謝をせずにはおれないのだ。いったい人と云うものは信用されてしまったらもうこちらの負けで、だから主人はいつでも周囲の者に勝ち続けているのであろうと一度は思ってみても、そう主人のように底抜けな馬鹿さにはなかなかなれるものではなく、そこがつまりは主人の豪《えら》いと云う理由になるのであろうと思って私も主人の研究の手助けなら出来るだけのことはさせて貰《もら》いたいと心底から礼を述べたのだが、人に心底から礼を述べさせると云うことを一度でもしてみたいと思うようになったのもそのときからだ。だが、私の主人は他人にどうこうされようなどとそんなけちな考えなどはないのだからまた一層私の頭を下げさせるのだ。つまり私は暗示にかかった信徒みたいに主人の肉体から出て来る光りに射抜かれてしまったわけだ。奇蹟《きせき》などと云うものは向うが奇蹟を行うのではなく自身の醜さが奇蹟を行うのにちがいない。それからと云うものは全く私も軽部のように何より主人が第一になり始め、主人を左右している細君の何に彼にに反感をさえ感じて来て、どうしてこう云う婦人がこの立派な主人を独専して良いものか疑わしくなったばかりではなく出来ることならこの主人から細君を追放してみたく思うことさえときどきあるのを考えても軽部が私に虐《つら》くあたってくる気持ちが手にとるように分って来て、彼を見ていると自然に自分を見ているようでますますまたそんなことにまで興味が湧いて来るのである。

ある日主人が私を暗室へ呼び込んだので這入《はい》っていくと、アニリンをかけた真鍮の地金をアルコールランプの上で熱しながらいきなり説明して云うには、プレートの色を変化させるには何《な》んでも熱するときの変化に一番注意しなければならない、いまはこの地金は紫色をしているがこれが黒褐色となりやがて黒色となるともうすでにこの地金が次の試練の場合に塩化鉄に敗けて役に立たなくなる約束をしているのだから、着色の工夫は総《すべ》て色の変化の中段においてなさるべきだと教えておいて、私にその場でバーニングの試験を出来る限り多くの薬品を使用してやってみよと云う。それからの私は化合物と元素の有機関係を験《しら》べることにますます興味を向けていったのだが、これは興味を持てば持つほど今まで知らなかった無機物内の微妙な有機的運動の急所を読みとることが出来て来て、いかなる小さなことにも機械のような法則が係数となって実体を計っていることに気附き出した私の唯心的な眼醒《めざ》めの第一歩となって来た。しかし軽部は前まで誰も這入ることを許されなかった暗室の中へ自由に這入り出した私に気がつくと、私を見る顔色までが変って来た。あんなに早くから一にも主人二にも主人と思って来た軽部にもかかわらず新参の私に許されたことが彼に許されないのだからいままでの私への彼の警戒も何の役にも立たなくなったばかりではない、うっかりすると彼の地位さえ私が自由に左右し出すのかもしれぬと思ったにちがいないのだ。だから私は幾分彼に遠慮すべきだと云うぐらいは分っていても何もそういちいち軽部軽部と彼の眼の色ばかりを気使わねばならぬほどの人でもなし、いつものように軽部の奴いったいいまにどんなことをし出すかとそんなことの方がかえって興味が出て来てなかなか同情なんかする気にもなれないので、そのまま頭から見降ろすように知らぬ顔を続けていた。すると、よくよく軽部も腹が立ったと見えてあるとき軽部の使っていた穴ほぎ用のペルスを私が使おうとすると急に見えなくなったので君がいまさきまで使っていたではないかと云うと、使っていたってなくなるものはなくなるのだ、なければ見附かるまで自分で捜せば良いではないかと軽部は云う。それもそうだと思って、私はペルスを自分で捜し続けたのだがどうしても見附からないのでそこでふと私は軽部のポケットを見るとそこにちゃんとあったので黙って取り出そうとすると、他人のポケットへ無断で手を入れる奴があるかと云う。他人のポケットはポケットでもこの作業場にいる間は誰のポケットだって同じことだと云うと、そう云う考えを持っている奴だからこそ主人の仕事だって図々しく盗めるのだと云う。いったい主人の仕事をいつ盗んだか、主人の仕事を手伝うと云うことが主人の仕事を盗むことなら君だって主人の仕事を盗んでいるのではないかと云ってやると、彼はしばらく黙ってぶるぶる唇をふるわせてから急に私にこの家を出ていけと迫り出した。それで私も出るには出るがもうしばらく主人の研究が進んでからでも出ないと主人に対してすまないと云うと、それなら自分が先《さ》きに出ると云う。それでは君は主人を困らせるばかりで何にもならぬから私が出るまで出ないようにするべきだと云ってきかせてやっても、それでも頑固に出ると云う。それでは仕方がないから出ていくよう、後は私が二人分を引き受けようと云うと、いきなり軽部は傍にあったカルシュームの粉末を私の顔に投げつけた。実は私は自分が悪いと云うことを百も承知しているのだが悪と云うものは何と云ったって面白い。軽部の善良な心がいらだちながら慄《ふる》えているのをそんなにもまざまざと眼前で見せつけられると、私はますます舌舐《したな》めずりをして落ちついて来るのである。これではならぬと思いながら軽部の心の少しでも休まるようにと仕向けてはみるのだが、だいいち初めから軽部を相手にしていなかったのが悪いので彼が怒れば怒るほどこちらが恐《こ》わそうにびくびくしていくと云うことは余程の人物でなければ出来るものではない。どうもつまらぬ人間ほど相手を怒らすことに骨を折るもので、私も軽部が怒れば怒るほど自分のつまらなさを計っているような気がして来て終《しま》いには自分の感情の置き場がなくなって来始め、ますます軽部にはどうして良いのか分らなくなって来た。全く私はこのときほどはっきりと自分を持てあましたことはない。まるで心は肉体と一緒にぴったりとくっついたまま存在とはよくも名付けたと思えるほど心がただ黙々と身体の大きさに従って存在しているだけなのだ。しばらくして私はそのまま暗室へ這入ると仕かけておいた着色用のビスムチルを沈澱《ちんでん》さすため、試験管をとってクロム酸加里《さんカリ》を焼き始めたのだが軽部にとってはそれがまたいけなかったのだ。私が自由に暗室へ這入るということがすでに軽部の怨《うら》みを買った原因だったのにさんざん彼を怒らせた揚げ句の果《はて》にすぐまた私が暗室へ這入ったのだから彼の逆上したのも尤もなことである。彼は暗室のドアを開けると私の首を持ったまま引《ひ》き摺《ず》り出して床の上へ投げつけた。私は投げつけられたようにしてほとんど自分から倒れる気持ちで倒れたのだが、私のようなものを困らせるのには全くそのように暴力だけよりないのであろう。軽部は私が試験管の中のクロム酸加里がこぼれたかどうかと見ている間、どうしたものか一度周章《あわ》てて部屋の中を駈け廻ってそれからまた私の前へ戻って来ると、駈け廻ったことが何の役にもたたなかったと見えてただ彼は私を睨みつけているだけなのである。しかしもし私が少しでも動けば彼は手持ち無沙汰のため私を蹴りつけるにちがいないと思ったので私はそのままいつまでも倒れていたのだが、切迫したいくらかの時間でもいったい自分は何をしているのだと思ったが最後もうぼんやりと間の脱《ぬ》けてしまうもので、ましてこちらは相手を一度思うさま怒らさねば駄目だと思っているときとてもう相手もすっかり気の向くまで怒ってしまった頃であろうと思うとつい私も落ちついてやれやれと云う気になり、どれほど軽部の奴がさきから暴れたのかと思ってあたりを見廻すと一番ひどく暴《あら》されているのは私の顔でカルシウムがざらざらしたまま唇から耳へまで這入っているのに気がついた。が、さて私はいつ起き上って良いものかそれが分らぬ。私は断裁機からこぼれて私の鼻の先にうず高く積み上っているアルミニュームの輝いた断面を眺めながらよくまア三日の間にこれだけの仕事が自分に出来たと驚いた。それで軽部にもうつまらぬ争いはやめて早くニュームにザボンを塗ろうではないかと云うと、軽部はもうそんな仕事はしたくはないのだ、それよりお前の顔を磨いてやろうと云って横たわっている私の顔をアルミニュームの切片で埋め出し、その上から私の頭を洗うように揺り続けるのだが、街に並んだ家々の戸口に番号をつけて貼りつけられたあの小さなネームプレートの山で磨かれている自分の顔を想像すると、所詮は何が恐ろしいと云って暴力ほど恐るべきものはないと思った。ニュームの角が揺れる度に顔面の皺《しわ》や窪《くぼ》んだ骨に刺さってちくちくするだけではない。乾いたばかりの漆が顔にへばりついたまま放れないのだからやがて顔も膨《ふく》れ上《あが》るにちがいないのだ。私ももうそれだけの暴力を黙って受けておれば軽部への義務も果したように思ったので起き上るとまた暗室の中へ這入ろうとした。すると軽部はまた私のその腕をもって脊中《せなか》へ捻《ね》じ上《あ》げ、窓の傍まで押して来ると私の頭を窓硝子《まどガラス》へぶちあてながら顔をガラスの突片で切ろうとした。もうやめるであろうと思っているのに予想とは反対にそんな風にいつまでも追って来られると、今度はこの暴力がいつまで続くのであろうかと思い出していくものだ。しかしそうなればこちらもたとえ悪いとは思っても謝罪する気なんかはなくなるばかりでいままで隙があれば仲直りをしようと思っていた表情さえますます苦々しくふくれて来て更に次の暴力を誘う動因を作り出すだけとなった。が、実は軽部ももう怒る気はそんなになくただ仕方がないので怒っているだけだということは分っているのだ。それで私は軽部が私を窓の傍から劇薬の這入っている腐蝕用のバットの傍まで連れていくと、急に軽部の方へ向き返って、君は私をそんなに虐《いじ》めるのは君の勝手だが私がいままで暗室の中でしていた実験は他人のまだしたことのない実験なので、もし成功すれば主人がどれほど利益を得るかしれないのだ。君はそれも私にさせないばかりか苦心の末に作ったビスムチルの溶液までこぼしてしまったではないか、拾え、と云うと軽部はそれなら何《な》ぜ自分にもそれを一緒にさせないのだと云う。させるもさせないもないだいたい化学方程式さえ読めない者に実験を手伝わせたって邪魔になるだけなのだが、そんなことも云えないので少しいやみだと思ったが暗室へ連れていって化学方程式を細く書いたノートを見せて説明し、これらの数字に従って元素を組み合せてはやり直してばかりいる仕事が君に面白いならこれから毎日でも私に変ってして貰おうと云うと、軽部は初めてそれから私に負け始めた。

　軽部との争いも当分の間は起らなくなって私もいくらか前よりいやすくなるとしばらくして、仕事が急激に軽部と私に増して来た。ある市役所からその全町のネームプレート五万枚を十日の間にせよと云って来たので喜んだのは主婦だが私たちはそのためほとんど夜さえ眠れなくなるのは分っているのだ。それで主人は同業の友人の製作所から手のすいた職人を一人借りて来て私たちの中へ混えながら仕事を始めることにした。初めの間は私たちは何の気もなくただ仕事の量に圧倒されてしまって働いていたのだが、そのうちに新しく這入って来た職人の屋敷と云う男の様子が何となく私の注意をひき始めた。無器用な手つきといい人を見るときの鋭い眼つきといい職人らしくはしているがこれは職人ではなくてもしかしたら製作所の秘密を盗みに来た廻し者ではないかと思ったのだ。しかし、そんなことを口にでも出して饒舌《しゃべ》ったら軽部は屋敷をどんな目に逢わすかしれないのでしばらく黙って彼の様子を見ていることにしていると、屋敷の注意はいつも軽部の槽《バット》の揺り方にそそがれているのを私は発見した。屋敷の仕事は真鍮の地金をカセイソーダの溶液中に入れて軽部のすませて来た塩化鉄の腐蝕薬と一緒にそのとき用いたニスやグリューを洗い落す役目なのだが、軽部の仕事の部分はここの製作所の二番目の特長の部分なので、他の製作所では真似することは出来ないのだからそこに見入る屋敷とて当然なことは当然だとしてもいるときのこととてその当然なことがなお一層疑わしい原因になるのである。しかし、軽部は屋敷に見入られているとますます得意になって調子をとりつつ槽《バット》の中の塩化鉄の溶液を揺するのだ。いつものことなら私を疑り出したように軽部とて一応は屋敷を疑わねばならぬ筈だのにそれが事もあろうか軽部は屋敷に槽《バット》の揺り方を説明して、地金に書かれた文字と云うものはいつもこうしてうつ伏せにするもので、すべて金属と云うものは金属それ自身の重みのために負けるのだから文字以外の部分はそれだけ早く塩化鉄に侵されて腐っていくのだと誰に聞いたものやらむずかしい口調で説明して屋敷に一度バットを揺すってみよとまで云う。私は初めはひやひやしながら黙って軽部の饒舌《しゃべ》っていることを聞いていたのだがしまいには私は私で誰がどんな仕事の秘密を知ろうと知らせるだけ良いのではないかと思い出し、それからはもう屋敷への警戒もしないことに定めてしまったが、すべて秘密と云うものはその部分に働く者の慢心から洩れるのだと気がついたのはそのときの何よりの私の収穫であったであろう。それにしても軽部がそんなにうまく秘密を饒舌ったのも彼のそのときの調子に乗った慢心だけではない、確《たしか》に彼にそんなにも饒舌らせた屋敷の風丰《ふうぼう》が軽部の心をそのとき浮き上らせてしまったのにちがいないのだ。屋敷の眼光は鋭いがそれが柔《やわら》ぐと相手の心を分裂させてしまう不思議な魅力を持っているのである。その彼の魅力は絶えず私へも言葉を云う度に迫って来るのだが何にせよ私はあまりに急がしくて朝早くから瓦斯《ガス》で熱した真鍮へ漆を塗りつけては乾かしたり重クロムサンアンモニアで塗りつめた金属板を日光に曝《さら》して感光させたりアニリンをかけてみたり、その他バーニングから炭とぎからアモアピカルから断裁までくるくる廻ってし続けねばならぬので屋敷の魅力も何もあったものではないのである。すると五日目頃の夜中になってふと私が眼を醒《さま》すとまだ夜業を続けていた筈の屋敷が暗室から出て来て主婦の部屋の方へ這入《はい》っていった。今頃主婦の部屋へ何の用があるのであろうと思っているうちに惜しいことにはもう私は仕事の疲れで眠ってしまった。翌朝また眼を醒すと私に浮んで来た第一のことは昨夜の屋敷の様子であった。しかし、困ったことには考えているうちにそれは私の夢であったのか現実であったのか全く分らなくなって来たことだ。疲れているときには今までとてもときどき私にはそんなことがあったのでなおこの度の屋敷のことも私の夢かもしれないと思えるのだ。しかし、屋敷が暗室へ這入った理由は想像出来なくはないが主婦の部屋へ這入っていった彼の理由は私には分らない。まさか屋敷と主婦とが私たちには分らぬ深い所で前から交渉を持ち続けていたとは思えないのだしこれは夢だと思っている方が確実であろうと思っていると、その日の正午になって不意に主人が細君に昨夜何か変ったことがなかったかと笑いながら訊《たず》ね出《だ》した。すると細君は、お金をとったのはあなたぐらいのことはいくら寝坊の私だって知っているのだ。盗《と》るのならもっと上手にとってもらいたいと澄まして云うと主人は一層大きな声で面白そうに笑い続けた。それでは昨夜主婦の部屋へ這入っていったのは屋敷ではなく主人だったのかと気がついたのだがいくらいつも金銭を持たされないからと云って夜中自分の細君の枕もとの財布を狙って忍び込む主人も主人だと思いながら私もおかしくなり、暗室から出て来たのもそれではあなたかと主人に訊くと、いやそれは知らぬと主人は云う。では暗室から出て来たのだけはやはり屋敷であろうかそれともその部分だけは夢なのであろうかとまた私は迷い出した。しかし、主婦の部屋へ這入り込んだ男が屋敷でなくて主人だと云うことだけは確に現実だったのだから暗室から出て来た屋敷の姿も全然夢だとばかりも思えなくなって来て、一度消えた屋敷への疑いも反対にまただんだん深くすすんで来た。しかし、そう云う疑いと云うものはひとり疑っていたのでは結局自分自身を疑っていくだけなので何の役にもたたなくなるのは分っているのだ。それより直接屋敷に訊ねて見れば分るのだが、もし訊ねてそれが本当に屋敷だったら屋敷の困るのも決っている。この場合私が屋敷を困らしてみたところで別に私の得になるではなしと云って捨てておくには事件は興味があり過ぎて惜しいのだ。だいいち暗室の中には私の苦心を重ねた蒼鉛《そうえん》と珪酸《けいさん》ジルコニウムの化合物や、主人の得意とする無定形セレニウムの赤色塗の秘法が化学方程式となって隠されているのである。それを知られてしまえばここの製作所にとっては莫大《ばくだい》な損失であるばかりではない、私にしたっていままでの秘密は秘密ではなくなって生活の面白さがなくなるのだ。向うが秘密を盗もうとするならこちらはそれを隠したってかまわぬであろう。と思うと私は屋敷を一途《いちず》に賊のように疑っていってみようと決心した。前には私は軽部からそのように疑われたのだが今度は自分が他人を疑う番になったのを感じると、あのとき軽部をその間馬鹿にしていた面白さを思い出してやがては私も屋敷に絶えずあんな面白さを感じさすのであろうかとそんなことまで考えながら、一度は人から馬鹿にされてもみなければとも思い直したりしていよいよ屋敷へ注意をそそいでいった。ところが屋敷は屋敷で私の眼が光り出したと気附いたのであろうか、それからほとんど私と視線を合《あわ》さなくてすませる方向ばかりに向き始めた。あまり今から窮屈な思いをさせてはかえって今の中に屋敷を逃がしてしまいそうだしするので、なるだけのんきにしなければならぬと柔いでみるのだが眼と云うものは不思議なもので、同じ認識の高さでうろついている視線と云うものは一度合すると底まで同時に貫き合うのだ。そこで私はアモアピカルで真鍮を磨きながらよもやまの話をすすめ、眼だけで彼にも方程式は盗んだかと訊いてみると向うは向うでまだまだと応えるかのように光って来る。それでは早く盗めば良いではないかと云うとお前にそれを知られては時間がかかってしようがないと云う。ところが俺の方程式は今の所まだ間違いだらけで盗ったって何の役にも立たぬぞと云うとそれなら俺が見て直してやろうと云う。そういう風にしばらく屋敷と私は仕事をしながら私自身の頭の中で黙って会話を続けているうちにだんだん私は一家のうちの誰よりも屋敷に親しみを感じ出した。前に軽部を有頂天にさせて秘密を饒舌《しゃべ》らせてしまった彼の魅力が私へも次第に乗り移って来始めたのだ。私は屋敷と新聞を分け合って読んでいても共通の話題になると意見がいつも一致して進んでいく。化学の話になっても理解の速度や遅度が拮抗《きっこう》しながら滑《な》めらかに辷《すべ》っていく。政治に関する見識でも社会に対する希望でも同じである。ただ私と彼との相違している所は他人の発明を盗み込もうとする不道徳な行為に関しての見解だけだ。だが、それとて彼にはは彼の解釈の仕方があって発明方法を盗むと云うことは文化の進歩にとっては別に不道徳なことではないと思っているにちがいない。実際、方法を盗むと云うことは盗まぬ者より良い行為をしているのかもしれぬのだ。現に主人の発明方法を暗室の中で隠そうと努力している私と盗もうと努力している屋敷とを比較してみると屋敷の行為の方がそれだけ社会にとっては役立つことをしている結果になっていく。それを思うとそうしてそんな風に私に思わしめて来た屋敷を思うと、なおますます私には屋敷が親しく見え出すのだが、そうかと云って私は主人の創始した無定形セレニウムに関する染色方法だけは知らしたくはないのである。それ故《ゆえ》絶えず一番屋敷と仲好くなった私が屋敷の邪魔もまた自然に誰より一番し続けているわけにもなっているのだ。

あるとき私は屋敷に自分がここへ這入って来た当時軽部から間者だと疑われて危険な目に逢わされたことを話してみた。すると屋敷はそれなら軽部が自分にそう云うことをまだしない所から察すると多分君を疑って懲《こ》り懲《ご》りしたからであろうと笑いながら云って、しかしそれだから君は僕を早くから疑う習慣をつけたのだと彼は揶揄《からか》った。それでは君は私から疑われたとそれほど早く気附くからには君も這入って来るなり私から疑われることに対してそれほど警戒する練習が出来ていたわけだと私が云うと、それはそうだと彼は云った。しかし、彼がそれはそうだと云ったのは自分は方法を盗みに来たのが目的だと云ったのと同様なのにもかかわらず、それをそう云う大胆さには私として驚かざるを得ないのだ。もしかすると彼は私を見抜いていて、彼がそう云えば私は驚いてしまって彼をたちまち尊敬するにちがいないと思っているのではないかと思われて、こいつ、としばらく屋敷を見詰めていたのだが、屋敷は屋敷でもう次の表情に移ってしまって上から逆に冠《かぶ》さって来ながら、こんな製作所へこう云う風に這入って来るとよく自分たちは腹に一物《いちもつ》あっての仕事のように思われがちなものであるが君も勿論知ってのとおりそんなことなんかなかなかわれわれには出来るものではなく、しかし弁解がましいことを云い出してはこれはまた一層おかしくなって困るので仕方がないから人々の思うように思わせて働くばかりだと云って、一番困るのは君のように痛くもない所を刺して来る眼つきの人のいることだと私をひやかした。そう云われると私だってもう彼から痛い所を刺されているので彼も丁度いつも今の私のように私から絶えずちくちくやられたのであろうと同情しながら、そう云うことをいつも云っていなければならぬ仕事なんかさぞ面白くはなかろうと私が云うと、屋敷は急に雁首《がんくび》を立てたように私を見詰めてからふッふと笑って自分の顔を濁してしまった。それから私はもう屋敷が何を謀《たくら》んでいようと捨てておいた。多分屋敷ほどの男のことだから他人の家の暗室へ一度這入れば見る必要のある重要なことはすっかり見てしまったにちがいないのだし、見てしまった以上は殺害することも出来ない限り見られ損になるだけでどうしようも追っつくものではないのである。私としてはただ今はこう云う優れた男と偶然こんな所で出逢ったと云うことをむしろ感謝すべきなのであろう。いや、それより私も彼のように出来得る限り主人の愛情を利用して今の中に仕事の秘密を盗み込んでしまう方が良いのであろうとまで思い出した。それで私は彼にあるときもう自分もここに長くいるつもりはないのだがここを出てからどこか良い口はないかと訊ねてみた。すると彼はそれは自分の訊ねたいことだがそんなことまで君と自分とが似ているようでは君だって豪《えら》そうなことも云っていられないではないかと云う。それで私は君がそう云うのも尤もだがこれは何も君をひっかけてとやこうと君の心理を掘り出すためではなく、かえって私は君を尊敬しているのでこれから実は弟子にでもしてもらうつもりで頼むのだと云うと、弟子かと彼は一言いって軽蔑したように苦笑していたが、にわかに真面目になると一度私に、周囲が一町四方全く草木の枯れている塩化鉄の工場へ行って見て来るよう万事がそれからだと云う。何がそれからなのか私には分らないが屋敷が私を見た最初から私を馬鹿にしていた彼の態度の原因がちらりとそこから見えたように思われると、いったいこの男はどこまで私を馬鹿にしていたのか底が見えなくなって来てだんだん彼が無気味になると同時に、それなら屋敷をひとつこちらから軽蔑してかかってやろうとも思い出したのだが、それがなかなか一度彼に魅せられてしまってからはどうも思うように薬がきかなくただ滑稽になるだけで、優れた男の前に出るとこうもこっちが惨めにじじり修業をさせられるものかと歎《なげ》かわしくなってくるばかりなのである。ところが、急がしい市役所の仕事がようやく片附きかけた頃のこと、ある日軽部は急に屋敷を仕事場の断裁機の下へ捻じ伏せてしきりに白状せよ白状せよと迫っているのだ。思うに屋敷はこっそり暗室へ這入ったところを軽部に見附けられたのであろうが私が仕事場へ這入っていったときは丁度軽部が押しつけた屋敷の上へ馬乗りになって後頭部を殴りつけているところであった。とうとうやられたなと私は思ったが別に屋敷を助けてやろうと云う気が起らないばかりではない。日頃尊敬していた男が暴力に逢うとどんな態度をとるものかとまるでユダのような好奇心が湧いて来て冷淡にじっと歪《ゆが》む屋敷の顔を眺めていた。屋敷は床の上へ流れ出したニスの中へ片頬を浸したまま起き上ろうとして慄えているのだが、軽部の膝骨が屋敷の背中を突き伏せる度毎にまたすぐべたべたと崩れてしまって着物の捲《まく》れあがった太った赤裸の両足を不恰好《ぶかっこう》に床の上で藻掻《もが》かせているだけなのだ。私は屋敷が軽部に少なからず抵抗しているのを見ると馬鹿馬鹿しくなったがそれより尊敬している男が苦痛のために醜い顔をしているのは心の醜さを表しているのと同様なように思われて不快になって困り出した。私が軽部の暴力を腹立たしく感じたのもつまりはわざわざ他人にそんな醜い顔をさせる無礼さに対してなので、実は軽部の腕力に対してではない。しかし、軽部は相手が醜い顔をしようがしまいがそんなことに頓着しているものではなくますます上から首を締めつけて殴り続けるのである。私はしまいに黙って他人の苦痛を傍で見ていると云う自身の行為が正当なものかどうかと疑い出したが、そのじっとしている私の位置から少しでも動いてどちらかへ私が荷担をすればなお私の正当さはなくなるようにも思われるのだ。それにしてもあれほど醜い顔をし続けながらまだ白状しない屋敷を思うといったい屋敷は暗室から何か確実に盗みとったのであろうかどうかと思われて、今度は屋敷の混乱している顔面の皺から彼の秘密を読みとることに苦心し始めた。彼は突《つ》っ伏《ぷ》しながらも時々私の顔を見るのだが彼と視線を合わす度に私は彼へだんだん勢力を与えるためににやにや軽蔑したように笑ってやると、彼もそれには参ったらしく急に奮然とし始めて軽部を上から転がそうとするのだが軽部の強いと云うことにはどうしようもない、ただ屋敷は奮然とする度に強くどしどし殴られていくだけなのだ。しかし、私から見ていると私に笑われて奮然とするような屋敷がだいいちもうぼろを見せたので困ったどん詰りと云うものは人は動けば動くほどぼろを出すものらしく、屋敷を見ながら笑う私もいつの間にかすっかり彼を軽蔑してしまって笑うことも出来なくなったのもつまりは彼が何の役にも立たぬときに動いたからなのだ。それで私は屋敷とて別にわれわれと変った人物でもなく平凡な男だと知ると、軽部にもう殴ることなんかやめて口で云えば足りるではないかと云ってやると、軽部は私を埋めたときのようにまた屋敷の頭の上から真鍮板の切片をひっ冠せて一蹴り蹴りつけながら、立てという。屋敷は立ち上るとまだ何か軽部にせられるものと思ったのか恐《こ》わそうにじりじり後方の壁へ脊中をつけて軽部の姿勢を防ぎながら、暗室へ這入ったのは地金の裏のグリューがカセイソーダでは取れなかったからアンモニアを捜しにいったのだと早口に云う。しかし、アンモニアが入用《いりよう》なら何《な》ぜ云わぬか、ネームプレート製作所にとって暗室ほど大切な所はないことぐらい誰だって知っているではないかと云ってまた軽部は殴り出した。私は屋敷の弁解が出鱈《でたら》目《め》だとは分っていたが殴る軽部の掌の音があまり激しいのでもう殴るのだけはやめるが良いと云うと、軽部は急に私の方を振り返って、それでは二人は共謀かと云う。だいたい共謀かどうかこう云うことは考えれば分るではないかと私は云おうとしてふと考えると、なるほどこれは共謀だと思われないことはないばかりではなくひょっとすると事実は共謀でなくとも共謀と同じ行為であることに気がついた。全く屋敷に悠々と暗室へなど入れさしておいて主人の仕事の秘密を盗まぬ自身の方がかえって悪い行為をしていると思っている私である以上は共謀と同じ行為であるにちがいないので、幾分どきりと胸を刺された思いになりかけたのをわざと図太く構え共謀であろうとなかろうとそれだけ人を殴ればもう十分であろうというと今度は軽部は私にかかって来て、私の顎《あご》を突き突きそれでは貴様が屋敷を暗室へ入れたのであろうと云う。私はもはや軽部がどんなに私を殴ろうとそんなことよりも今まで殴られていた屋敷の眼前で彼の罪を引き受けて殴られてやる方が屋敷にこれていると軽部は気持ちが良いのだ。しかし私はそうして軽部に殴られているうちに今度は不思議にも軽部と私とが示し合せて彼に殴らせてでもいるようでまるで反対に軽部と私とが共謀して打った芝居みたいに思われだすと、かえってこんなにも殴られて平然としていては屋敷に共謀だと思われはすまいかと懸念され始め、ふと屋敷の方を見ると彼は殴られたものが二人であることに満足したものらしく急に元気になって、君、殴れ、というと同時に軽部の背後から彼の頭を続けさまに殴り出した。すると、私も別に腹は立ててはいないのだが今まで殴られていた痛さのために殴り返す運動が愉快になってぽかぽかと軽部の頭を殴ってみた。軽部は前後から殴り出されると主力を屋敷に向けて彼を蹴りつけようとしたので私は軽部を背後へ引いて邪魔をすると、その暇に屋敷は軽部を押し倒して馬乗りになってまた殴り続けた。私は屋敷のそんなにも元気になったのに驚いたが幾分私が理由もなく殴られたので私が腹を立てて彼と一緒に軽部に向ってかかっていくにちがいないと思ったからであろう。しかし、私はもうそれ以上は軽部に復讐《ふくしゅう》する要もないのでまた黙って殴られている軽部を見ていると軽部はすぐ苦もなく屋敷をひっくり返して上になって反対に彼を前より一層激しく殴り出した。そうなると屋敷は一番最初と同じことでどうすることも出来ないのだ。だが、軽部はしばらく屋敷を殴っていてから私が背後から彼を襲うだろうと思ったのか急に立上ると私に向って突っかかって来た。軽部と一人同志の殴り合いなら私が負けるに決っているのでまた私は黙って屋敷の起き上って来るまで殴らせてやると、起き上って来た屋敷は不意に軽部を殴らずに私を殴り出した。一人でも困るのに二人一緒に来られては私ももう仕方がないので床の上に倒れたまま二人のするままにさせてやったが、しかし私はさきからそれほどもいったい悪行をして来たのであろうか。私は両腕で頭をかかえてまん丸くなりながら私のしたことが二人から殴られねばならぬそれほども悪いかどうか考えた。なるほど私は事件の起り始めたときから二人にとっては意表外の行為ばかりをし続けていたにちがいない。しかし、私以外の二人も私にとっては意外なことばかりをしたではないか。だいいち私は屋敷から殴られる理由はない。たとえ私が屋敷と一緒に軽部にかからなかったからとは云え私をもそんなときにかからせてやろうなどと思った屋敷自身が馬鹿なのだ。そう思ってはみても結局二人から、同時に殴られなかったのは屋敷だけで一番殴られるべき責任のある筈の彼が一番うまいことをしたのだから私も彼を一度殴り返すぐらいのことはしても良いのだがとにかくもうそのときはぐったり私たちは疲れていた。実際私たちのこの馬鹿馬鹿しい格闘も原因は屋敷が暗室へ這入《はい》ったことからだとは云え五万枚のネームプレートを短時日の間に仕上げた疲労がより大きな原因になっていたに決っているのだ。殊《こと》に真鍮を腐蝕させるときの塩化鉄の塩素はそれが多量に続いて出れば出るほど神経を疲労させるばかりではなく人間の理性をさえ混乱させてしまうのだ。その癖本能だけはますます身体の中で明瞭に性質を表して来るのだからこのネームプレート製作所で起る事件に腹を立てたりしていてはきりがないのだがそれにしても屋敷に殴られたことだけは相手が屋敷であるだけに私は忘れることは出来ない。私を殴った屋敷は私にどういう態度をとるであろうか、彼の出方でひとつ彼を赤面させてやろうと思っているといつ終ったとも分らずに終った事件の後で屋敷が云うにはどうもあのとき君を殴ったのは悪いと思ったが君をあのとき殴らなければいつまで軽部に自分が殴られるかもしれなかったから事件に終りをつけるために君を殴らせて貰ったのだ、赦《ゆる》してくれと云う。実際私も気附かなかったのだがあのとき一番悪くない私が二人から殴られなかったなら事件はまだまだ続いていたにちがいないのだ。それでは私はまだやっぱりこんなときにも屋敷の盗みを守っていたのかと思って苦笑するより仕方がなくなりせっかく屋敷を赤面させてやろうと思っていた楽しみも失ってしまってますます屋敷の優れた智謀《ちぼう》に驚かされるばかりとなったので、私も忌々《いまいま》しくなって来て屋敷にそんなにすますます屋敷にそんなにうまく君が私を使ったからには暗室の方も定めしうまくいったのであろうと云うと、彼は彼で手《て》馴《な》れたもので君までそんなことを云うようでは軽部が私を殴るのだって当然だ、軽部に火を点《つ》けたのは君ではないのかと云って笑ってのけるのだ。なるほどそう云われれば軽部に火を点けたのは私だと思われたって弁解の仕様もないのでこれはひょっとすると屋敷が私を殴ったのも私と軽部が共謀したからだと思ったのではなかろうかとも思われ出し、いったい本当はどちらがどんな風に私を思っているのかますます私には分らなくなり出した。しかし事実がそんなに不明瞭な中で屋敷も軽部も二人ながらそれぞれ私を疑っていると云うことだけは明瞭なのだ。だがこの私ひとりにとって明瞭なこともどこまでが現実として明瞭なことなのかどこでどうして計ることが出来るのであろう。それにもかかわらず私たちの間には一切が明瞭に分っているかのごとき見えざる機械が絶えず私たちを計っていてその計ったままにまた私たちを押し進めてくれているのである。そうして私達は互に疑い合いながらも翌日になれば全部の仕事が出来上って楽々となることを予想し、その仕上げた賃金を貰うことの楽しみのためにもう疲労も争いも忘れてその日の仕事を終えてしまうと、いよいよ翌日となってまた誰もが全く予想しなかった新しい出来事に逢わねばならなかった。それは主人が私たちの仕上げた製作品とひき換えに受け取って来た金額全部を帰りの途に落してしまったことである。全く私たちの夜の目もろくろく眠らずにした労力は何の役にも立たなくなったのだ。しかも金を受け取りにいった主人と一緒に私をこの家へ紹介してくれた主人の姉があらかじめ主人が金を落すであろうと予想してついていったと云うのだから、このことだけは予想に違《たが》わず事件は進行していたのにちがいないが、ふと久し振りに大金を儲《もう》けた楽しさからたとえ一瞬の間でも良い儲けた金額を持ってみたいと主人が云ったのでつい油断をして同情してしまい、主人にしばらくの間その金を持たしたのだと云う。その間に一つの欠陥がこれも確実な機械のように働いていたのである。勿論落した金額がもう一度出て来るなどと思っている者はいないから警察へ届けはしたものの一家はもう青ざめ切ってしまって言葉など云うものは誰もなく、私たちは私たちで賃金も貰うことが出来ないのだから一時に疲れが出て来て仕事場に寝そべったまま動こうともしないのだ。軽部は手当り次第に乾板をぶち砕いて投げつけると急に私に向って何《な》ぜお前はにやにやしているのかと突きかかって来た。私は別ににやにやしていたと思わないのだがそれがそんなに軽部に見えたのならあるいは笑っていたのかしれない。確《たしか》にあんまり主人の頭は奇怪だからだ。それは塩化鉄の長年の作用の結果なのかもしれないと思ってみても頭の欠陥ほど恐るべきものはないではないか。そうしてその主人の欠陥がまた私たちをひき附けていて怒ることも出来ない原因になっていると云うことはこれは何と云う珍稀《ちんき》な構造の廻り方なのであろう。しかし、私はそんなことを軽部に聞かせてやっても仕方がないので黙っていると突然私を睨みつけていた軽部が手を打って、よしッ酒を飲もうと云い出すと立ち上った。丁度それは軽部が云わなくても私たちの中の誰かがもうすぐ云い出さねばならない瞬間に偶然軽部が云っただけなので、何の不自然さもなくすぐすらすらと私たちの気分は酒の方へ向っていったのだ。実際そういう時には若者達は酒でも飲むより仕方のないときなのだがそれがこの酒のために屋敷の生命までが亡くなろうとは屋敷だって思わなかったにちがいない。

その夜私たち三人は仕事場でそのまま車座になって十二時過ぎまで飲み続けたのだが、眼が醒《さ》めると三人の中の屋敷が重クロム酸アンモニアの残った溶液を水と間違えて土瓶の口から飲んで死んでいたのである。私は彼をこの家へ送った製作所の者達が云うように軽部が屋敷を殺したのだとは今でも思わない。勿論私が屋敷の飲んだ重クロム酸アンモニアを使用するべきグリュー引きの部分にその日も働いていたとは云え、彼に酒を飲ましたのが私でない以上は私よりも一応軽部の方がより多く疑われるのは当然であるが、それにしても軽部が故意に酒を飲ましてまで屋敷を殺そうなどと深い謀《たくら》みの起ろうほど前から私たちは酒を飲みたくなっていたのではないのである。酒を飲みたくなったときより私が重クロム酸アンモニアを造っておいた時間の方が前なのだから疑い得られるとすると私なのにもかかわらず、それが軽部が疑われたというのも軽部のまずひと目で誰からも暴力を好むことを見破られる逞《たくま》しい相貌から来ているのであろう。しかし、私とても勿論軽部が全然屋敷を殺したのではないと断言するのではない。私の知り得られる程度のことは彼が屋敷を殺したのではないと云い得られるほどのことであるより仕方がないのだ。もともと軽部は屋敷が暗室へ忍び込んだのを見ているからは、彼を殺害する以外に彼に秘密を知られぬ方法はないと一度は私のように思ったであろうから。そうして私が屋敷を殺害するのなら酒を飲ましておいてその上重クロム酸アンモニアを飲ますより仕方がないと思ったことさえあることから考えても、彼もそのように一度は思ったにちがいないであろうから。だが、酒に酔っていたのは私と屋敷だけではなくて軽部とて同様に酔っていたのだから彼がその劇薬を屋敷に飲まそうなどとしたのではないであろう。よしたとえ日頃考えていたことが無意識に酔の中に働いて彼が屋敷に重クロム酸アンモニアを飲ましたのだとするならそれならあるいは屋敷にそれを飲ましたのは同様な理由によって私かもしれないのだ。いや、全く私とて彼を殺さなかったとどうして断言することが出来るであろう。軽部より誰よりもいつも一番屋敷を恐れたものは私ではなかったか。日夜彼のいる限り彼の暗室へ忍び込むのを一番注意して眺めていたのは私ではなかったか。いやそれより私の発見しつつある蒼鉛と珪酸ジルコニウムの化合物に関する方程式を盗まれたと思い込みいつも一番激しく屋敷を怨んでいたのは私ではなかったか。そうだ。もしかすると屋敷を殺害したのは私かもしれぬのだ。私は重クロム酸アンモニアの置き場を一番良く心得ていたのである。私は酔いの廻らぬまでは屋敷が明日からどこへいってどんなことをするのか彼の自由になってからの行動ばかりが気になってならなかったのである。しかも彼を生かしておいて損をするのは軽部よりも私ではなかったか。いや、もう私の頭もいつの間にか主人の頭のように早《は》や塩化鉄に侵されてしまっているのではなかろうか。私はもう私が分らなくなって来た。私はただ近づいて来る機械の鋭い先尖《せんせん》がじりじり私を狙っているのを感じるだけだ。誰かもう私に代って私を審《さば》いてくれ。私が何をして来たかそんなことを私に聞いたって私の知っていよう筈がないのだから。

横光利一《よこみついち》（一八九八〜一九四七）
会津若松生まれ。父の仕事に従って佐倉、東京、大津、伊賀など各地を転々とする。早稲田大学高等予科文科在学中から小説を発表（のち英文学科、政治経済学科に進むが除籍）。一九二三年、菊池寛の「文藝春秋」の編集同人に。短篇小説「蠅」とフローベールふう古代史小説『日輪』で注目される。関東大震災後、川端康成、稲垣足穂《いながきたるほ》らとともにモダニズム作家として映画や前衛芸術に触発された作品を発表し、マルクス主義文学に対抗。「頭ならびに腹」序盤の〈沿線の小駅は石のやうに黙殺された〉は、のちに「新感覚派」を代表するフレーズとみなされた。妻の病死を題材にした「春は馬車に乗って」などの叙情的作品や、近代日本小説の画期をなした実験的な短篇「機械」「時間」を発表。評論「純粋小説論」で〈純文学にして通俗小説〉を宣言した。他に外遊経験から生まれた長篇『上海』『旅愁』、疎開・敗戦を題材とする日記体小説『夜の靴』など。国家主義や国家神道に接近したこともあり、戦後に左派文学者から戦犯呼ばわりされるなど、抹殺に近いバッシングを受けた。

髙村薫

晴子情歌（抄）

髙村薫はミステリから始めて普遍的な小説に至った作家である。いつも構想は大きく、文体は濃密で、人間という存在の深部に迫り、数百ページを読んだ読者はいつも最後に哀切の思いを込めて本を閉じる。

『晴子情歌』は『新リア王』、『太陽を曳《ひ》く馬』と続く三部作の第一で、福澤彰之とその母の野口晴子（後に福澤晴子）を主人公とする長篇。息子は遠洋漁業の船に乗っている。その船の上の日常に彼に宛てた母の手紙が語る過去が交叉《こうさ》するという凝った構成になっている。

ここに採ったのは昭和十年、十六歳の晴子が北海道の鰊《にしん》の漁場で働く場面。東大を出たインテリなのに肉体労働者として働こうと北に向かった父の野口康夫に同行して、彼女も鰊場の賄いの職に就く。若くて元気な、すべてを新鮮な目で見る若い女とその目に映る鰊場の賑《にぎ》わい、さまざまな人間模様や彼女自身の恋など、戦後文学に残る名場面だと思う。

もう一つ大事なのはこれが現代文学には珍しく人間が働く現場を精密に書いた小説だということだ。行間から臭いと匂いが沸き立つあたり、小林多喜二《たきじ》の『蟹工船《かにこうせん》』などを継承するプロレタリア文学の到達点と言うことができる。

晴子情歌（抄）

『私はいま、この春に土場《どんば》を訪ねてくれた貴方《あなた》が何だか考へ込んでゐる様子だつたことを思ひだしてをりました。インド洋へ發《た》つ前の夜だと云ふのに、いつになく昔の土場の暮らしぶりを子細に聞きたがるかと思へば、どこまで聞き入つてゐるのか分からないぼんやりとした顔もしてゐた貴方は、あの夜何を考へてゐたのだらうか。私はいまもふと勝手に思ひを巡らせながらこれを書いてゐます。さう云へば、貴方は誠太郎さんのことを尋ねたのだつたかしら？　さう云ふ私の記憶も一寸《ちよつと》あやふやです。

さて、昭和一〇年の話を續《つづ》けますと、斯《か》くのごとくそのころの私は、朝目覺《めざ》めるたびに昨日とは違ふ支柱に新しい蔓《つる》を巻きつけてゐる豌豆《えんどう》のやうで、どこまで伸びてゆかうと云ふのか、貪欲な力に滿《み》ちた自分を恐れつゝ、しかしまた自分には止めることの出來ないその力の爆發《ばくはつ》を、密かに待ちわびてゐると云つたふうでありました。さうして考へることが多過ぎたために私はもうあまり笑ふひまがなく、小さい美也子《みやこ》には自分で自分のことをするやう叱り、弟二人には勉強に勤《いそ》しむやう云ひつける一方、自分はどうしても鰊場《にしんば》へ行くと云ひ張つて周圍《しゆうい》を困らせてゐたのですが、しかし、それがどうしたと云ふのでせう。

ある夜、私は妻のカレーニナから不倫を告白された良人《おつと》が對處《たいしよ》の仕方を周到に思ひ巡らせるくだりを讀《よ》み、そのあまりの姑息さに噴き出したのでしたが、何が自分にとつて現實的《げんじつてき》であるかを一つ一つ檢證《けんしよう》するやり口には、妙に感ずるところもありました。また次の日には、今度はカレーニナから姙娠したと告げられた愛人ウロンスキイが自分の置かれてゐる現況を省みるくだりを讀み、これもいきなり懷《ふところ》具合の計算から始まるのには笑ひこけました。しかし翻つて考へてみるならば、鰊場へ行きたいと思ふ私もまた、たま〱娘として何も考へずに默《だま》つて見てゐることが出來ない野口康夫と云ふ父がをり、學業を續けさせてやらなければならない弟妹がゐたと云ふ現實があつて、必要と思はれる計算をしただけなのです。これを自分では我《わ》が儘《まま》だとも思ひませんでしたが、ともかく康夫がほんたうに新しい土地に定着して漁師になれるのか否かを先《ま》づはこの目で見、確信しなければ、私たち子どもの身の振り方も決められないと云ふものではありませんんか。

三月初め、初山別《しよさんべつ》の建網《たてあみ》親方から土場の昭夫《あきお》伯父宛てに、番屋の賄《まかな》ひに一人餘分《よぶん》に女子をよこしてもいゝと電報が來て、つひに私の行く先は決まりました。そのとき電報を開いた昭夫さんも、内容を傳《つた》へられた康夫ももう何も云はず、私はほんたうは淸々《せいせい》した氣持ちだつたのですが、やはり何も云ひませんでした。その同じ朝、爐端《ろばた》に坐り込んでゐた私たちをよそに、家の外では八重《やえ》伯母が「來た、來た、みんなおいで!」と大聲《おおごえ》で子どもたちを呼んでゐました。半月ほど前から檜山《ひやま》に入つてゐた杣夫《そまふ》たちが、伐採した原木で筏《いかだ》を組みもうすぐ川を流れ下つてくる、もうそこまで來てゐる、と云ふのです。露地からも來た、來たと叫ぶ聲がいくつも聽《き》こえます。

土場に着いたその日から、私は八重さんがこの日のことを樂しげに話すのを何度も聞かされてゐました。昔は江差《えさし》の花街一の藝妓《げいこ》だつたと云ふ八重さんはいかにも明朗な艷《つや》つぽい人で、筒木坂《どうきざか》の田舍から來た私たちは戸惑ふこともありましたが、曰《いわ》く、春一番の杣夫の聲を聞いたら、この邊《あた》りの娘はそれはもう、みんな戰爭やよつて。子ども四人產んだ私まで幾つになつても、なんや落ちつかなうなるんよ。若衆の威勢のえゝこと云ふたら、男は漁師よりも杣夫がほんまはええさかい、と出身地の丹後《たんご》のはうの言葉で小娘のやうに笑ふその口ぶりは、昭夫さんが惚《ほ》れぬいたと云ふ通り、何だかはんなりして素敵だつたものです。やがて八重さんは土間の外から私の名前も呼んで、「はよ來やはらんと」と急《せ》かすものだから、私も丁度よい口實が出來て伯父たちを置いて外に出たわけでした。

しかし私は、川の近くまでは行つたものゝ、結局木場へは降りてゆきませんでした。岸近くに立つと、厚澤部《あつさぶ》川の雪解け水は眞つ黑な河岸から今にも溢《あふ》れだしさうで、轟々《ごうごう》と云ふ水の音だけでもう、一度に味はふには多過ぎる光景のやうに思へましたし、待ちわびた電報が届《とど》いたことで、私の頭はすでに滿杯になつてゐたのかも知れません。それでも、上流のはうから筏《いかだ》の姿が見えてきたときの壯觀は、こゝにとても書き盡《つく》せないほどです。原木同士がぶつかり合ふ音は、腹に低く響く澄んだ音です。それが河岸まで響いてくるなか、大きく浮き沈みしながら流れ下る筏の上を、黑い前垂れに地下足袋《じかたび》姿の杣夫たちが長い竿《さお》をさしながら、ひらり〳〵と自在に飛び移つてみせるのです。木場に近い岸では、八重さんや子どもたちが飛び跳ねるやうに足踏みしながら、杣夫たちに手を振つてゐます。しかし目を少し遠くへやると、その若衆たちが小さく見えるほど黒い川も河川敷も渺々《びようびよう》として、私はまた少し初山別のことを思ひながら身震ひするやうな心地でありました。すでに眼前の風景とは隔絶されてゐるやうな孤立感と云ふか、自分で決めたこととは云へ未知の世界へ旅立つ心もとなさと云ふか。あるいはまた、時化《しけ》た海邊《うみべ》で波にさらはれて自分は死ぬのかも知れないと云つた、根も葉もない感傷も少しはあつたと云ふか。そして、それらのすべての感傷を凌駕する歡喜が隱微な觸角《しよつかく》を一杯に伸ばしてゐたと云ふか。

それから間もなくのこと、筒木坂から到着した忠夫《ただお》さんを加へて、私たちは三月半ばに土場を發ちました。私たちは麻谷《あさたに》漁場の被雇契約書をもつてをり、一仕納《しのう》に雜夫の康夫が受け取る給與《きゆうよ》は七十圓《えん》、炊事婦の私が三十五圓で、前渡し金が三分の二あり、ほかに旅費が支給されてをりました。出發のときの私の出《い》で立《た》ちをこゝに書きますと、八重さんが支度してくれた二番刺しの厚い木綿の着物と綿入れの半纏《はんてん》にゴム長、そして赤いウールのマフラーです。着替へを包んだ風呂敷に忍ばせたのは、化粧品少々と石鹸《せつけん》とノート一册と、『アンナ・カレーニナ』。一方、忠夫さんと昭夫さんの出で立ちは犬の毛皮の外套《がいとう》とコサック帽。父の康夫は去年と同じ羅紗《らしや》のオーバーコートと青いマフラーでした。私たちは馬橇《ばそり》二臺《だい》に蒲團袋《ふとんぶくろ》四つを積み、江差からはそれをチッキにして人間は汽車を乘り繼《つ》いでゆきました。昭和一〇年には留萠《るもい》から先はまだ羽幌《はぼろ》止まりでしたが、どの車輛《しやりよう》も初山別近邊《きんぺん》の鰊場へ向かふ雇ひの人びとで滿員なのです。さう〳〵、この汽車の話を先づ致しませうか。

青森を出て以來、聯絡船《れんらくせん》のなかでも函館驛《はこだてえき》でも、私がいつも驚かされたのは世の中には實《じつ》にいろんな人がゐると云ふことです。留萠から北へ向かふ列車もさうで、乘つてゐるのは皆それ〴〵鰊場に關《かか》はる人びとなのですが、それからして雇ひの衆のほかに種々の商人がをり、行商人がをり、一見して金貸しと分かる人がをり、人出を當《あ》てにした藝人《げいにん》がをり酌婦《しやくふ》がをり、若衆がをり年寄りがをり、きつと詐欺師や博徒《ばくと》の類《たぐい》もゐたに違ひありません。ぎう〳〵詰めの車輛は、誰かが聲高《こわだか》に話すと云ふわけでもないのに幾つもの話し聲が共鳴し重なり合つて、何だか東京の地下鐵《ちかてつ》のやうにさんざめき、人いきれにも幾つもの匂ひが混じつてゐて、私はその一つ一つの聲や匂ひを發してゐる客のはうを眺めるのです。とてもこゝには書き切れませんが、日焼けした頑強《がんきよう》な顔つきの男たちのなかでも、泰然として腕組みをしてゐたり眠つてゐたりする組と、きつい眼差しをして神經《しんけい》を尖《とが》らせてゐる組があります。前者はきつと昭夫さんのやうに腕を買はれた船頭たちで、後者は何度も漁場には出てゐるものゝ未だ勞働力の一端でしかない漁師たちであつたことでせう。また他方には平雇ひの雑役の男たちがをり、それは何ともさま〴〵な出で立ちで、康夫のやうにオーバーコートを着た勤め人風情の者がゐるかと思へば、昨日まで深い杣山にゐたやうな山立《やまだち》風情の者がをり、かと思へば、もう何回《なんかい》刺し直したか知れない古ぼけた木綿のどんざ（漁師の仕事着）を纏《まと》つた物乞《ものご》ひ風情の者がゐると云つた具合です。そして各々何かに憑《つ》かれたやうな顔をしてゐたり、虚《うつ》ろな顔をしてゐたり。

　それから、一寸《ちよつと》小ぎれいな風體《ふうてい》をして周りの有象無象《うぞうむぞう》の混雑を氣にしつゝ何喰《く》はぬ顔をしてゐる商人や金貸したちは新聞や帳面に讀み耽《ふけ》り、また別の片隅にはぢつとうつむいて動かない瞽女《ごぜ》がをり、丸髷《まるまげ》の女子どもを含む大人數の一團《いちだん》は旅役者の一座かと思はれます。さうした誰もが樂しげではないが悲しげでもない肅々《しゆくしゆく》としたこの雑然を一口に云へば、生活と云ふことになりませうが、そこにあつたのは、小金のある者も一見して貧農の雇ひと分かる者も、それ〴〵の欲望に淡々と從ふだけであつて一時の窮屈《きゆうくつ》など何ものでもない、さう云ふ生活です。年端《としは》の行かない子どもでさへ、この先自分を待つてゐるのがお金とご飯であることを知つてゐる大人びた顔をして、何やら胸算用に忙しいと云つたふうであり、生きることがひどく單純《たんじゆん》で直截《ちよくせつ》な姿をしてゐる、さう云ふ生活です。そしてその一方で、斯《か》く云ふ私や、あるいは荷物と人いきれに押し潰されさうな顔をして獨《ひと》り福士《ふくし》幸次郎《こうじろう》の『地方主義篇』に讀み耽る康夫は、そのときどんな欲望を知つてゐたことでせうか。

さう云へばあの『地方主義篇』も、關東大震災で罹《り》災《さい》した福士が、家族を聯《つ》れて二十年ぶりに郷里へ歸つて來るときの汽車の風景から始まります。弘前《ひろさき》驛で乗り繼ぎの汽車を待つ間、福士は混雑した待合室の羣衆《ぐんしゆう》を眺めてはその風采の雜然に異様を覺《おぼ》え、割れるやうな喧騒《けんそう》を作つてゐる土地の言葉を、まるで大地から湧いて躍《おど》りでたやうだと感じながら、かつて自分のなかにあつたはずの郷土の血を思ふのです。その歸郷《ききよう》は、文人であることを辭《や》めて戻つて來た康夫のそれとは大きく違ひますが、康夫は風土への回歸を決意する福士の散文を讀みながら、自分が選んだ勞働と文學がいづれ幸福な融合を遂げる日のことを、なほも薄ぼんやりと考へてゐたのでせうか。あるいは娘を鯱場へ伴ふ父をどうしても演じることが出來ずに頭を垂れてゐただけか、どちらであつたとも私には云へません。康夫から文學への執着を除いたら何も殘らないとは云へ、一人の見知らぬ乗客のやうに康夫を眺めたなら、獨り本の上に頭を垂れた長身痩軀《そうく》の男は地方の學校へ赴任してゆく獨身《どくしん》教師か、素性を隱してどこかへ逃れてゆく共産黨員《とういん》か、夢破れて故郷へ歸る萬年《まんねん》書生のいづれかで、そこでは一番奇妙な乗客の一人であつたのは閒違ひありません。もちろん、その隣で興味津々《しんしん》の顔をしてはしたなくキョロ〳〵してゐた年頃の娘も。

ありていに云へば、私も康夫も明日のご飯と云ふ現實がなほも自分のことでないやうな心地がし續けるまゝに、どこかへ運ばれていく自分を居心地惡く眺めてゐる何者かでありました。あるいはまた、私たちは行く先を間違へてゐるか、間違ひではないまでも、そこへ向かふにはまだ準備が出來てゐない心もとない旅行者がせい〴〵でありました。私たちに缺《か》けてゐたのは結局のところ、生命を驅《か》り立てる眞摯《しんし》な欲望の力であり、そのためのあと少しの不幸や空腹の實感《じつかん》であつたのは確かです。もちろん當時《とうじ》はさうとも思ひ至らず、私はたゞ無名の違和感に圍《かこ》まれながら神經を尖らせ、一方では年頃の娘らしい自意識を繰りだして、たとへば自分を見てゐる男性の視線一つ一つに目敏《めざと》く反應《はんのう》しては、自分のなかにある反撥《はんぱつ》や嫌惡《けんお》がどこか危ふいものであることを考へてゐたりしたゞけでした。あるいはまた、着物の襟元に柄物の赤い半衿《はんえり》を覗かせてゐる若い女の、拔け目なさゝうな、それでゐて何だか世界の全部に苛立《いらだ》つたやうな挑戰的な顏つきに譯《わけ》もなく見入つては突然、昔讀んだ『淺草紅團《くれないだん》』を思ひだしたり、さらにはそれを讀んだ本郷の家の緣側や、そこで聞こえてきた大人たちの聲を思ひ返したり。それで、こゝにゐる誰もがかつて本郷の家の襖越《ふすまご》しに聞いた「大衆」や「勞働者」ではなく、新天地での未來を目指すと云ふのとも違ふ、今日明日の侏儒《しゅじゅ》の欲望に滿ちた現金な生活者の羣《む》れだと考へてみたり。社會も人間も、かつて父たちが聲高に團結《だんけつ》や救《きゅう》濟《さい》を論じてゐたよりはるかに單純か、もしくは手強《てごわ》いかだと思ひながら私は白々とした氣分であり、確かに樂しくもないけれど悲しくもなかつたやうに思ひます。そして私は最後には退屈してしまひ、車窓の硝子《ガラス》の蒸氣を手で拭《ぬぐ》つてみると、その外は日本海の波しぶきがいまにも降りかゝるやうで、どこまでも厚い灰白色が重なり合ふ單調でありました。その壓倒《あっとう》的な沈默の、何と云ふ救ひであつたことでせう。

　さて羽幌に着きますと、これから向かふ初山別麻谷漁業部がよこした貨物自動車が私たちを待ち受けてをり、急ぐやう云はれて乗り込んだ荷臺《にだい》もまたぎう〳〵詰めでした。と云つてもその日の便に乗り合はせたのは十五名くらゐでしたが、慌たゞしく出發する自動車の幌《ほろ》の隙間からは、鐵路《てつろ》と雪のほかは何もない海岸の高臺《たかだい》が自動車と馬橇と荷物と人間でごつた返してゐるのが見えました。同じ車輛だつた旅役者の一座や、行商人や、どんざ（古綿入れ）を纏つた男たちがをり、なかには各々の網元の船が濱《はま》まで迎へに來てゐる人もをれば、歩いて初山別へ向かふ人もゐたとのことですが、その時期さうして汽車が着くたびに同じ光景が延々繰り返されたはずです。さう云へば、私たちの自動車がいまにも走りださうとしてゐたとき、あの赤い半衿の女性が風呂敷包み一つを抱へ、周りの男たちを蹴散らす勢ひでずん〳〵歩きだすのが見え、私は急に筒木坂のツネちやんのことを思ひだしながらそれを見つめてをりました。知らない人なのに目を引いたのは半衿の赤い色のせゐか、どうやらこの海岸を歩いて獨りどこかへ向かふつもりらしいと察したせゐか、實《じつ》は後日また偶然出會《であ》ふことになつた女性なのですが、そのときはそんなことも知るはずがありません。それで、あれはきつとどこかの女給か酌婦で、行方知れずの愛人を探しに意を決してやつて來たのだと想像したりしたの。貧しくとも果敢な心持ちだけは、まるで北海道のアンナ・カレーニナ。同じくらゐ愚かで無意識でありながら、たぶん自分の愚劣さをよりよく知つてゐるに違ひない、生々しい力に満ちた無名のカレーニナ。しかしその姿を見たのもほんの數秒のことで、私たちの自動車はさうして、トランクや信玄袋や風呂敷包み持參で我先に歩きだす人びとをたちまち追ひ越していつたのでした。

自動車は海岸に寄り添ふ雪の丘をひた走り、あの邊《あた》りが初山別だと康夫が指さした先もたゞなだらかな白い起伏の續きでしかありませんでした。しかし一面の白色に見えたのは雪ではなく、よく見ると、幅三十間ほどの遠淺《とおあさ》の濱《はま》を覆《おお》ひ盡《つく》すほどの高波が白煙になつて邊りを覆つてゐるのです。

そして、やがてその白一色の中から濱に細々と建てられた矢來《やらい》が現れ、さらに番屋や船倉らしき建物の屋根が雲のやうに現れて、私たちはつひに厖谷漁場に着きました。自動車が止まつたのは濱を見下ろす丘の上でしたが、番屋の屋根の向かうの海は濱との境目も定かでない灰白色で、矢來のかすかな墨色でさうと分かるだけです。その矢來の近くで動いてゐた雪切りの人影も、手橇《てぞり》を引く人影もみな灰色です。また丘の背後には雪まみれの漁家の塊が僅《わず》かばかり、晝閒《ひるま》だと云ふのに薄明かりを燈《とも》して點々《てんてん》と聯《つら》なつてをり、それも雪の野に呑み込まれて靜まつてゐるのでした。

しかしこの時代、鰊漁は先《ま》づはさうして雇ひの衆が何もない風雪の底に立ち、全部を自分たちの手で切り開くことから始まつたのであり、そのとき私の見た薄暗い雪景色は、彼らの目には各々待ちわびてゐた約束の風景であつたに違ひありません。實際、そこで思はずぼんやりしてゐたのは私と康夫だけで、眞つ先に自動車を降りた昭夫さんが「さァ行くぞ」と威勢よく號令《ごうれい》を發しますと、ほかの衆も一齊《いつせい》に目が覺《さ》めたやうにざわめき立ち笑ひ聲さへあげて次々に濱へ降りて行きました。どの後ろ姿にもいよ〳〵始まつたと云ふ氣負ひが感じられ、私もまた吹雪も忘れて目を一杯に見開き、見るものすべてが珍しい濱の風景を目に燒きつけたものです。

先づは番屋。當時、初山別には角網《かくあみ》を建てる建網漁家が十三軒、着業數は全部で十七ケ統《かとう》あり、うち二ケ統を厖谷が持つてゐて、當地では明治の半ばに鳥取縣《けん》から移住して砂金と漁業で身代を起こした大家《おおやけ》の一つでした。厖谷は鰊漁だけでなく鯖《さば》や鮪《まぐろ》の漁もしてをり、番屋には通年加賀出身の雇ひの漁師が二十人ばかり住み込んで漁に從事してゐたのですが、鰊の漁期には二ケ統分の雇ひがさらに四十人加はつて總勢《そうぜい》六十名にもなります。それだけの大人數が寢起きする番屋は、ほとんど小學校かと思ふ大きさがあつて、山から伐《き》りだしたトヾマツの壁板も梁《はり》も柱も不揃《ふぞろ》ひな、手造りの、荒々しく誇らしげな建物でした。麻谷漁業部の表札が掲げられた玄關《げんかん》を入ると、三間幅の廣《ひろ》い土間が眞つ直ぐ延びてをり、奥に大きな竈《かまど》があります。そこには雇ひの六十人が食事をするための細長い木の飯臺《はんだい》と腰掛けが竝《なら》んでゐます。その土間の左側は雇ひの人びとが寢起きする場で、半間幅の板敷きの寢臺《しんだい》が二段の蠶棚《かいこだな》のやうに聯《つら》なつてゐます。一方、右側は三十疊ほどの廣々《ひろびろ》した板閒で、大きな圍爐裏《いろり》が切つてあり、神棚や賄ひ用の石の流し臺が備はつてゐますが、麻谷のそこは豪勢とは無縁の、木肌そのまゝの板閒も梁も柱も石も、當地に漁場を開いた人びとの汗が直に沁《し》みてゐるやうな素朴さでありました。またその板閒の奥は襖や障子で仕切られた疊敷きの部屋になつてゐて、そこを使ふのは親方や船頭たち役付きの人びとと來客です。さうした番屋にはふつう親方の家族も住み込むものだと云ひますが、函館の商家から嫁いだと云ふ麻谷の御寮さんは生來虚弱なために漁場に姿を見せることはなく、息子たちも東京や札幌で官吏になつたり學業に就いてゐたりで、漁期にはいつも親方だけが番屋に泊り込んでゐました。私たちがそこに着いたとき、建網二ケ統の大親方にしては少々うらぶれた綿入れのチャンチャン（筒袖《つつそで》の仕事着）姿の麻谷利一郎が、一人で板閒にヒョコ〳〵迎へに出て來たのは、さう云ふ事情であつたらうと思はれます。

當年六十五歳だつた麻谷漁業部二代目利一郎は、赤銅《しやくどう》色のつや〳〵した肌と短く刈り込んだ白髪がどこにゐてもすぐに見分けられる小柄な人物で、長年艪櫂《ろかい》を握り、網を引いてきた手だけは野球のグラブのやうに大きく節くれだつてゐるのでした。眼光は鋭く、笑顔はおほらかで、よく透《とお》る聲を持ち、そのときは片手に鐵瓶《てつびん》、片手に湯呑み茶碗と云ふ恰好《かつこう》で、「やァ、皆よく來てくれた、よく來てくれた」と大聲をあげた後、「おう野口君！」と早速私の伯父の野口昭夫を呼び、親しげに手招きをしました。野口昭夫は親方がリウマチを患つた後の昭和五年、三十九歳で麻谷の二ケ統の建網を預かる大船頭になり、以來毎年と云ふものどこよりも多い漁獲高をあげて、親方の絶大な信頼を得てゐたのです。

　麻谷には加賀衆の船頭もゐましたが、漁家の浮沈がかゝつた毎年の鰊漁を昭夫が取り仕切つてゐた理由は、實績《じつせき》を措いて他にはありません。後に聞いたところでは、麻谷から請《こ》はれて初山別に入つた昭和五年、昭夫は二ヶ統で二千石の水揚げを達成し、前年の凶漁で負債が嵩《かさ》んでゐた麻谷の經《けい》營《えい》を建て直したさうです。翌六年には、凶漁と來遊の不安定に苦しむ道内の建網漁家の半數が拓銀の低利融資を目當てに合同漁業株式會社を設立し、初山別にも合同の傘下《さんか》に下つた漁業部があつたなか、まさに麻谷の面目躍如と云ふところでした。初山別の鰊漁は、積丹《しやこたん》や古平《ふるびら》、濱益《はまます》、増毛《ましけ》などの先進地に比べれば歴史も淺く、漁場の設備も乏しく、個人での經營規模の擴大《かくだい》は採算面では自轉《じてん》車《しや》操業に近いものがあつたやうですが、來年の心配をしても始まらないのが鰊漁と云ふものです。鰊が來れば財を成し、來なければ無一文で夜逃げするだけの、一か八かの創業期の豪膽《ごうたん》さがこの時代の麻谷漁場にはありました。大船頭の昭夫は文字通り、その命運を背負つて今年もまた漁場に入つたわけです。

　昭夫伯父と親方は板間の圍爐裏を圍《かこ》んで坐り、ほかの雇ひ十五人ほどは各々空いた寢臺で旅裝を解き、早速身支度を始めました。私たちがたつぷり雪を踏んできたので土間は濡れてしまひ、それがすぐに冷えてきて身震ひが出ました。さうして私は先づ番屋の嚴しい上下關係を身體に沁み込ませたのですが、長男の忠夫さんも康夫ももう慣れたのか何も感じない樣子で、見ると、兄弟で上下の寢臺を分け合ひ、ほかの人と同じやうに默々と身支度に勤《いそ》しんでをりました。そして私はと云へば、竈のそばにゐた女性が聲をかけてきて「おめは向かうの部屋」と板間の奥を指差します。當時もいまも、私は歳のわりに氣が利かないと云はれても仕方ないところがあつて、板間へ上がつて親方に挨拶をしたものゝぎごちないことこの上なしでした。それでもこのとき親方は、私が大船頭の姪だからかずいぶん優しげであつたのは確かです。

ところで、竈のそばから私に聲をかけた炊事婦の女性は名をマツと云ひ、歳のころは三十過ぎくらゐだつたでせうか。最初に會つたとき、頭を被《おお》ふ防寒用の風呂敷の若草色が派手な感じで、その下の頬も、綿入れの襟元の首筋も、腕抜きの下の肉付きのよい腕も赤々として陽氣な風情でした。その一方で、なか〳〵陰影のある目をしてゐて、私は苦手と云ふほどでもなかつたけれども、ほんの少し用心をしたものです。私が炊事婦にあてがはれた四疊半《よじようはん》の部屋に荷物を置いてすぐに土間へ降りたとき、マツさんは土間の奥の井戸端でひと抱へもある大釜を洗つてをり、私に束子《たわし》を渡して代はるやう云ふと、自分は戸棚の物陰に腰を下ろし、綿入れの合はせから取りだした刻み煙草《たばこ》をキセルに詰めてふうと美味《うま》さうに吸ふのです。それから私のゴム長を眺め、赤いマフラーを眺め、顔を眺めて「おめ、あの英語の先生の娘だつて？」と云ひます。さうだと答へると、「父娘《おやこ》揃つて、何があつたか知らねェども」と云ふ一言を返したマツさんは、ほんたうはさほど興味もないのだと云ふふうに天井を仰いで、暫《しばら》く何も云ひません。

それで私が「何も特別なことはないわ」と云ひ返すと、「鼻つ柱の強《つよ》いをなごだ」と云つて嗤《わら》ふマツさんの顔は一寸《ちよつと》愛嬌があつて、まァ悪い人でもないのだらうと思ひ直した私も少し嗤ひ返しました。濡れる端から凍りつくやうな土間に立つてゐるうちに、私も急に話し相手が欲しいと云ふ氣分にとらはれてゐたに違ひありません。貴女《あなた》はこゝにどのくらゐ居らつしやるの？ お生まれはどこ？ 結婚してゐらつしやるの？ と立て續けに尋ね、マツさんは今度は「おめ、お喋りだな」とまた嗤ひます。

　この程度でお喋りだと云はれてはたまらないと思ひましたけれど、ともかくさうして私たちは何とか打ち解けたのでした。追々にマツさんが言葉少なに語つたところでは、彼女は留萠の小さな漁家の生まれで、二十歳《はたち》で地元の郵便局の職員と戀愛《れんあい》結婚したが、すぐに死に別れて地元に居場所がなくなり、なるべく遠くへ雇ひに出たいと思つてゐたところを厤谷の親方に拾はれ、もう十年になると云ふやうなことでした。ところでマツさんは、板間の親方に隠れてまるで人生に疲れた男のやうな手つきでキセルをふかしながら、私に「あのね」と耳打ちしたものです。ほんたうは羽幌からこゝへ毎年來てゐたタマヱと云ふ女がゐたのだが、その女がこの漁業部の某と云ふ帳場係の若衆を誑《たぶら》かすものだから、自分が親方に進言して馘《くび》にしてやつたのだ、と。だからおめも色氣だすんぢやあないよ、と。まァ何と云ふことを云ふ人だらうと呆氣《あつけ》に取られましたが、さう云ふ本人の目にはまた例の隱微な影が降りてをり、私は同性の勘と云ふやつで、これはいろ〳〵ありさうだと思つたのでした。と云ふのも、丁度そのときマツさんの目が玄關のはうへスッと動き、その目を追ふと玄關の脇にある帳場の部屋に入つてゆく若い男の姿が見えたからです。一見して勤め人ふうの調髮で背廣《せびろ》を着込み、革の鞄《かばん》を提げたそれは實《じつ》はタマヱ云々の相手だつたと云ふ當《とう》の帳場係その人だつたのですが、この話はまた後で。

　ともかく、私がさうしてゐる間にも、身支度を整へた雇ひたちはもう濱ごしらひの作業に出て行かうとしてをりました。「ほら、おめのお父《ど》さまだ」とマツさんに云はれて振り向いたとき、私はどれが父の後ろ姿か見分けられず、咄嗟《とつさ》に一番背の高い男を目で探してをりました。父康夫は、長兄の忠夫さんよりもさらに少し上背がありましたから。そのとき見た康夫は、ほかの男たちと同じ白いネルの布で頭を被《おお》ひ、昭夫伯父のお下がりの筒袖のチャンチャンと木綿の股引《ももひ》きと云ふ出で立ちで、足元はたしか脚絆《きやはん》にツマゴであつたと思ひます。姿だけはもうどこから見ても鰊場の雇ひの衆で、私は思はず去年の初夏に筒木坂へ届いた父の葉書の自畫像《じがぞう》を思ひ浮かべてをりました。さうして父たちはお茶の一杯も呑まず、私のはうを一度も見ることもなく玄關から眞つ白に凍つた濱へ出て行つたのですが、そのとき私が洗つてゐた二尺釜は晝《ひる》のご飯を炊いた後の釜でしたから、私たちは結局その日はお晝を食べ損ねたと云ふことでした。土間に立つた足元や井戸水の冷たさが急にまた骨に響くやうに感じられたのは、そのせゐだつたかも知れません。

今年の正月に、いまは初山別漁協にゐる厖谷の末裔《まつえい》の人から頂戴した年賀狀に一筆添へられてゐた話を、貴方にしたかしら？　それによれば、明治以來の厖谷漁場の濱《はま》は今日、浸蝕が進んで當時《とうじ》のほゞ半分ほどの幅しかなく、かつて番屋などの建物や廣大《こうだい》な干し場が竝《なら》んでゐた邊《あた》りはイタドリの羣落《ぐんらく》に被はれ、一面の原野に歸《かえ》つて久しいとのことでした。しかしさうだとしたら、私の見た昭和一〇年春の濱は何と云ふ別世界だつたことでせう。

夜明け前、マツさんと私は三つの竈《かまど》で一人當《あた》り二合四勺見當《しやくけんとう》、計十五升のご飯を炊き上げ、風呂桶ほどもある八斗炊きの鍋で味噌汁《みそしる》を作り、澤庵《たくあん》を切ります。番屋の暗さのせゐでせうか、沁《し》みついた魚臭のせゐでせうか、白米の眞つ白なご飯のうつくしさは殘酷《ざんこく》なほどで、炊きあがつた釜に杓《しゃ》文字《もじ》を入れる仕合《しあ》はせ、茶碗に山盛りよそふ仕合はせ、パッと鹽《しお》を振つて大人の拳《こぶし》よりも大きな握り飯を握る仕合はせは一寸《ちよつと》言葉になりません。マツさんがカン〳〵と音高く拍子木《ひようしぎ》を叩くと、それを合圖《あいず》に雇ひの衆は土間の飯臺にひしめき合ひ、先を爭つてその眞つ白なご飯を食ひ、十分も經《た》たないうちに腹ごしらへを終へて粛々《しゆくしゆく》と作業へ出てゆきます。

　漁場の濱ごしらひは二十日ほども續《つづ》きますが、その最初の作業は雪切りです。一日中、濱に厚く積もつた雪を鋸《のこぎり》で切りだし、藁《わら》で編んだ畚《もつこ》に積んで運び、海へ捨てる繰り返しです。私はとき〴〵濱へ目を凝らし父の姿を探したものですが、初めの二日ほどは誰もが雪まみれの灰色でとても見分けられず、雪に吸ひ込まれて聲《こえ》も足音もない、無聲映畫《むせいえいが》のやうな光景でした。さうして除雪が進むにつれて、最初に姿を現すのは船を着けるための棧橋《さんばし》です。セイロと呼ばれてゐたと思ふのですが、雪が拂《はら》はれて現れたそれは、遠淺の濱に打ち込まれた杭に板を打ちつけて作つた枠に玉石を詰めただけの簡素なもので、幅は三間《けん》ほど、長さは十間近くもあり、そこに板を敷けばもう棧橋が完成してゐました。棧橋の先端には、沖揚げのときに滑車を付けて簡單なウィンチになる天秤《てんびん》のやうな間伐材の丸木が立つてゐましたが、それが設けられたのは昭夫伯父が來た年だつたさうです。なほ昭和一二年にはかうした設備も一新され、淺橋には大規模なクレーンやトロッコ用のレールが設置されたと聞いてゐます。

　そして、次に現れるのが船揚場《ふなあげば》となる濱と船倉。筋木を竝《なら》べコロを渡したレールが何本も敷かれ、四棟の船倉からは大小の保津《ほつつ》船が十艘《そう》、一齊《いつせい》に引きだされて濱に竝びます。一番大きい枠船で幅十尺、長さが四十八尺あります。話に聞く漁の激しさに比して簡素すぎる船體《せんたい》に見えましたが、その代はりに舳先のはうに彫り込まれた牡丹《ぼたん》と唐草の模様が、目にも鮮やかな赤や黄色をして漁師の勇氣を奮ひ立たせてゐたのかも知れません。さうして厩谷の船大工が二人、早速捩《ねじ》り鉢巻に地下足袋《じかたび》姿で濱に道具を揃へ、船板の修理を始めると、その槌音が番屋の臺所《だいどころ》まで聞こえてきて一氣に賑《にぎ》やかになります。また、網倉から出された角網の一枚一枚や、マニラ絲《いと》で編み上げられた、觸《さわ》るのが恐いやうな粗い手觸《てざわ》りの綱類もまた濱に山と積まれ廣《ひろ》げられると壮觀で、網修理が始まるころには、あらかた雪の消えた濱を行き來して指圖《さしず》をする昭夫さんの聲《こえ》がそこゝで飛んでゐます。また濱の後方では、山から伐《き》りだされた原木を手橇《てぞり》で運び下ろす人びとが行き交ひ、掛け聲や怒號《どごう》に混じつて薪割《まきわ》りの音も聞こえてきます。

晝《ひる》には、臺所の私たちはまた十五升のご飯を炊き、味噌汁を作り、舌が痺《しび》れるほど鹽辛い澤庵を切ります。雪と濱砂にまみれた男たちが土間にひしめき、またすぐに姿を消した後に、私たちは茶碗を洗ひ、また次のご飯を炊きます。夕食用には味噌汁のほかにヌタや煮物を一品作ります。土間の裏手にある風呂も沸かします。晝の間は、近所に家族を住まはせてゐる雇ひの加賀衆の子どもたちが、その土間を走り回《まわ》つて遊んでゐます。女たちは雪が消えるまでは家で藁仕事があるさうで、美也子くらゐの歳の女の子も赤ん坊を背負つてまゝごとをするのです。私は少し手が空くと、米藏に米の俵を取りに行つたり、味噌や漬物を取りに行つたりし、そのたびに濱に父の姿を探しましたが、雪切り作業の次に康夫がしてゐたのは薪割りでした。鰊場では搾《し》め粕《かす》を炊くのに大量の薪を使ふため、數人《すうにん》がゝりで來る日も來る日も薪を割り續けても追ひつかないほどなのです。同じころ、長兄の忠夫さんは角網を建てるときの型を固定する土俵作りをしてゐましたが、それもまた二ヶ統分で百俵ほども作らねばならず、何日も俵に石を詰める作業が續いてをりました。

日が暮れると、一日外で冷えきつた男たちが全身から冷氣と潮香を立ちのぼらせて番屋に歸《かえ》つて來ます。私のはうは給仕に追はれて、父や忠夫さんの雪燒けで赤々した顔を目で探すのが精一杯です。親方や昭夫伯父をはじめ加賀衆の船頭たちや船大工や帳場係は、板間の圍爐裏端《いろりばた》にお膳を運んでの食事になります。夕食の後は、煙草《たばこ》を吸つたり雑誌を開いたりする者も僅かで、ほとんどがそのまゝ寝臺に轉《ころ》がつて寝てしまひます。父や忠夫さんが雪まみれの股引《ももひ》きを脱ぎもせずに寝てしまふのを見て、洗濯をしてやらなければと思つたのですが、最初の二日は私も疲れ過ぎてゐて手が回らず、毎日つけようと決めてゐた日記もつけず、翌朝マツさんに男みたいに大の字になつて寝てゐたと嗤はれました。

　ところで、私たちより三日遅れで最後に番屋に入つた雇ひ五人の中に、土場《どんば》から來た谷川と云ふ名の杣夫《そまふ》の父子がをりました。父親の谷川平次郎は野口昭夫と函館の水産補習學校で一緒だつた人で、厩谷には昭夫より古い昭和元年から來てゐた古參でしたが、山持ちのため、年明けから檜山《ひやま》に入つて原木の伐りだしや枝打ちの作業を續け、一仕事終へてから息子を伴つて急いでやつて來たのでした。さう云ふ理由で土場では一度も顔を合はせる機會《きかい》がなかつた谷川の父子は最初、五十がらみの溫厚さうな男とそれを「おど」と呼ぶ若者の二人組と云ふことで私の目を引いたのでしたが、數分も經《た》たないうちに私はもう、その若者のはうに目を奪はれてゐたのかも知れません。聯絡船《れんらくせん》や汽車にも若者は澤山《たくさん》ゐたし、谷川の息子のどこがどうと云ふのでもなかつたけれども、引き締まつた若々しい首筋がすつきりと伸びてゐて、雪燒けした頰が燃えるやうに赤々し、齒並《はなら》びが何とも云へずきれいで、切れ長の目元が涼しいの。昔からずつと野邊地《のへじ》の私のところに葉書をくれてゐた谷川巖《いわお》の名前を、あるいは貴方も覺《おぼ》えてゐるかも知れませんが、そのときさうして番屋の土間に立つてゐたのは、十七歳のその谷川巖です。

　それにしても、かうして書きながら、私はいまも四十年前のそのときの心地に立ち戻つてしまひ、十六歳の何とも云へぬぼんやりした歡喜《かんき》のなかにゐるのですが、一つ一つ思ひださうとするとほとんど何もないやうな氣もします。もしもこれが戀《こい》だつたのなら想像してゐたものとずいぶん違ふし、それは輪郭もないのに或《あ》る塊《かたまり》を成し、うつくしくも醜くもない、空氣の膜のやうに私の鼻腔に満ちてきた何ものかだと云ふほかありません。さうして私は、小説の女主人公たちのやうには出來てゐない自分を發見した小さな驚きのなかで、一寸立《ちよつと》ちすくみ、目を見張つてゐたのです。尤《もつと》も、實際にはたゞ遠目に姿を見たと云ふだけで、谷川父子は着いて早々身支度もそこ〳〵に、濱の作業に出ていつてしまつたのでした。十三のときから父と一緒に鰊場へ來てゐたと云ふ巖青年は手先が器用で、もう熟練者に混じつて網の繕ひが出來る腕前だつた上、性格がよいと云ふことで昭夫伯父にもとくに目をかけられてゐたやうです。

　さて、そんなふうに六十名が揃《そろ》ひ、いよ〳〵建網の型入れ時期も近づいてくると、濱ごしらひは一層忙しさを増し、番屋の臺所《だいどころ》は加賀衆の內儀《おかみ》さんが一人助太刀《すけだち》に入つてもなほ混雑をきはめました。時雨《しぐれ》も減つて少し風が溫《ぬる》み始めた濱では、各々の作業の段取りに合はせて濱で食事を取るやうになつたためで、私は握り飯を詰めた角お鉢と云ふ木函《きばこ》を背負ひ、手に味噌や澤庵を入れたかごを提げてあつちへ行き、こつちへ行きです。小石と砂の濱は近所の刺し網漁家の保津船も加はり、網と綱と山のやうな道具類で足の踏み場もない混雑ですし、高木架《たかなや》の組み立てが始まつた干し場は小學校の運動場ほどの廣さだし、康夫のゐる粕炊き場は平屋の屋根より高く積み上げられた薪の山の向かうです。山と云へば、生賣《なまう》りの粒鰊《つぶにしん》を詰める木函も毎日毎日その山が高くなつていきます。康夫たち新米は相變《あいか》はらず薪割りでしたが、その傍らでは竈《かまど》の準備や粕を搾る大きな角胴の運び出しも忙しく、危ないので父の姿をゆつくり見てゐるひまはありません。さうして飯を運ぶ私を濱のあちこちから呼び、手際よく指圖《さしず》するのは陸廻《おかまわ》りで、もう名前は忘れましたが當時《とうじ》こつそり「小使ひ」さんと云ふあだ名を付けた人でした。二十年も鰊漁の一線にゐて濱風で干し上げられたやうな皺《しわ》と骨だけの風體《ふうてい》でしたが、數年前に引退しても身體《からだ》が動くうちはと云ふのか、濱ごしらひの段取りや雜用に黙々と小まめに動き回る姿は、どう見ても小學校の「小使ひ」さん。しかし、知らない間に私に「ハルちやん」と云ふ呼び名をつけて何かと氣遣つて教へてくれた一方、「ハルちやん、ハルちやん」の遠慮がちな細い聲《こえ》がいつも少しむず痒《がゆ》かつたのは、私が年頃だつたせゐでせう。背が伸び胸も膨らみ始めてゐた自分の身體に違和感を感じてゐたところへ、いかにも子どもつぽい呼び名は腹立たしかつたほど。それで私は「小使ひ」さんにはあまり愛想よくしなかつたのですが、そのことを思ひだすと一寸《ちよつと》胸が痛くもなります。

ところで雇ひの衆六十名の中には、名前を覺《おぼ》えた人も初めから知らなかつた人もをりますが、いまとなつては個々の名前は一つも思ひだせないのに、多くの人の姿や聲はなほも鮮明で、當時私が付けたあだ名と一緒にふつ〳〵と浮かんできます。私の目には、雇ひの衆はだいたい四種類に分かれてゐましたが、一つは船頭などの役びとたちです。彼らは平雇ひとは寢食すべての待遇が違つてゐた分、何かと衆目を集めやすく、眞つ先に標的にされる宿命にありました。たとへば加賀衆の船頭に「閻魔《えんま》」さんと云ふ人がゐて、いつも懐《ふところ》に手帳を入れてをり、親方や大船頭の指示をいち〳〵これ見よがしに手帳に書きつけるので、何につけ威勢のよさを好む漁師たちには細か過ぎると感じられたか、上におもねつてゐると勘繰られたか、あいつは膽《きも》が小さいとずいぶん馬鹿にされてゐたものでした。また、雇ひの下船頭《したせんどう》の「鳶《とび》」さんと云ふ人は、正反對《せいはんたい》に聲が大きく、いかにも景氣のよい豪放なことを云ふのに、親方や昭夫伯父の前ではしごく肅々《しゆくしゆく》としてをり、それこそ鳶のやうに平雇ひの土間と役びとたちの板間を行き來して、雙方《そうほう》のご機嫌取りをするのです。さう〳〵、もつと上を行くのは二人ゐた帳場係の年長のはうの「勘定」さん。經理《けいり》一筋の小役人そのもので、普段帳場の窓口で雇ひ相手に前借りの相談に乗るときは算盤《そろばん》を彈いてねち〳〵云ひ、親方の姿が見えると一錢の狂ひもない帳簿を褒めてほしい一心でそは〳〵し始めるのが、見てゐて可笑《おか》しいのでした。一方、若いはうの背廣《せびろ》の帳場係にはあだ名をつけ忘れたのですが、どうやら近在の大家《おおやけ》を出されて廐谷に來てゐた人らしく、營養《えいよう》の行き届いた艶やかな顔と、憤懣《ふんまん》をためた書生のやうな目が何とも場違ひな、二十年早い太陽族のやうな感じの青年でした。だつて、ワイシャツの袖を捲《ま》くり、人指し指一本で肩に上着を引つかけてその邊《へん》を歩き回つたりするのですよ。初めて會つたときから、どうもタマヱ云々《うんぬん》の口ぶりとは裏腹にマツさんの視線が向かひがちなのは確かだつた、例の相手です。

さてしかし、役びとよりも私の記憶に殘つてゐるのはそのほかの集團《しゅうだん》でした。先《ま》づ、誰からともなく「あの連中」と呼ばれてゐた十人ばかりの男たちがゐます。彼らは各々事情があつて郷里を失つた無宿の徒が多く、目つきも鋭く、御法度《ごはっと》のはずの刺青《いれずみ》があつたりもしましたが、雇ひにならうと云ふからにはそれなりに一線を守つてゐたので、とくに問題があつたわけではありません。それでもときには函館の某と云ふ女に手を出しただの、花札の借金を返せ返さないだの、一寸《ちよつと》した諍《いさか》ひがあつたり、脅し合ひがあつたり。しかしほかの集團とあまり交はることもなく、硬い孤獨《こどく》な目で周圍《しゅうい》に睨みをきかせながら、番屋ではいつも寢臺《しんだい》の一角をひつそりと占めてをりました。その彼らのなかにも序列があつて、牢名主《ろうなぬし》の寢臺にはさゝやかな煙草盆《たばこぼん》があつたりするのもいぢらしく、下のはうの若衆はとき〴〵所在なげな顔をしてほかの集團を見回したりし、誰かと目が合ふと急にきつい顔を取り戻してふいと目を逸らせます。中でも額に三寸ほどの傷痕があつた「三日月」さんは、薪割りや粕炊きでとき〴〵康夫と組んでゐたこともある青年でしたが、大變な力持ちで、いつも助けてもらふお禮《れい》にと萬年筆をあげようとしたら、自分は字が書けないのだと怒りだして困つた、代はりに新しいハンカチをあげたら小さい手拭《てぬぐ》ひだと云はれた、などと康夫は呑氣《のんき》に笑ふのでした。

　また一方には、康夫や忠夫さんを含めた善良としか形容しやうのない出稼ぎ者の集團があり、多數を占めてゐたのは彼らです。しかし各々に生活の事情が見え隱れし、たとへば胃腸病を押して働きに來てゐた「水筒」さんと云ふ人は、いつもすまなさうな氣弱な笑みを浮かべて臺所《だいどころ》の裏口からこつそり水筒に白湯《さゆ》をもらひに來るのですが、その水筒が煎じ藥臭い上に茶澁《ちやしぶ》で眞つ黒なのでした。また、「三杯」さんと云ふ人もをりました。飯臺《はんだい》でいつもわき目もふらずに三杯飯を食ひ、最後にほつと安らいだ何とも云へない柔らかな目をするのが印象的で、この人が山へ伐《き》りだしに行くときには、私は握り飯を三つ包むやうにしたものです。ほかには「銀鱗《ぎんりん》」さん。私物を包んできた風呂敷をそのまゝ防寒用の頬かむりに使ひ、着替へも持つてゐないので、漁が始まると二六時中、全身が鱗《うろこ》だらけで光つてゐた人です。マツさんが云ふには、親方が見かねて古着を渡しても大事に持ち歸《かえ》つてしまひ、翌年はまた着の身着のまゝやつて來るのださうでした。またほかには、私のために赤い布を織り込んで草鞋《わらじ》を編んでくれながら、諏訪《すわ》の工場にゐる娘の話をした人。本職は床屋で、自分の寢臺の柱に「調髮します」と云ふ手書きの札を貼《は》つてゐた人。しかし彼らの寢臺にも、ときをり函館の特飲店のちらしや質券が落ちてゐたりします。

　そして最後に、未來の船頭を夢見る若い漁師たちの集團がゐます。多くは下衆《しもしゆう》と呼ばれる道南の出身で、谷川巖もその一人だつたわけですが、昭和の初め、船一艘と自分の腕一本で誰に憚《はばか》ることもなく生きてゆける人生を身體《からだ》で知つてゐたと云ふだけでも、まさに解放されてゐた人びとだつたと云へるかも知れません。當面《とうめん》の困難はあつても、そこ〳〵食べてゆける限り、自分の生きる道に迷ひのない人生と云ふのがかくも穩やかで明朗なものかと、私はいつも目を見張るやうな心地でした。歓喜にも失望にも疲勞にも意氣込みにもはつきりした輪郭があり、それらを區切るのは健康な眠りで、朝はつねに新しい。單純な生き方ほど生命にとつて望ましく、精神にとつて健やかなのだと強《つよ》く感じた私は、自分も出來ればそんなふうに生きたいと思ひ、日記にさう云ふ意味のことを書いたのを覺《おぼ》えてゐます。『アンナ・カレーニナ』の登場人物、大地主のレーギンが自分の農場で勞働の喜びを發見したのが、農民への理解と云ふ善意と一つであつたのとは違ふ、理解でも善意でもない生きることそのものゝ單純さを、私は欲しい、と。

思へば、七年前に貴方が漁船員になると云ひだしたとき、あまり動搖することもなくこれでいゝのだと自分に云ひ聞かせ、且《か》つ貴方の倖《しあわ》せを願ひもしたのは、元をたゞせば麻谷の若い漁師たちの思ひ出から來てゐたのかも知れません。しかし同時に、番屋の六十人の集團《しゅうだん》がもつてゐた深い陰影も思ひだし、同じことはかつて淳三の出征を見送つたときも考へたのですが、神經の鋭い貴方のことだから、あるいは單純さよりも、生活や生死をともにする集團が孕《はら》む或る隱微さのはうに壓力《あつりょく》を感じるのではないかと、一寸《ちょつと》した不安もあつたのでした。尤《もつと》も、貴方は淳三が繪描《えか》きの目で物のかたちを觀《み》るのと違ひ、觀察した後に自分の手で觸《ふ》れることを厭《いと》はない感性の持ち主だと思ふから、母の取り越し苦勞なら、この段はどうか笑ひ飛ばして下さい。夜はどうも物思ひが過ぎていけません。

昨日こゝまで書いて、今朝の朝刊を開きますと、八戸《はちのへ》は久々に近海マグロが大漁だつたとのこと。福澤《ふくざわ》の船と、水揚げされた本マグロを圍《かこ》む社員の滿面の笑顔の寫眞《しゃしん》が地方欄を飾つてゐて、それを眺めるうちに、貴方だつてもう一人前の漁船員、きつといまごろはインド洋でこんな顔をしてゐるはずだと考へ直しました。多喜二《たきじ》の描いた昔の蟹工船《かにこうせん》ではあるまいし、私がなほもかうして思ひ巡らす鰊場の集團の陰影など、もう何ほどの意味も持たないくらゐ現代の漁撈《ぎょろう》の環境は能率的な分業になつてゐるはず。さうと分かつてゐて、私のなかではとき〴〵全部の時代の記憶が混亂《こんらん》します。

さて四月初め、厖谷漁場ではいよ〳〵型入れがありました。角網を固定する側綱《がわづな》の四角い枠や垣《かき》網《あみ》用の伸し網を海の上に張り渡すのは、定置網の側張りと一緒です。貴方は中學時代、從兄《いとこ》の遙《はるか》さんと一緒に福澤の船で鮭の定置網漁に出てゐたし、網のことは私よりずつと詳しいけれども、昭和の初めの側綱を貴方が見たらその素朴さに驚くことでせう。マニラ絲で紡がれた綱は運動會《うんどうかい》の綱引きの綱のやうでしたし、數百もの浮きは辨當箱《べんとうばこ》ほどの大きさの木の塊で、浮標《ブイ》も木。根綱は藁で編まれてゐました。當時《とうじ》の型は濱から五百間くらゐの沖合に入れてゐたと思ひますが、なにしろこの型の位置に大漁か否かがかゝつてゐたため、それを決める大船頭の本領發揮のときでした。後年昭夫本人から聞いた話では毎年、型入れのときだけは、漁家の浮沈が自分の見立て一つで決まつてしまふ重壓《じゅうあつ》で前の日は眠れなかつたさうです。尤も當時の私はさうとも知らず、早朝、側綱や錨《いかり》や土俵を山と積んだ保津船が一齊《いっせい》に濱《はま》を出てゆくとき、先頭を行く船の舳先《へさき》に立つ昭夫さんの後ろ姿を何とも力強くうつくしく見てをりました。あれでは江差一の藝妓《げいこ》だつたと云ふ八重さんも惚れて當《あた》り前。また、そのとき海に出ていつた男たちのなかには谷川の息子もをり、若々しい眞つ白な向う鉢巻きでした。實《じつ》は各々の船に私が握り飯を詰めた角お鉢を運んだとき、それを受け取つたのが巖青年で、初めてほんの一秒か二秒目が合ふと、すぐそこにパッと朱が散つたやうな上氣した赤い頬があつた、あのときの胸苦しさと云つたら！

そして型入れが終はれば、次は網入れと網下ろしの宴。三日くらゐ後だつたと記憶してをりますが、近在の建網親方衆が稲荷《いなり》神社で卜《ぼく》を受けて決まつたと云ふ吉日のこと、いつものやうに午前四時過ぎに私とマツさんが起きだしたとき、麻谷の親方をはじめ昭夫さんたち役びとはもう爐端《ろばた》を圍《かこ》んでゐて、何やらたゞならぬそは〳〵した晴れがましさが感じられます。慌《あわ》たゞしく臺所《だいどころ》に立つたマツさんも「今日は飯食ふひまねえど」と云ひながら勇ましいたすき掛けです。その朝、番屋の玄《げん》關《かん》には日章旗と屋號《やごう》入りの大漁旗が立てられ、早めに起き出した若衆たちが胴網や垣網の山を保津船に積み込むかけ聲《ごえ》や笑ひ聲で、濱は見違へるばかりでした。麻谷漁場の濱は干し場を含めて二百間《けん》ほどの長さがありましたが、空いてゐるところには近隣の刺し網漁家の保津船がそれ〴〵ひしめき、同じやうに刺し網を建てる準備に追はれるその向かうには、また別の漁場が一齊に震へるやうにざわめき立つてゐるのです。海は幾重もの重い雲の層《そう》がゆる〳〵と明けていく凪《なぎ》で、鰊曇りと云はれる春の海はもうすぐそこまで來てゐました。

　午前七時前、炊きたてのご飯を腹一杯詰め込んだ麻谷の衆は先を爭ふやうにして濱に集まり、設營した型に網を建てにゆくべく一齊に沖へ漕《こ》ぎだしてゆきました。一方、番屋では加賀衆の內儀《おかみ》さんたちも加はつて二斗の糯米《もちごめ》を蒸し、餡《あん》にする小豆を炊いて祝ひの餅作りです。さらに、夜の網下ろしの宴會《えんかい》に備へて鰈《かれい》や鱈《たら》やソイやカスベを煮炊きしたり、私は專《もっぱ》ら竈《かまど》の番でしたけれど、マツさんを筆頭に手慣れた女たちが忙しく動き回る姿も姦《かしま》しい笑ひ聲も、たしかに盆と正月が十年分もいちどきに來たかのやうな騷ぎでありました。久々に番屋へ集まつた女たちには、これも半分は娯樂であつたに違ひなく、冬の間蒲團《ふとん》のなかでいやと云ふほど夫と過ごしたのでもう飽きたとばかりにおほらかな猥談を繰りだしては、若い娘御《むすめご》には聞かせられねと私のはうを見て笑ひます。なに、漁期が終はるころにはおめもどこかの男と夫婦《めおと》ばやつてゐるよ、どこの漁場でも男と女は鰈の目玉だば、女はいつでも身體《からだ》コ洗つで、唇には紅の一つもさして待つてるの、と云つたりする女たちの輕《かる》口《くち》の、一つ一つが私の耳にはちく〳〵し、少し不快な熱の粒になつて肌を轉《ころ》がり落ちてゆきます。

この日は實《じつ》にいろ〳〵なことがあつたのですが、さう云へば晝前《ひるまえ》、その臺所が突然靜まつたかと思ふと、玄關に西陣の着物姿の女性が赤い袱紗《ふくさ》をかけたお重を携へて靜々《しずしず》と立つてゐたのでした。女性は私たちのはうへ「よろしくお願ひ申します」と頭を下げてまたすぐに姿を消してしまひましたが、いかにも都會育ちらしい垢抜《あかぬ》けたその人こそ後で聞けば糀谷親方の御寮さんだつたとのことです。そのときのマツさんたちの空氣《くうき》から察するに、いくら函館の良家から嫁いできたからと云つて、所詮遠方の漁家に嫁ぐやうでは實家も大したことはなからうと云ふのか、番屋の祭事を手傳《てつだ》ひもしない御寮さんをあまりよくは思つてゐないふうでありましたけれど、さう云ふとき女たちを仕切るのはやはりマツさん。いかにも冷たい横目をくれてゐたのに、いざとなると御寮さんが近所に配るための祝ひの餅を自ら手際よく家紋入りのお重に詰め、そゝくさと本宅へ屆けに行くのでした。たしかにかう云ふところで點數《てんすう》をかせぐのが上手くなければ、何事も大雜把で手拔きもするマツさんが長年番屋を仕切つてこられたわけもありません。一方、殘りの餅はと云へば雇ひ一人當《あた》り五個、計三百個。それらが各々懷紙に包まれて土間の飯臺の端に積み上げられ、晴れがましく配られるときを待つのでしたが、臺所の私たち女はマツさんが出かけてゐる間に出來立ての餅をつまみ食ひし、その間も女たちの猥雜なお喋《しゃべ》りは止《と》まるところを知りません。

ところで、網入れを終へた船が次々に戻つてきた晝下がりから、濱は再び靜まつていき、氣がつくとそこはもう大漁旗や吹き流しがはためいてゐるばかりで、康夫たち粕《かす》炊《た》き場の薪割りの音も止《や》んでゐたのでした。一方、番屋の土間や板間は網おろしの宴を待つ雇ひの衆の笑ひ聲であふれ、餡入りの餅を目當ての子どもたちも涎《よだれ》を垂らさんばかりの顏をしてうろ〳〵してゐます。その端を私は休む間もなく行き來しながら、自分でも知らない間に玄關の硝子戸《ガラスど》の向かうを見たり、竈の端の裏口から外を見たりして、谷川巖の姿を目で探します。この日、私は朝から何と云ふか心も身體《しんたい》も不安定な感じがしてをり、そこへ內儀さんたちの猥談を聞きすぎたせゐか、逃げだしたいやうな氣分が加はつてゐたのかも知れません。土間の石の濕氣《しつけ》から、潮臭い煮炊きの匂ひから、雇ひたちの身體の匂ひから、番屋を押し包む薄闇の全部から、何か寂寥《せきりよう》とした見えない波動が滲《し》みだしてきて、これと云つた理由もなく私を不安にし、苛立たせるのです。そんなふうでしたから、頻《しき》りに外へ目を走らせたのも、ほんたうはたゞどこかへ驅《か》けだしたいやうな衝動と一つだつたに違ひありません。夕暮れ前、裏口の硝子戸越しに外の井戸端で洗濯をする巖青年を見たとき、私は數日前の型入れの日に目が合つた、あの感覺を全身に蘇らせようとしながら、膝が震へるやうな思ひで目を凝らしました。巖青年はほかの漁師たちとあんなに笑ひ合つて、何を話してゐるのでせう。一點《いつてん》の曇りもないその清涼《せいりよう》な姿を眺めるうちに、私は今度は少し失望も味はひます。彼のはうは私の姿を探すやうな素振りも見せず、この間目が合つたのはたゞの偶然だつたのかと思ふと、邊《あた》りを包む空氣がまたずんと重く感じられて、ゐても立つてもゐられない不快さなのでした。

そして、巖青年は私が見てゐることも知らずに洗ひ物を干してどこかへ行つてしまひ、しばらく後、番屋のその裏手の斜面に立つてゐたのは、なんと羽幌《はぼろ》で見かけたあの赤い半衿《はんえり》のアンナ・カレーニナで、私は一體《いつたい》どこからあらはれたのかと思はず目を見張りました。その人は以前とは違ふ着物でしたが、ひと目見てさうと分かる凜《りん》とした風情で人けのない殘雪の上に立ち、保津船が竝《なら》ぶ濱をゆつくりと見渡してゐたのです。そして私が裏口の硝子戸から見てゐますと偶然にも目が合つてしまひ、女性はこちらへ向かつて歩きだしてきました。彼女は戸口の外から私に出て來いと手招きをし、私はどこかへ驅けだしたいやうな氣分のせゐもあつて、招かれるまゝに外へ出ました。あんた、こゝの人？　話があるの。女性は訛《なま》りのない都《と》會《かい》ふうの言葉を話し、さらに聲《こえ》を殺すやうにして忙《せわ》しげに云つたものでした。カズフサさんは歸《かえ》つてる？　と。

　それは素性も知らぬ女性の口から放たれた何者かの名前でしたが、そこは十六歳の娘でも、彼女のひとかたならぬ思ひの相手だと云ふことくらゐ見當《けんとう》はつきます。ほんたうは興味津々《しんしん》だつたけれどそんな顔をするわけにもゆかず、返事をためらつてをりましたら、彼女は可愛い癇癪《かんしゃく》を起こして「麻谷一總《かずふさ》よ、親方の四男さんよ、あんた知つてるでしョ」と嚙《か》みついてきました。それから一つ溜め息をついて氣を鎭《しず》めると、私の顔をしげ〳〵と眺めた後、あんたどこのお孃さん？　さうか、こんなところにゐるんならお孃さんのわけはないか、アハヽヽと嗤《わら》ひだすのでした。その笑顔が何だかさば〳〵してゐて、私も思はずつられて嗤つてしまひ、私は晴子《はるこ》よ、貴女《あなた》お名前は何と云ふのと尋ねてをりました。すると、彼女はお孃さん學校ぢやあるまいしとまたケラ〳〵嗤ひます。

　彼女の名前は千代子と云ひ、歳の頃は見たところ十七か八がせい〴〵でした。赤い半衿の襟足を小《こ》粋《いき》に抜いて、胸元からお香や白粉《おしろい》の匂ひをさせてゐるのに、羽幌から歩いて來たと云ふ足元の脚《きゃ》絆《はん》も草鞋《わらじ》も砂だらけで、こんな恰好《かっこう》で歸れやしないと唇を尖らせると一寸《ちよつと》少女の顔になります。あと少しで熟れて崩れようとしてゐるなかに、筒木坂《どうきざか》のツネちやんに似た一途《いちず》な芯が殘つてゐる目です。さうして足元に目を落とし、彼女は「本宅へ行つたら御寮さんに毛蟲《けむし》みたいに云はれてさ、追ひ返されちやつたのよ。でも一總さん歸つてるんでしョ？　番屋にゐる？」とさらに尋ねてきました。しかし私は麻谷の本宅のことは知りませんし、あの品の良さゝうな御寮さんがそんな邪險《じゃけん》なことをするかしらとも思ひましたが、ともかく一總と云ふ人を私は見たことがないし、番屋にはゐないと應《こた》へます。すると、そんなはずないわと千代子はまた小さな癇癪を起こし、爪先立ちで首を延ばしては裏口のはうをうかゞふのでした。

私たち、滿洲へ行くのよ。大陸では生きるも死ぬも腕一本だなんて、せい〳〵する話ぢやない！　眉間に細い皺《しわ》を寄せてさう話した千代子は、札幌かどこかで知り合つた庣谷の息子と駆け落ちの約束が出來てゐるのだと云つたふうでしたが、からして女のはうが男の生家まで訪ねてくるからには、男が逃げてしまつたのでせうか。しかしまた、千代子は息せき切つて、滿洲の街がどんなにうつくしいかと云ふ話もしました。ハルビンや新京には石や煉瓦《れんが》造りの建物が建ち竝《なら》んでゐて、大きな劇場や教會《きようかい》やホテルや百貨店が聯《つら》なつてゐるのは、まるでパリのやうだつて。夜はネオンの海よ。貴女、分かる？

さう云はれても、私に分かるわけがありません。しかし、からうじてジャン・クリストフの過ごしたパリだと思はず想像しながら、私はそのとき何となく千代子のはうの味方になつてゐたのは確かでした。い丶え正確には、自分とはたぶん重なることがないだらう或《あ》る白々しさを感じながら、あるいはまた、つい一年前にはこの私も東京の本郷の家で滿洲へ渡ることをぼんやり想像してゐたのにいまは一體《いつたい》何を待ち望んでゐると云ふのだらうと思ひながら、一總と云ふ人の姿が見えたら帳場の電話を借りて知らせてあげるわと云ひ、千代子は羽幌の宿屋だと云ふちらしを私に渡して「親方に見つからないでね、頼むわよ」と念を押すと、裾をひるがへして殘雪の斜面を勢ひよく駆け去つてゆきました。私とあまり違はない年恰好なのに、その後ろ姿がまた何と狂ほしく活《い》き〳〵してゐたことか。羽幌まで五里もあるのに、歩けば四時間はか丶る海岸の道を彼女は草鞋を砂だらけにして戻つてゆくのです。

さうして何とも云へぬ心地でそれを見送つた後、マッさんの怒鳴り聲で番屋に呼び戻されると、そこではすでに神棚に御神酒《おみき》が捧げられ、親方が柏手《かしわで》を打つての大漁祈願の祝詞《のりと》があがつてをりました。續《つづ》いて、大船頭の昭夫伯父が板閒の奥の鴨居の上に二ケ統六十名各々の職名と氏名の書かれた板を貼りだしますと、今度はどうと歡聲《かんせい》があがります。その板には初めに大きく「定」とあり、續いて最初に親方の名前や帳場の「勘定」さんたちの名前があり、次に大船頭の昭夫伯父を筆頭に、下《した》船頭、起船々頭《おこしぶねせんどう》、枠乗《わくのり》、磯船乘、表係(上《うえ》船頭)、大工の各々の役びとの職名と名前があり、その下には平雇ひの名前が聯《つら》なつてゐて、最後に炊事婦のマッさんと私の名前。私の父の康夫は平雇ひの最後から二番目。忠夫伯父の名前は眞ん中くらゐにあつたと思ひます。マッさんが「へえ、東京の娘ば名前に子がつくんだば、華族みでだな」と云ひ、竈のそばで酒の匂ひをぷん〳〵させながら聲をころして嗤ひこけます。晝閒《ひるま》から煮炊きに使ふ清酒を少しづつ盗み呑んで、すでにすつかり出來上がつてゐたマッさんの正體《しょうたい》は笑ひ上戸《じょうご》でした。

尤《もっと》も、私のはうはそんな輕口《かるくち》にこゝろが動くでなく、父の姿さへろくに見てをらず、とき〴〵谷川巖の姿を目にしては、焦燥とも悲哀とも違ふあいまいな物思ひのなかを行き來します。巖青年は十七歳にしては漁師の世界が長いせゐか、飯臺《はんだい》の一角で父親の平次郎さんとともに同郷の下衆《しもしゅう》たちと笑ひ合ふ姿も板についてゐるのでしたが、なにがしかの理性を動員してもなほ、若々しい肌や白い歯竝《はなら》びに思ひがけずハッとしたり、何と云ふこともなくこゝろがざわめき立つのはなぜでせう。また、それが燃え立つやうに嬉しいと云ふのでもないのはなぜでせう。十六歳の晴子にもしもさう尋ねられたら、私はいまうまく應《こた》へることが出來ません。一方、そんなふうな心地でしたので、いつの間にか小柄な麻谷の親方がチャンチャン姿で板間に立ち、よく透《とお》る聲で朗々と節をつけて決まり事を申し渡したときもあまり注意を拂《はら》つてをらず、いまもからうじて思ひだせるのは「喧嘩《けんか》口論賭博《とばく》ヲ嚴禁」「役人《びと》ノ命令ヲ遵守《じゆんしゆ》」「一家親睦《しんぼく》和合協力シテ能率增進」「火ノ用心」と云つた決まり文句くらゐです。

その後、網下ろしは清酒の四斗樽《しとだる》が開けられての酒宴になつて、私たち女は給仕に走り回り、德《とつく》利《り》や料理を運ぶのに追はれてしばし物を思ふひまもなくなりました。網下ろしの宴は無禮講《ぶれいこう》が決まりでしたが、土間と板間を行き交ふ人の素行や醉ひ方はいつもの地そのまゝです。あつちへ行き、こつちへ行きと身の輕い船頭の「鳶《とび》」さんや、陸廻《おかまわ》りの「小使ひ」さん。板間の端で拔目ない目を光らせ、相變《あいか》はらず親方や大船頭へ酒を注ぐ機會《きかい》をうかゞひながらそは〳〵してゐる帳場の「勘定」さん。一方、給仕に行き來する加賀衆の內儀さんたちは、いつの間にか紅を差してゐるたりで、ご亭主の目も憚《はばか》らない嬌聲《きようせい》をあげての注ぎつ注がれつは目のやり場に困るくらゐでしたし、マツさんはマツさんで若いはうの帳場係と目を合はさうとしないのがいかにも怪しい。さうしていつの間にかのど自慢が始まつたかと思ふと、普段は疎《うと》んじられてゐる船頭の「閻魔《えんま》」さんが驚くほどの美《び》聲《せい》で追分《おいわけ》を唄ひ、やんやの喝采になります。そこで今度は土場《どんば》の谷川平次郎さんがこゝぞとばかりに前唄《まえうた》を唄ひ、息子の巖が初々しい青年の聲でソイ掛けをすればそれに昭夫伯父が本唄で應じます。さらに內儀さんの一人が三味線を持ち出すともう、座蒲團《ざぶとん》が舞ふ騷ぎ。片や土間の飯臺では、「三杯」さんや「銀鱗《ぎんりん》」さんが片手に飯茶碗《めしぢやわん》、片手に湯呑み茶碗で何だかほろ醉ひの顏をしてゐるかと思へば、今日ばかりはと胃腸の悪い「水筒」さんまでが四方に酒を注いで回り、「三日月」さんたちの強面《こわもて》の集團もまた人の子らしい華やいだ顏色で追分に調子を合はせては、かもめの一の鳴く音にーふと目をー覺《さ》まし、あれがー蝦夷地《えぞち》のー山かいなーと喉を鳴らすのです。それにしても、もう四十年も聽《き》いてきた追分なのに、音痴の私はいまもこの「かもめのー」の出だしの節《ふし》がどうしても唄へません。

さうして網下ろしの宴は、番屋の誰もかれもが浴びるやうに呑んではそれ〴〵に低く艶やかな喉を延々と披露し、隣同士肩を組んで右へ左へと一齊《いつせい》に波うつのでしたが、そこにあつたのは一家親睦と云ふよりは、漁期が終はれば赤の他人の、生まれも心根も違ふ六十人の雇ひがたゞ酒と唄と手拍子でつながり酩酊する、何とも云へぬ獨特《どくとく》な高揚であつたかも知れません。四年前、滿洲へ出征する母の從兄の孝雄さんを送つたときの宴席もどこかこんなふうだつたと思ひだして、そのときの私はこゝろがあまり彈まなかつたのですが、あるいは私たちの暮らしは何百年もかうして折々に呑めや唄へで洗ひ流して、やつと續《つゞ》いてきたのかとも思ふと、いまとなつてみればたゞ哀しいばかりに懷《なつ》かしいざわめきです。それもこの野邊《のへじ》地の暮らしが、あまりに靜かすぎるせゐでせうか。

ところで番屋の宴とは別に、女性にとつて人生最初の大きな出來事がその同じ夜にやつて來たこともこゝに書いておかなければなりません。臺所《だいどころ》を行き來しながら夜も更けてきたころのこと、私は蟲《むし》の知らせと云ふやつでご不淨に行き、初潮が來たことを知りました。學校で早熟な友だちから聞いてゐたことではありましたが、たくし上げた着物の下をひとりで覗き込んだときの氣持ちと云つたら、なか〳〵凄《すさ》まじいものでした。男の貴方に詳細は書きませんが、痛みもなく記憶もない流血は自分の身體で起きてゐる出來事だと云ふ感じでなく、私はそのとき、腹のなかに胎兒《たいじ》のかたちをした吸血鬼が棲《す》んでゐるか、突然自分が産卵する魚になつたやうな奇怪な心地に誘はれるまゝに、あァ大變《たいへん》だ、世界との折り合ひをどうつけようかと眞劍《しんけん》に策を巡らせたものでした。孵化《ふか》した幼《よう》蟲《ちゆう》が世界を初めて見るのと違ひ、初潮を迎へた少女は自らの突然變異を見屆《みとど》けるやう運命づけられた祕密の生きものです。

その後、人に知られないやう始末をし、外の井戸へ汚した下着を洗ひに出ましたが、そのころにはまた違ふ心持ちに襲はれてゐました。痛みのない流血が運んでくるのは、子宮が突然重力をもつたやうな感覺とある特別な匂ひです。とき〴〵土間の內儀さんたちから漂つてくる匂ひ。昔、弟妹たちが生まれて間もないころ、母富子の膝に乘ると乳臭さのなかに微かに混じつてゐた匂ひ。少し饐《す》えたその甘い肉の匂ひが、懷かしさや可笑《おか》しさや淋しさなどを含んでいまは自分自身から滲みだしてくるのを感じてゐると、奇妙にもこゝろが鎭まつてくるのでしたが、それは强《し》ひて云へば、棘々《とげとげ》しく鮮やかな原石が、一夜にして鈍く重い石臼に變《か》はつて大地に坐つたやうな感覺でした。あるいは綠色のさなぎが羽化《うか》して、茫洋《ぼうよう》とした大きな茶色の蛾《が》になつたやうな。それがまた、とくに仕合はせでも不仕合はせでもない、不思議に漠とした心地なのでした。

さう云へば、その夜の康夫の樣子もついでに書いておきませう。康夫は私が外へ出てしまつたのに氣づき、具合が惡いのかと樣子を見にきたのですが、びつくりしたのは私のはうです。下着を手のなかに隱して「放つておいて」と追ひ拂《はら》ふと、康夫は風邪を引かないやうにしなさいと云ひ殘し、自分は片手にハリケーンランプ、片手に新聞を持參して濱へひとり步きだしてゆきました。そのとき私は、廂谷に來ても康夫がやはりどこからか新聞を手に入れてゐたのに呆れた一方、薪割りをしてゐる晝間《ひるま》の背中とは違ふ、何やら物を思ふ懷かしい背中を感じ取つたからでせう、しばらく話をしてゐなかつたことを思ひ、父に聲をかけてあとを追ひました。振り返つた父は、父と云ふよりは教師のやうに「たまには君も新聞を讀《よ》むか」と應《こた》へ、船小屋の脇にランプを置いて坐り込みます。

私の思ひを知るや知らずや、父曰《いわ》く、新聞は實《じつ》は羽幌の販賣所《はんばいじょ》から番屋へ屆くものを先《ま》づ親方が讀み、昭夫伯父たちが讀み、帳場が讀んだ後に本宅の竈の焚きつけに回されるのを、谷川巖が一日か二日遅らせるやう工夫してくれるのだと云ふことでした。私はあらさうとだけ應へ、それからもういゝ加減破れさうな新聞を分け合ひ、父と私はそれ〴〵しばらく讀み耽りました。いまもよく覺《おぼ》えてゐますが、一面に載つてゐたのは滿洲國の皇帝溥儀《ふぎ》が天皇陛下と一緒に馬車に乗り、代々木練《れん》兵場《ぺいじょう》での観兵式に向かふ寫眞《しゃしん》。傀儡《かいらい》でも皇帝と云ふからにはどんな偉丈夫だらうと思ひ目を凝らしてみましたが、いまと違ふ當時の粗悪な寫眞ではあまり大きな體格《たいかく》の人でないことがからうじて分かつたくらゐで、私はすぐに目を移します。滿洲進出の正當性については以前から康夫が疑義を唱へてゐましたし、それでも十六の娘には依然、何とはない夢をかき立てられる外地であつたことに變はりはなかつたのですが、當面行く當《あ》てもないとなればもう振《ふ》り拂《はら》ふだけです。

續いて、内務省が美濃部達吉《みのべたつきち》の『憲法撮要《けんぽうさつよう》』と云ふ著書の出版頒布を禁止する處分《しょぶん》を決定したとの記事。美濃部の名前と「天皇機關説」云々の憲法學説についてはさう云へば何年か前、ロンドン海軍軍縮會議の批准を巡つて政友會の犬養《いぬかい》や鳩山《はとやま》が統帥權干犯《とうすいけん》を云ひだしたときに、これは明治憲法で定められた條文を蔑《ないがし》ろにするものだと康夫が私たちに云ひ聞かせたときに聞いたのだと思ひだしながら、それでも長らく新聞から遠ざかつてゐた私としては、これもたぶん二年前の京都の瀧川《たきがわ》事件のやうな赤化教授の問題だらうかと思ふのが當時はせい〴〵でありました。かうしてそんな著書の名前をいまも思ひだすことが出來るのもたぶん、一つにはその後野邊地の福澤本家の淳三の書棚で美濃部の當《とう》の著書を發見したこと〻、もう一つは貴方が大學を卒業する前に送り返してきた本の中にあつた一册を、何となくめくつてみたりしたからに過ぎません。貴方の本は朝日ジャーナルの聯載《れんさい》をまとめた昭和史でしたが、それにしても貴方はこの時代の話をどんなふうに讀んだのかと、ふといまも考へてをりました。なぜなら、私のやうな市井の生活者には無緣と云へば無緣の書物ですが、當時、帝大へ進學するやうな學生たちには『憲法撮要』は普通の教科書だつたからです。さうして誰もが長らく親しんできた議會政治の理念の常識が、時代の力で非常識に變はつた瞬間の記事を讀むと云ふのは、當の康夫たちにとつて返す〲どんな心地がしたことか。

尤《もつと》も、その夜の私の心地はしごくあいまいな違和感の域を出ることはなく、父が教職を辭《じ》したのはやはりから云ふ社會《しやかい》の空氣を拒否したと云ふことだつたのだらうと考へるに留まりました。またそれに先立つて、あの物云はぬ父が母富子の生きてゐた最後の時期、突然滿洲情勢について反對《はんたい》の聲を擧《あ》げたのも、時代の向かはうとする方向へ無意識のうちに「否」の聲が噴きだしたと云ふことだつたのだらう、と。後年、若い淳三を眺めてゐたときにも考へたことでしたけれど、政治家でも勞働運動家でもない康夫や淳三のやうな人間は、社會を動かす力も抵抗する力も持つてはゐない代はりに、政治や言論の只《ただ》なかにゐる人たちには聞こえない、未來の不幸の足音がぼんやりと聞こえたのです。關東軍と云ふ不幸、滿洲と云ふ不幸、國體明徵《こくたいめいちよう》運動と云ふ不幸、少國民と云ふ不幸がまつたく逆の歡喜だつた同時代に、いまや平雇ひとなつた康夫は初山別《しよさんべつ》の濱でひとり荒れた手に新聞を握りしめて、その足音を聞いてゐたのだらう。いまはたしかにさう思はれてなりません。

何年か前、弟の哲史《てつし》が學會で弘前に來たときに久しぶりに會ひましたら、哲史が云ふには、この昭和一〇年春に康夫は初山別から自分と幸生《ゆきお》宛《あ》てに長い手紙を書き送つてゐたさうです。そんな話を私は初めて聞いたのでしたが、父は先づ昭和五年のロンドン海軍軍縮會議の際に噴きだした統帥權干犯の問題から說き起こし、政黨《せいとう》が自ら立憲君主制を葬《ほうむ》つた若槻《わかつき》・齋藤內閣以降の政治の姿について述べ、天皇機關説排撃について、これはまさに行政權に屬《ぞく》するべき軍隊の編制權を統帥權に組み入れることによつて、憲法に定められた天皇大權の解釋《かいしやく》そのものが覆されたことを意味する云々と書いてゐたさうです。さらに、天皇を敬愛することゝ大權を奉じることは別であるとか、少なくとも現狀においては五族協和の美名の正體《しようたい》は中國人民の主權の否定と搾取であるとか、教師の云ふことは耳半分で聞いて自問自答を繰り返せとか書いてくるものだから、ぼくは驚いて手紙を隱してしまひ、幸生には見せなかつたのだと哲史は云つてをりました。康夫の手紙にはまた、これから君たちが讀まねばならぬ書物と稱《しよう》して二十も三十も書名が聯《つら》ねてあつたさうですが、そこに中江兆民《ちようみん》や西田幾多郎《きたろう》のほか、東洋經濟新報（これはきつと主幹だつた石橋湛山《たんざん》の時評のことであつたと思ひます）の名があつたのも、またさう云ふかたちでしか二人の息子に對《たい》して自分の聞いてゐた不幸の足音を傳《つた》へられなかつたのも、いかにも康夫らしい話です。さう云へば、昭和八年の國際聯《こくさいれん》盟《めい》脱退の通告が、つひに撤回《てつかい》されることなく效力が發生したと云ふ新聞記事を讀んだのも、この數日後でした。康夫に倣《なら》つたのでせう、日本はいよ〳〵世界で獨《ひと》りぼつちだと思つたのを覺えてゐます。

　その夜、父と私はしかしそんな話は一つもしなかつたのであり、潮騒《しおさい》しかない闇に靜かに包まれながら、康夫はしばらくマメだらけの自分の手を眺めてゐたかと思ふと、昔は農夫や車夫の手を見てさぞ痛からうと思つたのだが、ほんたうに痛むのは手ではなく心のはうなのだと云ひました。しかしこの痛みは實に活《い》き〳〵してゐて、これまで知らなかつた感情やものゝ感じ方の鮮やかさにぼくは始終驚いてゐるのだ、と。さうして康夫が正確に何を云はうとしたのか、その夜の私には殘念ながら十分に聞き取れなかつたのですが、丁度そのときのこと、砂を踏む足音がして暗闇に目を凝らしますと、番屋の裏口のはうから人影が二つ前後して濱へ走りだしてゆくのが見え、しばらくして康夫が聲《こえ》をころして笑ひだします。二つの人影は私の見たところ、確かにマッさんと若いはうの帳場係の男でしたが、宴の最中に逢引きに抜けだすなんてと呆れる私をよそに、康夫はさもをかしさうに笑ひ續け、「あの二人、去年はどちらも別の相手だつたのに」と云ひます。しかしこれは節操云々の話ではないのだよ。ぼくは去年あることを發見して、こんな假説《かせつ》を立てゝみた。人は、それ〴〵或《あ》る種の昆蟲《こんちゆう》や動物のやうに固有の匂ひを發してゐて、その匂ひ同士にまたそれ〴〵凹凸《おうとつ》があつて最適な組み合はせと云ふものが初めから決まつてゐるに違ひない。小説家があれこれ尤《もつと》もらしく理由をつけたり装飾しようとしてきた一目惚れの正體は、實は本人たちも知らない生物學的な反應《はんのう》かも知れない。かうして番屋の男女を見てゐると、とかく人が理屈つぽく戀《こい》に悩むのは、自分が自然界の生物の一つであることを忘れてゐるからではないかとぼくには思へてきたのだ。人は自然に生きるのがいゝ。痛いものは痛く、汚いものは汚く、狂ふときは狂ふのがいゝ。その意味では、あのマッさんはなか〳〵自然で愛らしいとぼくは思ふ。

片方で土場の息子たちに自由主義を學《まな》べと手紙を書きながら、片方で發情した男女を眺めながらばか〳〵しいことを思ひ巡らせて無頓着に清々《せいせい》と笑ふ康夫は、きつと頭の回路が變《か》はつてしまつたのです。それとも康夫は娘の私がいつも谷川巖を見てゐるのに氣づいてゐて、慰めるつもりでそんなことを云つたのか。あるいは富子との十三年の月日をぼんやり振り返つてゐたのか。またあるいは、こゝへ來てやうやく自然な自分と云ふものを發見しようとしてゐたのか、いまとなつてはいづれとも分かりませんが、あれはたしかに血の滲《にじ》むマメの痛みが呼び覺《さ》ました人間野口康夫の、生まれいづる顔であつたのかも知れません。そして、その一方では潮風にさらされ脂が抜けて赤茶けた髪はもう粉をまぶした絲屑《いとくず》のやうで、うつくしかつた顔も手も、垢と砂で日に〳〵薄汚れ黒ずんでゆくのです。

しかし一體《いつたい》、かうして英語教師の野口康夫は死に、一人の漁夫が生まれたのでせうか。私はそのとき何の言葉も返せず、昏《くら》い海を見續けるばかりでしたが、思ふに、さうして康夫が何を發見しようと、漁夫や農夫たちの單純で強靭《きようじん》な生はたぶん、私や康夫の手中にはない何ものかであるのでした。折々に別の生のありやうを幾分か感じ取ることは出來ても、人にはそれ〴〵自分と重ね合はすことは出來ない斷層《だんそう》が豫《あらかじ》め備はつてゐるに違ひないのです。この數日前、私は生きることの單純さを欲しいと日記に書きましたが、足を砂だらけにして濱を驅けていく男女を愛らしいと思ふこゝろは、さう云ふ人生が手中にない者に與《あた》へられてゐるに違ひないのです。結局、昭夫伯父が大船頭として一漁夫の康夫をどう判斷するにせよ、私たち四人の子どもの父として少なくとも頼《たよ》ることの出來ない人なのは確かであり、さりとて學問の自由もまた終はりを告げたのは確かだつたその日、私は父を責めることも出來ず、もはや壯健な桃太郎ですらない老いかけた汚い漁夫に、ほんたうには親しみを感じることも出來ぬまゝ、ひどく靜かに淋しい心地でありました。

そこへまた、いましがた濱へ驅け去つていつたマツさんたちの足音が何かたまらなく淫靡《いんび》な氣配になつたり、夕刻に出會《であ》つた千代子の強《つよ》い色香が勝ち誇つたやうに甦《よみがえ》つてきたり、いまも番屋で赤々とした頬をしておほらかに喉を鳴らしてゐるのだらう巖青年の、何と云ふのでせう、若い身體の發する波動のやうなものが私の出血する子宮に響いてくるやうな氣がしたりで、濱の闇の全部が何かふつ〳〵と沸いてをりました。番屋のはうからはいつの間にか雄大なソーラン節と木やり音頭が聞こえてきて、隣の康夫も低く小さな聲でそれに調子を合はせ、肩を搖らせてソーラン、ソーランです。ハァーヨイサ、サイノヨイサ、ハァーヨイサ、エーエヨォヤサァ。こんな感じだつたかしら？　康夫にソーラン節。あれは夢ではなかつたかといまも思ひだすくらゐですが、ソーラン、ソーランとかうして呟《つぶや》いてみますと、何だかあれもこれもと少しくゞもつた萬華鏡《まんげきよう》のやうになります。

　この二日後、痲谷の濱《はま》にはつひに鰊がやつて來たのでしたが、今日はこゝで筆を置きます。つい先ほど福澤の徳三《とくぞう》さんから電話があつて、昨日揚がつたマグロば分げてるところだば、早ぐ來ねえと食つてしまふどと云ふことでしたから、もう午後三時ですけれど急いで八戸《はちのへ》へ行つて來ます。淳三が、近海のマグロなら食べると云ひますし。』

＊

『ずいぶん昔の話になりますが、貴方と一緒に圖書館《としよかん》で漁業の本を讀《よ》んでゐたときのこと、私が角網の建て方の圖解《ずかい》を分からないと云ふと、小學生《しようがくせい》の貴方は先《ま》づ最初に建て元の側から垣網《かきあみ》を伸ばして、次に浮子《あば》棚を垣網に結つてと、まるで幾何の問題を解くやうに樂《たの》しげに私に説明するのです。實《じつ》は同じやうにして、昭和一〇年の初山別の濱《はま》で私は谷川巖から網の仕組みや漁の手順を丁寧に話してもらつたのでしたが、ろくに頭に入らなかつたのは、そのときの私がたゞ巖青年の聲《こえ》や息づかひのはうに聞き惚《ほ》れてゐたせゐかもしれません。また野邊地《のへじ》の圖書館で、小さい貴方が呑《の》み込みの惡《わる》い母に一網拾《じゆう》枚以上にもなる軀網《くあみ》の構成を説明しては、こちらが「尻スド」、こちらが「上スド」、そして魚の入口はこゝだ、などと教えてくれたときも、私は一體《いつたい》どこからこんなに勘のよい子が生まれてきたのだらうと感心したり、ヒョットしたらこの子もどこかに漁師の血が流れてゐるのかしらと考へたりで、貴方はこれで母さんも分かるでせうと云つたのだけれど、ほんたうはやはりよく分からなかつたのでした。

こんな母ですから、いざ漁のことを書かうと思ふと心もとないのですが、それでもこの目で見た鰊《にしん》漁の光景だけは、ぜひとも書いておきたいと云ふ思ひに驅《か》られます。それはもう、何も知らない十六の娘にとつても實《じつ》に心奪はれる經驗《けいけん》でありましたから。

さて、網下ろしの翌日には、昭夫伯父は早々に二艘《そう》の枠船《わくぶね》を出して海上での待機となりました。私にはそれがどう云ふことなのかよく分からなかつたもの丶、陸に殘《のこ》つた親方も若衆たちも何となくそは〳〵して沖を眺め、空を仰ぎ、風や潮の具合を睨みながらの腕組みでした。見れば、刺し網の漁家の人びとも、その向かうの別の建網《たてあみ》漁家も同じやうにして朝も晝《ひる》も夜中も何かを待ち續《つづ》けてゐます。また翌日には、廍谷の濱からは一艘十名の巖たち若衆を乘せた起こし船が二艘、待ちかねたやうに沖へ出てゆきましたが、保津船の上に二列に竝《なら》んで櫓《ろ》を漕《こ》ぐ漁夫たちがドースコイ、ドースコイと云ふ掛け聲とともに櫓を漕ぐとき、一齊《いつせい》に百三十度、百四十度の角度で反りかへり、そのとき櫓を握る彼らの勇壯な兩腕はまさに高く天を仰ぐのです。ドースコイ、ドースコイ。心躍るのは、まるで東京にゐたころに一度だけ見た、あの春の隅田川《すみだがわ》の早慶レガッタのやう！

一方私やマツさんは、沖に出ていつた彼らのための握り飯を次々に握り、磯船がそれを屆《とど》けるために沖と濱を行き來する間、沖風は私にもさうと感じられるほど重くひた〳〵として、臺所《だいどころ》を行き來するマツさんは「もうすぐ來るよ、海の小判がザック〳〵」と浮き〳〵した顔でほくそ笑むのでした。マツさんがもうすぐ來ると云ふのは、もちろん鰊模様です。沖で待つ枠船も起こし船も、濱へ押し寄せて來る鰊の一瞬の氣配を待つてをり、夜には五百間沖の枠船と、網の尻スド側で待つ起こし船のカーバイトランプの火が、はやる心臓のやうに闇一杯に茫々と照り輝いてをりました。番屋の寝臺《しんだい》はもう寝靜まつてゐましたが、濱の見張りと爐端《ろばた》の廝谷親方は起きてをり、私は四疊半の寝間の窓から夜通しその明かりを眺め續けながら、近隣の漁家も遠くの別の番屋も、いまか〳〵と鰊が來るその一瞬を待つてゐるに違ひない、何とも云へぬ空氣が傳《つた》はつてくるのに聽《き》き入ります。いまからして思ひだしても肌がざわ〳〵するやうな、あれはほんたうに特別の氣配です。

また、そのころ枠船の上で觸《さわ》り絲《いと》を手にした昭夫伯父は、いよ〳〵網起こしのときを測るべく全神經を研ぎすませてゐたのでせう。角網の側網《がわづな》の下、ほゞ十間の深さの海底と枠船をつなぐ一本の細い綿絲《めんし》の周りを、廣大《こうだい》な網に入つた鰊たちが躍り狂ひつゝゆき交ふ手觸りと云ふと、一體《いったい》どんな感じなのでせうか。後年昭夫伯父から聞いたところでは、かすかにピリ、ピリと絲《いと》の張るやうな當《あた》りが三つ四つ續《つづ》いて來れば、それが網を起こすときだと云ふふうなことでしたが、人指し指と中指の第一關節の邊《あた》りに引つかけた絲一本の張りで未だ目には見えない鰊の數《かず》を計る瞬間、海と鰊の波動の全部が自分の指先に乘つてゐるやうな氣がしたと云ひます。そして午前三時ごろ、私たちは見張りの大聲を聞いて飛び起き、濱へ出てみると、沖の聯絡燈《れんらくとう》の赤い火がちら〳〵點滅《てんめつ》して、たつたいま網に鰊が乘つたことを知らせてをりました。つひに網起こしが始まつたのです。

陸でこのときを待つてゐた雇ひの衆は、驅けださんばかりに汲《く》み船や二番枠のための枠船を海へ押しだし飛び乘つて、たちまち濱の船揚げ場は空になり、一方親方や陸廻《おかまわ》りは陸揚げに備へて棧橋のウィンチに滑車をかけたり、歩み板を運んだり。帳場では電話がぢり〳〵鳴りだし、「勘定」さんが濱を走ります。このとき沖には早くも粒買《つぶが》ひの商船が何隻か來てゐて、沖揚げされる鰊の買ひ附けを待つてゐたのださうです。初山別では、それを粒かけ船と呼んでをりました。豐漁の後に必ずやつて來ると云はれる時化《しけ》の具合や相場の變動《へんどう》を讀みながら、數時間後に迫つた第一回目の漁獲をその場で粒かけにするか、濱での加工に回すかを決めるのも親方や大船頭の機敏な判斷一つでしたから、親方もあれこれと頭を一杯にして濱へ電話へと走り回るのです。

　さう云ふ右へ左への喧騒《けんそう》のなか、マッさんが私の手を引いて「ほら來い、羣來《くき》ば見えるど」と云ひ、マッさんに聯《つ》れられて番屋の裏の斜面を上つて濱を見下ろす高臺《たかだい》に立つたときでした。境目もない海と空の闇は墨を流したやうな分厚さでしたが、カーバイトランプの燈火でさうと分かる建網の近く、一面の漆黑の中に茫々と青白い光の輪があり、それは海のなかから湧《わ》きだしてくるのでした。あちらに一つ、こちらに一つと固まり廣《ひろ》がつて輝いてゐるかと思へば、雲のやうに溶けだして闇に歸《かえ》り、また別の闇のなかから音もなくぼうと新たな光が湧きだしてきます。地球のどこからか、四年ほどかけて回遊してきた數十萬《まん》、数百萬の鰊が、故郷の眞つ暗な藻の海に光り輝く精を噴きだし、魚卵を吐きだして走り狂ふ。この羣來と云ふものはまさに、どんな人間のこゝろにも屆く自然の壯大な呼び聲でありました。私はそのとき、康夫が今年もまた懲《こ》りずにこの地へ來たのは、これはもう鰊の聲に呼ばれたのだと思ひ、私もさうだわ、來年もきつと來るのだわと思はず自分に呟《つぶや》いてゐたものです。もちろん、土場へ歸つて弟妹たちに眞つ先に話して聞かせるだらう土産話も、この羣來の光景です。

　ところで、巖や昭夫伯父から聞いた漁の話のなかでも、一番胸が躍るやうであつたのはやはり網起こし。一ヶ月近くも腹一杯白米を食べてきた若衆たちがまさにその全體力《たいりよく》を奮ひ起こし、鰊で滿杯の軀網《くあみ》を尻スド側から枠網へ手繰り揚げてゆくのです。一回に起こすのは約四十石で、その重さはほゞ八百貫（三トン）。網の中に車が一、二臺《だい》入つてゐるやうな重さとなれば、腹に力を入れ息を合はせて、ドーコイ、ドッコイセノ！　と、木やり聲を絞りださなければ網はびくともしないと云ふのもうなづけます。さうして一時間近くもかけてやつと一杯分を枠網に追ひ込んだ後、また新たに起こし始めること五、六回。滿杯になつた枠網を放して代はりの船がすぐさま二番枠を取り付け、片や最初の船が枠網を曳《ひ》いて戻り、濱の目と鼻の先で勇壯な沖揚げが始まつたのは、夜も明けた午前七時ごろのことでした。一ヶ統分の枠は沖で粒かけに回すことになつたのでせう、濱で待つ私たちの前に姿を現したのは一艘でしたが、そのころにはもう陸揚《おかあ》げを待つ近在の女と云ふ女が畚《もつこ》を背に濱に出てをり、棧橋には滑車の綱を手にいまか、いまかと待つ男たちがをり、子どもたちは背伸びして鰊が汲み船に積み替へられる作業を見物してゐました。

　遠淺の濱から百間《けん》ほどの沖で、枠船に汲み船が漕ぎ寄せてゆき、少し間を置いて二艘が竝《なら》ぶといよ〱沖揚げが始まる光景は、濱の私たちにもぼんやりとながら見えました。汲み船のはうから、背丈よりも長い大タモを枠網のなかに差し入れ、ソレ、天を仰げとばかりに滿身の力をこめて網の底を持ち上げ、すくひ上げ、そのつど筵敷《むしろじ》きの汲み船一杯に鰊の雨がぎら〱降り注ぐのが。その上で、ウミネコの大羣《たいぐん》が鰊だ、鰊だとギャー〱叫び合ふのが。さう云ふとき、船の若衆たちは腹と喉をふり絞り聲を限りにソーラン、ソーランと唄ひ競つてゐるのださうだけれど、その聲まではこちらには屆きません。枠網一つ二百石以上もの鰊は汲んでも汲んでも追ひつかず、汲み船一艘當《あた》り十石、二百貫ほどでたちまち溢れてしまふと次の汲み船と交替して、滿杯になつた船のはうは棧橋を目指して一目散に寄つてきます。それがいよ〱棧橋に艫《ろ》付《づ》けするのですが、漕ぎ手の若衆二人は膝まで鰊に埋まり、手拭ひの頭から腕や腹まで鱗《うろこ》の銀色を被つて、可笑《おか》しいと云ふか、異樣と云ふか。船の縁から溢れんばかりの鰊は、腹一杯の子を抱へて重い魚體をよぢり跳ね上がり、ぶつかり合ひながらびた〳〵音を立てゝゐます。初めて見る生きた鰊！　目に痛いほどの青の鋭さは磨いた金屬か鏡のやうで、何か怖いほどの生氣の電流を放つてをり、かうなるともう食べ物だと云ふ感じもありません。

さて陸揚げは、艫付けした汲み船から滑車で鰊の詰まつた敷畚《しきもつこ》を釣り上げ、櫓の下で待つてゐる荷車にあけるほか、十貫目ほど入る畚を背に女たちが歩み板を踏んで延々と運び續ける作業でした。最初の陸揚げはまだ人手にも餘裕《よゆう》がありますから、漁獲はみな十貫詰めの木函《きばこ》に詰めての粒賣《つぶう》りです。「廊下」と呼ばれる集荷場前に空の木函をずらりと竝べて、そこに荷車から畚から鰊が次々にぶちまけるやうに無造作に放り込まれていき、一杯になつた木函には粗く藁繩《わらなわ》をかけ、その場で貨物自動車や荷馬車に積み込まれます。粕炊《かすだ》きや鰊潰《つぶ》しの作業は二、三日後になるため、康夫たち平雇ひもひたすら鰊を運び、木函を運び、後から後から押し寄せてくる汲み船と、畚と、木函と、人と車と馬車追ひで邊《あた》りはもう野戰場のやうな混亂《こんらん》です。粒買ひの仲買人は殺氣立ち、帳簿と算盤を手にした「勘定」さんがこゝぞとばかりに眼鏡を光らせて走り回り、視察の役場の職員や、どう云ふわけか村議會議員や、新聞記者まであらはれます。近年どこも漁獲が不安定なときに、ひとたび大漁となれば、道内だけでなく東北各地や東京まで屆く大ニュースだつたのです。

一方、飯炊きのはうも竈《かまど》があくことがないほどで、炊きあがるやいなや、冷ますひまもなく握り飯にして濱へ運び、磯船へ運びでした。一日で掌が眞つ赤に腫れ上がります。しかし、重い畚を背負ひ蟻のやうに行き來する女たちのなかには私よりずつと小さな娘の姿もあり、前掛けも被りものも袖も裾も鱗で光らせ、誰もが歩きながら鱗だらけの片手に握り飯、片手に澤庵《たくあん》なのです。背中の畚からは大ぶりの鰊がこぼれ落ち、ウミネコや子どもたちが飛んできてはそれを拾ひ合ふのにも、女たちは見向きもしません。それはもう歩く機械のやうでしたが、この女たちの日當《にっとう》は畚《もっこ》二杯分の鰊だつたとか。貰《もら》つた鰊は家へ持ちかへつて、賣るのださうです。

かうしてあつと云ふ間に日が暮れてゆきましたが、沖へ出たまゝの枠船や起こし船はなほも操業中です。鰊が押し寄せてゐるときは、海が凪《な》いでゐる限り、洋上で假眠《かみん》を取りながら二番枠、三番枠と交替して休みなく漁は續くのです。もちろん同時に沖揚げも陸揚げも續き、かゞり火の焚《た》かれた濱を畚背負ひの女たちは歩き續け、康夫たちは粒賣りの木凾を運び續け、貨物自動車の發動機は煙を上げんばかりに唸り、先を急ぐ馬車追ひは怒號《どごう》をあげてゐます。朝から一日荷車を引いて羽幌と初山別を往復し續けてゐるあの馬たちは、一體《いったい》いつ飼ひ葉を貰つてゐるのでせう。さうして夜半には、千個もあつたはずの木凾が底をついて、鰊は今度は屋根付きのプールのやうな「廊下」に放りこまれていき、それもまた見る間に山になつてゆくのでしたが、そのころには疲れ果てた男や女があちらに一人、こちらに一人坐り込んでゐたり、歩きながら寝てゐたりと、動いてゐる者も休んでゐる者もどちらも幽靈のやうで、私も氣がつくと竈のそばでうと〳〵寝込んでゐるのです。私のお尻を叩いて「尻が燃えてるど」と笑つたマツさんも、暫《しばら》くすると釜を洗ひながら大きな背中を丸めて舟を漕いでゐます。

今日《こんにち》振りかへりますと、鰊漁がいかに邊境《へんきょう》の暮らしに幸をもたらすものであつたにしろ、そこにはやはり初めに有志の果敢な漁家がをり、資金を貸し付ける資本家がをり、飢ゑや貧窮から脱出せんとする人びとの欲望をかき立て、使ひ盡《つく》す形でのみ成り立つてゐた、收奪と幻想の漁場であつたのだらうと思ふのですが、だからと云つて當時の私たち雇ひが奴隷であつたわけではありません。女も子どもも自然の惠みに胸躍らせて我先に濱に出、腹を滿たしたい一心であれ些細な贅澤《ぜいたく》の欲望であれ、それらは自らの身體の限界まで働くことゝ一つになつて、疲勞困憊《こんぱい》も苦痛も神經の麻痺もみな、或《あ》る獨特《どくとく》の穩やかな姿をしてゐたのは確かでした。尤《もつと》も、鰊が獲《と》れさへすれば誰もが應分《おうぶん》に潤ふ仕組みが目の前にあつたと云ふ意味で、誰一人不幸な者のゐない鰊場の漁撈《ぎよろう》はどこか麻藥のやうなところもあつたのかも。かうして書きながら、私は何度も思ひ返してみるのですが、ほんたうにうつくしかつたのは、暗夜に茫々と輝く羣來《くき》の海と、若い漁師たちの笑顔だけだつたやうな氣もし、はたと筆を止めて考へ込みます。

　かうして初回の漁は丸二日間續き、三日目の夜明けには波が船揚場を洗ふほど高くなつて、沖に出てゐた船は波に流されぬやう、型から外した網を積んで次々に引き揚げて來ました。海にはなほも山ほど鰊がゐるのですが、數百貫もの重量の枠網を時化《しけ》のなかで曳くには、保津船はいかにも小さすぎます。丁度その朝も、別の漁場の枠船がつひに途中で網口を開けて鰊を捨てたと云ふ知らせがあり、暫くすると麻谷の濱から五百間ほど離れた濱いつぱいに二百石もの鰊が打ち寄せられて、大騒ぎの拾ひ合ひとなつたさうでした。一方、無事に歸還《きかん》した麻谷の船には昭夫伯父や谷川父子や加賀衆たちの赤々した顏があり、どの顏も身體も鱗が層《そう》をなしてこびりついてゐて、まるで人間鰊。番屋に入つて來た彼らの姿に私は噴きだしてしまひ、さうしたら谷川巖がこちらを見てニッと笑ふのです。大漁だつたらほかにはもう何も要らないのだと云ひたげな、實《じつ》に嬉しさうな顏は、齒ばかりがたゞ眞つ白い。それこそ漁師の顏と云ふものでありました。そのとき後ろでマッさんが意地惡な笑ひ聲《ごえ》さへ上げなければ、私はもつと見とれてゐられたのに。しかし、目に燒きつかせた巖の笑み一つだけでも胸が熱くなるやうに感じましたから、當分はこれで燃料の補給が出來たと云ふもので、私はもう十分に仕合はせな氣分でした。それにしても、こんなふうに自在に輕やかに自分のこゝろを滿たしてしまへるのは少女の特技と云ふものです。あるいは、後年淳三におまへは水彩の顔をした油彩のやうだと云はれた通り、種々ものを思ふわりには私の心身の感度は生來さほどでもないと云ふことだつたのか。

さて、海から歸《かえ》つた漁師たちは風呂につかり、酒を呑み、ひとゝきの休息となりましたが、片や陸では、鰊の加工の作業が本格的に始まるときを迎へてをりました。初回の陸揚げが一段落した濱では、「廊下」の一角の枠板が外されます。そこから二階屋の屋根ほどの高さの鰊の山がどうと崩れて流れだしたその先には、未明まで畚《もつこ》を背負つてゐたのとはまた別の出面《でめん》（日雇ひ）の女たちが一列に坐り込み、腰まで鰊に埋まつて始まる作業は先《ま》づ、鰊潰しです。日を置いて崩れ始めた鰊の腹を指で裂き、數《かず》の子《こ》や白子を取りだしては各々「テッコ」と呼ばれる木函にえり分ける女たちの手つきの妙も、嗤《わら》つたり罵つたりの賑やかさも一寸《ちよつと》した見物です。一方、身のはうは康夫たち平雇ひが二十尾くらゐづつ、鰓《えら》に藁を通して結束し、さらにぶら〳〵頭を繋《つな》がれたその一束を十か二十ほども聯《つら》ねると、鉤《かぎ》のついた天秤棒で擔《かつ》いで木架《なや》へ運びます。上下二段に組まれた木架は、ほとんど廣大な物干し場のジャングルジムと云つた感でしたから、そこに吊るされる鰊たちはさしづめ春風を浴びる洗濯物。尤《もつと》も慣れない康夫には、數百尾もぶら下がつた天秤は相當重かつたらしく、長身をくの字に屈《かが》めて干し場へ向かふ姿は彌次郎兵衞《やじろべえ》のやうにふら〳〵と賴りなげであつたものです。

また、鰊を繋いでは干し場へ運ぶ傍ら、男たちは取り分けられた數の子を鹽水《しおみず》で血抜きしては簾《すだれ》に干し、肥料用の白子を干す作業もするのでしたが、その閒にも鰊を潰す女たちや木架の周りでは、邊《あた》りに捨てられ山を成していく臟物や血が少しづつ穩やかに腐り始め、乾いた鱗は次第に乳白色の瘡蓋《かさぶた》のやうになつて、人と云はず砂と云はず層をなして張りつき、臓物の腐臭とともに潮風に吹かれて飛び散ります。私が握り飯を近くまで運ぶとき、つい踏みつけてしまひさうになつた鰊たちももう、あの生きた鰊ではありません。青々としてゐた目は濁りがかゝり、なほもぢつと天を仰ぎながら、そろ〳〵空を見るのにも飽きてしまつたと云ふふうに不敵な形相をして、のたりと平たく横たはつてゐると、そのうち懐《なつ》かしい隣人のやうにも見えてきて、私は何か話しかけたいやうな思ひでとき〴〵彼らを見つめます。彼らのすぐ後ろでは、故郷に辿《たど》り着いた深夜の静けさとは打つて變《か》はつた高波が、桟橋も押し流すほどの勢ひで濱を洗ひ、「廊下」の屋根に竝《なら》んだウミネコたちだけが時折何ごとか激しく鳴き叫んでゐます。

しかしまた、そんな時化《しけ》も二日ほどで鎮《しず》まるやいなや昭夫伯父を先頭に船と云ふ船は再び沖へ出ていき、間もなく初回と同じ沖揚げや陸揚げの賑《にぎ》はひとなる一方、陸では最初に干した半生の鰊を木架から下ろして、一尾づつ身欠《みが》き用に解體《かいたい》する作業も始まりました。かうなると私はもう「ハルちやん、ハルちやん」と云ふ陸廻《おかまわ》りの「小使ひ」さんの優しげな呼び聲なくしては、握り飯を詰めた角お鉢を手に迷子になるほかはありません。忠夫さんや康夫はなほも天秤棒を擔いで一日ぢう行つたり來たりし、高木架に吊るされていく身欠きの簾はあまりの數で、その下は日も差さないほどです。濱では畚背負ひの女たちが蟻の行列をつくり、ウィンチの滑車がぎり〳〵鳴りわたり、沖からは再び集まつてきた粒買ひの發動機船の汽笛が響いてきます。五月に入り、日に日に晴れやかになつてゆく空の下、漁場も濱も終夜操業の工場と化し、誰にも構はれない子どもたちは初めの元氣も失つて、赤ん坊はもう泣き聲もあげません。雇ひたちはいつどこで假眠《かみん》するのか、番屋の寝臺に戻る者も少なく、あの「水筒」さんが裏口に白湯《さゆ》を貰ひに來るほかは、がらんとした帳場の奥では數千圓《えん》もあるのだらう見たこともない現金の束を机に積み上げて、算盤を彈《はじ》く音だけが響き續けます。臺所《だいどころ》のはうは鰊裂きなどの出面の數が増えた分、炊けるだけの米を炊き續けるだけのことでしたが、役びとの目が屆《とど》かないと思ふのか、マツさんはとき〴〵姿を消してしまひ、さう云ふときは大抵若いはうの帳場係も行方不明です。

　かうして繁忙はふと、時間が止まつてゐるやうな痲痺の感覺ももたらすのでしたが、さう云へばそこに突然異物があらはれて、一寸《ちよつと》目を覺《さ》まさせられることもありました。ある日の午後、畚《もつこ》背負ひの行き交ふ濱にあの千代子が立つてゐるのが目に飛び込んできたときのことです。番屋の土間で竈の番をしてゐた私やマツさんは先づ、玄關の硝子戸の向かうにその姿を見たのでしたが、千代子は戀人《こいびと》の姿を求めて邊りを見回すと云ふよりは、雜踏から獨《ひと》り拔きんでて、まるで濱ぢうの人びとに私を見ろと云はんばかりの挑戰的な風情でありました。簪《かんざし》で飾つた丸髷《まるまげ》や、からげた着物の裾から覗く眞紅の襦袢《じゆばん》だけでも目を引くのに、手にはどこかで手折《たお》つてきた櫻《さくら》が一枝。そんな恰好で魚臭を浴びに來るとはどう云ふつもりなのか、さすがに濱の雇ひたちの誰もが度膽《どぎも》を拔かれて、一齊《いつせい》に彼女を見てゐます。

　私はなぜか自分のことのやうに戸惑ひ、不安にもなつたのでしたが、臺所の加賀衆の内儀《おかみ》さんたちは、どうせ羽幌であぶれたをなごだべ、ろぐなもんでねと嗤《わら》ひ合ひ、マツさんは何を思つたか、「去年羽幌で親方の四男と一緒だつたをなごだ」と云ひだします。すると、さう云へば今年は四男の姿を見ないと内儀さんたちは云ひ、マツさんは「そりャア親方だつて考へただらうさ」と思はせぶりに唇を舐《な》めて嗤ふのです。それで私は、なるほど、マツさんが親方に密告して一總《かずふさ》さんとやらを實家に戻さないやう計つたのだと察したわけでしたが、女と見ると追ひはらはずにゐられないらしいマツさんも、赤い襦袢を見せびらかしてあらはれる千代子も、鰊場ではもはや抑へるものも失ふものも何もないと云ふかのやうで、だからいけないと云ふ氣も起こらない、何か不思議に重苦しい心地でした。それから千代子は、今度はもう以前のやうに番屋のはうへ足を向けることはなく、櫻の枝をぶら〳〵させながらふいと踵を返して立ち去つてしまつたのですが、羽幌からの道中のどこかでいつの間にか櫻が咲いてゐるのだと云ふ思ひや、以前交はした約束もあるのに千代子が私を探さうともしなかつたことなどが後に殘ると、少し淋しくもなつたことでした。

さて五月も十日過ぎ、魚體が小さくなつてきたと云ふことで、濱ではつひに粕炊きも始まりました。土竈に四尺六寸の鑄物《いもの》の鰊釜が四枚。粕を搾る角胴《かくどう》四つと人の背丈ほどもある挺子《てこ》の仕掛けが四器。粕炊き當番は釜二枚を二人で預かりますが、このとき康夫と組んでゐたのが若い「三日月」さん。去年、康夫では角胴を持ち上げるのも危ないと見た昭夫伯父が、とくに力持ちの若衆を相方にしたのださうです。釜場では、當番の男たちは先づ濱を往復して天秤で海水を運び、釜で沸かします。濱ごしらひの日から割り續けてきた薪の山の出番です。さらに「廊下」から一釜六百貫の鰊を運び、一時間ほど煮るのですが、そのころには釜場は蒸氣と竈の黑煙に覆はれて、粕炊きの男たちの姿も霞んでしまひ、代はりに猛烈な魚臭が濱ぢうに廣《ひろ》がつてゆきます。以前は、野邊地の濱でもドラム罐《かん》で鰯《いわし》を炊いてゐたのを貴方も覺《おぼ》えてゐるでせう、あの臭氣と色です。釜の中は初めは灰色で、次第に黄土色に變《か》はつてゆき、浮いてくる油は日差しの加減では臟物の色を映した濃い緑色にも青にも見え、マツさんはあんなに汚いものはないと云ふのに、岸田劉生《りゆうせい》の油彩畫《が》にも似た昏《くら》い色合ひが不氣味にうつくしく感じられたのは、私のこの目がもう幾らか正氣を失ひかけてゐたと云ふことかしら。

その釜場では、康夫たちが晝《ひる》も夜も蒸氣を目に沁《し》ませ、魚臭を沁ませての作業が漁の一番最後まで續《つゞ》くことになりました。海水を運び、鰊を運び、正確に時間を測つて煮上げると、熱い煮汁や油を浴びながら煮上がつた鰊をタモですくひ、角胴に移して挺子で締め上げます。壓搾《あつさく》するときに流れ出る煮汁と油は樋《とい》から垂れ落ち、油八合（油槽）で魚油が分離されますが、數日もすると釜場の地面はこぼれた油ですつかり黄土色のぬかるみです。續いて角胴を二人がかりで持ち上げひつくり返しますと、灰色の四角い粕玉がどすんと轉《ころ》がりでて、今度はそれを干し場へ運ぶのですが、天秤棒を擔《かつ》ぐ男たちはみな煤と油で黒くした顏をうつむけ、一秒でも早く荷を下ろすことだけを考へ續けてゐるやうに見えました。さうして彼らは一日に何玉くらゐ炊いてゐたのでせうか、漁の合間には巖たち若い衆が手傳《てつだ》ひに來て、さうなると釜場の空氣も一變《いつぺん》しエイホ、エイホと威勢が良くなるのでした。重勞働も若さ一つで笑ひ聲さへ上がるのを見ると、片やますく汚れた影のやうになつてゆく康夫の姿が際立つて一寸《ちよつと》胸が詰まるのですが、それでも壯健な巖の姿を眺めたい一心で私はよく釜場の近くまで行つたものです。なるべく康夫が干し場へ出はらつたときを見計らつたりして。

さうして釜場の煙が上がり續けてゐた五月の末、約五十日續いた漁は終はりを迎へ、沖揚げや陸揚げの聲が絶えた濱には船が引き揚げられ、氣がつくと日溜まりに干された網が靜かに光つてゐるばかりの風景に變《か》はつてゐたのでした。しかしまた、陸のはうでは身缺《みが》きや胴鰊や數《かず》の子《こ》の出荷が最盛期を迎へ、「廊下」にはなほも鰊の山があり、康夫たちは未《ま》だ粕を炊く釜場で煮汁と油にまみれてをりました。干し場の粕玉は、大鋸《おが》のやうな刃物で切り分け碎《くだ》かれて筵《むしろ》の上に廣げられ、數日醱酵させるのですが、漁を終へて手の空いた雇ひたちが番屋の玄關先まで敷きつめられた筵の上の粕を、さらくとこまざらへで均《なら》す姿はいよく鰊場の切上げが近づいたことを示す風景でした。

そのころ、昭夫伯父は雇ひたちの勤務評定のために廣大《こうだい》な作業場を一人でゆつくり行き來してゐたもので、マツさんが急にせか〳〵と動きだすものだから私はさうと知つたのですけれども、昭夫さんは釜場にも何度か足を運び、少し離れたところから何も云はずにぢつと弟の姿を眺めてゐたのをいまもよく覺《おぼ》えてゐます。そのとき伯父がこゝろのなかで何を考へたのか、本人の口からつひに聞くことはありませんでしたが、先に書いておきますと、切上げのときに大船頭が發表する各々の働きぶりの四段階評價《ひようか》は、康夫も長兄の忠夫さんも下から二番目、私はなぜか上から二番目でした。ちなみにマツさんは下から二番目。若い帳場係は一番下。谷川巖は一番上。この格付けは、最後に雇ひ全員に配られる「九一《くいち》」と云ふ奬勵金《しようれいきん》の配分率を決める大事な基準です。かうした結果については、いまとなれば昭夫伯父の公正な目にはそれなりに苦澁《くじゆう》がひそんでゐたのだらうと思ふのですけれど、當時《とうじ》はあんなに働いてゐる康夫がなぜ下から二番目なのかと心外しごくで、その奥深い心中も知らぬまゝ私は伯父への信頼を幾らか失ふことになりました。

ところで、昭夫を筆頭に道南の漁師たちにはカムチャッカの鮭漁が控へてをり、毎年鰊場の店じまひを見屆けることはないのがふつうであつたやうです。六月の初め、足の踏み場もなく所狹しと廣げられた筵の粕がまだ次の俵詰めの作業を待つてゐたころ、番屋では早々に酒が出て、雇ひ六十名各々に四段階評價に應じた「九一」の發表があり、細かな率は覺えてをりませんが最終的に私は四十圓くらゐ頂いたはずです。大漁だつたおかげで、誰もが契約した給與《きゆうよ》より多い額の賞與を懷にしたその日、早くも次のオホーツクの漁場へ向かふ漁師たち數人が廡谷を去り、幾日も經《た》たないうちに番屋もすか〳〵して、臺所《だいどころ》は樂になつてゆきました。

さうして「廊下」の鰊もやつと片づかうとしてゐた或《あ》る日の朝のことです。私がひとり釜を洗つてをりますと、あの巖青年が突然後ろに立つて「晴子さん」と私の名前を呼ぶのです。一間《いつけん》ほど離れたところにぼそりと突つ立つて、笑顔のずつと手前の初々しくこはゞつた顔をして眞つ直ぐ私を見てゐるのは、ほんたうに巖でせうか！

　おそろしく眞面目な表情で次に巖が云つたのはかうでした。いまから羽幌へ遊びに行かうと思ふんだども、一緒に行かねえか――――。かう云ふことが人生にはほんたうに起こるものだから、私はこの歳になつてもアンナ・カレーニナが驛《えき》で運命の人と出逢ふ場面が好きなのに違ひない。男女の間に起こることは後から考へるといつも唐突で、ぶつゝけ本番で、可笑しいくらゐの押し流されやうで、何度思ひ返しても慣れてしまふと云ふことがありません。實際《じつさい》、そのときの私の心臓はどき〳〵することさへ忘れてゐて、少しも回らない頭で言葉を探し、晝《ひる》の賄《まかな》ひがあるから行けないと云ふ返事をやつと絞り出しました。すると巖はなほも眞顔を崩しもせず、俺がマツさんに云ふ、マツさんはいつもさぼつてるはんで半日くらゐ交替してくれと頼む、と云ひます。さうして私をその場で待たせてマツさんを探しに出ていつたのですが、片や私のはうは棒立ちのまゝ突然自分の身に起こつたこととの整理がつかないでをりました。遠くから眺めてゐるだけのときは身體のなかに自分ひとりで自由に飼つてゐたものが、突然聲も匂ひも質量もある男性と云ふかたちになつて出現してみると、私と相手の間に立ち現れたこの時空の全部が、實《じつ》はまつたく未經驗のことだつたのだと氣づかされます。ついこの間まで筒木坂《どうきざか》で近所の男の子たちの視線を樂しんでゐた少女は、實は夢想しか知らない幼稚な王女で、いまの私は裸に剝《む》かれた平民の娘だとでも云ふか。歡喜も、どこからやつて來るのか分からない失望も、少しづつ恥づかしげにさゝやかで、自分の身體一つが心もとない鈍いゴムになつたやうだつたと云ふか。

私はおもむろに自分を見下ろし、着物の前を合はせ直したり、坐り皺を手で引つ張つてみましたが、二ヶ月着てゐた木綿の裾も袖口もすり切れてゐて、足袋はしみだらけ。頭の手拭ひを外してみたら、裏の硝子戸に映つた髮はメチャクチャだし、朝差したばかりの口紅だけがからうじて赤いのでした。それで、私は洗ひかけの釜を放りだして寢間へ走り、洗つた足袋に履き替へて髮を結ひ直してみたりするうちに、やつと巖と二人きりになる實感が僅《わず》かにやつて來たやうな氣もしましたが、それもいまとなればよくは分かりません。しかしさうは云つても、初山別へ來て初めての外出であれば、小遣ひも少しは要ると云ふもの。次に帳場へ走り、預けてある給與から一圓だけ引きだしましたら、小窓の奧で聞き耳を立てゝゐたに違ひない「勘定」さんがにや〳〵嗤《わら》ひました。羽幌へ行つて來るわ、と私はすまして應《こた》へました。そこへ巖が走り戻つてきて、マツさんにうんと云はせた、私の父の許しも貰つてきたと息を切らせて云ひ、初めて齒を覗かせて子どものやうに得意氣に笑ふ。あゝやつぱり私はこの人が好きです。

こんな汚い着物でもいゝ？　私がほんたうに心配でさう云ふと、巖は自分が何を尋ねられたのか理解する時間も惜しんで、早く行かうと急《せ》かします。私たちはそんなふうにして番屋を飛びだし、羽幌へ向かふ貨物自動車にたゞ乘りしたのでした。荷臺《にだい》は身缺《みが》きの山で、緣に腰を載せて足を下に垂らすと、そこからはこの二ヶ月眺めて來た厖谷の濱が一度に見渡せ、番屋も、粕を廣《ひろ》げた筵《むしろ》の聯《つら》なりも、釜場の煙も、出荷が進んでだいぶん涼しくなつたその向かうの木架《なや》も、空になつた「廊下」を洗ふ人影も、ごと〳〵搖れながら飛び跳ねる日差しと一緒になつて、樂しげな箱庭のやうでした。通り過ぎてゆく出面《でめん》の人びとが荷臺の上の私たちを驚いて見上げてゆき、手を振るわけにもゆかないけれど、私は下を向いて溢れだしさうになる歡聲《かんせい》をかみ殺します。隣の巖を盜み見ると、同じやうにうつむき加減でしたが、いまにも若さの精氣の粒が彈けだしさうな上氣した皮膚がうつくしく光つてゐます。さうしてたちまち厖谷の漁場は遠ざかり、荷臺に後ろ向きに坐つてゐる私たちの視界は黄色い土埃を舞ひ上げる街道と草と斷崖《だんがい》の下の海だけになつて、その彼方は一面の空。羽幌で何をしよう。やつと巖が云ひ、私はさァ何と應へたのだつたかしら。

ところで私たちが二ヶ月前に汽車で着いた羽幌の停車場は、六月のそのころも貨物の集荷や積み替へでたゞたゞ騒然としてをり、自動車や荷馬車の悲鳴のやうな物音と人の流れに追はれてゆくと、幟《のぼり》や提燈《ちょうちん》も色鮮やかな俄《にわか》作りの目抜き通りが現れて、旅館や商店や芝居小屋がけだるいざわめきを立てゝをりました。鰊漁期だけの賑はひだつたのは確かですが、しばらくご無沙汰だつた砂糖菓子の匂ひ一つ、仲買人の背廣《せびろ》姿やカンカン帽一つでもう身體ぢうが浮き立つやうでした。尤《もつと》も、私たちはそこで何をしたと云ふのでもなく、晝《ひる》に茶店で餅入りの汁粉を食べたほかは芝居一つ見たわけではありません。少し歩いたら「鼻くそ丸めた黑仁丹」の藥賣《う》りがをり、金魚賣りがをり、また少し歩いて道端に廣げられた怪しげな雜貨を覗いてゐたら、どこからか門付《かどづ》けの藝人《げいにん》の三味線が聞こえてくると云つたふうで、それ〴〵少しづつ足を止めてゐたら知らぬ間に時間が過ぎてゐたと云ふところでした。巖はもうずつと大人のやうに働いてきたとは云へ、生來好奇心が強《つよ》く、金魚でも藥でも知らないものを覗き込んでゐる間は私のことを一寸《ちよつと》忘れてしまふらしいのが、私には好ましくも感じられ、さうだわ、口數《くちかず》の少ないのがいゝのだわと勝手に思つたりするの。それから私は父に軟膏と石鹼を買ひ、巖は私を待たせて少しの間姿を消したかと思ふと、先ほど路傍で見たばかりのビロードのリボンを買ひ求めて來て、それを私にくれました。私がひそかにすてきだと思つて手に取つてみた深綠色のやつで、その後失はなかつたのも奇跡ですが、それはいまも私の長持ちのどこかに入つてゐます。美奈子が幼稚園に上がるとき、あれこれ新しい洋服や靴をそろへたのにリボンを買ひ忘れてしまひ、入園式の朝に昔の私のリボンを大急ぎで取りだしてみたら、何だか子どもには地味過ぎて結局使はず、そのまゝです。

さう云へば、もう一つ。さうして歩いてゐるときに、私はカン〳〵帽の青年と聯《つ》れ立つた千代子を見かけてハッとしたのでしたが、巖に尋ねてみると男は廐谷の息子ではありませんでした。しかし千代子は涼しげな小袖姿で風呂敷包みを抱へてをりましたから、また別の男と羽幌を發《た》つてゆくところだつたのかも知れません。彼女はあれからどこへ行き、いまはどこで暮らしてゐるのかとき〴〵思ひだします。

さて歸《かえ》りはうまく貨物自動車も荷馬車もつかまへられず、私たちは五里の道を歩いて歸りました。巖はあまり話をするのが得意でなく、私もなぜかあまり喋りたくはなく、それでも巖は何か話したいと思ふのか、角網の仕組みや起こし船で軀網《くあみ》を起こしてゆくときの話をしてみては、こんな話は面白くなかつたかと氣遣ふのがいかにも不器用なのでした。私がカムチャツカはどんなところかと尋ねたときも、巖の答へはツンドラに黒ユリが咲いてゐるとか、草原には熊がゐるとか、白鯨が好きだとか、何とも要領を得ないこと。私たちはどちらも時を忘れて何事か語り合ふやうな言葉を持たず、それでも少しも不足でなく、かと云つて一緒にゐるだけでいゝと云ふほど敍情的《じよじよう》でもないこれは戀《こい》なのだらうかと、私のこゝろはなほもあいまいです。しかし、とき〴〵巖の聲や匂ひにふいと針が振れるやうにして身體のはうが僅《わず》かに熱を持つてくる、その感じは自分がたしかに以前とは違ふ生き物になつたことゝ相等しく思はれ、さう云へば私はもう子どもを産めるのだと云ふ思ひと一つになつて、あるいは少女の夢想ではない、まさに康夫の云つた生物學的な反應《はんのう》である戀に踏みださうとしてゐたのかも知れない。尤《もつと》も、巖のはうは思ひどほりに行かず内心きつと苛立つてゐたか、當惑《とうわく》してゐたか。それなら一言好きだと云つてくれたらよいのに、それも云はないのが巖らしく、ならば私も默つてゐるわと思ひしばらくすると、今度は私のはうが何か可笑しくなつて噴きだしてしまひます。すると巖も笑ひ聲をかみころさうとして失敗するのでしたが、夕暮れの下でもその齒は鋭いばかりに白い。あゝ私はやつぱりこの人が好きです。

翌日、カムチャツカへ向かふ野口の三兄弟と谷川巖は一足先に厰谷を發つてゆきました。函館では日魯《にちろ》の貨物船がすでに出航を待つてゐたのです。それは前の日まで粕《かす》を炊いてゐた康夫には慌たゞしい出發となり、私は羽幌で買つた軟膏と石鹼を渡すのがせい〴〵で、汚れた衣類を洗ふことも出來なかつたのが心殘りになりました。朝、番屋の飯臺《はんだい》で最後の朝食を取つてゐたとき、康夫は便箋に何かをしたゝめてゐたのですが、荷物を減らしたいと云つて私に預けていつた福士の詩集と長塚節《たかし》の短編集の間に、それははさまれてをりました。曰《いわ》く、『谷川巖君は實直《じつちよく》にして感性豊かな青年なれば、今後よく互ひを尊敬し理解し合ふやう努める限りに於《お》いて、父は君の意思を尊重したいと思ふ』『軟膏と石鹼有り難う』の三行でした。康夫は前の日、他所《よそ》の青年と遊びにいつてしまつた娘に少なからず戸惑ひ、あれこれ考へ續《つづ》けてやつとその三行を書き殘していつたのは確かです。そのときどこからかやつて來た私の直感は、父の目や耳やこゝろがもうひどく遠くにあるやうな、ある漠とした寂寥のやうなものを訴へたのですが、豫感《よかん》などと云ふと大雜把すぎるこの感じだけは、いまも適切な言葉が見つかりません。さう云へば、その日番屋の前から貨物自動車に乘つたときの康夫の顏や姿が、今日までどうしても思ひだせないことも。

その後、私はなほも七日餘《あま》り麻谷に留まりましたが、加賀衆の漁師たちは何日もしないうちに鰯《いわし》や鯖《さば》の引網《ひきあみ》に出ていき、雇ひも二十名ほど殘つてはゐたものゝ番屋も臺所《だいどころ》も日に日に閑散としてゆきました。濱に敷きつめられた筵《むしろ》では、ふつ〳〵と醱酵《はっこう》して褐色になつた粕の俵詰めが忙しく、雇ひや出面の男たちが競ひ合つて二十四貫詰めの俵を擔《かつ》ぎ上げ、ときにワアと歡聲《かんせい》が上がつて、見ると力自慢の「三日月」さんが兩肩に二つも擔いでゐたりします。その向かうでは、もうすつかり空になつた高木架の解體《かいたい》が進んでをり、ほんの十日前まで身缺《みが》きの簾で見渡せなかつた彼方の濱は、近在の漁家の小さな川崎船がところ〴〵に引き揚げられ、日差しの下で光つてゐます。片や粕俵を運ぶ貨物自動車と荷馬車の列はなほも續いてをりましたが、大漁で「九一」もたつぷり出た後の濱の作業は、どこも何となく長閑《のどか》で明るく感じられました。

さう〳〵、さうしてあと一日で粕俵の出荷や片付けが終はると云ふ日のこと、あのマツさんと若い帳場係が姿を消してしまひ、大した騷ぎになつたのでした。私が早朝起きたときにはマツさんの姿はもう見えず、しばらくして帳場の「勘定」さんが現金がなくなつたと騷ぎだし、結局消えたのはマツさんと帳場係の元々の預かり金百八十圓餘《えんあま》りだつたさうですが、帳場係は實家のはうの金を持ちだしたと云ふ話も聞きました。私はいまは、あのマツさんこそ滿洲へ渡つたのではないかと想像します。十年も番屋の臺所の暗がりから鰊と男たちの狂奔を眺めてきたら、たぶんそんな氣分にもなつたのだらう。それこそ何かの生物學的自然に驅られるまゝに大陸にでも行つてやれと云ふ氣になつたのだらう、と。四十年も經《た》つたいま、あのマツさんと云ふ人が存外になほも憎たらしく、活《い》き〳〵と思ひだされるのが不思議です。

それから、マツさんたちがゐなくなつたその日の午後、麻谷親方の御寮さんが突然番屋の玄關にあらはれて私を呼び、眞新しい反物の包み一つを手渡して、前々から親方に貴女《あなた》が歸《かえ》りに着てゆく着物を渡すやうに云はれてゐたのだけれども、貴女の上背では私の着物は袖丈が合はないだらうから反物で許して頂戴《ちょうだい》ねと仰《おっしゃ》つて、ひどく急いだ様子でまたすぐに立ち去つてしまはれたのでした。なんと云ふことだらう。私はたゞ戸惑ふばかりで親方の姿を探しましたが、朝方ゐたはずの親方もいつの間にか見當《みあた》らず、外へ出て「小使ひ」さんに何かあつたのだらうかと尋ねますと、四男さんの海軍入隊だと云ひます。この春、廝谷一總は十九歳で函館の水產學校を卒業した後、思ふところあつたか海兵團《だん》に志願したもので、その日親方夫婦は横須賀《よこすか》へ行く息子を函館に見送りに行き、私は結局お別れの挨拶の機會を失ふことになりました。御寮さんに頂いた江戸小紋の反物は、私には立派すぎたため、八重さんへのお土產にさせて頂きました。

かうして私は、父と私の分を合はせた二百圓のお金を懐に、一人で廝谷を發つたのでしたが、その日荷馬車の上から眺めた早朝の濱は薄明るく白々として、崖の草の上を風がひう〳〵渡つてをりました。そのとき耳にはドースコイ、ドースコイの聲や陸揚げの怒號《どごう》がなほも殘つてをり、目が覺《さ》めたら私はまたそのなかに立つてゐるに違ひないと云ふ氣がし續けたのですが、一方ではこの自分がもう一度羣來《くき》の海を見に來ると云ふ豫感はすでに急速に遠のき、これからどうすると云ふ確たる思ひもないまゝ、くりかへし巖の姿を思ひ浮かべてゐたのは確かです。』

(『晴子情歌』第二章「土場」より二カ所抜粋。「＊」はその区切を示す)

高村薫《たかむらかおる》（一九五三～）

大阪生まれ。同志社高校から国際基督教大学教養学部に進み、フランス文学を専攻。卒業後、外資系商社に勤務。一九九〇年、『黄金を抱いて翔べ』で日本推理サスペンス大賞を受賞してデビュー。九二年咲くやこの花賞。同年『リヴィエラを撃て』で第一一回日本冒険小説協会大賞、九三年第四六回日本推理作家協会賞。同年『マークスの山』で第一〇九回直木賞、第一二回日本冒険小説協会大賞を受賞。九八年『レディ・ジョーカー』で第五二回毎日出版文化賞。日本の近代化、宗教、芸術といった大文字の主題を社会派推理小説やハードボイルド小説に組み入れ、ドストエフスキー作品に比べられた。その後純文学へ転向し、『新リア王』（二〇〇六年第四回親鸞賞）、『太陽を曳く馬』（一〇年第六一回読売文学賞）、一五年の宗教論『空海』と、仏教をモティーフにした思弁的大作を発表。他に『神の火』『照柿』『晴子情歌』『冷血』『四人組がいた。』『土の記』、時評集『作家的時評集 2000-2007』『閑人生生　平成雑記帳 2007-2009』正続など。

堀田善衞《よしえ》

若き日の詩人たちの肖像（抄）

戦後の作家の中では社会派に属し、生家が富山県の廻船問屋《かいせんどんや》だったためか、国際的な視点を備えていた。終戦直前から約二年間を上海《シャンハイ》で過ごした。一九五六年に開かれた最初のアジア作家会議に参加しているし、『インドで考えたこと』という名著がある。一九七〇年代にはベ平連の呼びかけ人にもなって米軍の脱走兵の支援活動をしている。『若き日の詩人たちの肖像』は彼が五十歳の時に完成した回想的な小説で、二・二六事件の頃に高岡から金沢へ出、さらに東京に移ってからの若い日々が書かれるが、タイトルのとおり登場人物が多い。いわば群像による時代相の再現で、左翼と文学と音楽の人脈の中で世界を発見してゆく主人公の姿が好ましい。

大きな画面の中に自分を小さめに描くところにこの作家の社会性がある。

若き日の詩人たちの肖像（抄）

Dis, qu'as-tu fait, toi que voilà,
De ta jeunesse ?
語れや君、若き日に何をかなせしや？
——ヴェルレーヌ——

扼殺者の序章

少年——たしかに僕は故郷を出る道筋にいた
そこで記憶が中断する

火田民《かでんみん》が襲って来て
そのどさくさに
機を見て僕はお前を扼殺《やくさつ》したらしい

この詩が書かれたのは一九四七年の二月か三月のことであったろう。「潟《かた》の風景」と題されたものの一部である。男はその直前、一九四七年の一月に引揚船で上海《シャンハイ》から帰って来たばかりであった。〝僕は故郷を出る道筋にいた〟というのは——自分でも可笑《おか》しくなって来るのを我慢しているのだが、要するに書かれた詩の中身を説明するなどということは莫迦《ばか》げたことだ。がしかし、ここでその説明にしばらくこだわりたいと思う。

〝故郷を出る〟とは、人を喰《く》ったり喰われたりして暮さねばならず、そうすることのほかには生きる方途を許されていないのだということの自覚と、その表明であったかもしれない。そうして〝火田民が襲って来て、そこで記憶が中断する〟——火田民とは、それはここでもまた、要するに、というほどのことだが、戦争及び戦争直後ということであったろう。〝そのどさくさに 機を見て僕はお前を扼殺したらしい〟——お前、というのは、甘やかな少年期というものであったであろう。

記憶の中断、欠落は、言うまでもなく火田民のせいだけではない。そのどさくさのなかに、自ら進んで、その青春時の、それこそ穴があったら入りたいほどの恥ずかしい事柄や事件を、自分に強いて潟の岸辺の砂地に穴を掘り埋葬をしてしまったということもある筈《はず》である。またさらに、戦時と戦後の、事故と陥穽《かんせい》にみちみちた時の間に、男がのこして来た筈の書きものなどの非常に多くのものが失われてしまい、また彼らの若かった詩人たちの仕事や記憶もまた時間のなかに、ひとしく失われてしまったものが多いということも含まれていよう。
扼殺し、扼殺されたものは少年期というものだけではない。男はいまこれを書きながら、自分の手に、指と手のひらに明らかに、ある不気味な感覚を感じている。あるやわらかな、たとえば少女、あるいは女の首を絞めて扼殺したという、なま温かくいくらかのしめりをおびていて、しかもやわらかい皮膚とその下の薄い肉、そうしてそのまた下にある、いくらかはごつごつする、たとえば咽《の》喉仏《どぼとけ》をばりばりと親指と手のひらの力でうち砕き、次第に指に力をこめて行って指がぐいぐいと肉に食い込んで行き息のねをとめさせ、ついに扼殺のことをしとげたという、指と手のひらにねばりついてはなれぬ感覚が、確実にあることをみとめる。扼殺者の指とその爪の食い込む手のひらが、いま、万年筆をはさみもってこれらのことばをしるしているとあきらかに男は感じているのである。自身の指と手のひらに、扼殺者としてのうずくような感覚が、真実にうずうずとうずいてこびりつき、離れようともしないのである。それは、戦争がおわってからの二十数年、あるいは白紙にことばをしるすことを性《さが》としてからの三十年をへても、いまになお指と手のひらの皮膚になまなましく生きてのこっている。男がしめ殺したものが何と何と何であったか。

「一九四…年
強烈な太陽と火の菫《すみれ》の戦線で
おれはなんの理由もなく倒れた
おれの幻影はまだ生きている」
「おれはまだ生きている

死んだのはおれの経験なのだ」
「おれの部屋は閉されている
しかしおれの記憶の椅子と
おれの幻影の窓を
あなたは否定できやしない」
われわれはこの地上をわれわれの爪で引ッかく
星の光のような汗を額にうかべながら
われわれはわれわれの死んだ経験を埋葬する
われわれはわれわれの負傷した幻影の蘇生を夢みる

右の詩は田村隆一の「一九四〇年代夏」と題されたものの一部であるが、戦時の、赤い色をした死への招待状が、おそらくは何十万台の番号をつけてあらわれるのを待っていた、そうして実際に戦場へまとめてつき出されて、敗戦が来て、死の季節の、黒枠でかこまれていた男が、この詩に刻み込まれているように倒れた男としてその季節をとおって生きのこってみると、やれやれ一安心などということではまったくなくて、自らに殺人者を見出さなければならなかったという次第であったろう。負傷した幻影がふたたび蘇生するかどうかは、はなはだあやういものであろう。

死んだ経験を埋葬しなければならぬ、その当の男が死にかけていて、その死にかけている男が自らに殺人者、扼殺者であるという自覚をもっていたりしたら、負傷した幻影がたとえ蘇生したとしても、生きのびて行く機会は、これもまたはなはだあやういものであろう……。

第一部

驚くべき夜であつた。親愛なる読者よ、それはわれわれが若いときにのみ在り得るやうな夜であつた。空は一面星に飾られ非常に輝かしかつたので、それを見ると、こんな空の下に種々の不機嫌な、片意地な人間が果して生存し得られるものだらうかと、思はず自問せざるをえなかつたほどである。これもしかし、やはり若々しい質問である。親愛なる読者よ、甚だ若々しいものだが、読者の魂へ、神がより一層しばしばこれを御送り下さるやうに……。

——ドストエフスキー　米川正夫訳——

第一章

中学生としての男は、文学少年といったものではなかった。むしろ音楽少年といったものであったかもしれない。北陸の、古い町である金沢で男は中学生の頃をすごした。そうして一九三六年（昭和十一年）の二月二十五日の朝、東京のK大学予科の試験をうけるために上京し、上野駅についた。試験はいうまでもなく三月半ば頃に行われるものであったが、それよりもずっと早く上京をしてしまったのは、この日、二月二十五日の夜に、九段《くだん》の軍人会館で、交響楽団の演奏会が、その頃にドイツから帰って来たある新進指揮者のタクトによって行われることを田舎の音楽少年が知っていたからである。少年は靖国神社裏の富士見町にあったじきの兄の下宿に落着いた。その夜の演奏会のプログラムには、ラヴェルのボレロとベートーヴェンの第五交響楽が入っていた。ラヴェルのきらびやかな舞曲であるボレロと、ベートーヴェンの運命交響楽というとりあわせは、どう考えても一晩きりの演奏会としては妙なものである、というほどの判断がつく程度の音楽少年で、この少年はありえた。だからこの指揮者は、自分が指揮しうるもの、こなせるものの範囲の広さを、この性質のまったく異なった二曲をプログラムに入れることによって示そうとしたのであろう、と少年は考えていた。

少年は、それまでに生《なま》の交響楽団の演奏を聴いたことがなかった。だから、ボレロの、あの異様なまでに単調な、同一のメロディとリズムを、異様なまでに何度も何度もくりかえしまきかえし、そのくりかえし毎《ごと》にオーケストラというものの機能と能力のぜんぶを、あくまで、しつこいほどにも華麗に展開して行く演奏を聴いているうちに、ついにその音楽のなかへ、生理的なまでに、からだごとまるまるまきこまれて、とうとう異様な経験をしてしまったものである。

演奏がはじまってすぐに、少年はもうからだの具合がどうも妙だな、と感じていたのである。からだが揺れる、というのではなしに、肉体の動きを統御してくれる筈の、脳髄のどこかの部分が、単調なメロディがくりかえされるにつれて次第に痺《しび》れて来るかに感じられ、その痺れが次第に大きくなって来る音の波にのせられて揺れはじめ、音楽が最終的に痙攣《けいれん》しはじめて爆発的なまでの巨大な音の波を崩して向う側につきぬけて行ってしまい、そこに盛大な拍手につつまれた無力な静寂が訪れたとき、少年は下腹部に冷たいものを感じたのであった。

そのときの愕《おどろ》きと歓《よろこ》びは、少年を長く支配するにいたったものであった。中学を出たばかりの、受験生の自分が、一つの音楽に、かくまでに、性的なまでに攪《かく》乱《らん》されえたということ、芸術によって肉体の全体を占領され得る、自分がその容器たりうるという事実が与えた自信は、少年にとってかけがえのない経験であり、またそのことの裏側にあったもの、つまりは運ばれやすい性質であるということには気がついていなかったのであった。

軍人会館は、靖国神社のすぐそばであり、降り出して来た雪を踏んで少年は富士見町の下宿へ帰った。夜おそくまで、少年は昂《こう》奮《ふん》して眠れなかった。ラヴェルのボレロは、音楽としてはそれほどのものではないにしても、とにかくスペインの舞曲にもとづいたものであり、華麗な音響配置の下に、言うとすれば、ある種の、動物的なまでに陰気なスペインの憂鬱をよどませているものであることを、現在の男は知っている。また、腰の細いスペイン男を主とするスペイン舞踊というものが、本当に動物的なまでに性的なものであることを承知している。スペイン舞踊のうちの、女の踊り子の役割は、あれは外国人にもやって出来ないものではないが、男の踊り手の野卑さ加減と繊細な洗練とが細い腰と腕によって、あたりにねばりつくばかりに発散されるエロティシズム、陰鬱に陰にこもったようなあのエロティシズムは、スペインの男たちだけにしか表現出来ないものであろう。闘牛もまたスペインでそれを見ていれば、そこにエロティシズムの占める部分がきわめて大きいことが自然に納得されて来る筈なのである。それは勇壮とか闘士と野獣といった要素からはきわめて遠いものである。むしろ、美女と野獣といった方が近いくらいのものであり、観客たちがくりかえしまきかえし、波のようにあげる歓声もまた、たとえばボレロなどという音楽を自然に思い出させるものである。殺されて土に横たわり、駄馬にひかれて行く牛の屍《しかばね》は、あれは射精の後の、もはや役に立たなくなったペニスであり、剣をふりあげて勝利を誇っている闘牛士は、あれはあれで勃起したペニスを自然に連想させるものである。

そういうことを現在の男は知っている。けれども、受験生は熱い頭をかかえて眠りをなさなかった。少年は別の大学の学部一年生になっていた兄が、上京初夜を迎えた弟を放ったらかしてどこへ行ってしまったものか、眠りをなさぬままに、二つならべて少年がしいた布団のなかで兄の帰りを待っていた。兄が、かなりに無頼《ぶらい》な学生であることは、少年はとうに知っていた。前年の秋、スキーの選手であった兄はヨーロッパでの冬期オリンピックの選手に選ばれ、出発直前に肋膜《ろくまく》を病んで渡航が出来なくなった。彼は泣いて口惜しがったものであった。スキーの選手であると同時に、玉ツキは七〇〇台をついてプロ級であり、麻雀《マージャン》は四段とかいう、普通の意味では途方もない学生であった。スポーツや遊びごとには、天才的とでも言いたくなるほどの才能を発揮したことも少年は知っていた。窓枠にたまる雪を見上げながら少年はその兄の帰宅を待っていた。しかし兄は帰らなかった。

兄は帰らなかったのではなくて、友人宅へ麻雀をしに行って、すでに二月二十六日の午前に入っていて、実は帰れなかったのであった。

後日二・二六事件と呼ばれる、軍隊の叛乱《はんらん》が起っていたのである。しかしこの雪の日に、下宿にとじこもって受験勉強をしていた少年は、夕方近くまで何事も知らなかった。国家というものには、それが国家である以上は、内乱がつきものであるということについても、少年は何事も知らなかった。それはいかなる国の歴史にもあったし、これからもしばしばあるものの筈であるということも知らなかった。そうして国家は、そのときの時限においてその成り立ち方をくつがえそうとする者ひっそりとしていた。雪のなかでの、鼓膜を押して来る静けさには、少年は幼い頃からなじんでいた。そういう静かな、充実した時間のなかでの勉強はむしろ快いものであった。少年は国語の準備をしながら、こういうときにはブラームスかシューマンが向いている、と音楽のことばでこの内にこもった静かさを量《はか》っていた。

兄の大学生は一日おいて二十七日の午後になってから青白く緊張した顔つきで帰って来た。肋膜を病んでスキーを廃してからは、この兄は顔から雪焼けを失っていた。兄が帰って来ると同時に、小さな下宿屋は急にさわがしくなった。また近所からはまだ明るいのに雨戸をしめる音や釘《くぎ》をうつ音などさえが聞えはじめた。もはや勉強も、またブラームスやシューマンどころのさわぎではなかった。

「おい、あのな、避難命令が出たんだ。夕方までにな、布団《ふとん》と身のまわり品をもって市《いち》ヶ谷《や》の小学校へ集合しろっていう命令が出たンや」

「へえ……。誰がそんなもんを?」

「そんなもんって、戒厳司令官だぞ。大変なんだぞ。お前なにも知らんのか?」

「知らんことはない。だけど新聞もラジオもありやせんから」

兄は大変、大変をくりかえした。彼は新聞などという無駄なものはとらず、ラジオがあった形跡はあったが、近所の質屋へあずけてあったものであったろう。

「あのなア……」

と言って兄は事件の概略を説明してくれたが、少年はほとんどなんの興味ももたなかった。〝大変〟ということばについては、少年は曽祖母からすでにある種の心構えのようなものを教えられていた。北国の小さな港町に、二百年ほどのあいだ、北海道と大阪をむすぶ、いわゆる北前船《きたまえぶね》の廻船《かいせん》問屋《どんや》をいとなんで来た家の曽祖母は、米をめぐっての民衆の騒乱のことを知悉《ちしつ》していたものであった。廻船問屋は、廻漕問屋とも言ったが、それは米穀肥料の問屋をもかねていたから、米穀の類を買い叩き、これを倉庫に積んで値の上るのを待つ……。米騒動は、何も一九一八年（大正七年）の、少年の生れた年に、その生れの港の対岸にある滑川《なめりかわ》の女房連が発起して全国に及んだものに尽きるものではなかった。一回きりのものではなかった。明治以前にも、明治期にも、断続して米をめぐる暴動あるいは騒乱は、何度も何度もあったものであった。大正期のそれは、滑川からすぐに少年の生れの港に波及して来た。曽祖母は、直ちに家の者、店の者の先頭に立っててきぱきと指示をし、家の者、店の者、召使たちなどのために別々にしつらえられていた巨大な風呂釜で粥《かゆ》をたくことを命じた。

「こんながにして、騒ぎのつづいたあいだじう、ずうと人民に粥をくばって騒ぎをおさめたがや。滑川の者《もん》どもはダラやがいね。心得のないことをしてしもて」

と、少年がもの心ついたときに教え、問屋というものには問屋としての心得があることをさとしたことがあった。そういう曽祖母の、漆塗りの古仏のような顔は、少年の心にある畏怖感を印《しる》したものであった。ここで滑川の者《もん》ども、といわれる者は、言うまでもなく滑川の問屋衆ということであり、ダラとは莫迦の謂《い》いである。明治の民権自由運動の壮士たちの後援者でもあった老婆は、〝人民〟ということばを使ったものであった。

曽祖母は、すでに死んでいたが、あの老女に言わせれば、二・二六の大変もまた、宮中や政府の者《もん》どものダラみたいな心得のなさ加減、ということになるであろうと、皺《しわ》だらけなくせに、妙な具合にのっぺりとした風に見えた曾祖母の顔をちらりと思い出したものであった。

下宿屋の一室にこもって受験勉強をつづけているものにとって、一日のおわりというものは別して区切りとはならない。だからまる一日をあいだにおいているとはいうものの、少年にとっては、すぐ近くの軍人会館が戒厳司令部になったということは、昨夜あそこでボレロと第五交響楽を聴いたというのに、一夜あけてたちまち、まさにその同一の建物が、戒厳令とかという天皇の命令を執行する血に染んだものになったということである。

ここで血に染んだ、というのは、これについても曾祖母とかかわりがあった。あるときこの老婆が大正天皇の御真影なるものを見上げていて、

「この陛下のおひげに血はついとらんが、わしらの陛下は、いくさでたんと（沢山）血を流されたがや」

とふと言ったことがあったからである。わしらの陛下とは、言うまでもなく明治天皇のことであり、このことば一つで、小学生である少年には、天皇陛下ということばには、いつも血のついたものとして印象されているという結果があった。

スペインの舞楽であるボレロと、戒厳司令部とでは、へだたることとあまりに甚だしいものがあった。

「あのな、戒厳令でな、言うことときかん叛乱軍は射ってしまえ、と天ちゃんが命令されたんや。それでな、もうすぐにもはじまるかもしれんのや。じゃからこの近辺にも流れ玉がひょっとしたら飛ぶかもしれんから、布団をかついで市ヶ谷の小学校へ避難しろって命令が出たんや」

「ふうん……」

しかし少年は、せっかく落着いて受験勉強が出来るようになったのに、という思いばかりで、到底布団などをかついでべちゃべちゃの雪どけ道を歩いていくなどという惨めなことをする気になれなかった。

「兄《あん》ちゃん行き、わしはいやや、勉強せんならん」

「強情な奴やな……。戒厳令の命令や言うたら」

「そんなもん、かまわん」

「かまわんことないて……」

結局少年は強情をはり通して、兄と二人で下宿屋の留守をまもることになった。あたり一帯の人々は戸を釘づけにしたりして、おそらくはそのほとんど全部が避難をしてしまったので、その夜は、まことに静かなものであった。沈々《しんしん》たるものの奥で何が動いているのか……。ときどきは自動車の警笛などが動いているもののあることを伝えて来たが、そのたびに兄弟は耳をそばだて、井戸の底にいて地上の物音をうかがうような気持を、この静かな夜は与えた。

兄は早ばやと布団にもぐり込んで寝てしまった。おそらくは徹夜の麻雀疲れのせいであったろう。少年は、この夜はじめて英語の受験用参考書に目を通しはじめていた。それまでは、英語の勉強をする必要を感じなかったのである。富山湾に面した生れの港町で小学校をおえ、隣県の金沢市の中学へ通っているあいだに、自家が没落し、借金取りに追われて一時一家は姿をかくさざるをえなかったことがあった。そういうとき、一年半ほども少年は金沢のアメリカ人の牧師の家にあずけられ、中学校から帰宅するともっぱら英語で暮さなければならなかったので、英語のことは、なんでもなかったのである。けれども、受験用の参考書をはじめてひらいてみて、そこにかつて見たことも聞いたこともなかったような熟語やむずかしい言いまわしの数々を見出して、少年はほとんど恐怖の感をおぼえたものであったが、それも一時のことで、なるようにしかならぬというのが少年の考え方であった。

しかしここで、このなるようにしかならぬ、について、少し説明をしておく必要があろう。少年は商売もののレコードで多くの音楽を聴き、音楽がわかるということは蓄音機の針先から次から次へと、決して同一のものではないメロディとリズムとハーモニィが展開されるについて、その展開と転調の一つ一つが、ああこうなるのが当然だ、自然だ、と納得することが出来れば、それがその音楽がわかったということである、と信じていた。だから、なるようになって行くであろうということは、たとえばヤケのヤンパチなどということとは正反対の事柄として少年にはうけとられていた。

牧師館での生活に入る以前は、少年は金沢の盛り場の中心部にあった伯父の経営する楽器運動具店から学校に通っていたものであった。少年のかたわらに眠っている兄は運動具を手にするスポーツの選手になり、弟の方は音楽の方にのめり込んで行ったという次第であった。仕掛けとしては簡単至極であった。

不気味なほどに物音のない、あたり一帯の空屋の群れのどまん中にいてのこの深夜が、少年に深い印象を与えた。他人には恥ずかしくて言えないほどの、生理的なまで溺れ込むことの出来た音楽が奏でられたその同じ場所が、一夜あけてみれば戒厳司令部という、怖ろしげなものにかわっている。その二つを、少年はつなげて考えることが出来なかった。

何が起るかわからぬ、人間は何を仕でかすかわからぬという考えは、つなげて考えることが出来ないことが起る、起り得るということを認めざるをえなくなったとき、自然に、少年の内裡に生れて来ていた。自分自身についても、音楽を聴いてひとりでに射精をするという思いもかけぬことが起り、かつ起り得て、しかもその同じ場所が、いまにも叛乱軍をまとめて射殺しはじめる司令部となっている。日本軍隊もまた叛乱を起し得る……。

それらのことは、少年が、それまでに漠然と考えていたこの世の中というものについて、世界の縁辺というものについて、限度限界というものについての考えを打ち砕いてしまっていた。世の中の縁辺は、一挙に目路《めじ》はるかに、少年にとっては目のとどかぬところまで後退してしまい、輪郭はぼやけて行って、この世の中にキリというものがない、と思わせた、近所というものさえが、一時にいなくなる、避難をしてしまうということさえがある。無人の町なかにいて、兄の机に向って英語を勉強していると、夜をとおして、いまはどこどこまでもキリというもののない夜なのだということが、少年にはまことによくわかる感じがした。世界は、それぞれに無限の円環をもった人々のかさなりであり、それぞれの無限円環が、無限の複雑さでもって互いに交叉し切磋《せっさ》しているものであると思われた。だから、少年自身がこの夜にもっている無限円環もが、他の人々の円環によって交叉され切磋されているものであるとしたら、何が起るかわからぬというのも当然というものであろう、とても結論をしなければおさまりのつくことではなかった。ダダイストの辻潤《つじじゅん》を愛読したことのある少年は、老子の、道ノ道タルハ常道ニアラズ、ということばを思い出した。そうして勉強はもうやめよう、と思うについては、前年の秋、牧師が少年に、

「二階ノ歯ガ痛イカラ、歯大工ヲ呼ンデ下サイ」

という、奇天烈《きてれつ》な日本語を使ったことを思い出さなければならなかった。茫洋《ぼうよう》として限りもない物思いからまぬがれて出るには、滑稽というものに頼った方がよいということを、承知していたのである。平素、この牧師夫妻とは英語で話していたのであったが、少年がデンティストという英語を知らなかったので、歯医者《デンティスト》が歯大工ということになったものであった。そうして、そのときはじめて西洋では歯医者は医者の仲間に入っていなかったことを知ったものであった。

少年は大学の予科へ入った。試験の成績はたいへんよかった。選ばれた科目は、法学部政治学科の予科というものであった。法学部政治学科の予科といったところで、何をどんな風に教えてくれるものなのか、あらかじめなんの見当もつけていなかったし、つきもしなかった。見当がもしあったとすれば、それは政治学科というものは、要するに漠然としたものであろうし、あの七面倒くさいものらしい法律を、あまりやかましく教えはしないだろうからという、見当違いもはなはだしい見当があるばかりであった。

家業である廻船問屋は崩壊寸前ということで、船は散りぢりになりかけ、少年の父は陸《おか》にあがってトラックの組合をやったり、古い家柄というものと名とをつかって県会議員をやったりしていた。没落した旧家の当主が自然に行きつきうる位置である。政治家というものは、少年の眼にはお祭り騒ぎのような選挙技術と、何から何までの惨めな世話役というにすぎなかった。しかつめらしい顔をした教授が教えてくれるであろう政治と、実際の政治とは多分なんの関係もないものであろうとは、あらかじめ少年にはよくわかっていた。まだずっと幼かった頃に、犬養木堂《いぬかいぼくどう》や永井柳太郎や清浦奎吾《きようらけいご》などの政治家や将官級の軍人などが少年の家を訪ねて来て、広間で宴会が行われた。町じゅうの芸者が家へ手伝いに来たりして、政治家や軍人というものは物要《ものい》りなものであった。しかもこれらの著名な政治家や軍人たちは、少年の家ではいささかも尊敬などされていなかった。むしろ旅の俳諧師や絵師、能楽師や盆景の師匠、道具屋などの方が大切にされていた。彼らは短くて一ト月、長ければ一年ほども、のんびりと少年の家の離れで、祖父の相手をして茶などをたて、無為の日々を送っていたものである。彼らは女中たちと恋仲になったり、子を生ませたり、あるいはつれそって旅廻《たびまわ》りに出て行ったりもしたものであった。後日、少年がメーリケの『旅行くモーツアルト』やカサノヴァの回想録を読んでみたとき、いささかも珍しく思わず、おどろきもしなかった。旅行くモーツアルトは、旅の箏曲《そうきょく》の師匠のようなものであり、カサノヴァは旅を行くはなし家のようなものであった。

だからこそ、著名な政治家たちから、言わずと知れた献金のことが申し出され、それを出すについては、曾祖母や祖母が、

「やくちゃもないこっちゃ」

仕様のないことだ、と口から吐き出すように言うのを何度も聞いていた。だから政治学科に入ったからといって政治家になろうなどとは夢にも考えたことがなかった。要するに、教えられるであろう筈のものの内容が、漠然とさえしていればそれでよかったのである。

入学のことがきまってからしばらくして、少年はその大学の長からの呼び出しをうけた。大学の長は、Kという反マルクス主義の経済学者であり、大きな身体に、大柄な目鼻のついた立派な風采の人物であった。この大学の長が、少年の父と同級生、同窓生であったので、父が大学での保証人を依頼したものであった。

「こういう手紙がお父さんから来ていますから……」

と言って、保証人の欄に太い万年筆で署名し、少しの話をした。訓戒をたれるなどということもなく、同級生であった頃の父の話などをしてくれた。

「お父さんの髭《ひげ》は立派で評判だったものですよ」

と言った。明治時代の大学生は、鼻下に見事な髭をたくわえていたものであった。

もう一人、保証人が必要であった。

「警視庁に、従兄《いとこ》がいますから」

と答えて、少年はその足で警視庁へ向った。

二・二六事件直後の警視庁は、厳重な警備をしていた。建物の大きさ、いかめしさに比べては入口がまことにせまいことに少年は気付いた。そうあるべき理由があったのであろう。そうして階段を上って行くと、内側で警備をしている巡査がピストルをもっていることが目についた。普通の警官は、みな大きなサーベルをぶらさげていたものである。

従兄は警視庁が発行する刊行物の編さんの仕事をしているもののようであった。その課の廊下で待っていると、従兄が出て来たが、少年は、幼いときからなじんでいたこの従兄の表情の険しさに、ほとんど声を出さんばかりに愕《おどろ》いたものであった。三年ほど、会っていなかったのである。顔色はあくまで青黒く、頰もこけていて大きな眼だけがぎらぎらと光っていた。まだ三十歳そこそこだったのに、髪には白いものがまじっている。

挨拶をして、少年が用件を言い、紙をとり出して署名と捺印《なついん》をもとめると、従兄は、これまたほとんど驚愕《きょうがく》したかのように眼を瞠《みひら》き、どもるようにして、

「ど、どうしてまた、どうして僕なんかに……」

と言った。

「どうしてって……」

と言って、少年はああやはりだめだったか、と思った。が、思いなおして、

「かまわんやろ」

と言ってみた。

「そんなこと言ったって……」

「いかんかな」

「やはりなあ……。このKさんと僕じゃあ」

「そうかな」

諦めて少年は警視庁を出た。濠端《ほりばた》を歩いて日比谷の方へ向いながら、少年は、

「それを承知で行ったんやったがな」

とつぶやいた。

それを承知で、というのは、この従兄の経歴にかかわっていた。従兄は京都大学を、やっとのことで出ていた。やっとのこと、というのは、思想犯ということで、長く警察にとめおかれ、従兄の父母はすでに亡く、そのために少年の父と母が、彼を救い出すために一方《ひとかた》ならぬ苦労をし、とにかくにもやっとのことで大学だけは出たことにしてもらった。従兄は、日本共産党の関西関係の、かなりに重要なポストにいたらしかった。少年の父と母とが、旧知の政治家や警察や司法関係の高官に、本当に畳に頭をすりつけて懇願をして、ここでもやっとのことで正式の下獄《げごく》をまぬかれ、転向

のことをし、あろうことか警視庁につとめることを条件にして釈放をされたものであった。正式に起訴をされていたものが、どういうふうにしてその起訴がなかったことになったものか、少年にわからなかった。それを承知の上で、少年は警視庁まで出掛けて行ったものであった。少年はこの従兄が好きだった。彼が京都から休みで帰って来るごとに、話を聞きに行った。彼が家にのこして行った本は、なにからなにまで、わけがわかろうがわかるまいが、ぜんぶを少年は読んでしまった。ガリ版の『共産党宣言』を読んだのは、小学校六年生のときであった。

従兄は、保証人としてその大学の長の名のあったその下に、自分の名を書けと要求をした少年について、おそらくは驚愕してしまったものであったろう。ましてや、二・二六事件の直後であった。どういうつもりで、と彼は思ったことであったろう。

少年にしてみれば、どういうつもりもこういうつもりも、別して他意があったわけではない。東京で、実業界で名をなしている縁者がいないわけではなかったが、そんなもの、と少年は思っていた。大学の長と話していたとき、彼は、大学のすぐ近くにある耐火煉瓦《れんが》工場の社長が少年の縁者の筈、ということを言った。それはその通りであったが、そんなものに保証人などになってもらいたくなかった。

「どうでもええわ、こんなもの」

と、ふたたびつぶやいて日比谷の交叉点をわたり、銀座へ歩いて行った。少年は、喫茶店というものに入ってみたかった。名曲喫茶といわれるものに、どの程度の蓄音機があるものか、それを見たかった。

警視庁にいた従兄は、少年が訪ねてから二《ふ》タ月《つき》もしないうちにやめてしまい、その年の夏には職業野球の会社に入った。共産党員であったものが、いかに転向をしたからとはいうものの、警視庁などにつとめられる筈はなかったろう。少年は、彼の表情の険しさから、何か事件が、たとえば自殺、とか、あるいは逆に警視庁そのものが困却するような、そういう事件が起るのではないか、と思っていたが、その事件が、職業野球の会社に入るというかたちをとったことに、深いところで、陰鬱な衝撃をうけた。後に上井草《かみいぐさ》の球場へ、その球団の出る試合を見に行き、そこでいっしょに見ていた観衆の一人が話しているのを少年は聞きつけた。

「この球団の上の方はな、みんな刑事《でか》上りなんだ」

「ふーん、そうかい」

ふーん、そうかい……。

それもまた一つの、陰鬱な衝撃であった。

少年はさまざまに考え詰めてみた。あの従兄はいったいどういうつもりなのか、と。しかし、本来のところは、どういうつもりも何もあったものではなかったのであろう、としか思われなかった。転向は、少なくとも表面的な転向は、おそらく不可避であったのであろう。怖ろしい拷問が、三週間も連日つづけられた。京都の警察へ少年の母が司法省の高官の紹介をもって面会に行ったとき、従兄の顔は脹《ふく》れあがり、手には真新しい軍手をはめさせられていた。広い道場の畳の上に、坐《すわ》らせられていた。従兄は、じっと、ただ坐っていて、何ものを言わなかった。

「いま考えてみりゃ、ありゃ立てなんだがや……」

と言って、帰って来た母が泣いた。まだ中学生であった少年は、

「立てなんだちうと……」

とたずねたが、母はしのび泣くのみで、返事をしなかった。おそらくは竹刀《しない》で股のつけ根が真黒に内出血をするほどに撲《なぐ》られたものであったろう。軍手をはめさせられていたのは、指、爪、指のつけ根をいためつけられていたからであった。母は、少年には、どういうわけかほとんど如何《いか》なるかくしだてをすることもなく、そういう類いのことを語った。他の兄弟と違って寡黙な性質であった少年には、ものが言い易かったのかもしれなかった。あるいはまた、母にしても、あまりにむごい、警察の非道について、誰かに何かを訴えたかったものかもしれない。

拷問によって、この従兄は転向を、少なくとも表面的な転向を、強《し》いられた。少年は、転向ということを、少なくともこの従兄については、いかなる意味でも非難をする気持はなかった。よく殺されなかったものだ、と思うだけであった。それだけに、ひょっとすると彼が自殺をするのではないか、と、何度もそのことを考えていた。そうして、警視庁をやめて、職業野球の会社へ入ったことを聞いてからは、その転廻の突飛さを、これもどうしても理解出来ないでいたのであった。この世のなかでは、どんなことでも起る。中学生の頃の、牧師館での生活でなれていた英語が、そういうときに、“Anything happens in this world.”と口にとなえるというかたちで、出て来た。しかし、上井草球場での、となりに坐った一観衆の話を聞いてからは、その突飛さが、いささかも突飛なものではなく、やはり警察、警視庁がついてまわっての職業野球の手伝いであることがわかった。従兄は、殺されはしなかったが、やはり彼のなかで何かが死んだか殺されたかしたのであったことは、警視庁の廊下で会ったときの、あの表情の険しさにあらわれていた。人はたとえ肉体的には死ななかったとしても、彼のなかで何かが死ぬ、殺される、あるいは殺す、ということがあるものなのであるらしい。

それがそういうふうにしてわかったことは、少年の心の底に、暗く彩られた、ある深い部分をのこした。その暗色の部分から見上げるようにして、暗いフィルターを通して、世間のことを眺める習慣がついた。

少年は入学の手続きをおえて、いったん故郷へ帰った。故家はたいへんなことになっていた。父は、河の港で荷役に不便なところから、海を埋立て広い土地をつくりなそうとする仕事を、大分以前から手がけていた。けれども、北国の海は荒く、海中にうちこまれたコンクリートの護岸は、冬毎に流れて行ってしまい、波は護岸の内側に、海底から砂をポンプで吸いあげてつくった埋立ての、その砂地までをもとの海へと奪って行った。荒波と戦って、ほとんどシジフォスの苦闘のようなことをくりかえしていたのであったが、春近い日の一晩の大しけで、何年かの苦闘による護岸と土地の大部分が海に奪われていた。あとには、広々とした海しかなかったのである。

父はどこへ行ったものか、家にいなかった。少年もその行先を問わなかった。

海が、一家に潰滅的な打撃を与えた。入学はしたが、学資となるべき金がまったくなかった。少年は音楽レコードを聴くことをやめてしまった。そうして、従兄ののこして行った本を読み耽《ふけ》った。毎日、かつて埋立地のあった、海を見に行った。春の海は広々として、海中はるかの沖合にコンクリート護岸の残骸が点々としてぶざまな列をなし、白い波をかぶっていた。凪《なぎ》の日に人々は小舟を漕いで行って、その残骸の上で釣糸をたれていた。

あれは何だ！
あれは……

という、はじめてのことばの砕片《さいへん》を、少年は海の上から拾って来た。

春は次第に深くなって行ったが、上京をすることが出来なかった。

「はなしがついたさかいに……」

と母が言ったのは、もう五月に入ってからであった。そうして十円札を一枚だけ少年にわたして、蔵の中から二本の軸をもって来た。一本は、雪舟《せっしゅう》の、やや本物に近い贋作《がんさく》であり、もう一本は八大《はちだい》山人《さんじん》の、これは真赤な偽作であると、書画に少しの経験のある人ならばわかる筈の、大ぶりな水墨画であった。目玉の大きいカラスの夫婦が崖の松にとまっている軸である。上の方にとまったカラスは、笑っているようであった。カラスは自分がにせものであることを自らからからと笑っている。

「にせじゃの、二つとも」

と少年が言うと、母もほんの少し表情をゆるめて、

「きまっとる」

と言い、

「それでもな、この雪舟さんの方はな、三流の骨董《こっとう》屋でなら、ま、雪舟さんの二流ほどのもんで通るがや」

とつけ加えた。

「うん、わかった」

書画骨董に関しては、あるいはさまざまな遊芸については、育ちによって少年にもそのくらいのことはわかっていた。

「この軸二本とな、あの万年青《おもと》の鉢をもって行かれ、そいで三百円ぐらいになろがいね。三百円ありゃ、一学期は大丈夫やろがいね」

と母が言う。万年青とは、言うまでもなく百合《ゆり》科の観賞用の常緑多年草である。

突然、少年は声に出して笑い出してしまった。

腹の底から可笑《おか》しくなってしまったのだ。何年ものあいだ、こんなに愉快に笑ったことはなかった、と笑いながら思うことが出来たほどに、少年は甲高い声をあげて笑った。はじめ母はあッけにとられていたが、やがて、母と子は二人ながらに大声で笑い出してしまった。暗い仏間には、二人の笑い声がきんきんと反響した。笑いおわってみると、母子ともに眼に涙をためていた。

母と子は、相対して朱塗りの膳を前にし、少年が酔いつぶれてねてしまうほどにさしつさされつして酒を飲んだ。

二本の軸は、上野池ノ端の道具屋へ、万年青は麻布《あざぶ》飯倉にあった盆栽屋へもって行くものであった。道具屋も盆栽屋もともに江戸では一流の家であった。少年は、軸をつつんだ風呂敷包みを小脇にかかえ、万年青の鉢を大切に抱きかかえて夜汽車に乗った。

道具屋も盆栽屋も、

「いやあ、これが学資に化けるンですかい。そう言われればはり込まんわけに行きませんなあ」

と言って笑い、母が値踏みをしたよりも少し多く、三百二十円ほどになった。

万年青は、一夜を兄の下宿の机の上に置いて眺めているうちに、その一葉一葉の深い緑の艶やかさが、百工程もへた漆器ほどの、ある種の威を帯びて見え、その生命のあたたかさと、葉に充溢《じゅういつ》しているものの麗質がじわじわと背筋につたわって来るのを感じた。少年は、一時はこれを売るまい、自分のものとして大切にしよう、その分だけ節約をすればいい筈だ、と思いかけたが、節約という考えが気にいらなかった。それに、万年青を愛する新入大学生というものが、自分でも可笑しかった。高雅なものを湯水のように使い放すことの方が、高雅なものを高雅なものとしてあがめることの出来ることよりも、ずっと高雅なことではないか、と思い做《な》した。

兄の方は、一年ほど前から一族中の別の家から送金をうけていたから、少年のように、新学期がはじまる毎に、あるときは軸物、刀剣や槍《やり》、またあるときは瀬戸物や蒔絵《まきえ》の野弁当、あるいは盆栽などという奇怪なものをかかえて上京するということをしないですんでいた。なかには、雪舟や山人の偽物などではなくて、伝宗達《そうたつ》の見事な二枚折りの小屏風《こびょうぶ》などもあった。夜汽車で運ぶについて、いちばん苦労をさせられたものは、花衣桁《いこう》であった。しかもそういうものを道具屋へわたす毎に、少年はそれらの器物のどれ一つにも自分はあたらないという苦痛を感じていた。九谷《くたに》の皿一枚、徳《とつく》利《り》一本にも値しないと思う、食いつぶすとはこのことだ、と思っていた。しかも母が期待するように、資本主義の近代にあわせそこなって潰れた家産を、廻船問屋を時世のそれに乗せて再興することなどは考えてもいなかった。

道具類についての経験をつんでからは、少年はなじみの道具屋から、

「あんた、いまにお困りなったら、何時《いつ》でも骨董屋になれますぜ、それだけ目がこえられましたらな。あんたが学生さんやなかったら、もうとうにうちへ来てもらっとったんですのにな」

とひやかしまじりに何度も保証をされたものであった。少年はいつも苦く笑って聞き流した。

三百二十円のうちから、少年は制服と背広を新調した。明治時代の大学生であった父の写真に、父が背広を着てうつっていたからである。がしかし、背広をもっている新入学生は、ほとんどいな

かった。制服と背広をもちかえると、兄が、

「いいとこ行くからついて来んか」

と言った。

少年は生れてはじめて背広を着て、黙々として兄について行った。

行先は、新宿のダンスホールであった。そこで、社交ダンスのコンクールが行われているのであった。そうして少年がおどろいたことには、兄と弟がそこへ来たのは、ただの見物に来たのではなくて、兄がそのコンクールに出場するのであった。紹介をされた白いイーヴニング・ドレスのパートナーは、少年も一つ二つは見たことのある映画女優であった。一字の花の名を姓としてもった、日本画家のお嬢さんであると映画雑誌などで承知をしていたひとであった。下唇がまくれあがったような、受け口な、背の低い愛らしいお嬢さんである。兄はいったい何をやっているのであろう、と少年は驚いた。兄とこの女優はすいすいと他の組を抜いて行き、最終的には二等になった。少年はただただ眼をみはって見ているばかりであった。

コンクールがおわって、様々な賞品をかかえたままですぐ近くの喫茶店へ入った。下がバーで二階が喫茶店になっていた。少数の客のなかで、兄と女優とは、少し場違いな感じであった。客たちは、ルパシカ姿などの異様な風態をしているか、あるいはその顔と表情には、これはまともなサラリーマンなどというものではないとすぐに少年に感得させるようなものがあった。

その夜、映画女優とわかれて兄と下宿へ帰ってから、少年は、

「わしはこのうち、出るぜ」

と兄に言った。

このスキーとテニスの選手、麻雀と玉突きとダンスの名手とこれからも一緒にいたら、果してどういうことになるか、といささか自分について不安になったからであった。月に何度も、町の芸者たちが出入りしているような家に育って、少年は自分に、自身がどんなにでも放蕩児《ほうとうじ》になれるという自信と可能性を感じていたからでもあった。

兄の下宿を出て、青山の屋敷町のなかにある畳屋の二階へ引越した。それはよかったが、畳屋はおそろしいほどに荒れた酒を飲む男であり、少年も何度か相手をしたが、そのたびに閉口した。そうして六月の末頃に、それまでも何かそういうことが起るのではないかという予感があったのだが、少年の留守のあいだに、畳屋は、痩せていつもおろおろしていた細君を刺し殺すという事件が起った。畳屋はさまざまな鋭利な刃物をもっているものである。夜中に少年が帰宅したときには、すでに畳屋は警察へつれて行かれてしまってい、四つになる双生児の女の子が、明らかに血痕をぬぐったとおぼしい濡れた畳の上に、四角い布団をしいて二人抱きあうようにして寝ていた。細君の屍《しかばね》は、検屍《けんし》のためか、警察がもう運んで行ったとのことであった。殺人者の兄と弟であるという二人の男たちが来ていた。

「自分の仕事の道具で細君をあやめるとは何という奴だ」

と言って兄の方はしきりに怒っていた。

少年もまた警察の調書をとられた。刑事の質問は、主として、お前が細君と関係したから畳屋が怒って刺したのではないか、というにあった。まったくの冤罪《えんざい》であった。

がしかし、刑事の言った、関係したから、ということばが、故郷の港町での、ある芸者の口許《くちもと》を少年に思い出させた。その若い芸者は、父のなじみであったが、少年を呼び込んで寝るについて、

「さ、関係しましょう」

と言ったものだった。それが少年にとってのはじめての経験であった。

そのことを、不意に思い出して、思わず知らず微笑したために、刑事はほとんど絶対的に疑い出した。しかも二階で、刑事が大声で脅かしはじめたので、下にいた畳屋の兄と弟もが階段を上って来て、

「ひょっとすると、こいつ……」

などと言い出した。

まったく莫迦《ばか》げたことであったが、証明の仕様がない。

「畳屋に聞いてみろ、この莫迦野郎」

と少年が刑事を呶鳴《どな》りつけたことが一層いけなかった。従兄のことは別として、少年には刑事や巡査というものを怖れる習慣がまったくなかったのだ。警察の署長は、正月には家へ挨拶に来るものであったのだ。

結局は、刑事も畳屋の兄弟も諦めてしまった。が、この事件は、少年にふたたび、Anything happens……と呟《つぶや》かせる結果を来たし、人と人との関係というもの、その前後左右上下の無限立体の怖ろしさと限りの無さを徹底して印象づけた。

明け方近く、まだまだ暗いうちに、刑事と兄弟は警察へ引きあげて行き、少年と、眠っている双生児の幼女の三人だけになってしまい、温度がぐいぐいと下って行くと、恐怖は前後左右、無限立体の奥底から上下、前後左右の全体から包むようにして襲って来た。階段をおりて、どちらがどちらとも言えぬほどによく似た双生児の寝顔を見ていると、今度は、その二つの寝顔が、これはこれ

で、これまた異種の恐怖の種になり、この女児二人を起そうとする手を抑えるのに脂汗を流した。よく見ると、壁にも板戸にもいくつもいくつも生々《なまなま》しい血が飛んでいた。坐り込んでいる畳はしっとりと濡れていた。血をぬぐったあとであった。余程に多量の血が流れたものに相違なかった。しかもそのぬぐわれた血の痕に、双生児の女児が、疲れ果てたせいであったろう、ぐっすりと眠っていた。一切は不可解である、と思うよりほかにてだてはなかった。

朝がくるまで、女児たちの枕許をまもって坐り込んでいた。身動きもならぬ思いにとらわれていなければならなかった。全宇宙が前後左右から、少年をふくめて三人を圧し潰さんばかりに重く迫って来ていた。手を突き出したら、握り拳だけがその先へ突き抜けて出るか、と思われた。女児たちはときどきひきつるようなふうにしてびくりと動き、そのたびに少年もがびくりと痙攣《けいれん》した。

「殺人事件の現場に居合《いあわ》せようとは、いくらなんでも……」

とやっと呟きえたのは、朝の光りが射して来て、兄弟の二人が警察から戻って来る直前のことであった。

兄弟はそろって深川《ふかがわ》の木場の職人であった。女の子の二人を引きとるが、

「あんたはどうします」

われわれとしては、この家は当分釘づけにしておくつもりだが、もしあんた一人で住むというのなら住まれてもいいんですぜ、と言う。言うまでもなく、少年は辞退した。双生児の女児二人は、兄と弟に、一人ずつ引きとられて行った。

一人ずつに裂かれた双生児は、蠟《ろう》人形のような顔色のまま、ものも言わずにつれられて行った。見送る近所の人々もまた、ひとことものを言わなかった。

この畳屋の殺人事件は、少年に、かつて家にいたある女中のことを思い出させた。その女中は、能登《のと》半島の山のなかの出身で、その村からは碁石にする石が出た。赤い頰をした十九ほどの娘であったが、彼女は信じられぬほどに耳がさとかった。父の選挙がはじまり、夜を通して人が来たり電話をかけたりかかって来たりしている家裡《うち》のざわめきのさ中にあって、不意に、

「ちっと黙ってや」

と言って耳をすませ、しばらく皆の者が黙ると、

「ほりゃ、裏のお地蔵さんのところに、刑事がいますがい」

と断言をしたものであった。そういうとき、娘は何かの動物のような眼つきをした。

選挙の応援に来ていた若者たちが、半信半疑で跫音《あしおと》をしのばせて家の裏へまわってみると、小さな地蔵堂の裏からごそごそと逃げ出す者がいた。そういう不気味なことが何度かあった。刑事たちは、電話その他の盗聴のために来ていたのである。彼らにはそのときに政府与党でない者の選挙違反をつくり上げる義務があったのである。

しかも、この動物のように耳さとい女中が、ときどき夜中にふといなくなってしまうことがあった。そうして、朝には、ちゃんと帰って来ている。帰って来てはいるが、そういうとき、着物にずたずたに鉤裂《かぎざ》きをつくっていることが毎度であった。

「昨夜《ゆんべ》、どけ行っとったがや」

と母や祖母が問いつめても、決して言わなかった。気味わるく思った母が身許を調べ直してみると、驚いたことに、娘の父母は、実の兄妹の関係にあった。この娘にも兄が一人あって大阪へ行っていた。祖母が、あるときふと、

「あの子、まさか夜中に大阪まで走って行って来たんじゃなかろね……」

と言ったとき、母の顔色が一度にかわったことを少年は覚えていた。山賊めいた山窩《さんか》についての小説などがはやっていた頃であった。

この働き者の娘の母親——父の実妹である——が死に、京都の寺へ父親——娘から言って母親の実の兄にあたる——が骨をおさめに行った。そうしてそれぎり父は村へ戻らなかった。やがて京都の寺から少年の母のところへ、これこれの者が寺の前で行倒れて死んでいた、いつの日か回向《えこう》をしてやってほしい、その者が貴家あての手紙を懐中にしていたから同封する、としるしてあった。やがて、半年ほどして、不意に娘がいなくなった。

「やっぱり行ったがや」

というのが祖母の解釈であった。

娘の兄の、大阪での就職は少年の母の世話になるものであったから、母がそのつとめ先の反物《たんもの》の問屋へ問いあわせてみると、おかげで嫁まで世話をしてもらってありがたいことであった、という返事が来た。

近親結婚どころか、親子二代にわたっての、実の兄妹のそれである。

こういうことがどうして、なぜ起るのか、というのが中学生であった少年の疑問であったが、否定しがたく、事実としてそのことが在るきりで、理由も説明もなにもあったものではない。不気味だろうがなんだろうが、事実だけが、崖のようにそびえ立っていて人がそこに理由だの説明だのという風穴一つをあけることも許さない。

いかにあの畳屋が酒乱だとはいえ、あの顔色のわるい、おとなしい細君を刺し殺さねばならぬ理由などどこにあったろう。刑事も、検事も判事も理由を求めた。裁判を引きのばしてまで理由を求めた。理由があれば、そうしてその理由が何程かでも理由として認められれば、それは刑の重軽にもかかわる、と彼らがいくら説明しても畳屋は何も言わなかった。少年は裁判のぜんぶを傍聴に行った。畳屋はただ、

「へえ、あんときはそんなに飲んでおりませんでした」

と言うだけである。

大分飲んでおりました、とでも言ってくれれば、それはそれで理由にもなったであろう。身心衰耗時の犯行ということに、なったかもしれぬ。事実、裁判を通して、官選弁護士は面倒くさそうに飲酒による身心衰耗のことを主張した。

畳屋は十五年の刑に処せられた。

一人ずつに裂かれた双生児の女児たちがどうしたか、わからなかった。

さ、関係しましょう、と言われて関係というものをしたからといって、いったいあの若い芸者とおれとがどうだというのか、何が関係だというのだ。不可解であり、不可知であるというのが少年の結論であった。

兄のように遊びまくるか、あるいは……。

不可解も不可知もしばらくは放り出して、世にいわゆる大学生らしいと言われているようなことを一つやってみるか、というのが、畳屋からそう遠くない下宿屋へ引越してからの思いつきであった。

学課は別に目新しいものもなかった。唯一の新しい学課であるドイツ語は、英語による下地があ

ったので、英語で書かれた入門書を買って来て何度も読みかえしてみ、別して苦労の種というほどのものでもなくなった。

少年はふたたび音楽をはじめることにした。

第二章

ふたたび音楽をはじめることにした、といっても、下宿屋の六畳の間では、どうにもなるものではない。壁は薄く、入口は襖《ふすま》であり、何をどう鳴らしてみても、他の同宿の人々の邪魔になろう。中学生の頃の一時期を楽器屋ですごした少年は、ヴァイオリンなどの、弓でこする弦楽器を除いては、大抵のものはどうにか音が出せてあれこれの曲くらいはひけた。そうして弦楽器だけは、それの講習会が週二回、楽器屋の二階で行われるとき、どうにも居たたまらなくて部屋を出なければならなかったから、自分でも手をつけたことがなかったのである。まったく、ヴァイオリンの習いたてほどに、この世の地獄的な音をたてて他人迷惑なものは少ないであろう。比べてトランペットやトロンボーンの習いたては、まだユーモラスでさえありうる筈である。中学生がもっとも熱心に習ったものは、やはりピアノであった。ピアノは、小学生の彼が母から習った箏曲、それから家へ出入りした芸者たちから見よう見真似で少しは覚えた三味線《しやみせん》などとも違い、また他のあらゆる洋楽器ともちがって、旋律と和音の双方を同時に演奏出来るというところに魅力があったのである。

田舎の中学生たちは、たとえば北陸の古い城下町である金沢のそれが、仕舞《しまい》をならい宝生流《ほうしよう》の謡曲をうなることを家庭で強要されていたにしても、やはり野蛮なところのあるものであり、ピアノなどを習う少年は、軽蔑とまでは行かなくても、奇異な眼で見られたものであった。が、そんなことは大したことではなかった。

ここでも、

「言《ゆ》いたいもんには言《ゆ》わしときゃいいがや……」

という、曽祖母が米騒動に起った民衆を、風呂釜で粥をたいてごまかした、と人々が非難したということを、一言で断ち切るようにして言ったそのことばが、少年を支えていた。

しかし、それはそうとしても、あたりまえのことながら下宿にピアノがあるわけではなかった。書画骨董の類をかついで来ては学資にあてている学生に、ピアノの買えるわけもない。そうかといって、他人の家や楽器店へそれを借りに行くなどということは、あまりに面倒なことである。卒業式後の芸能会で、荒城の月変奏曲のようなものを、自分で編曲をして独奏をしたものであったが、そんなこともどうでもよかった。少年は、あきらめることにかけては早かった。

そうして、あげくギターというものがあったことに気付いた。あれならば少しの和音も出るというものである。渋谷宮益坂《みやますざか》の坂の中途に、一軒の楽器屋があった。そこに、ギター教えます、という張り紙が、ガラス戸にはってあったのである。少年は、ギターという楽器についても、中学生の頃にすでに少しのことを知っていた。店にあった、この胴のくびれた珍しい楽器をいじくりまわしているうちに、いくらかの手すさびは出来ていた。六本の弦をはじいてひくについて、基礎になっていたものは、やはり母からならった箏であった。また、これも店の商品であったレコードによって、この楽器による音楽のことも承知していた。古典的な演奏の方法もあれば、たとえば八木節《やぎぶし》と浪花節《なにわぶし》の合《あい》の子《こ》のような俗謡の入る、フラメンコと称される奏法もあった。少年の考えによれば、ショパンの音楽は、たとえば朝鮮のアリラン節を洗練したようなものであり、ポーランドの旋律のもつ、あるあわれさとポーランド自身の運命は、東方における朝鮮のそれに酷似していたので、このような独断的な対比による理解の仕方は、彼自身にも気に入っていたものである。そうしてフラメンコは、八木節と浪花節の合の子でよかった。またシューベルトの歌のうちのあるものは、たとえば町なかで唄われる二上《にあ》がりの端唄《はうた》のようなものがあるとすれば、それに相応するものであった。バッハの音楽は、雅楽に似ていた。牧師館にいたとき、アメリカ人の牧師からグレゴリアン・チャントというものを聞かされ、これは神主の祝詞《のりと》とそっくりだ、などと言ったおかげで、その牧師を神社へつれて行ってわざわざそのために祝詞をあげてもらわねばならぬという、妙な羽目におちいったこともあった。芸事の手はじめに、母の手で箏をかなりしっかり教え込まれていたので、少年は西洋音楽について、別にどんな劣等感をも、また過剰な尊崇をもったりすることもなかったのである。

学資の残りを計算してみた上で、まず大丈夫と勘定がついたところで楽器を買いに行き、その足で、すぐに楽器屋の二階へ上って行った。ぴかぴか光る西洋の楽器ばかりがならべてある店から、がたぴしの階段を上って畳敷きの二階の間へ行くことは、何がなし歯医者の家へ行ったような気分にさせるものがあった。歯医者の家というものも、下には、リノリウム張りの床にぴかぴかした椅子や道具類がおいてあり、階段を上れば襖と畳と火鉢《ひばち》、というものであったからである。

先生は四十近いふとった男であった。神戸の大金持の坊ちゃんということで、イタリーでこの芸事を覚え、奥さんはレコード歌手であるということであった。先生は奏法も教えたが、いろいろな小ばなしも教えてくれた。なかに、カツオということばはイタリー語で男の一物を意味する、だから××勝男などという名をもった人はイタリーへ行くと困るぞ、などという話もあった。この先生についていて、少年はかなり多くの、友人というほどではないにしても、かなりの数の男の知り合いと、二人三人の少女たちとの交友が出来た。男の知り合いのなかには、同じ大学へ行っているのもいた。それで少年は誘われるままに、マンドリンクラブといわれる合奏団へ入った。合奏のなかで、ギターは主として低音部とリズムを刻むことを担当するものであったが、合奏は、少年はうまくなかった。リズムが、いつの間にか間伸びがして行ってしまって、合奏がおわっても、少年だけが二拍か三拍かをのこしていて音をはみ出させることがしばしばであった。それを少年は生来の低血圧のせいだということにした。

こうして、男女の友人たちが出来て来ていたが、彼らの大部分は東京に家と家族をもつものであり、彼らはそれまで少年が接したことのない、異様な雰囲気をもつものであった。一口に言うとすれば、ぬめっとした、湯煎《ゆせん》卵の、あの白いような青黒いような肌触りを思わせた。殊《こと》に少女たちは、元来がやわらかい腹部にあるべき筈の、薄く脂ののった青白くて張りのない皮と肉とが、ところもあろうに顔にくっついている、という、なんとも猥褻《わいせつ》な感じを与えた。田舎で育った少年にとっては、女は決して猥褻なものではなかったのだが、ここでギターをならっている上流の少女たちは、笑うべきほどにまで猥褻な顔つきをしていた。これは東京の上流階級の少女たちではあろうが、上品な女たちではまったくない、と思われた。東北から来ている女の多い女郎屋《じよろうや》にだって、もっと上品な女がいくらでもいる、と少年は思ったものであった。

女郎屋のことは、麻布飯倉の盆栽屋が新宿の、大きな支那《しな》料理屋のような派手な構えのそれへつれて行ってくれた。少年が勝手がちがって閉口し、あたりまえのことながら、なんにしてもそれま

でまるで知らない女であったので、少年がぶるぶる慄《ふる》え出したりすると、盆栽屋は少年の背中をどやしつけて、

「しっかりしなさらんか」

と言ったものであった。

「そんなこと言ったかて知らんひとやさかいなあ」

と少年が言うと、女も盆栽屋も一度に噴き出し笑いに笑い出した。何かをして遊ぶ、あるいはいっしょに飲み食いをするわけでもなくて、ただ性交だけをするための女は、どうにもかなわぬ存在であった。

中学生の頃の少年の相手は、何分にも父のなじみの若い芸者であったから、まるっきり知らないひとではなくて、いわば、父を通してお互いによく知っているひとであったわけである。鬢付《びんつけ》の油の匂いもいつも同じで、それはいわば安定した知り合いであった。何も少年が女郎屋へつれて行ってくれ、と盆栽屋にたのんだわけではなかった。盆栽屋がつれて行ってくれて、背中をどやしつけてくれて、やっとしゃんとしたとき、少年は盆栽屋の手の背後に母の姿を見た。母がおそらく盆栽屋にそれとなく、間違いのないように、適当なように、あまり金のかからぬようにといったふうに依頼をしたものであろう、と推察をした。

新宿の、そういう女たちのなかには、彼自身の幼時の乳母《おんば》や女中の誰彼を思い出させるようなひとたちが何人もいた。そうしていずれも、それなりに過去もあり背景もあるという、しっかりとした顔をしていた。眼も鼻も口も耳も、それぞれにあるべき場所にしっかりと根をおろしていると感じられる、すなわち上品な顔をもっていた。もともと腹部にあるべき筈の皮と肉とが顔にくっつい

ているなどという、妙な具合に下品な顔をしている者など一人もいなかった。

だから、音楽を通じて知り合った東京の上流階級の少女たちの顔つきというものについては、知り合った途端に少年はがっかりした。東京というものについてのあこがれのうちの、それはかなりに大きなものの一つな筈であったが、つまらぬものである、というのが少年の考えであった。白いテーブルクロースのついた、大きな食堂などで一緒にコオフィなどを飲んでみても、話柄《わへい》は貧しく会話に面白味がなかった。つい近頃の映画や、つい近頃の本のことなどが話題になりやすかったが、要するに何もかもがつい近頃のものばかりで、そんなものはものの五分も喋《しゃべ》れば尽きてしまう。こんな筈ではなかったのに、と何度も思いかえそうとし、こういうひとたちがいいのだ、これがモダーンなのだと思え、と自分に命令をしてみても、自身に無理強いは出来なくて、要するにこいつらには文化というものがないのだ、という大袈裟《おおげさ》な答えがかえって来たりした。

「三味線ひける？」

と問うと、少女のうちの一人は、

「えッ！」

という、咽喉《のど》になにかがひっかかったような声を出した。少年には意想外なことを言ったつもりはまったくなかったが、少女の方はまるで自分が侮辱されたかに思ったらしかった。この分では箏の心得もなにもないな、と思わざるをえない。

「あなた、ひけます？」

という問いのかたちで少女の方から答えがかえって来ても、あなた、ひけます？　とはなんという日本語だい、というふうにしか思えず、思わず、

「ひけるさ」

というう東京弁らしい答えが自分の口から出て来て、そのうちおれもひけちゃうなどという妙なことばを使うようになるのだろう、と思うと、二重にがっかりさせられることになる。

「じゃ、お琴は？」

「お琴か、ひけるよ」

ひけるよ、という言い方、そういう言い方も、少年の育った文化のなかにはないものだった。ひける、とだけで充分だったのだ。人はこういうようにして、次第に自分のことばを失って標準語かという顔のないもののなかに沈没するものであろう。されば腹にあるべき皮と肉が顔にくっついていても別に不思議ではないわけなのであろう。白布のかかったテーブルをなかにして、少年は、このての女の子とつきあって、それから一緒に寝るところまで行くには、土台想像もつかぬほどの時日と面倒な手続きがいるものであろう、親父やら母親やら麴町《こうじまち》とか麻布とかの家屋敷やら何やらかやらがウザウザと出て来て、つまり女として独立していないから、それはもう……。まったく非文化的なことだ、と少年はにやにや笑いながら絶望していた。

また少年は、同じ大学の上級生で、父親が大きな証券会社の筆頭重役とかというものをしている学生の家へ行ったことがあった。その大きな洋館は大森の丘の上に建っていて、まるで映画に見るような大きな階段が玄関の広間の脇についていた。階段の手摺《てす》りはチーク材であった。

その二階の一隅に、部厚い絨毯《じゅうたん》をしきつめた書斎があり、壁には泰西名画のような本物の油絵がかかっていて、若くてきれいな女中が匂いのいいコオフィを運んで来た。少年は一目でこの学生と女中が関係があることを見抜いた。そうなると、これはもう莫迦莫迦《ばかばか》しくていられないようなものであったが、少年は次第にそういう雰囲気にもなれて来ていた。莫迦莫迦しければ莫迦莫迦しいで、そこにいればそれでいいという、妙な覚悟みたいなものが出来かけているらしかった。この上級生は、イタリー製のごく上等のギターをもってい、またレコードも何百枚か壁にそなえつけられた、書架をかねたものにもっていた。ジャズやタンゴのそれも古典ものと同じほどもっていた。少年はそれを聴き、また本物のギターはこういう音がするか、ということも、腹にひびいて来るイタリー製の楽器の胴の振動によって知った。そうして、上級生はこの田舎の少年が古典音楽とそれの演奏者のことをよく知っていることにおどろき、少年の方は、東京の金持ちの子女というものが、書画骨董のことや遊芸についてては、ほとんど無知であることを知っておどろいた。これでは兄貴がたちまち玉をつかせれば七百から上をつき、麻雀は四段とかになり、ダンスはコンクールで二等になるのも別に不思議なことではない、文化が身についているからそれで自然なのだ、とつくづく思ったことであった。そうして自分はそれをすまい、と思った。なぜなら、もし自分が放蕩道楽をはじめるとしたら、玉つきや麻雀、ダンスなんぞという程度のことですみはしないだろうという、漠とした自信があったからであった。たとえば、この重役の息子が芸者遊びをはじめたとしたら、どんなにか無器用なことであろう。芸者たちとせっせっせとか、お手玉をしたりして遊ぶことならば、いや芸者を遊ばせることは自分にはなんでもなく出来るが……、とそういうことを考えていると、少年は莫迦莫迦しくなって来る。

音楽会へも、少年は次第に行かなくなっていた。頭にべったりとポマードを塗りつけた男たちや、それが一人前の男のくせに上ずって甘ったれた口の利き方で、きわめてなめらかに人と応対をし、上体を棒のようにして挨拶をしあう男たち。女は女で妙な具合に顔《あご》をつき出して男と話をしている。

どうして女は頤をひかないのか。女は頤をひかないと眼から光りが失せるものであること、そうしないと眼の黒玉が力あるものとして、女の顔の美を一点にしめるものとして相手に印象づけられないものであるという、芸者ならば必ず心得ている筈の、この女の作法のいろはをどういうわけでいったい、こいつらは知らないのであろう、この東京の田舎者どもめ、と思うと、着ている衣裳《いしよう》の派手やかさなどもたちまち剝《は》ぎとられてしまい、そういう者どものなかにいて、おれまでがああなったのではおしまいだ、と思わざるをえない。それは音楽とは別のことだったが、しかし、完全に別のことでもなかった。一つの社会というものがそこにあり、相渉《あいわた》るものとしての音楽、文化があるわけではないのか、うんざりだ、というのが少年の考えであり、そういうときには、不意に故郷の、曇り空の下にひろがっている鉛色の、重く深い、冬の海の水平線が見えて来るのであった。深くて重い空の下で、海底から巨大な、数万本の腕をつきあげて白波を突っとばしている冬の海は、ぺちゃくちゃとものを言いもしないし、ロマン派の音楽のようなことをさえも言ったりはしないではないか。

そろそろと、そこに音楽との別離が近づいて来ているのであったろう。下宿の部屋で、ぼろーん、ぼろーんと、ひとりでギターの稽古をしていると、他の同宿の学生たちもが聴きに集まって来るほどにはなっていたが、少年はもう、それが面白くてひいているのではなかった。

することがなくなれば、それは向うからやって来るものであった。夏休みが近づいていた頃、学校から戻って来てセルの着物に着かえ、角帯《かくおび》をしめて夕食前の青山の通りを散歩していた。一軒の古本屋があって、そこへ何気なく少年が入って行った。本棚には、ところどころに隙間があった。

それも、本棚の方々から数冊をまとめてごっそりと買いとられた、あるいは抜きとられたという風《ふ》情《ぜい》を見せていた。何を買おうというあてがあったわけではなかった。少年は洋書のおいてある本棚を眺めていた。そこに一冊、薄青い背に金文字で、LENINと大きくしるされ、その下にThe Man and His Workとあって同じく金色で棒が一本ひかれ、著者のALBERT RHYS WILLIAMSという名がしるされてあった。

——ははあ、こいつか……。

というほどの心持が少年にした。京都の大学へ行っていた従兄が帰省をしてくる毎に、少年はいつもこの従兄の話を聞くことを喜び、二六時中つきまとったものであった。その従兄が転向ということをし、警視庁から職業野球団へと転職をした頃には、つまり学生になってからは、そのての本を読む興味を失ってしまっていた。また中学生の頃には、あまりにむずかしい専門用語ばかりの出て来るマルクス主義についての本や解説なども、ほとんど呻《うめ》きながら読んだものであったが、そういうものも、もう読まなくなっていたのだ。だから、LENINという名を英語で見出して、すでに妙ななつかしさのようなものを感じたのであった。英語の本を読むことは、少年にとっては何ということもないことであった。聖書も、あの聖書独特の言い廻しになれてしまって、英語で読むことの方が少年には楽だったのだ。だから、こいつを一つ読んでやろうか、と思い、その本をつまみ出して帳場に坐っている四十ほどの男のところへもって行った。男とはもう顔見知りになっていた。

ところが、男は、にやりと皮肉な面持で笑って、

「あいつらあ、洋書の方は見落して行きやがったんで」

と言った。

何のことか……？　少年にはわからなかった。が、当方に目的がはっきりある場合には、その目的とあまりかかわりのないことで他人が何かわからぬことを言ったとしても、別して訊《き》きかえすこともなかろう、というのが少年の考え方であった。この場合、目的とは、このLENINなる本を読むことであって、誰かが見落したとかどうだとかいうことは、大したことではなかった。少年は曖昧に笑って、二円五十銭という代価を払った。古本としては高い本であった、というべきであったろう。煙草《たばこ》のバットが七銭であり、チェリイは十銭であった。

下宿の部屋へかえってきて、太刀魚《たちうお》の煮びたしをお菜として飯を食った。この気持のわるい銀粉のようなうろこをもったまずい魚は、東京へ来てはじめてお目にかかったものであった。肉にはしまりというものがまったくなく、下宿の娘が魚屋から、そのだらしのない平べったい蛇のような魚をぶら下げて来るのをかつて見たとき、本当に、この魚に向って、おい、お前それでも魚かよ、と聞きたいくらいのものであった。同宿の農大の学生に聞くと、そいつは黄海に、とりわけて黄河と揚子江《ようすこう》の出口のあたりにむらがっているということであったが、いかにも黄海のような浅くて波のあまりたたぬところに、その泥々の濁った海の底でどろーんと眠っているのであろうと思われた。北の、波の荒い日本海などでは、到底生きられぬ奴らであろう。こんなものに、よくも太刀などという立派な名を与えたものであった。

だらしのない太刀魚と、レニンという、男のなかの男一匹というべき立派な男の追想とは、きっちりとくっついてはなれなくなった。

またくっついてはなれぬといえば、少年にとっては、キリスト教にも妙なものがくっついて来ていた。アメリカ人の牧師館にいて、牧師は別に洗礼をうけろとも信徒になれとも言わなかったので、また自身でもキリスト教徒などになろうとも思わなかったのであったが、この牧師の奥さんが困ったひとであった。大柄な顔つきの、眼の片ッポが褐色で、もう片ッポは黒のふとった夫人で、雨ばかり降る北陸の地が何よりも嫌いであった。

「一年に晴れた日が二十日しかない！」

オンリイ・トゥエンティ・デイズ・クリア・スカイ！　というのがこの夫人の嘆きであり呪詛《じゆそ》であった。湿潤な気候のために、夫人はリューマチになり、その嘆きと呪いがときに猛烈なヒステリーになって爆発した。ヒステリーが起ると、夫人はほとんど気が狂った。眼がすわり、動物のような叫び声をあげて着ているものを引き裂いた。そうしてまる裸になって狂い、ガラスを破り、無双の大力を発揮して広間においてあったグランド・ピアノをひっくりかえした。それは、フンドシなしの白い女相撲が暴れまわっているような物凄さであった。そういうとき、夫である大人しい牧師はひたすらにおろおろし、口にはお祈りのことばをつぶやくのが精一杯というふうであった。やがてくたびれ果てて、ガラスで切って白い肌に血の流れ出したからだをくずおれるようにして床にうずくまり、額を床につけて赤毛を床に乱し、ほんとうにさめざめと裸の女が泣き出す。孤独な、さびしい肉をもった一人の女がそこにいた。夫の牧師にしても慰めようがなかった。神の名を、そういうときに持ち出すことも出来なかったろう。仕方がない、というものであったろうと思われる。夫人は年中天気のよいカリフォーニア育ちということであったから、本当に一年に二十日ほどしか晴天のない日本の北国の天候などは地獄のように思われたであろう。少年は、この動物的なまでの物凄さに、怯《おび》えた。キリスト教、といわれると、荒れまわるあの白い肉のかたまりが眼にちらつくのであった。

しかしそのキリスト教よりも、一冊の、このレニンをめぐる追想集のような本は、一頁一頁、読み進めるごとに、異常なほどに現実性と具体性をもって少年の眼をひらいて行った。本は、革命当時に、レニンの近くにいた三人のアメリカ人によって書かれたもので、全ページがレニンに関する挿話にみちていた。ニューヨークの、スコット・アンド・セルツァーという本屋から一九一九年に出されたものであった。一九一九年といえば、少年の生れた年の、そのあくる年であった。そうして裏表紙の内側には、〝デヴォンシアにて、一九二〇年七月十四日読了〟と日本語で書いてあった。留学生がもちかえったものであったろう。

夜を徹して読み進めて行って、ふと古本屋のおやじが言ったことばを思い出した。

——あいつらあ、洋書の方は見落して行きやがったんで……。

そうだ、とはじめて気がついた、あいつら、見落して、というのは、誰かが何かの本をごっそり買って行ったというのではなかったのだ。それは日本語の方の、それらの本を、警察当局がごっそりと引揚げて行ったから、本棚の方々に隙間が出来たのだ、それに違いなかった、まだまだ二・二六事件に由来する戒厳令下に東京はあったのである。

けれども、だからといってたとえ洋書にそのてのものがのこっていたとしても、そういうものを読んだりもっていたりすることは危険だから、もうこのてのものを買ったり読んだりすることはやめた方がいい、という具合には、少年は考えることがなかった。

——そんなら、洋書でのこっているものがまだあったら、そいつをぜんぶ買ってしまえ。

というのが少年の考え方であった。少年は自信をもったのである。日本語で読めば、あまりに七面倒な漢字ばかりが出て来て、とにかくちんぷんかんぷんなどとまでは言わないにしても、一日に何頁も読めないあれらの岩波文庫や改造文庫の、また濃い臙脂《えんじ》色のマル・エン全集本なども、英語で読めば、ずっとすらすらと読めるものの筈ではないのか、そうに違いない、と思ったのであった。仏教のさかんな土地に育った少年の知識では、たとえば観念ということばにしても、また弁証法ということばでさえが、もとは仏教の用語の筈であった。唯物論ということばにしてからが、マテリアリズムの訳語であるよりも先に、仏教用語の筈であった。仏教の用語が妙なところへ登場して来たりするから、あれらの本を読むと、読めば読むほどよくわからなくなり頭が混乱もして来るのである。だから、あれらの七面倒な翻訳の活字どもに、ざまあ見ろ、とばかり、いくらかは復讐《ふくしゅう》するような気味もあって、

――明日は一つ、銀行へ行って金を十円ほど引き出して来て、ごっそりと買ってやろ。

と、そう思いながら、レニンをめぐるゆたかな逸話や挿話を読みすすめて行った。そうして、朝近く、ふと気がついて立って行き、ごそごそと押入れのなかをさがし、一枚の古新聞をもち出して来た。それは、入学試験の直前に、ひとつ東京帝国大学というものを見物してやろう、と思いたち、九段から本郷まで地図を頼りにぶらぶらと歩いて行き、そこで帝国大学新聞というものを買った。東京帝国大学の学生たちが、構内で新聞を売っているのが珍しかったので、

「僕にも売ってくれますか？」

と、そこで生れてはじめて僕ということばをつかってたしかめてみて、

「どうぞ、どうぞ」

という鄭重《ていちょう》な答えがかえって来、かえって恐縮しながら五銭を出して買ったものであった。大学が、また大学生が新聞を刷って売っているということが、少年にはなんともいえぬほどに清新で、

自身の腹の底から甲高い声が出そうなほどに、爽快でもあったのである。買ってみて、「帝国大学新聞」という題辞が、いかにも誇らかなのがいくらか癪《しやく》にさわったが、しかしそんなことは大したことではなかった。

その、帝国大学新聞にのっていた、一つの記事のことが思い出て来たのであった。それは「二・二六事件の批判」というもので、筆者は河合栄治郎《かわいえいじろう》という人であった。

彼等の我々と異なるところは、ただ彼等が暴力を所有し、我々がこれを所有せざることのみにある。だが偶然にも暴力を所有することが、何故に自己のみの所信を敢行しうる根拠となるか、何故に国民多数の意志を蹂躪《じゅうりん》せしめる合理性となるか。武器を持つそのことの故のみで、我々多数の意志は無の如くに踏付けられるならば、まずあらゆる民衆に武器を配布して、公平なる暴力を出発点として、我々の勝敗を決せしむるにしくはない。

――民衆に武器を配布して、か……。えらいことになっとるな、内乱だな……。

と少年は呟いていた。削除は多いにしても、筆者の怒りと批判ははっきりと出ていた。さらにもう一度立って行って押入れのなかの雑誌をさがした。帝国大学新聞の方は、事件直後の三月九日付であり、さがし出した雑誌中央公論は、六月号であった。同じ筆者が巻頭に論文を書いていた。

第一に彼等軍人としての職務上、外国より祖国を防衛するために、軍備を拡張して国防を全《まつた》ふせんとした。然らば我々の平和と安定とを攪乱する外国の脅威が××××××××××××

×。

第二に××
×××××××××××。更に××××××××××××××××××××××××より来ると
いふ点に於《おい》て、問題を把握する過程に於て誤《あやま》てるものがある。然《しか》し社会大衆の生活の安定、此の一点に於て×××××××適中したといふべきではないか。

第三に彼等は政党の堕落と財閥の横暴とをみた。国体を明徴ならしむることによつて、国民思想の安定を図りうると考へたことに、彼等の単純さがある。××××××××××××××××
×××
××××××××××。しかし複雑なる社会問題に囲まれ、幾多の思想によりて攪乱されてゐる一般市民にとつては、×××××××××××××××××××××××、未だ問題を解決することにはなりえない。×××××××、現代に処して、いかなる内容を盛るべきかが、今や必要とされてゐるからである。

この方は、バッテンばかりで、さっぱり見当もつかなかった。

——幾多の思想により攪乱されてゐる、か……。

と呟いてみて、少年は、それはまことにその通りだろうが、とは思うものの、三人のアメリカ人が書いてくれたレニンの想い出は、思想などというよりも、レニンという人の真実そのものが、ずばりとよくわかって面白かった。そうして、レニンと河合栄治郎という大学教授の書いたものとを比べてみると、前者がロシアの無知な百姓や労働者、兵士などの真只中にいて、なんとも言えず仕《し》

合《あわ》せそうであることと、河合という人の怒りのなかに、どうしてもある種の肉体的な恐怖を、警察や軍というものの、どう動かすことも負かすことも出来がたい暴力がどっしりとひかえていることを、自身の肉体にまで重く、鈍器で撲りつけられるようにして存在することを感じないわけに行かない。

ロシアのある百姓がモスコウに出て来た。そうしてある集会で話をせよ、と求められた。むかしがいかに辛《つら》くひどかったかを語って、百姓は言った、むかしはクレムリンの宮殿など外から見るだけで近寄りも出来なかった。けれども、いまじゃ中を歩くことだって出来る。むかし、わしらは皇帝《ツアー》の話ばかりをしておって、会うことが出来るなんぞとは夢にも思えなかったものだが、いま聞くと、明日は皇帝《ツアー》レニンに会うことが出来るちう話じゃ、神さま、レニン皇帝に長寿をたまわらんことを……。

素朴な、よい話であった。

また、あるとき労働者の代表がレニンのところへやって来て、工場の国有化を願い出た。イエス、と言い、書類に署名をすることは簡単だが、と前置きしてレニンが言う、少し質問をさせてもらいたい、第一に、君たちの工場の原料がどこから来ているか承知しているか、第二に、帳簿をつけて行くことが出来るか、第三に、生産を向上させて行く方法を知っているか、第四に製品のマーケットを見出して行くことが出来るかね、と。労働者たちは、仕方なくて、いずれの問いにもノーと返事をしなければならなかった。国有化を急いではならない。生産向上のための諸条件をじっくり研究してから、それからもう一度やって来てもらいたい……。

きわめて具体的で、革命家というものが、一面、偉大な実務家であることの必要が、明晰《めいせき》に描き出されていて気持がよかった。

また革命政府の首脳部は、最大限六百ルーブル、すなわち二百ドル弱以上の月給をもらってはいけない……。

それはそうであるべきであって、あるべきことがあるようになっているという、それだけでも爽快かつ大したことではなかったか。

夜があけて、短い時間を眠ってから少年はふたたび青山の通りの古本屋へ行ってみた。ごっそりと買うつもりで十五円を用意して行ったのであったが、一冊しか、やはりのこっていなかった。V. I. LENIN, Selected Works in Two Volumes というものの、上巻一冊だけしかなかった。発行所はロンドンであった。裏表紙の内側に、やはり同一の筆跡で、一九三〇年、於桑港（サンフランシスコ）、読了、と書いてあった。この文句の筆者は、英国のデヴォンシアというところで、一九二〇年に、レニンの伝記風な、アメリカ人による、親愛感にみちた本を読み、それから十年たって、アメリカのサンフランシスコでレニン選集を読んでいる。どういう人だったのだろう、どういう日本人だったのだろう、そしていまは何をどうしているか、ということを想像することは、主義者の非常に多くが獄中にいるか、あるいは転向してしまった今日において、ある苦い味のあるものであった。

七百ページに近い、その部厚い洋書を裸のまま――物を買って、それを紙で包まれるということが嫌いだったのだ――脇にかかえ込んで、宮益坂を渋谷へ向って下っていると、

「おい……」

と、謂《い》うならばドスの利いた声で呼びかけた者があった。横にぴたりと添って来て、歩調までを

ととのえて歩き出した。土方の印《しるし》ばんてんを着込み、手拭《てぬぐい》をかぶってゴム靴をはいている。東京では、まだこういう連中に知り合いはなかったのだ。

「誰……?」

「もう忘れてやがる、仕様がねえなあ……。おっと、でかい洋書なんぞかかえ込んで御勉強だね」とまで言う。

「おれだよ、ほら、畳屋の女房殺しのときのな」

「あッ、そうかあ」

あのときに調べに来ていて、畳屋の女房と手前《てめえ》がいいことをこちょこちょとやったから畳屋が怒って殺したんだろう、と言った奴、刑事であった。

「いまどこに住んどる?」

何気なく下宿屋の名前を言ってしまって、失敗《しま》った、と思った。が、言ってしまったものは仕方がない。

けれどもさいわいなことに、刑事は脇にした本のことなど、ちらと見ただけで気にもしなかった。逃げ出すようにして刑事とわかれて下宿へ帰った。が、落着かなかった。本には、スターリンの前書きが赤インクで印刷してあった。「レニンとレニニズム」と題する研究が前書きのようにしてつけてあった。そうして、その前書きの前に、赤インクで、

Remember, love and study Lenin, our teacher and leader.
Build the new life, the new existence, the new culture——as Lenin taught us.

Never refuse to do the little things, for from little things are built the big things——this is one of Lenin's important behests.

J. STALIN

私たちの先生であり、先達でもあるレニンのことを覚えておき、敬愛し、また勉強しよう。レニンが私たちに教えてくれたように——新しい生活を、新しい生き方を、また新しい文化を建設しよう。

小さな、つまらぬことだからといって放ったらかしてはならない、大事は小事のつみかさなりなのだから——これもまたレニンの大切な要望の一つなのです。

J・スターリン

としるしてあった。

こいつを一つ、夏休みに読んでやろう、というのが少年の計画であった。

学校は、なんということもなかった。少年が入る前年に、予科生は髪の毛を切れ、坊主頭になれ、つまりは兵隊頭になれという命令が出て、文学部の学生たちが反対をしてストライキをやった、ということであったが、少年も不愉快には思うものの、学校も学校なら、と深く軽蔑をしていた。そうしてこういう下らない命令を、他の大学に先がけて出した、自身の保証人であるKという学長を、心の底から軽蔑していた。手前が美男子気どりでふさふさと髪を伸ばしていながら、学生にだけは兵隊頭になれという、何が自由主義者だ、手のうちは見えているぞ、とツバでも吐きたいほどの気持で軽蔑していた。この学長からは半年に一回ずつ、彼に保証人になってもらっている学生たちのために、彼の私宅での会合をするから出て来いという達筆でしるされた葉書をうけとったが、少年は行かなかった。

教室では、二人の野球の選手と仲良しになった。少年を中にはさんで、前にピッチャー、後ろにキャッチャーがいた。試験のときには、この前後二人の野球の選手に、何もかもを、一切を教えてやらなければならなかったので、それは大した苦労であった。監督に来ていた教師が、しまいには呆れてにやにや笑い出したほどにも大へんであった。清水次郎長《しみずじろちょう》の曽孫だという、いかにもそうかと思わせるがっしりした体格の学生とも仲良しになった。

夏休みは、レニンに没頭していた。とにかく矢鱈《やたら》無性にむずかしい漢語が出て来て、翻訳臭だけしかない日本版のマル・エン全集などに比べたら、英語のレニンは読み耽るということが出来た。それに、論文の題名も魅力のあるものであった。『何が為さるべきであるか』(What is to be done?)『一歩前進、二歩後退』(One step forward, two steps back) などという題のつけ方は、内容の面倒さにいささか参りかけて来たときに、その題名を思いだしてみるとき、先を読みつづけるための根気に資してくれるものがあった。とはいうものの、少年には別して高級なものを読んでいるとか、あるいは危険なものを読んでいるといった気持はまったくなかった。

要するに、それが英語であったればこそ、少年は読むことができたのであった。これが日本語の訳であったら、おそらく三頁も行かぬうちに放り出してしまったであろう。そうしてレニンを読みながら、たとえそれがロシアのことであるとはいうものの、この世の中には、実にさまざまに論争をしたり喧嘩《けんか》をしなければならぬことが、まことにありすぎるほどあるものだ、と思わせられ、少年は、おれは決してこういうことはすまい、と決心をした。

母は、子供が何を読んでいるのかも知らずに、とにかく英語の部厚い本にとりついているので喜んでいた。ここでもまた、これが日本語の翻訳であったとしたら、母は従兄の例を思い出して、おそらく顔色を変えたであろうと思われた。

家の状況は、ますます非道いことになっていた。何重にも抵当に入っていたとはいうものの、とにかく一杯だけ、最後までのこっていた汽船も、これを最後に、と父母や少年が岸壁にならんで手をふっているのをあとにして、港を出て行ってしまった。神戸の別の船主のところへ、船籍がかわってしまったのである。店の者たちは、わあわあと声をあげて泣き出した。舷側《げんそく》で一族に向けて挙手注目の敬礼をつづけている船長らも、左手でハンケチをとり出しては涙をぬぐいつづけていた。二百年ほど、いや記録にある部分だけに限って言えば、百五十年ほどつづいた廻船問屋の一家の歴史が、濛々《もうもう》と黒煙をあげて岸壁をはなれて行く、その船の姿が夏の海の水平線に消えたときに、それが消えてしまったのであった。船は、いかにも呑気《のんき》そうに煙を吐いて滑って行く。少年は父母とともに、突堤のいちばん端っこまで行って、あくまで、その船の姿が見えなくなってからも、黒煙が青空にたなびいている限りは、無言で水際を見詰めていた。すでに薄汚なくなった貨物船であったが、その船については、少年も忘れがたい思い出をもっていた。彼が五つだったときに、ほかならぬ少年が神戸の造船所で、金の斧で綱を切り、進水をさせてやった船であった。またこの船に乗って、父とともに浦塩（ウラジオストック）へ行って、シベリアでの鉄砲うちをしたこともあった。浦塩は、坂の多い、煙突ばかりの目立つ西洋の町であった。もっとも、西洋の町といったところで、主要な道路が石だたみになっているだけで、立派でもなんでもなかった。むしろ薄汚ない町と言ってよかった。坂と煙突の目立つ町であり、ロシアの建物の特徴としては、彼らは屋根をふくことが極端に下手だ、というほどの印象しかもう少年にはのこっていなかった。

船が去り果てて、煙も消え、突堤の先端からそろそろと帰ろうとしているとき、夏の、遅い蜃気《しんき》楼《ろう》が水平線に見えはじめた。濃い緑の森林が横に、右に左に伸びはじめ、なかにぽつりぽつりと赤茶けた家の屋根がまじって見えた。

「シベリアだな。これが、今年最後の蜃気楼だな」

と父が、ひとり呟くように言った。

蜃気楼は、五月のなか頃から見えはじめて、大抵は六月の末でおしまいなのだったが、七月も末近くて見えることは珍しかったのである。

とにかくこれが、二百年はつづいた廻船問屋のおしまいであった。明治以前の最盛期には、銭屋《ぜにや》五兵衛《ごへえ》の一家などとも花やかに取引をしたことがあった。そうして、北国の、いわゆる北前船をもった廻船問屋が貢献をした様々なことがらのうちでも、面白いものの一つは、関西の料理の味を一変させたということがあった。北前船は北海道へ米を積んで行き、北海道からは海産物を積んで来て京大阪におろした。関西料理の味つけのもととなっている、そのコンブは、ほとんどが北前船によって運ばれたものであった。

船問屋は最終的に崩壊し、父も母も祖母も、一週間くらいはほとんど物を言わなかった。母は、二日三日のあいだは食事もろくにとらず、夜になると忍び泣きに泣いていた。そうして祖母は、次第に亡くなった曽祖母に似て来て、漆塗りの古仏のような、ぴんと張った怖い顔をして仏間にとじこもり、仏の顔を睨《にら》みつけていた。

町へ出て行っても、人々は一族の者を避けた。すれちがう小学校の先生でさえが、『どや、大学は?』などとも言ってはくれなかった。問屋というものは、必ずしも町の人々に愛される存在ではない。それはそうなのではあるけれども、その港町に籍のある船が一隻もいなくなったということは、やはり淋しいことの一つであったろう。それから、人々が一族を避けたについては、少年の父が養子であったということも一つの理由になっていたかもしれない。大学出の養子が来て、それが問屋を潰してしまった、という……。しかし実状は、大学出であろうがなかろうが、二世紀近くにわたって運営されて来た、その運営そのもの、またそれをめぐる旧弊な澱《おり》や滓《かす》が大学を出たというだけのことで、短い時日に一掃出来たりするわけのものでもなかったであろう。明治のときに、早く官と結びついたものだけが国家とともに生き延びて行くことが出来たのである。下関《しものせき》から小樽《おたる》までの裏日本に、何十軒かの船問屋があったが、そのままで生き延びたものは一軒もなかった。このときを最後に、問屋に船はなくなった。

家のなかの空気は、当然のことながら重苦しかった。

ときに母が、洋書を読み耽っている少年の肩越しにのぞき込み、

「何を読んどるがや?」

とたずねることがあったが、少年が、

「西洋のお経や」

と答えると、弱く、

「ほうか」

と言って、それだけでよろよろと立ち去って行った。母の足袋《たび》裏が畳をすって行く音に、ぞっとするほどに淋しいものがあった。

そういう日々のある日、家内があまりに暗く鬱屈して来たので、少年は海へ散歩に行った。

海に向って、少年は、

「こらあ——」

と呶鳴《どな》りつけた。

海は、冬には鉛色になるまでに色をかえて無言の怒りを怒っているのに、真夏のいまは鋼鉄のようになめらかに、のっぺりととりすましていた。

そういう、とりすましたものに憤怒を叩きつけてみてもはじまらないであろう。

けれども、あとからあとからこみあげて来るものに堪えられず、つづけざまに、少年は、

「こらあ——」

「こらあ——」

と怒鳴りつづけた。

しまいには、怒鳴るだけでは足りなくなって、怒鳴りながら、はいていた両の下駄までを海に投げつけた。そうして服をぬいでパンツ一つになり、海へかけ込んで行ったが、土用波《どようなみ》に突き倒され、その水泡《みなわ》のなかで泣きつづけた。

何がそこで起ったのであったかは、わからない、というものであったろう。がしかし、確実に言えることの一つは、少年期がそこで終った、ということであったろう。

幼年期に、自身で綱を切って進水させてやった船が去《い》ってしまうと同時に、船は、男の少年期を

も積んで行ってしまったのである。あの船が海の向うの見えないところへ積んで行った荷物は、長きにわたる一家の歴史だけではなかった。

夕景に、影が長くなってからはだしで家に戻った彼に、

「金沢のお友達から電話があったぞいね。遊びに来んか言うとったぜ。行って来られるか」

と母が言った。

父は離散の記念（？）の宴会で家にいなかった。

しかし金沢へ行くといっても、楽器運動具屋をやっていた伯母の一家は、これも、店を番頭の手にゆずりわたし、伯父は神経衰弱になって金沢を引き払っていた。伯父が楽器屋のほかにやっていた硬質陶器用陶鉱の事業を失敗し、いられなくなっていたのである。一家の縁辺の、どこもかしこもが行き詰っていた。伯父はあるとき、店の裏庭と二階に二百九十羽の小鳥を飼っていたことがあった。九官鳥《きゆうかんちよう》から尾長鶏《おながどり》まで、あるいはミソサザイから、暖房飼育を必要とする蜂鳥《はちどり》という珍しいものまで、とにかく鷲《わし》と砂漠の駝鳥《だちよう》くらいを除けば、鳥類図鑑にのっているほどの小鳥ならば、そのほとんどがいたと言ってもそう過言ではなかった。それはもう、まず出入りの京都の小鳥屋が第一に、ほんとうに呆れ、ついで気味わるがり、やがては恐れるほどに、まことに動物園ではなくて、鳥物園とでも呼びたいほどに、二十四時間ぶっつづけで、この鳥どもは、ギャーギャー、チューチュー、カーカーとわめきつづけた。伯父は、絶対に、片時もやむことのないこの喧騒のなかで眠って、午前三時にはもう起き出して、青物市場へ行って菜ッ葉をごっそりと仕入れ、帰って鳥の餌づくりをはじめる、餌といっても、鳥どもは実にさまざまなものを喰らう。粟粒《あわつぶ》や麻の実を喰らうほ

どの奴らは、まだ世話のかからぬ方であるが、大きな摺鉢に何杯もの摺餌《すりえ》をつくるのは容易ならぬ手間である。なかには生き餌、すなわちどぜうやみみず、さなぎなどを喰らう奴もいるのである。どぜうは前夜に、うなぎ屋に依頼してバケツで運んでおかなければならぬ。なかには生きた蜘蛛《くも》を好んで喰らう奴までがいた。この鳥どもの朝飯の世話が、人間の昼飯どきまでもかかった。何分にも書画骨董や盆栽などとも、また囲い女とも違うので、なかには仲間喧嘩をしてケガをする奴らもいる。そういう奴には赤チンなどで手当をしてやらなければならぬ。糞の始末もしなければならぬことだし、伯父の隙をねらって籠から抜け出し、障子に首を突き通してバタバタする奴も出て来る。オームは畳と畳のあわせ目に嘴《くちばし》をこすりつけ、そいつをスキーのような具合にして部屋のなかをかけまわる。九官鳥に水浴びをさせるのは、あれでなかなかに難儀な人間の仕事になる。意地の悪い奴は、飯の順番を狂わせたりすると伯父の目ン玉をつつきに来る。伯父は完全に、この二百九十羽の小鳥どもに二十四時間を奪われていた。

そうして、こんなことが半年近くつづいたある日、突然にトラックを呼んで来てそのぜんぶを、一羽もあまさず積み込ませ、餌のつづくあいだに京都へつっ走れ、と命じた。その明くる日、京都の鳥屋から、小僧にのれんをわけてやり一軒もたせることが出来てありがたかった、という意の電報が来た……。

伯父が入院したのは言うまでもないことであろう。旧《ふる》い家というものには、どういう人物が胚胎《はいたい》して来るか、得体の知れないようなところがあった。主人がこういうことをやっていたのでは、陶鉱の山で失敗をしなくても、結局、楽器運動具店一つも満足にはやって行けなかったであろう。楽器も運動具も、主として売り込み先は学校であり、官庁であり、軍隊や工場なのであったから、まめに得意先をまわらなければならぬ商売だったのである。

だから、そこで中学校を五年間いた金沢には、もう泊るところもなかったのである。アメリカ人の牧師も、夫人のリューマチとヒステリーがあまりにひどくなったので、交替をねがい出て春晩《おそ》くカリフォーニアへ帰っていた。

「泊るところ……」

と、口ごもるようにして彼が言ったのもそれなりに理由のあることであったが、中学の同窓生たちがそれは引受けると言ってくれているという……。母が十円札を二枚くれた。おそらく、一家の、このどん底の時期に家にいさせたくなかったものであったろう。兄は知り合いのいた立山《たてやま》の室堂《むろどう》に泊り込みで行っていた。

金沢まで、汽車での一時間半のあいだ、室生《むろお》犀星《さいせい》の『性に眼覚める頃』を深い心持で読みつづけていた。犀星は、鏡花《きょうか》や徳田《とくだ》秋声《しゅうせい》とともに、また別の意味では中野重治とともに、それぞれ金沢の作家であった。日本の作家の小説を、それまではあまり読んだことがなかったのである。最初に小説というものを読んで、驚天動地、自分がどこにいるのやら、あるいは自分が何であって何をしているものであり、また何をしようとしているものやらわからなくなるほどに、全身のぜんぶを占領された経験は、牧師館にそなえてあった数少ない小説のうち、ポーランドの作家シェンキヴィッチ作の『クオ・ヴァディス』であった。それを英語で読んだ。少年は漱石と鷗外を少しばかり読んでみて、これは無教養な東京の官吏や役人風なインテリの読むものだ、ときめ込んでいた。

レニンは、家へおいて来た。

駅へ迎えに来てくれていたのは、地下にアラビアという喫茶店とレストランをかねたものをもつ、金沢でいちばんに大きい、結婚式などもできる西洋料理館の息子であった。別の入口から、大きなカフェへ入ることも出来るようになっていた。それらの全体で、女給たちが何十人もいて、この息子は若くてすでにいっぱしの顔利きであった。はじめは彼と同じ中学にいて同級であったが、そのうちに脇道の方へ行くようになって、私立の中学にかわり、中学きりでやめて店の手伝いをしていた。この少年をアラビアという名で呼ぶことにしよう。

彼はアラビアが金沢へ呼んでくれたのは、おそらく母が、暗い家においておきたくなかったので、アラビアの父か母かに依頼をして出してくれたものであろう、アラビアといっしょに、少しの道楽をでもして来い、といったことだったのだろう、と、妙な言い方というものであるかもしれないが、孝行の心で、それと推察をしていた。そうしてその証拠を、

「どっち着て行くかな」

と、学生服と背広とのどっちがよいか、と問うたについて、母が背広の方をすすめた点にもとめていたのだったが、しかし、それがそうでなかったことはすぐにわかった。けれども、そうでなかったとしても、というふうに、彼は自身で創った母の気持を気持として少しの道楽ぐらいはしたい、と思っていた。

この西洋料理館の四階のアラビアの部屋で、枕をならべて寝てみて、そのことがわかったのであった。

「あのなあ……」

アラビアが思い詰めたような声を出した。

「うん……」

アラビアが、あのなあ、と言ったときには、まだ何も具体的に言っていなくても、返事だけはしなければならないことに、二人のあいだで、なっていた。もし返事をしなかったならば、アラビアは必ず、

――なあ、なあ、な?!

と、何の念を押すのかまだわかっていないにしても、なあ、なあ、な、なあーよ、とまで、なあ、なあをかさねて押して来る例となっていた。

「あのなあ……」

「うん」

「あのなあ……」

「うん……。言わんかよ」

「うん……」

「言わんかよ、な!」

「うん……」

その、うん、うんをもう二度か三度かさねてアラビアが言い出したことは、中学を出たばかりの、いわばまだまだに初心《うぶ》な少年の、たわいのないメールヘンのようなものであったろう。

金沢の郊外に、銭屋五兵衛その他の、加賀百万石につかえた廻船問屋たちがたむろしていた金石《かないわ》という町があった。その町の近くの広大な砂丘に、一つの遊園地があった。粟《あわ》ヶ崎《さき》というところであった。内灘《うちなだ》にも近かった。そこに、高さ二十メートルばかりの、裏日本一というユーモラスなこ

とになっている滑り台などもあって、そこに付属している小さなレヴュウ小屋があった。小さな楽隊もあって、その楽員の何人かがサキソフォーンやクラリネットの修理や、歌口《うたぐち》を買うことなどで店へ来ていたので、また修理のなった楽器をもって彼もたびたびその小屋へ通ったものであった。小屋へは、金沢の中学生や第四高等学校の学生たちが多く通っていた。冬は休みであったが、春や秋には、シベリアからの強い風が吹くと砂丘から間断なくとばされて来る砂が舞台の上にさえうっすらとつもり、楽屋は砂そのままの土間であった。学生たちは、十人ほどの踊り子たちの、真白な、何度も何度もの洗濯で洗い晒《さら》された、悲しいまでなズロースの白さを見上げに通ったものであった。

その都市で一番の西洋料理館の坊ちゃんであるアラビアは、言うまでもなく一座のスターに惚れた。そのスターは、百合文子という芸名をもっていた。

「文子はんが、なあ、な」

「うん……」

「文子はんが、な、東京へ行ってしもたんや、な」

「なるほど」

それはそうかもしれぬ、と彼も思った。ここに彼も、というのは、踊りの、足のふりあげ方や身のくねらせ方が、ほかの踊り子たちよりも格段に西洋踊りらしくて、板にもついていた。だから誰かの眼について東京のどこかの小屋へ引き抜かれるということは、あってよいことの筈だと、彼にも納得されたからであった。

「それでなあ、わしがなあ、わしのおやじになあ、頼んでなあ……」

「うん、うん……」

「嫁にもろてほし、と言うたんやなあ」

それが、これも言うまでもなく断わられた。しかも、東京へまで追いかけて行ってはならぬ、と釘をうたれた。追っかけて行くのなら廃嫡《はいちゃく》する。妹に婿をとってあとをつがせる、と厳命された。

「そやからなあ……」

東京は浅草の、花月劇場というレヴュウ小屋へ行って、

「わしがまだなあ、いつまででもなあ、想うとるちうてなあ……」

それをつたえてほしいというのが、アラビアの用件であった。

読者諸氏は、あまりの莫迦莫迦しさに呆れられるであろう……。けれども、このときのアラビアの頼みをひきうけて、のこのこと浅草の花月劇場へ百合文子さんに会いに出掛けたことが、少年にとっても、とんだ学生生活をおくるきっかけにもなったのであったから、ここでもこのニキビだらけな莫迦莫迦しさを、どうかしばらく許してやってほしいものである。

金沢での、アラビアといっしょにした彼の道楽は、九谷焼のくすりかけの現場を出来るだけ沢山見ること、芸者屋に多い、漆塗りの障子の桟《さん》をなるべく沢山、そうしてその桟の、朱や黝《くろ》ずんだ色の深いものを心ゆくまで眺めることであった。それからもう一つ、金箔の伸ばし、つまり金を槌《つち》で叩いて紙よりも何よりも薄く伸ばして行く芸を、その金箔師の仕事場でじっくりと見ることであった。

（『若き日の詩人たちの肖像』より「扼殺者の序章」・第一部第一章・第二章）

堀田《ほった》善衞《よしえ》（一九一八〜一九九八）
富山県高岡生まれ。石川県立第二中学校（現・金沢錦丘高校）、慶應義塾大学政治学科を経て文学部仏文科に学ぶ。在学中より詩、批評を書く。卒業後、国際文化振興会、軍令部情報調査部に勤務、同振興会上海資料室勤務中に敗戦を迎えた。戦後は中国国民党宣伝部に徴用され、帰国後は新聞記者、翻訳家として活躍。一九四八年に小説「波の下」（のちの『祖国喪失』冒頭部）を発表、「広場の孤独」「漢奸」で五二年に第二六回芥川賞を受賞し、戦後派作家と見なされる。以後、『歴史』『時間』『記念碑』『奇妙な青春』『審判』『海鳴りの底から』『若き日の詩人たちの肖像』などの長篇小説を発表し、国際的視座と私的体験との双方を包摂する立体的な作風を確立。いっぽう、五七年のノンフィクション『インドで考えたこと』がロングセラーとなり、七〇年代以降は評伝や紀行文で古典・外国から現代日本を照射した。七一年『方丈記私記』で第二五回毎日出版文化賞、『ゴヤ』で七七年第四回大佛次郎賞、七九年に同作でロータス賞、九五年『ミシェル　城館の人』で第七回和辻哲郎文化賞、九五年朝日賞、九八年日本芸術院賞。

岡本かの子

鮨《すし》

この『近現代作家集』は三巻から成っている。時系列では連続しているけれど、それでも一巻ずつの独立性も欲しい。この巻の終わりに岡本かの子を持ってきたのには、おっとりした雰囲気で閉じたいという思いがあった。なんと言っても二年後にはもう太平洋戦争なのだから。

岡本かの子は富裕な家の出で、画家・漫画家の岡本一平の妻となり、後の世代にとってはあの岡本太郎の母である。

まずは歌人として、次に仏教の啓蒙家として世に知られ、人生の最後の段階でやっと小説が書けるようになった。文壇からとても高く評価されたけれど、作家として残された時間は三年しかなかった。

『鮨』は市井《しせい》の一情景を描いた佳品。若いともよの旺盛な好奇心とそれをさらりと躱《かわ》して去る初老の男の後ろ姿の対比が好ましい。思えばグルメと回転に分かれる前、鮨屋とはこういうところだった。

鮨

東京の下町と山の手の境《さかめ》い目といったような、ひどく坂や崖の多い街がある。

表通りの繁華から折れ曲って来たものには、別天地の感じを与える。

つまり表通りや新道路の繁華な刺戟《しげき》に疲れた人々が、時々、刺戟を外《は》ずして気分を転換する為《た》めに紛れ込むようなちょっとした街筋――

福ずしの店のあるところは、この町でも一ばん低まったところで、二階建の銅張りの店構えは、三四年前表だけを造作したもので、裏の方は崖に支えられている柱の足を根つぎして古い住宅のままを使っている。

古くからある普通の鮨屋《すしや》だが、商売不振で、先代の持主は看板ごと家作《かさく》をともよの両親に譲って、店もだんだん行き立って来た。

新らしい福ずしの主人は、もともと東京で屈指の鮨店で腕を仕込んだ職人だけに、周囲の状況を察して、鮨の品質を上げて行くに造作もなかった。前にはほとんど出まえだったが、新らしい主人になってからは、鮨盤の前や土間に腰かける客が多くなったので、始めは、主人夫婦と女の子のともよ三人きりの暮しであったが、やがて職人を入れ、子供と女中《じょちゅう》を使わないでは間に合わなくなった。

店へ来る客は十人十《じゅうにんと》いろだが、全体については共通するものがあった。

後からも前からもぎりぎりに生活の現実に詰め寄られている、その間をぽっと外ずして気分を転換したい。

一つ一つ我ままがきいて、ちんまりした贅沢《ぜいたく》ができて、そして、ここへ来ている間は、くだらなくばかになれる。好みの程度に自分から裸になれたり、仮装したり出来る。たとえ、そこで、どんな安《あん》ちょくなことをしても云《い》っても、誰も軽蔑するものがない。お互いに現実から隠れんぼうをしているような者同志の一種の親しさ、そして、かばい合うような懇《ねんごろ》な眼《まな》ざしで鮨をつまむ手つきや茶を呑《の》む様子を視合《みあ》ったりする。かとおもうとまたそれは人間というより木石の如《ごと》く、はたの神経とはまったく無交渉な様子で黙々といくつかの鮨をつまんで、さっさと帰って行く客もある。

鮨というものの生む甲斐甲斐《かいがい》しいまめやかな雰囲気、そこへ人がいくら耽《ふけ》り込んでも、擾《みだ》れるようなことはない。万事が手軽くこだわりなく行き過ぎてしまう。

福ずしへ来る客の常連は、元狩猟銃器店の主人、デパート外客廻《まわ》り係長、歯科医師、畳屋の倅《せがれ》、電話のブローカー、石膏《せっこう》模型の技術家、児童用品の売込人、兎肉販売の勧誘員、証券商会をやったことのあった隠居——このほかにこの町の近くのどこかに棲《す》んでいるに違いない劇場関係の芸人で、劇場がひまな時は、何か内職をするらしく、脂づいたような絹ものをぞろりと着て、青白い手で鮨を器用につまんで喰《た》べて行く男もある。

常連で、この界隈《かいわい》に住んでいる暇のある連中は散髪のついでに寄って行くし、遠くからこの附近へ用足しのあるものは、その用の前後に寄る。季節によって違うが、日が長くなると午後の四時頃から灯がつく頃が一ばん落合って立て込んだ。

めいめい、好み好みの場所に席を取って、鮨種子《すしだね》で融通してくれるさしみや、酢のもので酒を飲むものもあるし、すぐ鮨に取りかかるものもある。

ともよの父親である鮨屋の亭主は、ときには仕事場から土間へ降りて来て、黒みがかった押鮨《おしずし》を盛った皿を常連のまん中のテーブルに置く。

「何だ、何だ」

好奇の顔が四方から覗《のぞ》き込む。

「まあ、やってご覧、あたしの寝酒の肴《さかな》さ」

亭主は客に友達のような口をきく。

「こいつは、こはだにしちゃ味が濃いし――」

ひとつ撮《つま》んだのがいう。

「鰺《あじ》かしらん」

すると、畳敷の方の柱の根に横坐《よこずわ》りにして見ていた内儀《かみ》さん――ともよの母親――が、はははは と太《ふと》り肉《じし》を揺《ゆす》って「みんなおとッつあんに一ぱい喰《く》った」と笑った。

それは塩さんまを使った押鮨で、おからを使って程よく塩と脂を抜いて、押鮨にしたのであった。

「おとっさん狡《ずる》いぜ、ひとりでこっそりこんな旨《うま》いものを拵《こしら》えて食うなんて——」

「へえ、さんまも、こうして食うとまるで違うね」

客たちのこんな話がひとしきりがやがや渦まく。

「なにしろあたしたちは、銭のかかる贅沢はできないからね」

「おとっさん、なぜこれを、店に出さないんだ」

「冗談いっちゃ、いけない、これを出した日にゃ、他の鮨が蹴押されて売れなくなっちまわ。第一、さんまじゃ、いくらも値段がとれないからね」

「おとッつあん、なかなか商売を知っている」

その他、鮨の材料を採ったあとの鰹《かつお》の中落《なかおち》だの、鮑《あわび》の腸《はらわた》だの、鯛《たい》の白子《しらこ》だのを巧《たくみ》に調理したものが、ときどき常連にだけ突出された。ともよはそれを見て「飽きあきする、あんなまずいもの」と顔を皺《しわ》めた。だが、それらは常連から呉《く》れといってもなかなか出さないで、思わぬときにひょっこり出す。亭主はこのことにかけてだけいこじでむら気なのを知っているので決してねだらない。よほど欲しいときは、娘のともよにこっそり頼む。するとともよは面倒臭そうに探し出して与える。

ともよは幼い時から、こういう男達は見なれて、その男たちを通して世の中を頃あいでこだわらない、いささか稚気のあるものに感じて来ていた。

女学校時代に、鮨屋の娘ということが、いくらか耻じられて、家の出入の際には、できるだけ友達を近づけないことにしていた苦労のようなものがあって、孤独な感じはあったが、ある程度までの孤独感は、家の中の父母の間柄からも染みつけられていた。父と母と喧嘩《けんか》をするような事はなかったが、気持ちはめいめい独立していた。ただ生きて行くことの必要上から、事務的よりも、もう少し本能に喰い込んだ協調やらいたわり方を暗黙のうちに交換して、それが反射的にまで発育しているので、世間からは無口で比較的仲のよい夫婦にも見えた。父親は、どこか下町のビルヂングに支店を出すことに熱意を持ちながら、小鳥を飼うのを道楽にしていた。母親は、物見遊山《ものみゆさん》にも行かず、着ものも買わない代りに月々の店の売上げ額から、自分だけの月がけ貯金をしていた。

両親は、娘のことについてだけは一致したものがあった。とにかく教育だけはしとかなくてはということだった。まわりに浸々《ひたひた》と押し寄せて来る、知識的な空気に対して、この点では両親は期せずして一致して社会への競争的なものは持っていた。

「自分は職人だったからせめて娘は」

と——だが、それから先をどうするかは、全く茫然《ぼうぜん》としていた。

無邪気に育てられ、表面だけだが世事に通じ、軽快でそして孤独的なものを持っている。これがともよの性格だった。こういう娘を誰も目の敵にしたり邪魔にするものはない。ただ男に対してだけは、ずばずば応対して女の子らしい羞《はじ》らいも、作為の態度もないので、一時女学校の教員の間で問題になったが、商売柄、自然、そういう女の子になったのだと判《わか》って、いつの間にか疑いは消えた。

ともよは学校の遠足会で多摩川べりへ行ったことがあった。春さきの小川の淀みの淵を覗いていると、いくつも鮒《ふな》が泳ぎ流れて来て、新茶のような青い水の中に尾鰭《おひれ》を閃《ひら》めかしては、杭根《くいね》の苔《こけ》を食《は》んで、また流れ去って行く。するともうあとの鮒が流れ溜《たま》って尾鰭を閃めかしている。流れ来り、流れ去るのだが、その交替は人間の意識の眼には留まらない程すみやかでかすかな作業のようで、いつも若干の同じ魚が、そこに遊んでいるかとも思える。ときどきは不精《ぶしよう》そうな鯰《なまず》も来た。

自分の店の客の新陳代謝はともよにはこの春の川の魚のようにも感ぜられた。（たとえ常連というグループはあっても、そのなかの一人一人はいつか変っている）自分は杭根のみどりの苔のように感じた。みんな自分に軽く触れては慰められて行く。ともよは店のサーヴィスを義務とも辛抱とも感じなかった。胸も腰もつくろわない少女じみたカシミヤの制服を着て、有合《ありあわ》せの男下駄《げた》をカランカラン引きずって、客へ茶を運ぶ。客が情事めいたことをいって揶揄《からか》うと、ともよは口をちょっと尖《とが》らし、片方の肩をいっしょに釣上げて

「困るわそんなこと、何とも返事できないわ」

という。さすがに、それには極《ご》く軽い媚《こ》びが声に捩《よじ》れて消える。客は仄《ほの》かな明るいものを自分の気持ちのなかに点じられて笑う。ともよは、その程度の福ずしの看板娘であった。

客のなかの湊《みなと》というのは、五十過ぎぐらいの紳士で、濃い眉がしらから顔へかけて、憂愁の蔭《かげ》を帯びている。時によっては、もっと老けて見え、場合によっては情熱的な壮年者にも見えるときもあった。けれども鋭い理智から来る一種の諦念といったようなものが、人柄の上に冴《さ》えて、苦味のある顔を柔和に磨いていた。

濃く縮れた髪の毛を、程よくもじょもじょに分け仏蘭西髭《フランスひげ》を生やしている。服装は赫《あか》い短靴を埃《ほこり》まみれにしてホームスパンを着ている時もあれば、少し古びた結城《ゆうき》で着流しのときもある。独身者であることはたしかだが職業は誰にも判らず、店ではいつか先生と呼び馴れていた。鮨の喰べ方は

巧者であるが、強《し》いて通がるところも無かった。

サビタのステッキを床にとんとつき、椅子に腰かけてから体を斜に鮨の握り台の方へ傾け、硝子《ガラス》箱《ばこ》の中に入っている材料を物憂そうに点検する。

「ほう。今日はだいぶ品数があるな」

と云ってともよの運んで来た茶を受け取る。

「カンパチが脂がのっています、それに今日は蛤《はまぐり》も――」

ともよの父親の福ずしの亭主は、いつかこの客の潔癖な性分であることを覚え、湊が来ると無意識に俎板《まないた》や塗盤の上へしきりに布巾《ふきん》をかけながら云う。

「じゃ、それを握って貰《もら》おう」

「はい」

亭主はしぜん、ほかの客とは違った返事をする。湊の鮨の喰べ方のコースは、いわれなくともともよの父親は判っている。鮪《まぐろ》の中とろから始《はじま》って、つめのつく煮ものの鮨になり、だんだんあっさりした青い鱗《うろこ》のさかなに進む。そして玉子と海苔巻《のりまき》に終る。それで握り手は、その日の特別の注文は、適宜にコースの中へ加えればいいのである。

湊は、茶を飲んだり、鮨を味わったりする間、片手を頰に宛てがうか、そのまま首を下げてステッキの頭に置く両手の上へ顎《あご》を載せるかして、じっと眺める。眺めるのは開け放してある奥座敷を通して眼に入る裏の谷合《たにあい》の木がくれの沢地か、水を撒《ま》いてある表通りに、向うの塀から垂れ下っている椎《しい》の葉の茂みかどちらかである。

ともよは、初めは少し窮屈な客と思っていただけだったが、だんだんこの客の謎めいた眼の遣《や》り処《どころ》を見慣れると、お茶を運んで行ったときから鮨を喰い終るまで、よそばかり眺めていて、一度もその眼を自分の方に振向けないときは、物足りなく思うようになった。そうかといって、どうかして、まともにその眼を振向けられ自分の眼と永く視線を合せていると、自分を支えている力を暈《ぼか》されて危いような気がした。

偶然のように顔を見合して、ただ一通りの好感を寄せる程度で、微笑してくれるときはともよは父母とは違って、自分をほぐしてくれるなにか暖味のある刺戟のような感じをこの年とった客からうけた。だからともよは湊がいつまでもよそばかり見ているときは土間の隅の湯沸しの前で、紹《ろ》じの手をとめて、たとえば、作《つく》り咳《せき》をするとか耳に立つものの音をたてるかして、自分ながらしらずしらず湊の注意を自分に振り向ける所作をした。すると湊は、ぴくりとして、ともよの方を見て、微笑する。上歯と下歯がきっちり合い、引緊《ひきしま》って見える口の線が、滑《なめら》かになり、仏蘭西髭の片端が目についてあがる――父親は鮨を握りながらちょっと眼を挙げる。ともよのいたずら気とばかり思い、また不愛想な顔をして仕事に向う。

湊はこの店へ来る常連とは分け隔てなく話す。競馬の話、株の話、時局の話、碁、将棋の話、盆栽の話――大体こういう場所の客の間に交される話題に洩《も》れないものだが、湊は、八分は相手に話さして、二分だけ自分が口を開くのだけれども、その寡黙は相手を見下げているのでもなく、つまらないのを我慢しているのでもない。その証拠には、盃《さかずき》の一つもさされると

「いやどうも、僕は身体を壊していて、酒はすっかりとめられているのですが、せっかくですから、じゃ、まあ、頂きましょうかな」といって、細いがっしりとしている手を、何度も振って、さも敬意を表するように鮮かに盃を受取り、気持ちよく飲んでまた盃を返す。そして徳利《とつくり》を器用に持上げ

て酌をしてやる。その挙動の間に、いかにも人なつこく他人の好意に対しては、何倍にかして返さなくては気が済まない性分が現れているので、常連の間で、先生は好い人だということになっていた。

　ともよは、こういう湊を見るのは、あまり好かなかった。あの人にしては軽すぎるというような態度だと思った。相手客のほんの気まぐれに振り向けられた親しみに対して、ああまともに親身の情を返すのは、湊の持っているものが減ってしまうように感じた。ふだん陰気なくせに、いったん向けられると、何という浅ましくがつがつ人情に饑《う》えている様子を現わす年とった男だろうと思う。ともよは湊が中指に嵌《は》めている古代埃及《エジプト》の甲虫《スカラップ》のついている銀の指輪さえそういうときは嫌味に見えた。

　湊の応対ぶりに有頂天になった相手客が、なお繰り返して湊に盃をさし、湊も釣り込まれて少し笑声さえたてながらその盃の遣り取りを始め出したと見るときは、ともよはつかつかと寄って行って

「お酒、あんまり呑んじゃ体にいけないって云ってるくせに、もう、よしなさい」

と湊の手から盃をひったくる。そして湊の代りに相手の客にその盃をつき返して黙って行ってしまう。それは必《かならず》しも湊の体をおもう為でなく、妙な嫉妬がともよにそうさせるのであった。

「なかなか世話女房だぞ、ともちゃんは」

相手の客がそういう位でその場はそれなりになる。湊も苦笑しながら相手の客に一礼して自分の席に向き直り、重たい湯呑み茶碗に手をかける。

　ともよは湊のことが、だんだん妙な気がかりになり、かえって、そしらぬ顔をして黙っているこ

ともある。湊がはいって来ると、つんと済《すま》して立って行ってしまうこともある。湊もそういう素振りをされて、かえって明るく薄笑いするときもあるが、全然、ともよの姿の見えぬときは物寂しそうに、いつもよりいっそう、表通りや裏の谷合の景色を深々と眺める。

ある日、ともよは、籠をもって、表通りの虫屋へ河鹿《かじか》を買いに行った。ともよの父親は、こういう飼いものに凝る性分で、飼い方もうまかったが、ときどきは失敗して数を減らした。が今年ももはや初夏の季節で、河鹿など涼しそうに鳴かせる時分だ。

ともよは、表通りの目的の店近く来ると、その店から湊が硝子鉢を下げて出て行く姿を見た。湊はともよに気がつかないで硝子鉢をいたわりながら、むこう向きにそろそろ歩いていた。

ともよは、店へ入って手ばやく店のものに自分の買うものを注文して、籠にそれを入れて貰う間、店先へ出て、湊の行く手に気をつけていた。

河鹿を籠に入れて貰うと、ともよはそれを持って、急いで湊に追いついた。

「先生ってば」

「ほう、ともちゃんか、珍らしいな、表で逢《あ》うなんて」

二人は、歩きながら、互いの買いものを見せ合った。湊は西洋の観賞魚の髑髏魚《ゴーストフィッシュ》を買っていた。それは骨が寒天のような肉に透き通って、腸が鰓《えら》の下に小さくこみ上っていた。

「先生のおうち、この近所」

「いまは、この先のアパートにいる。だが、いつ越すかわからないよ」

湊は珍らしく表で逢ったからともよにお茶でも御馳走《ごちそう》しようといって町筋をすこし物色したが、

この辺には思わしい店もなかった。

「まさか、こんなものを下げて銀座へも出かけられんし」

「ううん銀座なんかへ行かなくっても、どこかその辺の空地で休んで行きましょうよ」

湊は今更のように漲《みなぎ》り亘《わた》る新樹の季節を見廻し、ふうっと息を空に吹いて
「それも、いいな」

表通りを曲ると間もなく崖端に病院の焼跡の空地があって、煉瓦塀《れんがべい》の一側がローマの古跡のように見える。ともよと湊は持ちものを叢《くさむら》の上に置き、足を投げ出した。

ともよは、湊になにかいろいろ訊《き》いてみたい気持ちがあったのだが、いまこうして傍に並んでみると、そんな必要もなく、ただ、霧のような匂いにつつまれて、しんしんとするだけである。湊の方がかえって弾んでいて
「今日は、ともちゃんが、すっかり大人に見えるね」

などと機嫌好さそうに云う。

ともよは何を云おうかとしばらく考えていたが、大したおもいつきでも無いようなことを、とうとう云い出した。

「あなた、お鮨、本当にお好きなの」

「さあ」

「じゃ何故《なぜ》来て食べるの」

「好きでないことはないさ、けど、さほど喰べたくない時でも、鮨を喰べるということが僕の慰みになるんだよ」

「なぜ」

何故、湊が、さほど鮨を喰べたくない時でも鮨を喰べるというその事だけが湊の慰めとなるかを話し出した。

――旧《ふる》くなって潰れるような家には妙な子供が生れるというものか、大きな家の潰れるときというものは、大人より子供にその脅《おび》えが予感されるというものか、それが激しく来ると、子は母の胎内にいるときから、そんな脅えに命を蝕《むしば》まれているのかもしれないね――というような言葉を冒頭に湊は語り出した。

その子供は小さいときから甘いものを好まなかった。おやつにはせいぜい塩煎餅《せんべい》ぐらいを望んだ。食べるときは、上歯と下歯を叮嚀《ていねい》に揃《そろ》え円《まる》い形の煎餅の端を規則正しく噛《か》み取った。ひどく湿っていない煎餅なら大概好い音がした。子供は噛み取った煎餅の破片をじゅうぶんに咀嚼《そしやく》して咽喉《のど》へきれいに嚥《の》み下《くだ》してから次の端を噛み取ることにかかる。上歯と下歯をまた叮嚀に揃え、その間へまた煎餅の次の端を挟み入れる――いざ、噛み破るときに子供は眼を薄く瞑《つぶ》り耳を澄ます。

ぺちん
同じ、ぺちんという音にも、いろいろの性質《たち》があった。子供は聞き慣れてその音の種類を聞き分けた。

ある一定の調子の響きを聞き当てたとき、子供はぷるぷると胴慄《どうぶる》いした。子供は煎餅を持った手を控えて、しばらく考え込む。うっすら眼に涙を溜めている。

家族は両親と、兄と姉と召使いだけだった。家中で、おかしな子供と云われていた。その子供の喰べものは外《ほか》にまだ偏っていた。さかなが嫌いだった。あまり数の野菜は好かなかった。肉類は絶対に近づけなかった。
　神経質のくせに表面は大《おお》ように見せている父親はときどき
「ぼうずはどうして生きているのかい」
　と子供の食事を覗きに来た。一つは時勢のためでもあるが、父親は臆病なくせに大ように見せたがる性分から、家の没落をじりじり眺めながら「なに、まだ、まだ」とまけおしみを云って潰して行った。子供の小さい膳の上には、いつものように炒《い》り玉子《たまご》と浅草海苔が、載っていた。母親は父親が覗くとその膳を袖で隠すようにして
「あんまり、はたから騒ぎ立てないで下さい、これさえ気まり悪がって喰べなくなりますから」
　その子供には、実際、食事が苦痛だった。体内へ、色、香、味のある塊団《かたまり》を入れると、何か身が穢《けが》れるような気がした。空気のような喰べものは無いかと思う。腹が減ると饑《う》えは充分感じるのだが、うっかり喰べる気はしなかった。床《とこ》の間《ま》の冷たく透き通った水晶の置きものに、舌を当てたり、頬をつけたりした。饑えぬいて、頭の中が澄み切ったまま、だんだん、気が遠くなって行く。それが谷地の池水を距《へだ》ててA—丘の後へ入りかける夕陽を眺めているときででもあると（湊の生れた家もこの辺の地勢に似た都会の一隅にあった。）子どもはこのままのめり倒れて死んでも関《かま》わないとさえ思う。だが、この場合は窪《くぼ》んだ腹に緊《きつ》く締めつけてある帯の間に両手を無理にさし込み、体は前のめりのまま首だけ仰《あお》のいて
「お母さあん」
　と呼ぶ。子供の呼んだのは、現在の生みの母のことではなかった。子供は現在の生みの母は家族じゅうで一番好きである。けれども子供にはまだ他に自分に「お母さん」と呼ばれる女性があって、

どこかに居そうな気がした。自分がいま呼んで、もし「はい」といってその女性が眼の前に出て来たなら自分はびっくりして気絶してしまうに違いないとは思う。しかし呼ぶことだけは悲しい楽しさだった。

「お母さあん、お母さあん」

薄紙が風に慄えるような声が続いた。

「はあい」

と返事をして現在の生みの母親が出て来た。

「おや、この子は、こんな処で、どうしたのよ」

肩を揺《ゆす》って顔を覗き込む。子供は感違いした母親に対して何だか恥しく赫《あか》くなった。

「だから、三度三度ちゃんとご飯喰べておくれと云うに、さ、ほんとに後生《ごしょう》だから」

母親はおろおろの声である。こういう心配の揚句、玉子と浅草海苔が、この子の一ばん性に合う喰べものだということが見出されたのだった。これなら子供には腹に重苦しいだけで、穢されざるものに感じた。

子供はまた、ときどき、切ない感情が、体のどこからか判らないで体いっぱいに詰まるのを感じる。そのときは、酸味のある柔《やわら》かいものなら何でも噛んだ。生梅や橘《たちばな》の実を捥《も》いで来て噛んだ。さみだれの季節になると子供は都会の中の丘と谷合にそれ等の実の在所をそれらを啄《ついば》みに来る烏《からす》のようによく知っていた。

子供は、小学校はよく出来た。一度読んだり聞いたりしたものは、すぐ判って乾板《かんぱん》のように脳の襞《ひだ》に焼きつけた。子供には学課の容易さがつまらなかった。つまらないという冷淡さが、かえって学課の出来をよくした。

家の中でも学校でも、みんなはこの子供を別もの扱いにした。

父親と母親とが一室で言い争っていた末、母親は子供のところへ来て、しみじみとした調子でいった。

「ねえ、おまえがあんまり痩せて行くもんだから学校の先生と学務委員たちの間で、あれは家庭で衛生の注意が足りないからだという話が持上《もちあが》ったのだよ。それを聞いて来てお父つあんは、ああいう性分だもんだから、私に意地くね悪く当りなさるんだよ」

そこで母親は、畳の上へ手をついて、子供に向ってこっくりと、頭を下げた。

「どうか頼むから、もっと、喰べるものを喰べて、肥《ふと》っておくれ、そうしてくれないと、あたしは、朝晩、いたたまれない気がするから」

子供は自分の畸《き》形《けい》な性質から、いずれは犯すであろうと予感した罪悪を、犯したような気がした。わるい。母に手をつかせ、お叩頭《じぎ》をさせてしまったのだ。顔がかっとなって体に慄えが来た。だが不思議にも心はかえって安らかだった。すでに、自分は、こんな不孝をして悪人となってしまった。こんな奴なら自分は滅びてしまっても自分で惜しいとも思うまい。よし、何でも喰べてみよう、喰べ馴れないものを喰べて体が慄え、吐いたりもどしたり、その上、体じゅうが濁り腐って死んじまってもいいとしよう。生きていてしじゅう喰べものの好き嫌いをし、人をも自分をも悩ませるよりその方がましではあるまいか――

子供は、平気を装って家のものと同じ食事をした。すぐ吐いた。口中や咽喉を極力無感覚に制御したつもりだが嚥み下した喰べものが、母親以外の女の手が触れたものと思う途端に、胃嚢《いぶくろ》が不意に逆に絞り上げられた――女中の裾から出る剝《は》げた赤いゆもじや飯炊婆《めしたきばあ》さんの横顔になぞってある黒鬢《くろびん》つけの印象が胸の中を暴力のように掻き廻した。

兄と姉はいやな顔をした。父親は、子供を横顔でちらりと見たまま、知らん顔して晩酌の盃を傾けていた。母親は子供の吐きものを始末しながら、恨めしそうに父親の顔を見て

「それご覧なさい。あたしのせいばかりではないでしょう。この子はこういう性分です」

と嘆息した。しかし、父親に対して母親はなお、おずおずはしていた。

その翌日であった。母親は青葉の映りの濃く射《さ》す縁側へ新しい茣蓙《ござ》を敷き、俎板《まないた》だの庖丁だの水桶だの蠅帳《はいちょう》だの持ち出した。それもみな買い立ての真新しいものだった。

母親は自分と俎板を距てた向側に子供を坐らせた。子供の前には膳の上に一つの皿を置いた。

母親は、腕捲《うでまく》りして、薔薇《ばら》いろの掌《てのひら》を差出して手品師のように、手の裏表を返して子供に見せた。それからその手を言葉と共に調子づけて擦《こす》りながら云った。

「よくご覧、使う道具は、みんな新しいものだよ。それから拵《こしら》える人は、おまえさんの母さんだよ。手はこんなにもよくきれいに洗ってあるよ。判ったかい。判ったら、さ、そこで――」

母親は、鉢の中で炊きさました飯に酢を混ぜた。母親も子供もこんこん噎《む》せた。それから母親はその鉢を傍に寄せて、中からいくらかの飯の分量を掴《つか》み出《だ》して、両手で小さく長方形に握った。

蠅帳の中には、すでに鮨の具が調理されてあった。母親は素早くその中からひときれを取出してそれからちょっと押えて、長方形に握った飯の上へ載せた。子供の前の膳の上の皿へ置いた。玉子焼鮨だった。

「ほら、鮨だよ、おすしだよ。手々で、じかに摑んで喰べても好いのだよ」

子供は、その通りにした。はだかの肌をするする撫《な》でられるようなころ合いの酸味に、飯と、玉子のあまみがほろほろに交ったあじわいが丁度《ちょうど》舌いっぱいに乗った具合――それをひとつ喰べてしまうと体を母に抛《よ》りつけたいほど、おいしさと、親しさが、ぬくめた香湯のように子供の身うちに湧いた。

子供はおいしいと云うのが、きまり悪いので、ただ、にいっと笑って、母の顔を見上げた。

「そら、もひとつ、いいかね」

母親は、また手品師のように、手をうら返しにして見せた後、飯を握り、蠅帳から具の一片《ひとき》れを取りだして押しつけ、子供の皿に置いた。

子供は今度は握った飯の上に乗った白く長方形の切片を気味悪く覗いた。すると母親は怖くない程度の威丈高になって

「何でもありません、白い玉子焼だと思って喰べればいいんです」

といった。

かくて、子供は、烏賊《いか》というものを生れて始めて喰べた。象牙《ぞうげ》のような滑らかさがあって、生餅より、よっぽど歯切れがよかった。子供は烏賊鮨を喰べていたその冒険のさなか、詰めていた息のようなものを、はっ、として顔の力みを解いた。うまかったことは、笑い顔でしか現わさなかった。

母親は、こんどは、飯の上に、白い透きとおる切片をつけて出した。子供は、それを取って口へ持って行くときに、脅かされるにおいに掠《かす》められたが、鼻を詰らせて、思い切って口の中へ入れた。

白く透き通る切片は、咀嚼のために、上品なうま味に衝《つ》きくずされ、程よい滋味の圧感に混って、

子供の細い咽喉へ通って行った。

「今のは、たしかに、ほんとうの魚に違いない。自分は、魚が喰べられたのだ――」

そう気づくと、子供は、はじめて、生きているものを嚙み殺したような征服と新鮮を感じ、あたりを広く見廻したい歓《よろこ》びを感じた。むずむずする両方の脇腹を、同じような歓びで、じっとしていられない手の指で摑み搔《か》いた。

「ひ ひ ひ ひ ひ」

無暗《むやみ》に疳高《かんだか》に子供は笑った。母親は、勝利は自分のものだと見てとると、指についた飯粒を、ひとつひとつ払い落したりしてから、わざと落ちついて蠅帳のなかを子供に見せぬよう覗いて云った。

「さあ、こんどは、何にしようかね……はてね……まだあるかしらん……」

子供は焦立《いらだ》って絶叫する。

「すし! すし」

母親は、嬉《うれ》しいのをぐっと堪《こら》える少し呆《ほう》けたような――それは子供が、母としては一ばん好きな表情で、生涯忘れ得ない美しい顔をして

「では、お客さまのお好みによりまして、次を差上げまあす」

最初のときのように、薔薇いろの手を子供の眼の前に近づけ、母はまたも手品師のように裏と表を返して見せてから鮨を握り出した。同じような白い身の魚の鮨が握り出された。

母親はまず最初の試みに注意深く色と生臭の無い魚肉を選んだらしい。それは鯛と比良目《ひらめ》であった。

子供は続けて喰べた。母親が握って皿の上に置くのと、子供が摑み取る手と、競争するようにな

った。その熱中が、母と子を何も考えず、意識しない一つの気持ちの痺《しび》れた世界に牽《ひ》き入れた。五つ六つの鮨が握られて、摑み取られて、喰べられる——その運びに面白く調子がついて来た。素人の母親の握る鮨は、いちいち大きさが違っていて、形も不細工だった。鮨は、皿の上に、ころりと倒れて、載せた具を傍へ落すものもあった。子供は、そういうものへかえって愛感を覚え、自分で形を調えて喰べると余計おいしい気がした。子供は、ふと、日頃、内しょで呼んでいるも一人の幻想のなかの母といま目の前に鮨を握っている母とが眼の感覚だけか頭の中でか、一致しかけ一重の姿に紛れている気がした。もっと、ぴったり、一致して欲しいが、あまり一致したら恐ろしい気もする。

自分が、いつも、誰にも内しょで呼ぶ母はやはり、この母親であったのかしら、それがこんなにも自分においしいものを食べさせてくれるこの母であったのなら、内密に心を外の母に移していたのが悪かった気がした。

「さあ、さあ、今日は、この位にして置きましょう。よく喰べておくれだったね」

目の前の母親は、飯粒のついた薔薇いろの手をぱんぱんと子供の前で気もちよさそうにはたいた。

それから後も五、六度、母親の手製の鮨に子供は慣らされて行った。

ざくろの花のような色の赤貝の身だの、二本の銀色の地色に竪縞《たてじま》のあるさよりだのに、子供は馴《な》染《じ》むようになった。子供はそれから、だんだん平常の飯の菜にも魚が喰べられるようになった。身体も見違えるほど健康になった。中学へはいる頃は、人が振り返るほど美しく逞《たくま》しい少年になった。

すると不思議にも、今まで冷淡だった父親が、急に少年に興味を持ち出した。晩酌の膳の前に子供を坐らせて酒の対手《あいて》をさしてみたり、玉突きに連れて行ったり、茶屋酒も飲ませた。

その間に家はだんだん潰れて行く。父親は美しい息子が紺飛白《こんがすり》の着物を着て盃を銜《ふく》むのを見て陶然とする。他所《よそ》の女にちやほやされるのを見て手柄を感ずる。息子は十六七になったときには、結局いい道楽者になっていた。

母親は、育てるのに手数をかけた息子だけに、狂気のようになってその子を父親が台なしにしてしまったと怒る。その必死な母親の怒りに対して父親は張合いもなくうす苦く黙笑してばかりいる。家が傾く鬱積を、こういう夫婦争いで両親は晴らしているのだ、と息子はつくづく味気なく感じた。息子には学校へ行っても、学課が見通せて判り切ってるように思えた。中学でも彼は勉強もしないでよく出来た。高等学校から大学へ苦もなく進めた。それでいて、何かしら体のうちに切ないものがあって、それを晴らす方法は急いで求めてもなかなか見付からないように感ぜられた。永い憂鬱と退屈あそびのなかから大学も出、職も得た。

家は全く潰れ、父母や兄姉も前後して死んだ。息子自身は頭が好くて、どこへ行っても相当に用いられたが、何故か、一家の職にも、栄達にも気が進まなかった。二度目の妻が死んで、五十近くなった時、ちょっとした投機でかなり儲《もう》け、一生独りの生活には事かかない見極めのついたのを機に職業も捨てた。それから後は、ここのアパート、あちらの貸家と、彼の一所不定の生活が始まった。

今のはなしのうちの子供、それから大きくなって息子と呼んではなしたのは私のことだと湊は長い談話のあとで、ともよに云った。

「ああ判った。それで先生は鮨がお好きなのね」

「いや、大人になってからは、そんなに好きでもなくなったのだが、近頃、年をとったせいか、しきりに母親のことを想い出すのでね。鮨までなつかしくなるんだよ」

二人の坐っている病院の焼跡のひとところに支えの朽ちた藤棚があって、おどろのように藤蔓《ふじづる》が宙から地上に這《は》い下《さが》り、それでも蔓の尖《さき》の方には若葉をいっぱいつけ、その間から痩せたうす紫の花房が雫《しずく》のように咲き垂れている。庭石の根締めになっていたやしおの躑躅《つつじ》が石を運び去られたあとの穴の側に半面、黝《あおぐろ》く枯れて火のあおりのあとを残しながら、半面に白い花をつけている。

庭の端の崖下は電車線路になっていて、ときどき轟々《ごうごう》と電車の行き過ぎる音だけが聞える。

竜の髭のなかのいちはつの花の紫が、夕風に揺れ、二人のいる近くに一本立っている太い棕梠《しゅろ》の木の影が、草叢《くさむら》の上にだんだん斜にかかって来た。ともよが買って来てそこへ置いた籠の河鹿が二声、三声、啼《な》き初めた。

二人は笑いを含んだ顔を見合せた。

「さあ、だいぶ遅くなった。ともちゃん、帰らなくては悪かろう」

ともよは河鹿の籠を捧げて立ち上った。すると、湊は自分の買った骨の透き通って見える髑髏魚《ゴーストフィッシュ》をも、そのままともよに与えて立ち去った。

湊はその後、すこしも福ずしに姿を見せなくなった。

「先生は、近頃、さっぱり姿を見せないね」

常連の間に不審がるものもあったが、やがてすっかり忘られてしまった。

ともよは湊と別れるとき、湊がどこのアパートにいるか聞きもらしたのが残念だった。それで、こちらから訪ねても行けず病院の焼跡へしばらく佇《たたず》んだり、あたりを見廻しながら石に腰かけて湊のことを考え時々は眼にうすく涙さえためてまた茫然として店へ帰って来るのであったが、やがてともよのそうした行為も止んでしまった。

この頃では、ともよは湊を思い出す度《たび》に

「先生は、どこかへ越して、またどこかの鮨屋へ行ってらっしゃるのだろう——鮨屋はどこにでもあるんだもの——」

と漠然と考えるに過ぎなくなった。

岡本《おかもと》かの子《こ》（一八八九〜一九三九）

東京生まれ。十代のころから与謝野鉄幹・晶子の「明星《みようじよう》」「スバル」に大貫可能子の名で短歌を発表。跡見女学校卒業後、岡本一平（のち漫画家・文筆家）と結婚し、長男・太郎（美術家）をもうける。一九一二年に歌集『かろきねたみ』を刊行。生活上のストレスから精神の健康を崩したさい、大乗仏教と出会う。以後『散華抄』『仏教読本』『人生論』などのエッセイとトークで知られた。二九年に『わが最終歌集』発表し、一家で渡欧。三二年に太郎をパリに残し帰国する。川端康成に小説の指導を受けるいっぽう、小林秀雄らの「文學界」誌を資金援助。三六年、芥川龍之介をモデルとした短篇「鶴は病みき」で注目される。以後、最晩年の約三年間に旺盛な執筆活動から「母子叙情」「金魚撩乱」「やがて五月に」「食魔」「家霊」「老妓抄《ろうぎしよう》」など生命力に溢れた多数の小説を生みだす。歿後、『河明り』『生々流転』『女体開顕』などが刊行された。

解説

池澤夏樹

巻末に載せるのだからこれも解説だが、それぞれの作品については個別に書いてしまったので、ここでは総論を述べるしかない。かと言って文学史に沿って明治から後で日本人が書いてきた小説の流れを辿《たど》ろうとしても、扱っている時代に沿って作品を並べたから、これも難しい。それならばここでは時代史を文学で辿ってみようか。

『近現代作家集』全三巻は明治以降の作家たちを取り上げる。

明治になって開化の世が到来し、文学も西洋に学ぶことになった。しかし日本の文学が明治維新を境にまるで別のものになったわけではない。文学はあるところまで世間を書くもので、政体が変わったとて世間はすぐには変わらない。江戸から明治への境の時期を扱った芥川龍之介の『お富の貞操』はモダンな作風だが、しかし泉鏡花《いずみきょうか》の『陽炎座《かげろうざ》』には江戸情緒がたっぷりとある。本所《ほんじょ》も深川《ふかがわ》も、また、この「日本文学全集」の第十三巻に収めた樋口一葉の『たけくらべ』の吉原《よしわら》も、御維新《ごいっしん》の後まで江戸の空気をずっと残していた。やがて永井荷風《かふう》がその情緒を求めてこのあたりを徘徊《はいかい》したことは広く知られているし、『松葉巴《まつばどもえ》』は正に芸能の中に残った江戸の話である。

逆に江戸の頃にすでに近代に入っていたものも少なくない。山東京伝《さんとうきょうでん》の『通言総籬《つうげんそうまがき》』にしても為永春水《ためながしゅんすい》の『春色梅児誉美《しゅんしょくうめごよみ》』にしてもモダンなものをたっぷりと持っている。近代の俳句が正岡子規に始まるという一般の理解を、この全集の第十二巻『松尾芭蕉《ばしょう》／与謝蕪村《よさぶそん》／小林一茶《いっさ》／とくとく歌仙』に収録した長谷川櫂《かい》の『小林一茶』は引っ繰り返した。近代の俳句は一茶から始まっていたのだ。

文学史を単純に政治史で区切ってはいけない。それ以前に、歴史を政権交代史と見てはいけない。

とは言うものの明治維新が、壬申《じんしん》の乱、平家滅亡、応仁の乱、関ヶ原の合戦、昭和二十年の敗戦などと並ぶ日本の歴史の大きな節目であったことは間違いない。維新を機に日本は自給自足の平和で安定した島嶼《とうしょ》国家という方針を捨てて、武力による列強の植民地争奪戦の場に出ていった。アジアの国々の中ではいち早く近代化に成功し、欧米の植民地になることを免れ、逆に隣国を植民地にした。

かつて海外に出た日本の兵は七世紀に白村江《はくすきのえ》で敗れ、十六世紀にも秀吉の朝鮮出兵も成果はなかったが、しかし十九世紀の日清戦争には勝った。日露戦争は実際には辛勝だったけれど国民は大勝利と思った。第一次世界大戦ではほとんど戦うことなく青島《チンタオ》や南洋のドイツ植民地を我がものにした。日本は強い国だと思い込んだ。

この間に日本の社会は大きく変わった。西欧の文化が大量に流入し、人々はこぞってそれを迎え入れ、学び、血肉化した。何よりも新しいものを喜んだ。もともとが偉大な中国文化の影響のもとに作られた国である。圧倒的に優れた文物や制度を海外から入れて、よく学んで己《おの》がものとなし、オリジンとは少し異なる風に仕立て直す。そういう方法で国の体裁を作り、その後もずっと運営してきたのだ。それがまた繰り返され、ほぼ成功した。

実際、明治維新の時、近代西欧の文化は古代中国の文化と同じように魅力的で、誰の目にも輝いて見えた。

アジアの他の国に先駆けて近代化ができたこと、何よりも欧米諸国の植民地にならないで済んだことの背景には、江戸時代に既に近代化が実現していたという事実がある。例えば、この時期、国民の識字率で言えば日本は世界で最も進んでいたのではないか。読書の習慣と向学心があったから素早く欧米の文化を学ぶことができた。ここにも歴史の継続性が見られる。

この巻に並んだ作品は（『無月《むげつ》物語』と『雪の宿り』を別として）日本がまずまず幸福であった時代を書いているものが多い。もちろんいろいろ問題はあったし、暗い側を見ればきりがないが、それでも次の時代に比べればずっとまし。後世は振り返ってそう言うことができる。

文学に話を戻そう。

日本人は西欧の文学の技法を工夫して身に付け、応用して独自の文学を作り上げた。この巻では（久生《ひさお》十蘭《じゅうらん》、神西清《じんざいきよし》、芥川龍之介を別として）大正初期から昭和十年代にかけて書かれた、あるいはその時代を扱った作品を選んだ。明治時代についてはこの全集の第十三巻に樋口一葉と夏目漱石と森鷗外の作品がある。また、第十五巻の谷崎潤一郎と第十七巻の堀辰雄はこの巻の諸作と時期が重なる。

大正から昭和にかけて、日本文学には三つの潮流があった。

1　モダニズム
2　自然主義私小説
3　プロレタリア文学

この巻で言えば芥川龍之介、佐藤春夫、横光利一《よこみつりいち》などはモダニズムに属する。創意工夫に富んで都会的であり、芥川の『今昔物語《こんじやく》』を素材にした短篇に見られるように古典に学ぶ姿勢もある。久生十蘭がスタンダールを下敷きにしたことも、精妙な歴史小説を書いた神西清の姿勢も、同じ原理の上に立つ。

自然主義私小説というものをぼくは高く買わないのだが、この巻で言えば金子光晴の『どくろ杯』はその流れを汲《く》むものかもしれない。少し偽悪的な自分語りの口調は確かにそれを思わせる。しかしこの作は生きた時期と書いた時期の間に数十年の隔たりがあり、この歳月の浄化作用によってエゴの毒がすっかり抜けてしまっている。堀田善衞《ほったよしえ》では自分はずっと後ろに下がって社会を観察するカメラになっている。常に客観の視点を保持するこの人の書くものはルポルタージュ性が濃く、自然主義とは無縁である。

プロレタリア文学は、ずっと後になって『晴子情歌』の髙村薫に継承された。徳永直《とくながすなお》も小林多喜二《たきじ》も労働の現場を書きながら労働の喜びは書けなかった。資本側との対決の姿勢に終始した。それが時代の要請だった。日本国憲法第二十七条、「すべて国民は、勤労の権利を有し、義務を負ふ」を思い出しておこう。働くのは権利なのだ。

こうして時の流れに沿った構成にしてみたけれど、それはいわば余興。言うまでもないことだが、作品は一つ一つ独立し、それぞれに屹立《きつりつ》している。

初収

・久生十蘭「無月物語」
『うすゆき抄』一九五二年二月　文藝春秋新社
・神西清「雪の宿り」
『灰色の眼の女　神西清作品集』一九五七年七月　中央公論社
・芥川龍之介「お富の貞操」
『春服』一九二三年五月　春陽堂
・泉鏡花「陽炎座」
『弥生帖』一九一七年四月　平和出版社
・永井荷風「松葉巴」
『新橋夜話』一九一二年一一月　籾山書店
・宮本百合子「風に乗って来るコロポックル」
「宮本百合子全集」第一巻　一九五一年六月　河出書房
・金子光晴「どくろ杯（抄）」
『どくろ杯』一九七一年五月　中央公論社
・佐藤春夫「女誡扇綺譚」
『女誡扇綺譚』一九二六年二月　第一書房
・横光利一「機械」
『機械』一九三一年四月　白水社
・髙村薫「晴子情歌（抄）」
『晴子情歌』上巻　二〇〇二年五月　新潮社
・堀田善衞「若き日の詩人たちの肖像（抄）」
『若き日の詩人たちの肖像』一九六八年九月　新潮社

・岡本かの子「鮨」
『老妓抄』一九三九年三月　中央公論社

◎底本・表記について

一．本書は左記を底本としました。
久生十蘭「無月物語」……「定本　久生十蘭全集」第八巻（国書刊行会　二〇一〇年一一月）
神西清「雪の宿り」……『雪の宿り　神西清小説セレクション』（港の人　二〇〇八年一〇月）
芥川龍之介「お富の貞操」……「芥川龍之介全集」第九巻（岩波書店　一九九六年七月）
泉鏡花「陽炎座」……「新編　泉鏡花集」第四巻（岩波書店　二〇〇四年八月）
永井荷風「松葉巴」……『すみだ川・新橋夜話　他一篇』（岩波文庫　一九八七年九月）
宮本百合子「風に乗って来るコロポックル」……「宮本百合子全集」第一巻（新日本出版社　二〇〇〇年一一月）
金子光晴「どくろ杯（抄）」……『どくろ杯』（中公文庫　二〇〇四年八月）
佐藤春夫「女誡扇綺譚」……「定本　佐藤春夫全集」第五巻（臨川書店　一九九八年六月）
横光利一「機械」……「定本　横光利一全集」第三巻（河出書房新社　一九八一年九月）
髙村薫「晴子情歌（抄）」……『晴子情歌』上巻（新潮文庫　二〇一三年五月）
堀田善衞「若き日の詩人たちの肖像（抄）」……「堀田善衞全集」第七巻（筑摩書房　一九九三年一一月）
岡本かの子「鮨」……「岡本かの子全集」第五巻（ちくま文庫　一九九三年八月）

一．本書は、各作品の底本を尊重しつつ、他の全集、単行本、文庫を参照し、次のような編集方針をとりました。
1　歴史的仮名遣いで書かれた口語文の作品は現代仮名遣いに改め、旧字で書かれたものは新字に改めました。ただし、文中に引用された詩歌などは歴史的仮名遣いのままとしました。なお、髙村薫「晴子情歌（抄）」は作品の性質を鑑み、旧字のままとしました。

2　誤字・脱字と認められるものは正しましたが、いちがいに誤用と認められない場合はそのままとしました。

3　読みやすさを優先し、読みにくい漢字に適宜振り仮名をつけました。

4　送り仮名は、原則として底本通りとしました。

5　極端な当て字及び代名詞・副詞・接続詞等のうち、仮名に改めても原文をそこなうおそれがないと思われるものは仮名としました。

一、本文中、今日からみれば不適切と思われる表現がありますが、書かれた時代背景と作品価値とを鑑み、そのままとしました。

池澤夏樹（いけざわ・なつき）
一九四五年北海道生まれ。作家・詩人。八八年『スティル・ライフ』で芥川賞、九三年『マシアス・ギリの失脚』で谷崎潤一郎賞、二〇一〇年「池澤夏樹＝個人編集 世界文学全集」で毎日出版文化賞、一一年朝日賞、ほか受賞多数。一四年から「池澤夏樹＝個人編集 日本文学全集」を手がけ、『古事記』新訳を担当。

池澤夏樹＝個人編集

日本文学全集 26

近現代作家集《きんげんだいさっかしゅう》 I

編者＝池澤夏樹

二〇一七年三月二〇日 初版印刷
二〇一七年三月三〇日 初版発行

帯装画＝草間彌生
装　幀＝佐々木暁
発行者＝小野寺優
発行所＝株式会社河出書房新社
東京都渋谷区千駄ヶ谷二ノ三二ノ二
電話＝〇三・三四〇四・一二〇一（営業）
〇三・三四〇四・八六一一（編集）
http://www.kawade.co.jp/

印刷所＝株式会社亨有堂印刷所
製本所＝加藤製本株式会社

ISBN978-4-309-72896-4
Printed in Japan

池澤夏樹＝個人編集　日本文学全集　全30巻（★は既刊）

★01	古事記	池澤夏樹訳
★02	口訳万葉集	折口信夫
	百人一首	小池昌代訳
	新々百人一首	丸谷才一
★03	竹取物語	森見登美彦訳
	伊勢物語	川上弘美訳
	堤中納言物語	中島京子訳
	土左日記	堀江敏幸訳
	更級日記	江國香織訳
04	源氏物語　上	角田光代訳
05	源氏物語　中	角田光代訳
06	源氏物語　下	角田光代訳
★07	枕草子	酒井順子訳
	方丈記	高橋源一郎訳
	徒然草	内田樹訳
★08	日本霊異記	伊藤比呂美訳
	今昔物語	福永武彦訳
	宇治拾遺物語	町田康訳
	発心集	伊藤比呂美訳
★09	平家物語	古川日出男訳
★10	能・狂言	岡田利規訳
	説経節	伊藤比呂美訳
	曾根崎心中	いとうせいこう訳
	女殺油地獄	桜庭一樹訳
	菅原伝授手習鑑	三浦しをん訳
	義経千本桜	いしいしんじ訳
	仮名手本忠臣蔵	松井今朝子訳
★11	好色一代男	島田雅彦訳
	雨月物語	円城塔訳
	通言総籬	いとうせいこう訳
	春色梅児誉美	島本理生訳
★12	松尾芭蕉　おくのほそ道	松浦寿輝選・訳
	与謝蕪村	辻原登選
	小林一茶	長谷川櫂選
	とくとく歌仙	丸谷才一他
★13	樋口一葉　たけくらべ	川上未映子訳
	夏目漱石	
	森鷗外	
★14	南方熊楠	
	柳田國男	
	折口信夫	
	宮本常一	
★15	谷崎潤一郎	
★16	宮沢賢治	
	中島敦	
★17	堀辰雄	
	福永武彦	
	中村真一郎	
★18	大岡昇平	
★19	石川淳	
	辻邦生	
	丸谷才一	
★20	吉田健一	
★21	日野啓三	
	開高健	
★22	大江健三郎	
★23	中上健次	
★24	石牟礼道子	
★25	須賀敦子	
★26	近現代作家集　I	
27	近現代作家集　II	
28	近現代作家集　III	
★29	近現代詩歌	
	詩	池澤夏樹選
	短歌	穂村弘選
	俳句	小澤實選
★30	日本語のために	